El País de las Maravillas

MEMPO GIARDINELLI

El País de las Maravillas

Los argentinos en el fin del milenio

Espejo de la Argentina
PLANETA

Espejo de la Argentina

Diseño de cubierta: Mario Blanco
Diseño de interior: Alejandro Ulloa

Tercera edición: mayo de 1998

© 1998, Mempo Giardinelli

Derechos exclusivos de edición en castellano
reservados para todo el mundo:
© 1998, Editorial Planeta Argentina S.A.I.C.
Independencia 1668, 1100 Buenos Aires
Grupo Editorial Planeta

ISBN 950-742-904-0

Hecho el depósito que prevé la ley 11.723
Impreso en la Argentina

*Este es para Beby, la persona más ética
y generosa que hay en este mundo.*

INTRODUCCION

A finales de 1995 Mario Pinto, gerente de producción de VCC (Video Cable Comunicación, uno de los principales sistemas de televisión por cable de la Argentina), me propuso hacer un ciclo televisivo para el año siguiente. Me pidió que releyera las *Mitologías* de Roland Barthes en el verano y que luego discutiéramos las ideas que se me ocurrieran.

La propuesta me apasionó, y el reencuentro con el libro de Barthes, del que conservaba la primera, vieja edición castellana de la editorial Siglo XXI (México, 1980), me resultó tan inquietante como sugerente. Como todo gran texto, podía estar un poco desactualizado pero conservaba su potencia y brillo argumental. Ahí estaba el germen del programa: revisar nuestra propia mitología, aquellas cosas que los argentinos repiten y aceptan como un "saber popular", pero cuyos contenidos casi nunca son reflexionados, mucho menos se los cuestiona, y por eso mismo se consagran como verdades evidentes. Muchísima gente habla y habla, y acepta y repite ideas que no ha pensado suficientemente, y no siempre sabe que todo lo que dice tiene un origen y un sentido, y que cada afirmación tiene su contracara. Tampoco repara en que de cada dicho popular consolidado resulta un mito, y casi nunca sabe exactamente qué es lo que está diciendo cuando repite una frase-mito.

La abundancia y fertilidad de la Argentina, es obvio, fascinó y convocó siempre a hombres y mujeres de todas las razas, credos y orígenes. Verdadero País de las Maravillas, rico hasta la exageración, con las tierras más pródigas del planeta y en el que no falta nada de lo que brinda la naturaleza (llanuras, selvas, montañas, ríos, costa marítima, climas variados), a casi dos siglos de la Declaración de la Independencia los argentinos tenemos un país en el que todavía está casi todo por hacerse y en el cual, como si estuviéramos en el segundo día de la Creación y no saliéramos todavía del estupor, hay muchísimas cosas que pensar.

Desde esa convicción ideamos un programa que salió al aire entre mayo y diciembre de 1996. Fue un ciclo que hoy juzgo digno y valioso, entre otras razones porque soslayó la idea televisiva de "actualidad": no nos gobernó la urgencia de *mirar* la realidad ni pretendimos *reflejarla*, sino que procuramos *pensarla* con tranquilidad y tiempo, esas dos *raras avis* de la televisión. Se trataba de "mostrar" ideas y pensamiento, y para ello tuvimos razonables tiempos de producción. Se grabó totalmente en exteriores, sin "piso" ni típico living con mesa, cuadro colgado en falsa pared de fondo y helecho en un rincón. Prescindimos por completo de famosos y opinadores, y recurrimos a gente poco o nada vista, pero con conocimientos y talento para reflexionar asuntos no habituales en la TV argentina.

El modo de reflexión que me impuse fue el que practico en mi vida diaria: procuro tener sentido común –esa extraordinaria y única salida de emergencia para enfrentar cualquier situación– y manejarme con sensatez, ética y libertad de expresión. El desafío consistía en lograr que el pensamiento se pudiera mostrar; que una reflexión crítica pudiera ser "ilustrada" mediante el audio, el sonido y la imagen.

Tuve en cuenta que en los años '60 Arturo Jauretche publicó su *Manual de zonceras argentinas*; que en México existe un divertido compendio de frases hechas titulado *El refranero mexicano*, de Herón Pérez Martínez, y que en casi todos los países y cualquiera sea la lengua que se hable, el repertorio de refranes, lugares comunes, apotegmas, aforismos, máximas, sentencias y dichos populares es vastísimo. Con variantes, digamos, nacionales o regionales, se trata de la misma universal paremiología que repite la Humanidad toda. Hay refranes de campo y de ciudad, de clase baja o alta, religiosos y políticos, costumbristas y abstractos, intelectuales o ramplones. Si se compilara ese listado universal inevitablemente nos encontraríamos con frases-mitos que los argentinos consideramos nuestros, y que sin embargo son de uso común en todo el mundo. Por supuesto, algunos sí son peculiares de los argentinos, y determinarlos fue una de las tareas básicas desde el inicio del programa, que no dudé en titular: *El País de las Maravillas. Mitos y creencias de los argentinos.*

Resultó sorprendente descubrir la riquísima cantera de mitos circulantes entre nosotros. De la vastedad de ideas que el argentino medio repite sin meditar, acaso deslumbrado por esa admiración infantil que siente por todo aquello que suena más o menos impactante, pusimos en el aire las siguientes frases hechas: *Las apariencias engañan; Ya no hay hombres; Ya no se puede ir a la cancha; El tango nunca muere; Afuera no nos quieren; Todo por los viejos; Ya no se puede creer en nada; Porque te quiero te aporreo; Mi nena quiere ser modelo; Los argentinos no tenemos memoria; Lo conocí cuando era nadie; Los argentinos no somos racistas; Siempre hay que pagar derecho de piso; ¿Dónde está la Madre del Borrego?; Me río por no llorar; La fama es puro cuento; Hay que matarlos a todos; El sexo débil; Pobres pero honrados; Lo atamo' con alambre; Sana sana culito de rana; Acá por guita matan a la madre; Me juego un numerito; Hacéte amigo del juez; Los genios son todos locos; Los trapos sucios se lavan en casa; A Seguro se lo llevaron preso; Yo no veo cine argentino; Juventud, divino tesoro.*

Desde luego nos quedaron pendientes muchas más, por falta de tiempo. Un listado necesariamente incompleto incluía por lo menos estas otras frases hechas: *En la Argentina hay que hacer cola para todo; En la Argentina se lee cada vez menos; La calle está cada vez más peligrosa; Los ricos nunca pagan impuestos; Andá a lavar los platos; Las mujeres no saben manejar; La culpa es del Estado; A la Argentina la hicieron los ferrocarriles; La cultura no tiene rating; La mitad más uno; Todos los críticos son artistas frustrados; En el interior la vida es más tranquila; Los gauchos judíos; En el Once se compra más barato; Chinos, japoneses y coreanos son todos iguales; Los astrólogos son unos chantas pero la gente les da bola; Los mejores actores salen del teatro independiente; Las Malvinas son argentinas; Cada día canta mejor; El dulce de leche es un invento argentino; El mate era la bebida de los gauchos; Y bueno, es amigo...; Poniendo estaba la gansa; Me saco el sombrero; Hay que cumplir el reglamento; Argentina, granero del mundo; A la selección la chiflan por envidia; Aquí se aprende a defender a la Patria; El que no llora no mama; El que no afana es un gil; Los argentinos somos derechos y humanos; Póngale la firma; Se lo digo yo; Los políticos son todos corruptos; Yo, argentino; Madre hay una sola; Para alquilar balcones; Sonríe: Dios te ama; Cristo sana y salva; El año 2000 nos encontrará unidos o dominados; Aquí cualquiera se cree Fangio; Argentina potencia; Borges el culto, Sabato el ético, Cortázar de izquierda; El folklore sigue vivo en el interior; La poesía es elitista; El cuento no vende; La soberanía es un concepto que ya fue; La historieta es un nuevo género literario; Con buenas lolas y colita parada no tenés problemas; A los trolos les gusta que les soplen en la nuca; Colesterol bueno y colesterol malo; La tele está llena de cocineros en un país con hambre; Yo soy femenina pero no feminista; El peronismo es el hecho maldito de la política argentina; La izquierda siempre se divide; Los radicales son buenos para ser opositores; Los peronistas no son ni buenos ni malos, son incorregibles (Borges); Es bueno ser transgresor; Silencio, Hospital; La demagogia y el populismo son*

11

la desgracia nacional; La oposición es irresponsable; Todos somos corruptos; La Iglesia siempre apoyó las peores causas; Los milicos se creen los padres de la patria; Hay que llevar la capital al interior; La mejor policía del mundo; Somos hijos del rigor. Etcétera.

Los primeros dos programas fueron dirigidos por Mario Sabato, y luego Julio Mandel dirigió el ciclo hasta el final. En la producción estuvieron Luciano Di Vito, Soledad Giannetti, Mariana Carrera y Andrea Gilardón. El cameraman fue Sergio Dotta y Pío Rospide el editor. La ficha técnica se completa con los sonidistas Fernando Russo y Daniel Ondjian y con Federico Ostrofsky (asistente de dirección). Mencionarlos es justicia y reconocimiento. También lo es mencionar especialmente a las profesoras María del Carmen Mac Donald, Orfilia Polemann y María Azucena Villoldo, quienes leyeron paciente y rigurosamente los borradores de este libro. Asimismo, agradezco los comentarios de Horacio A. Carlen, Alejandra López, Melina Kweller y Fernando Operé. Todos enriquecieron este texto con sus aportes y todos están, desde luego, excusados de sus defectos.

Cuando grabábamos los últimos programas, advertí que me había pasado todo el ciclo meditando textualmente sobre el estado de la cultura argentina en el fin del milenio y decidí que alguna vez reescribiría los guiones de *El País de las Maravillas* pero en la forma de libro. Después de todo, la única cosa de la que no dudo es de que soy escritor. Ya en 1997, y sin la vertiginosidad que me imponía escribir un guión cada semana, enseguida advertí que repensar mi país bajo las luces y sombras del fin de milenio exigía revisar muchos otros textos que publiqué en diarios y revistas en los últimos veinte años, y también rescatar conferencias, apuntes, ponencias. Quizá sea cierta la sospecha de que con el paso del tiempo todo intelectual siente un día la necesidad de revisar y reeditar lo que ha escrito. Ser un polígrafo de hecho impone cierto caos textual que uno arrastra consigo: tenía ante mí un enorme y atemorizante cuerpo textual por reorganizar, repensar y reescribir. En eso estaba cuando en Planeta me propusieron publicar este libro que el lector tiene en sus manos.

Ya cuando vivía en México, en los años '70, pensaba que los argentinos éramos bastante especiales, diferentes y me costó darme cuenta de que era un pensamiento tan frágil como vano. Me llenaba de orgullo que nos reconocieran como un pueblo culto, de buenos lectores, una especie de avanzada cultural americana, pero al mismo tiempo los chistes de argentinos (qué era el ego; cuál era el mejor negocio que se podía hacer, y otros sobre la fanfarronería argentina) me dolían y los sentía como injustas agresiones. Y sin embargo, ¿qué era lo que me dolía, si aquellos chistes tenían siempre algo de razón? Tampoco podía dejar de preguntarme (si es que en efecto éramos tan especiales y cultos como creíamos) ¿por qué los dictadores; por qué la tortura y los desaparecidos; por qué la intolerancia y el autoritarismo; por qué las cárceles y el exilio; por qué la Guerra de Malvinas? ¿Qué era, cuál era, cómo era nuestra cultura? ¿Quiénes éramos realmente los argentinos? ¿De dónde y por qué sentíamos esa ridícula, irritante superioridad (que sí sentíamos) y por qué nos considerábamos distintos? ¿Y distintos de qué, de quiénes?

Con la democracia restablecida en 1983 esas preguntas se hicieron más sonoras y complejas. Este libro no tiene por misión responderlas, pero sí intenta reformularlas. Por ello me importa establecer un par de presupuestos: el primero es que estas páginas no pretenden dar cátedra de nada ni debe esperarse una meditación definitiva sobre el carácter de los argentinos; apenas contienen lo que yo quisiera que un día comprendan mis hijas, que nacieron argentinas pero viven de espaldas a su patria, y sólo aspiro a que se reconozcan mi independencia política y mi desinterés personal, como quería el gran Víctor Hugo.

El otro es que soy consciente de que en este texto el lector advertirá la utilización alternada de la primera persona (*nosotros* los argentinos) y de la tercera (*ellos* los argentinos). La diferencia no es casual ni caprichosa: utilizo una u otra según me siento incluido o no en determinado rasgo nacional. Quizá el lector también lo hace.

Por último, propongo aquí un diálogo y por eso elijo un tono que ojalá el lector juzgue cordial y reflexivo, aunque a veces irónico y siempre apasionado, para que este libro pueda ser leído desde la "compleja sencillez". Y tono, espero, que nos permita encontrarnos incluso en el disenso. Lograrlo sería muchísimo, para los tiempos que vivimos en este entrañable, desesperado País de las Maravillas.

M. G.
Coghlan - Charlottesville - Paso de la Patria
Enero, 1996-diciembre, 1997

Uno

EL MUNDO EN EL AÑO 2000

"El siglo XX será dichoso. Entonces no habrá nada que se parezca a la antigua historia; no habrá que temer como hoy, una conquista, una invasión, una usurpación, una rivalidad de naciones a mano armada, una interrupción de civilización por un casamiento de reyes; no habrá que temer un nacimiento en las tiranías hereditarias, un reparto de pueblos acordado en congresos, una desmembración por hundimiento de dinastía, un combate de dos religiones al encontrarse frente a frente; no habrá ya que temer el hambre, la explotación, la prostitución por miseria, la miseria por falta de trabajo, el cadalso, la cuchilla, las batallas, y todos estos latrocinios del acaso en la selva de los acontecimientos. Casi pudiera decirse que no habrá ya acontecimientos. Reinará la dicha. El género humano cumplirá su ley, como el globo terrestre cumple la suya; la armonía entre el alma y el astro se restablecerá; el alma gravitará en torno de la verdad, como el astro en torno de la luz."

VÍCTOR HUGO
Los Miserables (1862)

La falsificación como estrategia

Estamos a las puertas del Tercer Milenio, y pensar la cultura argentina de cara al mundo que viene impone, en mi opinión, revisar las herencias del siglo XX. Pero determinar los legados que la humanidad recibe con cada cambio de siglo es una tarea compleja, que requiere del paso del tiempo y el análisis frío y en perspectiva. Las transiciones seculares –y obviamente las milenarias– suelen ser idealizadas o magnificadas, cuando lo cierto es que cada inicio de siglo es el simple paso de un día a otro. Seguramente nada habrá cambiado visiblemente el primero de enero del año 2000 con respecto al 31 de diciembre de 1999. En rigor, el siglo XX terminará el último día del año 2000 y el tercer milenio comenzará el primer día del 2001, pero lo más probable es que los jolgorios se inicien al terminar 1999. En cualquier caso, el nuevo día podrá ser soleado o lluvioso, caluroso o helado, pero las vidas cotidianas de millones de personas no registrarán más cambio que la sensación (sin duda exagerada por todos los medios de comunicación) de que algo invisible, intangible, acaso estará cambiando.

El gran historiador y filósofo inglés Eric Hobsbawm ha declarado su sentimentalismo respecto de que el siglo XIX fue "una época en la que se podía creer tanto en el progreso en el sentido material como en el sentido moral". Es una idea fácilmente compartible: en aquel siglo hubo grandes descubrimientos e invenciones (el automóvil, el tren, el aeroplano, el teléfono, el fonógrafo, el cine, la luz eléctrica), formidables avances científico-técnicos, luchas por la libertad y la independencia, más educación para todos. "Las grandes herencias del siglo XIX fueron dos: la creación de la sociedad burguesa material y también institucional, política, y la creencia en el progreso permanente."[1]

En cuanto al siglo XX, el legado que deja es claramente la contradicción entre el más extraordinario progreso tecnocientífico y el más absurdo, indignante retraso en la calidad de vida de millones de personas en todo el mundo. Es cierto que hay mayores expectativas de vida, más medicamentos y toda una ingeniería biológica empeñada en buscar caminos para prolongar la vida, pero las herencias negativas del siglo XX contrarrestan las posibilidades de acceso a esos beneficios. Fue el siglo de los fanatismos y fundamentalismos, de los mayores genocidios y las más atroces guerras (mundiales y locales); y no sólo se cierra con demasiada gente privada de todo, millones de miserables y marginales del progreso, sino también signado por el descreimiento generalizado que cierra el milenio: la moralidad se encuentra en terapia intensiva; la frivolización y banalización son capaces de disimular cualquier mal, y sobre todo el desaliento impide ver que hay salidas, ideologías, principios y valores que pueden encauzar las esperanzas.

Venció un imperio, obviamente. Y como en la Física, con la caída de la Unión Soviética se rompió un equilibrio. El desbalanceo ha obligado no sólo a reorganizar el mundo sino incluso a repensarlo, que es tarea mucho más ardua. Se trata de imaginar el porvenir, pero no forzados a optar por uno de dos sistemas, como hasta hace unos años, ni por el único vigente como ahora desean los triunfadores. Se trata de pensar y crear sistemas realmente alternativos, que apuesten a la integridad, a la solidaridad y a una verdadera igualdad entre los seres humanos. Se trata de intentar describir cómo será ese futuro en el que los Estados serán satelitales y su rol estará redefinido en función del interés central; en el que ya no habrá trabajo como se lo entendió históricamente; en el que los conflictos sociales probablemente asumirán formas despiadadas, y en el que el hambre y la injusticia en el reparto de bienes serán cada vez más ofensivos para la dignidad humana. Un futuro en el que es sensato prever que sufriremos gravísimas limitaciones a la libertad de expresión, en el que el control social será sutilmente represivo, y en el que todo eso será coetáneo con los avances más formidables de la ciencia y la tecnología.

Es difícil, rayano en lo reaccionario, oponerse al avance tecnológico que significa en sí mismo el Tercer Milenio. El futuro es inabarcable y superará sin duda lo que imagine el más fervoroso visionario, pero eso no quiere decir que en términos nacionales los argentinos vayamos a estar mejor. Es un mito arraigado en el argentino medio la creencia de que los avances técnicos automáticamente mejoran la calidad de vida de los habitantes de un país. Lo mismo sucede en cuanto al enfoque político: se cree y espera que la democratización de la vida colectiva significará que necesaria, inmediatamente se mejorarán las condiciones de vida. Pero eso no es así, entre otras razones por la falsificación contemporánea.

En un viejo pero todavía vigente texto, el ensayista italiano Umberto Eco sostenía que el Poder ya no estaba en la punta de los fusiles sino en los chips de las computadoras. Señalaba entonces que el sabotaje, la desviación, la falsificación y la corrupción futuras tendrían la forma de batallas mediáticas: la *guerrilla soft*. Según Eco, "el Poder no se origina en una decisión arbitraria en la cúspide, sino que existe gracias a mil formas de consenso ínfimas o moleculares". Se trata entonces de golpear al sistema dominante "poniendo en crisis la sutil red de consenso basada en ciertas normas de coexistencia".[2]

Esa teoría de la falsificación es perfectamente aplicable a la Argentina del fin del milenio: siguiendo el razonamiento de Eco, en cualquier grupo se sobrentiende que todo el que aporta una información suministra una información verdadera. Cuando miente, recibe la reprobación general del grupo. Y si miente habitualmente, pierde toda credibilidad. Pero supongamos –sugiere él– "que la costumbre de no respetar el mínimo nivel de verdad se generalice, y todos mientan a los demás. El grupo se descompone y comienza la guerra de todos contra todos". Así se llega a un punto en el que lo destruido no son relaciones de poder, sino las condiciones mismas de supervivencia del grupo. Cada cual se vuelve tan agresor como víctima. Pero eso no quiere decir que el Poder se destruya: "En un universo de falsificadore el Poder no se destruye: como mucho, se sustituye a quien lo detenta".

Darwinismo social perfecto, el que es capaz de resistir más será el amo; el débil será sometido, sustituido o simplemente desaparecerá. Y la medida de su capacidad de resistencia estará dada no necesariamente por el ejercicio de la información verdadera sino por su capacidad de falsificación. De ahí han surgido ciertas formas de resistencia tecnológica sorprendentes, que se han puesto en práctica frente al poder de las grandes corporaciones. Eco narra el ejemplo de un grupo de contestatarios californianos que, en lucha contra una compañía telefónica, propuso que todos los usuarios abonaran sus facturas pagando un centavo de más. Ese mínimo exceso, irreprochable legalmente, ponía en crisis a todo el sistema, porque las computadoras advertían la diferencia y enviaban una carta de reembolso con un cheque de un centavo a cada usuario. Se producía un caos que además resultaba antieconómico. "Los grandes organismos son extremadamente vulnerables —dedujo— y basta con un grano de arena en el engranaje para hacerles entrar en plena paranoia... Para corromper a un contable hace falta tiempo, dinero y quizá mujeres hermosas; con mucho menos se vuelve loco un cerebro electrónico: basta con hacer entrar en sus circuitos, quizá por teléfono, una información descontrolada". Centenares de *hackers*, en los '90, demostraron que es exactamente así.

Esto ilustra acerca de la importancia desmesurada que tiene lo falso en el mundo posmoderno y tiñe las perspectivas para el milenio que viene, que podrían pensarse poco auspiciosas para un país ya sometido a tantas falsificaciones como es la Argentina. Pero además lo que produce la falsificación es el ocultamiento del enemigo. No porque estemos en guerra (que es cuando mejor se definen los enemigos) sino precisamente porque no lo estamos: la falsificación hace que sea imposible visualizar a quien nos está perjudicando, quien nos doblega, nos abate y nos desanima. Tampoco se preconiza aquí que haya que tener, ni mucho menos inventar, enemigos. Pero cuando se los tiene, es mejor verlos. Y el problema de la globalización, entre tantos otros y todos tan sutiles, es que se trata de un enemigo que no se ve, no se lo reconoce.

En octubre de 1990 participé de un encuentro de intelectuales en la ciudad de Graz, Austria, organizado por la *Steirische Akademie* (institución que celebra todos los años un Festival Artístico de Otoño). El tema del encuentro —celebrado en el auditorio de la Universidad— fue "Cultura, Poder y Libertad" y convocó a una treintena de intelectuales de Europa, Asia, Africa y América Latina. Durante aquellos días, me impresionó muchísimo ver a tantos intelectuales que venían de los hasta entonces llamados países socialistas. Muchos de ellos viajaban al "otro lado" por primera vez. Eran una verdadera curiosidad, y resultaba conmovedor ver cómo miraban todo y cómo se movían y andaban juntos rumanos con rumanos, búlgaros con búlgaros, y así checos, yugoslavos y rusos, casi de la mano unos con otros, como protegiéndose del impacto, con ese miedo de quien sale de la oscuridad después de mucho tiempo y no se acostumbra todavía a la luz.

Mi ponencia llevaba por título *Cambios, Libertad y Cultura* y en un párrafo me dirigí específicamente a esos colegas de los que me separaba la Historia, pero también experiencias y lengua, pues todos nos entendíamos (es un decir) balbuceando el Inglés que cada uno manejaba como podía:

"Tengo algunas ideas sobre lo terrible que habrá sido el comunismo, el llamado socialismo real. Tengo muy claro lo que fueron el estalinismo, los gulags, el autoritarismo del partido único. Me doy cuenta de las tremendas limitaciones que impusieron la economía centralizada, la falta de libertad de comercio, la censura en los medios, la persecución de las policías políticas como la KGB, la 'Securitate' rumana y otros 'servicios'. En fin, puedo imaginarme todo ese infierno del que supongo que algunos de ustedes, aquí presentes, han de venir. Pero me gustaría decirles, con toda modestia y el mayor de los respetos, que dudo que la única salida de ese infierno sea por la puerta dorada del capitalismo. No estoy seguro de que sepan, muchos de los que vienen del infierno comunista, intelectuales como ustedes o no, lo que es el infierno capitalista. Es por eso que he querido contarles cómo está mi país. Cómo se deterioró por obra de un modelo que coartó el desarrollo, afianzó la dependencia, destrozó la idea de soberanía y arruinó nuestra identidad nacional. Lo que ha producido en mi país el capitalismo real han sido banqueros vagos, empresarios especuladores, funcionarios corruptos, impunidad y una injusticia social apabullante.

"Al terminar la Guerra Fría comenzó a imperar en todo el mundo la idea superior del liberalismo, tal como nos lo anunció hace poco Francis Fukuyama.[3] Pero no sólo se acabó la Guerra Fría, ni otra etapa de la posguerra –nos dijo él–, no sólo han muerto el comunismo y el fascismo. No, hay mucho más: también se acabó la Historia y estamos, como él dice, en 'el último paso de la evolución ideológica de la humanidad y de la universalización de la democracia liberal occidental, como forma de gobierno humano'. Nada menos. En esa evolución, para él no tienen mayor importancia las consecuencias. Fukuyama les ha dicho a sus pares: 'Está claro que la amplia mayoría de los países del Tercer Mundo siguen empantanados en la historia, y seguirán siendo terreno de conflicto durante largos años. Centrémonos de momento en Estados más amplios y desarrollados, que en definitiva constituyen la parte fundamental de la política mundial'. Un desprecio absoluto el que siente por nosotros. Pero también, hay que reconocerlo, es de una enorme sinceridad en este sentido: según él, el triunfo ideológico del liberalismo, como última posibilidad de gobierno humano, significa que dos tercios de la humanidad –unos 3.000 millones de personas, digamos– quedará marginada y seguirá siendo 'terreno de conflictos' mientras festejamos la muerte del comunismo y de algunos fascismos latinoamericanos. Parece un libreto televisivo escrito por el señor Bush, para que mire con desconfianza el señor Gorbachov, y para que aplaudan Margaret Thatcher (feliz por lo que hace) y Carlos Menem (feliz porque no sabe lo que hace).

"Tan definitivo es el final que ha decretado el señor Fukuyama, que se considera a sí mismo 'consciente de haber emergido ya del otro lado de la historia'. Como cualquier ideologismo esquemático, el liberalismo fukuyamiano apuesta a la inmovilidad social. Carece de imaginación para admitir lo mejor que tiene la vida: la imprevisibilidad. Fatuo y disparatado, concluye augurando que 'el fin de la historia será un tiempo de tristeza' y nos advierte que 'en la era post-histórica no existirá ni arte ni filosofía; nos limitaremos a cuidar eternamente de los museos de la historia de la humanidad'.

"Pues yo creo que se trata del canto del cisne de una gigantesca falsificación que, me parece, me temo, en los próximos años se va a esparcir como *el* modelo a imitar y a cumplir, y es muy probable que a ustedes mismos también los arrastre".

Traigo esta cita autorreferencial porque me parece pertinente para este comienzo. Hoy es sabido que Fukuyama confundió (no inocentemente) el fin de *una* historia –la terminación de *un* ciclo histórico– con el fin de *la* Historia. Como bien señaló André Gunder Frank en una memorable refutación que tituló *Another look at History*: "No hay ninguna evidencia, ni material ni de ninguna otra naturaleza, de que la historia se mueva hacia éste o hacia cualquier otro fin. Podrá haber transiciones, pero una transición siempre es una transición entre una transición y otra transición".

Además, si honradamente se pretendiera que las ideologías y la Utopía han muerto, y que el triunfo de una ideología significa el Fin de la Historia, ahí está toda la Historia del Hombre, incomparable muestrario de que la inmovilidad social no existe, para desmentirlo. El problema de las falsificaciones, sin embargo, es que cada vez están mejor montadas y sus discursos calan más profundo en la pobre inocencia de la gente. La falsificación como estrategia universal ha dado pie al gran cuento del fin del milenio: el cuento de la globalización.

El año 2000 y el cuento de la globalización

En el mundo cada vez somos más, y cada vez son más los ignorantes y los hambrientos. No es declaracionismo: hay datos escalofriantes. Cito solamente uno: según el Informe sobre Desarrrollo Humano 1996 del PNUD (Programa de las Naciones Unidas para el Desarrollo), el activo de las 358 personas más ricas de la Tierra es igual al ingreso combinado del 45 % más pobre de la población mundial: 2.300 millones de personas.[4]

En el esplendor de su avance científico y tecnológico, la humanidad parece empeñada en retroceder filosóficamente. La sobrepoblación, la insolidaridad, el destrozo del medio ambiente, parecen importar muy poco a los estadistas actuales. Sometidos a la presión de los lobbies empresariales, ignoran cínicamente el verdadero estado de la humanidad. Y no sería extraño que la única manera de imponer las "nuevas ideas" acabe siendo por vía de un nuevo y sutil autoritarismo. ¿Será que marchamos hacia un mundo en el que de un lado estarán los que gobiernan, mandan e imponen; y del otro lado las masas embrutecidas? Curiosa resolución para la lucha de clases, cuya finalización se anuncia con tanta ligereza.

No se trata de tener un pensamiento apocalíptico, pero tampoco se puede dejar de pensar que este nuevo modelo colectivo sigue sustentando su crecimiento, como siempre lo hizo el capitalismo, en las crisis bélicas de índole nacional o regional. Desde que acabó la Guerra Fría hay que contabilizar, por lo menos, las crisis nunca resueltas de Oriente Medio (Líbano, Israel), del Golfo Pérsico, y las guerras civiles de Bosnia, Albania, Africa y Asia. Todas esas amenazas son siempre muy oportunas para las industrias bélicas norteamericana y europea. A mediados de los '80 era posible preguntarse: ¿qué hará el capitalismo cuando se termine la Guerra Fría? Ahora tenemos una respuesta: el caos que viene significando para el capitalismo la falta de enemigo hace muy difícil, casi imposible soportar el desempleo masivo, la investigación inútil y el eventual crash del sistema financiero internacional, que tantos años estuvo sustentado en la fuerza de la industria bélica. La estrategia de dominación, por lo tanto, no es verdad que ya no se sustentará en la fuerza física, bélica, sino en el poder informático. No es toda la verdad, por lo menos. Y ahí están las flotas norteamericanas navegando a cada rato hacia Irak. No son dominaciones informáticas las que llevan esos portaaviones.

No extrañe al lector que me ocupe de estos temas: la Argentina, aunque muchos ya no quieran recordarlo, ha sido un país de larga estirpe militar y guerrera: 53 años de poder militar distorsionaron la conciencia democrática y pacifista de varias generaciones; sólo 18 años antes de terminar el siglo XX se embarcó en una guerra contra una de las potencias del Primer Mundo; fue productor y exportador de material bélico sofisticado; participa de varias misiones militares de las Naciones Unidas, y envió dos buques con tropas a la última Guerra del Golfo. Y ahora cerrará el siglo con sus Fuerzas Armadas desactivadas, acaso reconvirtiéndose secretamente en fuerza policial antinarcóticos.

En ese contexto, millones de argentinos se acercan al final del milenio completamente desprevenidos. Me refiero, desde luego, al argentino medio, el ciudadano o ciudadana que trabaja y sufre y renueva esperanzas a pesar de las indicaciones tan crudas de la realidad. No viene al caso hacer ahora precisiones sociológicas, pero digamos que ese argentino es el votante promedio, el televidente promedio, el consumidor promedio, mayoritariamente urbano y generalizadamente fastidiado y descreído con el presente, su propio presente, el que tiene ante sus ojos. Y digamos que a finales ya de los '90 parece haber aceptado, admitido resignadamente, que la falsificación contemporánea tiene un nombre universal: globalización.

Como ya es evidente, el fin de la historia no es más que una declaración rimbombante –y mentirosa– que cada tanto aparece y logra conmover a burgueses y cientistas sociales. Ahora, menos de una década después, parece haber admitido el fracaso semántico y entonces cambia de nombre: ahora se llama globalización y pretende que las decisiones no se tomen entre nosotros porque son tendencias planetarias; se habla de "escala mundial", de "aldea global", de "mundialización"; se dice que es inevitable la vida como es; que es inútil resistirse.

Uno de los más convencidos y que mejor sintetiza ese pensamiento es el filósofo español Fernando Savater, quien ha sostenido que cuando el planeta ya está próximo a los 6.000 millones de habitantes, el hambre, la ecología, la paz "y un nivel digno de vida a escala mundial, etc., son problemas que no pueden afrontarse más que globalmente, en todo el mundo". En opinión de este famoso pensador, "estamos asistiendo a una necesidad de que haya un cierto control internacional para plantear los grandes retos de nuestro presente; que haya una cierta autoridad internacional que medie en los conflictos, que impida las masacres, que impida que determinados gobiernos torturen a sus propias poblaciones, que impida las guerras, las invasiones injustas de un país por otro".

"Hay una tendencia a la mundialización de las soluciones, del orden del mundo", dice enseguida, y concluye: "El gran reto es contribuir a una democracia efectiva a escala mundial: efectiva en el sentido de que no sea simplemente una democracia de formas, de procedimientos políticos, sino una democracia con sustancia, con rechazo a la miseria".[5]

Más allá de sus buenas intenciones, este tipo de argumentación procura establecer una forma de paternalismo universal. Pero no creo que en Ghana o en Bolivia se sienta lo mismo que en Europa al pensar, por ejemplo, en una "democracia efectiva" ordenada quién sabe dónde y por quiénes. Esas difusas "autoridades internacionales" han de ser buenas o malas según el lado en el que esté cada uno. Pero además aquí, en América Latina, en Argentina, sabemos perfectamente que no basta con "rechazar" la miseria.

Se trata de corregirla, y urgentemente, y nunca alcanza con buenas intenciones. Y por si todo ello fuera poco, a los latinoamericanos, y tercermundistas en general, nos sobran razones para pensar que es dudoso que una "democracia mundial" o una difusa "autoridad internacional" sean justas y ecuánimes con los neuquinos o los chaqueños, por caso, o con los indios amazónicos o los hutus africanos.

Esta ideología (lo es, por más que nos digan que las ideologías han muerto) pretende lo mismo que el Fin de la Historia: una imposible homogeneidad planetaria que, entre otras cosas, en los pueblos periféricos está sembrando la desesperanza e impone la sensación de que no hay nada que hacer porque todo está perdido. Sugiere que nada se puede modificar, ni individual ni socialmente, y de hecho se constituye en una de las grandes clausuras de la esperanza.

Frente a eso, quizá la respuesta debiera ser el optimismo, pero no por decisión o voluntarismo, sino porque objetivamente estamos mucho mejor que en otras épocas. El mundo es mucho mejor ahora que hace siglos, y que hace décadas, y que hace unos pocos años. No retrocedemos; avanzamos. Hay progresos en todas las áreas: en el saber, la salud, el conocimiento científico, las tecnologías, los transportes, la calidad de vida, y eso sucede en el mundo y también en la Argentina, donde muchos tienen hoy una mejor calidad de vida que hace 20 años. Como recientemente declaró Noam Chomsky en Buenos Aires: "Las luchas populares pueden comenzar hoy desde un nivel más alto y con mayores expectativas que las luchas que comenzaron en la década de 1890 o en los años '20, o inclusive hace treinta años. Y la solidaridad internacional puede tomar ahora formas nuevas y más constructivas, ya que la gran mayoría de la gente de todo el mundo se fue dando cuenta de que sus intereses son muy parecidos y de que pueden avanzar trabajando juntos".[6]

Todo lo cual, sin embargo, no alcanza para que el argentino medio –esa inevitablemente difusa mayoría– se sienta optimista. Al contrario, la desesperanza es el sentimiento más difundido en la Argentina y la autoconfianza del ciudadano está tan minada que en el fin del milenio parece aceptar mansamente los confusos dictados, preceptos y valores de la globalización. Hace unos pocos años fue moda la reforma del Estado, de todos los Estados. Era inevitable, porque evidentemente los modelos político-económicos entraron en crisis. Pero la reforma neocapitalista, al menos en la Argentina, más se pareció –y se parece todavía– a una oportunidad para tenderos codiciosos que a una verdadera reforma. Siguiendo ese discurso, esa moda, se vendió casi todo el patrimonio colectivo. Los argentinos nos quedamos sin nada pero encima lo vendido no sirvió para pagar la ominosa deuda externa. Ahora debemos mucho más que antes. Lo que apareció y todavía se celebra como "reforma del estado", si se mira bien, no fue sino un retorno a los viejos libretos conservadores del siglo XIX. Otra falsificación.

Y además sucede que a pesar de las mejorías que acaso debieran alentar el optimismo de todos (ahora funcionan los teléfonos, hay gas, la luz ya no se corta, dicen los argentinos), ellas no impiden reconocer que para muchos, muchísimos argentinos, la situación objetiva de sus vidas ha empeorado. Sobre todo porque, ahora que el mundo es tecnológicamente superior a lo que fue en cualquier época pasada, ellos se encuentran paradójicamente sin trabajo ni esperanzas, y entonces es objetivo que su situación relativa individual ha empeorado, y mucho.

Los datos del llamado "ajuste estructural" de la década de los '90 son impresionantes. Mientras por un lado fue visible un acelerado crecimiento de muchos índices económicos, la agudización de las desigualdades muestra heridas y daños absolutamente escandalosos para cualquier sociedad que todavía se estime a sí misma: el 10% más rico de la población argentina se apropió en 1995 de aproximadamente el 37% del total de la riqueza generada, mientras que el 30% más pobre del país absorbió solamente el 8%. Los ingresos del 10% más rico fueron 22 veces superiores a los ingresos del 10% más pobre (esta relación era de 15 veces en 1985, y de 12,5 veces en 1974).[7]

En plan de mencionar falsificaciones, ahí está el discurso ecológico mentiroso que es también dolorosa característica de la Argentina del fin del milenio. El ambientalismo concebido como "negocio de la ecología" es incluso más destructor. En el Chaco, por ejemplo, los lobbies madereros consiguen que desde el mismo gobierno se impida que entre las directivas conservacionistas de las Naciones Unidas se incluya al quebracho colorado como árbol en extinción. Las leyes conservacionistas (que existen) no se cumplen, la tala de bosques es imparable y la selva chaqueña se está convirtiendo en un desierto. Algo similar ha sucedido en Misiones, que se ha convertido en un ridículo predio en el que se suplantan especies arbóreas milenarias por pinos y eucaliptos para uso comercial y con eso se cacarean falsas campañas de reforestación. También hay piedra libre para la matanza de guanacos en Tucumán y en la Patagonia. Y en el Oeste bonaerense, La Pampa y sur de Córdoba son devastadas liebres para exportar (¿clandestinamente?) a Alemania y otros países de Europa. Y la mismísima Secretaría de Agricultura de la Nación –según reiteradas denuncias periodísticas– prohija la importación de avestruces de Africa sin los debidos estudios zootécnicos para producir plumas y carnes para la exportación. Así también en Chubut y en todo el país ya casi se ha extinguido el zorro colorado; en el Nordeste el aguará guazú, el guazuncho y el ciervo de los pantanos prácticamente han desaparecido; y hay denuncias de que en Santiago del Estero existe una especie de absurda fábrica de lagartos (sic) que comercializaría un millón de cueros por año. Tampoco se cumplen con rigor las vedas de pesca en los grandes ríos del Nordeste argentino.[8]

Hoy se predica tanto la palabra globalización que se termina por admitirla. Como si un enorme globo nos hubiera encerrado, la sensación que deja es la de que no tenemos escapatoria. El contexto en que se habla de lo global es, en sí mismo, el de un encierro: no hay salida. O bien: el que se sale del encierro, el que saca los pies del plato (o del globo) está perdido: queda fuera del juego y será aplastado.

En muchos foros internacionales, congresos de escritores y ferias de libros he visto cómo esta palabreja circula como santo en su parroquia. Que ahora hay un único sistema en el mundo y aunque no nos guste tenemos que adaptarnos a él. Que lo global puede llegar a ser participativo y justo, pero en la medida en que aceptemos sus reglas y explotemos las posibilidades de la Aldea Global. También se nos dice, y sobre todo esto se escucha en los foros que se celebran en los Estados Unidos, que hay una única lengua universal que es el Inglés y el que no la aprende perderá irremisiblemente el tren de la historia. Paralelamente se nos informa que tienden a desaparecer las fronteras; que los conceptos de territorialidad, soberanía y nación están caducos y en vías de extinción, y que lo que pensábamos hasta ahora son arcaísmos de la historia pues marchamos hacia una única patria común a todos: la sociedad planetaria, la Aldea Global.

Hay muchos modos más de pintar ese horizonte. Pero si uno mira fijo, seguro se da cuenta de cuándo el horizonte es natural y cuándo es cartón pintado. Seguro. Si nos dicen que hay una sola lengua con futuro y que es el Inglés, y quienes lo predican son sobre todo no nativos de esa lengua (hispanos, asiáticos, eurorientales) es inevitable desconfiar. Si nos dicen que hay una sola nación y un solo sistema, y es el que obviamente nos domina y condiciona, es imprescindible desconfiar. No es difícil advertir que esa unicidad es falsa como moneda de peso y medio. De hecho los que aceptan el discurso de la globalización y lo repiten son los adaptados por el sistema, los prebendarios, los acomodados por la nueva situación, los neocolonizados que aceptan ese discurso que es el mismo discurso que todos los imperios han proclamado: también Roma hace veinte siglos, España hace cinco, e Inglaterra en el XIX, proclamaron lo mismo: la desaparición de los Estados preexistentes, que debían pasar a formar parte del Imperio; la sustitución de las lenguas nativas por la lengua imperial; la idealizada pertenencia a un conjunto único y protector (llamado Imperio, Corona o *Commonwealth*); y la conveniencia de obedecer los dictados políticos y económicos de la metrópolis, las virtudes del acatar y el no resistirse.

Antes eso se llamaba colonización; ahora le dicen globalización. No difieren sustancialmente. Como tampoco difieren las respuestas de los que la aceptan o la rechazan.

Claro: el problema ahora es más grave porque, decretada la muerte de las Utopías con el fin de la Guerra Fría, no parece haber alternativas. En la Argentina menemista de los '90 la sujeción ha sido tan grande que los aparatos de difusión reprodujeron e impusieron en la sociedad los ideales de pertenencia al llamado Primer Mundo, la admisión de las "relaciones carnales" con los Estados Unidos y la dependencia de los usos y costumbres más vulgares del capitalismo. Esto genera desaliento, frustración, un escepticismo muy sólido. Y como además las urgencias colectivas (trabajo, alimentación, vivienda, educación, salud) son enormes y cada vez más traumáticamente insatisfechas, es muy difícil, en apariencia imposible, oponerse a la globalización.

Pero más allá de la apariencia, no es imposible. Ignoro cuál es la mejor alternativa, pero he leído y escuchado lúcidas dudas y brillantes cuestionamientos, y eso no es poco, porque aunque todavía suframos la carencia de alternativas eso no significa que debamos aceptar y adaptarnos. En primer lugar porque del discurso imperial lo único que ha cambiado es el lenguaje, que se ha vuelto más sofisticado y de retórica mucho más ambigua, y por ende más complejo. En segundo lugar, porque aunque se trata de la misma mona ahora vestida de seda, es precisamente el ropaje lo que hoy constituye un problema. Y en tercer lugar, porque carecer de una propuesta alternativa no es razón para bajar los brazos y entregarse.

Sin dudas, uno de los problemas más graves de la humanidad, en el fin del milenio, es la falta de una utopía alternativa. Empero –suele decirse– si nos mataron las viejas utopías tenemos el deber de imaginar otras. Y eso suena muy bien, pero no es suficiente respuesta. Porque lo que está en juego no es tal o cual utopía, ni se trata solamente de recuperarnos de una derrota como es ya otro tópico pensar en estos años finiseculares. Y tampoco es cuestión de creer que los ideales son intercambiables. No, lo que hay que defender a ultranza, y lo que es verdaderamente invencible, es el derecho a soñar. Lo que está en juego es el derecho mismo a seguir soñando, porque son los sueños lo cuestionado. No hay mejor ilusión (ni utopía) que soñar con inventar una ilusión: he ahí lo subversivo. Es la búsqueda forzada la que nos mantendrá siempre en camino. No hay nada peor, ni que implique más contundentemente una derrota, que aceptar una falsa utopía porque no se encuentra una mejor.

Los productos culturales de cada época son determinantes de (y determinados por) esa misma época. Esto para decir que el fenómeno de la globalización y la multinacionalización de los productos culturales nos afecta tremendamente. Como lector, me afecta porque determina lo que me es permitido leer, lo que se traducirá, lo que llegará a librerías y supermercados y lo que poblará las bibliotecas. Condiciona lo que puedo leer y decide lo que no podré leer. Me impone títulos y me escamotea otros. Modifica las condiciones de la producción cultural más diversa, en todos los sentidos del vocablo "cultura" y, al gobernar el mercado e imponer gustos y condiciones, cambia los gustos y condiciona los accesos. Posmoderniza, frivoliza, banaliza, embrutece. Y así domina sobre sociedades quebradas. El discurso imperial de la unicidad no entra en detalles: los números se masifican, se enormizan, y sólo se prevé la rentabilidad. Es todo lo que importa.

Claro está que ese discurso imperial tiene críticos incluso en su propio seno. Por fortuna, algunos son de una lucidez extraordinaria, seres conscientes de la falacia, capaces de escribir lo siguiente: "Hoy con la globalización de la cultura norteamericana, es claro que nosotros (los norteamericanos) ganamos no sólo la guerra fría sino la batalla por el tiempo libre mundial. La cultura se ha convertido en uno de nuestros más lucrativos productos de exportación (segundo puesto, luego de la tecnología aeroespacial); ahora el mundo entero adora a Pamela Anderson Lee, Ace Ventura y Mtv. Pero el problema es que estamos exportando la violencia-Rambo y la sentimentalidad-Disney en vez de arte serio, y publicitamos el escapismo, el consumismo y lo que Benjamin R. Barber, autor de *Jihad vs. McWorld*, llama 'la ideología de la diversión'... La pregunta es por qué hemos pasado de exportar lo mejor de nuestra cultura para ofrecer lo peor".

El autor de esta frase es Michiko Kakutani, en "Taking out the trash", artículo publicado en *The New York Times Magazine* el domingo 8 de junio de 1997. Y continúa así: "Ciertamente el mundo nos ha dado muchas arideces: Francia nos dio el deconstruccionismo e Inglaterra *Cats*. Pero también muchas cosas maravillosas: las películas de Truffaut, Fellini, Bergman y Kurosawa, y el realismo mágico de Jorge Luis Borges y Gabriel García Márquez.[9] Así como Toyotas, Volvos, Armanis, fútbol (*soccer*) y sushi. En contraste, los norteamericanos les hemos dado centros comerciales, parques de diversión, *El precio es correcto* y el ininterrumpido juego de *Dinastía* y *Dallas*".

Y concluye: "Para los países extranjeros, el peligro del crecimiento continuo de la cultura basura que exportamos es obvio: esta tendencia ataca las culturas autónomas, los valores propios y las economías locales. El peligro para los Estados Unidos es todavía más insidioso: la ratificación de nuestro rol global no sólo como imperialismo cultural sino como imperialismo con mal gusto puede tener un efecto *boomerang*. Tal vez el efecto para nosotros, norteamericanos, por usar el resto del mundo como basurero cultural está en que cada vez nos hundimos más en esta basura que cínicamente producimos".

En fin, cuando lo individual y lo colectivo están tan divorciados, cuando el paradigma de lo social se quiebra como se quebró en la última década del siglo XX en la Argentina, y cuando la falsificación es moneda de cambio cotidiana, es obviamente difícil inventariar la esperanza. Hasta lo más incuestionablemente socializado es sospechoso: la televisión, Internet, el fantástico universo comunicacional en que nos desenvolvemos son sin duda democráticas, socializadas formas de vida. Y sin embargo no podemos decir que hayan mejorado la satisfacción de las necesidades básicas de la gente. Por eso no autorizan a que depositemos la esperanza de un mundo mejor en la pantalla.

En este contexto, la cultura argentina de fin de milenio se encuentra en una encrucijada. Está en emergencia porque el argentino medio ya no cree en los viejos paradigmas, pero no los ha sustituido por otros. O sí lo hizo, pero los nuevos son deleznables: ligereza, liviandad, futilidad, banalización, improvisación.

La angustia existencial: Una filosofía de la resistencia

En la Universidad Nacional del Nordeste (UNNE) trabaja, investiga y escribe uno de los más originales filósofos de la Argentina: Eduardo Antonio Fracchia, quien desde hace casi tres décadas publica, silenciosa, casi subrepticiamente, sus reflexiones. El último de sus libros, aparecido en el verano de 1997, es uno de los textos más revulsivos y sugerentes que pueden leerse sobre el cierre del milenio y la transición hacia un futuro tan difuso como el de la humanidad, pero también es, al mismo tiempo, una propuesta vital. Su título es: *Apuntes para una Filosofía de la Resistencia*[10] y no me resisto a seguirlos para este capítulo.

Fracchia nos recuerda que "en el horizonte del desmoronamiento de la antigüedad se vislumbraba una nueva espiritualidad, la del cristianismo, esto es, una nueva concepción del mundo y de la vida" y señala que, por lo tanto, "la tarea de una filosofía crítica es averiguar y, llegado el caso, denunciar qué nueva concepción se está fraguando en el mundo contemporáneo". Sugiere que, como el presente es un mundo en crisis también la filosofía ha de ser "de la crisis". Y es que se han perdido los sentidos en base a los cuales se construye la convivencia; la edificación del conocimiento no está siendo aplicada necesariamente para el mejoramiento de lo que ahora se llama calidad de vida. En todo caso, los contrasentidos son tan cuantiosos como desconcertantes. En nuestra generación padecemos esa pérdida de sentido y de ahí que lo que Fracchia llama "la angustia ante lo incierto" se convierte en el principal *leit motiv* de las inquietudes de los hombres y de las mujeres de nuestro tiempo.

El fin del milenio está signado por esta angustia. Desde otra perspectiva también la ha enfocado Eva Giberti al hablar de pacientes que expresaban "sentimientos que no podían clasificarse como depresión, pero que incluían tristeza, desasosiego y una notoria insatisfacción consigo mismos", personas –argentinos, porteños– que a la incertidumbre y al desconcierto, y a la sensación "de estar frente a algo que no conocían, que no podían explicar" caían en estados de tensión permanente. Giberti explica que se trata de una "perplejidad vinculada con los cambios que se produjeron en la modernidad". Al acabarse lo conocido, al quebrarse tradiciones y costumbres, se cae en el desasosiego.[11]

La vida cotidiana de los argentinos, encima, está plagada de hechos que producen lo que Giberti define como "una perplejidad crónica que genera un malestar persecutorio" que no se alivia con psicofármacos. Esa perplejidad tiene que ver con la sensación de mucha gente de que se la está subestimando: "Idiotizar a la gente significa pretender que acepte como verdaderas historias que son ficticias, y que piense que hay confusión donde rige el encubrimiento". Todo esto embona con lo que señalábamos más adelante: la falsificación en la posmodernidad oculta al enemigo, enturbia la mirada (y la comprensión) y aumenta la angustia.

Y si ofrecer respuestas a esa angustia constituye la filosofía del presente, como nos enseña Fracchia, me parece que de lo que se trata es precisamente de encontrar respuestas no convencionales, que quiebren la lógica de la razón para dar paso a la imaginación, la fantasía, incluso el desborde. La heterodoxia, se me ocurre, es el único camino que nos queda, porque es diferente y es imposible de encorsetar.

Fracchia se pregunta para qué los poetas en tiempos aciagos, y para qué los pensadores, y sostiene que "en la primigenia idea de progreso había una clara intencionalidad prometeica, la certeza de una evolución hacia la universalización de todas las relaciones humanas (económicas, políticas, científicas, culturales, etc.), pero que no tardaría en desembocar en un despiadado etnocentrismo". Evidentemente, esto es cierto y comprobable, y por eso mismo la necesidad de recuperar y acentuar lo diferente[12].

La idea es original y audaz justamente porque procura superar el desaliento contemporáneo ofreciendo una alternativa: "Hoy ya no hay sitio para la ingenuidad de propugnar un saber desinteresado, un saber por el saber mismo, un 'amor a la sabiduría' o una incesante y heroica búsqueda de la verdad pura, ahistórica". Se trata entonces, precisamente, de encontrar ese sitio, de forzar un espacio de pensamiento que recupere no la ingenuidad pero sí la vocación por el saber, la sabiduría y la verdad, además de la justicia, la ética y demás valores que se nos están perdiendo en el extravío de la crisis del fin del milenio. Y se trata de reproponer caminos, porque si no, de tanto hacer sólo crítica de la crisis, acabaremos en una monumental crisis de la crítica.

Y es que no tenemos por qué aceptar la idea perversa de que el pensamiento contemporáneo no puede dar respuestas a la crisis. Ni tampoco resignarnos a que la razón se ha agotado, o que es incapaz de explicar esta modernidad de la modernidad que viene a ser la posmodernidad. La concepción del mundo que vino gobernando la vida de los pueblos en este siglo que fenece, convengamos que fue diversa, heterogénea, discutible y plural. (Claro que no fue plural por vocación democrática, sino porque ninguna ideología pudo alcanzar hegemonismo ni logró imponerse a nivel planetario.) De hecho, el siglo XX se abrió con la desilusión: Fracchia dice que "el optimismo del siglo XIX, la confianza ciega en el poder de la razón, los logros científicos –incluidas las ciencias sociales– se trastocó en un creciente pesimismo, sobre todo a partir de la Primera Guerra Mundial. Inseguridad, pérdida de sentido, genocidios, hambruna, nuevas formas de esclavitud y alienación, notas palpables en las contemporáneas filosofías del absurdo, el nihilismo o el irracionalismo vitalista. Y luego vendrían la segunda gran guerra, Hiroshima y Nagasaki".[13] Verdadera disolución del tipo de optimismo que expresa inmejorablemente el epígrafe de Víctor Hugo al inicio de este capítulo, el siglo XX estuvo signado por peleas ideológicas bipolares: totalitarismo-democracia; discriminación-integración; capitalismo-comunismo; liberalismo-socialismo. Por eso la síntesis que parece haberse alcanzado en la última década, con el triunfo universal del capitalismo bajo el rótulo de *globalización*, lo coloca más bien en el umbral del siglo XXI. En otras palabras: el siglo XX terminó con la caída del Muro de Berlín; el XXI comenzó con el auge mundial del neoliberalismo capitalista.

Lo cierto es que esas concepciones del mundo, todas las cuales tuvieron vocación hegemónica (hegemonicista, más bien), pugnaron por imponerse como concepto único y universal. De hecho es lo mismo que sucedió con el cristianismo y prácticamente con todas las creencias e ideologías, que en ese punto siempre coinciden: la pretensión totalizadora y de valor universal absoluto es consustancial a los imperialismos. Pues bien: la crisis actual de la razón consiste en que todos esos edificios se derrumbaron, y las dicotomías históricas elementales (verdad-mentira; justicia-injusticia; amor-odio) dejaron de tener significación y se mezclaron en un raro, quizá positivo cambalache que hoy nos tiene sumidos en la perplejidad.

Tan apocalíptico mensaje no sólo desorienta y confunde, sino que impone miedo. Acentúa esa "angustia ante lo incierto" y lleva a las masas a esperar una salida; las fuerza a ansiarla con secreta desesperación. El inconsciente colectivo planetario exige, aguarda, desea una respuesta, y esa respuesta es el discurso hegemónico: se llame globalización, nuevo orden mundial, armonía planetaria, poder corporativo universal o cualquier otra variante.

Este colosal engaño está, no obstante, muy bien armado. Aparece en el horizonte como algo inevitable y se ofrece como una única respuesta posible. Lo cual no deja de tener un fuerte aire aliviador de la angustia. Somete con levedad y delicadeza, con lo que resulta hasta contenedor, y frente al cuadro social de violencia, descontrol, caos urbano, desaliento, hambre, destrucción ecológica y recalentamiento de la Tierra que la humanidad aprecia, este nuevo paradigma, este Nirvana globalizador resulta entonces perfectamente balsámico. De hecho, para los que se amparan bajo el paraguas de la planetarización, y especialmente para sus millones de beneficiarios, es en sí mismo *la* utopía del nuevo milenio. Y a muchos otros les evita tener que elegir y ser consecuentes.

Siempre es difícil elegir, y las responsabilidades que toda elección implica suponen un grado de madurez: elegir conlleva la decisión de saber que se abandona toda otra posibilidad. El niño, en cambio, lo quiere todo. Si le preguntamos: "¿Que te gustaría más: un helado o un chocolate?", lo más probable es que nos responda: "Sí", con entusiasmo deliciosamente infantil. El acto adulto de elegir reclama una responsabilidad: luego habrá que sostener lo elegido. La sociedad nos impone ser consecuentes; la coherencia es uno de los valores que más aprecian los argentinos (sobre todo, se entiende, la coherencia ajena). Alain Robbe-Grillet reflexionó sobre esto: frente a situaciones patrióticas, familiares, hay que elegir, y uno lo hace, pero, según él, en esos casos elegir ya no es tanto una posibilidad sino un imperativo. Sigue así la idea de Jean Paul Sartre: "Uno está condenado a la libertad". Pero Robbe-Grillet dice que precisamente en esa condena estaría el problema de la pérdida de la libertad. "Ahí aparece el fascismo –dice–. ¿Por qué triunfan las ideologías totalitarias con facilidad? La angustia de elegir crea personajes políticos que van a postularse como portadores de la verdad, y mucha gente de todas las clases sociales se siente aliviada, como si la pérdida de la libertad fuera la promesa de un descanso. El problema del fascismo es que aparece como descanso de la angustia permanente que produce la libertad."[14]

El montaje no sólo es contundente y eficaz sino que hay que reconocerlo como una idea brillante pero con malas intenciones, montada incluso de manera espectacular, y que por eso está logrando lo que ninguna ideología logró jamás: un manso acatamiento generalizado. Vence por la desesperación que ha provocado y provoca, por el desaliento que genera cansancio y sometimiento resignado, y también por lo que promete. Produce una lenta entrega sin resistencia, como si la humanidad estuviera enfrentándose ahora a lo incuestionable. Y, además, la paradoja es total cuando vemos que el discurso globalizador es avalado por la palabra de personalidades respetables de nuestro tiempo, incluso gente habitualmente tenida por "progresista".

"Se sabe que un orden, un ordenamiento de esta calaña sólo puede hacerse desde una razón ordenadora en función de un proyecto político. En este caso con inequívocas muestras de planetarización a cualquier precio", dice Fracchia, y sostiene que más allá de la apresurada defunción de la razón moderna, "la propuesta de un nuevo orden mundial tiene todos los ingredientes de una nueva ideología, deliberadamente no explicitada en sus verdaderos alcances y consecuencias". El secreto del éxito que viene teniendo esta nueva ideología dominante se encuentra, sin duda, en la unicidad. "El nuevo orden para el concierto de las naciones se propone sobre la base de un único modelo a partir del cual deben categorizarse todos los países involucrados, sea por voluntad o imposición, esto es, un modelo ya universal con intención de convertirse en el modelo *esencial*, que es lo mismo que decir propio de la naturaleza humana. Los órdenes anteriores, nos dicen sin decirnos, no fueron sino ensayos, errores históricos, aciertos relativos, tanteos, pasos previos para la instauración del orden definitivo."

Es obvio que asistimos a la instauración de un poder hegemónico que, como señala el filósofo chaqueño, "hace caso omiso al encuadramiento teórico de moderno o posmoderno. Un poder, en definitiva, en su vertiente más eficaz y temible para nosotros, habitantes de países periféricos: la del sometimiento incondicional sin las trabas de la igualdad, la fraternidad, la libertad humanas".

Ante ello, según Fracchia, caben tres preguntas: si el modelo impuesto es el que necesitamos; si es el único modelo posible; y si podemos tener injerencia en ese nuevo ordenamiento mundial.

Nuestra respuesta es un rotundo NO a los tres interrogantes. Al cual cabría agregarle una cuarta pregunta (¿qué podemos hacer para contrarrestarlo?), sobre la cual la reflexión que pretende este libro es un intento de respuesta.

La Filosofía de la Resistencia que nos propone Fracchia, por cierto, tiene un parentesco con la teoría del caos determinista de Ylia Prigogine, acerca del cual cabe hacer una breve referencia: "El orden a partir del caos" es una de las conferencias más impresionantes de Prigogine, y en ella explica su teoría del equilibrio inestable. Para él, aplicado a la Física, el movimiento interno es el que determina la inestabilidad propia de las estructuras de no equilibrio. De ahí su *teoría del orden del desorden*. Para Prigogine "es evidente que la relación entre desorden y orden es uno de esos interrogantes que cada generación se plantea y resuelve con arreglo al vocabulario y los intereses de su época. Los atomistas griegos se plantearon el problema de la generación de orden a partir de las trayectorias caóticas de ciertas unidades elementales". Entonces recuerda la metáfora del reloj, "en el que el orden se produce por efecto del engranaje de diversos elementos independientes. *El orden* –concluye, y el subrayado es mío– *es el resultado de un plan preconcebido*".

Claro que enseguida se plantea la dificultad, "cuando intentamos formular el problema desorden-orden en un contexto social. No podemos definir al hombre en estado de aislamiento, puesto que su conducta depende de la estructura de la sociedad de que forma parte y viceversa. Esta estructura cambia como consecuencia de las acciones individuales, y quizá sea en la sociedad humana en la que la interacción entre unidades y estructura sea más clara". Y hacia el final, tras desarrollar su teoría de que las partículas elementales suelen ser inestables y que la evolución tiende a destruir la simetría, concluye: "Los conceptos de 'ley' y de 'orden' no pueden ya considerarse inamovibles, *y hay que investigar el mecanismo generador de leyes, de orden, a partir del desorden, del caos*".[15]

¿Cómo juzgar, entonces, a nuestro siglo XX tan poco lineal, tan inestable? No al milenio, que sería demasiado, un despropósito, sino a *este* siglo en el que nacimos, vivimos, disfrutamos y padecimos. ¿Cómo juzgarlo? Evidentemente, las transformaciones han sido muchas, inesperadas, insólitas, desmesuradas. Una especie de gigantismo fáctico nos ha dejado tantas veces atónitos. Hemos visto demasiados horrores; el cinismo y la necedad han producido demasiados errores; y todo eso nos ha causado demasiado daño. ¿Cómo juzgar a este siglo XX que termina, entonces, de manera complaciente, piadosa, benévola? Imposible, se dirá, no hay disculpa. Y sin embargo hay que decir enseguida que toda imposibilidad contundente encierra la trampa del desaliento; y ya sabemos que la desesperanza es el producto más perverso de esta casi perfecta falsificación finisecular.

Con ánimo esperanzador, Fracchia sugiere que "quizás haya un sitio, aún no localizado, en el que podamos dibujarnos de nuevo".

Para ello, para remontar la cuesta de esta globalización mentirosa y paralizante, para empezar a renacer en el tercer milenio, los argentinos no tenemos mejor camino que el que muchos, millones, venimos desandando en los últimos tramos del siglo que acaba: resistir, con vehemencia y acción, con pensamiento y compromiso. De acuerdo con Prigogine, quizá no nos quede otro camino que el de redoblar la ilusión: "Cuántas convulsiones, cuántas amenazas para el futuro. Sin embargo, quizá nuestro siglo siga siendo, a pesar de todo, el siglo de la esperanza". ¿Por qué? "Porque el tiempo es reconstrucción y no basta con redescubrirlo, ni tampoco con redescubrir la libertad en pintura o en música. Al redescubrir el tiempo asumimos una responsabilidad ética. Cuando menos, somos capaces de hacer que el peso de nuestra historia no nos resulte una carga inexorable. Otras bifurcaciones son imaginables y accesibles, al precio de otras fluctuaciones en el camino de la exuberante humanidad del mañana. El redescubrimiento del tiempo es también el redescubrimiento de la utopía."[16]

Resistir, pues, intentar el dibujo nuevo, original, diferente. Eso es la vida.

NOTAS

[1] En diálogo con Jorge Halperín: "La sed del pasado", diario *Clarín*, 5 de junio de 1997.

[2] Umberto Eco: "La falsificación y el consenso", revista *Quimera*, N° 43, Barcelona, 1985.

[3] Ex asesor del Departamento de Estado de los Estados Unidos, Fukuyama publicó en 1989 el artículo "¿El fin de la historia?" en la revista *The National Interest*. Posteriormente publicó el libro *El fin de la historia y el último hombre*, Editorial Planeta, Buenos Aires, 1992.

[4] PNUD, *Informe Anual 1996*.

[5] Revista *Diners* de Colombia, N° 284, "Edición especial en la que 54 personajes mundiales hablan del fin del milenio", Bogotá, noviembre de 1993, pág. 40.

[6] Diario *Norte*, Resistencia, Chaco, 19 de enero de 1997.

[7] Elaborado con base en datos del INDEC por la Secretaría de Desarrollo Social, de la Provincia del Chaco. Programa Chaqueño de Desarrollo Humano, Resistencia, junio de 1997, pág. 30.

[8] Cabe recordar que el gobierno menemista ha mantenido por años, al frente de la Secretaría de Estado para el Medio Ambiente, a la empresaria María Julia Alsogaray, cuya inconsecuencia ambientalista ha sido desnudada en más de una ocasión.

[9] La equivocada inclusión de Borges en el realismo mágico no invalida esta opinión.

[10] Eduardo A. Fracchia: *Apuntes para una Filosofía de la Resistencia*, Editorial Universitaria de la Universidad Nacional del Nordeste (EUDENE), Chaco, 1997, 125 páginas.

[11] Eva Giberti: "Cuando el mundo se convierte en algo ajeno", diario *Clarín*, 19 de agosto de 1997.

[12] Incluso aquí cabría citar una brillante ironía que le escuché al escritor mexicano Daniel Sada durante un encuentro de escritores en la ciudad de Monterrey, México: "La poesía no tiene sentido: no interesa, no se lee. Entonces habrá que prohibirla. La única estrategia para salvar a la poesía en el siglo XXI será prohibirla".

[13] Eduardo A. Fracchia, *op.cit.*, pág. 36.

[14] "La libertad como condena", en diálogo con Silvia Hopenhayn, diario *La Nación*, 23 de noviembre de 1997.

[15] Ilya Prigogine: *¿Tan sólo una ilusión?*, Tusquets Editores, Barcelona, 1993, págs. 155 y ss. También Meeroff & Candiotti han estudiado las teorías de Prigogine: "Para constituirse con sentido de totalidad, los sistemas deben conservar en su organización el indeterminismo y la inestabilidad inherentes a las estructuras no lineales o de no equilibrio. Hoy en día la ciencia acepta que *la naturaleza es inexorablemente no lineal*"; Marcos Meeroff & Agustín Candiotti: *Ciencia, Técnica y Humanismo*, Editorial Biblos, Buenos Aires, 1996, págs. 80 y ss.

[16] Ilya Prigogine, *op. cit.*, pág. 63.

DOS

LOS ARGENTINOS Y EL ATRASO

Breve semblanza del argentino que somos y no somos

¿El argentino es aquel ser que está solo y espera? ¿Es un ser más atormentado que alborotado, o al contrario? Muchas de las brillantes páginas de Octavio Paz, releídas veinte años después, sirven para reflexionar algunos aspectos por vía de la comparación.[1] Y que el argentino no es un ser que se sienta tan solo es una de las primeras aproximaciones posibles.

La soledad como dimensión mítica milenaria, como rasgo de carácter, no es, desde luego, aplicable a nuestro pueblo. El argentino, y sobre todo el de los '90, es un ser inquieto, nervioso y expansivo que necesita casi obsesivamente tener en quién confiar. No tolera fácilmente ni las frustraciones ni la espera. Esto se aprecia sobre todo en los jóvenes urbanos, que casi siempre andan en grupos, en barras al salir de los colegios, al ingresar en la universidad, en las canchas de fútbol, en las calles, en los barrios más pobres y en los centros comerciales. No es un ser reconcentrado y dispuesto a emprender el duro camino de la vida, y tampoco un aventurero guiado por la audacia y el espíritu de lucha y descubrimientos. Más bien, parece ser uno que ansía ciertas seguridades que siente le son negadas. Muchos parecen aferrarse a ese tipo de comportamiento de la adolescencia, cuando todavía se tienen esperanzas de cambios positivos, aunque sean difusas, y se puede cambiar de "mejor amigo" todas las semanas. Tierno, romántico, lleno de sentimientos nobles que ensalzan sobre todo la amistad y el compañerismo, el argentino quiere huir de todo ensimismamiento y necesita compartir: partir el pan, tener socios en la vida, y no necesariamente los socios han de ser sus familiares. El argentino *es* compartiendo. No es un ser encerrado en su propio universo, dista de ser autista u onanista y por eso no es un ser reservado. Al contrario, es todo expansión, un ser ruidoso e indiscreto que necesita ser mirado y aprobado y, si es posible, querido.

Al argentino le es difícil el equilibrio porque lo externo lo condiciona. Digo lo externo y pienso en su situación en el mundo, como centro de un universo todavía en el primer día de la creación, todo crisis y sacudimiento, condicionado por la situación económica y social inestable, la sensación de fracaso colectivo, el desaliento por la pérdida de valores, un clima de injusticia e impunidad, de insolidaridad y de urgencia por salvarse cada uno a costa, acaso, del prójimo. Todo eso lo insta a la acción pero a la vez lo frena, lo mutila, lo frustra y, en muchos casos, lo lleva a alentar esperanzas mágicas, a esa dudosa cultura de "lo atamo' con alambre", a tener confianza en meras ilusiones o aguardar indefinibles golpes de suerte.

Puede pasar, por ello, y casi sin transición, del grito al silencio, de la euforia a la depresión. La inestabilidad parece un signo, una marca indeleble del argentino finimilenarista, y quizá por eso su comportamiento suele variar tanto según esté solo o en grupos. Uno es el argentino en soledad, reconcentrado y muchas veces místico, resentido y a la espera de una oportunidad para dar el salto salvador que lo saque de donde está y lo coloque en otro lugar, siempre fantaseado como distinto y mejor. Otro es el argentino en sociedad, en grupo: le sale lo expansivo, emerge del aislamiento como quien despierta de una pesadilla y grita, salta, corre, abraza, llora. Todo sentimiento y efusión, el volcán que tiene en el alma y su capacidad de júbilo parecen entonces garantía de existencia, de afectuosidad. Marca de *ser*, en el júbilo el argentino *es*, y es capaz de vaciarse de emociones. Ni soledad ni resentimiento le quedan entonces. La expansión es liberación: de los mejores sentimientos y también de los peores. No hay escala de valores en esa liberación de energías; o mejor: todos los valores se trastocan. Basta ver la actitud del hincha de fútbol: cómo celebran los argentinos los triunfos; basta ver cómo festejan a los familiares o amigos que aman; basta observar cómo se encuentran dos argentinos que hace mucho tiempo que no se ven.

Desde luego –huelga decirlo pero hay que decirlo– *no todos* los argentinos son objeto de estas reflexiones. Es imposible abarcar un *todos*, cualquier *todos*, en una meditación como ésta. Asumo, pues –no queda otra–, los riesgos de la generalización y particularmente el de extender características de grupos concretos al conjunto social. Sería imposible que así no ocurriera cuando se trata –como ahora se trata– de una mirada impresionista sobre un pueblo, mi propio pueblo. Desde luego, entonces, muchísimos lectores no se sentirán incluidos en estas meditaciones. Nada de eso, sin embargo, impedirá que ellas puedan ser aceptadas por muchos otros. Ninguna pretensión hay aquí de establecer leyes sociales; por eso mismo son sólo meditaciones, responsables y en voz alta.

El argentino, pues, puedo decir que me parece un ser que siente predilección por la acción antes que por el análisis, exactamente al contrario de lo que señalan Samuel Ramos y Octavio Paz respecto del mexicano. Si allá es el sentimiento de inferioridad lo que determina la predilección por el análisis, aquí es el sentimiento de superioridad el que impulsa a la acción. No importa ahora si esa superioridad es absurda (y por supuesto que lo es); importa que el argentino *tiene* ese sentimiento incorporado. Es parte de una neurosis colectiva que le viene de hace mucho tiempo, digamos, parte de su desesperación por sobresalir, por ser miembro activo de la sociedad universal, por ser reconocido y tenido en cuenta, y mirado y admirado, tanto como aprobado. No quiero decir con esto que todo argentino sea hombre o mujer de acción, ni que todos estén embarcados en la lucha por sobresalir (la lucha de la inmensa mayoría de los argentinos hoy es por sobrevivir, desde luego) sino que el tinte mayor de su personalidad no es el análisis ni la reflexión: quiero decir que el argentino no es tanto víctima del pensar y el sentir como sí lo es del hacer, de la necesidad de hacer. Víctima de su propia compulsión, que suele ser también pulsión y muchas veces, para decirlo freudianamente, pulsión de muerte. Claro que tampoco estoy afirmando con esto que el argentino sea un ser eminentemente creativo y poco o nada analítico, sino que la circunstancia histórica que atraviesa en el fin del siglo XX lo ha llevado a cierto paroxismo hiperactivo, acaso producto de una autocontemplación cuyos resultados de pronto descubre que no le son favorables ni aliviadores, toda vez que venimos de la decepción de una dictadura, de coexistir con tanta muerte y de no poder afirmar la esperanza aunque ya llevamos década y media de vida democrática.

Entre las diferenciaciones y no sólo con los mexicanos (también con brasileños, chilenos, paraguayos y aun uruguayos, que son tan parecidos a nosotros), por supuesto que juega un papel decisivo la Historia, que en América Latina siempre nos es común pero a la vez diversa, como nos son comunes y diversas las razas y lenguas que fueron y las que todavía son y están, la concepción territorial, la dimensión del paisaje, las costumbres políticas, sociales y familiares, la educación y mucho, muchísimo más. Los latinoamericanos somos todos diferentes pero todos muy similares. Diferentes en nuestras similitudes; similares y muy cercanos en nuestras diferencias.

Contradictorios como todos los pueblos, los argentinos fuimos pioneros de la modernidad americana y ahora lo somos del atraso. Si en la educación, las ciencias, el pensamiento filosófico y la literatura y las artes tenemos un pasado lleno de glorias, y justificados motivos de orgullo, también arrastramos, desde siempre, constitucionalmente, una carga tremenda: la de la lucha entre la libertad y la censura; entre el permiso y el veto; entre el libre pensamiento y la inquisición medievalista. Ambas fuerzas estuvieron siempre entre nosotros, *están entre nosotros*. La lucha continúa y, quizá, en su irresolución (y sobre todo, yo diría, en ese juego siempre definitivo y tantas veces sucio a que ambas se someten constantemente) anida el origen más profundo de la tragedia de este País de las Maravillas que nunca se gusta a sí mismo, que siempre espera más de sí y que se frustra generación tras generación como si arrastrara, tras de sí y consigo, una especie de sino maldito, un destino de abortos y malogros.

Esa lucha, esa concepción de la vida como una lucha cuerpo a cuerpo con todos y con nadie, con uno mismo y con los demás, ha generado, me parece, esa enorme autoestima casi proverbial que algunos pueblos critican en nosotros. Aunque de esto me ocuparé páginas más adelante, digamos aquí que los argentinos tenemos fama (mala fama) de engreídos y fanfarrones, precisamente por esa autoestima que no siempre condice con lo que en realidad somos y mostramos, que es el problema de todas las autoestimas. Se nos acusa de creernos superiores; y el enorme ego de los argentinos, supuesto o verdadero, suele ser materia de los más feroces chistes a nuestra costa. Ese sentimiento de superioridad podría explicarse a partir de los sueños de grandeza acuñados durante muchas décadas y generaciones. Bien o mal, y acaso más mal que bien, los padres de la patria argentinos siempre sintieron que esta tierra estaba llamada a un destino superior del que en realidad ha sabido forjarse. No ha sido un sentimiento de soledad, precisamente, el que nos colocó donde estamos, sino uno de acompañamiento colectivo, una especie de sueño socializado que casi todos vemos, hoy, malogrado respecto de las expectativas preexistentes.

"La doble influencia indígena y española se conjugan en nuestra predilección por la ceremonia, las fórmulas y el orden", dice Paz (*Laberinto*, 35). Una influencia, me parece, que en el argentino de los años '60, por ejemplo, era más o menos parecida, atribuible, como se delata en algunas páginas de Carlos Mastronardi en las que habla de "la tristeza y corrección del argentino", a la mesura y el apego a las formas.[2] Pero el argentino de los '90 me parece un ser exactamente inverso: el apego a las formas, el cuidado de ciertas reglas, es lo que menos importa hoy, al menos en el porteño. No por desfachatado ni compadrito, no por vivo ni por "canchero" como ha sido glorificado tantas veces. Quizá por puro hartazgo de un encorsetamiento que lo sometió por mucho tiempo, quizá por rebeldía, rabia o desesperación, lo que hoy caracteriza al porteño finimilenarista es su manifiesta inclinación hacia la informalidad, el tuteo confianzudo frente a cualquiera, la antisolemnidad. No creo que ello obedezca a un afán anticeremonioso, de todos modos, sino más bien a una ilusión de igualdad. Me parece que esta manía, esta militancia por quebrantar las jerarquías y no respetar al prójimo vulgarizando las relaciones humanas, es fruto del resentimiento.

El porteño, además, goza con su impudicia, su uso y manejo casi procaz de palabrotas muchas veces rayanas en la violencia verbal y generalmente innecesarias. El énfasis en la "puteada", el exceso escatológico en el hablar cotidiano se dirigen a quebrar el recato ajeno, las ceremoniosidades, las reservas y las distancias. Producen un acercamiento, una igualación hacia abajo que procura ser incluso física. Hay como un avasallamiento del otro, que desde lo oral avanza casi corporalmente. Expresiones ejemplares de lo anterior las encontramos en materias tan diversas como el amor, la política, el fútbol; en todas ellas, el porteño atropella, expansivo e informal, intentando así evidenciar su superioridad, ocultar sus temores.

El argentino que no es sólo el porteño, el argentino que está del otro lado del país y no necesariamente tierra adentro, el argentino medio urbano o rural, no es tan avasallador. Una de las tantas diferencias entre el capitalino y el provinciano es ésta: hay una actitud distinta tanto en la construcción como en el derrumbe. En la primera, por ejemplo en el amor y en el arte, hay urgencia en uno y serenidad en el otro; tienen una concepción y una medición completamente diversas del tiempo; una intensidad desigual en lo que hacen.

El amor, que según Paz no es un acto natural, sino "algo humano y, por definición, *lo más humano*, es decir, una creación, algo que nosotros hemos hecho y que no se da en la naturaleza. Algo que hemos hecho, que hacemos todos los días y que todos los días deshacemos" (*Laberinto*, 214) entre nosotros ha sido clasificado y encapsulado. Durante muchas décadas, la sociedad argentina identificó al amor con el matrimonio. Lo consideró la más alta expresión, el compromiso mayor, y lo cargó de significados de difícil sostenimiento. Los argentinos de hoy, los porteños y los urbanos en general, están cambiando esto: las parejas libres, las parejas con dos casas (si pueden), las relaciones "cama afuera", han venido rompiendo todas las concepciones preexistentes del amor: la jurídica y la moral; la socio-económica y aun la política, para dar lugar a una concepción más franca y sincera. La informalidad hoy tiene rasgos hasta no hace mucho impensados, como la liberalidad de tantos chicos y chicas que inician sus vidas sexuales bajo la mirada algunas veces atenta, la mayoría de las veces distraída, de sus propios padres. Todo esto no necesariamente es libertinaje, como diría un discurso ultraconservador, sino la manifestación de un enorme cambio del mundo contemporáneo en el que, por lo menos, es obvio que se han derrumbado muchos tabúes. Pero cambio que, como siempre, produce rechazos, desconfianza, resistencias en muchos otros argentinos, los que siguen apegados a viejas tradiciones, como sucede en algunas provincias, en muchas comunidades de todo el territorio nacional.

Los argentinos y los cambios: El miedo bárbaro

Desde luego que la resistencia a los cambios hace, en cierto modo, a la condición humana, y no es privativa de tal o cual área geográfica. Aun en los sectores más progresistas de toda sociedad hay núcleos arcaicos: personas que sienten pánico ante los cambios, ante lo desconocido.

No se trata, por lo tanto, de condenar ni de idealizar la actitud de la gente ante los cambios. Se trata de comprender y de diferenciar. Sobre todo porque, en principio, los argentinos en general parecen proclives a admitirlos. De hecho hoy se cambia todo y la mutación es una constante de la vida moderna: la gente no sólo cambia de barrio o de casa o de ciudad (antes, hace sólo unas décadas, era común que la gente muriera donde había nacido); también de trabajo, de pareja y de amistades; se cambian proyectos, reglas de convivencia, e incluso se cambian órganos, piel, senos; hoy se puede transplantar prácticamente todo. Transplantar, digo, en sentido literal y figurado. Se puede cambiar de sexo, también. Hasta la celebración del tiempo se cambia, las efemérides, los feriados que ya no se corresponden con las festividades que supuestamente evocan.

Pero si todo cambia o puede cambiar en el plano individual o familiar, la mayor resistencia al cambio se expresa en lo social. De hecho, el argentino en mi opinión es un ser política y socialmente bastante conservador. E incluso se diría: absurda, contradictoriamente conservador. Quizá tenga que ver con que hay en el argentino medio una innata resistencia al movimiento. Quizá tenga que ver con la extensión del territorio, a veces atemorizante; quizá con la historia sangrienta y dolorosa; quizá con la ilusión del bienestar agrario que se nos fue inculcando por generaciones. Confieso que no sé a qué atribuirlo exactamente, pero sí creo advertir una pertinaz resistencia al cambio y no vacilo en calificarla de absurda porque no se entiende qué es lo que el argentino desea conservar. Por lo menos en los últimos 70 años del siglo XX, distintas formas de conservadurismo han gobernado a este país, sosteniendo con variantes un mismo sistema opresor e insatisfactorio, y sin embargo la sociedad argentina en su conjunto ha preferido siempre el aplauso fácil al poderoso de turno, el sometimiento resignado al poder militar, el consentimiento suicida a dictadores como Onganía o Videla, el voto castigo antes que el voto propositivo, la ilusión del líder paternalista y la esperanza de "que venga alguien a poner orden" o que aparezca algún "salvador de la patria" porque –también se dice– "somos hijos del rigor".

Milan Kundera sostiene, en una de sus novelas, que la gente, en su mayoría, huye de sus penas hacia el futuro; y dice que imaginan que el tiempo dibuja una línea más allá de la cual sus penas actuales dejarán de existir. Es un pensamiento, en mi opinión, típicamente europeo y seguramente aplicable a la Checoslovaquia comunista de los años '60 y '70. Pero no estoy de acuerdo en su valor universal y lo traigo a cuento porque me parece que en la Argentina sucede todo lo contrario: el argentino tiende a mirar hacia atrás, hacia el pasado, donde cree tener un refugio ideal frente a sus penas actuales. Pero lo hace con más nostalgia que memoria: hay demasiada gente que por nostalgia, por miedo a crecer, por ese absurdo conservadurismo argentino, o por aquello de que todo tiempo pasado fue mejor, se escapa pero no hacia el futuro, que sería, digamos, una actitud audaz y vital, implicaría imaginación y osadía. Y es claro que huir hacia atrás no es la mejor actitud, pero sucede a menudo que las gentes se escapan hacia el pasado porque el pasado es algo que se tiene, que se conoce (aunque idealizado y por ende falseado) y es un sitio en el que uno se ve a sí mismo mejor que en la pena actual. Y ésta, me parece, es una actitud muy argentina.

Huir hacia el futuro implicaría además asumir riesgos y enfrentar el miedo a lo desconocido, y eso no es lo que caracteriza al argentino. Al latinoamericano en general, incluso. Ahí está el caso de México, donde la omnipotencia de siete décadas del PRI (el legendario y cuestionado Partido Revolucionario Institucional) empezó a resquebrajarse en los últimos diez años del siglo. Muchos estados y municipios de la federación mexicana pasaron a manos de la oposición, mediante sucesivos procesos eleccionarios. En muchos de ellos, ahora en manos de la derecha panista (de PAN: Partido de Acción Nacional), han aparecido pintorescos grafitis, uno de los cuales dice: "Que se vayan estos pendejos y vuelvan los corruptos". Y otro: "Mejor que de una vez nos vayamos a la chingada, antes de que nos la privaticen".

Es claro que el futuro, para muchos, es una ilusión y un *no-where* mágico que, omnipotentemente, se cree que va a ser mejor. Pero esto es así sólo para los más decididos, para los vendedores de ilusiones o para los charlatanes de la política. La inmensa mayoría de la gente prefiere mirar hacia atrás. Y acaso sea por eso mismo que en la Argentina son tan difíciles los cambios políticos y sociales, característica que parece ser estructural. Ahí está, como ejemplo, lo que le escuché a un viejo productor agropecuario del rico Oeste chaqueño, que desde hace treinta años se ufana ante sus hijos: "Yo ya tengo mi molde hecho, así que a mí no me cambien".

El problema de la resistencia argentina a los cambios sociales se explica mejor si se tienen en cuenta las dos grandes contradicciones a que nos enfrentamos los argentinos actualmente: por un lado la barbarización de la vida en medio del progreso más asombroso; el avance material más extraordinario en paralelo con el mayor retroceso social y moral, quizá, de toda la Historia.

Por el otro, el errático papel del Estado: del descomunal tamaño que tuvo hasta los años '80 se pasó a la destrucción que deriva en el miniestado de los '90. Claro que el asunto trasciende la cuestión del tamaño; el problema es la debilidad de este nuevo Estado: su casi desaparición como organismo superior de regulación y control de la vida colectiva. Al perder esta función, la vida de la sociedad en su conjunto queda librada a las reglas del mercado, cuya expresión son las corporaciones con su desinterés por lo colectivo. Una especie de retorno a la ley de la selva justo en el mejor momento tecno-científico de la Humanidad.

Estas dos enormes contradicciones, que ninguna ideología es capaz hoy en día de resolver, son en cierto modo el campo propicio en el cual germina esta idea tan liviana de la "globalización". Porque si no resuelve estas cuestiones; si no mejora la calidad de vida de todos los habitantes, y si no eleva la ética colectiva y al contrario la está degradando, la fascinación que ejerce este fenómeno colectivo sobre muchos, e incluso sobre muchos intelectuales, resulta por lo menos bastante hipócrita.

No es bueno creer que la ciencia no tiene ideología. Eso es absolutamente imposible y, por cierto, nuestro Premio Nobel Bernardo Houssay fue uno de los que más y mejor hizo docencia a este respecto, como bien rescatan Meeroff y Candiotti.[3] No existe ciencia sin ideología, pero eso no quiere decir que existan computadoras liberales o socialistas, ni que la investigación o la tecnología sean burguesas o proletarias. La cosa no pasa por ahí: aunque la conciencia de haber asumido una ideología partidista no exista en muchos científicos e investigadores del mundo; aunque muchos científicos sigan su fascinación por el descubrimiento sin detenerse a pensar ni cuestionarse el destino eventual de sus hallazgos, y aunque la gran mayoría de la humanidad toda sea inconsciente de la ideología que representa o defiende o resguarda, las ideologías existen en todos los sistemas humanos, y de hecho el mundo del fin del milenio es un mundo en el que se aprecia el triunfo de una ideología miserable, mentirosa y despiadada sobre otra ideología que resultó también despiadada, además de autoritaria e hipócrita.

Houssay sostenía que, en el terreno de los valores, en ciencia se planteaba un problema moral antes que técnico: "Proscribir la ciencia por su mal empleo es como proscribir el fuego porque hay incendios... Lo debemos decir, más bien, es que los adelantos de la ciencia han sido más rápidos que el progreso moral en las relaciones internacionales y en el orden social e interno de los pueblos". Consecuentemente, su definición de la investigación científica es ejemplar y bien merecería ser inculcada en nuestros estudiantes: "(La investigación científica) es una de las bases de la civilización actual. Ella ha mejorado el bienestar de los hombres, los ha liberado de la esclavitud del trabajo pesado y ha hecho su vida más sana, más bella y más rica en espiritualidad... Es preciso que exista un adelanto moral suficiente para que los progresos científicos sean aplicados solamente para el bien. Menos espíritu de guerra y opresión por la brutalidad y más espíritu de idealismo y fraternidad humana. A ello se llegará por el respeto a la dignidad y la libertad del hombre y no reduciendo la humanidad a rebaños de seres temerosos y esclavizados".[4]

Los intelectuales tenemos mucho que hacer, en ese sentido. La vida como práctica cotidiana del pensar y el aprender nos impone imaginar modos de comprensión y participación. Hay una infinidad de organizaciones creadas y por crearse para la acción, individual y colectiva: políticas, cooperativas, religiosas, laborales, barriales, comunitarias, ecologistas, deportivas, de ayuda y socorro mutuo, de mancomunidad de esfuerzos. Las necesidades son tan grandes como las posibilidades. Sólo el aislamiento creciente de muchos argentinos, el clásico "no te metás" y el actual "no pienses" son sus enemigos y su freno. La condición para cualquier acción es, desde luego, la organización. Y no saber organizarse es, precisamente, uno de los retrasos más graves de los argentinos, que durante años han mirado hacia arriba esperando que otros (alguien en el poder o con influencia, un poderoso, un político, un militar, un cura, un rico) organizaran. La contrapropuesta consiste en darse cuenta de que no se trata de que *me* organicen sino de organizarme yo, y de organizar-*nos*, pues con otros seremos imbatibles. Lo que referido a la ética es cierto, además de posible, y creativo, y hasta hermoso.

Así como en el siglo XIX se suponía, casi candorosamente, que el progreso científico mejoraría en forma automática la calidad de vida de la gente, en el siglo XX se ha vivido un tiempo de mucho mayor escepticismo y desconfianza. Sin dudas este pesimismo está justificado: dos guerras mundiales, el Holocausto del pueblo judío, centenares de dictaduras, las formas más groseras y las más sutiles de explotación, el racismo y la indiferencia a las etnias nativas, y los más diversos genocidios hacen de ésta una centuria vergonzosa para la Humanidad. Y desde ya que esto no significa pensar que los siglos anteriores fueron menos crueles; pero me parece que jamás el mundo se enfrentó a esta paradoja alucinante: en medio de las mejores condiciones para una vida confortable, de los más maravillosos adelantos tecnocientíficos, de la creación de formas artísticas originales, asombrosas y masivas como nunca antes, y hasta en la plenitud del pensamiento filosófico más avanzado, la civilización moderna se ha dedicado a exterminarse y a demostrarse a sí misma el tamaño de su propia barbarie.

No en vano las mentes más lúcidas de este siglo atroz han sido escépticas y desconfiadas, mientras los efímeros y mentirosos discursos sobre la felicidad han estado sólo en boca de tiranos, demagogos y predicadores de todo tipo.

Los argentinos y la improvisación: Lo atamo' con alambre

Aunque muchos argentinos rechazan la sola enunciación de este dicho, y se resisten a admitirlo, vivimos en un país en el que casi todas las cosas se improvisan, lo que es valioso se abandona, la desidia y la desaprensión son marca de conducta nacional. A cada rato la negligencia ciudadana busca justificativos infantiles, las cosas se hacen mal o a medias (es una tradición nacional que los gobiernos, de cualquier signo y origen, inauguren obras que no han sido terminadas) y tanto en las más pequeñas y sencillas tareas hogareñas como en fábricas y talleres, en obras en construcción y en las más diversas actividades, siempre hay alguien capaz de proponer la improvisación injustificada y decir: "Bueno, si lo atamo' con alambre queda fenómeno". Y siempre hay alguien que aplaude esa actitud.

La improvisación está fuertemente arraigada en la vida cotidiana de los argentinos. Es verdad que siempre se puede encontrar algún chanta a la mano, capaz de decir que sabe hacer lo que no sabe, del mismo modo que es posible, y hasta frecuente, que un ignorante se destaque en algo si ha sabido atarlo con alambre. Pero también lo es que este mito parece haber surgido de la mano de la convicción popular que indica que, a falta de los repuestos adecuados, el ingenio humano (y más el del argentino, claro está) es capaz de resolver cualquier problema mecánico. Muy posiblemente –es una hipótesis– esta casi certeza surgió entre fines del siglo XIX y comienzos del XX y continuó afianzándose hasta los años '40, cuando la Argentina era un país completamente dependiente de las importaciones del exterior, los adelantos tecnológicos llegaban con demora y en cantidades limitadas, y apenas se estructuraba la industria nacional.

Sobre todo durante las dos guerras mundiales, la escasez de repuestos y de industrias propias se salvaba mediante la apelación a recursos ingeniosos. Si algo se rompía y no se tenían los repuestos ni los medios adecuados, bueno, las cosas debían funcionar de todos modos así que de última se las ataba con alambre... Durante el período que en las ciencias económicas se llama "Sustitución de Importaciones", cuando empezó a consolidarse la Industria Argentina, precisamente uno de los objetivos principales de la política industrialista era el de terminar con esas carencias. Pero a la vez que el operario argentino ganaba cierto reconocimiento y prestigio interno por su ingenio, quedaba consagrada una imparable vocación por la improvisación.

Por supuesto, la improvisación innecesaria y sistemática es hermana de la desidia y de la falta de rigor; del pobre control de calidad y de la poca responsabilidad. Características conductuales todas de una enorme porción de argentinos. El resultado de tal fraternidad no es otro que la mala calidad de las cosas, la deficiente calidad de vida, el abandono. Claro que el mito, en sus múltiples aplicaciones metafóricas, es también riquísimo y casi perfecto para explicarnos como país contradictorio, en el que se admiran la eficiencia japonesa, la vida burguesa europea y las comodidades del llamado Primer Mundo simbolizado por los Estados Unidos, pero cuya principal característica es la desidia.

En los argentinos la improvisación funciona como una costumbre muy loca, muy neurótica, que se acrecentó en los últimos años del milenio en la medida en que se consagraron la insolidaridad y el cada vez mayor individualismo. Así, los mismos argentinos que dicen que no tenemos memoria son los que hacen muy poco por conservarla. Basta ver cómo están de abandonados y sucios nuestros Museos, nuestros sitios públicos, nuestros símbolos nacionales, nuestros paisajes inclusive. Esa polución y negligencia, ese descuido y el espíritu de "a mí qué me importa", resultan letales para la calidad de la vida comunitaria. Un ejemplo: los restos del Perito Francisco Moreno, naturalista y geógrafo que se tiene por prócer de este siglo, están depositados en la Isla Centinela, en los lagos del Sur patagónico, en un estado de abandono que da vergüenza. Ni siquiera hay buenos accesos para llegar hasta allí, ni el mástil está en condiciones, y posiblemente no tiene bandera. Ahí están, para no ir tan lejos de la Capital, el magnífico monumento de los Dos Congresos, arreglado en 1996 y vuelto a pintarrajear en un par de semanas, o el monumento a Bartolomé Mitre que mira a la Facultad de Derecho completamente embadurnado, todo en acabada muestra de la resignación municipal como del resentimiento de la misma gente que no siente como propio y valorable su patrimonio histórico y cultural.

Si se enlistaran los ejemplos similares que hay en toda la Argentina, la cantidad resultaría sobrecogedora. En mi tierra, en Resistencia, hay una casa magnífica, la Casa Perrando, que es prácticamente el único edificio histórico que queda en pie. Corre peligro de venta y destrucción. En Santiago del Estero, que es la primera ciudad que se fundó en la Argentina, es alucinante comprobar cómo se ha destrozado el patrimonio arquitectónico a punto tal que hoy es una ciudad casi sin identidad. Lo mismo sucede con las hermosas estaciones ferroviarias que tuvo este país, con los archivos que se pierden y, en fin, con todo lo que "atamo' con alambre" hasta que empieza a desmoronarse.

Hace unos años, cuando se proclamaba la muerte del "Estado de bienestar" (proclama absurda, como si alguna vez el bienestar hubiese sido una realidad para la mayoría de los argentinos), se creyó que la solución a todos los males radicaba en las privatizaciones. Se trataba de acabar con el Estado ineficiente y burocrático, y ya verían los argentinos cómo todo iba a funcionar bien, tendríamos excelentes servicios y entraríamos al Primer Mundo. Por supuesto, las privatizaciones tampoco garantizaron resultados. Ahí está ese monumento al abandono que ha sido el viejo, imponente y otrora magnífico Mercado de Abasto, sobre la porteñísima avenida Corrientes: del viejo edificio sólo queda la cáscara, y si no termina siendo un centro comercial no sería de extrañar que algún genio lo ate con alambre y lo destine a playa de estacionamiento. Como pasó con el legendario Teatro Odeón, de Corrientes y Esmeralda. O con el Albergue Warnes, que durante cuarenta años fue una vergüenza: de futuro gran hospital pasó a ser conventillo y luego villa miseria horizontalizada, hasta que acabó bombardeado en medio de mil promesas, y en el fin del milenio es un basural y así seguirá hasta que lo conviertan en un *shopping*, no en un parque como piden los vecinos. ¿Y los subterráneos porteños, que nunca se terminan y han visto pasar docenas de intendentes? ¿Y la ruta 14, por donde pasa gran parte del intercambio del Mercosur y que es una carretera plana de casi mil kilómetros en la que absurdamente no se construye una autopista y sin embargo tiene altísimos índices de mortalidad en accidentes?

El universo de la improvisación argentina es infinito. Pero, ¿por qué se destruye lo levantado? ¿Por que no se cuida lo existente? ¿Por qué todo "lo atamo' con alambre" y tenemos un país cada vez más feo? ¿Por qué en las ciudades argentinas hay cada vez menos espacios verdes? ¿Por qué se nos sigue mintiendo si todos saben, sabemos, realmente sabemos, que las ciudades y el país para las clases dirigentes, políticas y empresariales, suelen ser sólo un negocio? ¿Por qué los argentinos siguen aceptando pasivamente que todo se ata con alambre y que la calidad de todo disminuye?

Desde luego, hay dos respuestas inmediatas: por un lado, que es un problema educacional. Por el otro, que de todos modos es mejor bancar a los políticos porque los militares son peores: administran igual de mal, son igual de corporativos y corruptos, y encima coartan las libertades y reprimen, torturan y matan.

Ambas razones, siendo verdaderas, no son suficientes para explicar la desidia argentina. Y es que el mismísimo argentino medio no sabe por qué su vida nacional está como está; el desconcierto y la desilusión consigo mismo también conspiran contra su talento y sus anhelos, y acaso por eso deja hacer y admite que la misma vida cotidiana esté como atada con alambres. Siempre habrá de un lado los que digan que "peor no podemos estar", y siempre habrá del otro los que piensen que en la Argentina siempre es posible estar un poco peor, como la empecinada realidad viene demostrando.

Reflexionar sobre el origen de la desidia nacional, de esta vocación por improvisar y sanatear, de esta pasión por el "verso" que tienen muchísimos argentinos, impone admitir que es imposible una única y acabada respuesta. Y las hipótesis que se pueden elaborar no son muy agradables, porque deben partir de la base de que los argentinos padecemos lo que padecemos no por obra de los marcianos. Si estamos embrutecidos, y desalentados, y descreídos, y sin fe, no es por obra y culpa de seres extraterrestres. Ni de los yanquis o los marxistas, como se pensaba un par de generaciones atrás.

País de monumentos descuidados, maltratados; país en el que la gente espera que el Estado haga lo que no hace; país en el que los que manejan el Estado (es un decir) le echan la culpa a los ciudadanos, es impresionante reflexionar el modo tan contradictorio como entrará la Argentina al tercer milenio. Porque a la vez que celebra la globalización impone el desempleo; al mismo tiempo que nos incorporamos a las carreteras informáticas mundiales retornan el cólera, el sarampión y la tuberculosis. Y ni se diga del estado de la educación pública, cuyas estadísticas son impactantes, abrumadoras, como lo prueban unos pocos datos: la inversión es mínima: apenas el 3,8% del PBI (en países desarrollados llega al 6%). El salario promedio de los docentes argentinos en escuelas públicas es de sólo $ 5,20 por hora, o sea un 30% menos que en el resto de la administración pública. Con esta bajísima inversión (que los gobernantes argentinos insisten en llamar "gasto") sólo el 75% de los niños provenientes de hogares de bajos ingresos completan la educación primaria; sólo el 14% termina la secundaria, y apenas el 3% llega a la universidad (mientras en los hogares de altos ingresos, en cambio, el 70% termina la secundaria y el 35% completa estudios universitarios).[5]

Desidia y falta de control también son justificados con el mismo sentido argumental. Así como cualquier cosa "se ata con alambre" y se da por arreglada, así se justifica cualquier deterioro con que "no hay dinero" o "no hay presupuesto". Pero esa explicación generalmente es una mentira. Hay dinero y hay presupuesto (aunque sea de modesta cuantía), pero se usa mal, para fines desviados. Los costos de la conservación histórica de un país, como los de la conservación medioambiental, no son tan altos. Los problemas de la conservación casi nunca son estrictamente económicos sino, y sobre todo, de decisión política.

La paradoja radica también en que mientras se festejan logros económicos y se ensalza el futuro del Mercosur, se silencia el daño que nos causa la casi extinción de las oficinas de control bromatológico, por ejemplo. Desde que en tiempos de la dictadura (1976-1983) los recortes presupuestarios se ensañaron con la salud y la educación, los controles a la comida y a todos los productos que el argentino consume en su casa, se ablandaron hasta límites pavorosos. El argentino medio ignora casi por completo si alguien controla –y cómo lo hace– el buen estado de las verduras, frutas y carnes que ingiere cada día.

Son tantas las cosas mal hechas, improvisadas o abandonadas en la Argentina del fin del milenio, que da grima. Es penoso, pero también indignante porque es el resultado de esa confabulación tan irresponsable como peligrosa que gobernó la Argentina en toda la década de los '90: la de un gobierno sin escrúpulos copado por mafiosos, con una mayoría popular desencantada, desesperada y resentida.

La investigación científica: Los genios son todos locos

Cuesta admitirlo, pero la Argentina del fin del milenio es un país donde el atraso es enorme en muchos campos, y sin embargo, en lugar de salvar las distancias tecnológicas mediante el desarrollo de la industria y la investigación propia, el gobierno a cargo de la administración del Estado en la última década se encargó de frenar el desarrollo y obstaculizó y desalentó el ingenio de los nacionales. Peor aún, se ocupó de perfeccionar la destrucción de la industria nacional iniciada por las dos últimas dictaduras (1966-1973 y 1976-1983), y a un costo fenomenal del 20% de la población desocupada. Prácticamente todo es hoy importado, y hasta la inteligencia parece que va a ser traída de afuera.

Y sin embargo los argentinos resisten, gracias a gente ingeniosa y creativa que sigue imaginando cosas, inventando y creando, aunque los demás parezcan no darse cuenta de su valor. Porque esas personas son miradas como bichos raros y muchísimos piensan y dicen, de ellos, que "los genios son todos locos".

Más que otro mito, es una verdadera paradoja nacional. País lleno de ingenio y creatividad, no obstante está colmado de miedos y prejuicios, y se diría que tiene una vocación fenomenal por el atraso, lo cual no sería otra cosa que una prueba más del conservadurismo argentino. De otro modo no se explica que entre los argentinos las personas más creativas siempre resulten sospechosas. No sólo bichos raros sino bichos incómodos. Cuesta clasificarlos, no se amoldan fácilmente a las categorías admitidas. Son muy personales, a veces huraños, díscolos, sí, "los genios son todos locos"... y quizá un poco peligrosos.

Según el Diccionario de la Lengua, genio es la "disposición para una cosa, como ciencia o arte", y también dice que es el "grande ingenio, fuerza intelectual extraordinaria o facultad capaz de crear o inventar cosas nuevas y admirables". Y el nunca bien ponderado Pequeño Larousse lo define aún mejor (aunque en tono machista) como "el grado más alto a que llegan las facultades intelectuales de un hombre".

Impresiona pensar con cuánta ligereza, pues, los argentinos aplican esta cualidad a cualquiera que se destaca en algo, sea músico o deportista, vedette o comunicador, pero casi nunca lo aplican a quienes realmente lo merecen: esos pocos, rarísimos hombres o mujeres que descollan por "inventar cosas nuevas o admirables" o por "alcanzar el grado más alto del desarrollo intelectual".

Incluso hasta se podría pensar que los genios casi no existen, o en todo caso que son seres tan excepcionales que surgen muy rara vez. Desde una concepción sin dudas elitista, a principios del siglo XX José Ingenieros pensaba que hay una especie de llamado del destino para unos pocos: los elegidos. Para él "el genio es una fuerza que actúa en función del medio" y en su opinión sólo hubo dos argentinos merecedores del calificativo de genio: Sarmiento y Florentino Ameghino.[6] Lo que en cambio sí puede abundar es gente de talento, que sí hay, y entendido el talento como la "aptitud natural para hacer alguna cosa" (Larousse) o el conjunto de "dotes intelectuales, como ingenio, capacidad o prudencia" (Diccionario de la Lengua). En cambio la genialidad es algo muy raro, completamente excepcional. Tan excepcional como que un Mozart, digamos, se da una vez cada varios siglos. De modo que no cualquier habilidoso ni cualquier inteligente es un genio. Tampoco, desde luego, un "elegido".

Pero aparte de que la precisión define las cosas de modo más humilde, menos pretencioso, hablemos de genio o de talento la idea de que "son todos locos" cuestiona al creador. Por un lado, porque lo nuevo y admirable puede ser algo muy subjetivo y entre los argentinos eso es siempre materia opinable. Y por otro, porque la utilidad del genio nunca está probada, siempre es cuestionable y por eso el poder político desconfía de él. Corresponde recordar aquí que para Einstein, evocado por Prigogine, "el conocimiento, la ciencia, era el medio para liberarse de un mundo turbulento y acceder a un mundo de razón, belleza y paz". Esas tres cosas tan temidas y por eso tan frecuentemente ignoradas por el poder político.[7] En este punto, digamos también que uno de los más lúcidos estudios que se han hecho en la Argentina sobre la importancia del conocimiento y su aplicación ética concreta es el ya mencionado tratado de Meeroff & Candiotti.

Los argentinos también desconfían de sus supuestos genios. Se enorgullecen de tenerlos, los aman como íconos representativos, pero a la vez les temen. E ignoran la diferencia que subraya Thomas Mann en su *Doktor Faustus* entre los dones y los méritos y que puede resumirse así: los dones son los rasgos de genialidad que se tienen de nacimiento, hereditarios o genéticos, y equivaldrían a la genialidad; los méritos son los valores adquiridos mediante la educación, el esfuerzo, el trabajo, la perseverancia. Es mucho más importante y valorable, por lo tanto, un mérito que un don. El genio sería entonces un ejemplo de dones inusuales, extraordinarios, y de ahí lo admirativo pero a la vez lo sospechoso. Como suele suceder con los inventores.

Por cierto algunos inventores argentinos, por décadas, han alcanzado relieve por sus hallazgos. Por ejemplo las huellas dactilares que cambiaron la historia de la criminalística y de las policías de todo el mundo, que desarrolló Juan Vucetich. O el bolígrafo, que fue inventado en los años '40 por un inmigrante húngaro, Laszlo Biró, de donde derivó el argentinísimo y todavía vigente nombre "birome". La lista es bien interesante y, según quién brinde la información, parece que también cosas tan extrañas y diversas como el colectivo, el guardaplast o los volquetes para recoger escombros fueron inventos argentinos. Claro que ese listado, también, seguramente incluirá mitos como que el dulce de leche y el mate son inventos exclusivamente nuestros.[8]

Como fuere, todos esos tipos "raros" que inventan cosas, que buscan e investigan, indagan y cuestionan, y que haciendo preguntas llegan a conclusiones inesperadas e inventan objetos, mecanismos, tecnologías, o incluso artefactos inútiles pero de valor estético o de simples muestras del ingenio humano, fueron y son, sin duda, talentosos. Todos ellos saben buscar y crear algo original. Que en el arte, como en la tecnología, no es otra cosa que la construcción de algo que no era, de algo que no había. Y que a partir de la invención empieza a ser. A tener materialidad.

Y sin embargo, la primera reacción que reciben es, injustamente, de incomprensión y desconfianza. Porque todo lo que es nuevo e inesperado resulta sospechoso, al menos como primer impulso, para el argentino medio. Y la idea de que "los genios son todos locos" tiene que ver con la originalidad en tanto parte de la locura creativa que busca e inventa lo diferente, lo que está fuera de los cánones aprobados, lo no estipulado. Es decir, lo inesperado que viene a cambiar un cierto orden del mundo. La idea de transgresión, de ruptura con lo clásico y en general todo lo verdaderamente renovador, siempre es mirado de reojo, como se dice, por el suspicaz e inquisidor argentino medio. Pero no por reconocer, como lo hicieron algunos romanos sensatos hace dos mil años, que todo lo que la humanidad ha dicho que vale la pena fue dicho primero, y mejor, por un griego.

Esta última idea es de Alfonso Reyes, acaso el más grande helenista que dio nuestra América. Más acá la reelaboró Marguerite Yourcenar en sus *Memorias de Adriano*: "Todo lo que cada uno de nosotros puede intentar para perder a sus semejantes o para servirlos, ha sido hecho ya alguna vez por un griego". Y también Elías Canetti dice que "cuando la curiosidad remite, relee algún griego. Y es que quiere enterarse de todo de nuevo".[9] Por su parte, Michel Foucault desarrolla la idea de que aunque la absoluta originalidad no exista, de todos modos ante cada creación siempre es bueno celebrar el acontecimiento de su retorno.[10] Y el mismo Canetti, en la que acaso sea su obra más leída, sostiene que la originalidad "nunca debe exigirse. El que la persigue, jamás la obtiene; y las payasadas vanas y bien calculadas que muchos nos presentan con la pretensión de ser originales figuran aún, sin duda alguna, entre nuestros recuerdos más penosos. Pero entre el rechazo de este necio afán de originalidad y la torpe afirmación de que un escritor no necesita ser original hay, claro está, un paso gigantesco. Un escritor *es* original o no es escritor".[11]

Todo fenómeno de creación, todo episodio de, digamos, epifanía creativa, delata a esos tipos "raros" que, en general, suelen ser personas no necesariamente supernormales pero sí poco comunes. La resistencia a ellos es la misma resistencia que se tiene frente a todo lo que, siendo nuevo y desconocido, viene a cambiar las cosas y el orden de las cosas tal como están. Ese es el extraño, paradójico conservadurismo de los argentinos: ese rechazo *ad-límine*, completamente irracional, de todo lo que venga a modificar lo establecido, aunque lo establecido sea horrible o insatisfactorio.

Es algo inexplicable y muchas veces materia de liso y llano asombro. Conozco universidades argentinas que disponen de servicios de correo electrónico, por ejemplo, pero muchísimos docentes se niegan a usarlo. Y conozco oficinas que siguen usando verdaderos fax-saurios que muchos creen que son "la modernidad" sin darse cuenta de que, en la era de Internet, en cierto modo el fax es ya una antigüedad. Es la misma resistencia a la tecnología que, por causas que no termino de explicarme, es ya proverbial entre los argentinos urbanos, que en un principio rechazaron la televisión, como después rechazaron los primeros grabadores, y luego los contestadores telefónicos, y las computadoras, y los teléfonos celulares. A todo lo cual acaban adaptándose y hasta fanatizándose, aunque al principio lo rechacen con la misma ligereza con que aprueban modas efímeras como el juego del *pool*, las pistas de patinaje sobre hielo, el seudodeporte llamado *paddle* o el amor por una princesa británica cuya muerte trágica logró arrancar más lágrimas en Buenos Aires, por ejemplo, que el diario holocausto de indiecitos salteños famélicos y enfermos.

No es agradable decirlo, pero esa frivolidad (en esencia, ignorancia) acaso contiene en sí misma una posibilidad de explicar la resistencia a los avances de la tecnología. También delatan el miedo: porque aunque muchos dicen que lo que pasa es que simplemente no les gusta este o aquel aparato o invento, en realidad lo que tienen es simple miedo. Y no se dan cuenta de que la tecnología no es otra cosa que la invención de instrumentos que deberían mejorar las condiciones de uso, comunicación u organización de la vida humana. Y que se trata de que esas cosas dependan de nosotros y estén a nuestro servicio, y no al revés.

Es notable, incluso, cómo entre los argentinos se ponen de moda terminologías absurdas. Por ejemplo, frases como "tecnología de punta", que casi siempre no consistió en otra cosa que en los desechos del Primer Mundo. Mecanismos obsoletos, vencidos, que nos vendieron muchas veces a precio de novedad. Los países avanzados, donde inventar es prestigioso y cuyas industrias se basan en la investigación y el desarrollo tecnológico, jamás hablan de "tecnología de punta". La hacen, y después nos la venden.

El Conicet (Consejo Nacional de Investigaciones Científicas y Técnicas) y en general los institutos de investigación que hace algunas décadas la Argentina desarrolló y llegaron a ser modelos en su género (por ejemplo, el famoso Instituto Malbrán) hoy están en estado de abandono, desatendidos. El descuido gubernamental en esta materia es alucinante, tanto que hasta pareciera que la política oficial consiste, precisamente, en destruir lo que funciona. A comienzos de 1997 una reconocida bióloga especialista en micología de una Universidad Nacional del interior del país, cuyas investigaciones suelen tener aplicaciones medicinales, me confesó que lo mejor que les podía pasar, en el instituto donde trabaja, era que nadie se diera cuenta de que existían.

Esto es producto, sin dudas, del llamado "modelo", que no es otra cosa, en este sentido, que una forma de dictadura economicista. Si la Argentina se ha convertido, en la última década del milenio, en una especie de paraíso de economistas, contadores y abogados que veneran al Dios Mercado, la investigación científica es "cosa de locos" y carece de importancia. Como el talento y la inventiva no pueden medirse con tablas de rentabilidad, y no es mensurable su "productividad" inmediata, a la investigación se le cortan las partidas presupuestarias. Es ejemplar en este sentido el caso gravísimo, pavoroso, del Malbrán. Además, desde esa concepción político-económica resulta más rentable la importación, tanto de bienes como de talento. Mejor comprar valor agregado de afuera, pues además la importación siempre da grandes beneficios y de paso suele permitir "retornos", ese otro eufemismo nacional.

En cuanto a los inventores argentinos, los que quedan, casi todos trabajan con la ambición de vender alguna patente en los Estados Unidos. Y es lógico que así sea, porque el sueño de cada uno no obedece sólo al hecho de que allá podrán conseguir una respuesta económica acorde con la utilidad de su invención, sino también a que el talento quiere ser reconocido y allá se les reconoce lo que acá no. No se trata sólo de aplausos sino del hecho mismo de la propiedad intelectual: en la Argentina el régimen de Marcas y Patentes es un mundo absurdo, plagado de limitaciones, restricciones antiguas y exigencias abstrusas. Hay una maquinaria burocrática perfectamente montada para impedir, y a su alrededor un montón de estudios jurídicos que se dedican a cuestionar todo lo que se registra, entorpeciendo las admisiones para ver si rapiñan alguna ventaja.

El sueño de los inventores argentinos de vender su talento en los Estados Unidos o en Europa no es, por lo tanto, un asunto solamente pecuniario sino una cuestión de reconocimiento y de respeto. Y es que parece mentira, pero la Argentina debe ser el único país del mundo que educa y prepara talentos y luego los expulsa. Como es el único que se ocupa de que haya cada vez menos médicos; el único cuyos aviadores más capaces son preparados por el Estado a un costo de un millón de dólares por piloto, para que luego los aproveche gratis la aviación privada; y el único, en fin, que lleva décadas pariendo científicos que se van a trabajar a otros países.

Y todo con el consenso suicida de una sociedad que, en general, juzga ligeramente que "los genios son todos locos" y parece tan feliz con el cuento de la globalización y la entrada al Primer Mundo.

Notas

[1] Me refiero a *El laberinto de la soledad* (Fondo de Cultura Económica, México, 1993). Las citas futuras a este libro las incluiremos entre paréntesis con indicación de número de página. Por ejemplo: (*Laberinto*, 10).
[2] Carlos Mastronardi: "Rasgos del carácter argentino", en: *Formas de la realidad nacional* (1961). Tomado de *El ensayo actual*, Eudeba, Buenos Aires, 1968, págs. 79 y ss.
[3] Meeroff & Candiotti, *op. cit.*, pág. 70. Allí incluyen el memorable decálogo de la ética científica de Houssay.
[4] Meeroff & Candiotti, *op. cit.*, págs. 56 y 57.
[5] Suplemento Cash del diario *Página/12*, 14 de septiembre de 1997.
[6] José Ingenieros: *El hombre mediocre*, Talleres Gráficos Argentinos L. J. Rosso y Cía., Buenos Aires, 1923, págs. 203 y ss. No sólo son interesantes estas páginas por lo que dicen, sino sobre todo por los que no son mencionados, por ejemplo el general José de San Martín.
[7] Ilya Prigogine, *op. cit.*, pág. 147.
[8] Las más variadas formas de dulce de leche existen en todos los países del mun-

do donde hay buenos lácteos. Con diferentes nombres, composiciones y cocciones, la leche azucarada cocinada que los argentinos llamamos "dulce de leche" existe en los Estados Unidos, México, Venezuela, Colombia, Brasil, Uruguay y Australia, y seguramente en muchos países más. En cuanto al mate, es una infusión de origen guaranítico muy común tanto en la Argentina como en Paraguay, Uruguay y el sur del Brasil.

[9] Elías Canetti: *El suplicio de las moscas*, Anaya & Mario Muchnik, Madrid, 1994, pág. 144.

[10] Michel Foucault: *El orden del discurso*, Tusquets Editores, Barcelona, 1980, pág. 24: "Lo nuevo no está en lo que se dice, sino en el acontecimiento de su retorno".

[11] Elías Canetti: *La conciencia de las palabras*, Fondo de Cultura Económica, México, 1976, pág. 20.

Tres

LOS ARGENTINOS Y SU AUTOIMAGEN

Las apariencias engañan

La apariencia tiene para los argentinos una importancia fundamental. Siempre preocupados por cómo serán vistos y cómo se juzgará lo que hacen, suelen ocuparse casi enfermizamente de cuidar sólo lo que se ve y cómo se lo ve. Lo que parece, aparece. Es lo que se muestra. La apariencia engaña porque es un "como si". Hace creer que es incluso lo que no es. Y puede hacer que lo que en efecto es, de pronto no sea. Vuelta de tuerca, abracadabra, truco, prestidigitación, la apariencia siempre engaña porque –contrario sensu– lo que jamás engaña es lo verdadero, lo evidente, lo indesmentible.

Las apariencias pueden ubicarse a diferentes distancias de la verdad, y el argentino que ama la mentira y desdeña la verdad cuando ésta no conviene a sus intereses, suele ser un experto fabricante de apariencias. Esa simulación, que a veces es casi profesional, desdichadamente está muy bien cotizada en la sociedad posmoderna, y es lo que hace que muchísimos acaben desvalorizando lo esencial. Ergo: la apariencia es casi siempre una mentira, una impostación, un fingimiento.

¿Qué se quiere significar cuando se dice y acepta que las apariencias engañan? Es una afirmación que tiene infinitas aplicaciones, que constituye una advertencia antes que una ingenuidad, y cuya aceptación parece indiscutible, aunque según quién la formule y con qué entonación la diga cambiará su significado. Y así se disculparán errores, se ironizarán defectos ajenos, se ocultarán prejuicios. Y la apariencia adquirirá cada vez mayor peso y medida. Y esto es lo grave: la dimensión desproporcionada que ha alcanzado por sobre la verdad.

Dice Octavio Paz de los mexicanos que "mentimos por placer y fantasía, como todos los pueblos imaginativos, pero también para ocultarnos y ponernos al abrigo de intrusos... La mentira posee una importancia decisiva en nuestra vida cotidiana, en la política, el amor, la amistad". Y explica que el mexicano miente no sólo para engañar a los demás, "sino a nosotros mismos... Es un juego trágico en el que arriesgamos nuestro ser. Por eso es estéril su denuncia".[1] En la Argentina también sucede así, pero me parece que las perspectivas son diferentes. La mentira siempre expone al mentiroso al riesgo de que afloren sus carencias y limitaciones. Desnuda los apetitos, en efecto, y hace aflorar lo que no somos y lo que deseamos ser, y así pasa con el argentino, que hace de la apariencia externa, física, corporal, una preocupación central de su vida.

Quizá es en el tango donde mejor se manifiesta la simulación. Allí, como en toda música popular, afloran el narcisismo y la pose, la necesidad de ser mirados y aprobados, y también la frustración y hasta el masoquismo. El tango, en sus letras, retrata casi constantemente la traición amorosa, el amor como falsedad, como mentira vil, como engaño, como simulación. Estampa narcisista del argentino urbano y capitalino, el tango retrata al porteño simulando superación y desinterés, haciendo como que no le duele lo que sí le duele (el abandono, la muerte) y apechugando, aguantando, resistiendo. Para todo eso es indispensable disimular: hacer como que no, cuando sí.

La simulación siempre exige, como se dice en la Argentina, "caretear". Ponerse una careta, una máscara como en un carnaval, pero para ese constante carnaval del mundo que viene a ser la vida cotidiana. Y el que se pone la máscara a diario, el que tanto caretea, acaba por desconocerse. Se pierde, y, extraviado de sí, cuando por un momento se quita la máscara corre el riesgo de mirarse a sí mismo en el espejo como un Catoblepas, el horroroso monstruo borgeano cuya sola mirada mata. El simulador, "el careta", deja de ser persona y se convierte en personaje. Se olvida de sí mismo, la vida se le transmuta en representación, histrionismo, y como una pieza teatral eterna acaba por fagocitarlo. Deja de ser. El simulador, al cabo, no es más que una cáscara, una máscara vacía. Detrás de la careta no hay nada. La persona que allí había ahora es invisible, que no es solamente un modo de pasar desapercibido. Es algo mucho peor: es un modo de no ser.

En el amor ese argentino es más o menos igual: el goce casi siempre está ligado a lo posesivo; el placer está vinculado al dolor. Y al pecado. Lo que más nos gusta y fascina, casi siempre, está prohibido. Censurado, clausurado, condenado. El amor es siempre conquista y lucha, combate y poder, victimización e impotencia. El amor casi nunca es concebido por el argentino como "un perpetuo descubrimiento, una inmersión en las aguas de la realidad y una recreación constante", como declara Paz que es el amor en una de las definiciones más bellas que conozco (*Laberinto*, 46).

El simulador argentino es frágil y fácilmente corruptible. Su carne, en tanto masa amorfa inaprehensible, es líquida. O peor, es aire. Las mimetizaciones no le otorgan carnadura; por ser frutos de impostación y por ser esencialmente mentira (la careta es ficción siempre, pero mentira sin alusión, sólo falsedad vacía), al cambiar de apariencia cada vez, va cambiando también su naturaleza. Hasta que al final naturaleza y apariencia se confunden. Se des-naturaliza.

Si, como dice Paz, el mexicano intenta no ser visto y pretende esfumarse en el aire, desaparecer, no estar, pasar inadvertido, en cambio el simulador argentino, nuestro "careta", sí quiere ser advertido y por eso intenta ser visto, pero de modo diferente del que en verdad es. Intenta *parecer*, ocupar un espacio que no le corresponde, que no es el propio; quiere ser pero otra cosa; ser visto pero diferente; estar pero no como es sino como desearía ser y jamás será.

La preocupación extrema por la imagen física, en lo personal, y por la que los extranjeros tienen de la Argentina, en lo social, son manifestaciones de la importancia que se les da a las apariencias por sobre lo esencial. Su correlato suele ser la idea de que es mejor que nuestros defectos no se noten, que no se vean nuestras carencias. "Los trapos sucios se lavan en casa" es, más que una frase hecha, una convicción profundamente arraigada en el argentino. De ahí a la pasión por la falsificación hay un paso relativamente corto. Y además, tanto preocuparse por la imagen física conlleva una admiración casi maniática por la delgadez y, consecuentemente, eso implica el marcado desprecio a los gordos.

La Argentina es un país en el que ser gordo es una maldición, un deshonor. Cuando se exige "buena presencia" para conseguir un trabajo, por ejemplo, en realidad lo que se pide son kilos de menos. ¿Qué significa eso, quién la juzga, desde dónde se la mide, cuál es el patrón de evaluación de esa "buena presencia"? Es obvio que esa exigencia reserva un derecho a la discriminación.

Ser flaco, adelgazar, luchar contra los kilos de más es uno de los empeños populares más difundidos entre las burguesías urbanas argentinas, y no motivado por un interés en la salud. De hecho la delgadez se ha convertido, para todas las clases sociales, en sinónimo elemental de belleza, en verdadero paradigma. De donde la delgadez se ha constituido en uno de los deseos más fuertes del argentino medio, mientras en paralelo la gordura devino un defecto condenable socialmente. Ser gordo es un problema, y la obesidad es una enfermedad, pero en la Argentina ser gordo, o gorda, es solamente sinónimo de fealdad. Y por ser un atentado contra la belleza, una subversión de la estética impuesta como modelo de aceptación y ascenso social, importa más la apariencia que la salud. Es como si los argentinos vivieran bajo la tiranía de la balanza y el espejo.

Pero, ¿de qué belleza hablamos? Obvio: sólo de lo que podría considerarse la armonía y la gracia corporal. Es decir, de la apariencia, que tantas veces engaña. Y como en la Argentina importa más lo que se aparenta que lo que se es, se acepta vivir privilegiando el engaño. Importa más lo que se muestra, lo que se lleva puesto, lo que se ve, lo que parece que es. Ahí está, por ejemplo, la obsesión de las mujeres argentinas por teñirse el cabello, que tantas mujeres extranjeras observan: es casi imposible encontrar mujeres argentinas que mantengan el color original de su pelo durante toda su vida. Claro que el cuidado capilar no es patrimonio exclusivamente femenino: basta ver el transformismo del propio Presidente de la República: el Dr. Carlos Saúl Menem llegó a la primera magistratura no sólo con discursos y promesas electorales, sino con una *apariencia* que enseguida también cambió. Llegó postulándose como un provinciano simpático y humilde, símil de un caudillo federal legendario, y enseguida de instalarse en lo más alto del poder político se transmutó en un hombre reinventado por nuevos modales y cirugías plásticas, maquillajes y una obsesión exasperante por el peinado. De traje y corbata y sin sus características patillas a lo Facundo Quiroga, hasta le aparecieron tics nerviosos como el de estirar las mangas de las camisas para que sobrepasen las de los sacos. Quizá suene exagerado, pero si la comparación fotográfica de épocas diversas siempre es sorprendente, en el caso del Dr. Menem es algo más que el resultado del paso del tiempo o el cambio de las modas. Más bien en este caso se trata de un verdadero transformismo, o sea la creación de un hombre artificial.

Cabe recordar en este punto que la idea del hombre artificial es una invención de la literatura que aparece por primera vez, creo, con Mary Shelley y la aterradora creatura de su novela *Frankenstein o el Prometeo moderno* (1818). E idea que se retomó reiterada y magistralmente en la literatura argentina. Por lo menos en "El hombre artificial" de Horacio Quiroga; en el memorable cuento fantástico del simio que aprende a hablar, de Leopoldo Lugones ("Yzur"); en "Las ruinas circulares" de Borges; y sin dudas en *El ojo de la Patria* de Osvaldo Soriano ya en los '90. En todos estos casos hay una criatura que, al cambiar su apariencia, resulta engañosa.

Creatura y creación: el aspecto físico encierra valoraciones. Propone y atrae. Cambia y sorprende, y no es condenable en sí mismo salvo que se lo rechace desde la concepción estética imperante. La apariencia, lo que se ve, es lo que verdaderamente importa. Y como lo que se ve es siempre algo real y tangible, resultaría sofisma que lo real y tangible engañe. La paradoja es total: lo que no sirve es la apariencia anterior; la nueva apariencia es la que vale. Lo verdadero es lo último; no lo que es verdad.

Juego de palabras: lo que es ahora antes no era. Lo que dejó de ser no merece memoria; mejor mirar el ahora, lo inmediato es lo que vale, lo que importa. E importa lo que se muestra: superficie, cáscara, cosmética. Por eso uno vale por lo que tiene o por lo que parece, pero no por lo que es. Por eso la hipocresía prevalece y causa tantos problemas y existe toda una Filosofía de la Apariencia que también sirve para la discriminación.

Es claro que estamos hablando de un complejo de los argentinos. La gordura es casi siempre un complejo. De inferioridad, a pesar del volumen y el tamaño que pueden dar los kilos de más, y que proviene del temor a la exclusión, a la marginación a que se condena a los gordos. Desde luego que sería deseable que hubiera más pensamiento y menos cintura. Pero pareciera que sólo nos preocupa la cintura como diámetro de la estética. Y así se olvida que la lucha desesperada por la estrechez de cintura puede adelgazar las ideas y estrechar el cerebro.

Quede claro: no se afirma aquí que ser gordo o ser flaco sea bueno o malo en sí mismo, ni se propone la preferencia por una estética diferente. Lo que se sostiene aquí es que la tiranía del espejo y la balanza cambia la mirada, la endurece. Y es la mirada la que resulta condenatoria y la que establece y legaliza que las apariencias engañen.

Manuel Puig hablaba de la dura mirada de los argentinos. "Tenemos una mirada dura, particularmente crítica, que siempre juzga."[2] Y en efecto: la mirada también parece haberse adelgazado, y es hoy un estilete. Mirada como taladro que traspasa al otro y lo corta, lo disecciona como un bisturí. La mirada argentina es quirúrgica y traspasa, desnuda, critica, no da tregua. Ni siquiera evalúa; acusa y condena. Y al hacerlo, califica. O mejor: descalifica. Porque es, también, una mirada llena de complejos.

Es evidente que el colesterol, los triglicéridos, las grasas, hacen mal. Se resienten el corazón, los huesos, las articulaciones. Pero con la excusa de la salud es asombroso cómo se vende, muchas veces, gato por liebre. Se ha instalado en el inconsciente colectivo que "es al ñudo que lo fajen", como dice el *Martín Fierro*, y todo el mundo parece estar en contra de los gordos, incluso los que medran con la desesperación estética. Como si los kilos fueran un pecado, la salud importa menos. Por eso la sociedad, a través de una propaganda bastante masiva, desde hace tiempo propone la Utopía de la Delgadez como paradigma de belleza y no de salud.

Es una cuestión cultural, desde luego. Las sociedades cambian, y los modelos también. Hace cuatro o cinco siglos, las mujeres gordas eran las más apetecibles. Y también a comienzos del siglo XX: en cualquier vieja revista pueden verse fotos que muestran los paradigmas de belleza de la publicidad primitiva, en los íconos de las promociones teatrales, en los bocetos cuya tradición inició Toulousse-Lautrec. En todo ese material la gordura estaba bien vista.

Pareciera que el primer gran cambio se produjo en los años '20. Con el jazz, con el cine, cambió el modelo estético. Aparecieron las primeras flaquitas de Hollywood junto con las minifaldas, el charleston (el tango entre nosotros), el auge del cigarrillo, la droga y el alcohol. Jean Harlow, Rodolfo Valentino, Fred Astaire, Ginger Rogers, más tarde Frank Sinatra, fueron modelos visibles de menudos, magros y agilísimos.

Todavía no existía la moda del gimnasio, ni hacer dietas era un estilo de vida. Pero entre nosotros, en los años '50, hubo un dibujante magistral que se llamó Divito, quien desde la revista *Rico Tipo* impuso un modelo estético: las mujeres con pechos saltones y cintura de avispa. Aunque paródico, exagerado, ese modelo sugería que ya por entonces la delgadez era estimada. Y por entonces a las mujeres se las llamaba, con humor pero también como sutil censura social, "Pochita Morfoni", que era el personaje de una glotona imparable que dibujaba Divito en *Rico Tipo*. Dos de los modelos sociales más populares de esos años eran extremadamente enjutos: Eva Perón y Enrique Santos Discépolo.

No había Industria de la Dieta, todavía, y al contrario, alguna propaganda de los '50 mostraba a un tipo flaquito y esmirriado diciendo: "Yo antes era un alfeñique". O sea, persona de complexión y aspecto débil, de gran delicadeza, afectación y extrema delgadez. El diccionario de María Moliner dice más sobre el alfeñique: "poca cosa, sietemesino, mesingo, fifiriche, raquítico". Ese alfeñique llegaba a ser (después de ese "antes" ominoso) un grandote forzudo y musculoso cuyo modelo en el mundo se llamaba "Charles Atlas" y en la Argentina representaba un atleta que decía haber sido "Mister Chile".

Entre los precursores –quizá involuntarios– del cambio, estuvo una de las primeras modelos argentinas que alcanzó trascendencia internacional. Se llamaba Kouka y era una hermosa y atractiva mujer, alta y flaca, que fue la primera modelo argentina que desfiló (hoy se diría "triunfó") en Europa. Curiosamente alcanzó renombre afuera, quizá porque acá todavía el modelo estético imperante era el de la mujer generosa en carnes.

Las ídolas de los varones argentinos de hace 40, 30 y hasta 20 años atrás, todavía eran mujeres bien carnosas como Isabel Sarli, Nélida Roca o Nélida Lobato; e incluso algunas más estilizadas pero bien, digamos, sólidas: Zulma Faiad, la primera Susana Giménez de hace un cuarto de siglo, la Moria Casán de hace 20 años. ¿Qué hubieran podido hacer, en aquel entonces, flaquitas como Daniela Urzi o Carola del Bianco? Probablemente irse, como Kouka. Porque en aquellos tiempos los marginados eran los flacos.

Veinte o treinta años después sucede exactamente lo contrario: ahora la exhortación es: "entrás gorda y salís flaca". Y cuanto menos tiempo haga falta para esa mágica transición, mejor. Y si no requiere esfuerzo, mejor que mejor. Y si encima es barato... Se explica fácilmente el auge de los "institutos" para adelgazar, que son un negocio típicamente argentino, casi una rareza en otros países, donde, por ejemplo, jamás se encontrarán tantos avisos publicitarios de este tipo en diarios y revistas. Y eso que así como en el fin del milenio hay la preocupación desmedida por el adelgazamiento, así también estamos viviendo el momento histórico más sobrecargado de obesos. La obesidad nunca antes tuvo el sobrepeso que hoy tiene. En otros países, donde el paradigma estético es diferente, sobreabundan los obesos. Porque no es verdad que las mujeres y los hombres tan hermosos que se ven en el cine o la televisión estén en cualquier calle de los Estados Unidos. Para nada. Los Estados Unidos son el país que más obesos tiene en el mundo, y están en las calles, los supermercados, dondequiera uno mire. En Miami o en California, en Nueva York o en Washington, uno se encuentra con muchas, enormes personas de 200 kilos.

En cambio aquí –otro mito argentino– solemos ufanarnos de tener "las mujeres más lindas del mundo". Y aunque fuera cierto, lo seguro es que ningún argentino jamás se ufanó de que tengamos las mujeres más inteligentes del mundo.

Pero: ¿cómo y quién cambió aquí la concepción de la estética? ¿Quién y cómo y cuándo cambió la cabeza de los argentinos en algunos temas? ¿Qué tienen en la cabeza aquellos cuya máxima preocupación vital gira en torno de dietas y gimnasios? ¿Qué nueva dieta urgente y acaso imposible estarán imaginando? ¿Y cómo es su mirada sobre los otros, cómo juzgan a los gordos en la sociedad contemporánea?

Es evidente que en este país se discrimina de muchas maneras, y que en el adelgazamiento compulsivo hay mucho de tilinguería, de imitación irreflexiva. También hay ignorancia y seguramente mucho curro. Los edulcorantes, ¿sirven realmente? ¿Y los millones de dietas que se ponen de moda cada tanto? ¿Y las clínicas? ¿Y entidades como Dieta Club o Alco (Anónimos en Lucha Contra la Obesidad)? ¿Qué pasa con el peligro de enfermedades como la bulimia o la anorexia? Creer que salud y delgadez son una misma cosa, es por lo menos un asunto discutible. Hoy en día el terror a la gordura puede producir enfermedades peligrosas y tienen que ver, todo lo indica y hay estudios que lo establecen, con el hecho de que el modelo estético predominante es tan pero tan fuerte que en muchos casos provoca una verdadera locura por ser flacos. La cantidad de temas que rozan la cuestión de la gordura ayudan a acrecentar el mito. Muchos piensan: "ser gordo es terrible", y practican acaso sin saberlo la discriminación: gordos abstenerse.

Podría decirse que cuando la flacura empezó a ser el nuevo paradigma, los gordos empezaron a ponerse a la defensiva. Con las tallas Medigrand, por ejemplo, que la obesa actriz Nelly Beltrán modelaba para todas las revistas. Había tiendas especializadas en ropa para gordos y gordas.

Como contrapartida, ahora mismo en los Estados Unidos ha surgido una cadena de tiendas que se llama *"Petite Sophisticate"*. Todas sus medidas son mínimas: sólo para flacas, y además, petisas. En cualquier vidriera porteña, las tallas que se ofrecen son mínimas. Como los maniquíes. Y mientras tanto, con cínica piedad, la sociedad argentina ha desarrollado un mito paralelo, una especie de "Premio Consuelo" para obesos: "Los gordos son buenos" decretó el así llamado "saber popular". Hay una canción cuyo estribillo lo repite: "Vos sos un gordo bueno". Y es que la gordura parece convocar valores y sentimientos contrapuestos: burla pero a la vez piedad. Puede dar lugar al grotesco, pero también a la solidaridad por lástima. Propicia el humor aunque también causa el dolor más profundo.

Pero, ¿los gordos son buenos, realmente? ¿Qué tiene que ver una cosa con la otra? ¿Desde cuándo y por qué razón, científica o clínica, los kilos "abuenan" a la gente?

Esto hasta se contradice con otras mitologías mundialmente impuestas. En el humorismo los gordos suelen ser muy malos. El enemigo de Carlitos Chaplin, por ejemplo, Trompifai, era un gordo enorme y malísimo. De la incomparable pareja que hacían Laurel & Hardy, el gordo siempre era el cretino, el abusador. Y entre nosotros, si Alberto Olmedo era un flaco vivo y piola, sus compañeros de maldades y picardías eran el Gordo Porcel o Javier Portales, a quienes además "se cargaba" siempre por sus kilos.

Los estereotipos televisivos se mantienen irreductibles: en una teleserie de 1995 Portales fantaseaba con el reencuentro con una de las mujeres más bellas que había conocido en su vida, y a la que había amado veinte años atrás. Guillermo Franchella le seguía la corriente y la tensión del episodio se basaba en la espera del inevitable reencuentro amoroso de Portales con la mujer amada de su juventud. Finalmente en la cita aparece una linda mujer cuarentona pero... gorda. Su gordura esfuma súbita y brutalmente el amor, la seducción, y mata todas las fantasías. Con total vulgaridad, la gorda es objeto de burla y descartada groseramente sin que se sepa ni importe si tiene otros valores humanos.

Puesto que la estética es hoy considerada sólo como armonía física basada en la delgadez, y ésta es una ideología dominante, los flacos tienen derechos de los que los gordos están excluidos. Por ejemplo, en las playas nudistas jamás se verá un obeso. Y hasta es raro ver a los gordos tomando sol en cualquier playa pública. Ni en las plazas del verano se los ve.[3] Ni siquiera en las terrazas. Para poder ejercer esos derechos, es moda ir a los gimnasios. Lo cual no está nada mal. Es sano; hace bien. Los romanos decían: "mens sana in corpore sano" porque su ideal de vida era más la salud que la apariencia. Habían aprendido esto de los griegos, de quienes la humanidad aprendió casi todo. "Sano", decían, no flaco ni gordo. Pero los argentinos no concurren a los gimnasios para mejorar la salud. El gimnasio para ellos viene a ser la metáfora de un paraíso por alcanzar, una especie de Arcadia imposible pero a la que se tiene la ilusión de acceder, tres veces por semana y por unos cuantos pesos mensuales. Lo que verdaderamente importa es ser flaco a cualquier costo, incluso el de la propia salud.

Es inevitable, si se observan ciertos comportamientos, advertir que la delgadez en la Argentina de hoy es un imperativo social que casi no conoce límites. Está presente en la calle, en el plano laboral, en los medios de comunicación, en las relaciones de todo tipo, y se ha metido en el ámbito familiar. Conozco niñitas de seis o siete años que apenas se asoman a la vida pero ya están haciendo dietas porque sus mamás y papás las hacen.

Antes, ser gordito era signo de salud. En los años '50 y '60 había una propaganda de un producto chocolatado que se llamaba *Toddy*. Las mamás de varias generaciones nos lo hicieron tomar porque era importante que los niños crecieran sanos, gorditos y fuertes. Hoy, en cambio, casi nadie festeja si un bebé nace pesando cuatro o cinco kilos, y desde el vamos a los chicos se les crea la reticencia a la gordura. El chocolate ya no es ni rico ni bueno; hoy es veneno porque engorda. Es y será siempre una tentación, desde luego, pero ahora satanizada. Lo mismo pasa con el azúcar: ¿por qué la humanidad vivió milenios endulzando todo con azúcar, sin problemas, y ahora el azúcar también parece haber adquirido categoría de enemigo público?

Y es que lo que antes eran paradigmas de salud, hoy son paradigmas estéticos. Importa más parecer que ser. Hay que ser flaco a costa de la propia salud; no se puede ser gordo aunque se tenga salud para regalar. A tal punto es así, que hoy las gordas y gordos que caracterizan la obra del artista plástico colombiano Fernando Botero atraen no sólo por sus virtudes de trazo o cromáticas, sino sobre todo por su ironía, como si fueran –y en efecto lo son– verdaderos símbolos contemporáneos del grotesco de la gordura o agresiva propuesta de una estética diferente.

Además la gordura es vista como una señal de abandono. Lo cual es cierto en muchos casos, pero deja picando la pregunta de por qué nadie se fija en los flacos desaliñados, que también los hay y seguramente en la misma proporción. Y lo mismo sucede con los chicos y las chicas cuando van a los boliches bailables y son seleccionados arbitrariamente por los gorilas que suele haber en las puertas, que tienen órdenes de que además de "lindos" y "flacos" los jóvenes no sean "negros" y que estén "bien vestidos". Esta discriminación concentra muchos de los valores sociales establecidos y aceptados, y ejemplifica la importancia que los argentinos dan a las apariencias.

El mundo exterior: Afuera no nos quieren

Otra manifestación de esa importancia por el qué dirán es la preocupación, casi obsesión, que el argentino tiene por lo que se piensa de ellos en el mundo. Muchos están convencidos de que "afuera no nos quieren"; muchos lo atribuyen a que "nos envidian" (sea por nuestro fútbol o porque tenemos los tres únicos Premios Nobel latinoamericanos en Ciencias). Y casi todos se duelen cuando la selección nacional de fútbol juega como visitante y es invariablemente recibida con chiflatinas. Los argentinos, se diría, se sienten incomprendidos y creen merecer mejor estima.

La preocupación por la "imagen argentina en el exterior", sin embargo, ha sido siempre más una razón de estado que una auténtica preocupación ciudadana. Durante los años que viví exiliado en México pude comprobarlo, y seguramente cada argentino que ha salido del país alguna vez tiene una anécdota que contar al respecto. La preocupación por la imagen argentina en el exterior es típicamente autoritaria y denota, desde luego, inseguridad. Se comprende que fue un desvelo de los dictadores porque su imagen era, ciertamente, horrible. Hasta llegaron a contratar una agencia publicitaria internacional, con sede en Nueva York, para que les mejorara la imagen. Misión imposible que costó millones de dólares al país.

Muchos recordarán la famosa campaña que decía: "Los argentinos somos derechos y humanos". Apuntaba a lo mismo: a contrarrestar lo que todo el mundo sabía y pensaba de los argentinos: que vivían bajo una dictadura que atropellaba reiteradamente los derechos humanos, como después, en democracia, se demostró. Pero hay que reconocer que no se trata solamente de una conducta militar. La verdad es que es una preocupación que está en todos los sectores sociales. Y eso de andar preocupados por lo que parecemos, hace que el parecer sea más importante que lo que realmente somos. Lo cual también es una verdadera hipocresía.

Preguntarse "qué pensarán de nosotros" es siempre una demostración de inseguridad, una manifestación de pacatería y una verdadera limitación a la propia libertad. Quien vive pendiente de cómo lo ven los demás –se sabe– acaba preso de la opinión ajena. Cuentan muchos extranjeros que nos visitan que, apenas desembarcan, ya los familiares o el taxista les preguntan: "¿Y... qué le parece la Argentina?". Preguntarle eso a un extranjero, de entrada, es algo que vi en muchos países latinoamericanos. Tuve que responder muchas veces esa misma pregunta que delata una típica, proverbial necesidad de ser considerados, tenidos en cuenta. Y la cual jamás formularía un europeo.

La paradoja es que queremos saber cómo nos ven, queremos que nos vean bien, nos enorgullece que les guste la Argentina..., pero a la vez lo que escuchamos suele darnos pie para la protesta, la queja y la crítica feroz a nuestro propio país. Al cual, en los últimos años, el resentimiento pareciera que nos impide amar tranquilamente. Como si fuera la Argentina la culpable de lo que los mismos argentinos hacen.

Claro que si es cierto o no que afuera no nos quieren, es algo muy difícil de establecer. Para el programa de televisión que dio origen a este libro entrevisté a muchas personas en los Estados Unidos y otros países: cubanos, mexicanos, chilenos, españoles, puertorriqueños, canadienses, etc. Y me sorprendió advertir que muchos de ellos subrayaban la diferencia entre porteños y argentinos. Como si "afuera" lo tuvieran más en cuenta que aquí. Y otra sensación fuerte que me dejaron esas entrevistas fue la de que los argentinos solemos resultar algo antipáticos porque somos, o nos creemos, "diferentes": demasiado europeos para ser latinoamericanos; demasiado latinoamericanos para ser europeos.

Cuando el argentino viaja al extranjero, es probable que se tope con inamistosos oficiales de Migración de los diferentes países. Los de México ahora son agradables, pero hace 15 o 20 años tener pasaporte argentino era como tener pasaporte de leproso. Y todavía en los Estados Unidos uno está expuesto a pasar por el viejo interrogatorio humillante: cuánto tiempo piensa quedarse, si tiene parientes, etc. Y si uno visita un país de la comunidad británica, como me pasó hace poco al visitar las Islas Bahamas, a uno lo harán sentir como un pirata invasor de islas y tendrá que exhibir el boleto de salida para que ellos sepan que uno realmente se va a ir.

Sin embargo, la idea de que afuera no nos quieren me parece que tiene que ver sobre todo con el comportamiento. El estilo, que no es otra cosa que la manera de andar por la vida, el modo de comportarse de las personas. Ahí están, como penosa muestra, ciertas cosas desagradables que los argentinos hacen afuera, actitudes chocantes, vulgaridades. En general los argentinos que viajan fuera del país se muestran bastante mal educados: gritones, prepotentes, ansiosos, fanfarrones, atropelladores, soberbios, agresivos.

Durante los años que viví en México, advertí por lo menos tres cosas nuestras que fastidiaban a los mexicanos. Una, que si México se escribe con x, no entienden por qué los argentinos insisten en usar la jota. Otra, que una muletilla de los argentinos es preguntar "¿entendés?" en vez de dudar "¿me explico?" o "¿fui claro?"; y la tercera, que casi nunca piden "por favor" ni dicen "gracias".

Claro que eso es nada comparado con la actitud de "primero yo", con el ser ventajeros y oportunistas, y con esa actitud displicente y canchera de abusar de la buena fe de los demás. En los años '60 Mastronardi describió muy bien dos tipos humanos argentinos: uno es el *sobrador*, esa subespecie porteña, "personaje antisocial cuya aplomada suficiencia dimana de una secreta inseguridad de fondo" y que "cultiva cierto chauvinismo de puertas cerradas que nada tiene que ver con el sentimiento patriótico". Y el otro tipo es el *vivo*, que para Mastronardi es la "variante benigna" porque "suele poseer rasgos estimables y no carece de simpatía comunicativa. Se inserta bien en el ambiente de la novela picaresca".[4] Habría que ver qué pensaría hoy Mastronardi de esta deleznable "viveza criolla" que tiene tan poco de estimable y cuya simpatía comunicativa hizo del *vivo* un experto en "pinchar teléfonos" en el extranjero, en "reventar" tarjetas de crédito o en "clavar" a sus garantes.

A estos productos nacionales, fundamentalmente urbanos, y tan usualmente porteños, se debe la penosa realidad de que, aunque también tenemos varios Premios Nobel y científicos e investigadores laureados en todo el mundo, la imagen más fuerte del comportamiento argentino en el exterior la han dado futbolistas casi iletrados, banqueros prófugos, nuevos ricos maleducados y gente ordinaria que por doquier se fanatizó con el famoso "déme dos" de los tiempos de la dictadura, cuando no anduvo en patota robando organizadamente en las grandes tiendas del mundo. No creo exagerar: el oportunismo ha producido resonantes casos de cleptomanía, como hace poco el de la esposa del general Carlos María Zabala, todavía en actividad y en un altísimo cargo.

Se conocen y cuentan legendarios papelones en Miami o en Madrid. Son proverbiales los gritos y la mala educación de los argentinos en los aviones. La desesperación consumista y el afán de llamar la atención son sólo comparables con los de los turistas brasileños de clase media baja. Y las "avivadas" argentinas como irse sin pagar, hacer el cuento del tío, librar cheques sin fondos, etc., realmente repugnan.

Si es arquetípico en todo el mundo que el armenio hace alfombras, el árabe es tendero, el judío es comerciante, el gallego gastronómico, el japonés tintorero y el tano industrioso y gritón, el argentino, afuera, suele ser considerado en categorías polares: inteligente y culto en muchos casos, sí, pero más prototípicamente como "un chanta". Por eso lo que me parece más terrible es que haya todavía tantos defensores de la así llamada "viveza criolla", que no es otra cosa que una falta absoluta de ética y de vergüenza, pretendidamente disculpable por su aparente menor cuantía o por aquella "simpatía comunicativa".

Por cierto, cabe señalar la notable vigencia de caricaturas argentinas que se publican hoy en todo el mundo y contribuyen a fortalecer ese estereotipo: *Avivato*, aquella creación ya legendaria de Lino Palacio, todavía hoy se sigue publicando en periódicos importantes como *The Miami Herald*, todos los días, y todos los días muestra a ese argentino pícaro, vago, vividor, oportunista y coimero cuyo nombre es toda una definición. Y que entre nosotros, hasta hace un par de décadas, también era designado como el "ventajita", otro "subtipo que constituye legión" al decir de Mastronardi.

Claro que las apariencias engañan, y como suele decirse: "el hábito no hace al monje". Bueno, pero ayuda a reconocerlo. Y esto vale en un sentido como en otro. Hace unos años fue proverbial la importancia de los dentistas argentinos en España. En otros tiempos el *Billiken* fue la revista que más hizo para fijar la imagen de la Argentina como un país culto. La figura bonachona de Luis Sandrini y en general el cine de los años '40 y '50 nos colocaron en el afecto de varias generaciones de latinoamericanos. Un intelectual como José Ingenieros, tan poco recordado y leído en la Argentina, sigue siendo fundamental para la formación de millones de estudiantes latinoamericanos y es texto obligatorio en universidades de todo el continente. Pero desde mediados de los años '60, yo diría desde la dictadura de Onganía, el autoritarismo militar y las limitaciones de los civiles para vivir en paz y en democracia, mutaron imagen y modelos. Nos volvimos antipáticos, agrios, y el espacio del afecto lo ocuparon los mexicanos con su cine, su música, sus telenovelas, su cultura. Y también los brasileños, siempre tan simpáticos y jacarandosos.

Me parece que todavía hay demasiada autosuficiencia en el argentino medio. Ese absurdo sentimiento de habitar en el ombligo del mundo. Esa inexplicable y poco graciosa frase: "Dios es argentino". Ese complejo de grandeza y de originalidad: que tenemos la avenida más larga del mundo, y la más ancha, y lo más esto y lo más lo otro. Obvio: tanto complejo de figuración es en esencia demostración de inmadurez. Y de perfecta convivencia con la mentira y el eufemismo. Que llega hasta a generar afirmaciones engañosas y letales: las Malvinas son argentinas, seguimos diciendo y está escrito en todas las rutas del país, cuando la verdad es que no lo son. Desde hace más de 160 años son inglesas. Nosotros *queremos* que sean nuestras, y nos sobran derechos, claro, pero no lo son. Y la Antártida Argentina es otro caso: se sigue enseñando que una porción antártica nos pertenece, cuando en realidad es sólo un deseo, un reclamo que la comunidad internacional no nos reconoce plenamente.

Lo que parece, aparece. Lo que se desea es o viene a ser. Que en ciertos casos es "como si fuera" lo mismo. *Como si fuera. Pero que no es.* Y esta conducta errática y eufemística también tiene que ver, y muchísimo, con la apariencia, la imagen que la Argentina muestra hacia el exterior. Y entonces resulta una tremenda paradoja: nos preocupa tener una buena imagen (por orgullo o para que vengan inversiones; por chauvinismo o por necesidad de exportar productos) pero la imagen que damos es contradictoria.

Cualquier argentino recuerda la conmovedora solidaridad recibida de Latinoamérica y el llamado Tercer Mundo cuando la Guerra de Malvinas. Pero apenas una década después, el gobierno decidió el abandono del Grupo de Países No Alineados y hasta manifestó su público repudio al Tercer Mundo. Luego el canciller intentó una "política de seducción" a los malvinenses que sólo sedujo a su propia imaginación y a su familia. Y al declararse las "relaciones carnales" con los Estados Unidos de hecho se despreció toda aquella solidaridad continental. ¿Cómo será que ven todo esto los peruanos, los venezolanos, los mexicanos? Mal. Lo ven muy mal. Les da rabia y lo viven como una traición. Y ven a la Argentina como un país errático y mutante. Porque lo que aparece es, también para los que nos miran.[5]

La imagen que ha venido dando en el exterior el menemismo, entendido como estilo presidencial de hacer política, ha sido la de un constante sainete. El mamarracho, la bufonería y los escándalos son lo que más prensa ha tenido en el mundo, de la Argentina, en los últimos años del milenio. Quien sostenga lo contrario estará mintiendo, y para probarlo bastaría con medir el centimetraje que recibió la Argentina en los diez diarios más importantes del mundo. No es cierto que gocemos de buena imagen internacional. La del presidente Menem es insalvablemente frívola y la del país es pésima: nos ven como lo que la Argentina es hoy: un país poco confiable en el que reina la inseguridad jurídica y que va en camino de convertirse en una especie de narco-república. Y si todavía llegan inversiones extranjeras es porque, desde luego, en cualquier gran remate todos tratan de aprovechar las oportunidades.

Esa imagen desgraciada, esa apariencia engañosa por parcial, no deja de estar justificada casi a diario por la conducta (mala conducta) de esos otros argentinos prototípicos que son el futbolista semiletrado y el político habituado a la impunidad.

Nos da bronca que las hinchadas extranjeras chiflen a nuestra selección en las canchas, como pasó en los Mundiales de México '86 e Italia '90, y como pasa sobre todo en América Latina. Nos duele, pero, ¿qué otra respuesta pueden obtener las groserías habituales de nuestros jugadores, la soberbia de sus declaraciones cuando dicen lo más campantes que son los mejores del mundo? ¿Cómo no va a ser chocante que un joven exitoso como Claudio Caniggia proclame en los diarios: "No hay otro mejor que yo"? La frase recorre el planeta y se suma a otras zonceras pronunciadas por otros deportistas de bajísimo nivel cultural: "Somos los mejores del mundo" o

"Lo que pasa es que nos envidian", proclaman. ¿Cómo cree el lector que reaccionan en el mundo cuando escuchan o leen estas estupideces? Seguramente por eso, Borges, cuando le contaron que en la final del campeonato mundial de fútbol de 1978 la Argentina había derrotado a Holanda, corrigió con maravilloso sentido común: "Vaya, querrán decir que once jugadores argentinos vencieron en un juego de pelota a once jugadores holandeses. Porque nosotros jamás hemos vencido a Erasmo de Rotterdam".

¿Y la actitud de Roberto Trotta en Costa Rica en febrero del '96? Las tribunas del partido entre Vélez y el campeón costarricense eran una fiesta de confraternidad. Se había recibido bien a los argentinos, y todo fue cordial hasta el grosero gesto de Trotta de agarrarse los testículos de cara a las tribunas. Todo el estadio –todo un país hermano– terminó insultando a los argentinos.

¿Y el frenético, casi esquizofrénico declaracionismo diario de un personaje tan popular como Diego Maradona, cómo creen los argentinos que se ve o se lee en todo el mundo?

El Manual de Papelones Argentinos parece inagotable, mientras la frivolidad prima sobre casi todo. Los argentinos se vuelven locos cuando una chica tan linda como Valeria Mazza presenta un festival musical en Italia, pero no hay el mismo entusiasmo por el trabajo de los investigadores y científicos argentinos. Por eso cuando el entonces superministro Domingo Cavallo los manda a lavar los platos no se produce ningún escándalo nacional y nadie le exige a él su inmediata renuncia. Como casi nadie protesta por el desmantelamiento del Instituto Malbrán, por ejemplo, que es un verdadero terremoto sanitario para la Argentina. La impunidad de los políticos aquí no tiene límites. Escándalos como el de la venta de armas a Ecuador durante su reciente guerra con Perú, que es como si en la guerra de Malvinas los brasileños le hubiesen vendido armas a Inglaterra, no se esclarecen aquí pero resuenan allá: hoy en Perú nos llaman "argentinos traidores" y en Ecuador "argentinos estafadores".

A todo esto hay que inscribirlo –aunque duela– en el marco de un proceso generalizado de decadencia cultural. Los argentinos teníamos una industria editorial que fue líder y ejemplo, y teníamos un cine que llegaba a todo el mundo de habla hispana. Casi no teníamos analfabetos y éramos el pueblo más lector de nuestra lengua. Hoy la desocupación, el analfabetismo, la miseria y la delincuencia crecieron como yuyo malo; y la corrupción pasó, de ser una vergüenza, a considerarse casi una normalidad consensuada. Mientras se envileció la administración de justicia y el periodismo se volvió casi un sustituto de los tribunales, en la timba financiera que ha sido la economía todo se preparó para que se generaran fortunas rápidas, sin esfuerzo, porque la especulación ha sustituido a la producción. Todo esto embrutece a la sociedad y no dudo de que es herencia del autoritarismo oscurantista que sufrimos en los últimos treinta años (por lo menos, para fijar un hito simbólico, desde la llamada "noche de los bastones largos" de julio de 1966).

Desde ya que toda esta reflexión sobre la imagen del país y el afecto que el argentino pueda recoger en ese indeterminado "afuera" ha estado gobernada por la duda hasta ahora no expresada y que dejé para el final: ¿Y por qué preocuparnos por saber si nos quieren o no? ¿Esta misma pregunta, el solo hecho de la interrogación, no habla de nuestra arrogancia? ¿No es una forma de megalomanía? Porque andar preguntando si somos queridos conlleva una elevada autoestima, que finalmente puede resultar chocante. Nunca he oído a colombianos o mexicanos, ni a noruegos o australianos, preguntando por allí si afuera los quieren... Lo mejor, lo natural, es cuando una nacionalidad no significa atributo o demérito alguno. Lo mejor es cuando vemos, y nos ven, simplemente como personas. Como seres humanos.

La discreción: Los trapos sucios se lavan en casa

El problema de la apariencia y la simulación es muy complejo. Y no sólo por las actitudes gubernamentales, de la clase política, o de tal o cual sector de semiletrados. Lo que agrava la cuestión es que, además, el argentino medio está convencido de que la discreción consiste en que los demás no se enteren de las miserias de entrecasa. Si hay conflicto, si hay un episodio que avergüenza, si se trata de asuntos turbios, lo importante y lo mejor es que nadie los conozca. El argumento siempre es el mismo y suele estar en boca, o al menos en el inconsciente, de muchísima gente: "Los trapos sucios se lavan en casa".

Es una frase que hemos escuchado a políticos y sindicalistas, deportistas y empresarios, burócratas y trabajadores, amas de casa y padres de familia. Está instalada en el subconsciente nacional, en todos los estratos sociales. Se repite constantemente en cualquier ámbito (político, sindical, militar, religioso, empresarial, deportivo, en los clubes, en las familias, en los barrios). No hay grupo o corporación en la cual, frente a escándalos, papelones o metidas de pata de algún miembro, no salgan los dirigentes a "defender" la privacidad de la corporación porque, desde luego y todos lo entendemos, "los trapos sucios se lavan en casa". Es un presupuesto completamente incorporado y asumido por el conjunto. Encierra una idea de clan, de tribu que pretende "cerrar filas" (como también se dice) a fin de impedir que se debilite "el espíritu de cuerpo". La idea es que sólo la defensa clánica, tribal, garantizará el mantenimiento de la fuerza del gremio, familia, sindicato, partido o grupo de que se trate.

Claro que es una idea mentirosa: no apela a la honestidad, la descarta. Y dificulta que se diga la verdad, impide reconocer errores, prohíbe admitir que uno de nosotros se equivocó, metió la pata, etc. Lo que el mito pretende es que la mentira sea asumida por el conjunto, y encima supone que los demás son tontos y no se darán cuenta. No sólo miente: oscurece, obstaculiza, cancela.

Curiosamente es un mito bastante infantil. Porque apela a la mentira por omisión, por ocultamiento, subestimando a los de afuera y pretendiendo que los de adentro (los de "casa") vayan a hacer justicia. Que por supuesto no hacen, pues lo que hacen es encubrir. Con lo que se perfecciona la simulación pues todo lo que importa es que parezca que va a suceder lo que no sucederá.

Esto requiere, además, en algunos casos complicidades múltiples. Pocas simulaciones argentinas son tan ejemplares como la de la promesa gubernamental de limpiar el Riachuelo en mil días, que fue anunciada con bombos y platillos por María Julia Alsogaray y avalada por el presidente Menem. Desde luego, se trataba de un proyecto necesario y posible. Limpiar un río contaminado es una obra preciosa, reconfortante, que en muchos países se ha llevado a cabo. Ni siquiera es una obra demasiado cara, y hasta puede ser un buen negocio para el Estado o para cualquier empresa concesionaria. Pero cuando se hicieron los anuncios y se prometió que el olor apestoso y la mugre de esas aguas se acabarían, en plena euforia menemista, todos los argentinos sabíamos que se trataba de una mentira. Y sin embargo lo más asombroso era que casi todos fingían: las autoridades que hacían el anuncio mentían, pero a sabiendas de que la sociedad también sabía que ellos mentían. Con lo que la ciudadanía venía a ser, en general, cómplice de la misma mentira oficial. Podía quedar una duda, sí, existía alguna remota posibilidad de que la obra se realizara. Pero nadie creía *realmente* que se llevaría a cabo. Todos hacían como que algo importante iba a suceder, y los medios difundían la "información" y las declaraciones de la funcionaria encargada del proyecto y del Presidente que la emplazaba a rendirle cuentas al cabo de ese millar de días. Todos simulaban y siguieron simulando. Han pasado los años y ahí está el Riachuelo porteño, asqueroso como siempre. Nadie pidió ni pide cuentas y al cierre de este libro los mismos funcionarios están en los mismos puestos. No hay sanción. La apariencia es de normalidad. Cartón pintado.

La supuesta discreción, por otra parte, deriva siempre en una conducta muy hipócrita. Y además ineficaz, porque los trapos sucios nunca se limpian.

No se los lava; apenas se tapa la mugre por un rato. Con lo que la idea de que "los trapos sucios se lavan en casa" indica, filosóficamente, exactamente que lo grave no es la suciedad, sino el hecho de que la suciedad se alcance a ver. Se trata de que lo aparente, una vez más, engañe. Aunque cualquiera sepa que lo que se tapa finalmente, algún día, saldrá a la superficie porque, como los gases, siempre escapan por algún lado, sea que exploten o que se los libere, lo alucinante y loco es que de todos modos siempre hay alguien que insiste en seguir tapando las cosas. Y siempre hay alguien dispuesto a hacerle caso. Como siempre hay alguien que se da cuenta.

La apariencia engañosa es siempre provisoria, y esa provisoriedad desnuda la inutilidad del esfuerzo para que lo que es no sea. Sin embargo es como si la naturaleza humana se empeñara, en las emergencias vergonzantes, en disimular. Y para ello es necesaria una actitud corporativa, grupal, mafiosa por antonomasia. Porque esconder, ocultar, barrer la mugre bajo la alfombra conlleva siempre la existencia de una autoridad, un jefe, que es quien determina cómo se va a mantener el silencio, quiénes lo guardarán y por cuánto tiempo, y qué se declarará en cambio o de qué modo se mantendrá el silencio y la negación. Más allá de cuáles sean los trapos sucios, las culpas y responsabilidades, lo que aterra es lo que se advierte que podría ser visto. Eso es lo que produce pánico, y por eso para ellos el ocultamiento debe ser inmediato, consecutivo a lo ominoso.

El gasto de energía que hace esta sociedad para la ocultación es formidable. Asombra imaginar la maravilla de país que tendríamos si sólo la mitad de tanta energía inútil se usara para decir la verdad. Impacta soñar lo que sería la cultura argentina si cada uno se pronunciara sinceramente, si se defendieran las ideas con argumentos, si se polemizara con ideas y no con calificativos y rodeos.

También resulta curioso advertir que esta convicción de que es mejor "esconder el polvo bajo la alfombra" es muchas veces –cuando no se trata de una decisión corporativa– una idea poco pensada, casi un impulso individual, un acto indeliberado cuyo sostenimiento, luego, inexorablemente complica aún más las cosas. El argentino tiene esa propensión espontánea, casi natural, a que la mugre –personal, familiar o colectiva– sea barrida bajo la alfombra. Es como si lo ganara la desesperación ante la sola posibilidad de quedar expuesto. Que aparezca lo que es, que lo que parece resulte verdad, lo atemoriza. Al menos en primera instancia. Qué van a decir los demás. Cómo nos van a juzgar. Y entonces el impulso a simular, que es instantáneo, suele llevarlo a la mentira inútil o al autoengaño. "El simulador pretende ser lo que no es", dice Octavio Paz. "A cada minuto hay que rehacer, recrear, modificar el personaje que fingimos, hasta que llega un momento en que realidad y apariencia, mentira y verdad, se confunden."[6] Pero como finalmente siempre sucede que la mugre emerge, el enchastre degenera en papelones, situaciones tragicómicas o dolores de cabeza que pudieron haberse evitado.

Esto de intentar semejante lavado imposible tiene que ver con otra de las pasiones argentinas: la vocación por el secreto, el chisme, el rumor, la falsa discreción. Enfermedades sociales, me parece, no demasiado difíciles de explicar porque tienen que ver con nuestros orígenes: el trágico entrecruzamiento de la cruz y de la espada que ha sido nuestra historia, que es la historia de una censura monumental y persistente como el viento y la piedra. Toda la historia argentina ha sido un combate interminable por la libertad de expresión y contra la censura. No hubo generación que alguna vez no haya soportado represiones y sometimientos; todos, de alguna manera, fuimos atropellados alguna vez en el ejercicio de nuestra libertad. Por lo tanto, se comprende que el secreto, el chisme y el rumor se hayan convertido en ineludible rasgo de los argentinos. Además, en los últimos 60 años por lo menos tres generaciones nos acostumbramos –porque así nos educaron– al eufemismo como estilo nacional. A la sustitución, al juego de las mentiritas. El periodismo y la literatura tienen mucho que ver con esta bastardización del lenguaje de los argentinos, país en el que aun en los sectores socioculturalmente más pobres hoy se dice galeno en vez de médico; nosocomio por hospital. Aquí no llueve; hay precipitación pluvial. Los ríos son cursos de agua y el frío es sensación térmica. Los antiguos milibares que aprendimos en Física de primer año ahora son hectopascales. La muerte es desenlace fatal. A los pobres se los llama carenciados; a la basura, residuos. Y aunque muy poco se hace para erradicar la miseria dando trabajo y educación a la gente, cuando se nota demasiado, como en tiempos de la dictadura, la "solución" consiste en erradicar las villas con topadoras. Los golpes de estado se llaman revoluciones; el autoritarismo y el robo fueron defensa de los valores morales; las víctimas de la dictadura se llaman desaparecidos. La bajada de calzones primero se llama orden en la casa y después relaciones carnales. Y el indulto que libera asesinos se llama pacificación nacional.

Pero las palabras finalmente desnudan las intenciones, y las piruetas verbales nunca consiguen todo el ocultamiento que buscan si se les opone una mente crítica. Siempre sucede que, finalmente, la verdad emerge y el que forzó apariencias queda en el ridículo. Así ocurre con los políticos y funcionarios que, casi permanentemente, se lo pasan desmintiendo. Si el funcionario Equis cometió un error, enseguida, lo primero que hará, es salir a desmentirlo. Si existe una denuncia o sospecha acerca de un acto ilícito o comprometedor en este ministerio o en aquella empresa, enseguida los voceros del ministro o del empresario se ocuparán de desmentir todo. Y según la gravedad de la evidencia será la fuerza de la respuesta o el intento de desviación de responsabilidades. Y lo más seguro es que se buscarán culpables en otro lado y se amenazará con acciones legales a los denunciantes. El fenómeno, si no fuera casi siempre grave para la democracia, sería risible: el poder en la Argentina siempre anda desmintiendo cosas, y los hombres del poder han hecho del desmentido un estilo de hacer política porque la inescrupulosidad y la impunidad se lo permiten. De donde obtenemos una insólita paradoja: *desmentir, en la Argentina, es una manera perfecta de mentir.*

Otra forma elusiva a la que constantemente se apela es recurrir a la frase: "no me consta". Todo funcionario, político o empresario argentino que necesita eludir una responsabilidad dirá alguna vez que "no le consta". No sabe, no contesta, mira para otro lado. Un modo que ha contagiado a los testigos comprados por dinero o amenazas en más de un juicio. Y del otro lado está el problema de las pruebas: uno sabe que hay corrupción, no tiene dudas de una cantidad de vicios públicos y privados, pero si "no le consta" todo resulta improbable (es decir, sin pruebas) y entonces es como que no ha pasado nada. De donde la Argentina es, en cierto modo, el país de la inconstancia y de lo improbable.

En todos los casos, la conciencia de que las apariencias engañan conlleva también la idea de que confundir, alterar, modificar y/o distraer evidencias hará que el público no se entere de la existencia de trapos sucios en la corporación. Se trata de inducir siempre al silencio. Lo que se vincula con otra frase muy arraigada en los argentinos: "De eso no se habla". Y con esa otra que afirma que "el pez por la boca muere". La primera es una orden; la segunda es una sutil amenaza que insta al silencio y sugiere consecuencias funestas si se dice lo que se sabe. Consejo nefasto para inspirar miedo, para que no se hable, para que se mienta por omisión, es una de las formas más acabadas de la falsa discreción a que son aficionados tantos argentinos. Una variante, digamos, del viejo y socorrido "no te metás" o del clásico: "¿Yo? Argentino".

Por supuesto, cuanto más se quiere silenciar un asunto turbio, más se despierta el interés de la comunidad. La eterna, universal metáfora de que los pescados podridos apestan, hace que lo que huele mal finalmente tome estado público. Basta que alguien haga un esfuerzo para que algo no se sepa, y se verá cómo todos se esfuerzan por enterarse. Ahí nacen los subproductos llamados rumor, chisme, alcahuetería (*buchonería* en el reciente argot nacional). Hasta la corrupción cabe, y cabe perfectamente, entre las cosas que se hacen por el inútil afán de lavar los trapos sucios en casa.[7]

Por supuesto también que esto requiere actitudes como el silencio estratégico, tan usual en el mundo de la política, y que es un comportamiento netamente mafioso. Es el mismo silencio estratégico de los militares, que por su natural *esprit de corp* y el temor a la superioridad llamado subordinación, están impedidos de decir lo que piensan. Y también está el idioma gestual. El mover la cabeza, el guiño oportuno, el mirar a otro lado o el mirar fijo para impresionar. El espíritu mafioso del silenciamiento, que es una manifestación de la cultura del miedo, está cada vez más incorporado a la conducta de los argentinos. Donde son cada vez más notables los padrinazgos, que, por supuesto, son siempre negados.

Las variantes del mito de que "las apariencias engañan" incluyen, además del eufemismo, el desmentido y la corrupción, un verdadero catálogo de preciosuras de la política nacional como el autoritarismo, la mentira y el doble discurso. Hábitos que por ser de práctica tan persistente y contumaz del poder, se han incorporado al modo de ser del argentino medio del fin del milenio. Aunque sea tan doloroso reconocerlo.

Los argentinos y la frivolidad: Mi nena quiere ser modelo

El paradigma de esa importancia que el argentino da a la apariencia, sin dudas, en los '90 es esa otra obsesión, casi fanatismo fundamentalista en algunos casos, de tantos jóvenes por ser modelos de pasarela, de la televisión, de cualquier cosa. Modelar, ese pobre y sufrido verbo tan sacudido y mal utilizado en la Argentina finimilenarista, es el sueño de muchos jóvenes, sobre todo de las chicas aunque cada vez más también de los varones.[8] Ser modelo es hoy una prestigiosa aspiración, al menos no es mal vista como en otras épocas. Esa aspiración máxima que es llegar a las pasarelas, ser nota de revistas, ser fotografiadas, idolatradas y sobre todo miradas y admiradas como diosas todo el tiempo, aparece hoy como un ideal irreprochable para la sociedad argentina. Y para lograrlo, muchas veces son los propios familiares los que colaboran para alcanzar el objetivo y que a la nena le "llegue el éxito", acaso pensando que si la nena llega a ser rica y famosa "nos paramos para toda la cosecha". Y es que en estos tiempos el afán de réditos económicos veloces ha llevado a crear esta profesión, una de las pocas que está bien remunerada y se tiene por muy gratificante, de modo que es lógico que seduzca a los jóvenes y también a sus familiares.

La frivolidad esencial de este mito obliga a reflexionar esta actitud hoy tan común en la sociedad argentina: esa especie de locura por ser modelo que tienen tantas chicas ahora; y tantas madres y hasta padres. Seguramente que esto tiene que ver con lo mucho que ha cambiado el mundo. Antes, hace unos pocos años, a nadie se le ocurría que ser modelo podría ser una profesión. Y mucho menos una profesión rentable y respetada. En todo caso, y al menos para la generación de mis padres, si una chica quería ser modelo, bueno, lo menos que hacían era mirarla de reojo, soltar algún reproche y mandarla a estudiar. Hoy, en cambio, conlleva una idea de progreso a la vez que es retroceso: ya no es una profesión mal vista como antes, pero se le asigna una jerarquía inmerecida puesto que es irrelevante para la evolución social.

Por supuesto, aquí y ahora para nosotros se trata de analizar qué valores han cambiado. Y yo diría, de entrada, que casi todos: en primer lugar, deberíamos recordar nuestros propios parámetros *estético-corporales* que nos llevan a afirmar que este país produce ejemplares muy bellos. Aunque la belleza no se mida con valores objetivos sino culturales, es fama, como diría Borges, que los argentinos, hombres y mujeres, en general son considerados bastante lindos, y eso suele atribuirse a la mixtura racial que ha dado como resultado personas muy agraciadas. Dentro de ese marco, uno de los valores que ha cambiado tiene que ver con el *aspecto cultural*, porque el culto a la belleza física es producto de una frivolidad que en este país ya es proverbial, casi un estilo nacional. Y también importan los *valores morales*, pues es obvio que ese deseo produce una emulación poco plausible. La fascinación por modelar, como la de ser flacos y vivir pendientes de la belleza física, tiene una esencia tilinga y produce tilinguería. Y así como adelgaza cinturas también puede adelgazar inteligencias.

También se me ocurre que hay que considerar factores *políticos*, incluso, porque el poder siempre prefiere jóvenes inocuos y no rebeldes, mansos y no cuestionadores, contemplativos y no participativos. Pero cuando una sociedad se va autoconvenciendo de que lo importante es la futilidad, y la apología de la intrascendencia deviene ideología nacional y popular, ni siquiera hace falta que esto esté organizado desde el poder. Por eso es evidente que para ciertos núcleos en un país como el nuestro (y pienso sin dudas en el poder económico) el furor del modelismo es positivo en tanto fenómeno de marketing, indudablemente publicitario y de obvio aliento consumista que manipula la voluntad y los deseos de la gente joven.

Y todavía habría que considerar que juega un papel importante el factor *económico*, porque cuando "la nena quiere ser modelo" ello implica la posibilidad de "salvarse" todos gracias a que hoy se paga muy bien la buena figura de la chica. Lo cual suele dar también lugar a formas encubiertas, sofisticadas, de prostitución.

Claro que ese deseo de la nena habrá que tomarlo con pinzas. Me parece temerario pretender saber cuál es el deseo ajeno, y en esta materia seguro que se trata de un deseo multicondicionado. La verdad es que ignoro

76

cuál es exactamente el deseo de esas chicas que quieren ser modelos (posiblemente ganar fama y dinero sin tener que estudiar), pero a veces pienso que es como si en el fondo de sus corazones guardaran la idea de que no son capaces de destacarse en ninguna otra cosa. Y como muchas veces son las mismas mamás las que impulsan a sus hijas a ser modelos, me parece que es como si esas mamás también pensaran que sus hijas no son capaces de destacarse en nada que no sea su cuerpo.

¿O acaso lo que están haciendo esas madres, al impulsar a esas niñas a las pasarelas, no será un modo de proyectar en sus hijas sus propios deseos insatisfechos? Proyección, digo: deseo de que los hijos sean lo que nosotros no fuimos. *Verbi gratia*: ya que nos sentimos frustrados, deseamos que ellos reviertan ese destino haciendo lo que nosotros no hicimos. No lo sé con exactitud, pero conozco más de un caso de anuencia silenciosa de los papás, que seguramente primero tienen que negociar con sus propios celos, para luego resignarse y mirar para otro lado mientras se disponen a disfrutar los réditos que puede traer la belleza de la nena si se destaca como modelo.

Es claro que la ilusión de la belleza no es condenable, y ya existía en la Grecia antigua como existió en todos los pueblos. El problema se plantea cuando hay ostentación de estos dones, parafraseando a Thomas Mann, como si fueran méritos. Y en realidad, no hay ningún mérito en ser bello, como no lo hay en ser flaco o alto o rubio. Pero esa distorsión hace que el sueño de ser modelo transporte a una ilusión de belleza como valor absoluto, e incluso como paradigma social. Lo hemos visto en la Argentina, donde en los últimos años pareciera que algunas mujeres bellas, sólo por serlo, se constituyen en motivo de orgullo nacional, y hasta en razón de Estado. Es como una pretensión ilusoria de que la belleza de alguien de nuestra tribu nos representará a todos y nos llenará de orgullo.

Qué mejor ejemplo que Valeria Mazza, verdaderamente una muchacha preciosa, casi perfecta, que es utilizada por un aparato comunicacional y publicitario enorme y complejo, una maquinaria que provoca, más allá de su voluntad, que éste sea el único país del mundo expuesto al ridículo de que por el solo mérito de tener una cara y una figura magníficas se puede ser tapa de los diarios de mayor tirada del país. Es como si su belleza nos transportara, además, a una ilusión de modernidad. Como si en ella pudiésemos cumplir el sueño de ser mirados y admirados, queridos y aceptados. Como si las Valeria Mazza nos proveyeran la ilusión de que no estamos tan mal en otros terrenos.

Símbolo de la frivolidad y de la superficialidad imperantes en la Argentina de los '90, quizá esto pasa porque mucha gente tiene últimamente el cerebro pasado por agua. Quede claro que ni Valeria Mazza ni ninguna de las modelos que podemos estar considerando en este texto tienen que ver con este debilitamiento cerebral. No es la idea. En todo caso ellas son las triunfadoras, las que llegaron a algún lado: alcanzaron el Exito, cima de estos tiempos. Lo que es patético es el coro de mirones, la multitud de aspirantes, la cantidad de viditas que quedan en el camino por cada una que logra concretar el sueño de la fama y el dinero gracias a su físico.

Entre los argentinos el culto a la belleza física se ha convertido casi en una señal de identidad. Una vocación apolínea, digamos, que no estaría mal en sí misma. La estética es un valor que en muchos aspectos la sociedad argentina ha descuidado, y sería estupendo que recuperara. Pero una cosa es la estética como arte, como admiración del lujo de la belleza, como coronación del buen gusto que tanto se ha perdido entre nosotros, y otra cosa es como simple manifestación de frivolidad.

Lamentablemente la frivolidad, la tilinguería, vienen haciendo estragos. Se ve en la escuela, en la calle, en la calidad de vida, en fin, y me parece indudable que tiene que ver con los sueños que atesoran tantas jovencitas argentinas. ¿Cómo sustituir esa fantasía, avalada por casos tan promocionados y por la televisión y las revistas? ¿Cómo convencer a esas muchachas y muchachos de que no aspiren a "salida laboral" tan tentadora? ¿Qué les ofrece esta sociedad, en cambio, qué alternativa? Contrarrestar esos sueños, esas fantasías de cuentos de hadas y esa pasión hedonista intrínseca en la aspiración de ser modelo profesional, en todo caso, sería tarea de los padres. Pero ahí entra a jugar el resentimiento de toda una generación que, en la crisis actual, le hace creer a tantísima gente que la vida les debe algo. Porque, quede claro también, no habría nada que decir contra la aspiración vocacional que es probable que muchas chicas tengan. Ser modelo puede ser una profesión como cualquier otra, o al menos así debiera ser. Pero el problema es que la frivolidad todo lo inficiona, todo lo infecta, y resulta entonces que la desmesura del sueño acaba provocando la estupidización de miles de muchachitas que mejor harían en estudiar y desarrollar otras células, por ejemplo las de la cabeza.

Quizá parece fuerte lo que digo, pero es que en cierto modo lo moral está vinculado a todo esto. Quiero decir: vivimos en una sociedad bastante exhibicionista, histéricamente erotizada, donde la venta del cuerpo ya no parece ser del todo condenable. Ni cuando se trata del cuerpo de nuestros hijos. Si no, no se explica cómo las revistas más vendidas de este país no son las culturales, ni las de información general, ni las políticas, ni siquiera las deportivas. Las que más se venden y leen son las que proponen los modelos de ascenso social más frívolos. En sus tapas siempre se propagandiza como *muy* importante lo que no tiene la *menor* importancia social. Y el instrumento de venta suelen ser los cuerpos más bellos de las más bellas chicas argentinas. Las nenas que querían ser modelos, convertidas en objeto de contemplación, cosificadas hasta la anulación de sus personalidades, aspecto del cual incluso suelen hacer gala en los reportajes (es un decir) que algunos periodistas (es otro decir) y medios les hacen.

Todo esto deriva del sentido del espectáculo que es, probablemente, una de las más fuertes influencias que hemos recibido del estilo de vida norteamericano. La concepción del *show-business* que ellos han desarrollado y es su marca de identidad nacional, entre los argentinos ha dado cantidad de mamarrachos. Pero lo interesante es reflexionar acerca de cómo ese espíritu encomiástico de la espectacularidad ha prendido en todo el mundo occidental. En la Universidad de Florida, Gainesville, participé de un debate en el marco de un congreso titulado: "Escritores, Editores, Traductores". Allí Miguel Riera, el reconocido fundador y director de la revista *Quimera* no tuvo mejor idea que despacharse con un artículo muy provocativo en el que sentenciaba que hoy todo es espectáculo y que al que no le gusta y sigue criticando la realidad, queda afuera de ella, desaparece. Y concluyó su ponencia con estas palabras: "Nosotros también somos espectáculo". Más allá de la ironía de Riera, el asunto me pareció suficientemente grave. Todos los intelectuales vinculados al libro (autores, editores, traductores, libreros) concurrimos a que el libro se lea. Para ello es necesario que el libro se venda. Para ello hay que mostrarlo. Para ello primero hay que escribirlo. Deben concurrir esfuerzos. Pero me parece absurdo concebir al libro (y a cualquier otra de las expresiones del arte) como objeto de espectáculo, en el sentido de *show-biz*. Porque el *show-biz* será muy divertido, y muy buen negocio, y a la inmensa mayoría de la gente la entretendrá el movimiento y la tele y el vértigo, pero nada de eso quita lo esencial: el *show-biz* sencillamente es antiarte, es anticultural y embrutece.

En la Argentina el tema de la mirada es fundamental. Se mira con exceso sólo lo aparente; nunca lo que puede estar detrás de una aparencia. Lo que importa es mirar y que lo mirado sea lindo, vistoso, llamativo. Vamos: en el País de las Maravillas siempre deslumbra más la cáscara que el caracú. Y por la fascinación de que la cáscara reluzca, hay familias enteras que parecen perder no digo los estribos, pero sí todo sentido de la sensatez y la discreción. Y si la nena de la casa, que ya pinta bonita a los 12 o 13 años, anuncia que su deseo es ser modelo, es como si produjera una verdadera revolución de esperanzas. Y no puede ser de otro modo en una sociedad que hoy parece alentar a que los chicos y chicas se pongan de novios desde los ocho o nueve años. Que agranda a sus hijos, que les impide el goce de la niñez, y que realmente mira impávida cómo cierta televisión les lava la cabeza... por dentro.

Por supuesto, no es así en todos los casos, pero es indesmentible cómo se ha extendido esa locura contemporánea. Lo mismo, desde luego, sucede con los papás y mamás que sueñan con "salvarse" gracias a la habilidad de piernas del hijo futbolero. Se trata de valores y paradigmas que cambiaron con las mutaciones que vivió nuestra sociedad. Hoy en esta materia, como en casi todo, chocan los intereses más variados: estéticos, culturales, morales, etc. Y no sólo impactan en las chicas que quieren ser modelos, sino en sus familiares. Por eso lo que intenta discutir este texto no es el deseo de estas chiquilinas. Las muchachitas no pueden tener la culpa de sus deseos. Lo que está bastante enfermo, en mi opinión, es la mentalidad familiar sometida a componentes económicos demasiado fuertes y condicionantes.

Si la réplica a lo anterior consistiera en sostener que en algunos casos hay que descartar el componente pecuniario porque la familia de la chica tiene una buena posición económica y social, entonces cabría responder que la cosa es peor, más grave aún, porque se trataría entonces de cholulismo puro, de exhibicionismo gratuito.

Estos son algunos de los efectos perversos sobre la moralidad de los argentinos. Efectos de la crisis que vivimos desde hace ya demasiados años, en lo económico y en lo moral. Y se me hace que tienen que ver con la acumulación de frustraciones. Porque (y es pavoroso, pero hay que decirlo) hoy muchos argentinos que se sienten frustrados tienden a creer que la culpa de estar como están es de haber estudiado y de haber sido decentes (que es lo que nos enseñaron nuestros padres). Y entonces creen que es mejor que sus hijos cambien esos valores.

El resultado es (por lo menos) poco estudio, carencia del sentido del sacrificio, menor eticidad e incompetencia democrática. Y también ese sexismo facilista que consiste en aprovechar la buena figura de la nena (cuyo eventual oficio de modelo también demandará esfuerzos y trabajo riguroso, pero jamás dejará de tener esencialmente ese aire superficial) y que sólo será pulimento de cáscara, luz exterior, escenografía.

He ahí la gran paradoja: el argentino sabe que las apariencias engañan, pero no deja de confiar en ese engaño ni cesa de atender la prolijidad especular de su propia apariencia.

NOTAS

[1] Octavio Paz, *op. cit.*, págs. 44 y ss.
[2] Reina Roffé: *Espejo de escritores*, Ediciones del Norte, New Hampshire, USA, 1985, págs. 131-145.
[3] Por cierto, la vida cotidiana argentina excluye a los gordos de múltiples maneras: ni los ascensores ni los asientos de los aviones, ni los baños públicos de bares o au-

tobuses, ni los automóviles ni los subtes han sido pensados considerando a los gordos. Es como si ciudades y edificios, y casi todos los conceptos arquitectónicos y urbanísticos se concibieran casi exclusivamente para atletas.

[4] Carlos Mastronardi, *op. cit.*, págs. 95-97.

[5] Retomaremos el tema malvinense en el capítulo de la memoria.

[6] Octavio Paz, *op. cit.*, pág. 44.

[7] Una de las acepciones del verbo corromper es, precisamente, "oler mal". Nos ocuparemos de esto en el capítulo respectivo.

[8] En la Argentina se ha popularizado solamente la novena acepción del sustantivo según el Diccionario de la Lengua Española: "Persona de buena figura que en las tiendas de moda se pone los vestidos, trajes y otras prendas para que las vean los clientes". La paradoja radica en que este uso ha sepultado la valoración de una de las primeras acepciones del vocablo: "En las acciones morales, ejemplar que por su perfección se debe seguir e imitar".

CUATRO

LOS ARGENTINOS Y LA FAMA

La fama es puro cuento

Una de las cosas que llama la atención de los visitantes, y que siempre es necesario explicar a los extranjeros que vienen a la Argentina, es la locura que sienten muchos argentinos por los famosos. Esa pasión nacional y popular –valga la ironía– que despliegan los así llamados "cholulos". Ese tipo de argentino fundamentalmente urbano, de clase media o media baja y específicamente porteño, que adora la fama de los demás, cuya curiosidad es sagaz e imaginativa y, aunque sabe muy bien que su pasión es reprochada socialmente, eso no necesariamente le importa ni lo reprime.

Cholulo o cholula es aquella persona que tiene autoridad –o cree tenerla– para hablar de asuntos intrascendentes como si se tratara de cuestiones importantísimas. Y acceden a esa autoridad mediante el establecimiento de relaciones con la gente famosa, es decir con la que trasciende casi exclusivamente a través de la televisión. Mantener algún tipo de relación más o menos cotidiana con personajes de la farándula o de la vida política u otras figuras públicas los lleva a autoasignarse una cierta autoridad para hablar de ellos. Así pueden decir, por ejemplo: "¿Fulano? Yo lo conocí cuando era nadie".

Hay argentinos que hacen del cholulismo casi un estilo de vida, aunque no todos lo saben. Constituyen esa categoría humana de personas generalmente bien intencionadas y generosas, amigables y simpáticas, que conocen, viven cerca o están al servicio de los famosos. Lo que más le importa al cholulo argentino es codearse con el éxito y la fama y, supuestamente, con el dinero. Se enorgullece de ello, y sobre todo le encanta estar junto al personaje reconocido en el momento oportuno. Los cholulos son algo así como socios del éxito ajeno.

Esta meditación, seguro, tiene que ver sobre todo con el prestigio que tiene la fama entre los argentinos. Muchos de los cuales parecen estar convencidos de que la fama es un objetivo por alcanzar, porque vinculan la fama con el dinero. Creen que el reconocimiento público trae consigo la prosperidad económica. Que ser famoso implica ser rico automáticamente. Y en la Argentina, ser rico y famoso es casi un objetivo de vida para muchos.

Pero lo interesante es que, a la vez, subsiste una fuerte idea contraria subyacente. Porque en el fondo, casi todos piensan que "la fama es puro cuento", otra frase hecha, reiterada e invocada en las más diversas circunstancias, que no es otra cosa que la contraposición de la creencia de que la fama trae riqueza. Y es que si por un lado muchos creen que ser famoso implica automáticamente ser rico, a la vez parecen saber que la fama es efímera, flor de un día, y por eso cuando repiten que "la fama es puro cuento" están poniendo un límite a la primera creencia.

Lo cierto es que entre los argentinos sucede algo muy curioso con la fama. Yo diría que produce un doble sentimiento: atracción y rechazo. Y es también –por eso mismo– una ambigüedad, una paradoja social. Porque para muchos argentinos la fama es un imán, un atractivo irresistible pero que a la vez produce miedo, quizá vértigo.

Da la impresión de que muchas personas desearían ser famosas por un rato, pero sólo por un rato, como para ver cómo es eso. Es un poco aquel sueño de ser rey por un día. Pero al mismo tiempo el miedo juega su papel porque la fama conlleva la posibilidad de cambiarle la vida a cualquiera. Y el espíritu conservador de todo ser humano siempre rechaza esa posibilidad. De ahí que junto al atractivo y a la curiosidad, en muchos argentinos es evidente que hay una marcada repulsión por la fama. Y el fenómeno no es nuevo. De hecho, no hay mejor ejemplo histórico de repulsión por la fama que la de San Martín, el general José de San Martín, nuestro Libertador, quien se pasó la vida rechazando honores, renunciando a homenajes, obsequios y prebendas, y exigiendo que sus actos patrióticos siempre fueran manejados con discreción.

Discreción: palabra clave en esta materia. Porque la fama sería algo así como una puerta abierta, un permiso para la indiscreción. La fama autoriza a que los demás opinen. Coloca al famoso en una especie de consideración pública. Dificulta el recato y la sobriedad. Y seguro: los que creen que la fama es puro cuento son las gentes más discretas, recatadas y sobrias.

Por supuesto que sería demasiado pretender que hoy, justo en estos días de posmodernidad y concepción tan trucha de la vida –para decirlo con esa expresión vulgar tan difundida– abunden los "Sanmartines". Más bien al contrario: el ejemplo del soberano en estos tiempos carece de discreción, recato, sobriedad y hasta de humildad. Hoy les encantan el agasajo, el aplauso, el ruido, y claro, nadie renuncia a valores tan cotizados como la fama. Casi todo es ruido, cáscara vacía, apariencia, y es lógico que en el País de las Maravillas muchísima gente crea que la fama es un noble objetivo por alcanzar. Es como si dijeran: "La fama me va a ayudar a que me conozcan y reconozcan, y quizá eso además me signifique dinero y poder".

Quizá por ese tipo de pensamiento, que es en cierto modo un pensamiento mágico, muchos de los que por haber estado un minuto en los medios sienten que ya alcanzaron la gloria, suelen ser gentes comunes que, indudablemente, tienen el alma y el cerebro llenos de televisión. Son las típicas personalidades de estos tiempos, de estas décadas finales del siglo XX. Todo su orgullo es ser mirados aunque sea por un ratito y cualquiera sea el motivo. Son los que durante todo 1997 llenaban los estudios de televisión convocados por comunicadores como Mauro Viale. Acaso esa aparición fugaz, esa mínima y efímera famita, les da la ilusión de trascendencia que cualquier persona común puede tener. Quizá les otorgue también un rato de reconocimiento en el barrio y les permita una pequeña autoridad en el hablar, valorice sus opiniones, concite miradas, quién sabe. Pero esa fama sí es *puro cuento*, porque al día siguiente, a la semana siguiente, cada uno ha vuelto al anonimato de la vida cotidiana, la cual, por supuesto, es una vida tanto más valorable y digna aunque muchos de ellos no lo estimen así.

Pero evidentemente las cosas cambian, y entre los cambios más importantes está el de que en la sociedad contemporánea hay que "ser" pero sobre todo "parecer". Y más bien diría: "aparecer". Como si la fama fuera tan puro cuento que lo único que importa, para ciertas gentes, es aparecer. Tener cartel. Hoy es fundamental tener cartel, tener prensa, como se dice. Tener imagen, tener presencia, tener. La sociedad parece convencida de que hay que estar en el candelero y llamar la atención. Un poco aquella vieja idea de que "no importa si hablan mal, lo que importa es que hablen".

Si hay algo que llama la atención en este punto es el culto al exitismo. Todo lo que reluce no es oro, desde ya, pero en los medios de la Argentina muchas veces parece que lo es. Un político pronuncia un discurso trascendente pero lo que dice puede no tener mayor repercusión; sin embargo, va a la televisión con Susana Giménez o Mirtha Legrand y su figura –no sus ideas– gana una enorme popularidad. Hace años, durante la dictadura, un militar ministro del Interior encubría crímenes y negaba desapariciones, y eso no tenía una gran importancia; pero iba a cenar cuatro veces a un restaurante de moda y salía en todas las revistas. Cuando Oriana Fallaci visitó la Argentina, todo lo que importó fue su pelea con el periodismo, pero casi nadie recordará jamás una palabra de lo que dijo. Todos los argentinos querían y esperaban que Jorge Luis Borges recibiera el Premio Nobel de Literatura, pero eran –son– pocos los argentinos lectores de Borges, y sobre todo muy pocos los que leyeron *todo* Borges.

El problema con el exitismo es que hace que todo se deprecie, todo sea bastardeable por el éxito, la fama, el prestigio (esa palabra traicionera, pues su primera acepción es la de embaucar, con juegos de manos). El éxito, valor contemporáneo al que tanto culto se rinde, siempre es peligroso. Ya lo decía, hace casi noventa años, Ingenieros, cuando no había ni radio ni televisión: "La popularidad tiene peligro. Cuando la multitud clava los ojos por vez primera en un hombre y le aplaude, la lucha empieza: desgraciado quien se olvida a sí mismo para pensar solamente en los demás. Hay que poner más lejos la intención y la esperanza, resistiendo las tentaciones del aplauso inmediato; la gloria es más difícil, pero más digna".[1]

Hoy todo se abarata mientras miramos todo con ojos de inquisidores, porque los argentinos somos implacables para eso: nuestra mirada desconfía siempre, fusila, corta como cuchillo de carnicero. Con semejante mirada y la superficialidad imperante, la capacidad destructora de los argentinos es extraordinaria, igual que la capacidad de simplificación. En un programa dizque deportivo de la televisión un conocido periodista, Chiche Gelblung, discutía con los futbolistas Goycochea, Ruggeri y Navarro Montoya el caso de Mariana Nannis, la mujer del jugador Claudio Caniggia. Lo notable fue cómo del caso personal de ese desdichado jugador derivaron hacia el precio que hay que pagar cuando se es famoso. Todos coincidían en que el precio de la fama es muy alto. Pero todos –famosos ellos– era obvio que estaban felices por serlo, por pertenecer, digamos, a una clase social exclusiva. Como el que ha ingresado a un club caro, de élite, y se siente con autoridad para criticar algunas cosas que pasan pero sin que nada afecte al club.

Claro que una pregunta para compartir quizá sería: ¿Por qué pagar un precio por lo que uno hace? ¿Por qué "pagar" cuando en lo que uno hace se alcanza relieve? ¿Y por qué ese precio debe ser tan alto, si uno todo lo que ha hecho es trabajar y acaso destacarse gracias a su conocimiento, habilidad o industria? Me parece que el problema, entonces, está en los límites a la vanidad. La propia vanidad y el narcisismo que todos tenemos, en una sociedad golpeada como la nuestra, con vidas tan cascoteadas como las de los argentinos de este tiempo, pareciera que necesitan mimos. Y la fama es puro cuento, pero también es un mimo. Efímero, sí, pero un mimo que a veces, a algunos, les da la vida. Entonces habría que repensar cuáles son los límites puestos a la vanidad, en una sociedad tan herida en su orgullo y compuesta por individuos tan desalentados. El producto es un cóctel muy difícil de digerir; de ahí que la fama sea puro cuento pero también un mimo. Y también es fuente de paradojas: recuérdense por ejemplo casos paradigmáticos como el del subcomisario que apareció como héroe en la televisión cuando el atentado a la casa del senador Eduardo Menem. Estuvo en todos los noticieros, hizo declaraciones importantes, adquirió un relieve fenomenal. Y a los dos o tres días volvió a ser noticia pero cuando fue detenido por el juez Galeano por sus presuntas vinculaciones con el todavía no esclarecido brutal atentado contra la AMIA. Lo que se dice: un típico caso de fama-puro cuento.

Ahora, si un día una persona es héroe y al día siguiente esa misma persona es presunto criminal, la pregunta es: ¿qué pasa con la moralidad de la fama? Y la respuesta es que no pasa nada: en esta Argentina donde reina la impunidad, en este País de las Maravillas, tiene exactamente igual relieve televisivo una cosa que la otra. No hay valoración moral, no hay distingo. Porque la tele jamás hace estas diferencias. La tele sólo muestra. Y lo que importa es sólo lo que se ve. La fama sigue siendo un atractivo casi irresistible, para mucha gente, porque está instalada aquella idea de que fama y riqueza van de la mano. La gente no suele aceptar que los famosos no siempre sean ricos, ni que tengan facetas tan comunes como las de cualquier mortal. Y cuesta admitir que también se puede ser pobre y famoso.

Pero a los famosos, ¿ser famosos los inquieta, los divierte o les es indiferente? ¿Sienten ellos que deben pagar algún precio por la fama? Desde luego, cada caso es un mundo, y además todos los famosos algunas veces se aburren, cocinan, limpian, lavan, planchan, están en familia y tienen las mismas penurias y alegrías que los demás. Claro que quizá con algunas ventajas, como las oportunidades que la misma fama puede darles.

Otra cuestión es la fabricación de famosos con base en dudosos méritos. En algunos casos hay habilidad (en algunas ramas del arte, los deportes, la política incluso); en otros, inteligencia (los Premios Nobel, los galardonados en artes y ciencias); en otros, la fama se alcanza por la industria o actividad; en otros, por lo que uno ha hecho (un acto de arrojo, como fue el caso del pobre Luis Viale, un héroe del que hoy casi nadie se acuerda[2]), y en otros, se alcanza por la figura o la pura apariencia.

Creo que éste es uno de los más grandes cambios de nuestra sociedad. Hasta hace unos años se era famoso por otras razones, en mi opinión, mejores razones. La honestidad era fama. La inteligencia era fama. El paradigma social en los años '40 y '50 y hasta en los '60 era triunfar mediante el trabajo, ser reconocido por lo que uno hacía, y el valor principal de una persona era su honradez. La falta de ética era, por eso, algo excepcional. Hoy en cambio es la regla común. Y consideramos y decimos que es excepcional aquel tipo que suponemos es honrado, trabajador, modesto, sobrio, decente, intachable, y hasta consecuente en lo que hace respecto de lo que dice. La fama llega más bien por otros caminos: el que curra, el que se acomoda y posiciona favorablemente, el que supo aprovechar una oportunidad. Incluso es popular esa frase miserable: "roba pero hace". Y después, cuando es famoso, ya no importa si construyó su fama y fortuna deshonestamente.

Como ya hemos visto, Thomas Mann en su novela *Doktor Faustus* habla de la diferencia entre los méritos y los dones. Los dones para él son algo así como lo que nos viene dado de nacimiento, de fábrica. La genialidad de Mozart, por ejemplo, o la habilidad innata de muchos talentosos del arte y la ciencia. En cambio, los méritos provienen del trabajo, del esfuerzo, del sacrificio y la elaboración. Ingenieros, por su parte, separa el rango del mérito y dice que "el rango se recibe, es adventicio y su valor fluctúa con la opinión de los demás, pues necesita la convergencia de sanciones sociales que le son extrínsecas", mientras que "el mérito se conquista, vale por sí mismo y nada puede amenguarlo porque es una síntesis de virtudes individuales intrínsecas". Y luego afirma que "el mérito está en ser y no en parecer".[3] No se trata de que dones y méritos sean mejores o peores. Se trata de que sin dudas los méritos deberían concitar más aplausos, porque son frutos del esfuerzo y el trabajo. Pero no es así. Cualquiera sabe que hoy lo que más se reconoce y aplaude son los dones. No los méritos. Uno de los síntomas de carencia reflexiva y de rigor crítico de la sociedad argentina es que aplaude sin pensar, y con su consenso instala valores falsos que, más tarde, se vuelven en su propia contra. Los dones, digámoslo, en realidad no tienen gracia. Son producto del azar. Casualidad. Golpe de suerte.

Los méritos –que durante generaciones fueron los paradigmas del desarrollo humano– han caído en desgracia. Un poco porque tienen mala prensa, pero sobre todo porque los ejemplos en nuestra sociedad no son muy buenos. El que labura es un gil, dice el tango de Discépolo. Si alguien tiene fortuna enseguida sospechamos que la hizo mal. Y lo más probable es que sea una sospecha bien fundada. El que trabaja o estudia, y aprende lentamente, arduamente, dificultosamente, casi nunca alcanza la fama. No es reconocido. O es sólo valorado como "excepción". Y hay que admitir que en esta sociedad hay un fortísimo vínculo entre fama y reconocimiento. Reconocer: volver a conocer, conocer mejor. O sea: ser considerado, mirado, admirado, posicionado más arriba en la escala social. De ahí que el paradigma de hoy sea ser visto. Mirado. Re-conocido. Y esto es, desde mi punto de vista, algo así como el mundo al revés: se valora lo que no sirve para la mejor convivencia. Es el signo de los tiempos: en un mundo en el que sólo hay fotografías, el que se mueve no sale. Pero en el actual mundo audiovisual, de imágenes en movimiento, el que más se mueve es el que más sale. No importa la calidad, importa el movimiento, la figuración. Ser para aparecer. Aparecer es la vida. La fama como instalación social, entonces, no parece que sea puro cuento. En todo caso, con Julio Cortázar, cada uno de nosotros tendría que preguntarse si fama o si cronopio.

Ricos y famosos: Lo conocí cuando era nadie

Entre los mitos de los argentinos, y en la misma línea del llamado cholulismo, hay otro que indica o pretende generalizar que "en la Argentina todos quieren ser famosos". La idea va ligada a una expresión muy común y antigua, y que muchos aplican a un sinnúmero de personajes: "Qué va a ser famoso Fulano si vive acá a la vuelta". Expresión que busca desacralizar al personaje, bajarlo a tierra, al nivel de los ignotos y que también se manifiesta con otra fórmula popular: "A ése yo lo conocí cuando era nadie".

Por supuesto que este mito, como muchos otros, es bastante universal. Los argentinos, después de todo, no somos tan especiales y muchas de las expresiones que venimos puntualizando y reflexionando no se repiten solamente aquí. Pero sí se puede pensar que tenemos ejemplares bien peculiares de cholulos, y además hay toda una tradición: el cholulismo no es otra cosa que esa forma de esnobismo que en la Argentina se llama cholulismo por influjo de un personaje de historieta, una tira cómica que aparecía en los años '50 en una famosa revista, en los tiempos de gloria de *Radiolandia*, *Antena* y *Rico Tipo*. Cuando el auge de la radio y la primera televisión, a comienzos de los '50, ese personaje, una chica simple y soñadora, cazadora de autógrafos y que se enamoraba de los famosos, se hizo tremendamente popular. La tira se llamaba, precisamente: "Cholula, loca por los astros". De ahí el vocablo "cholulo" o "cholulismo".

Digo también que es una forma de esnobismo, y quizá convenga definir esta palabra. Esnobismo es un concepto que se origina en Inglaterra y que llegó a la Argentina, como a todo el mundo, como sinónimo de imitación o remedo o falsificación de nobleza. El vocablo, en rigor, no es tal sino una sigla: en los colegios de la aristocracia británica era común (en algunos todavía lo es) que en las puertas de los cuartos, y en los pupitres, figurara grabado en bronce el nombre del alumno y el título de nobleza de su familia. Por ejemplo: "Charles Hampton, Duque de Wellington". Como sucedía que a esos mismos colegios también podían asistir estudiantes de familias oligárquicas pero no necesariamente miembros de la nobleza, en los cuartos y pupitres de esos alumnos se inscribía –junto al nombre– la sigla "S.Nob." que en latín significa *sine nobilitatis*. De ahí que "esnob" signifique lo que no es noble pero parece serlo.

Claro, si esnob es lo que *no es* pero parece serlo, estamos en presencia de casi una metáfora del País de las Maravillas. En este país abundan los esnobs. Que desde luego son los que han tenido ocasión de "codearse" (ese otro verbo con pretensiones de exclusividad) con los verdaderos supuestos nobles, que hoy vienen a ser los ricos y famosos. Los esnobs vendrían a ser algo así como cholulos con fundamento.

Naturalmente, esnobismo y cholulismo resultan prácticamente sinónimos. Ambos términos otorgan una sensación de pertenencia a una clase privilegiada por la sola razón de estar cerca. Por codearse. Y esa cercanía, esa familiaridad con los que tienen éxito y dinero (después de todo el éxito y el dinero parecen ser la nobleza de estos tiempos posmodernos), esa familiaridad, digo, viene a ser una manera de tocar indirectamente un supuesto cielo. Como tocar el cielo con las manos, pero con las manos de otros.

Porque en realidad el cholulo argentino sólo mira. Es un contemplador, un testigo privilegiado. Cholulos y esnobs, entonces, son esos millares de argentinos que aman la trascendencia ajena como si fuera un anhelo propio, y que en cierto modo es como si supieran que nunca van a alcanzar relieve por sí mismos. O quizá lo que sucede es que están esperando el momento oportuno para dar el salto. De ahí que algunos son fastidiosos, e incluso pueden llegar a ser peligrosos cuando se trata de trepadores sin escrúpulos.

Es curioso el síndrome del cholulo: desarrolla una extraordinaria habilidad para el seguimiento y la observación, y suele tener una curiosidad ilimitada. Pero su indiscreción puede ser impactante, o fastidiosa, como en el caso de los cazadores de autógrafos o de los fetichistas que se vuelven locos por aprehender un objeto de su ídolo. E incluso ha habido casos fatales. Ahí está el tan impresionante asesinato de la actriz Sharon Tate, hace dos décadas, y otros que también alcanzaron repercusión mundial, como el del adorador del ex Beatle John Lennon que acabó asesinándolo. Y hubo un filme, *Misery*, que narró impecablemente el asedio y la locura de la fanática seguidora de un famoso escritor.

Claro que hay otra clase de esnobs o cholulos, que son los casuales, y ésos son indudablemente más simpáticos. Por ejemplo, los que por casualidad geográfica o temporal van estableciendo alguna relación personalizada con los famosos. En esta categoría caben los que les venden el diario, los vecinos, los porteros, los modistos o peluqueros y los oficiantes más diversos de todas las profesiones que por una razón u otra se relacionan con ellos. Por razón geográfica, digo, si son vecinos. Pero también temporal, cuando simplemente coinciden a determinadas horas.

Por supuesto que es difícil estimar la moralidad de las acciones de los cholulos que dicen: "Yo a ése lo conocí cuando era nadie". Y es difícil porque hay allí una química interna bastante rara: en el cholulismo parece haber siempre un componente de admiración mezclado con uno de envidia, en el mismo grado que hay amor y resentimiento. Cierto es que en casi todos los casos decir "lo conocí cuando era nadie" aparenta ser inocuo, inocente, poco importante. Pero en realidad no es nada inocente: decir "era nadie" es el supremo *ninguneo*.[4] Implica un enorme resentimiento (porque el hablante no tuvo el mismo éxito) y a la vez implica una sanción moral al famoso (que ahora habla o actúa con la arrogancia de su éxito actual). Por eso en ocasiones los cholulos acaban siendo víctimas de sus propios adorados. Como cuando son fomentados por los mismos famosos. Por ejemplo, el fenómeno de los Clubes de Admiradores o Admiradoras, tan comunes en el mundo del espectáculo desde hace unos 30 o 40 años, representa una de las actividades más inútiles y vacías de contenido que pueden desarrollar seres humanos, y siempre son promovidas por los mismos famosos o sus representantes, gente que no suele ser demasiado escrupulosa.

Y esto tiene que ver con algo que también es usual entre los argentinos: el empatamiento, la igualación atrevida y generalmente comedida. Que es una característica de cierto tipo de argentino, urbano y clasemediero, inficionado de televisión generalmente, al que sólo le importa la trascendencia por la trascendencia misma, sin distinción de cualidades. Quiero decir que desde la perspectiva del esnob se puede poner en una misma balanza, por ejemplo, la ética de un personaje como Ernesto Sabato y la habilidad de piernas de Diego Maradona. Lo cual es un disparate, porque es como comparar chocolatines con automóviles. Y cuyo prototipo más común y consagrado en la Argentina es un personaje que en la televisión se mantiene desde hace años con asombrosa popularidad y persistencia: "El Contra", la creación del cómico Juan Carlos Calabró, que es una fiel representación del cholulo que todo lo confunde, lo mezcla, lo iguala y bastardea. Acaso, seguramente, el éxito y perseverancia de este sujeto televisivo sean demostración de la vigencia de ese tipo humano tan típicamente argentino.

Esto es característico, en mi opinión, de un país en el que suelen pretenderse casi todos los igualitarismos mirando hacia abajo. Es decir: en los argentinos hay como un impulso básico, elemental, por el cual todo se quiere empatar, como modo de eludir conflictos, y entonces se desjerarquizan las cosas. Y la fama –que dicen que es puro cuento– a veces vuelve loca a la gente. Como si soñaran, muchos, con un ascenso social o económico por la pura fama, o por la pura cercanía con la fama. Decir "yo a ése lo conocí cuando era nadie" hace pensar que se tiene autoridad para algo. Y sí se tiene: para juzgar una fama y para el chisme.

¿Hasta dónde somos chismosos los argentinos? Ignoro la respuesta exacta, pero me temo que el chisme es una mancha que se expande de manera casi ilimitada, y no sólo en nuestro país. Pero entre nosotros genera verdaderas vocaciones vitales. Cuesta pensar lo contrario, a la vista de la *aparentemente* enorme popularidad de algunos programas de televisión, y de la extraordinaria circulación de revistas que se ocupan de las cosas menos importantes. Súmensele el auge de la frivolidad en la Argentina de estos últimos años, la superficialidad de la estética posmoderna, y se podrá coincidir con Jorge Luis Borges en aquello de que la estupidez es popular.

A este mito es inevitable relacionarlo con la frivolidad. Una característica típica del esnobismo es la *superficialidad*, y el conocimiento que se tiene de los famosos siempre es superficial, por arribita, revisteril, de contratapa, de columna o programa chismoso, de poca monta. Pero crea siempre la falsa ilusión del conocimiento. Y por tratarse de una ilusión falsa es que pertenece al campo de las falsificaciones. Y acá volvemos a esa otra característica: la creencia de que una cosa *es cuando no es*. Mentirita, eufemismo o como quiera que se la llame, es algo que *parece, porque se está a su lado, pero no es noble*. Esnobismo perfecto.

Es como un saber desprestigiado, diría yo. Un "como si...", esa comparación, símil o imagen tan común entre los argentinos. Y es que los esnobs siempre son los que "como si...". Como si supieran, pero nunca llegan a ningún conocimiento o saber real. Como si perteneciesen a una clase a la que no pertenecen. Como si tuvieran un brillo que por sí mismos no tienen. Y eso arroja como producto a tipos infumables que cualquiera conoce y que una vez charlaron diez minutos con Cortázar, por ejemplo, y luego se pasan años recordando aquel encuentro, que por rara magia se convirtió en varios encuentros, y en el que se refieren a "Julio" como si hubieran sido amigos de toda la vida.

De esos personajes está lleno no sé si el País de las Maravillas, pero Buenos Aires, seguro. No digo nada nuevo si sospecho y confirmo que esas gentes abundan en la política y en casi todas las profesiones. Son los chupamedias, los lambiscones, los genuflexos. Siempre saben lo que le gusta, lo que desea o lo que creen que necesita el famoso que tienen cerca. El poderoso o aquél al que ellos le atribuyen poder.

En casi todos los casos, simpáticos o trágicos, vocacionales o casuales, geográficos o temporales, los cholulos o esnobs son parte insoslayable del paisaje humano porteño. Sus expresiones más comunes ("todos quieren ser famosos"; "qué va a ser famoso si vive acá a la vuelta"; o "yo lo conocí cuando era nadie") después de todo sólo encierran una fanfarronería bastante inocente. Aunque también, a veces, contienen una petulancia desmedida. Pero siempre carecerán de trascendencia. Porque finalmente todo no es sino un largo fingimiento: en el fondo todos sabemos que la trascendencia de la relación con el famoso, o su conocimiento de chismes y detalles, sólo es importante para el esnob, y sólo se la cree él. Para los demás, rara vez es motivo de verdadera atención. Seguramente porque todo lo que rodea a los cholulos... no tiene la menor importancia.

Los argentinos y el humor: Me río por no llorar

Es un clásico pensar que los argentinos somos un pueblo melancólico y triste. No tenemos la gracia de los italianos sino solamente sus defectos más pícaros; carecemos de la sal y pimienta encantadora de los españoles; no somos divertidos y alivianados como los brasileños; no tenemos la alegría ni la amabilidad de los mexicanos o los chilenos. Es común escuchar que somos un país cuyos habitantes tienen fama de amargos y quejosos. Y ante muchos episodios graciosos de la vida cotidiana, cuando sueltan una hermosa carcajada, muchos argentinos agregan, casi pudorosamente: "Me río por no llorar", con lo que significan que, en realidad, no creen tener suficientes motivos para la risa.

La frase, pienso, apunta al corazón mismo del espíritu de nuestro pueblo. Porque decir "me río por no llorar" parece desmentir y enturbiar toda alegría. Y sin embargo, estimo injusta la afirmación de que somos tan ácidos, amargos o resentidos. En todo caso, primero habría que admitir que la relación de los argentinos con el humor es un asunto bastante enigmático, una relación contradictoria, llena de paradojas, y sobre todo muy cambiante a lo largo de los años. Lo cual es natural, porque si el humor de cada uno cambia de acuerdo con las circunstancias, los constantes cambios políticos, económicos y culturales de toda sociedad necesariamente condicionan el humor de la gente.

"Me río de nervios" o "Me río para no llorar" son expresiones usuales que denotan que la alegría es forzada; que antes de la alegría hay otra cosa; y que la risa sólo viene a tapar sinsabores. Y otra frase común es "Seamos serios", que es una manera un poco más irónica, más fina del humor, pues indica que nos reímos desde la inteligencia. No digo transgresión, palabra tan devaluada, sino inteligencia.

La risa –se sabe– es un bálsamo para el espíritu. Es un alivio, una descarga, una liberación de energía. Interrogarnos y reflexionar sobre la relación de los argentinos con el humor, por lo tanto, lleva a indagar en los modos de esa expansión entre los naturales de estas tierras. El intento de establecer qué nos pasa con el humor y la alegría, de qué nos reímos, exactamente qué cosas nos causan gracia a los argentinos, equivale a entrar en un plano muy jugoso, porque las respuestas han ido cambiando con los años, y de manera asombrosa. Y por eso nadie podría responder con certeza a la pregunta sobre cuál es el ánimo que anida de modo preponderante en el espíritu del pueblo argentino.

Etimológicamente, los diccionarios definen así a la palabra "humor" en las acepciones que nos interesan para revisar este mito: "Estado de ánimo de una persona que la predispone a estar contenta y mostrarse amable, o por el contrario, estar insatisfecha y mostrarse poco amable". Y también es la cualidad consistente en descubrir o mostrar lo que hay de cómico o ridículo en cosas o personas, con o sin malevolencia. De donde los contenidos básicos del humor son: ánimo contento igual a amabilidad. Animo insatisfecho igual a carencia de amabilidad. Eso por un lado. Y por el otro, que es el más interesante y de aplicación colectiva, es la agudeza, entendida como aquella capacidad o talento para descubrir lo cómico o ridículo, y saber reírse y saber hacer reír a los demás.

Pero los argentinos, ¿cómo lo hicimos y cómo lo hacemos ahora? ¿Quién sabe con exactitud de qué se reían nuestros abuelos, y antes, nuestros próceres? ¿Cuál fue el tipo de humor, el estilo humorístico de cada época? Es difícil precisarlo, porque el humor de una sociedad es sumamente voluble, una de sus características más cambiantes. Como el de los individuos, depende de cómo a uno le vaya en la vida, o mejor, en cada momento de la vida. Entonces la expresión "me río por no llorar" indicaría en realidad *falta* de alegría; denotaría la aparición de un componente que es –sobre todo últimamente– ya casi proverbial de los argentinos: la amargura, la queja constante, las caras neutras o directamente fruncidas. E incluso lo que solemos llamar "humor negro".

En otros países afines a nosotros, como los latinoamericanos o España (y me refiero sobre todo a la afinidad lingüística), los argentinos tenemos fama de tristes, amargos, quejosos. Y no importa si es una buena o mala fama; es la que tenemos. Y cualquiera que haya viajado habrá podido comprobarlo más allá de que, obviamente y como cualquier pueblo, tenemos gente simpática y hasta personajes graciosísimos que siempre han sido bien queridos en toda América, como Luis Sandrini, Mafalda o algunos productos de Fontanarrosa.

Pero lo paradójico es que nosotros mismos solemos considerarnos amargos, quejosos, tiradores de pálidas. Cualquier argentino, ante un simple saludo amistoso que interroga cómo nos va, ha respondido o escuchado estas respuestas:

–Salí, mejor no hablar.

–Mejor ni me preguntes.

–¿Querés que te cuente?

–Me va como el culo.

Este tipo de respuestas tienen un doble efecto: no sólo denotan un estado de ánimo insatisfactorio sino que a la vez son en sí mismas una broma, un retruécano chusco por lo elusivo y/o por lo irónico. La risa funciona como contrapartida de la bronca, como rechazo de las inclemencias de la dura realidad.

Y si la música expresa el espíritu de los pueblos, quizá será por eso que tantos argentinos envidian la alegría de los brasileños, de los mexicanos, de los cubanos y caribeños en general. Nos maravilla la bullanga ajena, somos excelentes expectadores de la alegría de otros pueblos, pero muchos aquí piensan que el tango es solamente un ritmo amargo, una melancolía. O como dijo Discépolo, para mí injustamente: "un sentimiento triste que se baila".

En cualquier caso, la pregunta que surge, nítida y simple y contundente, es entonces: ¿De qué se ríen hoy los argentinos? ¿Qué es lo que nos causa gracia? ¿Y qué pasó con nuestro humor, qué pasó con nuestro sentido del humor, y qué con la alegría natural de todo pueblo joven que habita una tierra pródiga y generosa?

Hubo una época en que el humor tenía, entre los argentinos, mucho más prestigio que ahora. Era un humor que llamaríamos "blanco", algo ingenuo, inocente, que apelaba al doble sentido y la puntada oportuna. Un poco circense, al modo de los viejos payasos que fueron tan populares y famosos a finales del siglo pasado: Pepino el 88, un italiano; y un tal Brown, un inglés que según parece era chistosísimo. Durante décadas ese tipo de humor de circo determinó la risa nacional. Después vinieron los llamados números cómico-musicales, que ganaron el favor popular en los inicios de la radio, y también en los cines cuando en los intervalos se presentaban los llamados "números vivos", que generalmente consistían en espectáculos que mezclaban músicos, cantantes y cómicos para amenizar el entretiempo.

Siempre fue enorme la popularidad de las comedias, que aún hoy conservan un raro prestigio popular sobre todo en la televisión. El teatro de revistas, inclusive, ha sido tradicionalmente un clásico del humor porteño, con su despliegue de brillo, plumas, bailes y chistes subidos de tono. Muchos comediantes se consagraron saltando de esas expresiones al cine y la televisión. Y sin embargo aquellos viejos hitos del humor argentino, que habitaron las pantallas de todo el continente, curiosamente no nos hicieron fama de pueblo alegre. Pienso en Los Cinco Grandes del Buen Humor, en la desopilante Catita que hacía Niní Marshall, y en personajes como Pepe Arias, Pepe Iglesias, Adolfo Stray, José Marrone, Pepe Biondi, Fidel Pintos, Alberto Olmedo, el Gordo Porcel, Minguito Tinguitella, la Tota y la Porota. A pesar de que muchos de ellos fueron virtuosos del humor, los argentinos no tenemos ninguna fama por nuestro humor. Al menos ahora, cada vez menos, basta observar que el cine argentino ya no hace películas cómicas. Hoy son todos dramas, representaciones del mal humor nacional, o como dicen algunos irónicamente, "puras películas para pensar".

¿Por qué? ¿Qué nos pasó? Mi modestísima respuesta es que nos pasó el país. Nos pasó por encima, como un tren, y aplastó el viejo humor basado en la inteligencia. Urbano o rural, aquel sentido del humor reinaba incuestionablemente en las revistas, en el extraordinario desarrollo que tuvo en la Argentina el humor gráfico hace algunas décadas. Reinaba en la radio y en la tele, y sobre todo en la calle, donde la frase "me río por no llorar" era nada más que una ironía, una parodia.

Entre las revistas que fundaron y acompañaron los procesos del humor en la Argentina, por lo menos en los últimos 50 años, hay que anotar varias, y entre ellas por lo menos *Patoruzú*, *Rico Tipo*, *Tía Vicenta*, *Hortensia*. En ellas brillaba un sentido del humor muy argentino, entre tierno e inocente, con matiz de sátira política o con trazos de agudo costumbrismo. El color local teñía todas y cada una de esas expresiones: el humor cordobés, los cuentos de correntinos o santiagueños, el provinciano en Buenos Aires, el porteño que se pasaba de listo, la burla a los usos de la política nacional, los inocentes cuentos de tierra adentro, en fin, todo un repertorio humorístico que recurría, siempre, a la inteligencia del lector y a su complicidad.

Patoruzú nació en 1936 en una publicación de la Editorial Dante Quinterno. Rápidamente los personajes que habitaban sus páginas se hicieron populares, arquetípicos de una Argentina todavía orgullosa de sí misma, que rendía homenaje a sus ancestros y develaba ya algunos de sus vicios: Upa, la Chacha y el mundo agrario de la lejana pero adorada Patagonia por un lado; Isidoro Cañones como el sobrino chanta del rígido Coronel Cañones, contrapartida urbana menos encomiable, caricatura del porteño vividor que se patina la fortuna familiar. Allí trabajaba Guillermo Divito, quizá el más grande dibujante humorístico que dio la Argentina, quien en 1947 creó su propia revista: *Rico Tipo*, un semanario de humor y costumbrismo que marcó a fuego a dos o tres generaciones de argentinos, que en su apogeo llegó a superar los 250.000 ejemplares semanales de venta, y que en los años '50 se daba el lujo de rechazar avisos publicitarios porque no le alcanzaban las páginas.

La característica de ambas publicaciones era el humor costumbrista: el chascarrillo, la representación de tipos humanos reconocibles por todos, el golpe de efecto simple y tierno, la puntada inteligente. Un ejemplo eran las fotos de un tal Fulco: se trataba de una fotografía a cuyo pie había una única palabra. El chiste estaba en el contraste o la alusión que cada lector era capaz de encontrar.

Había un evidente surrealismo, también, en muchos de los personajes creados por Divito y que fueron *tan* populares que, aún hoy, las nuevas generaciones los tienen incorporados. Algunos dejaron incluso adjetivaciones, que los argentinos del fin del milenio reproducen sin saber su origen: *falluto*, *purapinta*, *chanta*, *cholulo*, son vocablos que vienen de personajes creados por Divito. "Fallutelli" y "El Dr. Merengue" desnudaron al trepador, al traidor oficinesco, como "Pochita Morfoni" fue sinónimo de gula y obesidad. La inefable "Ramona" que dibujaba Lino Palacio no es otra cosa que la antecesora de la Doña Rosa que creó como interlocutora radial Bernardo Neustadt. La cazadora de autógrafos "Cholula, loca por los astros" dejó el vocablo "cholulismo". Y hubo más personajes que hicieron época: Bómbolo, Fúlmine, Fiaquini, Amarrotto, Afanancio, Avivato, fueron todos prototipos de argentinos.

En *Rico Tipo* acompañaron a Divito los mejores humoristas gráficos que dio este país: Oski, Mazzone, Landrú, el entonces joven Quino, que empezó a ser conocido desde esas páginas, y muchos más que delinearon una época de oro del humor argentino. Quizá porque, como ha definido Félix Luna, en aquellos años, los '40 y '50, "la Argentina era una fiesta". Y como toda fiesta, en algún momento terminó. Pasaron muchas cosas tremendas en las tres últimas décadas del siglo XX en la Argentina, y el humor blanco de aquel País de las Maravillas, que incluso se expresaba en las voluptuosas e ingenuotas "¡Chicas!" de Divito, también cambió y, entre otras cosas tremendas, pareciera que arrasó con el humor de los argentinos, que ya en los '70 y bajo las dictaduras, sometidos a la represión, la censura y el miedo, se fue convirtiendo en un humor de fácil procacidad, revisteril en el peor de los sentidos (basado en alusiones sexuales siempre indirectas y burdas) y sobre todo complaciente con el poder, no cuestionador ni mucho menos subversivo o corrosivo, que son los sellos clásicos del mejor humor universal de todos los tiempos.

A finales de los '50 Landrú fundó la revista *Tía Vicenta* y empezó a practicar el humor político combinado con el de costumbres. *Tía Vicenta* recuperaba para la sátira a todos los personajes de la vida política, civiles y militares, y les tomaba el pelo desde la antisolemnidad. Mediante agudas columnas, secciones y observaciones de estilo, Landrú inauguró la década del '60 convertido en una especie de incuestionable gurú, dictador de la moda de la oralidad porteña y promotor de la frivolidad: determinaba lo que estaba "in" y lo que estaba "out", y con gracia incomparable detectaba y se burlaba de la imbecilidad nacional. Descubrió una veta de humor hasta entonces poco explorada: la infinita capacidad de tontería de la clase media porteña, ese medio pelo que despreciativamente canonizó Ernesto Jauretche.

Desde luego que resulta asombroso, y paradójico, que mucho de todo aquello de lo que Landrú se burlaba, casi 40 años después se ha convertido casi en un estilo de vida. Pero ya sin la gracia de aquellos años, cuando la mordacidad tenía por lo menos el glamour de la lucha por la libertad de expresión. Porque los '60 y también los '70 fueron décadas de tiras y aflojes en los que la censura del onganiato, primero, y toda la secuela autoritaria después, fueron tremendamente dañinos. En esos años sucumbieron muchos intentos de estupendo humor gráfico: *Satiricón*, la primera *Humor* que reinó hasta entrados los '80, *Mengano* y algunas más. En la televisión se sucedieron también los intentos y las censuras. Tato Bores fue, quizá, el caso paradigmático de las idas y venidas del control estatal sobre el humor nacional. Paralelamente, y en impresionante sucesión, aparecían nuevas revistas, eran censuradas, se reabrían. Fue un ciclo perverso de ésos que –dicen algunos– agudizan el ingenio. Pero también lo matan por cansancio.

Desde los años '60 prosperaron otras formas del humor. Primero los espectáculos unipersonales, y después grupos de dos o tres o más cómicos que se iniciaron en el teatro alternativo ("El Clú del Claun", por ejemplo; las obras que montaba el inolvidable Batato Barea; y más acá Los Midachi, Los Melli, Los Prepu, Los Macocos, Las Gambas al Ajillo). Y para completar el panorama, otra expresión son las murgas. Aunque ya no se festejan los carnavales como hace décadas (con honrosas excepciones en algunos barrios y ciudades del interior del país, como Corrientes o Gualeguaychú, por caso), siguen existiendo algunas murgas muy bien organizadas y graciosas. Pero son excepciones, y muchas veces sólo expresiones llenas de melancolía.

Párrafo aparte merecen, sin dudas, esos brillantes músicos y humoristas que conforman el incomparable grupo *Les Luthiers*. Reunidos a comienzos de los '70, han representado algunas de las formas más lúcidas e inteligentes del humor nacional. Musicalmente impecables, asistidos por el silencioso talento incomparable de un inventor colosal como fue Carlos Iraldi, y con libretos siempre originales, desopilantes e implacables, han sido –y felizmente todavía son– una brisa refrescante en el panorama del humor argentino por su buen gusto, su refinamiento y su constante apelación, precisamente, a la inteligencia del público.

Con la democracia restaurada a mediados de los '80 se confirmaron otros talentos, y empezaron a reinar humoristas como Enrique Pinti, Antonio Gasalla, Juana Molina, entre otros, y más recientemente Jorge Ginzburg, Fontova, Pettinatto, Lalo Mir, Casero, e incluso Raúl Portal con sus antídotos para no ser "caracúlicos", y sus diccionarios y recetas contra la mufa y el malhumor. La cantidad, sin embargo, no ha garantizado la persistencia del humor inteligente sino más bien ha producido un cambio notable, motivado seguramente en la lucha por el rating televisivo: hoy el humor está, se diría, más personalizado porque se orienta a burlarse de defectos o actitudes ajenos. Además, apela con exceso a la vulgaridad y a los golpes bajos, y alcanza niveles de procacidad inauditos. Abundoso en alusiones a la genitalidad, claramente sexista y machista, el humor televisivo más popular de hoy viene disfrazado de "entretenimiento" o de "periodismo" y hace de lo chabacano, la burla y lo vulgar su comida diaria. Verbigracia: los programas de Marcelo Tinelli, Mario Pergolini y otros por el estilo, que parece que apasionan a las masas de televidentes y que no sólo son festivales de ordinariez y de mal gusto sino que, lo que es peor, resultan embrutecedores. No son otra cosa que bandas de exagerados (para decirlo suavemente) que vienen caracterizando el humor de los '90 y que estriban en un tipo de humor que abusa de su propio poder comunicacional y hasta peca de autoritarismo.

Es una característica penosa del humor de los argentinos el hecho de que muchos comediantes, que a veces son geniales, siempre condimentan su humor con componentes sexuales, como si la genitalidad fuera hoy casi el único motivo para reírnos. Quizá sea una imposición de las costumbres seudoeróticas del País de las Maravillas, pero me parece notable que en el humor actual siempre haya los mismos obvios, trajinados recursos: doble intención sexual, alusión velada al tamaño de ciertas partes, machismo, mujer-objeto, y la homosexualidad condenada prejuiciosamente. No hay mucho más que eso. Lo cual se explica, desde luego, en las largas décadas de represión y mojigatería que padecimos. Pero dada la popularidad y repercusión que tiene este tipo de humor, que es universal, permitiría pensar que en efecto el humor de los argentinos, las cosas que hacen reír a los habitantes de este país y los motivos de nuestra risa han cambiado muchísimo y hoy no es tan evidente que exista un "humor argentino".

Quizá es lo que quiere la gente, se retrucará. Quizá sea cierto entonces que muchos argentinos, hoy, nos reímos por no llorar. Si hasta nos reímos poco de los políticos, muchísimo menos que otros pueblos que hacen del chiste político la sal de cada día, una manera de defenderse incluso de los poderosos. En la Argentina hay muy poco humor político, y eso que personajes han sobrado, empezando por el mismísimo Carlos Menem. Ese tipo de humor se ha refugiado en el teatro de revistas y ahí languidece, pero no está en el pueblo, en la sociedad, en la vida diaria. Más bien aficionados a la queja, la protesta, el lamento, es mucho más común entre los argentinos tirar la bronca contra los poderosos, como se dice, que reírse de ellos.

En cuanto a las risas que me parece adecuado llamar "nacionalistas" o "chauvinistas", los argentinos se comportan más o menos como todos los pueblos: es un clásico universal que la gente se burle de sus vecinos. Los alemanes se ríen de los polacos; los franceses de los belgas; los ingleses de los franceses; los suecos de los noruegos; los japoneses de los coreanos. Los argentinos en todo caso nos reímos de otras nacionalidades, pero de las que están aquí, como los judíos o los gallegos. Y bastante menos de nuestros vecinos: acaso haya algunos chistes sobre paraguayos o brasileños, pero no son motivos muy arraigados. Y eso que ellos, nuestros vecinos latinoamericanos, con los chistes de argentinos se hacen una fiesta todo el tiempo. Aunque corresponde aclarar que más bien se trata de chistes de porteños, en los que se satiriza el ego, la fanfarronería, la arrogancia y el etnocentrismo urbano capitalino.

En la Argentina del fin del milenio, ¿de qué nos reímos, aparte de las vulgaridades cargadas de intención sexual y genital? Nos reímos de la burocracia, por supuesto. En un antiguo programa, "Telecómicos", había un *sketch* memorable en el que siempre al que iba a hacer un trámite le faltaba algo para la habilitación: hasta la vacuna del perro, le pedían. Ahora a ese humor lo ha retomado con éxito Gasalla, que hace más o menos lo mismo. ¿Pero esa burla, es al Estado? No, es a un personaje que la burocracia estatal genera: las trabas y el "nosepuedismo" constituyen un excelente motivo para el humor. Y también nos reímos de los demás, lo cual es una desagradable mala costumbre de los argentinos. Burlarse de los atributos o defectos de los demás es un rasgo que, por más que se pretenda justificarlo en lo afectuoso, es ofensivo y afuera se nos critica bastante por ello: somos uno de los pocos pueblos que se burla de los petisos, los narigones, los obesos, y acaso el único donde los sobrenombres aluden a defectos físicos: el Cabezón Duhalde, el Chueco Fangio, el Narigón Bilardo, el Pelado Bianchi, la Gorda Carrió, el Petiso Ginzburg, etcétera.

Es evidente que los motivos de risa de los pueblos demuestran no sólo cuán grande es su humor, sino también cuál es la fineza de sus motivos. Y los motivos del humor de los argentinos, en ese sentido, es obvio que se han vulgarizado. Básicamente hoy nos reímos *poco* de la política, *bastante* del Estado al que vemos como enemigo, *mucho* de los demás y de sus defectos, y *demasiado* de todo aquello que está cargado de grosería e intención sexual.

NOTAS

[1] José Ingenieros: *El hombre mediocre*, pág. 80.
[2] Viale fue un joven que rescató a dos bañistas en la Costanera Sur de Buenos Aires, en los años '30, y perdió la vida al salvarlos. Un monumento y una calle lo recuerdan.
[3] José Ingenieros: *Las fuerzas morales*, pág. 60.
[4] "El ninguneo es una operación que consiste en hacer de Alguien, Ninguno", dice Octavio Paz en *El laberinto de la soledad*, págs. 49 y 50. Y da una brillante explicación: Los demás "simplemente disimulan su existencia, obran como si no existiera. Lo nulifican, lo anulan, lo ningunean. Es inútil que Ninguno hable, publique libros, pinte cuadros, se ponga de cabeza. Ninguno es la ausencia de nuestras miradas, la pausa de nuestra conversación, la reticencia de nuestro silencio. Es el nombre que olvidamos siempre por una extraña fatalidad, el eterno ausente, el invitado que no invitamos, el hueco que no llenamos. Es una omisión. Y sin embargo, Ninguno está siempre presente. Es nuestro secreto, nuestro crimen y nuestro remordimiento. Por eso el Ninguneador también se ningunea; él es la omisión de Alguien".

CINCO

LOS ARGENTINOS, LA MUJER Y EL SEXISMO

Un varón frente al feminismo

Como casi todos los pueblos, los argentinos también consideran a la mujer, a priori, como un objeto. Objeto de deseo, instrumento para las pasiones masculinas, sujeto de moralina e hipocresía y depositaria inconsulta de valores esencialmente masculinos (o decretados por el macho de la especie), existe también entre nosotros el clásico distingo de casi todos los pueblos (al menos los latinoamericanos) entre la mujer santa (la madre, la hermana, la esposa, la hija) y la mujer puta (cualidad que se puede atribuir a todas las demás).

Esos supuestos "valores" de los que la mujer es depositaria, mensajera, y también educadora y transmisora, no le han sido confiados siguiendo su voluntad sino por designio de la tradición española: la escolástica más reaccionaria que se impregnó en estas tierras por generaciones, desde la llegada de los primeros conquistadores, y cuya conservación y prédica ha estado a cargo de la concepción más ultramontana del catolicismo vernáculo. Esa concepción es la que somete a la mujer al puro rol de imagen, y ni siquiera imagen propia sino imagen que de ella se forjan los varones: silenciosa, pasiva, generalmente inmóvil, preferentemente mansa, desde luego virgen, y decente, madre, diosa para ser amada, capaz de ser sufrida, pudorosa, estoica, resignada, sanadora, protectora, a quien se debe respetar por sobre todas las cosas. Como se dice tanto entre los jóvenes argentinos de los '90: se trata de "ídolas". O sea, literalmente, falsas diosas a las que se brinda excesiva adoración. En ciertos casos, cuando sus cualidades físicas son de exuberancia, pasan a ser "potras" o "yeguas". En el mejor de los casos: "genias".

Estas concepciones –casi todas– pueden variar en la adjetivación o en su intento metafórico, pero todas prescinden de la voluntad del sujeto mujer. Como dice Paz respecto de las mexicanas, no se les atribuyen "malos instintos" porque se pretende que ni siquiera los tengan. Como todos los ídolos, es propietaria de fuerzas magnéticas: "Analogía cósmica –dice–: la mujer no busca, atrae. Y el centro de su atracción es su sexo, oculto, pasivo. Inmóvil sol secreto".[1] De ahí que la idea de "maldad" en la mujer casi siempre se presenta asociada a la idea de actividad, a la de movimiento: la que busca (verbo activo) es la prostituta; la que abandona es la infiel; la que tiene voluntad y procede en consecuencia y se gobierna con independencia es siempre una mala mujer: es la bruja, la "macha", la "jodida" o simplemente "esa puta de mierda".

La anterior fue, con más y con menos, la educación que recibimos millones de argentinos por generaciones, y la que todavía se imparte. No en vano somos un país en el que todavía ni la legislación ni los jueces consideran que el sexo oral involuntario es una violación; en el que las penalidades para los abusos sexuales son ridículamente blandas y de casi imposible aplicación; y en el que se sigue frenando una discusión nacional seria y no dogmática sobre el aborto. Por supuesto, en esta cultura la adhesión de un varón al feminismo sólo puede ser producto de un largo proceso de intelección. Es mi caso: me considero feminista por cultura aprehendida, como fui misógino sin saberlo, por ignorancia, por previsible destino involuntario.

Fui machista, y naturalmente acabé teniéndoles miedo a las mujeres. No me avergüenza decirlo: en todo caso lo he confesado por escrito hace años, en una revista de las llamadas "femeninas", con una inocultable pena por mí mismo y con una enorme necesidad de ser comprendido cabalmente. Fue una dura lucha –lo es, lo seguirá siendo– que no me arrepiento de haber librado porque ahora que escribo esto, a los 50 años, me considero por lo menos un poco más humano. Mi historia personal cuenta con hitos desgraciados: alguna vez escribí que si tuviera el talento de Borges diría con él que no fui feliz y me persigue la sombra de haber sido un desdichado. Perdí a mis padres siendo chico, apenas un adolescente, y mi madre se convirtió para mí en una difusa memoria de confusiones. Amé a mi hermana –12 años mayor– con una especie de Edipo cambiado. Una noviecita que quise mucho murió atropellada por un tren, en Formosa. La primera mujer que amé con esa locura que se necesita para el amor, mi primera compañera, me dejó cuando yo tenía 20 años, por imbancable, por infiel y, supongo, por estúpido y pedante. Después fui mujeriego –si por tal se entienden las confusiones de los que recibimos la educación machista, sexista, autoritaria y represora de esta sociedad– y luego me casé, me divorcié y me equivoqué muchísimas veces con las mujeres, incapaz de dar, sin saber pedir, sin atender la voz de mi propia ternura y de mis debilidades infinitas. Terminé, claro, en un diván de psicoanalista.

Empiezo contando esto, porque para hablar de feminismo debo primero hablar de machismo. Y porque de no personalizar, me hubiese resultado inevitable caer en definiciones biológicas, como suele suceder a la hora de hablar de las diferencias entre hombres y mujeres. No deja de causarme un cierto pudor este asumir un discurso que admito poco frecuente: el de un hombre que se pronuncia feminista, y razona en público sobre esa circunstancia. Pero es que el machismo es una lacra cuyas consecuencias no sólo sufren las mujeres. Juro que los hombres también lo padecemos, porque nos deja siempre solos, en última instancia abandonados en un inmenso páramo de desconocimiento, incertidumbre, incomprensión y autoritarismo. El autoritario también sufre. El poder también sufre su límite. El ignorante se duele de su limitación, aunque no sea consciente de ella. No se sufre el cáncer cuando el médico lo declara; se lo sufre cuando se instala y se desarrolla, aunque el organismo aún no lo exprese.

Es sabido que morfológicamente somos diferentes. Y una diferencia es un territorio desconocido que siempre es fascinante descubrir; es una oportunidad para conocer. Es lamentable que, culturalmente, seamos educados para resistirnos a ingresar en ese territorio, educados para rechazarlo. En este país, en esta sociedad pacata y cada vez más conservadora (cabría preguntarse, irónicamente, qué es lo que quiere conservar), hemos venido siendo entrenados para la unicidad, para el verticalismo, para los dogmas que no admiten diferencias.

Creo que es mejor, y éticamente superior, procurar descubrir lo desconocido. Indagar en lo diferente, en *lo otro*, es el camino hacia el conocimiento. La cultura es un camino hacia el conocimiento y, por lo tanto, tiene más y mejor cultura quien más y mejor conoce. El desconocimiento es un síntoma de la ignorancia; es su delación más vil; y su pecado original.

Para mí aprender esto no fue –no es– una tarea sencilla. Para el varón argentino es muy doloroso indagar su propia dimensión *frente* a la mujer. Y subrayo el adverbio *frente*, porque decir el hombre y la mujer sería ligero, acaso oportunista, seguramente apresurado. Estamos *frente*, los unos de los otros, porque somos diferentes. Cuando uno mira lo que no es igual, lo que está enfrente, y eso nos devuelve una imagen de espejo necesariamente imperfecta y nada complaciente, uno adquiere una medida más exacta de lo que realmente es. Y duele mucho.

Para los hombres, vernos en la mujer es la mejor ocasión para aprender a mirar. Y a mirar-*nos*. Saber ver siempre es una aventura, pero hay que tener osadía y rigor intelectual para ir al encuentro de lo desconocido. Por eso pienso que ir al encuentro de la mujer es marchar al encuentro de uno mismo como varón. Lo desconocido, se sabe, siempre es incomprendido y lleva inevitablemente al rechazo. Del rechazo a la reacción hay un brevísimo trecho. Por eso somos reaccionarios cuando rechazamos, cuando repelemos lo que no conocemos. Todo rechazo es reaccionario. Porque rechazar es trabajar por la ignorancia.

Admitir que es posible, siendo hombre, ser feminista, es para mí una manera de completarnos culturalmente. No igualarnos, pues no somos iguales; digo completarnos y mejorarnos en tanto diferentes y complementarios. Si me he pasado diez años de mi vida batallando por la tenencia de mis dos hijas; si me los pasé equivocándome como me equivoqué; si lloré todo lo que he llorado; si mi propio machismo me llegó a doler como una úlcera incendiada; si batallamos con su madre, al separarnos, como dos machos cabríos, hoy puedo decir que fueron esas comprensiones las que me hicieron cambiar. Hoy puedo confiar en que mi cambio y mi madurez vinieron de la mano del dolor, primero, porque mi propio machismo se me volvió insoportable; y del fluir de estas ideas. También el no haber sido un padre de domingo cada 15 días, el no haber sido jamás un papá borrado, distraído, el haber estado en comunicación con ellas todos los días de mi vida a lo largo de este enorme continente, trabajando para pagar pasajes, viajando o trayéndolas. Estoy diciendo que la paternidad responsable también es algo que le debo a mi feminismo, porque –y esto es lo más cierto y lo más íntimo que puedo escribir– sencillamente se me ablandó el corazón de macho que tenía.

Fui misógino sin saberlo. Incluso en mi literatura, en mis comienzos, fue un material involuntario como otros que también aparecían en las páginas que escribía, más emotiva que pensadamente: el Chaco, la Muerte, el Exilio, la Violencia, materiales que se repiten en mis libros y que entonces yo era incapaz de advertir que marcarían –siguen marcando– mi trabajo literario.

Una noche de 1981, en Nueva York, mi amigo el escritor peruano Isaac Goldemberg me preguntó de súbito, mirándome fijamente a los ojos, qué era para mí un judío. Trastabillé un par de segundos, sentí que me jugaba la vida en la respuesta y le dije, con firmeza: "Una persona". Isaac asintió con la cabeza como diciéndome "vamos a ser amigos toda la vida", y horas después, en un inesperado comentario a mi entonces recién editada novela *El cielo con las manos*, me dijo: "Tienes que reflexionar del mismo modo sobre las mujeres. Con la parodia no alcanza".

Tenía razón. En mi labor escritural había llevado mis incomprensiones, mis prejuicios y mis temores al terreno de la parodia (que no está mal), pero había algo confuso en el fondo, algo que iba a delatar cualquier página futura. Un escritor nunca escribe lo que quiere escribir sino lo que tiene para decir y ya no puede contener. La literatura es abrir las puertas para que salga lo incontenible, descubrimiento de lo que hay dentro de uno, por ende conocimiento. Comprendí entonces que la transición de aquella dolorosa misoginia a la comprensión de la mujer como persona no iba a estar en la modificación de mi literatura, sino en mi propia modificación.

Pocos años después, durante una temporada que viví en Boston, leí *Cortázar: Metafísica y erotismo*, un libro en el que su autor, Antonio Planells, ensaya lúcidamente sobre cierto machismo implícito en la obra del maestro; también por esos días debí releer *La ciudad y los perros* de Mario Vargas Llosa, para un curso que estaba dictando; y leí, la misma semana que salió a la venta, *El amor en los tiempos del cólera* de Gabriel García Márquez. Y de pronto me dije: "Pero estos tipos también sufren de machismo, también hay misoginia en ellos". Y me puse a releer algunos libros –releer es leer con otros ojos, los del tiempo, los de una mayor cultura acumulada–, y a repensar buena parte de mi propia forja intelectual. Advertí, azorado, que mi formación literaria era de un linaje, de una prosapia, de una férrea e indiscutida tradición en la que la mujer, casi inexorablemente, era maltratada. Entonces escribí un artículo del que extraigo ahora este párrafo que, aunque referido al *boom* de la literatura latinoamericana, es aplicable a los argentinos:

"Sus mujeres literarias fueron una ringlera de prostitutas, infieles, autoritarias, castradoras, ambiciosas y esnobs señoras y señoritas. Las mujeres, que son poseídas (jamás amadas) por Florentino Ariza, son sumisas o rebeldes, y parece que sólo sirven para satisfacer al macho o, en el mejor de los casos, para ayudarlo a morir. O son niñas que aman y se suicidan al no ser correspondidas por hombres que podrían ser sus abuelos. Las viudas son todas putas, y han fingido recato y fidelidad para largarse a la jocundia cuando mueren sus odiados maridos. Las casadas son infieles. Las feas –como la que limpia el prostíbulo al que va Ariza cuando joven– se desesperan por un hombre y se entregan de tan calientes que están. Y aun la durante medio siglo dama digna, Fermina Daza, se convertirá en vieja loca a los setenta y pico porque aparece un hombre que la seduce. Pero todo queda disimulado, porque la riquísima prosa del autor nos ha dicho que 'seguía tan arisca como cuando era joven, pero había aprendido a serlo con dulzura'."[2]

Para rematar esta historia, una feminista muy radicalizada de Boston me dijo una noche: "Un hombre no puede ser feminista; no se puede serlo si no se es mujer". La frase me impactó y la creí cierta durante un tiempo; era una idea que no dejaba de ser cómoda. Pero luego me di cuenta de que me sumía en una completa melancolía. No tardé demasiado en comprender que la pretensión de que también el feminismo podía ser "cosa de mujeres" era otro disparate sexista.

Por supuesto que no seré quien defina al feminismo, pero puedo decir que para mí no es sólo luchar por la igualdad de derechos y oportunidades para las mujeres, sino luchar para que las mujeres tengan *todos* los derechos y *todas* las oportunidades. No sólo creo que un hombre puede ser feminista, sino que pienso que todos deberíamos serlo. Quizá algún día alcancemos, incluso, el estadio ideal en que las mujeres también sean varonistas, dicho sea en el sentido de que nos enseñen a través de su propio conocimiento. Porque también las mujeres deberán, un día, digo, ocuparse del verdadero conocimiento de los hombres, que llamo varonismo. Sin ánimo de confrontación, sino de completamiento. Alejados, estoy diciendo, de toda connotación sexista, rechazante, finalmente reaccionaria.

Aún estamos lejos de ese día, y es comprensible y justificable que así sea. La Historia de la Humanidad es todavía la Historia del Macho. Casi todas las sociedades que se pueden revisar echando un vistazo a la historiografía han sumergido a las mujeres, y las han contrariado tanto y tan injustamente que sólo hace un par de siglos –y concretamente en éste– empezaron a aparecer las que negaron semejante aplanadora histórica para insertar otro discurso, otras miradas, otras consideraciones, al imperfecto historial de los humanos.

Esa sumersión, esa contrariedad, esa injusticia flagrante, han provocado una estimable reacción, una lógica rebeldía que, íntimamente, aún quisiera yo que fuese mucho más estridente y más generalizada. También es comprensible que por tanto vilipendio, tanto sometimiento, tanto abuso y violencia contra las mujeres, su sonido actual sea tan temido y produzca tanta resistencia. Por todo ello, es natural que no tengan tiempo más que para el autoconocimiento. No pueden –no deben, todavía– perder tiempo en el análisis del varonismo, que es también hipercomplejo. Y además, todavía el machismo cultural generalizado, imponente, sacralizado y dogmático, dificulta o inhibe nuestras posibilidades de encuentro.

Aún estamos lejos de ese día, pero cada vez más cerca. Llegará, tarde o temprano, el día en que feminismo y varonismo sean dos adjetivos prescindibles. Y cuando no nos divida sexismo alguno, ese día y no otro, habremos alcanzado el verdadero humanismo que hoy tanto se reclama.

Los varones debemos acompañar –y festejar– la enorme tarea del feminismo. Como intelectual –pero antes como persona, como varón, como padre y como amigo– pienso que es urgente que aprendamos a mirar a las mujeres con una mirada diferente de la que nos enseñó (nos impuso) la Historia. Cuando un hombre descubre su propio machismo, cuando se esmera por abandonarlo, por cambiar, de alguna manera aprende a mirar. Y saber mirar, ya fue dicho, es un camino hacia el conocimiento. Quizá yo empecé a desandar ese camino el día que pensé que era injusto que las mujeres tomaran pastillas anticonceptivas, o usaran diafragmas, o dispositivos intrauterinos; ese día le propuse a mi compañera que nos cuidáramos con preservativos, que son inocuos para ambos cuerpos y establecen que la anticoncepción es un asunto de la pareja, no "cosa de mujeres".

Ser hombre y ser feminista es haber entendido que los derechos de las mujeres no serán nunca una concesión de los varones, sino que sus derechos, capacidades, oportunidades y posibilidades son y deben ser completas, absolutas e inherentes a su condición de personas, a su humanidad. Y sus limitaciones, en cada caso, responderán, como las señas particulares, a las particulares limitaciones de cada ser humano. Porque las limitaciones, como las virtudes, no saben de sexos.

Vivimos en una sociedad organizada a la medida del varón, es sabido. La hemos disfrutado durante años, siglos, por qué no admitirlo. Una sociedad hecha, además, para el brillo del macho. Política, económica, cultural, social, religiosa y militarmente, todos los poderes están constituidos desde la razón del macho, para su lucimiento y triunfo. Y en el ejercicio de estos privilegios se ha visto históricamente a la mujer sólo como excepción. Y la excepcionalidad, hay que decirlo, es siempre una concepción sexista, paternalista, autoritaria y hasta reaccionaria. Ahí están nuestra clase dirigente, nuestros políticos y candidatos de *todos* los partidos, diciendo que las mujeres son "excepcionales". Lo dicen porque saben que conviene decirlo. Es un pequeño, importantísimo triunfo del feminismo. Pero *no sienten* lo que dicen. A veces *no saben* lo que dicen. La excepcionalidad es un peligro porque es lo que le permite al macho autoconvencerse de que no lo es.

Un varón feminista debe ser un hombre alerta. Consciente del criterio de excepcionalidad de la mujer –criterio que mamó– debe pelearse con él. Y debe trabajar y prepararse intelectualmente para abolirlo dentro de sí. Porque no hay más excepcionalidad que la de una mente lúcida, ni más peculiaridad que la de una inteligencia alerta. Y debe hacerlo sabiendo que, paradójicamente, quizá nunca conseguirá una abolición completa.

De todos modos, dicho todo lo anterior, y con todo lo condenable que es la actitud de infinitos varones, y con toda la culpa que nos asigna la Historia, hay una reflexión más que me gustaría hacer. Y que parte de la siguiente afirmación: me parece que las mujeres, el feminismo militante, no deberían ver en el hombre a su enemigo. Propongo que se lo vea como un sujeto de estudio, de análisis. Lo afirmo porque desearía que nos vieran, a los hombres, como posibles socios en la tarea de la militancia. Porque los hombres –ya se dijo aquí– también sufrimos las consecuencias del machismo. No se trata, como en la parábola bíblica, de perdonarlos porque no saben lo que hacen. Pero tampoco se trata de condenarlos por su insensatez y su ignorancia. Una alternativa, me parece, sería ayudarlos. Ayudar-*nos*. Tengo buenas razones para proponerlo: cualquier despreciable actitud machista, yo la he cometido alguna vez. Y el machismo es como esas enfermedades incurables que obligan a que el paciente viva bajo perpetuo control y ayuda. Como el alcohólico, el drogadicto, el tabaquista, el obeso o el timbero, el macho curado requiere de un férreo autocontrol que le exigirá toda la vida.

El machismo –postulo– no es sino una de las maneras disimuladas del miedo. También literario. Por eso en estos últimos años –en los cuales he crecido, y aprendido tanto de amigas y compañeras– me fui dando cuenta de que la cultura argentina, mi propia cultura, estaba incompleta. No tener la osadía de mirar el mundo con óptica diferente de la propia es una forma de cobardía intelectual hoy inadmisible. Por eso en alguna de mis últimas novelas emprendí experimentos que me llenaron de pudor y de miedo. He escrito una novela femenina, o por lo menos llena de voces femeninas, en la que busqué despojarme de prejuicios y en cuya travesía me forcé a exponer mis propias partes femeninas. Debí estudiar, analizar, investigar, reconocer, profundizar infinitos aspectos. El proceso también se dio gracias a algunas compañeras y amigas, quienes jamás indujeron mi feminismo pero nunca fueron indiferentes a mi aprendizaje, y siempre forzaron y profundizaron mi búsqueda. Escribir esa novela fue una verdadera revolución personal.

Creo que las mujeres feministas bien harían en buscar al varón como aliado, y ésta es mi propuesta. Aliado para un conocimiento que a ambos sexos ilumine. De lo contrario, aunque tenga todas las razones históricas, políticas, culturales y sociológicas para serlo, el feminismo militante se torna sexista y cae en una simple forma de autodeslumbramiento, que podrá ser en muchos casos un alivio, pero jamás será liberador. Me parece que no hay liberación posible de la mujer si no se libera al varón de su ignorancia, si no se lo educa para la diferencia. No hay liberación posible si no se prepara a mujeres y varones para una auténtica democracia sexual, democracia de la diferencia, democracia superadora. No se puede liberar *contra*; hay que liberar *con*. Desde el siglo XIX, la lucha por la liberación femenina ha sido la batalla por el darse cuenta, por el aprendizaje de los propios mecanismos y la búsqueda de la identidad. Pero en estos momentos finales del siglo XX, en el amanecer del tercer milenio, la batalla deberá ser por la alianza de los sexos en pos de una misma liberación. De opresiones y de energías.

Las tareas son sencillas: esclarecimiento, lectura, difusión de ideas, discusión serena pero firme, ocupación de espacios sociales, culturales, participación política, aprovechamiento de todas las posibilidades que nos da la democracia. En el camino nos toparemos con la incomprensión, la reacción ignorante, la estupidez generalizada y el oscurantismo de una sociedad –la nuestra– entrenada durante décadas para la necedad y el temor a lo que no conoce, que es la forma más perversa de la ignorancia.

Las argentinas y el sexo opuesto: Ya no hay hombres

Hay muchísimas mujeres que andan solas por todas partes: en cines, bares, confiterías y espectáculos públicos, es frecuente verlas y escucharlas pronunciar una queja que ya es un clásico de las mujeres argentinas de los '90: "Ya no hay hombres". Frase efectista que, sin embargo, sólo es una apariencia más. Basta mirar alrededor para comprobar que hay tantos hombres como mujeres. En los números hay un cierto equilibrio, el mismo de cualquier otra especie del mundo animal.

En mayo de 1991 la actriz Georgina Barbarossa firmó en el diario *Clarín* un artículo sabroso y provocativo en el que reflexionaba sobre los varones argentinos, y no sólo se quejaba de que ya no había hombres sino de que las mujeres sólo podían encontrar "casados, replomazos, babosos" y demás linduras. Le respondí diciendo que los varones argentinos de hoy viven en una sociedad envilecida en la que priman la insolidaridad, el sálvese quien pueda, el resentimiento y demás herencias culturales que nos dejó la dictadura. Eso produjo una serie de conductas masculinas que a su vez generan un legítimo y comprensible miedo en cualquier mujer, y por eso hoy deben manejarse con naturales reservas, y no es para menos dada la calidad (mala calidad) de muchos hombres y mujeres argentinos. Hoy toda mujer, cuando se le acerca un hombre, siente lógicos miedos: al Sida; al machismo; a los megalómanos y egoístas; a los golpeadores, maltratadores y demás porquerías humanas que suelen caracterizar –es verdad– a muchos de mi sexo. Pero entonces de lo que se trata es de pensar al varón atendiendo al contexto social, verdadero culpable de que muchos hombres sean como son. No es una cuestión genital.

También para muchos varones las mujeres que se encuentran hoy en día son casadas o separadas con problemas, solteras demasiado jóvenes o demasiado viejas, lesbianas, rayadas, torpes, babosas, replomazas, infieles y demás. Pero no por eso puede sostenerse que las mujeres están fallando. Es la misma sociedad –por aquella herencia cultural– la que ha creado, y crea, personas resentidas, desconfiadas, tanto individualismo feroz y, por consecuencia, tanto miedo al encuentro con el otro sexo. Es por esto que "la calle está dura", como dicen hoy tantas mujeres y también los varones que están solos y que han comenzado a hablar de sus intimidades. Se está quebrando el mito de que "las mujeres son débiles por culpa de la Naturaleza". Hay innumerables ejemplos y estudios que demuestran que la supuesta fragilidad femenina no es tal. El mito es sexista porque creer en supuestas "fortalezas" o "debilidades" implica seguir con aquel otro viejo mito: los nenes con los nenes y las nenas con las nenas. Lo cual ya bastante daño nos ha hecho.

Es difícil encontrar un par, un compañero o compañera de verdad, y eso es obvio porque hace a la naturaleza humana pero también tiene muchísimo que ver con las reglas de superficialidad que gobiernan la sociedad en que vivimos. Pero el problema no es que exista gente tonta y superficial; el problema es relacionarse sólo con ese tipo de gente. Quien elige rodearse de inteligentes nunca corre el riesgo de soportar tonterías, frivolidad o superficialidad. El que apuesta a la inteligencia –mujer o varón– jamás distrae su tiempo con superficiales. Y es por ello que es tan difícil encontrar un par. Pero no es una cuestión de sexo.

Tampoco es verdad que a los hombres las cosas nos resulten más sencillas, ni que seamos más fríos o más prácticos, ni más realistas. No somos *más* en nada. Hay capacidad de quijotadas en los varones y en las mujeres. En personas de cualquier sexo hay frialdad y calidez, idealismo y realismo, practicidad o inoperancia, eficacia o estupidez. El sexismo implícito en los mitos anteriores es rechazable porque esas características (virtudes y defectos) están en cualquier mujer y en cualquier varón. Hacen a la naturaleza humana; no a la genitalidad. Y esto no significa avalar una supuesta "igualdad" entre ambos sexos, sino ver a la gente del sexo opuesto simplemente como *personas*, y entender que ni tiene sentido que las mujeres busquen al "príncipe azul" ni que los hombres esperen su "princesa rosa".

La frase-mito es sin embargo contundente, lapidaria y sobre todo persistente: "Ya no hay hombres". De donde habría que deducir los problemas bastante profundos que delata, y que ni siquiera son exclusivos de las mujeres argentinas, ya que en muchos otros países hay mujeres que repiten lo mismo. Y siempre la frase es cuestionadora de la masculinidad, independientemente de las estadísticas. Por ejemplo, según datos del último Censo Nacional (1990), sobre casi 33 millones de habitantes en la República Argentina las mujeres eran apenas un leve 5% más que los varones. Los padrones electorales muestran prácticamente lo mismo. El 26 de octubre de 1997, sobre 23,2 millones de votantes de entre 18 y 70 años, 11.838.000 eran mujeres y 11.339.000 eran varones. La diferencia es casi la misma.[3]

Por lo tanto, no es cierto que no hay hombres. Sí los hay y en número casi idéntico al de las mujeres. Y de ninguna manera hay un hombre cada siete mujeres, como suele exagerarse. Pero entonces, ¿por qué tantas mujeres siguen diciendo que "ya no hay hombres"? ¿Qué causas profundas tie-

110

ne este mito, que se resiste a ser vencido por la lógica cartesiana y que más allá de las matemáticas parece afianzarse en nuestra sociedad?

Primero hay que decir que parece ser un mito reciente. Algunas décadas atrás, por lo menos, era impensable que las mujeres se quejasen de la falta de hombres. A fines del siglo pasado, cuando las oleadas inmigratorias, en la Argentina llegó a haber dos varones por cada mujer, y a comienzos de este siglo también. La tendencia en la natalidad sólo empezó a cambiar hace algunas décadas. Pero el problema no es cuantitativo. Lo que se cuestiona es la *calidad* de los varones actuales. Por eso muchas veces esta frase suena a queja, otras es un desafío, y siempre implica una descalificación de lo masculino. De ahí que muchos hombres suelen brincar cuando escuchan la frase, como si dijeran: "¿Cómo que ya no hay hombres, si aquí estoy yo?".

Se podrían arriesgar algunas hipótesis sobre la popularidad de esta frase que parece unificar a tantas mujeres y que, a la vez, y como contrapartida, inquieta a tantos varones.

Primera: es evidente que hay una retracción de lo masculino, que bien o mal manejó el mundo durante milenios hasta no hace mucho. Porque no nos engañemos, el mundo como lo conocemos fue pensado por varones, hecho por varones, y para privilegio, responsabilidad, beneficio y si se quiere también castigo de los varones. Quiero decir: lo masculino, para bien o para mal, y para bien *y también* para mal, determinó al mundo tal como lo conocemos. En ese mundo las mujeres terminaron sometidas por los hombres en aspectos esenciales, pero también fueron protegidas y reverenciadas en otros sentidos. Al producirse los cambios en los roles que se han producido en los últimos, digamos, cien años, el varón asumió muchas otras, nuevas obligaciones, y las mujeres también: plantearon sus verdaderas exigencias, reclamaron espacios, y exigieron reconocimiento y oportunidades.

El lector observará que hablo de "varones" y de "lo masculino", porque el genérico "Hombres" suele pretenderse que incluya también a las mujeres, pero, la verdad, nunca lo hace. Y es que la Historia de la Humanidad toda, por milenios, ha sido planeada y ejecutada por los varones. Guste o no el resultado, así ha sido. Y es claro que no es que no hayan existido mujeres, pero ellas siempre tuvieron un rol injustamente secundario. Estuvieron siempre constreñidas a desempeñar papeles que no tenían en cuenta sus verdaderas voluntades, si es que alguna vez se les consultó su voluntad. Y mucho menos se contemplaron sus intereses, ni se les dio oportunidad de expresarlos. De hecho todos los avances femeninos han sido eso: logros, conquistas, luchas.

La hipótesis, por lo tanto, es que estamos en presencia de una afirmación de lo femenino en todos los órdenes y campos de la vida colectiva moderna. No lo llame el lector "liberación femenina" si no quiere. Resístase mucho o poco. Pero éste es quizá el más revolucionario cambio de la Historia Universal producido en este siglo. Es la más grande revolución humana del siglo XX, sin ninguna duda, y sobre todo de las últimas dos o tres décadas. ¿Cómo ignorar, entonces, que la mirada de las mujeres sobre los varones también haya cambiado? ¿Cómo no reconocer que el mito proviene de las que *no* cambiaron su mirada? ¿Y cómo no aceptar, a la vez, que todo esto incomode tanto a los varones?

Este cambio es quizá el más rotundo signo de estos tiempos. Resistido e incapaz de convencer a todo el mundo, el cambio en el rol de la mujer y su correlativo cambio de mirada, no es sino el tardío reconocimiento de lo que Angélica Gorodischer suele llamar "la mitad del mundo que la otra mitad del mundo se empeña en ignorar".

Es obvio que todo nuevo equilibrio resultante produce lógicos desequilibrios en la parte que retrocede o disminuye su peso en la balanza. Y consecuentemente, produce un agrandamiento en la parte que avanza y equilibra. Para decirlo en términos sencillos: es como el equipo que pierde casi todo el partido por uno a cero, pero al final emboca el empate y sobre la hora presiona para ganar, y si por goleada mejor.

Claro que el fenómeno de las mujeres solas es un fenómeno bastante típico de estos tiempos de posmodernidad. ¿A qué se debe? Creo que hay razones filosóficas, políticas, sociales, estéticas y por supuesto comunicacionales para explicarlo. Porque hoy es imposible sostener seriamente la superioridad del varón sobre la mujer, y viceversa.

Y no sólo ahora. Ya en los siglos XVI y XVII, por ejemplo, la Conquista de América después de los viajes de Cristóbal Colón, se hizo a sangre y fuego, a cruz y espada, y la Historia recogió la gesta como un hecho solamente masculino. Sin embargo, estudios recientes establecen que en los barcos de los conquistadores que llegaban a América había casi un 20% de mujeres.[4] Como tripulantes, auxiliares de navegación e incluso como guerreras. Sin embargo nadie habló jamás de "Las Conquistadoras", pero que las hubo, las hubo. Y una de ellas en particular, Isabel de Guevara, se hizo famosa hace apenas unos años cuando en los Archivos de Indias se recuperó una carta que le mandó en 1542 a la Infanta Juana de Castilla, quejándose... de la debilidad de los hombres, el supuesto sexo fuerte de la sociedad de entonces. En esa carta cuenta que el viaje río arriba por el Paraná, entre Santa Fe y Asunción, le había dado oportunidad de advertir cómo los hombres de la expedición se quejaban y maldecían y lloraban todo el tiempo, y tenían que ser ellas, las mujeres, las que no sólo cocinaban y limpiaban los buques, sino que también curaban y despiojaban a los enfermos, tenían que combatir al lado de ellos contra los indios, y encima debían protegerlos, darles ánimo y enjugarles las lágrimas maternalmente.

¿De qué se quejaba Isabel de Guevara en 1542? De los prejuicios. Que son los mismos prejuicios de ahora, y que están vivos y actuantes en casi todos los órdenes de la vida de este País de las Maravillas. Claro que ahora, en el mundo *mass-mediático* en que vivimos, cualquier prejuicio es más visible que nunca antes. Y esos prejuicios sirven para explicar el fenómeno de las mujeres solas, que se abren paso en un mundo de varones que durante siglos estuvo al servicio exclusivo de ellos. El ímpetu con el que ellas ocupan espacios, desempeñan todo tipo de trabajos y alcanzan cada vez más cargos directivos, produce una retracción en los varones. Y aunque entre nosotros es un fenómeno relativamente nuevo, quizá esa misma novedad es la que hace que muchas mujeres argentinas sostengan que "ya no hay hombres" como un desafío. O como un grito de triunfo.

Aquí todavía se ve poco, pero hoy en Alemania, en los Estados Unidos, en Japón o en Inglaterra hay tantas mujeres que manejan trenes y autobuses, por ejemplo, como varones. Los ferrocarriles suizos y austríacos tienen mujeres en todos los puestos, así como ahora mismo las norteamericanas están trabajando en la industria de la construcción, en grandes obras públicas y privadas, o manejando tractores y máquinas viales, aviones y, en fin, están en casi todos los ejércitos del mundo y no como enfermeras o cocineras sino como oficiales con mando de tropa. Vaya uno y cuestióneles su femineidad, y ya verá cómo sale parado.

Por supuesto que frente a esto no faltan quienes aseguran que lo que pasa es que las mujeres se han "masculinizado". Otra opinión sexista, desde ya, pues aunque fuese cierto implicaría creer en el paradigma masculino como superior. Pero además de no ser cierta tal supuesta masculinización (de igual modo que no es cierta su contraparte: la también a veces proclamada "feminización" de los hombres) de lo que se trata es de derrotar al sexismo. Por ejemplo: cuando hoy se llama a un electricista en Londres, a un plomero en California, o a un gasista en Berlín, puede perfectamente venir una mujer y nadie se asombra, porque lo que se ha llamado es un profesional y no un sexo.

Quizá alguien dirá que prefiere, como cantó Federico García Lorca en un poema inolvidable, que "los hombres, hombres, y el trigo, trigo". Es respetable, pero no estoy hablando de preferencias sino de hechos reales, concretos. Y es real y concreto que, más allá del deseo o el temor de muchos, el paradigma del "hombre-macho-que-no-debe-llorar" está cambiando a una velocidad alucinante. Ya era hora, porque hizo infelices a muchos seres humanos.

Otra hipótesis para explicar el mito de que "ya no hay hombres" pretende que son las mujeres las que se apartan de los hombres; ellas las que ya no soportan a los varones; ellas las que practican una especie de misoginia al revés: una verdadera androfobia.

Me parece que este tipo de afirmación encierra algo de cierto. Muchas mujeres dicen hoy que no aguantan el machismo, ni a los hombres "babosos", ni a los violentos, ni a los duros, y hoy ellas pueden denunciar y defenderse frente a cualquier abuso masculino. Claro que esto conlleva otra pregunta casi obvia: ¿Por qué odiar a los hombres? Ninguna estadística lo prueba, pero muchos sociólogos, criminólogos, penalistas, médicos, saben y sostienen que la violencia masculina llega a límites increíbles. En países como los Estados Unidos o México, una de cada cuatro mujeres ha sido violada alguna vez, forzada sexualmente contra su voluntad por un hombre. Y aunque en la Argentina no existen estadísticas confiables a este respecto, se sabe que el incesto consumado y los abusos de padres sobre hijas son mucho más frecuentes de lo que se piensa.[5]

Por eso casi todos los países avanzados socialmente, y no sólo los del Primer Mundo, les dan tanta importancia al estudio y tratamiento de la violencia familiar y a la defensa de la voluntad femenina. La Argentina también en esto es un país atrasado. Por eso mismo el mito es tan fuerte.

Hay todavía otras hipótesis: ¿Y si lo que pasa es que las mujeres están diciendo "ya no hay hombres" como una manera de llamar la atención para que se hable de lo que no se habla? Claro que del otro lado también podría decirse: ¿Y no será que las propias mujeres se apartan de los hombres porque así encuentran su propia reafirmación, pues como ahora tienen iguales posibilidades son cada vez más exigentes y entonces ya no toleran el viejo, típico machismo criollo? Y hay más: seguro que otra explicación se encuentra en el cambio de actitud de muchos varones. Todavía está lleno el mundo de hombres enamorados de sí mismos, caricaturas del macho. Que son, precisamente, los más desprestigiados.

Y ése es otro signo de este tiempo: cada vez más varones se dan cuenta de su propio machismo, reaccionan y se corrigen, y no se avergüenzan de reconocer sus partes femeninas. Lo cual no desmerece en absoluto su hombría ni tiene que ver con la homosexualidad.

¿Será que eso también explica la frase "ya no hay hombres" en boca de muchas mujeres? ¿Será verdad eso de que ahora ellas los prefieren tiernos, sentimentales, sensibles en vez de machos brutos? Sin duda es una hipótesis que muchos compartirán para explicar la queja femenina de que "ya no hay hombres". Como si ellas dijeran: "Machos sobran; ahora lo que queremos son varones sensibles".

Como sea, es obvio que el mito de que "ya no hay hombres" se extiende cada vez más: ya está en el cine y en la tele y, se sabe, cuando algo está allí es porque realmente está pasando. Los estereotipos populares se ven casi siempre reconfirmados en las teleseries. Las cuales, bien o mal, son hoy en día el maestro educador más popular de la Argentina y del mundo entero.

Ahí está la vieja, clásica "vuelta del perro" en las plazas de muchos pueblos de la Argentina. Todavía es una costumbre vigente, pero hay cosas que han cambiado: hoy las chicas ya no parecen atemorizadas. Pueden estar solas o en grupo, caminando o en un banco, pero ya no viven suspirando cuando pasa el muchacho que les gusta... Vivo en el interior y viajo mucho por el país, y sé lo que estoy diciendo. Basta ir a los bares y confiterías de cualquier pueblo para verlas: como palomas, andan en grupos de seis o siete chicas, o de mujeres más grandes, casi siempre sin varones alrededor y de lo más campantes.

Esto hace pensar que la frase "ya no hay hombres" parece más bien una decisión de ellas, un deseo de andar solas y tranquilas, y que no se trata de una carencia o abandono del escenario por parte de los varones. Pero es claro que esto cambia según cada lugar del interior. ¿Qué prejuicios tienen en Salta y cuáles en Neuquén? Ha de ser diferente pensar y decir "ya no hay hombres" en la Patagonia que en Catamarca, seguro. ¿A qué les temen ellos? ¿Y ellas? ¿Qué miedos dominan a varones y mujeres, en uno u otro sitio; de qué libertades gozan? ¿Por qué están separados los varones de las mujeres?

Y aquí otra observación, vecina de la anterior, casi una curiosidad posmoderna: la separación de chicas y chicos en los boliches. Cuando yo era pibe e iba a los bailes, los varones nos volvíamos locos por estar con las chicas. Pero ahora uno ve que los chicos andan por un lado y las chicas por otro. Y atención que no estoy haciendo un juicio de valor. No me parece ni bien ni mal; simplemente me gustaría establecer por qué ahora es así. ¿Afinidad temática, gustos comunes, aburrimiento, miedo, indiferencia, igualitarismo híbrido, androginia, soledad, incomunicación? ¿Qué los une; qué los separa? Conjeture cada quien lo que quiera; lo más probable es que la respuesta sea un perfecto cóctel.

Y también es cierto que muchos creen que las mujeres se han vuelto machonas y los hombres afeminados. Ahembrados, como dicen los diccionarios. Pero ni tanto ni tan poco: es cierto que hoy existe una cierta androginia de moda. Esos chicos "raritos", como los define un prejuicio muy divulgado, que tienen entre 12 y 15 años y quien los mira no sabe si son niñas o varones. Pero también es cierto que hace varias generaciones que chicas y chicos, a esa edad, son raros, parecen todos iguales, resultan desafiantes para los mayores y los mayores jamás los entienden.

Mi conclusión es por supuesto falible, pero tengo la sensación de que decir "ya no hay hombres" es una queja legítima de las mujeres, aunque no sea comprobable estadísticamente. Tengo otra sensación, más fuerte aún: son los prejuicios, las mutuas desconfianzas y sobre todo el sexismo lo que impide admitir la diferencia, lo que provoca el abismo que separa la comunicación entre ambos sexos. Indudablemente el mito de que "ya no hay hombres" se basa en ese abismo, que por cierto existió siempre. Y abismo que magnifica los prejuicios, agranda los miedos y dificulta la comprensión de lo único que sí, seguro, varones y mujeres somos: diferentes.

Las argentinas en la tele: El sexo débil

Un mito paralelo al de que ya no hay hombres es el que se refiere a las mujeres como a un supuesto sexo débil. Y del cual derivan frases hechas, generalmente ofensivas, como que las mujeres son inútiles para ciertas tareas, o como si se tratase de una especie inferior: las mujeres no saben manejar; que se vayan a lavar los platos; ésas no son tareas para mujeres, etcétera.

Realmente, éste es uno de los mitos más curiosos, por no decir estúpido, de entre tantos que se derivan de los prejuicios, la pacatería y el atraso proverbiales de la Argentina. Sólo así puede explicarse que todavía en este país se crea que los hombres son el sexo fuerte y las mujeres el sexo débil.

La referida historia de Isabel de Guevara no fue la única para rebatirlo: las crónicas de la Conquista de América están repletas de páginas así: mujeres luchadoras, a la par que los hombres o más que ellos, cuya evocación demuestra que lo del "sexo débil" como mito es pura superchería. Más recientemente, la literatura universal se está ocupando de recuperar una imagen totalmente diferente, casi épica, de mujeres fuertes que también contradicen este mito. Pienso en los personajes tan promocionados de las novelas de Isabel Allende, sin dudas, o de Laura Esquivel, Marcela Serrano, Zoé Valdés, Rosa Beltrán, Carmen Boullosa, Gioconda Belli o Laura Restrepo. Y entre nosotros las mujeres de las novelas de Marta Mercader, María Esther de Miguel, Angélica Gorodischer, Tununa Mercado, Marta Nos, Reina Roffé, Ana María Shúa y tantas más.

El del sexo débil es un mito de lo más paradójico. Porque difícilmente un varón ha de pensar que su mamá es débil. Al contrario, seguramente ha de tenerla como símbolo de fortaleza, de temple, de seguridad. De hecho una madre es un refugio, y ningún refugio es débil. Y en muchos otros casos pensamos en esposas, hijas, amigas, que precisamente lo que menos las caracteriza es su debilidad. Muchas veces somos los varones los verdaderamente débiles, pero cargamos con el terrible sambenito de que somos los fuertes. Pero, ¿es la característica de luchadora, de combativa, de "macha" lo que desmiente el carácter débil del sexo femenino?

Evidentemente no. Y es que las mujeres, creo yo, tienen un vínculo mucho más fuerte con el sentir que con el hacer. A la inversa de los hombres, que históricamente están más vinculados al hacer que al sentir. Y es claro que esto puede parecer también una generalización, pero ¿cómo reflexionar esto, si no, cuando los mitos, precisamente, generalizan?

Hay infinitos ejemplos que demuestran la fortaleza y la templanza de las mujeres, más allá de una pequeña contextura física. Porque evidentemente es una cuestión de tamaño lo que suele hacer pensar en la debilidad de las mujeres. La armazón ósea, la estructura, el desarrollo muscular, la fuerza física y hasta la altura, muchas veces engañan. Como las apariencias.

Claro, seguro: también hay las que se aprovechan de esto. Mujeres que "la van" de débiles, que son algo así como débiles profesionales, que se acomodan en la supuesta fragilidad, como muñequitas y entonces se dedican a contemplar cómo el fulano labura, se rompe todo y vive para ella... que holgazanea o se pinta las uñas mientras mira por la ventana. Desde luego, hay de todo, y por eso mismo el mito del sexo débil es una falsificación nacional más. También están las mujeres burros de carga. Que en la crisis de este tiempo resultan verdaderas heroínas cotidianas. Mujeres que casi no duermen, comen mal, viajan mal, y atienden chicos, maridos desocupados, y limpian y barren todo el día, todos los días. Y que muchas veces son violadas, golpeadas, maltratadas. Y encima suelen ser mucho menos quejosas que los hombres. Las paradojas de la pobreza han sido transitadas desde siempre por la literatura, pero ninguna me parece tan ejemplar como la de aquel cuento memorable del mexicano Francisco Rojas González, titulado "Las vacas de Quiviquinta": una india cora se va con una familia de ricos a la ciudad por 75 pesos mensuales "a leche entera", o sea como nodriza, mientras deja a su hijita de pocos meses con su marido, a quien le recomienda que críe a la niña con leche de cabra mediada con arroz.

Desnudar el mito fuerza a repensarlo porque, si no, las consecuencias son muy duras, terribles, tanto para ellas como para ellos. La idea del sexo débil es una verdadera esclavitud que a todos nos somete injustamente porque, aunque varones y mujeres no seamos iguales, sí merecemos tener iguales oportunidades de felicidad en la vida.

En la Argentina hay una imagen de la mujer que se ha estereotipado a finales del milenio, y es la que proyectan los medios de comunicación masivos. Esa imagen es, sencillamente y aunque hay muchas excepciones, en general deplorable. Y es por ello que la imagen de la mujer que se tiene en este país es como es: primitiva, superficial, débil, incompleta.

En el llamado "ambiente televisivo", también conocido como "la farándula" y que no es otra cosa que una enorme rueda de corrupción, prostitución y tráfico de drogas e influencias políticas, los valores que se sostienen son la frivolidad, la ligereza y la apología de la ignorancia. Eso sí:

de cocina hay programas muy buenos, como abundan los desfiles de modas y los consejos médicos pediátricos. Ni se diga del entusiasmo por los deportes, el jogging, la gimnasia-jazz y todo aquello que permita tener las colitas bien paradas y las ideas bien sepultaditas. Hoy gracias a los sistemas de cable se puede ver la televisión de muchos países, y es evidente entonces que la ignorancia de la mayoría de los comunicadores televisivos argentinos no tiene parangón. Lo brutas que son algunas caras lindas es patético. Es el modelo imperante: un modelo multiformemente perverso.

Frivolidad, mujer objeto, son la regla. Cuando el Congreso sancionó una ley por la cual el 30 % de los cargos electivos, en el futuro, iban a ser para las mujeres, se desató un debate ridículo alrededor de ese porcentaje: si había que decidirlo y cuál era el más apropiado. En aquel momento me pareció fantástico, porque era un paso al frente más allá de que algunas personas inteligentes sostenían que hubiera sido mejor que las mujeres llegaran al parlamento por sus propios méritos. Muy bien, se acusó a esa ley de paternalista, pero también era por paternalismo que antes las mujeres no llegaban a las Cámaras.

El machismo, como habitualmente se lo denuncia, no es lo realmente grave. Más lo es el sexismo que impera en la sociedad, y que tiene su centro de poder más poderoso en los medios de comunicación masivos. El sexismo y el machismo en los medios argentinos es atroz. Estamos, en este sentido, a nivel del Hombre de Cromagnon. O quizá no tanto, claro.

Gina Lombroso-Ferrero escribió un texto memorable titulado "La cuestión de la mujer en la Argentina", que recoge las experiencias de un viaje que hizo esta mujer (hija del famoso criminalista italiano) por los países del Cono Sur sudamericano a comienzos del siglo XX, libro que lamentablemente es casi desconocido en la Argentina contemporánea.[6] Allí dice: "Más escandalosa aún sería la idea de que una mujer se interesase por la vida pública. Puesto que llegamos a Buenos Aires mientras en la Cámara de Diputados se estaba discutiendo la ley sobre el trabajo de las mujeres y los menores, le propuse a la esposa de un diputado que había pronunciado un gran discurso acompañarla a escuchar una parte de la discusión. La señora me miró maravillada, como si yo le hubiese pedido que fuéramos al Sol o a la Luna. Su marido era diputado desde hacía más de 30 años, caudillo del partido liberal y uno de los más grandes oradores del Parlamento Argentino, pero a la señora no se le ocurría la idea de que ella hubiera podido cruzar el umbral de la Cámara para escuchar un discurso suyo, como no se le podía ocurrir ninguna otra idea".

Gina Lombroso cuenta también que cuando en Buenos Aires actuó Eleonora Duse, la famosa actriz dramática italiana, entre otros dramas que iba a representar figuraba *La Abadesa de Jouarre* de Renán. La Duse había comenzado ya sus funciones, cuando se presentó ante el empresario una comisión de damas exigiendo que quitaran *La Abadesa* del programa, amenazando con boicotear al teatro en caso contrario. El empresario cedió. Pero apenas *La Abadesa* fue cancelada, se presentó ante el empresario una comisión de señores reclamando explicaciones por la cancelación. Por supuesto, se dijo que muchos de los hombres que habían formado parte de la segunda comisión eran los maridos de las mujeres que formaban la primera, y que los unos no sabían nada de los otros. Lombroso no garantiza la veracidad del hecho, pero el solo comentario no deja de ser sugestivo.

Falta de participación, falta de interés, resentimiento contra el hombre, enfrentamiento, son constantes en la relación hombre-mujer en esta sociedad. De ahí a la falta de ideas hay un pequeño paso. Y esto es lo que santifica la televisión argentina: las mujeres son tontitas, no están para pensar. En este país importa más hacer régimen para adelgazar que ser inteligente.

NOTAS

[1] Octavio Paz, *op. cit.*, pág. 41.

[2] Este artículo se publicó en revistas de Estados Unidos, México y Colombia, entre 1985 y 1988, pero en la Argentina dos grandes diarios y una revista no quisieron publicarlo.

[3] Las proyecciones del INDEC (Instituto Nacional de Estadística y Censos) dicen que en 1997 los argentinos somos 35.671.894. Y que en el año 2000 seremos 37.031.805.

[4] Jeffrey C. Barnett: *Ysabel de Guevara: La Persuasión Epistolar de una Conquistadora*. En Revista del Centro de Letras Hispanoamericanas, Facultad de Humanidades, Universidad Nacional de Mar del Plata, págs. 159 y ss. (Traducción del autor: MG.)

[5] Sobre esto nos extendemos en el capítulo "Los argentinos y la violencia".

[6] Gina Lombroso-Ferrero: *En la América meridional*, Fratelli Treves Editori, Milano, Italia, 1908. (Traducción del autor: MG.)

SEIS

LOS ARGENTINOS Y LA INMIGRACION

"Debéis amor al prójimo de cualquier país o religión que fuere; porque el judío es vuestro hermano, el mahometano, el protestante, que califican de hereje algunos sacerdotes fanáticos que no comprenden la doctrina de Cristo, todos son igualmente vuestros hermanos... Donde quiera que haya tiranía y opresión, debéis poneros siempre de parte de los oprimidos y derramar, si es necesario, vuestra sangre por la libertad, la igualdad y la fraternidad, causa santa y común del género humano."

ESTEBAN ECHEVERRÍA
Manual de enseñanza moral (1844)

Las oleadas y los gauchos

Un siglo después del fabuloso proceso inmigratorio que pobló la Argentina, no son muchos los argentinos que saben que todos los 4 de septiembre se celebra el "Día del Inmigrante" en recordación de ese mismo día de 1812, cuando después de la Revolución de Mayo se firmó el primer decreto para el fomento de la inmigración. Más bien, esta fecha suele pasar inadvertida salvo para algunas comunidades que lo celebran. Pero la importancia de la inmigración en la Argentina es verdaderamente constitutiva, pues desde la transición de la Colonia a la Independencia de España la despoblación de tan vasto territorio se erigió en uno de los problemas centrales de la economía del naciente país.[1]

Como en general se sabe, la Argentina es un país que en su formación y en su organización política y cultural intentó imitar e identificarse con una Europa que sólo se conocía a través de unos pocos viajeros y cronistas. La distancia era determinante: viajar demandaba meses, y realmente estábamos en el fondo –y a la izquierda– del planeta. Además de la distancia, estaban los prejuicios: siempre Europa miró a la América Hispana como a un continente exótico, de indios feroces y climas insoportables. Las crónicas de Cristóbal Colón, y las de cada uno de los cronistas posteriores, se ocuparon de esa prédica fabulosa y exageraron nuestras características. De ahí que puede sostenerse que la literatura de lo real-maravilloso y el así llamado realismo mágico no inventó nada nuevo. Fue Colón el inventor de la moderna narrativa latinoamericana.

Por supuesto que el prejuicio fue también inverso: los criollos sudamericanos desconocían la verdadera Europa. Y como después de los procesos de Independencia del Reino de España sobrevino un período de anarquías políticas, lo cierto es que durante más de medio siglo no pudo establecerse un diálogo verdadero y provechoso. De hecho, historiadores como Rodolfo Puiggrós han replanteado la relación entre conquistadores y conquistados, desde perspectivas que han puesto en duda que ese diálogo alguna vez haya sido tal.[2] Octavio Paz, por su parte, ha dicho que España era una nación medieval pero el descubrimiento y la conquista de América fueron una empresa renacentista, y que ésta fue la participación española en el renacimiento.[3]

De todos modos, en Latinoamérica fuimos nosotros, los argentinos, los que primero tuvimos una Política Inmigratoria. En abril de 1824 el gobierno de Bernardino Rivadavia creó una Comisión de Inmigración y dispuso que tuviera una casa para albergar a los inmigrantes durante quince días: se destinó para ello el antiguo convento de la Recoleta. En 1853 la Constitución Nacional dispuso en su preámbulo "...asegurar los beneficios de la libertad para nosotros, para nuestra posteridad, y para todos los hombres del mundo que quieran habitar el suelo argentino".

Esas fueron las bases de la casi siempre celebrada política inmigratoria, asentada en la premisa establecida por el pensador, constitucionalista y escritor romántico Juan Bautista Alberdi: "Gobernar es poblar". La fecha simbólica de esa política suele situarse en 1870 porque ese año se inauguró el Asilo de Inmigrantes, en la calle Corrientes número 8, a pocos metros de donde atracaban los barcos. A partir de ese año este país empezó a competir con los Estados Unidos como polo de atracción.[4]

Las oleadas inmigratorias en el Río de la Plata, sin embargo, son la historia misma de la conquista y la colonización, y reconocen varias etapas. La primera fue la de los conquistadores españoles, por supuesto. Sus descendientes, entre los siglos XVII y XIX, fueron los así llamados *criollos*, los primeros argentinos de origen europeo que se esparcieron por todo el territorio. Claro que, realmente, eran muy pocos. Hay que recordar que la Argentina, hasta mediados del siglo XIX, apenas tenía un millón de habitantes.[5]

La segunda oleada humana fue casi paralela a la anterior: eran los esclavos negros traídos de Africa, que en algún momento llegaron a ser casi la mayoría de la población total del país. No existen estadísticas al respecto, pero hay suficiente información de los tiempos de la Colonia, la Independencia y el período de Rosas (1829-1852) que dan cuenta de ello. Además, se ven africanos en casi toda la iconografía de los siglos XVIII y XIX. Cabe señalar, en este punto, que la introducción de esclavos en el Río de la Plata no respondió tanto a la necesidad de mano de obra como a la voracidad de los comerciantes. El remunerador tráfico hizo que se quedaran sobre todo en Buenos Aires, donde ya casi no había naturales, pues en el interior los indios cumplían las mismas funciones. Sólo hubo presencia importante de africanos en las plantaciones algodoneras de Tucumán, y algo menos en Córdoba y Cuyo. Hacia 1750 había en Buenos Aires la muy significativa cifra (para la época) de 13.786 negros, la mayoría esclavos y algunos ya libertos. Jurídicamente podían serlo, aunque siempre fueron la casta más baja, inferiores incluso a los indios. No podían, entre otras prohibiciones, andar por las calles de noche, portar armas ni recibir educación (salvo la educación religiosa católica). En 1770 representaban el 25% del total de la población porteña y eran el núcleo humano mayoritario después de los blancos.[6]

A tal punto era importante esa presencia, que entre las primeras medidas que tomaron nuestros héroes de la Independencia figura una Ley que debería enorgullecernos: en 1813 fuimos uno de los primeros países en decretar lo que entonces se llamó la "libertad de vientres", puerta abierta para la abolición de la esclavitud. Sin embargo, la contradicción más brutal estaba cerca: si hoy en día es notable la casi inexistencia de gentes de origen africano en la población argentina actual, esto jamás se ha explicado con sinceridad. Aunque suele decirse que muchos prefirieron irse al Alto Perú, que murieron durante la fiebre amarilla que azotó Buenos Aires en 1871 y mató a un tercio de su población, y que el mestizaje fue muy alto, la verdad se compone también de dos razones terribles: por un lado, fueron carne de cañón de todos los ejércitos en todas las guerras del siglo XIX, especialmente la guerra contra el Paraguay (1865-1870) y la Conquista del Desierto Patagónico. Por el otro, paradójicamente uno de los efectos de la derogación de la esclavitud fue que los negros que sobrevivieron a esas guerras y sus descendientes prefirieron emigrar nuevamente: cruzaron las fronteras hacia Brasil y Uruguay.

La tercera gran inmigración se produjo entre 1870 y 1930. Fue también la primera gran oleada europea de orígenes múltiples, y la primera organizada desde el poder político. Durante esos años llegaron a la Argentina más de cinco millones de inmigrantes. Claro que no se trataba de científicos o profesionales, como deseaban las clases dominantes. La inmigración masiva nunca es de "calidad seleccionada", como pretenden los racistas. Las migraciones son de seres humanos, simplemente, y en la única naturaleza humana que hay existe de todo. Y los que emigran siempre son los que no están bien donde nacieron, y necesitan y buscan mejores condiciones de vida. Tan sencillo como eso. Así fue que a la Argentina llegaron campesinos rústicos, analfabetos y muertos de hambre. Eran decenas de miles de italianos, españoles, polacos, franceses, turcos, rusos, árabes, eslavos, alemanes, casi todos miserables que sólo traían hambre, resentimiento e ideas revolucionarias. Lo que más querían era *paz, pan, trabajo e igualdad.* Y los atraía extraordinariamente este país en el que –se decía– los argentinos no eran racistas.

Nuestros gobernantes de la segunda mitad del siglo XIX evidentemente creían en la selección natural de la sangre y en las teorías de Charles Darwin. Pero consideraban que mejor todavía era ayudar esa selección: así los ministros de Guerra, Adolfo Alsina primero, y Julio A. Roca después, se encargaron de las campañas para la Conquista del Desierto contra "el salvaje", como se llamaba a los naturales. "Es necesario ir directamente a buscar al indio a su guarida, para someterlo o expulsarlo", dijo Roca en 1879. Dos años después había sometido a 14.000 indios e incorporado 15.000 leguas de territorio para la civilización blanca.[7]

Quizá el personaje más contradictorio fue Domingo Faustino Sarmiento (Presidente entre 1868 y 1874). De origen muy humilde, autodidacta, escritor y viajero por el mundo, fue un verdadero hacedor y acaso el primero que soñó a la Argentina como un país consolidado y homogéneo. Fundó el sistema de Escuelas Normales de Maestros (bajo la dirección de un norteamericano: George Stearns), el Colegio Militar y la Escuela Naval e introdujo casi todos los adelantos científicos y tecnológicos que en aquellos años surgían en Europa y Norteamérica: el tren, el correo, las comunicaciones, la electricidad. Terminó la ominosa guerra con el Paraguay. Inició las obras del puerto de Buenos Aires. Introdujo animales y plantas, y en los albores mismos de la inmigración masiva se ocupó personalmente de traer médicos, científicos e investigadores de todas las disciplinas. Sarmiento fundó más escuelas que nadie, y aunque lo acusaron de racista porque algunas veces, furioso por la indolencia o desbordado por su apasionamiento, se manifestó peyorativamente contra los indios, los analfabetos e incluso los inmigrantes, fue él quien sancionó la Ley que garantizó la *educación común, igualitaria, obligatoria, laica y gratuita,* que fue el motor que más y mejor contribuyó a la integración de millones de extranjeros durante décadas.

En 1869, al iniciar su segundo año de gobierno, Sarmiento mandó hacer el primer censo nacional.[8] Así, en medio de críticas porque se declaraba admirador de los modelos de vida británico, francés y norteamericano, se supo que en este inmenso territorio había *solamente* 1.877.000 habitantes. Sobre 300.000 en condiciones de votar, 250.000 eran analfabetos. Había menos de 500 médicos y sólo 2.300 maestros en todo el país.

El sucesor de Sarmiento fue un joven abogado de 37 años, que de muchacho había sido su ministro de Justicia: Nicolás Avellaneda. Entre 1874 y 1880 redujo la administración pública y se rodeó de empresarios; organizó la primera exposición industrial y promulgó la ley que hizo Capital Federal a Buenos Aires. Durante su gobierno se sancionó (en 1876) la Ley de Inmigración y Colonización, que lleva el número 817 y por la cual el inmigrante sería alojado durante cinco días y se le ayudaría a conseguir trabajo. Esta ley fue de cumplimiento sumamente irregular y cuestionado, porque las tierras eran manejadas por sociedades e individuos sólo movidos por su afán de especulación, el gobierno desoía los reclamos, y se toleraron muchas injusticias que dejaron un reguero de consecuencias escandalosas.[9] También durante el gobierno de Avellaneda se inició la lucha del Estado contra los indios que dio comienzo a la ya mencionada Conquista del Desierto, originalmente destinada a fundar pueblos, asentar colonos, desarrollar la agricultura y la ganadería. Veinte años después, ya Presidente, Julio Argentino Roca se ufanaba de haber prácticamente exterminado a los indios luego de 30 expediciones que produjeron una matazón fenomenal... y no pocas fortunas y familias terratenientes.[10]

Paradojalmente el lema de su gobierno fue "Paz y Administración". Lo segundo lo hizo muy bien: fue el gobierno de las grandes obras públicas: desarrolló los ferrocarriles, los puertos, los teléfonos, la energía eléctrica. Vanidoso y sensual, como lo retrata magníficamente Félix Luna en su novela *Soy Roca*, también fue el iniciador de la corrupción gubernamental. En su gobierno, cada obra pública significó la fortuna nueva de un funcionario o amigo. De lo que resulta una ironía ejemplar cuando muchos obsecuentes del presidente Menem insisten en compararlo con Roca.

En 1895 eran ya cuatro millones los habitantes de la Argentina, de acuerdo con el segundo censo nacional. Buenos Aires tenía 680.000 y de ellos más de la mitad eran extranjeros, la mayoría italianos. Había 200.000 sólo en la ciudad de Buenos Aires. O sea que uno de cada tres porteños era italiano. Las otras comunidades más importantes eran, en este orden: españoles, franceses, uruguayos, ingleses, alemanes, austríacos, suizos, paraguayos, brasileños, norteamericanos, chilenos, bolivianos, y aún los había de muchísimas otras nacionalidades. Los inmigrantes eran absoluta mayoría en Buenos Aires, y se hablaban las lenguas y los dialectos más extraños.

El castellano, en muchos barrios y pueblos del interior, era casi desconocido. Considerado el total del país, la composición social se modificó también abruptamente: los extranjeros, que representaban el 12,1% de la población en el censo de 1869, pasaron a ser el 25,5% en el de 1895, y el 30,3% en el de 1914. Casi un millón de personas ingresaron sólo entre 1881 y 1890. La inmensa mayoría eran varones de entre 21 y 30 años.[11]

La presencia de los ingleses era notable y su influencia muy fuerte, sobre todo en el comercio exterior. En el siglo XVIII tuvieron el monopolio del tráfico de esclavos en los puertos de Buenos Aires y Montevideo.[12] Durante el proceso de nuestra Independencia de España, los agentes británicos asesoraron a los patriotas. Y tuvieron gran predicamento en todos los gobiernos del siglo XIX excepto en el de Juan Manuel de Rosas, a quien los afro-argentinos adoraban. Paladines del liberalismo, es curioso que fue bajo la influencia británica (que se extendió hasta la mitad del siglo XX) cuando se acuñó el mito de que "los argentinos no somos racistas". A partir de 1890 los ingleses también contribuyeron a la popularización del fútbol: primero lo jugaban los marineros pero enseguida se practicó en los colegios privados, que eran casi todos británicos. Hacia el fin del siglo ya había ligas y campeonatos, y el fútbol había desplazado a otros deportes populares como el tenis, el ciclismo o la pelota vasca.[13]

Otra paradoja radica en el hecho de que el gaucho odiado y perseguido, y enviado a las fronteras a esas luchas feroces en las que morían por millares junto con negros, mulatos e indios (y unos pocos blancos europeos que eran los que mandaban e integrarían después el procerato nacional), ese mismo gaucho –sucio, inculto y matrero– comenzó en esa misma época a ser idealizado como arquetipo de la argentinidad.

Los gauchos eran, según Puiggrós, los "mozos perdidos, corridos por la miseria y el hambre del viejo hogar, que se mezclaban con los indios y vivían carneando vacunos que, como ellos, habían saltado el cerco de la unidad doméstica, haciéndose cimarrones. Fue creciendo una masa rural que no reconocía oficio, ni gobierno, ni justicia y que dio origen a tipos exaltados un siglo después en nuestra literatura popular: el changador, el gauderio, el gaucho".[14] Durante mucho tiempo, casi todo el siglo XIX, se los despreció: eran considerados "vagos y mal entretenidos" que se resistían a aceptar y reconocer la propiedad de la tierra y del ganado, así como el patronazgo que pretendían imponerle las aristocracias urbanas.[15] Eran menospreciados además por su resistencia al trabajo organizado y porque se les atribuía una natural propensión a las actividades ilícitas. En cuanto a su carácter y costumbres, "el gaucho era, en general, un tipo intermedio entre el indio y el colono. La segunda generación gauchesca la formaban mestizos. Y muchos indios y muchos blancos se hicieron gauchos", dice Puiggrós. Y José Ingenieros asegura que en el período de la organización nacional (1853-1880) hubo dos características económicas perfectamente definidas: la clase terrateniente se transformó de feudal en agropecuaria, y la inmigración europea determinó "el predominio definitivo de las razas blancas sobre la mestización colonial... El caudillo se convierte en estanciero; el gaucho en peón".[16]

Por un lado novelas como *En la sangre* (1887) de Eugenio Cambaceres y la decididamente antisemita *La Bolsa* (1891) de Julián Martel (seudónimo de José María Miró, un joven de sólo 22 años que publicó esta única obra y luego murió tísico a los 29)[17] evidenciaban el temor a ser "invadidos" por los extranjeros, a quienes se atribuían robos y asaltos, saqueo y criminalidad, el cambio inesperado de las costumbres y las más perversas intenciones y características.[18] La llegada de "los gringos" infundía recelos porque, como el indio y el afroamericano, eran lo diferente y por lo tanto, lo inquietante.[19] Además, esas acusaciones xenófobas eran producto de una evidente lucha de clases expresada en términos ideológicos. Como bien señala Pedro Orgambide: "El calificativo 'ideología foránea' tiene más de cien años. Es parte de nuestro lenguaje, de nuestros prejuicios, de la experiencia autoritaria de la Argentina. Ridiculizar el idioma foráneo es costumbre de nuestro matonismo verbal. Para las 'buenas conciencias' el mestizaje de criollos y gringos tiene algo de obsceno, de insoportable amenaza".[20]

Cabe agregar aquí que lo mismo sucede, está sucediendo, en los albores del tercer milenio, con los bolivianos en Jujuy o en Mataderos, los paraguayos en Fuerte Apache o en Clorinda, los chilenos en la Patagonia o en Mendoza, los peruanos en Salta o en el residencial barrio La Horqueta en las afueras de Buenos Aires, los brasileños en Paso de los Libres o en la calle Florida, y los coreanos en Flores, el Once o Resistencia. Quizá los únicos que no son tan resistidos son los uruguayos, de quienes se dice que "son como nosotros".

Por el otro lado los gauchos se hicieron necesarios para los gobernantes y acabaron formando la tropa de los fortines. Empezaron a ser diferenciados de los "foráneos" con base en un cínico idealismo: se trataba de personajes conocidos y arraigados de las pampas argentinas; el gaucho era "de acá"; eran criollos de sangre española. Y aunque junto con negros y mulatos fueron verdadera carne de cañón, la oligarquía gobernante los distinguía pensando algo así como que "al menos los gauchos son nuestros". De ahí que, como señala Orgambide, el odio al gauchaje y a "la canalla", como se les decía, "muchas veces se trocó en odio o repulsión al gringo. Así, los mismos que persiguieron al gaucho terminaron por idealizarlo, exaltando los valores de la vida pastoril, condenada a desaparecer".[21]

Dicha vida pastoril, así como la maravilla bucólica de las pampas, se constituyó también en una idealización en sí misma. En definitiva la aristocracia porteña, con algunas excepciones, siempre idealizó la pampa y le impregnó ese sello que asumieron las generaciones futuras y que todavía goza de cierta fama en el mundo. "El gaucho es anterior al estanciero –ha escrito Puiggrós–, pero el estanciero lo mató, lo enterró y le levantó un monumento". Después llegaron los descendientes de aquellas primeras familias de estancieros, para quienes la posesión de la pampa era algo "natural" y que además no hacía falta poner a producir. La famosa renta potencial de la tierra fue un tema de debate político jamás resuelto, y una amenaza de muchos dirigentes que nunca se concretó.[22] Sostiene Ingenieros en su *Sociología Argentina*: "El problema que desesperaba al agricultor durante el coloniaje, el que denunciaban los partidos en vísperas de la Revolución, el que preocupó a Rivadavia, sigue siendo el mismo: una gran parte de la tierra está en manos de los que no saben trabajarla".[23]

Advertirá el lector, fácilmente, que en este punto nada cambió durante todo el siglo XX. Acaso por eso en la llamada globalización del fin del milenio la Pampa y la Patagonia están siendo adquiridas por corporaciones extranjeras y/o por empresarios y financistas como los señores Soros, Benetton, Turner y otros.

La transterración: Literatura, puertos y crisoles

Para las magnas celebraciones del Centenario (mayo de 1910) ya el *Martín Fierro* de Hernández es "el poema nacional". Por entonces Leopoldo Lugones publica sus *Odas seculares*; el nicaragüense Rubén Darío visita Buenos Aires y canta al ganado y a los trigales de las ubérrimas pampas argentinas, y Pablo Gerchunoff publica *Los gauchos judíos*, verdadera consagración y síntesis de la Argentina como nueva Tierra Prometida. Otra posibilidad de la literatura fue *La gringa* (1904) de Florencio Sánchez, cuya trama idealiza el encuentro del gaucho con el inmigrante al casarse los hijos de ambos, esperanzados por el futuro que prometía aquella Argentina pródiga donde hasta lo pastoril y lo urbano se pretendían armónicos.

Eran años de euforia: en enero de 1911 se inauguró el fabuloso Hotel de Inmigrantes, que constaba de cuatro plantas con 1.400 camas en diversos pabellones para hombres, mujeres y niños, y estaba dotado de calefacción y agua caliente; un hospital y sala de partos; panadería, almacén y un enorme comedor capaz de alimentar a 5.000 personas por día, además de oficina de correos, una sucursal del Banco Nación, depósito de equipajes y hasta una herrería. El enorme edificio, que todavía se levanta en la Dársena Norte del puerto de Buenos Aires, tiene una superficie cubierta total de casi once mil metros cuadrados, y sólo en ese primer año de 1911 alojó a 58.597 hombres, 18.515 mujeres y 21.265 niños.[24]

La inmigración de fines del XIX y comienzos del XX, alumbró otras dos características interesantes y de relieve en las décadas siguientes. La primera: los inmigrantes trajeron todo tipo de ideas revolucionarias, y los fundadores y casi únicos integrantes de los primeros sindicatos y partidos políticos eran todos extranjeros. Los sindicatos, al principio, se organizaban no sólo por actividad gremial, sino por nacionalidades. En lo político, una de las más importantes reivindicaciones de los dirigentes criollos consistía en reclamar que los inmigrantes se nacionalizaran argentinos, para que pudieran votar.[25] La segunda característica estuvo dada por el desde entonces creciente rol de la mujer en la sociedad. Las primeras luchas por el sufragio femenino se dieron entre 1900 y 1920. En esos años surgieron las primeras mujeres profesionales, todas hijas de inmigrantes: Cecilia Grierson fue la primera médica argentina, a comienzos de siglo. Sarah Justo, la primera dentista. Y Alicia Moreau de Justo, también médica, fue la primera mujer dirigente política de la Argentina, y la más importante militante feminista del siglo XX, hasta su muerte a los 102 años, ya restaurada la democracia del fin de milenio.

En 1930 se produjo el primer golpe de estado militar, que rompió el sistema democrático constitucional.[26] En esos años la inmigración se redujo y quizá el mito de que los argentinos no eran racistas fue más mito que nunca. Durante la llamada "Década infame" las "policías bravas" y organizaciones racistas como la llamada "Liga Patriótica" (fundada en los años '20) tuvieron en la mira y como centro de su accionar la persecución a muchas organizaciones de extranjeros, a quienes consideraban –generalizando– "anarquistas, comunistas, subversivos y disolventes", como los definía la prensa de la época.

Sólo al finalizar la Segunda Guerra Mundial, en 1945, la inmigración se reinició con ciertos bríos, porque, además de que Europa estaba en ruinas, la Argentina vivía su período de mayor prosperidad. Hasta más o menos 1960 llegó al país otro millón de personas, fundamentalmente italianos, españoles y judíos rusos y polacos. Durante este período, de industrialización y desarrollo autónomo, y en medio de las agudas contradicciones de la polarización peronismo-antiperonismo, las mujeres y los extranjeros alcanzaron el voto en 1951, gracias a la insistencia de Eva Perón y a su formidable poder. Con el primer peronismo (1945-1955) y la industrialización, se produjo además una fuerte migración interna desde el campo a las ciudades. Sobre todo Buenos Aires recibió inmigrantes de todas las provincias. También hubo nuevos asentamientos en Córdoba y Rosario, y hay que decir que al filo del año 2000 el fenómeno se ha agudizado y hay una concentración urbana muy grande, debido al deterioro de la situación económica, que es especialmente marcado en el interior del país.

La historia reciente, que nos condenó a casi dos décadas de dictaduras y autoritarismo (1966-1983), fue un verdadero caos. Hace más de 40 años que en la Argentina prácticamente no hay política migratoria, y el desastre político-económico que nos quedó después del onganiato (1966-1973) y el videlato (1976-1983) ha producido un extraordinario enroque humano en este País de las Maravillas. Por un lado, la diáspora: casi tres millones de argentinos que en los últimos 30 años se tuvieron que ir del país y hoy están esparcidos por el mundo. Por el otro, el ingreso clandestino de los latinoamericanos más pobres: casi tres millones de inmigrantes ilegales, provenientes de Bolivia, Paraguay, Perú, Uruguay, Chile y Brasil.[27]

La experiencia de la *transterración* (que es un término que me parece más adecuado, y que tomo de los republicanos españoles que debieron exiliarse en 1939, después de la Guerra Civil) llegó a constituirse en materia frecuente e insoslayable de nuestra literatura, gran parte de la cual se escribió en el exilio, desde siempre. El fundador de nuestra novela moderna, Vicente Fidel López, escribió exiliado en Bolivia y en Chile. Sarmiento editó su obra maestra, *Facundo*, desterrado en Chile, en 1845. Bartolomé Mitre escribió sus novelas en Bolivia. Y José Hernández, autor de nuestro poema nacional, el *Martín Fierro*, estuvo exiliado varios años en Montevideo. Horacio Quiroga, que es nuestro Edgar Allan Poe, fue un exiliado toda su vida. Y ni se diga de Julio Cortázar y de Manuel Puig. En cada país de nuestra América sobran ejemplos similares. Antes, durante y después del llamado *boom*.[28]

A mi generación le tocó transterrarse de un modo traumático, doloroso como nunca antes. Y me refiero no sólo a los que debimos salir de nuestros países, sino también a los que padecieron verdaderas migraciones interiores. Casi todos hemos tenido que sufrir, alguna vez, alguna especie de alejamiento del lugar en que nacimos. Y el drama continúa en los que hoy quieren volver pero no pueden, ahora por razones exclusivamente económicas. Quizás por eso, aunque esto suene idealista, somos los que alguna vez sufrimos el dolor de la transterración los que debemos ayudar a la reflexión de esta dolorosa y vieja realidad. Porque muchos de nosotros, en otras tierras, aprendimos a ver críticamente el racismo argentino.

Creo que podemos decir, entonces, que inmigración y exilio, y en general todo fenómeno de transterración, son parte insoslayable de la cultura argentina y latinoamericana. Inmigrantes, exiliados, transterrados (por voluntad o por fuerza), todos alguna vez perdimos un país, una cultura, un sueño, una utopía. De esas pérdidas se nutrió y se sigue nutriendo la literatura argentina. De hecho nuestro primer romántico –Esteban Echeverría– trajo de su vida en París las ideas que conmovían a los románticos franceses en la irrupción del liberalismo. Echeverría sembró esas ideas en el Río de la Plata, definió el pensamiento liberal y progresista de su generación con su *Dogma Socialista*, escrito y publicado en 1839, y puede afirmarse que su magnífica sombra –tan bien leída y elogiada por José Ingenieros y a la vez tan olvidada por los argentinos del fin del milenio– se proyecta todavía sobre nosotros.[29] Acaso por eso todos los transterrados argentinos que vagan por el mundo, dondequiera que estén, viven pegados a esa nostalgia maula, a esas evocaciones insólitas del tango, al dulce de leche y a una Buenos Aires que siempre sabe hacerse mítica cuando se la mira desde lejos.

Esa ciudad, que ha hecho de su gentilicio "porteño" casi un gentilicio nacional, no sólo ha signado nuestra literatura. También ha parido una tipología humana, la del compadrito, el guapo, el malevo y aun el improbable gaucho, todos los cuales son frutos de un mestizaje que inventó su propio ritmo, el tango, una música que es urbana desde siempre y cuyos poetas y narradores no hablan de otra cosa que de los habitantes de la ciudad. Y sucede que esa ciudad es sede de inmigrantes de todo origen y toda laya. Rosario es el único otro polo con personalidad urbana. Los inmigrantes desembarcan en ambos puertos, provenientes de decenas de países de todos los continentes. Poetas y narradores cantan, pues, a la ciudad y a los inmigrantes que la caminan, la trabajan, la definen. Se imprimen y leen diarios en docenas de idiomas, y hacia 1930 más de la mitad de la población porteña ha nacido en Europa y el castellano no es la lengua mayoritaria. Pero eso no es problema en esa ciudad que los asimila enseguida, como si los tragara, y que acepta sus peculiaridades y también las asimila, ignorando así el disgusto de los xenófobos que ya entonces proclaman que los extranjeros son chusma, anarquistas, y le quitan el trabajo a los argentinos. A lo largo de todo el siglo XX se trajinan frases racistas como: "no vas a comparar con los europeos", por ejemplo. O bien: "en vez de ir al Once que se vayan al campo". O si no: "¿Por qué no se quedarán en su país; para qué vienen?".

Hacia 1930, ciudad letrada e inmigración son una misma cosa en la obra de Marechal y Macedonio, de Petit de Murat, de González Tuñón y sobre todo en la de Roberto Arlt. Desde ellos, incesantemente y hasta por lo menos los años '70 y '80, literatura e inmigración se tocan, como polos de similares afanes, en las obras de Julio Cortázar, Enrique Wernicke, Beatriz Guido, David Viñas, Pedro Orgambide, Humberto Costantini y tantos más que escriben –escribimos– las novelas de la memoria en los '90.

Esa tradición que enlaza ciudad, inmigración y violencia como asuntos claves de la narrativa, atraviesa toda nuestra literatura, que como nuestra historia está plagada de crímenes, traiciones, injusticias y atropellos. Desemboca en una actitud escritural bastante generalizada, y conjeturo que es una característica de la narrativa argentina porque no tiene parangón en el resto del continente, donde hay muchísimas obras de raíz histórica pero sin el fuerte sello inmigratorio que es común a los narradores argentinos del siglo XX. Los vínculos entre inmigración y literatura en la Argentina siguen siendo muy estrechos. Bajo diferentes formas y estilos, y en casi todas las épocas desde que somos nación, todos los que alguna vez vivimos la experiencia agridulce de cambiar de país de residencia, nos hemos visto representados por el vigor de nuestra literatura. Quizá porque el transterrado, vaya donde fuere y llegue adonde llegare, siempre sueña con utopías. Y no hay utopía mayor que la Literatura para darle un mejor sentido a nuestras vidas.

Como se ve, en la Argentina finimilenarista, con una democracia que cumplirá apenas 17 años en el 2000, la inmigración y el exilio –político o económico– son fenómenos que aún mantienen vigorosa actualidad. Pasa lo mismo en toda la América Latina, por la sencilla razón de que muchas de las causas que provocan inmigraciones y exilios no sólo no se atenúan sino que siguen vivas. Aunque cambiaron las circunstancias políticas, el afán de búsqueda de mejores horizontes económicos, la chatura de ciertos contextos familiares y comunitarios, y la prédica tentadora de los *mass-media* llevan a que muchos latinoamericanos estén en constante movimiento. Constante y conflictivo, hay que decir, porque esos movimientos generan siempre resistencia, xenofobia, chauvinismo y, desde luego, sacan a la superficie el racismo más grosero.

Por cierto, todas las grandes crisis argentinas han tenido ese mismo condimento de racismo y xenofobia: en el '90 del siglo XIX, cuando las revoluciones radicales de Alem y Del Valle, la crisis era política pero también económica (y sobre todo ética) y a la vez social (rechazo al extranjero). La crisis mundial de 1929 y 1930 tuvo exactamente los mismos ingredientes (el año '30 simboliza la finalización de la política inmigratoria iniciada sesenta años antes), los que vuelven a repetirse en los '90 del fin del milenio con el menemato: el desencuentro étnico, racial, cultural, está siempre presente y es constitutivo (a la vez que negado, desde ya) de todas nuestras grandes crisis políticas, económicas y sociales. De ahí que no existan mayores diferencias entre las prejuiciosas incomprensiones del Dr. José María Ramos Mejía, autor de ese primer tratado de sociología nacional que se tituló *Las multitudes argentinas* (1899), y los barroquismos verbales de funcionarios como Alberto Kohan, Eduardo Amadeo y otros conspicuos menemistas que "se ocuparon" de "la cuestión social" un siglo después. A todos los caracteriza un mismo presupuesto: la pretensión de "saber" desde los escritorios porteños cuáles son las soluciones a "los problemas de la gente". Con sinceridad o con oportunismo; con las mejores intenciones o con afán de negociados fabulosos, unos y otros han estado llenos de prejuicios y fueron víctimas de su propia *imposibilidad de escuchar* lo que la gente quiere y cómo lo quiere.

Todos los países que han recibido y reciben inmigrantes son conscientes de que inevitablemente serán modificados, porque la presencia de los extranjeros es siempre muy notable y se hace sentir aunque sea sectorialmente. Los extranjeros, dondequiera, siempre son una presencia incomodante: modifican el lenguaje, obligan a cambiar costumbres. La convivencia interétnica, interracial y multirreligiosa siempre es difícil, un arduo trabajo cotidiano que requiere sabias políticas estatales y un rumbo y una disciplina educacional muy consistentes. Y el duro oficio de ser extranjero siempre conlleva el riesgo de toparse con el racismo, un defecto humano que sólo es curable con inteligencia, paciencia, amor, información y buena fe.

Todos los países de inmigración han debido decidir y asumir, por lo tanto, una de dos actitudes: o se predispusieron para aceptar esas diferencias y asimilarlas, siendo modificados pero sobre todo modificando ellos a los inmigrantes mediante sabias políticas de integración (éste es el camino que adoptaron países como los Estados Unidos, Canadá y Australia, que no están exentos de agudos brotes de racismo pero en cuyo seno hay por lo menos mucha mayor conciencia de lo que significa la discriminación, y además sus políticas migratorias se mantienen en pleno vigor en la actualidad, con resultados sorprendentes); o ignoraron las diferencias, las negaron y pretendieron que todas las razas y culturas se fundieran en una sola, para lo cual acuñaron el sueño aparentemente integrador pero solapadamente racista del "crisol de razas". La pretensión unificadora de ese crisol que todo lo funde para crear un "nuevo ser nacional" lo que hace es negar las diferencias. No las admite. Y como sucede que en los crisoles se funden metales pero no carne humana, finalmente el sueño unificador estalla en pedazos. Es evidente que la Argentina adoptó este último camino.

Incluso en el cierre mismo del milenio, la legislación argentina no parece la adecuada para un país con la tradición del nuestro ni mucho menos con supuesta vocación de alentarla. La Ley General de Migraciones, que lleva el número 22.439 y fue sancionada por la dictadura militar en 1981, aún no ha sido modificada. Al amparo de su letra, los trámites de radicación son kafkianos y carísimos, dos prerrequisitos que se dirían propios de un país que *no quiere* que los extranjeros sigan llegando.[30]

Los argentinos no somos racistas: El mito increíble

Llama poderosamente la atención el hecho de que, siendo la Argentina un país en el que casi toda su población desciende de extranjeros, los argentinos sean tan sistemática y tan inconscientemente racistas, más allá de que es un mito popular muy sentido el de pensar y afirmar, lo más campantes y convencidos, que "los argentinos no somos racistas".

Sin embargo, el ser herederos de quienes descendieron, en rigor, de los barcos, explica en cierto modo el racismo argentino. La inmensa mayoría de nuestros padres y abuelos, como bien apuntó primero, creo, David Viñas, sólo descendieron de los barcos y eran inmigrantes de muchísimas nacionalidades y de todos los continentes, pero venían sobre todo *de Europa*. Esto último, esa característica tantas veces subrayada, coincide con la visión casi impresionista de todos los que visitan el país, y particularmente la ciudad de Buenos Aires: es todo uno llegar, pasar un par de días en la Capital Federal y declarar –con obvio tono elogioso– que "los argentinos son muy europeos". Afirmación que también entre los argentinos tiene prestigio y para muchos es una marca de orgullo. Esa *europeidad*, ese supuesto linaje, se constituye en un dato que, asombrosamente, suele ser más destacado que el de que nuestros padres, abuelos o bisabuelos llegaron atraídos por esta tierra rica y promisoria que les garantizaba libertad, igualdad ante la ley, oportunidades y *ningún distingo de raza, color ni religión*.

Ellos hicieron este país repitiendo que "los argentinos no somos racistas" y de eso se convencieron ellos mismos, sus hijos, y los hijos de sus hijos. Pero, casi fatalmente, cada comunidad parece haber inscrito en la piel de su descendencia las marcas del antiquísimo, proverbial racismo europeo, y del rechazo a los diferentes.

Por supuesto que lo anterior puede sonar exagerado, y hasta chocante para muchos lectores. No dejaría de ser coherente pues en la sociedad argentina actual es muy difícil que alguien reconozca su propio racismo. Raramente se escuchará que alguien lo reconozca. Y si uno le señalara el racismo a alguien, seguro que se sobresaltaría, molesto: "¿Cómo voy a ser racista yo, si tengo un amigo judío?". O si no: "¿Cómo voy a ser racista, si yo contra los negros no tengo nada?". Como si la amistad prejuiciada, o la supuesta no animosidad fueran razones, el argentino medio es completamente ignorante siquiera de que el racismo y la discriminación son delitos universales. De hecho, apenas en 1988 se sancionó en el Congreso la primera ley antidiscriminatoria, que lleva el número 23.592.[31]

El mito argentino según el cual en esta tierra no se hacen diferencias de raza contiene un sofisma perfecto: consiste en sostener la convicción de que "ni con los negros ni con los judíos los argentinos tenemos problemas". La realidad desvirtúa esa afirmación porque aquí ya casi no hay negros (son menos del 1% de la población total del país) pero uno de los insultos más ofensivos y reiterados que puede exclamar un argentino es decirle a alguien: "negro de mierda". La preocupación por el color de la piel de los demás, entendida como causa para la degradación, es un clásico para la mayoría de los argentinos; no existe descalificación más eficaz.[32]

Curiosamente, la música popular de ese balcón de la Argentina que es Buenos Aires, el tango, fue originalmente tocada, cantada y bailada por negros. El más popular payador de principios del siglo XX, amigo y correligionario de Hipólito Yrigoyen, fue el guitarrista de origen afro Gabino Ezeiza, adorado por multitudes. Y la mezcla de razas y sangres está en el origen mismo de esa música: muchos de los primeros grandes ejecutantes (bandoneonistas, guitarristas) fueron extranjeros llegados de muy niños o hijos de inmigrantes recién arribados.[33]

La población afroargentina era todavía notable en la segunda mitad del siglo XIX y hasta comienzos del XX, y definía en cierto modo el perfil urbano de Buenos Aires, sociedad que era extremadamente dependiente de las tareas que efectuaban los negros y mulatos. Estos eran mano de obra obligada para múltiples actividades caseras, servicio doméstico, personal de cocina, trabajos artesanales y hasta algunos servicios como caballerizos o zapateros. En el roquismo, la cantidad de personal "de color" (ese otro eufemismo racista) que una familia tenía a su servicio era una representación de su posición social, del mismo modo que en tiempos de la colonia lo había sido el número de esclavos.

Curiosamente, a pesar de la ya señalada disminución de población de origen africano, en el siglo XX todavía hubo unas pocas, pequeñas oleadas migratorias hacia la Argentina provenientes de Africa: grupos de inmigrantes llegaron desde las islas de Cabo Verde, un archipiélago que se encuentra a unos 450 kilómetros al oeste del continente africano y que fue colonia de Portugal desde 1460 hasta 1975. Varios miles de caboverdeanos emigraron hacia la Argentina entre 1910 y 1920; luego entre 1927 y 1933, y finalmente en 1946. Se instalaron en Dock Sud, Ensenada y otros puertos bonaerenses. Actualmente la comunidad caboverdeana suma unos seis mil miembros.

Claro que no sólo los negros fueron y son victimizados. Entre los argentinos el otro clásico del racismo es condenar a los judíos por avaros, y el calificativo despectivo genérico "ruso de mierda" es quizá el otro insulto más frecuente. La presencia judía en la Argentina es de vieja data: vinieron marranos en los mismos barcos de los conquistadores, y algunos de ellos lo eran. En Buenos Aires, incluso, fueron marranos portugueses los que reforzaron, desde fines del siglo XVI, la población blanca del Río de la Plata.[34] En el período colonial el Santo Oficio de la Inquisición hizo estragos también entre los judíos conversos, como narra la conmovedora novela de Marcos Aguinis *La gesta del marrano*. Casi ininterrumpidamente, la xenofobia antisemita durante todo el siglo XX fue constante, variada y por supuesto *siempre fue negada*. En los años '30 y '40 fueron *best-sellers* permanentes de la literatura argentina las novelas de Hugo Wast (seudónimo de Gustavo Martínez Zuviría).[35]

Es notable que, al igual que Miró (Julián Martel), Martínez Zuviría haya utilizado un seudónimo para atacar a los judíos. Con su nombre real fue un conspicuo nacionalista católico, intelectual del peronismo (con lo que seguramente contribuyó a la fama de fascista y pronazi de ese movimiento político) y un escritor sumamente prolífico y entretenido que alcanzó una extraordinaria fama nacional e internacional. Martínez Zuviría fue diputado nacional, ministro de Educación y Justicia, director de la Biblioteca Nacional y también miembro de la Real Academia Española.

El racismo antijudío, pretendidamente disimulado de las maneras más absurdas, retóricas y hasta pretendidamente humorísticas, no cesó, no cesa, hasta el final mismo del milenio. De hecho, la última dictadura iniciada en 1976 fue profunda, vigorosamente antisemita, como quedó demostrado mediante múltiples testimonios y comprobaciones.[36] Y ya restaurada la democracia, durante el gobierno de Carlos Menem, se produjeron los más horribles atentados de la historia argentina: una bomba destruyó el 17 de marzo de 1992 la Embajaba de Israel, lo que causó 28 muertos, y otra bomba destruyó la AMIA (Asociación Mutual Israelita Argentina) el 18 de julio de 1994. El saldo fue de 86 muertos y decenas de heridos. Ambos atentados siguen impunes al publicarse este libro y son muchísimas y muy consistentes las sospechas de que el poder político y miembros de la policía bonaerense tuvieron activa participación.

Desde luego, la otra manifestación tremenda del racismo argentino consiste en la discriminación y el abandono que esta sociedad depara a sus propios indios, que fueron los originarios pobladores de estas tierras desde hace, por lo menos, 11.000 años, y que a mediados del siglo XVI llegaron a ser unos 340.000 individuos.[37] Hoy casi no existen datos confiables y no hay padrones por etnias ni censos específicos; sólo hay estimaciones, y esto también denuncia que la cuestión indigenista en la Argentina es una de las más consistentes oscuridades de la historia.[38]

Vivo en la región de la Argentina que suele decirse mayor población indígena tiene, y en la que es rabiosamente evidente la situación de desamparo en que han estado por decenios –y siguen estando, basta verlos–

los indios chaqueños. Tobas, mocobíes, matacos, wichis, en el Chaco y en Formosa, en Salta y en el este santiagueño, son decenas de miles de argentinos completamente marginados de la civilización, la democracia, la justicia y la educación.

La indolencia en el funcionariado, el abuso religioso, el miserable clientelismo de los punteros políticos, la corrupción y el alcoholismo, son –por citar sólo algunas– las razones de ese casi genocidio argentino que lleva ya más de un siglo. Usados por militares y civiles, por religiosos y aventureros, por comerciantes y hasta por Organizaciones No Gubernamentales falsas (esa otra originalidad argentina), el sistema político argentino alcanza picos de cinismo superlativo en la deshumanización del trato al indio.[39] Tal cinismo lleva, por ejemplo, a que todavía haya muchos dirigentes "indigenistas" que siguen echando la culpa de la situación a los conquistadores. Y no es demasiado diferente el diagnóstico si se piensa en los indígenas del sur del país. En la Patagonia han quedado reducidos a ínfimas minorías étnicas, también marginales o en todo caso utilizadas políticamente cada tanto, cuando hacen falta cantos de sirena nacionalistas o indigenistas.

El problema, desde luego, y como siempre, consiste en imaginar alternativas superadoras. Y en este terreno no queda otra que confesar la propia impotencia, pero para enseguida plantearse que el camino correcto debe pasar por algunos aspectos fundamentales: en primer lugar el reconocimiento de la situación real y el estudio sin hipocresía y poniendo como eje de la cuestión la necesidad de reparación y la concientización de la sociedad argentina acerca de este drama humano, quizá el más profundo y negado que se vive en la Argentina del fin del milenio. En segundo lugar, la acción política nacional e internacional, que incluya la realización de un completísimo censo de la población indígena argentina y el llamado a la asistencia de organismos internacionales que seguramente no visualizan a la Argentina como un país con una gran población indígena sumida en situación catastrófica y en peligro de extinción. En tercer lugar, una decidida acción legislativa para organizar un sistema moderno de leyes de protección efectiva, el que solamente se perfeccionará escuchando a las organizaciones indígenas y a los numerosos expertos que tenemos en este tema. En cuarto término, la acción reparadora deberá ser asumida también por el sistema judicial. Y finalmente, aunque no es el aspecto menos importante sino todo lo contrario, la educación cívica: es fundamental que se incorpore esta conciencia en los libros escolares, en el discurso cotidiano de los argentinos, en las escuelas, en la televisión y en todos los medios, donde los indios argentinos son los más viejos, patéticos *desaparecidos*, quizá porque prácticamente nadie los reclama.

De modo que el de que los argentinos no somos racistas es, en esencia, un mito tan falso como cualquier otro. La importancia de reflexionarlo radica, entonces, no tanto en descubrir su falacia sino, y sobre todo, en el hecho de que la Argentina empezará el tercer milenio siendo todavía un país de inmigración, más allá de que muchos argentinos estén actualmente emigrando. Por la inmensidad de su territorio y de sus riquezas naturales es impensable que, en un milenio en el que la explosión demográfica planetaria va a ser imparable y las demandas de la humanidad gigantescas, la Argentina pueda permanecer sin política inmigratoria (o con una política tan errática como la del fin del milenio). Será imposible que en el siglo XXI los argentinos mantengan el mismo racismo primitivo e infantil, y si no se aplican de una vez por todas a ejercer una sana integración interracial las consecuencias para las generaciones futuras serán gravísimas.

Claro que también es verdad que además de un acendrado racismo y xenofobia, en muchos, muchísimos argentinos hay una fuerte cuota de tolerancia, acaso por conciencia de la rica tradición inmigratoria que tenemos, o porque en el fondo todo argentino sabe que alguna vez uno de sus antepasados llegó y fue inmigrante, y de algún modo lo rechazaron. Quizá también lo que enfría la cuestión y hace que no sea todo lo grave que pudiera ser es que los problemas inmigratorios aquí todavía no se refieren a minorías étnicas, sino que el rechazo al extranjero en el fin del milenio se dirige predominantemente a los inmigrantes latinoamericanos que pueden ser vistos como "inferiores" más por su condición económica y cultural que por pertenencia étnica. Un poco al modo de la vieja, supuesta "superioridad" de que hablaba en sus delirios racistas Leopoldo Lugones, y que tanto ha calado en varias generaciones de argentinos.

Es un tema para seguir observando y reflexionando, pero hay que admitir que –afortunadamente– todavía la Argentina no es un país incendiado por la violencia racial. No existen discriminaciones violentas, al estilo norteamericano o europeo. Pero esto tampoco autoriza ningún optimismo irresponsable ni mentira alguna respecto de que los argentinos acepten sin prejuicios la diversidad cultural. Ni de otro tipo, porque en materia de discriminación hay que recordar que las paradojas son inagotables, desde luego por lo sutiles. La homosexualidad masculina, por ejemplo, todavía a finales del milenio es condenada de maneras durísimas, mientras que de la femenina casi no se habla. Por supuesto: sí hablan los protagonistas a través de organizaciones de gays y lesbianas; se manifiestan y reclaman derechos e igualdad de trato ante la ley y lo hacen cada vez con mayor sonoridad. Pero el grueso de la sociedad, los argentinos en general, y sobre todo en las provincias, mantienen una actitud de férrea condenación.

No hay la menor comprensión, ni tregua, ni indulgencia en el trato a los homosexuales, y aunque se han logrado algunas conquistas importantes la convicción general de los argentinos sigue siendo la de que la homosexualidad es mala, es peligrosa, es "rara" en el mejor de los casos, y el vocabulario popular utiliza expresiones como enfermedad, desviación o tendencia. Nunca se habla de voluntad, de deseo, ni se acepta la idea de elección sexual. Las vulgaridades acusatorias se pronuncian casi sin atenuantes ni distinciones entre el sujeto activo o el pasivo, aunque es obvio que el "mariquita", o sea el afeminado, es el destinatario de las más groseras burlas. La televisión es de una asombrosa sinceridad a este respecto.

El argentino, frente a la homosexualidad, acusa y se excusa. Siente un evidente temor, pánico quizá, ante la potencial homosexualidad propia que puede sentir, y que es producto de la obsesión por la separación (discriminatoria, desde luego) que desde pequeños los separa para jugar: "los nenes con los nenes y las nenas con las nenas". En la edad adulta eso se expresa en el símbolo fálico que representan la pistola, la pija, la poronga, la verga, el choto o como se llame al pene, y el placer por las cofradías determinadas por sexo antes que por otra razón: la barra del café, de la tribuna, los amigos del barrio o de la esquina. Allí, amparado en el imaginario anonimato del grupo, exorciza todo eso satanizando al ajeno: el homosexual es el "trolo", "el que quiebra la muñeca", "el que se la traga", "el que gusta de que le soplen en la nuca". El argentino usa, una vez más, eufemismos y metáforas, ahora para ahuyentar el propio, temido, oculto deseo inconsciente. Lo hace con palabras siempre soeces y agresivas, violentas y violatorias, inapelables porque sólo buscan herir, humillar, anular al diferente.

Es muy difícil vencer los prejuicios, se sabe, pero no es imposible. La sociedad argentina ha avanzado mucho en este terreno, aunque todavía hay mucho camino por recorrer. Pero la mejor liberación de un prejuicio debe ser siempre fruto de un trabajo, resultado de un proceso de intelección, razón y voluntad: sólo así se hace meritorio el desprejuicio, y resplandece. Elías Canetti, no sin un dejo de ironía, dice que "no debemos deshacernos de los prejuicios así como así. Que sólo mediante un esfuerzo, una obra, un acto, nos sea permitido liberarnos de un prejuicio".[40]

La Argentina ha vuelto a ser un país de inmigración, y esta vez no voluntaria ni planificada sino por obra de una circunstancia dramática: la crisis económico-social latinoamericana, que expulsa a los desesperados en busca de mejor calidad de vida. La llegada de bolivianos, paraguayos, peruanos, uruguayos, brasileños, chilenos y en general la llamada "gente del área" no desata todavía fenómenos racistas relevantes, pero sí hay ya manifestaciones xenófobas. Basta recordar que en Jujuy, durante las protestas populares con cortes de rutas de 1997, muchos políticos jujeños señalaban que parte del problema era la desigualdad social y económica con los bolivianos y el hecho de que en la Argentina prácticamente no hay controles de ingreso de inmigrantes. Aunque algunos se manejaban con cierta prudencia verbal, se culpaba a los inmigrantes ilegales bolivianos por la falta de trabajo en la Argentina.

En cuanto a la inmigración proveniente de Asia, que tanto auge ha tenido en los últimos 20 años, es fácil observar actitudes discriminatorias hacia los orientales, en general, un poco porque provienen de culturas tan diferentes y acaso otro tanto porque muchas familias sólo buscan en la Argentina una educación y documentos para luego seguir viaje a los Estados Unidos. En cambio –y es otra marca de racismo– la más reciente inmigración, la de los años '90, proveniente de Ucrania y Rusia, no despierta ningún resquemor: casi todos son blancos y de ojos azules.

Me interesan mucho las vivencias de los inmigrantes extranjeros, como las de todos los exiliados, porque yo mismo lo fui. Suelo preguntarme, por lo tanto: ¿Se sienten ellos discriminados en la Argentina? ¿Los negros, los de origen africano, se sienten rechazados entre nosotros? ¿Y los coreanos, chinos y japoneses, no se sentirán molestos por esa manía de confundirlos y pensar y decir que "son todos iguales"? ¿Y las grandes comunidades –paraguayos, bolivianos, chinos, coreanos, judíos, armenios, árabes– cómo se sienten, qué quieren y qué asimilan, y qué rechazan?

En general, la respuesta que obtengo de las personas es una clara diferenciación entre la Argentina (como país que los acoge y les permite trabajar, participar y hasta votar, y en el que conviven razas, credos y orígenes) y los argentinos y algunas de sus raras costumbres chauvinistas, como burlarse de características, usos, color de piel y lenguaje de los extranjeros. En cambio, cuando son los líderes de esas comunidades los que responden, y declaran diplomáticamente que están felices por haberse integrado a este país, me pregunto también, a la vista de los que viven en ghettos, son discriminados laboralmente y son escarnecidos por su raza o léxico: ¿cuánto hay de cierto y cuánto de gentileza, de necesidad de que sea verdad porque sólo quieren que los dejen vivir en paz?

Nosotros, los argentinos, tenemos un serio problema no resuelto con la cuestión del racismo, la discriminación y la xenofobia.

NOTAS

[1] La despoblación del territorio como problema de los orígenes mismos de la Argentina ha sido estudiada, entre otros, por Guillermo Beato y José C. Chiaramonte (*Historia Argentina, Tomo 2, De la Conquista a la Independencia*, Editorial Paidós, Buenos Aires, 1972, págs. 191 y ss., y 333 y ss.). Véase también: Miron Burgin, *Aspectos económicos del federalismo argentino*, Solar/Hachette, Buenos Aires,

1975, págs. 50 y ss. Y también Jacinto Oddone, *La burguesía terrateniente argentina*, Ediciones Libera, Buenos Aires, 1975, págs. 14 y ss.

[2] Rodolfo Puiggrós: *La España que conquistó el Nuevo Mundo*, Editorial Corregidor, Buenos Aires, 1974, 222 páginas.

[3] Octavio Paz, *op. cit.*, pág. 107.

[4] Esta política inmigratoria y de colonización ha tenido muchos y muy lúcidos críticos. Básicamente se la ha cuestionado por haber favorecido la especulación y la injusticia, así como por la ausencia de controles por parte del Estado, cuyos administradores terminaron siendo cómplices del negocio. Véase, entre otros, Jacinto Oddone, *op. cit.*, págs. 238 y ss.

[5] La población del Virreinato del Río de la Plata es imprecisable, pero José C. Chiaramonte, siguiendo a Angel Rosenblat, dice que un empadronamiento de 1797 "asignaba a la parte que comprende el actual territorio argentino la cifra de 310.628 habitantes" (*op. cit.*, pág 333). Para el período 1810-25 el cálculo llegaba a 630.000. El Virreinato completo, incluyendo a Bolivia, Uruguay y Paraguay, tenía una población de 1.300.000 indios, 742.000 negros y sólo 320.000 blancos (pág. 345).

[6] Guillermo Beato: *Historia Argentina, Tomo 2, De la Conquista a la Independencia*, Editorial Paidós, Buenos Aires, 1972, págs. 77 y ss; 202 a 208, y 217 y ss.

[7] Ezequiel Gallo: *Historia Argentina, Tomo 5, La República conservadora*, Editorial Paidós, Buenos Aires, 1972, págs. 42 y ss.

[8] Haydée Gorostegui de Torres: *Historia Argentina, Tomo 4, La organización nacional*, Editorial Paidós, Buenos Aires, 1972, págs. 123 y ss.

[9] Ezequiel Gallo, *op. cit.*, págs 51 y ss. Por su parte Jacinto Oddone, *op. cit.*, págs. 238 y ss., analiza más críticamente los modos de la especulación, los cambios legislativos y la formación de los grandes latifundios favorecidos por esa política de inmigración y colonización.

[10] En *Ser argentino* (Temas Grupo Editorial, Buenos Aires, 1996, 223 páginas) Pedro Orgambide dice que si algo caracterizó a José Hernández, luego autor del célebre *Martín Fierro*, fueron "su capacidad de indignación, sus rápidos reflejos frente a la injusticia" y que por eso fue considerado peligroso y subversivo aun cuando como legislador haya sido más bien moderado. En las páginas de *El Río de la Plata* del 22 de agosto de 1869 Hernández escribió: "No tenemos el derecho de expulsar a los indios del territorio y menos exterminarlos. La civilización sólo puede darnos derechos que se derivan de ella misma".

[11] Roberto Cortés Conde: *Historia Argentina, Tomo 5, La República conservadora*, Editorial Paidós, Buenos Aires, 1972, págs. 165 y ss. En cuanto a los totales de población del país, para el censo de 1895 había 3,9 millones de habitantes y para el de 1914 eran 7,9 millones.

[12] Guillermo Beato, *op. cit.*, págs. 217 y ss., ofrece excelente información sobre el comercio de esclavos en el Río de la Plata.

[13] Hallazgo de síntesis es el hecho de que a partir del auge del fútbol a comienzos del siglo XX, y su conversión en deporte nacional, durante décadas el campo de juego se llamó en la Argentina con dos vocablos de igual significado y opuesto origen: *cancha* (palabra de origen indígena: quechua) y *field* (palabra de origen europeo: inglés). Desde los años '50 o '60 la segunda ya no se usa.

[14] Rodolfo Puiggrós: *De la colonia a la revolución*, Ediciones Leviatán, Buenos Aires, 1957, págs. 154 y ss.

[15] Gastón Gori: *Vagos y mal entretenidos*, Editorial Colmegna, Santa Fe, 1951.

[16] José Ingenieros: *Ensayos escogidos*, CEDAL, Capítulo, Buenos Aires, 1980, pág. 55.

[17] Adolfo Prieto: *Diccionario básico de literatura argentina*, Centro Editor de América Latina, Buenos Aires, 1968, pág. 107.

[18] Producto de esa ideología fue la llamada "Ley de Residencia", que lleva el número 4.144 y fue sancionada en 1902, sobre un proyecto de 1899 del diputado Miguel Cané, el mismo autor de la idílica *Juvenilia*. Esta ley se sancionó en pocas horas, a propósito de una huelga de carreros y estibadores. Para esta ley, el Poder Ejecutivo es todo: define el delito y es fiscal acusador del extranjero, policía que lo prende, juez que juzga y organismo que lo expulsa del país. Ha sido una de las leyes más repudiadas de toda la legislación argentina.

[19] En la Argentina siempre se llamó "gringo" al extranjero europeo, específicamente al que no hablaba el castellano. Sólo en los últimos años del milenio, por seguro influjo de la televisión, "gringo" se refiere a los norteamericanos tal cual se entiende en México y otros países.

[20] Pedro Orgambide, *op. cit.*

[21] Pedro Orgambide, *op. cit.*

[22] Un ejemplo de esta idealización es la célebre novela de Ricardo Güiraldes, *Don Segundo Sombra*. Para la profundización del estudio de la aristocracia pampeana conviene recurrir también, entre otros autores, a María Sáenz Quesada: *Los estancieros* (Editorial Sudamericana, Buenos Aires, 1991, 339 páginas) y a Juan José Sebreli: *La saga de los Anchorena* (Editorial Sudamericana, Buenos Aires, 1985, 289 páginas).

[23] José Ingenieros: *Ensayos escogidos*, pág. 56.

[24] Infografía del diario *Clarín*, 4 de septiembre de 1997, con datos de la Biblioteca de la Dirección Nacional de Migraciones y el Archivo General de la Nación.

[25] Acerca de las organizaciones obreras y los problemas sociales que debieron enfrentar, se puede consultar una vastísima, casi infinita bibliografía. Para datos estadísticos: Roberto Cortés Conde, *op. cit.*, págs. 212 y ss.

[26] Uno de los ideólogos de ese golpe de estado, el único civil que acompaña al flamante dictador José Félix Uriburu en las fotografías de la época, fue uno de los intelectuales más brillantes que dio la Argentina: el gran poeta y narrador Leopoldo Lugones. Cofundador en 1896 del Partido Socialista, se acercó ya en el siglo XX al régimen conservador y en los años '20 fue un convencido y furibundo racista y xenófobo. Su famoso discurso "La Hora de la Espada", pronunciado en Lima, Perú, en 1925, fue fundamentación ideológica –copiado y adaptado– de todos los golpes de estado padecidos por la Argentina en el siguiente medio siglo.

[27] Son datos extraoficiales pero de habitual difusión periodística. Aunque según el último censo nacional (1990) hay sólo 1.650.000 extranjeros en el territorio nacional (el 5% de la población) es fácilmente presumible que esa cantidad ha sido por lo menos duplicada al filo del año 2000.

[28] Es mi propia experiencia: cuando escribía *Santo Oficio de la Memoria* todo lo que me interesaba era un aspecto íntimo: la idea de reparación. Esa era la novela que yo quería que leyeran mis hijas, lo cual es parte, si se quiere, de una tragedia personal: mis dos hijas no se sienten argentinas, no viven en la Argentina y no saben casi nada de la Argentina. Pensé que de alguna manera esa novela les iba a contar sus orígenes. En este sentido, escribir fue un acto reparador: de una ausencia de historia pero también de una culpa típica de los inmigrantes, porque mis hijas se

quedaron sin país cuando yo tuve que irme. Al exiliarme les hice perder una historia, una geografía, abuelos, tíos, primos, juegos, costumbres, lenguaje, y las condené a una alteridad.

29 Ingenieros fue prácticamente devoto de Echeverría. Lo estudió y lo incluyó, de hecho, en casi toda su vasta obra. Especialmente en *Sociología argentina* y *Evolución de las ideas argentinas*. En José Ingenieros, *Ensayos escogidos*, Eudeba, Capítulo, Buenos Aires, 1980.

30 Según una investigación de la revista *Viva* (9 de noviembre de 1997), hacen falta: documento de identificación, partida de nacimiento visada por consulado argentino y legalizada por el Ministerio de Relaciones Exteriores, certificado de antecedentes y de matrimonio, ficha médica y certificado de antecedentes de la Policía Federal. Todos los documentos deben estar traducidos y legalizados y el inicio del trámite se debe hacer obligatoriamente ante escribano público. El costo supera los 600 pesos sin contar los aranceles notariales.

31 Se sancionó en agosto de 1988 sobre un proyecto del entonces senador Fernando de la Rúa y prohíbe todo acto u omisión discriminatorios en razón de raza, religión, nacionalidad, ideología, opinión política o gremial, sexo, posición económica, condición social o caracteres físicos.

32 Conozco un caso ejemplar: una chica bellísima de familia italiana, rubia y de ojos azules, a los 17 años se puso de novia con un chico de una familia de Jamaica, de origen africano, bellísimo, de pelo ensortijado y ojos negros. Parientes y amigos de los padres de la muchacha les preguntaban "si lo iban a permitir" o "si no se sentían mal", y hacían comentarios como "pobrecita", "y pensar que es tan linda" o "ya se le va a pasar". Ninguno comentó la hermosa pareja que hacían.

33 Miguel Angel Scenna: *Una historia del bandoneón*, en revista *Todo es Historia*, Nº 87, agosto de 1974, págs. 9 a 34.

34 Gustavo Gabriel Levene: *Breve historia de la independencia argentina*, Eudeba, Buenos Aires, 1966, pág. 26.

35 Entre ellas, *Juana Tabor*, *666*, *El Kahal* y *Oro*.

36 Entre los infinitos testimonios periodísticos y libros publicados, sobresale *Nunca más*, informe de la CONADEP, Eudeba, Buenos Aires, 1984.

37 Alberto Rex González y José Antonio Pérez: *Historia Argentina, Tomo 1, Argentina Indígena. Vísperas de la Conquista*, Editorial Paidós, Buenos Aires, 1976, págs. 17 y ss. Por su parte Gustavo Gabriel Levene (*op. cit.*, pág.26) estima en 300.000 los naturales que poblaban el territorio actual de la Argentina, mientras que por la misma época "las poblaciones azteca de México y la incaica del Perú superaban la cifra de varios millones de aborígenes".

38 Jacinto Oddone, *op. cit.* En págs. 138 y ss. y 240 y ss. analiza lo que llama "la guerra al indio" y compara los estilos de colonización de tierras indígenas norteamericano y argentino.

39 Aunque parezca increíble, en algunas provincias argentinas existen ONGs montadas por dirigentes políticos y empresariales, que utilizan familiares y prestanombres y que las hacen funcionar al margen pero en concordancia con el poder local. Los objetivos de estas maniobras pueden ser proselitistas, económicos, o una combinación de ambos. La falta de controles permite que subsistan y hasta crezcan.

40 Elías Canetti: *El suplicio de las moscas*, pág. 125.

SIETE

LOS ARGENTINOS Y BUENOS AIRES

Porteñidad, tango y literatura

El porteño, que suele ser visto como sinónimo del argentino, tiene una relación peculiar con la ciudad. Y no sólo él; también el provinciano que recala en Buenos Aires y la adopta como lugar de residencia, encara una relación y un diálogo propios con la ciudad. Es un amor entre apasionado y desaprensivo que despierta Buenos Aires, y que quizá nos viene de nuestro primer romántico: Esteban Echeverría (1805-1851). El vivió en París como tantos intelectuales de su época, entre 1826 y 1830, y regresó a Buenos Aires sacudido por todo lo que conmovía a los románticos franceses: trajo su espíritu y sus ideas al Río de la Plata; definió el pensamiento liberal y progresista de su generación, y cantó a la ciudad de Buenos Aires y la definió para siempre como "La Novia del Plata".

Si el romanticismo se caracterizó por la exaltación del paisaje, la construcción literaria de la historia, y la búsqueda de un lenguaje capaz de expresar la propia cultura, sin duda el de Echeverría cumple con esos requisitos, los subraya y emblematiza. En su poema "La cautiva" y en su cuento largo "El matadero", no sólo se convierte en el iniciador de la narrativa argentina sino que es también pionero del romanticismo social. Línea que confirmaron después casi todos los intelectuales argentinos: López, Mitre, Mármol, Sarmiento, Hernández, Lugones, Arlt, Borges, Cortázar, Sabato, entre muchos otros, y todos con otro rasgo común: Buenos Aires es el espacio en el que producen, y es, a la vez, el ámbito literario de sus desvelos.

Podría decirse, con Adolfo Prieto y Alfredo Veiravé, que la literatura de Latinoamérica toda nació bajo la impronta del romanticismo.[1] El social y el sentimental. Acaso para probarlo, antes, durante y después del régimen de Rosas la ciudad de Buenos Aires fue sede evidente de ambos. Era ya La Gran Aldea –como todavía se la llama– y su influencia fue decisiva sobre todo ese inmenso territorio semivacío y semisalvaje que miraba hacia el único puerto como lo haría siempre: con desconfianza, con rara mezcla de amor y de odio. Porque fascinación y resentimiento fueron desde entonces, con justicia o sin ella, lo que devolvió en el espejo esa Buenos Aires que Jorge Luis Borges juzgó eterna como el agua y el aire en el memorable poema que tituló "Fundación mítica de Buenos Aires".

Digo fascinación y digo resentimiento. Dos materiales poéticos, pero también políticos. Y materiales de plasticidad asombrosa, que irán dando carácter a la vida social de aquella aldea pronto devenida megalópolis y casi al mismo tiempo convertida en orgulloso símbolo y representación de todo un país. Esa fascinación, esa a veces exagerada autoestima, esa "sensación" de excepcionalidad que los porteños suelen atribuirse, encuentra una explicación muy atinada en un conocedor de la ciudad como Juan José Sebreli, quien casi treinta años después de su famoso ensayo *Buenos Aires, vida cotidiana y alienación* (1964) escribió lo que sigue: "Ser un escritor sudamericano y a la vez habitante de Buenos Aires, constituye una situación peculiar, ya que esta ciudad difiere del resto del continente. No existieron en la región rioplatense grandes culturas precolombinas ni tampoco una importante sociedad colonial hispánica como en México o Lima. La mayor parte de la población desciende de las corrientes inmigratorias europeas de fines del siglo XX, a las que se sumaron los exiliados políticos de guerras y persecuciones. Esto hizo que Buenos Aires, a pesar de su desfavorable situación geográfica, llegara a constituirse en un cruce de caminos de distintas culturas".[2]

Es claro que ese cruce de caminos, así como la imagen romántica y cosmopolita que aún hoy se tiene de Buenos Aires, no se forjó tras su primera fundación por Pedro de Mendoza en 1536, ni en la segunda por Juan de Garay en 1580. En aquellos tiempos el mundo era otra cosa y los indios comían conquistadores, como magníficamente narró Juan José Saer en su novela *El entenado*.[3] El prestigio de Buenos Aires se forjó apenas en la segunda mitad del siglo XIX, más exactamente a partir de 1880, cuando por Ley del Congreso Nacional la ciudad fue consagrada Capital Federal. 120 años después (un suspiro para la Historia) aquella ciudad ha definido política, económica y socialmente a todo el país y ha sido narrada y poetizada desde las más diversas estéticas: el naturalismo, el costumbrismo, el romanticismo, el compromiso social y hasta el experimentalismo vanguardista se conjugaron para que la cantaran sus poetas populares, los tangueros.

Creo que ellos convierten a Buenos Aires en la primera ciudad latinoamericana que funda una estética propia, de la cual surge la que acaso sea la primera literatura urbana de nuestra América. Enseguida desarrolla un lenguaje (primero llamado "cocoliche"; después "lunfardo") y tiene poesía y hasta una música que la representa y celebra. De este modo Buenos Aires, en su apropiación de nacionalidad, impone su sello a *toda* nuestra literatura. Y a finales del XIX irrumpe como escenario total, casi único de la poesía, el cuento, la novela y el ensayo argentinos. Es la ciudad letrada, la ciudad europea transplantada por los inmigrantes, la ciudad civilizada que se impone y supera a la barbarie gauchesca. Rafael Obligado, Eugenio Cambaceres y Paul Groussac primero, Miguel Cané, Fray Mocho y Evaristo Carriego después, van inaugurando la visión literaria de una ciudad orgullosa de sí misma, que se autoconvence de su destino de capital cultural americana y dice representar a todo un país que está casi vacío: sobre cuatro millones de habitantes que tiene la República Argentina en su inmenso territorio al empezar el siglo XX, más de un millón se concentra en el único puerto, y nace allí el gentilicio "porteños" que será sinónimo de argentino en todo el siglo que viene.

El compadrito que luego admirará y ensalzará Borges en los años '20 y en los '30; el guapo y el malevo; son productos de la mixtura de sangres, de ese fervoroso mestizaje que consagra su propio ritmo, *el tango*, una de las pocas músicas populares del mundo (si no la única) que no nació en el campo ni provino de bisabuelos atados a la tierra; que no fue música de esclavos que cantaban su lamentación ni fue inventada en el agotamiento de los cafetales o de los algodonales; que no se originó en paisajes bucólicos ni junto al mar; que no se refugió en las montañas ni fue parida por los dolores de la explotación o la injusticia, y de la que ni siquiera se sabe cabalmente cuál es su verdadero origen.

Nadie lo sabe y se discute: que si habanera, tanguillo andaluz o música de negros, la oscuridad de su origen es también parte de su encanto, quizá porque todo lo que tiene misterio tiene encanto. Lo que es indudable es que es música de ciudad. Y ni siquiera de centro industrial sino de ciudad entendida como urbe dividida en barrios. Al contrario de otros ritmos como el jazz, las músicas folklóricas latinoamericanas, la tarantela, el fado portugués o las polkas tirolesas, todas ellas músicas rurales, el tango nace en los barrios. Es suburbio y es conventillo, camino apisonado o adoquín, olor a pobre y a marginación. Quizá por eso no es *el* folklore argentino. Porque todo folklore es rural, campesino, y es raro el nacimiento de una música urbana. Quizá el tango fue precursor, en este sentido, del mismísimo rock, que es la otra música urbana.

El tango nació en una ciudad gigante –como decía Discépolo– y fue parido por gentes de afuera para espanto de nacionalistas, como ironiza

Ernesto Sabato en el introito a la historia que escribió Horacio Salas. Extranjeros, provincianos, negros, foráneos de toda laya fueron los fundadores, en una ciudad que no era de ellos pero que ellos iban haciendo propia a fuerza de asimilarla y engullirse mutuamente. El tango es urbano desde siempre, y sus poetas y narradores hablan de la ciudad. Desde el alumbramiento, siempre la ciudad como escenario del amor y el desamor; la ciudad como cielo y cadalso. El tango es ontológicamente urbano, y el adoquín y el muro; el callejón y las tejas; el coraje en el salón y el miedo en el umbral; el conventillo y el desempleo; la madre santa y la mujer infiel; la prostitución, el vino y la cocaína, son sus temas recurrentes desde los primeros tangos que casi todos los historiadores coinciden en ubicar entre los años 1897 y 1905.[4]

Buenos Aires es producto del asentamiento aluvional de millones de extranjeros que recalan en su puerto. Entre 1870 y 1930 desembarcan seis millones de inmigrantes, provenientes de decenas de países de todos los continentes. La ciudad los asimila enseguida, aunque a regañadientes de los xenófobos que toda sociedad contiene, y mientras la oligarquía se recluye, espantada, en sus estancias, la ciudad es copada por los extranjeros. El tango, resistido por la aristocracia, de la mano de Carlos Gardel (un francés, acaso uruguayo) se impone en el mundo y, quizá por esnobismo, acaba siendo la expresión más cabal de ese tipo humano difuso, algo imprecisable, más ensalzado que definido, y tantas veces vano y engreído que es el porteño. El tango se hace símbolo ciudadano, del centro y del arrabal, y de "Novia del Plata" Buenos Aires asciende a la categoría de "Reina del Plata". En ella toda poesía es urbana y su urbanidad dominante se afirma y parece, medio siglo después, incontestable, invicta, definitiva.

Desde 1930, a la ciudad letrada la nombran Marechal y Macedonio, Olivari y Oliverio, Mariani y Petit de Murat, Francisco Luis Bernárdez, González Tuñón y sobre todo Roberto Arlt y Manuel Mujica Láinez. Cual rayo que no cesa y hasta este fin de siglo y de milenio, Buenos Aires es ámbito obligado, casi ineludible, de la literatura argentina: de Mujica Láinez a Orgambide, de Cortázar a Martha Lynch, de Sabato a Fresán, de Mallea y Borges a Cristina Civale e Isidoro Blaisten. En aquellos años Borges la describe:

Y la ciudad, ahora, es como un plano
de mis humillaciones y fracasos.
Desde esta puerta he visto los ocasos
y ante ese umbral he aguardado en vano...

Y termina con una mentira maravillosa, de esas que en Borges son estilo:

No nos une el amor sino el espanto;
será por eso que la quiero tanto.

Con el peronismo y el proceso de industrialización iniciado en 1946 se produjo un cambio notable: la inmigración que empezó a recibir Buenos Aires provino mayoritariamente de las provincias. Fue lo que racista, despectivamente se llamó "el aluvión zoológico". Lo cierto es que, poco a poco, fueron los provincianos los que asumieron al tango como su propia música. Y es por eso que hoy se da la paradoja de que los lugares donde los argentinos bailan el tango (las llamadas "catedrales tangueras" de los '90) son los clubes de barrio donde se reúnen los provincianos, las clases medias bajas, los trabajadores, aquellos que Eva Perón definió como "cabecitas negras". Sitios donde el *kitsch* es celebrado cada noche, ambientes que nada tienen que ver con la sofisticación de las clases medias altas que sueñan con el Primer Mundo y viven la misma vida de *shopping center* de cualquier otra capital del mundo, ni tampoco con los espectáculos de *tango for export* que suelen ver los turistas. Este tango popular y arraigado, que tampoco es el que se puso de moda a finales de los '90, no muere a pesar de tantos diagnósticos agoreros y se encuentra en los arrabales no sólo de Buenos Aires sino de casi todos los centros urbanos de la Argentina, pues no hay ciudad de provincia en la que no existan una o más peñas tangueras colmadas de fanáticos.[5]

Sólo en las dos últimas décadas del siglo XX, se diría que apenas cuando los argentinos se dieron cuenta del desastre, con los últimos maderos del naufragio que quedaron flotando después de 53 años de dictaduras, golpes de estado, autoritarismos y una guerra perdida, sólo entonces Buenos Aires empezó a dejar de ser la geografía casi única de nuestra narrativa. No me parece poca cosa y no necesariamente festejable, pero sería vano negarlo.

Hoy somos muchos los escritores que hablamos de *otra* Argentina, *otras* ciudades literarias. Es indudable que nunca se agotará la pasión por la que Mujica Láinez llamó "misteriosa Buenos Aires" y que siempre habrá escritores enamorados de su geografía, pero también lo es que con el nuevo milenio se abren los espacios, se ensancha la topografía literaria nacional, y, en fin, así como los ámbitos literarios no son únicamente los que se ven sino los que anidan en el alma de cada escritor, el alma ahora también respira y habla otras obsesiones, otros ámbitos, otras indagaciones.

Pienso en Manuel Puig con su General Villegas y en Daniel Moyano con sus altos de La Rioja, como adelantados contemporáneos. Pienso en la Colonia Vela de Osvaldo Soriano; y pienso sobre todo en el empecinamiento ejemplar de Juan Filloy, quien a los 103 años (cumplidos en agosto de 1997) sigue escribiendo de espaldas a Buenos Aires mientras espera el año 2000 para ser, como ha jurado ser, un hombre de tres siglos.

Surgidas primero inconscientemente, mis propias geografías literarias, el Chaco y sobre todo Resistencia (esa ciudad de nombre maravilloso que emblematiza estos finiseculares tiempos de cólera y menemismo) también son espacios que juzgo eternos como el agua y el aire. Y descuento que lo mismo sucede con muchos escritores que se llaman Angélica Gorodischer, Héctor Tizón, Carlos Roberto Morán, José Gabriel Ceballos, Amalia Jamilis, Orlando van Bredam, Carlos Hugo Aparicio, Reyna Carranza, César Altamirano, Aquilino Isla, Fernando López, Elvio Gandolfo, Jorge Riestra, Diego Angelino, José Scangarello, Eduardo Belgrano Rawson, Olga Zamboni y tantos más. Todos ellos atestiguan y definen otros, novedosos, inesperados espacios literarios urbanos. Arquitectos fantásticos, crean ciudades, otras ciudades. Y es claro que la ciudad, cualquiera sea, para nosotros nunca es tanto una ciudad como su literatura.

Todas esas geografías literarias alternativas, fascinantes, que si por mí fuera ya estaría leyendo todo el mundo, conforman una nueva narrativa argentina, de fronteras cambiantes y más anchas, capaces de contener a la Novia del Plata echeverriana pero capaces también de trascenderla.

Los argentinos y su música urbana: El tango nunca muere

La confusión entre lo *argentino* y lo *porteño* que es tan usual entre los europeos y norteamericanos que *creen* que visitaron la Argentina cuando solamente han estado en Buenos Aires, es la misma que afecta a la música de nuestro país. Tenemos, ciertamente, una variedad de ritmos que correspondería calificar, por lo menos, de riquísima: zamba, chacarera, vidala, carnavalito y chaya, por lo menos, en el Noroeste; chamamé, rasguido doble y la chamarrita en el Nordeste y la Mesopotamia; la cueca y la tonada en Cuyo; la huella y las vidalas en la Pampa y la Patagonia; la música folklórica más diversa y la llamada música cuartetera en Córdoba. Pero ninguno de esos ritmos, algunos milenarios, fundacionales, profundamente latinoamericanos, tiene el reconocimiento ni el prestigio internacional que tiene el tango.

Más allá de si esto es justo o no –lo cual no interesa a esta meditación– la música de Buenos Aires, o porteña, o ciudadana, o simplemente el "dos por cuatro" se escucha, aprecia y baila en todo el planeta. Con la palabra Maradona, son los dos sustantivos más representativos que tiene la Argentina en el mundo. Para bien o para mal, es lo que proyectamos. No lo que somos, pero sí lo que todo el mundo ve de nosotros los argentinos. Y quizá no sea injusto que así sea, porque se trata de dos símbolos absolutamente contradictorios: el futbolista, ya se sabe, más allá del extraordinario talento que tuvo con los pies no ha hecho otra cosa que decir y desdecirse, y hacer de su vida en cierto modo un martirio. Y el tango también es nuestro ritmo más contradictorio: acotado y resistido, amado y despreciado aquí pero el más difundido en el mundo; y aunque es más representativo de una ciudad que del país, sin embargo no hay argentino que no se enorgullezca de su fama internacional.

Los expertos suelen abordar el fenómeno desde tres puntos de vista. El primero es la música en sí misma, y sus músicos. El segundo: sus letras y cantantes. Y en tercer lugar: el baile, que es posiblemente el aspecto que más contribuyó a su indeclinable prestigio universal.

Musicalmente siempre se consideró la clásica diferenciación entre Guardia Vieja y Guardia Nueva, pero en el fin del milenio habría que agregar por lo menos la Novísima, Rockera, Posmo o como el lector quiera llamarla, y que es esa fusión representada en esos chicos que con guitarra o bajo, con bandoneón, violín y piano, siempre aparecen y hacen cosas musicalmente fantásticas y todos los cuales, en la Argentina de estos tiempos y sea cual fuere el ritmo que prefieran, están felizmente y completamente embadurnados de tango.

El tango nunca deja de regalarnos paradojas: si hasta su instrumento mítico, el bandoneón, fue casi el último en llegar a esta música, que originalmente se tocaba con guitarra, violín y flauta. Según Miguel Angel Scenna en su *Historia del bandoneón*, el instrumento fue tardío en Europa, donde lo inventó un tal Band a mediados del XIX y fue todo un fracaso musical. Nadie sabe cómo llegó al Río de la Plata. Acaso como una premonición, acá lo esperaba una nación nueva, también falta de tradición y de prestigio, y una ciudad nueva y hasta gente que era nueva.

Hay más paradojas todavía: el primer tango que marcó el estilo canyengue y arrabalero, *El entrerriano*, que es de 1897, lo compuso un niño bien, un joven de la alta burguesía llamado Rosendo Mendizábal, quien lo estrenó en el burdel de una tal Laura Monserrat, "lo de Laura", en la esquina de Pueyrredón y Paraguay. Y por si las perlas fueran pocas, el primer gran maestro de bandoneón fue un brasileño, de origen alemán: Arturo Herman Bernstein. Y el primer ídolo popular de este instrumento fue un francés de Perpignan que aquí se cambió el nombre y se hizo llamar Eduardo Arolas. Estuvo poco tiempo, se volvió a París y allá murió en el año '24, a los 32 de edad.

Las letras tangueras también reconocen dos grandes momentos. Al principio eran textos breves, testimoniales, de color local y trabajaban el costumbrismo arrabalero o del conventillo. Celedonio Flores fue su mejor representante. La segunda etapa se inició, sin dudas, con Enrique Santos Discépolo y sus letras violentas, expresivas de la metafísica existencial, con crítica de costumbres, idealismo y un lenguaje propio: el lunfardo. Desde entonces en el tango, al igual que en la literatura de Roberto Arlt, hay traición en la ciudad como hay ingratitud en la vida.

En cuanto al baile, hay que distinguir varias etapas. Dicen que al principio era baile de negros, que se bailaba sólo entre varones, que era de movimientos rústicos, atrevidos y vulgares, y que por eso le costó entrar a los salones del centro. Con el tiempo, sin embargo, se fue abriendo cancha, y se hizo un lugar en el éter y en la gente cuando en las radios de los años '30, '40 y '50 competían las grandes orquestas y aprender a bailar el tango, en cualquier hogar argentino, era tan natural como regar geranios en patios y balcones. Así se fueron creando estilos de baile, que hoy siguen teniendo cultores y fanáticos.

Es curioso que, cada tanto, el tango parece languidecer hasta el borde mismo de la desaparición. O alguien se atreve y decreta su muerte. Primero lo mató Fray Mocho, un policía que fue escritor y cuyo verdadero nombre fue José Sixto Alvarez. Le decretó la muerte en 1903, apenas nacía. Después lo liquidaron los tradicionalistas de la Guardia Vieja que se oponían a los conocimientos musicales de Osvaldo Fresedo, Osvaldo Pugliese y otros orquestadores que en los años '20 innovaron esta música y acabaron con los que tocaban "de oreja". Luego en los '30 lo mató la crisis, que mató todo por un rato. Después, también el jazz, el cine sonoro, el auge de las radios, le provocaron muertes. Tuvo un esplendor en los '40 y '50 pero en los '60 otra vez las crisis y el auge de Astor Piazzolla y otros innovadores hicieron que muchos volvieran a matarlo. Como la cigarra de María Elena Walsh: tantas veces lo mataron, y tantas resucitó...

El tango lentamente resurge, siempre, como el Ave Fénix. De pronto se pone de moda y todos dicen, aliviados, que lo que pasa es que "el tango nunca muere". Otro mito argentino lleno de contradicciones y paradojas, el de la recurrente muerte del tango. Porque no deja de ser absurdo que el fenómeno de la eterna resurrección tanguera siempre tenga a alguien previamente dispuesto a matarlo, del mismo modo que siempre sobrevive y tiene vigencia.

Quizá como respuesta a los que lo liquidan, el tango nunca está masivamente de moda pero a la vez siempre lo está y su permanencia es eterna porque es carta de ciudadanía musical de una ciudad, por lo menos desde los años '30, cuando el hasta entonces resistido lunfardo se convierte en el lenguaje de la crisis, el idioma del pueblo. Precisamente en 1930 y en septiembre, paralelo al primer golpe de estado que arrasó con Hipólito Yrigoyen y la democracia, Sofía Bozán estrena *Yira Yira* en el Teatro Sarmiento. Carlos Gardel lo graba un mes después y se instala como símbolo de la filosofía discepoliana y del lenguaje porteño. *Cambalache*, en 1935, consagra a Discépolo como sumo pontífice de la poesía popular.

Verdadero poeta de anticipación, Discépolo expresa todavía hoy la angustia del porteño ante la falta de trabajo; el trabajo sin futuro; el esfuerzo que no rinde; la injusticia que rebela; la muerte de la solidaridad y la sensación de que todos los caminos están cerrados y hay que abrirse paso a los golpes. Tocar timbres inútilmente, gastar los tamangos buscando el mango que permita morfar, y vivir enfrentados a la indiferencia del mundo, que es sordo y que es mudo, son metáforas perfectas de nuestros días. Póngasele de fondo el compás machacón del dos por cuatro y el suspirar doliente de un bandoneón, y será imposible pensar que el tango se muere en Buenos Aires o en la Argentina.

Y sin embargo, es notable cómo a cada rato lo siguen matando. ¿Por qué? Arriesgo una teoría: quizá porque el tango casi no tiene esperanza en sus letras, y los políticos y los poderosos siempre prometen esperanzas y quieren que la gente las crea. El tango, en otras palabras, es enemigo del verso y la promesa vacía. Esencialmente subversivo, en el sentido de que es un revolvente cuestionador de lo establecido, sus letras expresan descreimiento, decadencia y abandono, casi siempre caída y casi nunca ascenso social. Y como además el goce estético que obsequia es grande, y es una bellísima sublimación del dolor, la bronca y la mishiadura, el tango siempre está vigente en la calle: en un silbido, en una radio que se escucha tras una ventana, en el andar silencioso de un taxi vacío.

Quizá todo esto explica –es una hipótesis– la inclinación que los jóvenes de hoy sienten hacia el tango. También ellos se encuentran sin trabajo, sin idea de futuro o con uno muy dudoso, y enfrentados a la impunidad de los ricos y poderosos que les cierran las puertas. Por eso ya tienen su propio lenguaje, su lunfardo de fin de siglo y de milenio, como cada generación ha tenido y tendrá porque todas las generaciones necesitan códigos propios de diferenciación y pertenencia. "Baile híbrido de gente híbrida" –como lo ha definido Sabato– pareciera que sus personajes expresaran esa hibridez. Ayer el tipo pintón, cuello palomita y engominado, sacando pecho ante la dama de pollera corta y con tajo, medias con costura y tacos altos. Hoy el flaco *punkie* de remera negra y borseguíes, o el rockero en jeans y zapatillas, de la mano de chicas con minis de cuero y caras pálidas que bailan sin tacos y con suela de goma. Signo de los tiempos, el tango *under*, o *nuevo reo*, o *lumpen look*, hay que admitir que es interesante: mezcla música con teatro, travestismo, exageración y humor. La parodia y el mamarracho general gestan allí una nueva picaresca, un cocoliche posmoderno.

Para mi generación, es claro, Buenos Aires era la misma ciudad fascinante que fue siempre y que es ahora, escenario natural y fundamental del tango asimilado espontáneamente por todos los provincianos. Borges la juzgó, con razón, "tan eterna como el agua y el aire". Y sus rituales y códigos, sus bares y cafetines como "vidrieras de todas las cosas", sus tramas secretas, le han dado ese carácter, esa personalidad atrapante que nacionales y extranjeros adoramos. Quizá por eso, ahora que nos están destruyendo la ciudad, en este fin de milenio en que las topadoras rompen todo y ya casi no quedan calles, edificios ni fachadas a salvo de la voracidad inmobiliaria de globalizadores y globalizados, los jóvenes también ven cómo se arrasa con calles, plazas, parques, edificios, y cómo las motopalas posmodernas acaban con su paisaje y el de sus viejos mientras a ellos los persigue la Maldita Policía. El tango, para esos chicos, no puede dejar de ser una perfecta música de fondo para el derrumbe.

Ultimamente hay muchos que se acercan a las milongas. Acaso lo hacen, además, porque aprender a bailar tango de pibes es fácil y grato como jugar con plastilina. Suelo suponer que les ha de gustar esa cosa medio seria, ceremoniosa, que tiene el tango, tan alejada de la menesunda de cerveza, porros y cocó que los espera en la calle feroz. Fenómeno notable de los '90, aparecieron en bandadas y ahí están, refrescando el ambiente. Surgieron para ocupar la noche, como todas las generaciones de argentinos que tienen a la noche como espacio. Y además la noche del centro de la ciudad. Que son dos categorías que definen el espíritu del tango y que se mantienen tan vigentes. Los jóvenes de cada generación tienen noche y tienen centro, a la mano y gratis. Y aunque la crisis también llega a esas esquinas, allí siempre hay un poco de luz, y hay sorpresa, y fascinación, y alguna mesa de bar donde llorar una historia.

Serios, vestidos como hace ochenta años o con pilchas rockeras y vaqueros deshilachados, hay que ver a estos chicos cómo lucen de serios en las milongas, dignos de un Virulazo o un Portalea. A mí se me hace que es esa misma seriedad lo que los atrae. Algo así como que viven en un mundo atropellador y apurado, donde la mentira es Dios. Quizá descansan, en el tango. Pausa, remanso, en los clubes de barrio encuentran familia, contención. El ambiente familiar es un refugio: todos se conocen, se saludan.

No lo sé, que lo expliquen los sociólogos, pero lo que digo es que son legión los chicos y chicas que ahora van a las milongas, donde encuentran respeto y buena onda. No es poca cosa, porque nadie da patente de tanguero. Uno se la gana mirando, practicando, dejando que el alma se olvide por un rato de la miseria, los disgustos cotidianos, el menemismo, la globalización y la mar en coche. Claro que esta afirmación no pretende que los jóvenes mantienen vivo al tango porque ellos son amargos. Lo que digo es que descubren en el tango reflejos de sus vidas: ven a sus padres, sus abuelos, sus propios presentes, y comparan. Y como las broncas sustanciales de los argentinos parece que estuvieran en el aire que se respira, por eso, opino, los rockeros argentinos también acaban siempre mirando hacia el tango. Y a tal punto que me atrevo a decir que el rock nacional es, también, un desarrollo poético del tango. Y me parece que es así porque una sociedad feliz y desarrollada no sería *jamás* una sociedad tanguera. En una Argentina rica y del primer mundo, con trabajo pleno y alegría y solidaridad, ahí sí que el tango moriría.

Por eso en Hollywood y en Europa lo que gusta es el baile. No entienden ni les interesan las letras. Para ellos tango es levantar una pierna, quebrar la cintura de la dama, coreografía, firulete, cáscara. Al Pacino bailando en *Perfume de mujer*; el fondo de "Madreselva" en *El cartero*; Liam Nisson en *La lista de Schindler*, y hasta Schwarzenegger bailando "Por una cabeza" en *Mentiras verdaderas*; el filme *12 monos* con música de Piazzolla y tanto más, no están nada mal. Pero es decorado puro, cartón pintado. Ese tipo de tango carece de alma y, sobre todo, de filosofía.

La fama del tango en Europa, y la reconsideración que se hace desde Hollywood, tampoco significan que afuera quieran recordarnos que el tango nunca muere. Nadie en Hollywood va a hacer cine para refrescar la memoria de los argentinos, y los europeos tienen muchas otras cosas de qué ocuparse. Es claro que contribuyen a que el tango se reanime entre nosotros, pero no es que el tango necesite revivir en el extranjero; lo que pasa es que en el mundo nunca murió.

Disculpará ahora el lector la intromisión de un recuerdo personal, pero acaso por eso mismo he decidido su inclusión en este capítulo: el tango empezó a fascinarme cuando era un chico, en el Chaco, y mis padres me llevaban a los bailes en el Club de Regatas, el Progreso o la Asociación Italiana de Resistencia. Y era un ritual ir al Club Social los 24 de mayo y los 8 de julio, porque las fiestas patrias se celebraban milongueando hasta el amanecer. Había dos buenas orquestas: la Típica de Fernando Cassiet y la del maestro Torcuato Vermout. Las dos hicieron roncha en la capital chaqueña entre los años '50 y los '70. En esa época se festejaba un carnaval prácticamente cada sábado del año.

Cuando ya era adolescente, los viernes y sábados a eso de las once de la noche, me iba al Bar España, que quedaba en pleno centro de Resistencia. Al principio los muchachos simplemente espiábamos por las ventanas cómo se desplazaban las parejas en la pista. Después uno entraba, un día se acodaba en la barra, otro día se sentaba con algunas personas mayores, y una noche cualquiera se encontraba debutando en los pedagógicos brazos de una bailarina veterana. Yo debuté con "Nostalgias", de Cadícamo y Cobián, vocalizada (como se decía antes) por un tipo de apellido Morán que era el plato fuerte de la orquesta de Vermout. Tenía un timbre de voz y un aire machazos, a lo Julio Sosa, y cantaba "De puro curda" con una tristeza tan larga que a veces me parece que todavía, a través de los años, sigue doliendo.

En mi casa se coleccionaban los discos de Sosa, y todavía me veo, de pibe, sentadito ante la pantalla del primer televisor blanco y negro que tuvimos, a comienzos de los '60, admirado por tanta pinta y tanta voz como tenía "El Varón del Tango". No recuerdo exactamente de quién fueron las lágrimas, pero sí recuerdo, seguro, que en casa se lloró aquel accidente de Plaza Italia, el año '64.

Podría decir también que me acunaron las clásicas discusiones de los amigos de la casa: que si Di Sarli era mufa o no (más allá de que todos coincidían en que era una de las mejores orquestas para bailar); que si D'Arienzo o Fresedo (pero ninguno como Tanturi para milonguear); que si Argentino Ledesma iba a llegar tan alto como pintaba... Eran todos gente venida de la Capital o de Rosario, de Ramos Mejía o de La Boca, que se hicieran chaqueños, como mis viejos, por esas cosas inexplicables de la vida. Para ellos escuchar el Glostora Tango Club por Radio El Mundo, a la hora del crepúsculo, era un acto casi religioso, de igual modo que en aquellos tiempos todavía los músicos eran capaces de generar sus propias "hinchadas".

Pero creo que lo que verdaderamente me enamoró del tango fue algo que un día me dijo mi cuñado (para mí un segundo padre): "Si bailás un tango con la mujer adecuada y no terminás temblando de emoción, mejor dedicáte al bolero o a la rumba. Pero si acabás conmovido porque sentiste que la mina era parte de tu cuerpo y vos de ella, entonces estás perdido: llevarás para siempre al tango en el alma".

En esa época, todavía era incapaz de distinguir al bailarín del milonguero. Como hoy le pasa a mucha gente. El primero es el que puede hacer un show: virtuoso, capaz de figuras admirables para la tribuna que lo mira con admiración y envidia, necesita practicar muchísimo con la misma dama; y el que es realmente bueno –hay muchos que lo son– acaba siendo profesional. El milonguero, en cambio, simplemente va a los clubes a bailar. Va a la milonga, a mover las tabas. Desde luego, ambas categorías valen para las mujeres.

Como a tantas cosas, al tango lo aprendí tardíamente. En México, en los años de exilio, el tango era además nostalgia pura. Y era cosa de ver los firuletes de que era capaz un escritor que fue todo un taita con los tamangos: Humberto "Cacho" Costantini, quien allá se cansó de ganar dos cosas: premios literarios y concursos tangueros. Cuando volví al país a veces lo bailaba, pero mal: sólo ponía pasión, audacia. Y en el tango, por lo menos, con eso no alcanza aunque muchos crean que sí. Entonces me acerqué al ambiente, fui a alguna academia y enseguida advertí lo difícil que es bailar bien el tango. Una gran bailarina, Marisa Galindo, me enseñó que no todo es sentimiento y me corrigió algunos vicios.

Ir a bailar, para el tanguero, es ir a la milonga. Caballeros 10 pesos, damas 5; un servicio de mesa que consiste en una picada de quesos o milanesa con mostaza y pan cortado, y un litro de vino de tres pesos. Y se lo pasa bomba entre amigos, uno se puede lucir un poco, y damas y caballeros tienen grandes posibilidades de salir acompañados. ¿Qué más se le puede pedir a la vida rante y fulera del pavimento maula? Allí hay un ambiente familiar aunque no sean de la misma familia; pero todos se conocen, se saludan. Se cabecea a los amigos, y a las damas para invitarlas. Todo es respetuoso, imaginativo y de pocas palabras. Como los buenos textos. Y allí nadie es otra cosa que un milonguero más. En la cancha se ven los pingos, como se dice, y ni Robert Duvall, cuando aparece, ni los hermanos Zotto impresionan demasiado cuando la cancha se llena de gente. No hay más pergamino que el que te otorga la compañera en cada tango, si la llevás bien y ella se desliza como pegada al cuerpo, apilada pero cómoda y en completa libertad.

Se cuidan las posturas como se cuida un vino de misa. Es un mundo de polleras cortas, piernas bien torneadas, costura en las medias y tacos altos, trenzaditos los pies uno detrás del otro cuando la dama se apila. Y el varón, firme como granadero, pechito alzado como para que allí estribe la fulana, y con zapatos de charol, todavía, bien lustrados y negros como carbón. Los dos serios, con cara de póker, concentrados como si estuvieran por hacer la cosa más importante del mundo.

En la milonga hay claves que también son eternas: piso de parquet o mosaicos ajedrezados, lo importante es que la cancha esté liviana, y si viene pesada hay que bailar al contrario del sentido de las agujas del reloj. Están prohibidos los pisotones y mal visto un empujón. Si no sabe, salga y aprenda. Y si sabe, dama o caballero, cabecee que encontrará pareja. Y dos pechos se encontrarán en la pista como acorazados de guerra pero para una batalla sensual, casi fraterna.

Otra cosa del tango es la mirada: bien argentina, mirada que juzga y critica. Traspasa trajes y vestidos como taladro y es notable en los que vienen de academia: sacan el cuero hasta lo insoportable. Mientras los viejos, curiosamente, los veteranos buenos milongueros suelen ser más pacientes, siempre dispuestos a corregir un pasito o a enseñar a un costado de la pista. La verdad es que no sé, no puedo saberlo, si el tango morirá alguna vez. Pero hoy en día me parece que está tan vivo como la literatura, a la que también, cada tanto, alguno asesina. Al menos, el tango está muy vivo en esos mismos miles de damas y caballeros que se encuentran y reconocen, cofrades silenciosos, en las pistas del Sin Rumbo, el Sunderland, el Almagro, Gricel, La Viruta, La Trastienda, el Akarense, el Helénico y tantos clubes más de Buenos Aires, y en las muchísimas peñas tangueras del interior de la Argentina.

Tampoco sé si el tango es solamente, como dispuso Discépolo, un sentimiento triste que se baila. Es cierto y es fama que el amor ha hecho glorias y desastres, y que cuando uno se queda sin pareja es como si se quedara rengo de repente. Pero a veces, viendo bailar a tanta gente, viendo que tantos argentinos se sumergen en los compases de un tango para olvidar los sinsabores cotidianos, pienso que, quizá, encajarle al tango pura tristeza es una injusticia. Porque para mí, la verdad, muchas veces es también una alegría del corazón puesta en los pies.

Orgullosa Buenos Aires: Abajo los mitos

Para los porteños, Buenos Aires es una ciudad que todavía, en estos tiempos de cólera y fundamentalismos, se puede caminar. Quizá sea, también, una de las últimas grandes capitales del mundo donde las probabilidades de sobrevivir al cruce de calles, plazas y parques públicos son elevadas. Los infinitos cafés se combinan con la facilidad para la charla que es natural en los porteños, nativos o por adopción. Amigables, entrometidos, comedidos, los argentinos más llamativos y típicos de esta ciudad entrañable siempre tienen una opinión sobre cualquier cosa y siempre se creen con derecho a expresarla. La justificada mala fama que solemos tener los argentinos en el mundo se la debemos, quizás, a esa pedantería, a ese espíritu tan abierto y a veces fanfarrón. Pero también hay que reconocer que el extranjero que visita Buenos Aires suele asombrarse ante la amabilidad de los porteños, a quienes juzga cordiales y amistosos.

Esa es una de las manifestaciones de la porteñidad, sin duda, quizá más legítima hoy que el mítico guapo o compadrito de *funyi* marrón, saco negro cortito y abierto, pañuelo al cuello, pantalón bombilla y botines de charol. Esta indumentaria, por cierto, merece una digresión: así como el "pachuco" descrito por Octavio Paz en *El laberinto de la soledad* lleva su estética hasta las últimas consecuencias, la exporta y la impone como marca desafiante de pertenencia y de rebeldía, el compadrito porteño en cambio se recluye, se guarda a sí mismo en los íconos, en la pieza de la pensión, alguna noche en la milonga, pero no está en la calle, no se lo ve como personaje urbano. El compadrito va haciendo de su ser un no ser. Desaparece, se esfuma, se mimetiza con las modas que llegan, y se uniformiza. Hoy la uniformidad es sello de clase en la ciudad, y como tal es efímero, momentáneo, porque todas las modas, como dice Paz, están hechas de novedad e imitación. Por eso hoy es casi imposible encontrarse con aquel clásico compadrito en las ciudades argentinas, ni siquiera en Buenos Aires. Ese tipo ha desaparecido; sólo queda uno que otro en los boliches tangueros, y de vez en cuando se lo puede ver también durante el espectáculo que se brinda a los turistas extranjeros, que pagan para ver precisamente lo que no existe.

Con el gaucho ya sucedió algo similar, sólo que su aislamiento –que hoy llamaríamos residual– así como el desamparo y la soledad que todavía son su rasgo principal y su mejor defensa, lo preservan. Al contrario del compadrito, el gaucho es un tipo al que todavía es posible ver. Claro que hay que salir al campo: en la pampa bonaerense y en Corrientes, en Santa Fe y en Entre Ríos, en Salta y en Formosa, lejos de las imposiciones y limitaciones de las modas y el poder adquisitivo, y sobre todo lejos de la necesidad de parecer, ahí andan todavía arreando tropas de ganado y siendo simplemente lo que son: trabajadores rurales. Su indumentaria los muestra con guardamontes o sombrero de ala ancha, con camisa blanca y chaleco negro, con botas o alpargatas, con diferentes estilos de ensillar el caballo y de tomar mates, pero esencialmente incontaminados. Y no por resistencia cultural, sino porque ser como son, para ellos, es tan natural como que todas las mañanas sale el sol.

Una fotografía de fin de milenio mostraría al porteño, entonces, como prototipo de ese oficinista que transpira y se queja en la calle, que viaja en colectivo o en subte, alquila un departamento minúsculo, tiene "parada" en el café de la esquina y sale por las noches a bailar un tango o a charlar con amigos, y acaso toma una ginebra acodado en la barra de un bar, seguramente lamentándose de la inestabilidad laboral, los bajos salarios, la campaña de Racing o alguna traición, una deuda con la vida. El guapo de ayer ya no existe: ese macho primitivo, vulgar y pendenciero, de sólidos códigos caballerescos y cuya palabra valía más que su firma porque el honor era algo que todavía importaba y se defendía a cuchillo, ya no existe. Murió con la posmodernidad, la Bolsa de Valores, los McDonalds y el tetrabrik. Lo que hoy queda de eso es literatura y, acaso, patéticas caricaturas.

Algo similar sucedió con ese otro mito fundamental del porteño y de todos los argentinos: la carne. Aquella idea de que éramos el país en que los gauchos carneaban animales al azar, en plena pampa y a la buena, tampoco existe más. Es obvio, por los tiempos que corren y por el fabuloso desarrollo de la civilización, que puede ser leído como la Historia del Derecho de Propiedad Aplicado a Todas las Cosas. Sin embargo, lo que sí quedó fue la idea de que cualquier cosa puede faltarle a un argentino menos un pedazo de carne. Esto hace que el consumo de carne roja per cápita sea altísimo, uno de los mayores del mundo. En cada manzana porteña hay una parrilla, las hay en plazas y paseos, en las rutas de todo el país. La tremenda paradoja es que también, todavía, hay hambre –y mucha– en mucha gente, un hambre absurda para el País de las Maravillas.

Otro mito porteño es el de que todo el mundo debe psicoanalizarse.

Mito que nació en los años '60 y se instaló en el elegante Barrio Norte, clasemediero con pretensiones, y se extendió rápidamente –como mancha de ilusoria salud mental a tanto por hora– a las barriadas populares alejadas del centro, una expansión tal que a finales del milenio ha llegado también a casi todas las ciudades argentinas. Es difícil explicar por qué se produjo este fenómeno. Pero sociólogos, investigadores y encuestas coinciden en, por lo menos, dos razones: el excelente nivel de un par de generaciones universitarias en los años '50 y '60, que desarrollaron el estudio de la psicología y la pusieron, claro, al servicio de la salud mental pero también de moda; y lo accesible que es hacer una terapia en un mercado en el que la oferta de profesionales es enorme.

Orgullosa en este punto como París y Nueva York, Buenos Aires en algo las iguala: son las tres ciudades del mundo con mayor porcentaje de psicoanalistas per cápita y con más psicoanalizados en relación con sus habitantes. Producto de ello es que hasta el lenguaje nacional se ha vuelto muy "psi": los giros cotidianos, los amores y desamores, la vida familiar y hasta la televisión están inficionados de terminologías freudianas: "qué me querés decir", "esa mina es una histérica", "ese tipo es un neurótico", "permitíme una interpretación" son verbalizaciones corrientes, ya, casi, un estilo nacional. Toda jerga es elitista –se sabe– y la de psicoanalistas y psicoanalizados también. El dominio del código ofrece, de paso, la ilusión de exclusividad, de pertenencia. Usted paga por cincuenta minutos de atención en un santuario de cuatro metros por cuatro, y tiene derecho a soñar con el acceso a otra dimensión cultural, económica y social. Acaso también mejore, desde luego, su salud mental.

En plan de derribar mitos, eso sí, hay uno que se resiste a fuerza de dinero y poder: el *country*. Sustantivo indicador de nivel social que se pronuncia exclusivamente en inglés, por supuesto, es una de las más precisas expresiones de la cultura de los ricos de Buenos Aires. Las élites siempre necesitan, en todo tiempo y lugar, mantenerse apartadas del mundanal ruido. Si es fresquito, con árboles, caballos, piscinas y gente linda, mucho mejor. Y si la gente no es tan linda, o es mediocre, basta con que tengan billeteras gruesas y gordas cuentas bancarias. El *country* porteño todo lo perdona y todo lo permite, cuando hay dinero de por medio. Hasta la vulgaridad, el humor involuntario y los escándalos que siempre proveen, sobre todo, los *new rich*. Esos que en todo el mundo confunden cantidad con calidad pero pueden pagar la ilusión de pertenencia a una clase privilegiada, y que en Buenos Aires son despreciados sólo por los viejos aristócratas que se van muriendo uno por uno, habráse visto, y que no necesitan de los *countries* porque tienen (o tuvieron alguna vez, cuando las vacas eran gordas) sus propias estancias. Hoy queda poco de esa "aristocracia del espíritu", como la llamó Eduardo Mallea, su apologista y escritor oficial, quien pretendía que estos porteños eran seres privilegiados por "gracia del espíritu", "regios por derecho propio", inconfundibles frente a las "avalanchas inmigratorias".[6]

Resulta inevitable, hablando de mediocridad y vulgaridad, recordar el lazo que trazó Ingenieros: "La vulgaridad es el aguafuerte de la mediocridad. En la ostentación de lo mediocre reside la psicología de lo vulgar; basta insistir en los rasgos suaves de la acuarela para tener el aguafuerte". La vulgaridad como sello de clase que vemos hoy tiene su explicación en el idealismo moral de Ingenieros: "La vulgaridad es el blasón nobiliario de los hombres ensoberbecidos de su mediocridad" es una descripción que, ochenta años después, se aplica a la perfección a esa caterva de funcionarios, politicuchos y beneficiarios de la destrucción del Estado en los '90. Los *new rich* del fin del milenio, los ostentosos que adoran aparecer en la revista *Caras* suelen ser, casi sin excepciones, hombres sin ideales, de los que Ingenieros diría que "hacen del arte un oficio, de la ciencia un comercio, de la filosofía un instrumento, de la virtud una empresa, de la caridad una fiesta, del placer un sensualismo" y esa vulgaridad los "lleva a la ostentación, a la avaricia, a la falsedad, a la avidez, a la simulación".[7]

El *country* porteño es una región de la Argentina en la que la sensibilidad social de la gente es más o menos la de una ameba, y donde el Tercer Mundo parece quedar en otro planeta y no del otro lado de las ligustrinas. Son empresarios, ejecutivos, funcionarios, vedettes, políticos o futbolistas que han accedido velozmente a la fortuna (por vía derecha o "trucha" –es decir, torcida–, da lo mismo) y que buscan refugio para el bienestar de sus familiares y una sana evasión de fin de semana para amenguar el estrés. Son gente de apellidos variadísimos (árabes, italianos, armenios, españoles, judíos o sajones), generalmente poco o mal educados y muy vulgares, que se vuelven locos por las ropas y las marcas de moda, y por los automóviles lujosos.

Estos no son, como pudiera pensarse, tipos humanos propios del fin del milenio. Al contrario, responden a una tradición que ya fue brillantemente apuntada hace tres décadas por Juan José Sebreli en *Buenos Aires, vida cotidiana y alienación*, un libro que en 1964/65 se constituyó en uno de los más grandes éxitos de librería de la Argentina. Allí da cuenta de cómo "a los escasos apellidos patricios, frecuentemente pobres de solemnidad –Pueyrredón, Balcarce, Lavalle, Posadas–, se fueron agregando nuevos apellidos de inmigrantes con fortuna –Anchorena, Iraola, Carabassa, Mihanovich, Estrugamou– haciendo de la oligarquía actual una fusión ecléctica".[8] Sebreli describió con precisión los afanes del juego social de las clases medias por emular a estos nuevos aristócratas, quienes a su vez procuraban constantemente diferenciarse. Con gracia e ironía, se enlistaban los lugares de encuentro y pertenencia exclusiva: confiterías, bares, hoteles, restaurantes, iglesias a las que asistir a misa, clubes y también las *boîtes*, las tiendas, la ropa, los sitios donde veranear e incluso las calles donde caminar. Por supuesto, también el lenguaje a usar (*vista* por película; *colorado* por rojo; *biógrafo* por cine; *traje de baño* por malla; *comida* por cena, fueron y son algunos de los clásicos).

En los albores del tercer milenio, esas burguesías sólo han cambiado superficialmente. Como si fuera un destino del que no pueden escapar, los hijos y los nietos de aquellos clasemedieros de los '60 son calcos adaptados a estos tiempos posmodernos. Son el resultado de la pasión argentina por las modas, productos de los dictados de sus dictadores porteños. Son las mismas personas y personajes que se recluyen de la violencia callejera creciente refugiándose en el *country*, en el barrio privado con "seguridad privada"; los mismos que suelen protagonizar escándalos que en ocasiones son muy graciosos de contemplar, porque para ellos el *country* –o la torre monumental de 50 pisos con vista al río, que es la última versión de *country* urbano– también puede ser una casa de citas legitimada, un sitio donde practicar el ligue inter-pares y en ocasiones la infidelidad tolerada, un santuario donde esnifar tranquilos y donde fabular negocios faraónicos hasta la hora de ir un rato al gimnasio para prepararse para la dura semana. Siempre todo quedará en casa, custodiados por gorilas de uniforme o de civil. Los cuales, reconozcámoslo, son bien feos pero pueden hacer más bonita la vida.

En cambio, del otro lado, en plena Capital, la vida de barrio sigue siendo proverbial en Buenos Aires. Es la forma provinciana que se transplantó a la Capital y todavía se conserva. Allí los negocios cierran desde el mediodía hasta la mediatarde, se duerme la siesta, se toma mate dos veces por día, imperan el matriarcado dentro de la casa y el machismo afuera, y la vida es sencilla y cordial como las flores silvestres de patios y balcones. Claro que últimamente le ponen sombras la desocupación creciente, los cierres de fábricas, la marginación social, los chicos desparramados en las veredas de los kioscos con los cerebros llenos de nada, y la violencia incipiente.

Allí son populares, también, brujerías y misticismos, sectas y esoterismo. Germinan formas variadas del peor nacionalismo y ya se nota alguna xenofobia ante el imparable desembarco de coreanos, chinos, paraguayos, bolivianos y peruanos. No faltan brotes de violencia y, por eso, estos barrios son a Buenos Aires lo que Harlem a Nueva York pero en versión –todavía– relativamente pacífica. La vida de estos argentinos que moran en los 47 barrios porteños se matiza con la canchita de fútbol, el estar atentísimos a lo que hacen los demás, la tele como santuario cotidiano y las novedades futboleras como máxima inquietud o sobresalto. Los domingos se comen pastas o se comparte el asadito, y durante la semana se retorna a la preocupación laboral.

Como contrapartida, en el lado opuesto, en pleno centro, está el Teatro Colón, el sitio querido y respetado, temido e ignorado, pero indudable orgullo de la ciudad. "¡Al Colón, al Colón!", es el grito de triunfo, consagratorio, de todo porteño. Implica llegar a lo máximo, es metáfora de triunfo. El sitio donde sólo entran los grandes del mundo. Bello e imponente edificio, más trascendente para los ciudadanos es su significado mítico. Casi una invención onírica, el Teatro Colón, llamado fanfarronamente Gran Coliseo Porteño, es famoso por su acústica, por su decoración y por la maravillosa cúpula que pintó Raúl Soldi. Claro que la sofisticación sufrió allí algunas agresiones bajo los gobiernos peronistas, que siempre atentaron contra su espíritu aristocrático: en los años '50 Perón ordenó que allí se cantaran y bailaran tangos, se montaran obras de teatro popular y hasta se hicieran actos políticos. Su mujer, Evita, sentada en el palco de honor y vestida de gala con joyas y pieles fue, de alguna manera, el símbolo del ascenso social de las masas populares. La oligarquía porteña aborreció aquella intromisión, que fue su pesadilla.

Actualmente, con las aguas de la lucha de clases en rarísima calma chicha, el Colón resplandece a pesar de la crisis económica y difunde la música culta, la ópera y el ballet, a un público cada vez más masivo. Durante 1993 asistieron a sus continuas temporadas casi 600.000 personas. El orgullo de esta Buenos Aires que se pretende ciudad culta, la más europea de América, se afianza en esta sala de impactante escenario en el que se presentan artistas tan variados como Pavarotti, Carreras, Mehta o Julio Bocca, como otrora lo hicieron Caruso, Gigli, la Bernhard y la Duse. El Colón a todo talento consagra y es representación de uno de los dos más importantes símbolos de triunfo que tiene la Argentina. El otro es la Plaza de Mayo.

También en pleno centro, para los argentinos es simplemente "la Plaza". O sea el sitio al que se va para reclamar, manifestar, protestar o aplaudir, gobierne quien gobierne. "Marchar a la Plaza", "copar la Plaza" son frases habituales del lenguaje político argentino. Ocupar ese espacio parece un objetivo político en sí mismo, y así sucede cada tanto, cada vez que el país se conmueve y las palomas que pululan en cúpulas y balcones son desplazadas por multitudes ansiosas de libertad y de justicia. A fines del siglo XIX eran dos plazas separadas por una recova, y fue en 1895 que adquirió su actual fisonomía y se constituyó en centro indiscutido del poder político de la Argentina: el que gana va a *la* Plaza; el que vence, el que reclama; y parafraseando al tango de Discépolo, también el que llora y el que mama. Todos los caminos porteños conducen a la Plaza de Mayo. Que no en vano está presidida por la Casa Rosada, nombre del palacio de gobierno erigido por el presidente Sarmiento en 1865, y cuyo color se debe a que Sarmiento mezcló en un balde pintura roja (el color de los federales) y blanca (de los unitarios), y mandó pintar el edificio con el color resultante, como símbolo de unión nacional.[9]

Esta plaza que es orgullo de los argentinos que habitan Buenos Aires, y es visita obligatoria para provincianos y extranjeros, sintetiza en cierto modo la totalidad de la Argentina: no sé si así fue concebida, o si es casualidad, pero a su alrededor están todos los símbolos del poder: la serena y siempre vigilante Catedral Metropolitana, el precioso edificio de la Municipalidad (verdadero *Hôtel de Ville* de estilo francés), el Banco de la Nación, los principales ministerios rodeando la plaza, y a una cuadra y desde arriba el casi nunca sereno pero siempre vigilante Comando en Jefe del Ejército. Todos esos edificios son mudos testigos, para decirlo con un viejo pero eficaz lugar común, del carácter de centro político nacional de este lugar que de centro no tiene nada. Es, por el contrario, el punto más al este de toda la geografía nacional, el más alejado del corazón y centro del país, el más cercano a Europa. Pero que comenzó realmente a ser polo de atracción político-social de la Argentina el 17 de octubre de 1945, cuando masas obreras irrumpieron reclamando la libertad del entonces preso coronel Juan Perón y lo consagraron su líder. Desde los balcones de la Casa Rosada Perón arengó al pueblo y dialogó con él durante toda una década, cada vez que las circunstancias le hacían pensar que necesitaba apoyo a sus políticas –lo que ocurría varias veces por año– e inauguró una costumbre que se hizo religión y desafío.

También los dictadores pretendieron llenar la plaza, pero sólo uno lo consiguió cuando en su megalomanía etílica lanzó a aquel todavía ingenuo país a una insensata guerra en las Islas Malvinas. Luego los presidentes Alfonsín y Menem (cada uno a su turno y con variopintos resultados) recurrieron a esta especie de *soviet*, de plebiscito popular consistente en creer que se tiene la aprobación de la ciudadanía cuando se llena la plaza. Curiosamente, quienes más aprobación popular tienen en toda la Argentina son quienes casi nunca la llenan pero están allí todos los jueves desde 1977. Son las madres y abuelas de los desaparecidos durante la represión a manos de la última dictadura militar (1976-1983), que universalizaron el nombre de este paseo y, lo que es mejor, reafirmaron su calidad de espacio abierto para una perenne petición de justicia que nunca acaba. Porque nunca termina de llegar.

Modas y cultura: Ese inquietante dueto confundidor

Moda es el uso o costumbre que está en boga durante algún tiempo: un tiempo limitado, más bien breve. Puede aludir, como hemos visto, a la indumentaria pero también a la comida, a ciertos gustos, a ciertas ideas estéticas, a la jerga de un grupo, etc. La cultura, en cambio, alude sin dudas a lo perdurable, apuesta a una prolongación de su influencia, a una acumulación de ideas, conocimientos y actitudes que se establecen en una sociedad y que, con el transcurso del tiempo, terminan por ser características de la misma.

Ambos vocablos, que en apariencia no tienen por qué andar juntos, contradictorios por definición, entre los argentinos urbanos y particularmente los porteños, forman sin embargo un dueto muchas veces inseparable, casi siempre confuso y confundidor. Las modas juegan un papel en la cultura de toda sociedad, y de hecho hay modas que se resisten a su carácter efímero, se vuelven costumbres y a la larga se constituyen en parte de la cultura de un pueblo. Así, podría decirse que las modas *también* forman parte de la cultura –entendida ésta en el más amplio sentido sociológico– en tanto afirman y confirman actitudes. Pero difícilmente las modas sirvan para fijar ideas, conocimientos o expresiones artísticas, y mucho menos para consolidar el sistema de valores que toda sociedad necesita y tiene.

La confusión que se hace de ambos vocablos entre los argentinos, la odiosa identificación de una y otra palabra, y la valoración de la cultura sólo cuando alguna expresión artística se pone de moda; o la valoración atendiendo sólo a los aspectos más frívolos y superficiales de la actividad cultural, no suceden por casualidad. Materia similar de confusiones es la consideración de la cultura como bellas artes para élites, por un lado, equívoco tan frecuente como, por el otro, creer que la cultura nacional y popular es mate, doma y folklore, rebaje estético, facilismo, ausencia de rigor y espontaneísmo.

Jean Baudrillard dice que el efecto de las modas "jamás ha sido aclarado. Es la desesperación de la sociología y de la estética".[10] Las modas parecen ser inevitables en las sociedades modernas, y el fenómeno se exacerba en el mundo mediático contemporáneo, que hoy lo muestra todo, todo lo exhibe, y, con infinitas contradicciones, todo lo permite o incita a creer que está permitido y es posible. Las modas se adoptan y adaptan, pues, por imitación de lo que hacen otros, nacionales o extranjeros, y esa adopción genera siempre por lo menos dos ilusiones: la de exclusividad, en los que la imponen; la de pertenencia, en los que la siguen. Anhelo de diferenciarse en los primeros; necesidad de asimilarse en los segundos, el juego social que se produce está destinado a ser de naturaleza efímera (en cuanto los primeros advierten que los segundos acceden a la exclusividad, cambian) pero a la vez continua, circular, como esos tirabuzones de luces de neón que siempre se persiguen a sí mismas.

Generalmente, la imposición de las modas se proyecta desde las capitales hacia el interior, lo cual es lógico. Es la cabeza (*cápite*, en latín, de donde viene el vocablo "capital") la que determina el uso o costumbre en boga en determinado espacio: París, Madrid o Nueva York para los porteños; Washington para los campesinos de Virginia; Moscú para los habitantes de Kalinin; Salta para los de Tartagal o Formosa para los de Las Lomitas. Y cuando las modas no son importadas, se trata de usos que nacen y se generalizan en el seno mismo de la sociedad, de modo que al cabo de un tiempo devienen costumbres, se diría que "cultura local". Por ejemplo el saludarse de beso entre los varones argentinos, o en el Nordeste la costumbre de dar dos besos, a la manera española que en realidad es una costumbre francesa. También se puede aplicar a los usos de lenguaje, que son típicos de cada generación e incluso de cada ciudad o región: *cruvica* o *tinguillá* son vocablos que nada significan en Buenos Aires, mientras que *hacer el filo* resulta incomprensible en Formosa, en San Juan no se entiende qué es *estar sacado* y nadie dirá *guarda la taquería* en Santa Cruz.

Otro aspecto que resulta chocante de la confusión entre moda y cultura, en una sociedad periférica y dependiente como la argentina, es que modernamente las modas resultan dañinas en tanto están al servicio exclusivo del consumo. De hecho las modas necesitan publicidad; la cultura no (aunque ahora la tenga). Las modas, como la publicidad, empezaron a tener auge y cierto profesionalismo en tanto se fue delineando la sociedad de consumo con el desarrollo capitalista posterior a la revolución industrial. Claro que siempre hubo modas, y sobre todo en las clases altas, que parecen sentir ontológicamente la necesidad de diferenciarse del vulgo. Así, por las modas se identifican épocas sociales: el miriñaque en la Francia de los Luises; la peineta y el peinetón en la Buenos Aires colonial; la levita y el bastón a fines del XIX y comienzos del XX; la minifalda en los años '60.

No está mal que haya modas, y ni siquiera son censurables (y hasta pueden ser divertidas) si son lo suficientemente inocuas como para resultar simples maneras de diferenciarse y de uniformarse (subrayo lo paradójico: las modas empiezan por la necesidad de diferenciarse y terminan –"pasan de moda"– cuando los demás se han, en cierto modo, uniformado). Baudrillard dice también que las modas "se extinguen como las epidemias, cuando han arrasado con la imaginación y el virus se fatiga".

Es el carácter efímero, superficial, de las modas –en lo que hace a la cultura de un país– lo que puede ser peligroso en la medida en que su imposición obedece a intereses perversos o mezquinos, a la mentira, a la frivolidad, al afán de transculturizar usos sociales. Por eso es inevitable denunciar el daño que hacen a la cultura argentina del fin del milenio las modas que provienen de formas autoritarias como las que hemos sufrido y cuyos resultados recientes son la mezquindad, la insolidaridad, el rebaje ético y la filosofía de la ventaja y el oportunismo. Cuando se producen esas transculturaciones, la neoculturación puede llevar a falsos modernismos.[11] Desde ya que no se trata –como creerían algunos nacionalistas fanáticos– de frenar lo extranjero ni de temer lo importado. Casi todo es importado en nuestra cultura, y en todo el planeta Tierra no hay culturas de generación espontánea. Además, no se puede pretender que nuestra cultura sea universal, o parte de ella, si no se admite y asimila la cultura universal precedente.

En su vigorosa crítica a la posmodernidad, Juan José Sebreli se burla de que los posmodernos no hacen sino renovar los viejos ataques del prerromanticismo y el romanticismo del siglo XIX a la Ilustración y el Iluminismo. Ironiza diciendo que "es curioso que esta corriente tenga su centro de difusión en París y sus principales representantes se consideren pensadores de avanzada, rebeldes y hasta revolucionarios, pero su fuente de inspiración es la vieja filosofía alemana de la derecha no tradicional". Y se pregunta: "¿A qué se debe esta extraña transmutación del pensamiento reaccionario en revolucionario, de la derecha en izquierda, de lo represivo .. supuestamente liberador?". Para responder, dice, hay que remitirse a la coyuntura política de donde surgió, y acusa a Claude Lévi-Strauss y otros "orgullosos intelectuales franceses –y también de otros lugares– que durante largos años y en contra de toda evidencia, habían confundido a Stalin con Marx, y al sentido de la historia con el destino del stalinismo, y en lugar de responsabilizarse por el error cometido, les resultó menos hiriente para su narcisismo, considerar que no eran ellos sino la historia misma la que se había equivocado, o mejor aún que no había sentido alguno en la historia, o, al fin, que no había historia para nada". Aparte de que es llamativa esta pronta refutación a la pretendida idea de Fukuyama y otros globalizadores (como Baudrillard, desde luego), Sebreli concluye que tenían a mano "una doctrina que cuestionaba precisamente el concepto mismo de historia; el estructuralismo le venía ya bien predispuesto".[12]

Para Sebreli "la degeneración de las izquierdas en la segunda mitad del siglo XX hizo que la crítica al relativismo cultural fuera abandonada en manos de algunos liberales, a veces simplemente conservadores, como Karl Popper, Alan Bloom o Jean François Revel". Y éste es el eje de su argumentación: su defensa de la crítica al relativismo cultural es tan apasionada como certera. Y si bien no me parece compartible la totalidad de su pensamiento,[13] es brillante su desarrollo de la idea del universalismo como constitutivo de la humanidad desde el homo sapiens.

Más allá de razas, culturas y circunstancias históricas diversas, los hombres han conseguido comprenderse entre sí y esto implica análogos estados emocionales, volitivos e intelectuales, y análogos medios expresivos. Los rituales, las reglas, los códigos, los tabúes, los prejuicios, las ideologías de las distintas culturas jamás lograron disolver la identidad esencial de todos los hombres. "Hay un fondo común en las formas de organización social, de trabajo y de creación artística, y aun las distintas lenguas probablemente hayan derivado de un simple lenguaje original en la edad paleolítica." Esta "radical unidad del género humano" encontró una prueba impactante con el descubrimiento de América "al revelar que civilizaciones totalmente aisladas del resto del mundo repetían formas similares a las experimentadas en otros continentes muchos siglos antes".[14]

Durante el siglo XIX predominaron las corrientes de pensamiento que coincidían en concebir a la Historia como "un proceso unitario que se desarrollaba en una línea progresiva. Pero la historia es un movimiento permanente, flujo y reflujo, de sístole y diástole, de tesis y antítesis". Y así "cada vez que el universalismo llega a su apogeo surgen los particularismos que lo socavan, el triunfo del racionalismo engendra movimientos irracionalistas que reivindican lo emocional, lo inconsciente, lo inexplicable". Por eso desde el XVIII se incubaba el antiiluminismo al mismo tiempo que imperaba el Iluminismo. Si la ciencia y la filosofía eran lenguajes universales, el antiiluminismo prefería las diferencias (en el arte, las costumbres, las religiones) de un pueblo a otro. En su discurso había un fuerte contenido demagógico, pues "cada nación, cada pueblo debía poseer su ideal propio, su forma de vida y pensamiento, no habría reglas universales ni eternas, cada uno era como era, cada uno debía ser uno mismo, y no imitar modelos extranjeros". Este discurso, naturalmente, era muy atractivo para las masas ingenuas y primitivas, y para los analfabetos.

Desde luego, el lector ya habrá advertido la notable similaridad que tiene este pensamiento con su correlato de nuestros días: en el final del milenio también hay una insistencia en la peculiaridad de cada uno, y particularmente en la Argentina se trata de "hacer la propia". Como paradigma hoy se dice "yo hago la mía", pero siempre se dijo "yo no me meto", "yo, argentino". Y en la globalización, además, esas peculiaridades ya ni pretenden ser originales o propias. Hoy basta con hacer la propia, la mía, la nuestra.

Según Sebreli, fue Herder en su *Filosofía de la historia para la educación de la humanidad* (1774) el primero en oponer la idea del "espíritu de los pueblos" al universalismo y al racionalismo iluminista; y también "el primero en usar la palabra 'culturas' en plural, distinguiéndolas de una dirección unívoca de civilización".[15] Para él la naturaleza humana "no era uniforme sino diversificada, y el progreso histórico no era extensivo a toda la humanidad, sino que se circunscribía a pueblos y estirpes particulares". Kant advirtió enseguida el peligro de esta concepción y le contrapuso su propia concepción racional, universal y progresista de la historia.

Esta polémica, implícitamente, no ha dejado de desarrollarse en los siglos XIX y XX. La historia de la evolución de la confrontación ideológica entre *universalismo cultural* y *relativismo cultural* es frondosa y Sebreli recuerda que incluso Adolfo Hitler tenía "su personal filosofía cíclica y catastrófica de la historia (a la que también) veía como una sucesión de 'culturas' que se definían como verdaderos organismos, donde la política, las ideas o el arte eran sus partes". Pensaba, Hitler, que la cultura moderna estaba condenada a muerte y, desde luego, como en otras ocasiones históricas, eran los germanos los destinados a reemplazarla.

Lo impresionante es que con la derrota del nazismo no desaparecieron estas ideas, sino que reaparecieron camufladas "bajo la forma seudocientíficamente antropológica de 'cultura'". En *La transparencia del mal* Baudrillard también lo señala con un para mí irritante aire comprensivo del nazismo, como cuando explica la Teoría de la Parte Maldita y admite la duda sobre la existencia de las cámaras de gas en la Alemania nazi. Una de las contradicciones fundamentales del relativismo cultural consiste, según Sebreli, en que "el respeto a las culturas ajenas, el reconocimiento del otro, lleva inevitablemente a admitir culturas que no reconocen ni respetan al otro... El relativismo limita su igualitarismo a respetar las diferencias, pero olvida que esas diferencias pueden ser la consecuencia de la desigualdad". Asombra, de todos modos, que haya conseguido imponerse en una época tan sensible al igualitarismo, pero eso se debe a que el relativismo cultural "tiene todas las apariencias de ser la posición más igualitaria, justa, democrática, pluralista, tolerante y humana, ya que le otorga el mismo valor a los débiles y a los fuertes, rechaza toda jerarquía de valores, y niega la inferioridad y superioridad de los pueblos como prejuicios etnocéntricos y racistas". Es obvio que por eso ha tenido tanto predicamento entre líderes y militantes tercermundistas y anticolonialistas y también entre "los bondadosos, candorosos artistas, escritores, pensadores, científicos y antropólogos que en nombre de la paz, la tolerancia y la igualdad entre los pueblos predican el relativismo cultural" y muchas veces no advierten que son usados por líderes fanáticos y belicistas. Y es que, llevada hasta sus últimas consecuencias, la doctrina de las identidades culturales debería respetar incluso el racismo de los blancos del sur de los Estados Unidos, del mismo modo que en nombre de la identidad cultural debería tolerarse el antisemitismo que en diferentes períodos históricos constituyó un rasgo distintivo de pueblos como el ruso, el polaco, el rumano o el alemán. Sebreli remata citando la célebre respuesta del militar inglés que prohibió en la India la práctica del *sati* que defendían los brahmanes.[16]

Similar sería, en estos años del fin del milenio, defender como costumbre cultural nacional o propia las atrocidades de los talibanes de Afganistán contra las mujeres, o cualquier justificación de la mutilación de clítoris que todavía se inflige a millones de niñas en todo el mundo, a las puertas mismas del tercer milenio. Después de todo –habría que decirle a los relativistas– son costumbres populares propias de algunos pueblos, arraigadas, milenarias.

El relativismo cultural es, en última instancia, una actitud conservadora que defiende el *statu quo* y que justifica la organización de las sociedades primitivas sobre la base de la pura coherencia interna. "El error fundamental del relativismo está en juzgar como criterio de valor la coherencia consigo mismo y prescindir de la coherencia con la realidad exterior". Por lo tanto, su concepción de la identidad cultural no admite la disidencia ni la crítica, y de ahí que los estructuralistas y los funcionalistas suelan aferrarse a ella. Podemos concluir, con Sebreli, que "toda sociedad, toda cultura, por muy antigua y prestigiosa que sea, que practique el racismo, el sexismo, la violencia y el autoritarismo tiene fundamentos objetivamente falsos; su identidad cultural se basa en juicios éticos inferiores".[17]

Continuidad y ruptura, pues, la transculturación implica primero una pérdida (desculturación) y enseguida y concomitantemente una adquisición, una creación de nuevos fenómenos: neoculturación. Lo cual es positivo para una sociedad como la argentina siempre que se trate de renovación auténtica, de modernismo como fin constante y no como actitud oportunista, de *aggiornamento* permanente y no coyuntural o dictado por ocasionales intereses económicos. Es decir, la neoculturación es saludable en la medida en que se entiende que cultura y arte son un hacer, una creación interminable, de objetivos en eterna mutación y con rasgos peculiares propios pero siempre vinculados a una concepción cultural universalista.

Pero aquí pareciera que sólo se admite la primera parte (la transculturación) y de manera frívola: la novedad, no como renovación social sino como revelación cosmética. La resistencia al cambio real, al salto cualitativo, es formidable y va de la mano de los factores de poder más conservadores, que obstaculizan cualquier modificación audaz en nuestra cultura. Verbigracia: corporaciones como cierta jerarquía eclesiástica, las fuerzas armadas, el sindicalismo burocratizado. O sea, los mismos que no tuvieron inconvenientes no sólo en tolerar sino en favorecer los cambios más negativos, los retrocesos morales más tremendos: el paso de lo productivo a lo especulativo; la mojigatería moralista; el miedo en lugar de la osadía del pensamiento; el atentado a la dignidad humana como política de Estado.

Por eso hay que señalar, y subrayar como evidente, el resultado que han arrojado las modas culturales en las últimas décadas del siglo XX: por un lado, la vocación por el exitismo y el aplauso fácil; por el otro, el deseo ferviente del fracaso ajeno, la envidia, la descalificación y el ninguneo. La promoción de la cultura como mercancía de consumo masivo, mediante criterios exclusivamente publicitarios, hace mucho daño, tanto como la corrupción. De hecho es una variante de ella, porque toda falsificación lo es, y, en este sentido, la falsificación es una forma de travestismo o transexualidad también del arte y la cultura, en el sentido como lo entiende Baudrillard.

Es interesante la idea de este pensador tan controvertido de que hoy "todos somos transexuales". Desde luego que enseguida dice que lo somos simbólicamente, "no en el sentido anatómico, sino en el sentido más general de travestido, de juego sobre la conmutación de los signos del sexo". Lo sexual, según él, "se apoya sobre el goce" mientras que lo transexual "reposa sobre el artificio".[18] Dejando de lado la manía de generalizar y totalizar sin apelación que recorre el texto de Baudrillard, esta diferenciación entre goce o artificio es valiosa porque desnuda los modos de la artificialidad del mundo contemporáneo. Pone como ejemplos a Cicciolina, a Madonna y a Michael Jackson y dice que "todos ellos son mutantes, travestis, seres genéticamente barrocos cuyo *look* erótico oculta la indeterminación genérica", y en eso acierta. Aunque desacierta cuando enseguida concluye: "Todos somos agnósticos, o travestis del arte o del sexo. Ya no tenemos convicción estética ni sexual, sino que las profesamos todas". Ahí le sale la obsesión por masificar, y su utilización del *todos* no sólo resulta ofensiva sino también peligrosa y acaso taimada: porque constante, obsesiva y consistentemente, Baudrillard nos des-individualiza, pero no para socializarnos sino para anonimizarnos. Nos coloca en un anonimato que funciona como un perfecto ningunео. Lo socializado implica individuos, voluntades, compartir. Lo anonimizado implica inexistencia, inconsulta, sometimiento. Que es lo que hacen las modas.

Es cierto que "en términos de moda y de apariencias, lo que se busca ya no es tanto la belleza o la seducción, como el *look*". Es lo que se ve, y cómo se ve, lo que importa. No sólo los ideales de belleza han cambiado y también son perfectos mutantes, sino que incluso los ideales parecen importar muy poco mientras las apariencias engañen. Por eso hay que insistir en que son nuestras carencias culturales las que vienen funcionando como permisionarias de las modas efímeras. Nuestra cultura no está funcionando como salvaguardia ni como contrapeso. No lo afirmo con espíritu pesimista, sino, al contrario, para forzar un optimismo que debería nacer de la práctica consecuente de un nuevo rigor crítico, por encima de modas y tendencias superficiales. No es tan grave –se me dirá– que en un país en el que faltan tantas cosas, con tanto atraso y tanto desconcierto, no tengamos crítica literaria, filosofía del arte, investigación cultural seria e intelectuales activos, honestos, audaces y originales. Cierto, pero relativamente. Porque es indispensable que las modernas corrientes de pensamiento y una nueva ética fuercen el cambio, un cambio que nos reinstale en la cultura universal con un perfil propio, que acaso ha de ser humilde, pobre y subdesarrollado (pues todo eso somos) pero propio y definido, no chauvinista ni sujeto a modas efímeras. Porque tener problemas económicos y una democracia aún demasiado imperfecta es sólo una parte del problema argentino. Tampoco tenemos una filosofía propia, una teoría política, una historia de las ideas y un sistema de valores consensuado, actuante y vigoroso.

La batalla por la cultura es, en la Argentina del fin del milenio, una cuestión prioritaria, mucho más que lo que los mismos argentinos reconocen y admiten. Tan importante como la deuda externa, el funcionamiento de las instituciones republicanas, la vigencia de los derechos humanos y una Justicia confiable. Quizá sólo así podremos pasar de ser una formación social compleja y todavía con dudas sobre su propia identidad, a una verdadera sociedad moderna. Para ello hay que sacudirse la vieja idea de que la cultura es superflua, innecesaria por impráctica, de importancia secundaria, y de que sólo interesa lo que está de moda y cuando se pone de moda.

NOTAS

[1] Adolfo Prieto: *Diccionario básico de literatura argentina*, Centro Editor de América Latina, Buenos Aires, 1968; y Alfredo Veiravé, *Literatura hispanoamericana*, Editorial Kapelusz, Buenos Aires, 1977, págs. 93 y ss.

[2] Juan José Sebreli: *El asedio a la modernidad*, Editorial Sudamericana, Buenos Aires, 1991, pág. 17.

[3] Además, durante mucho tiempo fue un pueblo casi despoblado. Según Gustavo Gabriel Levene (*Breve historia de la independencia argentina*, Eudeba, Buenos Aires, 1966, pág. 32) un censo de 1691 demostró que a más de cien años de su fundación, Buenos Aires sólo tenía mil habitantes.

[4] Puede consultarse, para éste y otros datos, la siguiente, mínima bibliografía tanguera: Horacio Salas: *El Tango*, Editorial Planeta, Buenos Aires, 1986; *El Tango. Historia de Medio Siglo, 1880-1930*, Eudeba, Buenos Aires, 1964; Pedro Orgambide: *Gardel y la patria del mito*, Editorial Legasa, Buenos Aires, 1985; *Historia de la orquesta típica. Evolución instrumental del tango*, Editorial Peña Lillo, Buenos Aires, 1966; Raúl Oscar Cerruti: *El Tango*, UNNE, Resistencia, 1967; Miguel Angel Scenna: *Una historia del bandoneón*, en revista *Todo es Historia* N° 87, agosto de 1974; Horacio Ferrer: *El tango, su historia y su evolución*, Editorial Peña Lillo, Buenos Aires, 1960.

[5] A los neoporteños en general, y más allá de distingos de clases sociales, les pasa lo mismo que les pasó a provincianos como Sarmiento, Avellaneda, Juárez Celman y otros en el siglo XIX, y como Frondizi, Alfonsín o Menem en el XX: nacidos y criados en provincias, en cuanto empiezan a mirar la Argentina *desde* Buenos Aires, y acaso encandilados por ella, paradójicamente se les da por considerar a Buenos Aires como totalidad de la Argentina.

[6] Es un ejercicio literario-sociológico imperdible releer novelas de Mallea como *Historia de una pasión argentina* (1937), *La bahía de silencio* (1940), *Las águi-*

las (1943) y *La torre* (1951) en las que se habla de "tú" mientras el "vos" se reserva para los inferiores.

[7] José Ingenieros: *El hombre mediocre*, pág. 61.

[8] Juan José Sebreli: *Buenos Aires, vida cotidiana y alienación*, Editorial Siglo Veinte, Buenos Aires, 1964.

[9] No me consta que esta historia sea verídica, pero es tan bella y romántica –y sarmientina– que merecería ser convalidada.

[10] Jean Baudrillard: *La transparencia del mal*, Editorial Anagrama, Barcelona, 1991, pág. 77.

[11] Transculturación y neoculturación son términos propuestos por el escritor cubano Fernando Ortiz en 1940, citado por Raymond L. Williams en *Crítica literaria y observación cultural* (Latin American Research Review, otoño de 1986): "Entendemos que el vocablo *transculturación* expresa mejor las diferentes fases del proceso transitivo de una cultura a otra, porque éste no consiste solamente en adquirir una cultura... sino que el proceso implica también necesariamente la pérdida o desarraigo de una cultura precedente, lo que pudiera decirse una parcial desculturación y, además, significa la consiguiente creación de nuevos fenómenos culturales que pudieran denominarse *neoculturación*".

[12] Juan José Sebreli: *El asedio*, págs. 14 y ss.

[13] Particularmente discutible es, por ejemplo, su posición frente al africanismo y la negritud, que desarrolla en págs. 241 y ss., y en donde se deja llevar, en mi opinión, por un afán desmitificador de la esclavitud y el sometimiento de la raza negra, que, sin dejar de tener algunos aciertos, está teñido de una pasión condenatoria que no guarda paridad con la que destina a la raza blanca. Piense Sebreli o cualquier otro pensador notable como él lo que pensare, los negros *siempre*, antes y ahora, han estado en situación desventajosa y han sido abusados por los imperialismos blancos.

[14] Juan José Sebreli: *El asedio*, págs. 19 y ss.

[15] Johann Gottfried von Herder (1744-1803) fue un filósofo y poeta que sostenía que la poesía auténtica era la que emanaba de una creación espontánea del pueblo, y de ahí su carácter popular. Fue amigo de Goethe y de otros románticos alemanes.

[16] El *sati* o *suti* era una práctica por la cual las viudas se arrojaban vivas a la pira funeraria en que ardían los cadáveres de sus maridos. Práctica condenada por los budistas pero elogiada por los brahmanes, fue prohibida por los ingleses en 1829. Cuando los brahmanes reclamaron su restablecimiento diciendo que era una costumbre nacional que debía respetarse, recibieron esta réplica: "En mi país también tenemos una costumbre: cuando los hombres queman vivas a las mujeres, los colgamos. Actuemos, pues, de acuerdo con nuestras costumbres nacionales".

[17] Juan José Sebreli: *El asedio*, págs. 63 y ss.

[18] Jean Baudrillard: *La transparencia...*, págs. 26 y ss.

OCHO

LOS ARGENTINOS NO TENEMOS MEMORIA

> "Si una palabra, una simple palabra, sobreviviese a un cataclismo general,
> ella sola desafiaría a la nada."

> E. M. CIORAN
> *Ejercicios de admiración y otros textos*[1]

Los laberintos de la memoria: Pura literatura

La autoacusación de que "no tenemos memoria", dicha en primera persona del plural, o en tercera y de modo acusatorio, "no tienen memoria", es una de las características más comunes de los argentinos. Casi una coincidencia general que puede aparecer en cualquier conversación. Como si fuera una idea unificadora, lo curioso es que la repiten tanto en la izquierda como en la derecha, reaccionarios y revolucionarios, los de arriba y los de abajo.

Del mismo modo, cada vez que en la vida política sucede algo que a la gente no le gusta, brota espontáneamente como frase justificadora pero generalmente despreciativa: "Lo que pasa es que en este país no tenemos memoria". Sentencia que funciona, además, como interrupción, corte, especie de "para qué seguir hablando". Pero lejos de ser una frase convocante de una supuesta unidad nacional, es un verdadero parteaguas, porque no todos se refieren a lo mismo cuando acusan a los demás de no tener memoria.

Para abordar este mito, siempre caliente y tan repetido, es inevitable proponerle al lector un ejercicio de su propia memoria. Por ejemplo, uno podría mencionar coloquialmente hechos diversos de nuestra historia como Vilcapugio y Ayohúma, la batalla de Caseros, la Semana Trágica, la Década Infame o los bombardeos a la Plaza de Mayo en junio de 1955; o evocar episodios condensados en palabras o frases tales como: "Petiso Orejudo"; "Bairoletto"; "Un médico ahí"; "Pollos de Mazzorín"; "Leche podrida"; "Diputrucho" o "Menemtrucho". Sin duda el lector recuerda inmediatamente hechos y personajes. Lo mismo sucede si se evocan la Guerra de la Triple Alianza, la Fiebre Amarilla de 1871, Perón expulsando a los Montoneros en 1974, o el Juicio a las Juntas en 1985. Seguramente el lector reacciona, su memoria se activa de algún modo y se convence de que él no es un argentino desmemoriado.

Y hace bien, porque no se puede estar tan seguro de que los argentinos no tengamos memoria. Tenemos derecho a pensar que lo que pasa es que hay olvidadores profesionales, pícaros que siempre han apostado a la desmemoria colectiva. Y es que en la Argentina acusar de falta de memoria suele ser un recurso para esconder algo. Y quienes acusan globalmente a la sociedad calificándola de desmemoriada suelen hacerlo con el fin de desviar la atención o enturbiar la memoria ajena. Con la acusación se busca imponer una versión interesada de la Historia, que suele ser recortada, parcial. Memoria de lo que conviene al acusador, quien, al acusar a otro de no tener memoria, lo que hace es descalificarlo.[2]

Ignoro el exacto origen de este mito, que está presente en nuestra sociedad desde hace mucho tiempo, en la medida en que los miembros de cada generación se acusaron de haber olvidado las lecciones de la Historia. Indudablemente es de raíz hispánica: alguna vez lo he oído, con igual intención descalificatoria, en España, y hay algunos artículos de Larra en los que figuran acusaciones sobre "el loco orgullo de no saber nada, de quererlo adivinar todo y no reconocer maestros" (como en "Vuelva usted mañana", por ejemplo). Aunque los europeos son diferentes puesto que tienen una historia milenaria y aparentemente más fría, por distante, se puede escuchar la misma queja en otros países. En Alemania, España, Italia, Francia, y también en Venezuela, Brasil o México se dice que "la gente no tiene memoria". Lo cual reafirma la idea de que es evidente que toda historia oficial, la de cualquier país, siempre procura empates y tiende a enfriar las pasiones, y así es como se convierte la pasión de los próceres en el frío e inocuo nombre de calles y avenidas. Como fuere, es parte de nuestra tradición: *en la Argentina siempre hubo alguien que acusó a otro o a todos de no tener memoria.* Fue incluso señalado por Sarmiento y por Alberdi, en el siglo pasado, y desde luego por José Ingenieros, quien a comienzos del siglo XX definió con impar ironía lo que décadas después llamamos

Historia Oficial: "Desde la época colonial hasta la política liberal contra Rosas, toda nuestra historia es concebida como una lucha entre lo colonial y lo argentino, lo que agoniza y lo que surge, el pasado y el porvenir. Dos regímenes, dos filosofías políticas. Aún no se había inventado otra historia argentina, excelente para las escuelas infantiles, en la que aparecen sirviendo a la Revolución de Mayo los más encarnizados enemigos de su espíritu y de sus principios".[3]

Lo cierto es que la literatura, el teatro, el cine, la televisión y los usos y costumbres recogieron y reprodujeron el mito: "Los argentinos no tienen memoria", ahora en segunda persona del plural (está implícito el "ustedes") pero siempre excluyendo al "yo" que pronuncia la sentencia.

Es curioso que cuando recordamos cualquier hecho o suceso reciente que ha marcado nuestra vida comunitaria, de manera casi inevitable los bandos se dividen: hay quienes los tienen muy presentes y quienes los han olvidado como si hubiesen sucedido en el Cuaternario. Aunque han sido afectados por los mismos hechos, pareciera que algunos se distraen; otros son capaces de interpretaciones rebuscadas o estrafalarias; hay también, por supuesto, los que no quieren acordarse; hay los que se acuerdan interesadamente sólo de una parte y nunca del todo. Y así sucesivamente.

Si se habla del Cordobazo de 1969, por ejemplo, se apreciarán diferentes puntos de vista entre los adultos que de alguna manera vivieron, o fueron testigos de, aquella gesta. Y no faltará el clásico, argentinísimo: "¿Te acordáaaas?". Y si se evoca aquella insurrección ante los jóvenes se apreciará o una idealización, o indiferencia, o la más completa ignorancia. Si hoy se viera la película *La República perdida* (que es de 1983) no faltaría quien se ponga nostálgico de la pasión democrática de entonces pero, tampoco, el escéptico que afirmara que todo fue inútil y, seguro, tampoco el despreciativo que descalificara a la película por "ser demasiado radical". La evocación depende siempre del lugar en el que uno estuvo. En mi pueblo había un viejo antiperonista que en cada aniversario del 17 de octubre de 1945 protestaba por la falta de memoria de los argentinos. Años después, en Buenos Aires, conocí a un viejo luchador justicialista que aquel día había estado en la Plaza de Mayo, y en cada aniversario del 17 de octubre protestaba exactamente por lo mismo y con las mismas palabras.

Es curiosa, también, la forma de hacer memoria de algunos de los grandes actores sociales de la Argentina. Por ejemplo el peronismo, que es un paradigmático ejemplo de lo que Puiggrós y Bernetti llaman "una maraña de discursos. Unos relatan cuanto recuerdan que relataron otros. El peronismo ha sido contado mil veces y ya van tres generaciones".[4] Estos autores acertadamente subrayan, además, el problema adicional que radica en la falta de una tradición testimonial rigurosa: "Cuando no se escribe y los recuerdos se acumulan sin registro, van siendo gastados y deshojados. Cuando los documentos son escondidos para evitar ser carbonizados por el fuego represivo, como lo fue la mayoría, cuando se aprende a no pronunciar algunas palabras, los recuerdos se confunden aún más porque se esconden a sí mismos".

Sin embargo, para Puiggrós y Bernetti, en el caso del peronismo el problema principal no está allí sino en que ese movimiento "usó la historia para la política. Para ello, tuvo que construir versiones ad-hoc y creer profundamente en ellas. Hacer política a través de los mitos, impidió escribir la historia". De ahí que, como apuntan con agudeza, en el discurso político argentino "es frecuente encontrar zonas duras, polémicas cerradas, *explicaciones definitivas* de las más viejas polémicas, que funcionan como prohibiciones para impedir que se atraviese la opacidad. Un síntoma de que este tipo de construcción del discurso político no cuaja, es la dificultad para que se consolide en la Argentina un campo político-cultural democrático cuya condición es estar abierto a *saber*".

La memoria es siempre selectiva: acumula, archiva, busca espacios incesantemente y se diría que cada anaquel o compartimiento se adormece mientras el atesoramiento es infinito, indetenible. Nos acordamos de ángulos, fragmentos, instantes de cada episodio. Y ese recuerdo está necesariamente condicionado por el punto de observación desde el cual protagonizamos los hechos, o vimos aquellos de los que fuimos testigos o leímos los que nos antecedieron. La memoria social es tan selectiva como la individual. Cada uno tiene su propia memoria de cada uno de los hechos que componen la Historia de su vida. Lo que uno escuchó de niño, la memoria familiar, nunca se pierde del todo; sólo hace falta un estímulo significativo para que se refloten imágenes y sensaciones. Por eso entre los problemas que plantea la Historia está el de que ella, como dice Elías Canetti, "contiene todos los sentidos, y por eso es tan insensata". Pero a la vez ahí mismo está lo fascinante: "Odio la historia: no hay nada que lea con más placer; le debo todo", dice el Nobel búlgaro.[5]

Pero cuando aparece un estímulo que activa la recuperación, en el proceso de selección juegan un papel muchas veces traicionero los miedos, las represiones, la necesidad o la conveniencia de olvido, que tantas veces es inducido desde el Poder, con lo que se manipula el acceso a lo que llamaríamos la memoria macro, e incluso la memoria micro –detallista, personal e intransferible– es muchas veces distorsionada. Y en esto también intervienen el cholulismo y la tilinguería, que son, digamos, memoria cortita, cercana, confundidora. En la Argentina finimilenarista se propone el Exito material como el modelo a imitar. Así se nos imponen paradigmas insólitos como los preconizados por ese producto posmoderno ejemplar que se llama "menemismo" y que practicó con los argentinos un ejercicio sutil –lento, preciso– de desmemoria y confusión de valores como perfecto vehículo olvidador.

Las formas de selección de la memoria son infinitas. Por ejemplo, hay asuntos cercanos que en su momento llamaron muchísimo la atención pero que luego se olvidaron y que, cuando se los menciona, parecen sorprender a todos: el escándalo del BIR en los '80, por caso, o en los '90 el de Ibrahim al Ibrahim, concuñado del presidente Menem que fue zar aduanero en Ezeiza y luego se esfumó en el aire; la promesa de María Julia Alsogaray de limpiar el Riachuelo en mil días; el primer "justiciero por mano propia" (el ingeniero Santos); o el caso Barreda, que concitó la atención nacional hace muy poco, televisado en vivo y en directo cual versión criolla del caso norteamericano de O. J. Simpson. Hoy casi nadie se acuerda de todo aquello, aunque poco tiempo atrás cada caso ocupó la atención preferencial de los argentinos. Pasaron rápidamente al olvido, pero si alguien los recupera, si se propone un examen de memoria, enseguida se reavivan, lo que demuestra que la memoria nunca está muerta sino sólo adormecida, anestesiada. Y mientras tanto esos casos quedan como simple materia opinable, acumulación de cuentas que los argentinos parecen resignados a no cobrar jamás. Con el poeta Vicente Aleixandre podría pensarse que en muchos de esos casos los ojos "no miraron un pueblo, sino flores perdidas".

Pero sucede que la memoria es el único laberinto del que no se puede salir. Es un Tribunal de Inquisición permanente al que siempre alguien va a volver; es una antorcha que alguna vez alguien levantará. Un fuego eterno, digamos. Y eso representan, en sociedades como la nuestra, organizaciones como las de Madres y Abuelas de Plaza de Mayo, HIJOS y algunas otras: son ejercicios militantes de memoria, no necesariamente masivas pero casi unánimemente respetadas.

La memoria, chúcara, es siempre artera, inesperada. Llena de zonas oscuras, de ambigüedades inexplicables. Lo que se archiva, si no hay un disparador o activador, permanece allí como ausente hasta que algo lo reflota. Por eso son importantes las efemérides y la insistencia de los que no olvidan. Por eso los memoriosos, como siempre son las víctimas y los deudos, y como suelen ser muchos intelectuales, resultan tan antipáticos para el poder político. Y por eso, también, los argentinos en la última década del milenio, escaldados ante tanta y tan grosera impunidad, han recurrido a verdaderos *forzamientos de la memoria colectiva*. Esto es: machacar sobre la desmemoria, insistir en la demanda de respuesta, resistirse al silencio y luchar contra la resignación.

Primero fueron las Madres de Plaza de Mayo cuando se organizaron en 1977 para dar vueltas frente a la Casa Rosada. Sus consignas: "Con vida se los llevaron; con vida los queremos. Ni olvido ni perdón. Juicio y castigo a los culpables". A partir de ese ejemplo la sociedad argentina protagonizó innumerables hechos de forzamiento de la memoria colectiva. Ahí están los casos de María Soledad Morales, de Miguel Bru, del soldado Carrasco, de José Luis Cabezas y tantos más, fijados ya de manera insoslayable en la memoria de los argentinos, y algunos de ellos convertidos en símbolos de esperanza para el futuro.

Lo importante, en todo caso, es tener control sobre el rencor y el deseo de venganza. Sentimientos tan humanos pero a la vez tan bajos y destructores, y en el fondo tan inútiles. Por eso mismo el ejercicio de la memoria es tan sano. Aunque incomode a los poderosos y a los profesionales de la amnesia –o justamente por eso– esa salubridad tiene que ver con el sentido ético de la memoria. Pues la memoria también tiene una ética, exige siempre una valoración moral. Allí, en la Etica, radican las diferencias entre memoria y rencor, por ejemplo. O entre justicia y venganza. Y es que la ética no es de plastilina. No es un material que se acomode a la conveniencia humana, aunque en la Argentina suele parecer que sí.

Estas mutaciones de conveniencia son un problema muy serio de la sociedad argentina, que suele ser forzada a la desmemoria incluso cuando desde el poder político se quebranta la fijación de la memoria. He ahí la cuestión del cambio de nombres a las calles, un verdadero clásico que se reproduce tanto en el orden nacional como en el municipal. Los nombres, es obvio, sirven para designar, hacer conocer y distinguir a las cosas; nombrar algo es representarlo y darle vida, reconocimiento. Países o ciudades, una vez fijados en la Historia con un determinado nombre, se graban en el repertorio de la humanidad. Así es como los nombres se constituyen en referencias indispensables y aunque algunos se sintetizan con el uso (San Miguel de Tucumán hoy es sólo Tucumán; lo mismo pasa con San Salvador de Jujuy o San Fernando de la Resistencia) lo que queda es *un* nombre, que identifica, describe y representa.

En general, en el mundo, a nadie se le ocurre cambiar los nombres de los puntos de referencia. Naciones, ciudades, calles y topografías, no sólo no mutan su designación sino que con el tiempo se reafirman, casi siempre para orgullo de lugareños. Excepto en la Argentina, donde no pasa década sin que alguien prohíba palabras y donde ni los nombres tienen paz. Aquí siempre hay un nuevo prócer a mano, militar o civil, para alterar la representación de las cosas. En el Chaco una ciudad de nombre tan bonito y significativo como *El Zapallar* fue rebautizada hace años con el trillado General San Martín. En Córdoba, una ciudad de sugerente apelativo (*Fraile Muerto*) se convirtió en *Bell Ville*. Y es proverbial la manía de los gobiernos porteños de cambiar los nombres: la calle que desde la Colonia se llamaba *Cuyo*, es ahora Sarmiento; *Victoria* se convirtió en Hipólito Yrigoyen; *Piedad* se transformó en Viamonte; la mitad de *Charcas* hoy se llama Marcelo T. de Alvear. En Coghlan la sutil *Bebedero* pasó a ser Pedro Ignacio Rivera, mientras que la simpática *Republiquetas* es ahora Crisólogo Larralde. Sobran ejemplos de "desnombramiento", y aunque todavía quedan nombres bellos como Esmeralda, Florida y algunos otros, nada garantiza que sobrevivan.

Pareciera ser una tara de los gobernantes argentinos, militares o civiles. Hay tantos ejemplos, en todas las provincias, que en cualquier momento Huinca Renancó o Venado Tuerto pueden pasar a llamarse Ciudad Frondizi o Villa Carlos Facundo. Y es que los nombres suelen ser sustituidos por oportunismo o, lisa y llanamente, por ridículos acuerdos políticos: al primer caso corresponde que la porteñísima *Cangallo* hoy se llame Perón (y ni siquiera Perón civil y democrático sino en su versión militar: Teniente General Juan D. Perón). Del segundo caso hay un ejemplo singular: en el popular barrio de Mataderos la *Avenida del Trabajo* pasó a llamarse Eva Perón, y a cambio en el clasemediero Belgrano la *Avenida del Tejar* se rebautizó Ricardo Balbín. ¿Es posible encontrar trueque más pueril?

El fenómeno no es sólo porteño. En Rosario, cuenta Angélica Gorodischer, la antigua *Calle Real* ahora se llama Buenos Aires; Maipú era originalmente *Calle de la Aduana*; *Progreso* pasó a llamarse Presidente Roca, y la *Plaza de las Carretas* perdió tan bello nombre para ser Plaza López (por el general Estanislao, obvio). En Resistencia tenemos un ejemplo sin par: la desdichada calle principal de la capital chaqueña durante décadas se llamó *Edison* hasta que en los '50 pasó a ser *Eva Perón*; en septiembre del '55 se la rebautizó *República Oriental del Uruguay*; en el '63 fue llamada *Tucumán*, y en los '70 se dividió el nombre en dos: *Tucumán* para acá y *Antártida Argentina* para allá. Hoy sigue dividida, pero entre *Juan Perón* y *Arturo Illia*. Ocho cambios en menos de 40 años.

No está mal que se designe con nombres de contemporáneos destacados a calles, plazas y avenidas, desde luego, pero deberían reservarse para calles nuevas. Porque es cierto que todo cambia, pero también lo es que los argentinos no sabemos conservar las cosas. Las casas donde vivieron nuestros próceres han sido casi todas destruidas. ¿La imaginación municipal, y la de los urbanistas, alguna vez será capaz de impedir que la piqueta siga demoliendo nuestra historia, esa misma que admiran tanto cuando viajan a Europa?

Respetar la historia, por discutible y cuestionable que sea, es respetarnos a nosotros mismos. "En la medida en que a la humanidad le interesa conservar el enorme arsenal de su memoria, va echando todo cuando le parece peculiar e importante en el saco de los siglos. Incluso la palabra que designa este lapso de tiempo ha adquirido una connotación venerable", nos enseña Canetti.[6] En todo el mundo hay lugares y nombres que se cuidan y veneran. En Virginia, Estados Unidos, hay un restaurante orgulloso porque allí comió *una vez* el presidente Abraham Lincoln: ahí está la silla que usó, con una placa de bronce. Y en Des Moines, Iowa, hay un hotel en cuya recepción está la foto de cada visitante ilustre a lo largo del siglo (presidentes, músicos, deportistas), lo que de hecho convirtió al hotel en un museo. Aquí, en cambio, nuestros padres y abuelos no siempre nos inculcaron el amor a la historia. En vez de historia, querían revancha. En mi tierra algunos fueron tan furiosamente peronistas que hasta el nombre del Chaco eliminaron; y después, otros, fueron tan furiosamente antiperonistas que borraron a Perón de la faz de la tierra.[7]

Aunque muchas veces se pretende que los cambios sean revanchas o reparaciones, son siempre verdaderas ocultaciones, traiciones a la historia. Cuento un caso: Manuel Antonio Acevedo, abogado y sacerdote salteño nacido en 1770, fue diputado en el Congreso de Tucumán de 1816 representando al pueblo de Belén, Catamarca. En esos tiempos las provincias decretaban dietas anuales para sus diputados, que luego no podían pagar. Ser diputado era, por lo tanto, un cargo honorífico, y eso mismo sucedía con los representantes del interior del país en los congresos constituyentes de 1819 y 1825. Precisamente en este último año, en octubre, falleció Acevedo, sumido en la más absoluta pobreza y sin haber cobrado jamás dieta alguna. En el congreso reunido por entonces personalidades como Gorriti, Darregueira, Laprida, Frías y Agüero (todos hoy recordados por lo menos con el nombre de una calle porteña) discutieron el problema de las dietas porque no tenían fondos para homenajear a Acevedo, ni la provincia de Catamarca tenía con qué pagar su entierro.[8] Pero lo más terrible es que ahora, 170 años después, aquel pobre diputado que jamás cobró una dieta se quedó sin siquiera un nombre de calle: hoy la calle que lo recordaba en el porteño barrio de Palermo se llama Armenia.

Veamos algunas preguntas: ¿De qué asunto argentino no me voy a olvidar jamás? ¿Cuál es el acontecimiento que no puedo dejar de recordar y a cada rato vuelve a mi memoria? Es infinita la posibilidad de respuesta; cada uno conoce la suya, desde luego, pero en cualquier caso se podrá abonar la siguiente hipótesis sobre la curiosa conducta humana: a veces se gasta una enorme energía para olvidar, cuando sería mucho más sencillo y decoroso, y menos forzado, recordar. Lo natural sería la memoria, porque para el olvido hay que hacer esfuerzos extraordinarios, y muchas veces innobles. Y es que la memoria como ejercicio constante es insoportable. Porque es dolorosa. Porque siempre *re-vuelve*. La memoria permanente es intolerable y por eso mucha gente se esfuerza por olvidar o permite que el Poder le construya un olvido a medida. Suele eludirla en la vida cotidiana porque nadie quiere vivir con el pasado refregado en las narices todo el tiempo. Pero a la vez la misma gente sabe, inconscientemente, que la memoria es necesaria, inevitable, omnipresente. Por eso mismo muchos aprecian el arte, la literatura, y por eso mismo el Poder le teme tanto a la cultura y siempre quiere controlarla: porque aunque no se la practique diariamente, uno necesita de la memoria para vivir y sabe que ella está guardada en los libros y en el arte.

Y sin embargo los seres humanos tienden mucho más al olvido que al recuerdo. ¿Por qué? Porque juegan un rol inhibitorio los prejuicios y los juicios condicionados, los miedos individuales y los colectivos, la propaganda y las manipulaciones del Poder. De ahí la trascendencia de discutir el supuesto culto de la desmemoria. Sé muy bien cuáles son las cosas que jamás olvidaré, y esas cosas me condicionan, a mí y a los que me rodean, y supongo que a los demás les sucede algo parecido. El proceso de selección de la memoria es muy raro, casi inexplicable. Y es intransferible el modo como cada uno evoca. Pero de lo que creo estar seguro es de que es insostenible la idea de la desmemoria absoluta de los demás, sobre todo en materia política, terreno en el que tantos argentinos se acusan unos a otros de falta de memoria.

De todos modos, para combatir cierta natural inclinación a la desmemoria es imprescindible cultivarla como se cultiva una rosa. Hay que espantarle las hormigas, abonar la tierra, regarla seguido. La rosa que es la memoria algún día florecerá para embellecer nuestra vida colectiva. Será obra nuestra, trabajo, mérito, memoria reflexionada. No pensamiento mágico, mecanicismo. Claro que los argentinos parecen no tener cabal conciencia de ello, pero su desaprensión es explicable: tiene que ver con la decepción que sienten ante el presente de su país. Sólo así se entiende el descuido en que se encuentran instrumentos de la memoria como los Archivos, por ejemplo, que suelen estar abandonados y echándose a perder por el polvo y el moho. O los monumentos y museos, generalmente semiabandonados, semidestruidos. Ni se diga del culto al olvido que representan la demolición arquitectónica, el atentado edilicio y el disparate urbanístico, no sólo en Buenos Aires sino en el interior del país, donde hay ciudades que pudieron ser un tesoro, como Santiago del Estero, pero han sido arrasadas por la dudosa modernidad inmobiliaria. O los libros fundacionales, que casi no se reeditan y son tan difíciles de encontrar. Vaya y busque el lector una obra de Paul Groussac o algún libro "difícil" de Sarmiento. Lo mismo sucede con el cine: casi no hay dónde ver hoy *La guerra gaucha, Güemes* y otros filmes que recuperaban la Historia y la popularizaban.

También hay que reconocer que la vorágine de la vida moderna y el bombardeo informático que nos atiborra de noticias pero nos impide pensarlas, son factores que atentan contra el buen culto de la memoria. La realidad no es solamente lo que muestran los medios, y sin embargo muchas veces terminamos creyendo que sí. Necesitamos y merecemos ver *toda* la realidad, pero los medios masivos han dejado de ocuparse de formar nuevas audiencias, más críticas, y se dedican, casi con exclusividad, a satisfacer el morbo y la superficialidad de las audiencias cautivas, preexistentes. Además, sucede que la memoria no tiene utilidad práctica aparente y carece todavía de valor de mercado, lo cual en la posmodernidad resulta fatal. Podemos sentir respeto por la labor científica de César Milstein, admiración por un filántropo como fue el Dr. Esteban Maradona, o por un intelectual como Juan Filloy. El argentino medio siente que son parte de su tesoro y lo enorgullece ser compatriota y contemporáneo de esos personajes; pero la verdad es que ellos son también la parte más desatendida de su memoria. Como si fuesen una memoria subterránea, de poca o nula presencia, porque esas valoraciones están teñidas de alejamiento, de olvido, debido a que el vértigo informático impone siempre priorizar otras cuestiones, fundamentalmente el valor noticia, que hoy es criminalidad, violencia, frivolidad y hasta burla a la solidaridad que aún subsiste.

Hay otro mito paralelo: suele decirse que los pueblos que no tienen memoria no saben construir su porvenir. Idea muy instalada pero cuestionable y que, por lo menos, habría que repensar. O acotar. Porque no se trata sólo de efemérides, desfiles, discursos y solemnidad para construir el futuro. En todo caso, el valor de los símbolos sí hace a la construcción de la patria, pero el amor y el respeto a ellos son más una cuestión de persuasión educativa que una imposición autoritaria del poder.[9] Pero además, y sobre todo, no es cierto que la Historia se repite. Nunca se repite. Puede haber similitudes, manifestaciones análogas, pero nunca repetición.

La Historia siempre contiene las respuestas a las preguntas que se hacen los pueblos, pero no necesariamente marca los rumbos para el futuro. No es cierto que en la Historia estén las enseñanzas para el porvenir. Lo que hay son señales, que sin duda han de servir para repensar caminos, pero no enseñanzas ni mucho menos estrategias para repetir. La Historia es una cantera de aprendizaje, pero no un señalador de caminos. Sirve para ver, entre otras cosas, cómo se comportó el pueblo ante cada situación, y sobre todo para ver quiénes en la historia apostaron al bronce y quiénes al oro (que en política es una diferencia preciosa y original, pues el bronce habla de las humanas vanidades mientras que el oro delata ambiciones y corruptelas). Y sirve también para imaginar de qué lado hubiese estado cada uno de nosotros en cada circunstancia histórica. Las respuestas de la Historia no son, no pueden ser infalibles, pero sí son transparentes, sinceras. Los hechos de la Historia son sólo eso: hechos, sucesos, acontecimientos. Lo que los hace grandes, importantes, intrascendentes o discutibles es la dramaticidad o problematicidad que entrañan, el juego de los diferentes engranajes, la interrelación que emana de ellos en tanto actos humanos. Por eso nos explicamos a través de la Historia, y la Historia nos explica cómo fuimos y cómo somos. Y a la vez esas explicaciones nunca son suficientes, ni mucho menos totales, lo cual no significa que sean falsas sino que en la complejidad del interjuego radica la verdad, y se trata de descubrirla.

Cuando se afirma que los pueblos que pierden su memoria no tienen futuro, ¿no será que se le atribuyen a la memoria, además, capacidades mágicas? Porque en la Historia no hay recetas. No es cierto que las lecciones estén en el sólo recordar. A toda lección hay que saber leerla, y no todos leemos igual. Por otra parte, cada generación repiensa la Historia, la redescubre, la reescribe. "La historia que de tiempo en tiempo no se repiensa –dice Ingenieros– va convirtiéndose de viva en muerta, reemplazando el zigzagueo dramático del devenir social con un quieto panorama de leyendas convencionales".[10] La explicación a la vigencia de estas afirmaciones, sin embargo, se encuentra en las enseñanzas del propio Ingenieros, quien se ocupó de crear muchas de ellas con ese, su estilo sentencioso de proponer ideas que desarrollaba con propósitos didácticos, y que evidentemente fueron copiadas y repetidas infinidad de veces sin mención de la fuente original de manera que devinieron lugares comunes.

Esto nos propone otra cuestión interesante para reflexionar: cómo se hace la Historia, que se compone de detalles, de grandes hechos y hechos minúsculos. Cómo se la documenta. Y cómo se la escribe.

Para intentar una explicación, habría que recordar que en el fin del milenio a la literatura argentina en democracia la definen –en mi opinión– tres características fundamentales. Una es la irrupción de la mujer en nuestra escritura. Quiero decir las mujeres que escriben y lo que escriben las mujeres, cuya producción representa, hoy, más de la mitad de lo que se escribe y se publica en la Argentina y tiene que ver, sin dudas, con el hecho de que con la democracia hemos recuperado el uso de la palabra. La historiografía argentina no reconoce a las mujeres un papel preponderante en la formación de la nacionalidad. Apenas si les reserva el rol estereotipado de madres (Gregoria Matorras o Paula Albarracín, por caso). Y aunque tenemos una historia riquísima en próceres, es absoluta la ausencia de "próceras" mujeres. De manera que si la memoria colectiva casi siempre es inducida a una selección, encima se trata de una selección sexista. Otra característica es que nuestra narrativa en estos años se ha vuelto menos moralizante y sentenciosa, a la vez que se ha perdido todo exotismo y el realismo mágico, que fue común a generaciones anteriores, ha caído en desgracia. Y la tercera es la recuperación de la memoria frente a la propuesta de olvido, que es la marca más fuerte de la tragedia argentina desde 1810 y que define la actual producción narrativa y poética.

En estos tiempos implacables los así llamados "temas nacionales" parecen desdibujados, y el costumbrismo ha perdido vigencia y prestigio literarios al igual que la oralidad como impronta textual. Pero no ocurre eso con la Historia y mucho menos con la pasión por reconstruirla, que no deja de ser un acto del más puro romanticismo. La novela histórica, tan en boga en esta década final en toda nuestra América, está dando pie a nuevas formas de romanticismo y es hora de reconocerlo así.

Las novelas posmodernas prenuncian el apocalipsis y la destrucción como si fuera el único destino final de la humanidad. Esa mirada presentista o supuestamente futurista nos ofrece un repertorio de paradojas y pesadillas: el vértigo y el cúmulo informativo que impiden pensar; la fascinación y el asco que nos produce el horror en nuestras narices; las novedosas formas de represión que son nuestro neonaturalismo; y la misma vocación censora de ayer, hoy con maneras más sutiles. Bien ha sentenciado el guatemalteco Augusto Monterroso: "En el mundo moderno los pobres son cada vez más pobres, los ricos más inteligentes, y los policías más numerosos".

Frente a ello puede parecer ridículo reivindicar el romanticismo, pero no quiero dejar de pensarlo como arma de resistencia. Sobre todo ahora que el mundo está sometido por el Dios Mercado y por ese cuento llamado "Aldea Global". Somos muchos, muchísimos, los que no hemos perdido la esperanza ni bajado los brazos. No nos resignamos a dejar de soñar con un mundo mejor; no entregamos nuestro derecho a la Utopía ni a la Memoria, incluso literaria.

Claro que ahora que la Historia está "de moda" se corre un serio peligro: el de la banalización de la memoria. Lo sabemos: todo lo que se convierte en moda, esa tilinga obsesión argentina, acaba banalizándose. No obstante, y a pesar de ese riesgo, el retorno a la Historia como fuente de creación literaria me parece importante y saludable. No sólo porque la nuestra es una literatura joven y era hora de que se buscara a sí misma también en personajes y episodios del pasado nacional, sino porque se produce en una sociedad y una cultura que históricamente ha oscilado entre la censura y la libertad de creación. Y no había tiempo ni espacio para indagaciones históricas.

Algunos críticos como Ricardo Piglia sostienen que en América Latina ahora escribimos contra la política.[11] Me parece una idea rica, porque es verdad que hoy los narradores tratamos de sacar la política de nuestras ficciones. No queremos que lo referencial se infiltre en nuestras obras y procuramos que nuestras ficciones sean sólo eso: ficción, invención pura y no teoría de la polis. Pero sucede que los vientos de la sociedad –en Argentina y dondequiera– se imponen en el arte. A mí me sucede cuando invento mis historias: lucho para que la realidad y la coyuntura no entren en ellas de modo determinante, pero muchas veces pierdo la batalla. Posiblemente eso se debe a que en la Argentina todavía escribimos para sacarnos el miedo y aventar nuestros fantasmas y dolores. Me parece que hoy escribimos no sólo contra la política, sino también contra la realidad misma y contra el miedo y el olvido.

Y es en las novelas donde la memoria aparece como el sello más fuerte de la narrativa argentina de fines de los '80 y de todos los '90. El empecinamiento por escribir nuestra historia, por recuperar la memoria y hacer que cada libro sea en cierto modo un triunfo frente al olvido es hoy en día muy notable. No se trata de una narrativa testimonial, sin embargo, ni tampoco de literatura histórica o biografista (aquella que se ocupa de novelizar las verdades de la historia), sino de una re-creación histórica absolutamente libre. Es decir: se trata de novelas. Con base en hechos o personajes de nuestra historia, colectiva o personal, pero novelas, en las cuales gobierna la imaginación.

Estos son rasgos comunes en muchísimos narradores, argentinos y latinoamericanos, de la generación que los críticos norteamericanos llaman *Postboom* pero que prefiero llamar *Escritores de la Democracia Recuperada*. A todos se nos escapa una escritura que contiene una elevada carga de frustración, de dolor y de tristeza por lo que padecimos en las décadas pasadas; una pesada carga de rabia y rebeldía por el mundo al que desembocamos y que nos desagrada. Pero también (y éste es un aspecto fundamental) en esta literatura ya no se contienen ni la burla ni la humillación, como bien señaló hace años Juan Manuel Marcos.[12] No hay autocompasión ni guiños cómplices, ni exageración ni exotismo para que en Norteamérica y Europa confirmen lo que prejuiciosamente ya piensan de nosotros: que somos desordenados, holgazanes, impuntuales, corruptos, machistas, racistas, perseguidores de mulatas, autoritarios e incapaces de vivir en democracia.

Véase el notable cambio en la mítica figura del dictador literario latinoamericano. Los tiranos juguetones y hasta graciosos se mutaron en juntas militares, en Stroessner, en Pinochet, en Videla. La escritura de las democracias recuperadas ya no se ocupa de historiar al viejo y literariamente mítico dictador decimonónico, personaje caricaturesco, paternalista, involuntariamente simpático y jocosamente arbitrario y corrupto al frente de una república bananera. No, nuestros dictadores del fin del milenio fueron asesinos fríos, inteligentes y hasta educados. Ya no se trató de simpáticos canallas que maravillaban a lectores europeos, sino de represores de carne y hueso que aprendieron mucho de Europa, autoritarios reconocibles que sabían hablar en público y eran muy bien recibidos en Washington hasta que se embarcaron en una guerra que bastardeó una causa justa, y luego se resistieron a ser juzgados. Incluso, después de ser condenados en juicios ejemplares, supieron conseguir el favor de un presidente inescrupuloso como el Dr. Carlos Menem.

Todo eso explica que la narrativa latinoamericana de los últimos años del milenio haya producido novelas como *Noticias del Imperio*, del mexicano Fernando Del Paso; *La tragedia del generalísimo*, del venezolano Denzil Romero; *Bernabé Bernabé* y *La fragata de las máscaras*, de Tomás de Mattos; *El príncipe de la muerte*, de Fernando Butazzoni, y *Maluco*, de Napoleón Baccino (estos tres autores, uruguayos); *Caballero*, del paraguayo Guido Rodríguez Alcalá; *El árbol de la vida*, del cubano Lisandro Otero, y *El castillo de la memoria,* de la puertorriqueña Olga Nolla, entre muchas otras, todas de raíz histórica. Y aunque gran parte de la crítica literaria todavía se resiste a leer y a evaluar lo que se ha escrito en los últimos diez o quince años del siglo, ya es hora de decir que, más allá de su grandeza, *los libros del Boom ya no alcanzan para explicar la literatura latinoamericana actual*. Ni es válido seguir pensando la novela histórica con base en Carpentier, Asturias, Roa Bastos, García Márquez y muchos otros maestros de aquellas generaciones.

Estos cambios de la Escritura de las Democracias Recuperadas se pueden apreciar ya en todo el continente, en autores (además de los nombrados) como los mexicanos Carmen Boullosa, Ignacio Solares, Rosa Beltrán, Elena Poniatowska, Angelina Muñiz-Huberman y José Agustín; José Balza, Luis Britto-García y Cristina Policastro en Venezuela; los colombianos Fernando Cruz-Kronfly, Germán Espinosa, Eduardo García Aguilar, R. H. Moreno-Durán y Armando Romero; en Antonio Skármeta, Pía Barros y Poli Délano en Chile; Senel Paz y Lisandro Otero en Cuba, y tantos más. La lista es larguísima y habría que incluir sin dudas a brasileños como Tabajara Rúas, Eric Nepomuceno y Nélida Piñón. La necesidad de revisar la Historia es un signo común a los narradores latinoamericanos finiseculares.

La memoria es un material más consistente y noble que el olvido. Por eso la narrativa argentina de estos años –y la latinoamericana en general– apela a ella, para reinventarla y reescribirla. Como escribió la escritora uruguaya Armonía Somers: "Es preciso forzar la memoria hasta las últimas consecuencias, incluso a riesgo de quedarse sin ella". Y es que en sociedades como las nuestras sólo el reconocimiento del dolor que padecimos, sólo la memoria y la honestidad intelectual nos permiten seguir soñando utopías y, lo que es mejor, nos impulsan a seguir luchando para realizarlas. Cuando una sociedad se entrega al imperio de la corrupción y la mentira, y acepta mansamente la propuesta de olvido que parece inherente al poder político, prosperan la frivolidad y la ignorancia disfrazadas de cultura. Los intelectuales tenemos que hacer algo frente a eso: escribir novelas históricas, por ejemplo. Y lo estamos haciendo. Nuestras obras, por lo tanto, son utopía en movimiento perpetuo en un país y un mundo en crisis que todavía se debate en la vieja disyuntiva sarmientina: Civilización o Barbarie. Disyuntiva que continúa siendo el signo de nuestro conflicto y de nuestra vida cotidiana, y que se viene resolviendo de modo que hoy vivimos lo que llamo una *Civilizada Barbarie*.

La literatura, siempre, en todo tiempo y lugar, es continuidad y es ruptura. En literatura todo está escrito, y a la vez todo está por escribirse. Por eso mis novelas rozan la Historia: busco explicaciones y mensajes en el pasado. Vuelvo atrás mi mirada como quien sabe que solamente allí encontrará la posibilidad de amansar a ese tigre que es la Historia. Sólo reconociendo a la fiera, sólo mirándola a los ojos, se podrá aplacarla y convivir con ella. Pero no es fácil ni grato el culto de la memoria. Quizá es por eso que los humanos tantas veces se desmemorian y se vuelven irremediablemente idiotas.

Pero, ¿cómo entra un narrador en la Historia? En mi caso, entro en ella como se ingresa a un parque de diversiones: con ánimo juguetón, con ganas de pasarla bien y de divertirme, como por ejemplo en la sala de los espejos deformantes. O en los laberintos, donde uno entra sin saber lo que va a encontrar. Pero se presta al juego, y lo disfruta, y siempre sale de allí con el corazón regocijado. He ahí la diferencia entre narrador e historiador. Ambos investigamos, tomamos notas, revisamos libros, hemerotecas, forjamos teorías. Pero el historiador sabe lo que busca, tiene una idea de lo que quiere encontrar. Tiene propósitos. El narrador, en cambio, hace de la búsqueda su propósito y su teoría, y recurre a la Historia sólo porque sabe que allí hay un material plástico al que desea moldear. Por eso cuando un narrador encuentra un documento o una pista no se interesa tanto por su valor histórico como por su posibilidad dramática. Porque uno sabe que, en tanto ficcionista, va a mentir. Irremediablemente va a mentir, para acaso establecer alguna verdad alusivamente.

Quizá por eso Dalmiro Sáenz sostiene que "los poetas saben más historia que los historiadores". Opina que en el poema *Martín Fierro* hay más historia que en toda la historia oficial argentina, y afirma, para completar la exageración: "Sabemos más sobre la Dinamarca de la época de Hamlet leyendo a Shakespeare que consultando un libro de historia".

Esto irrita, naturalmente, a los académicos de la Historia, que se escandalizan cuando los novelistas se meten en su campo. Pero es inevitable que los escritores nos metamos con la Historia. El escritor inexorablemente revisará y cuestionará a la Historia para recrearla. No por afán de testimonio sino porque encontrará nuevas posibilidades creativas, artísticas, con las que reescribir la Historia desde una perspectiva si se quiere poco rigurosa pero por eso mismo abierta y sugerente.

Más allá de las resistencias de cierto academicismo literario que sigue aferrado a un canon de dudosa objetividad como es el argentino (canon limitado por sus limitadas lecturas) y más allá del daño que le hace a la Literatura esa concepción elitista, porteño-centrista y cortita, parece evidente que en la Argentina y en toda la América Latina hay un retorno a la novela histórica, o de base histórica. Que obedece –conjeturo– al hecho de que toda introspección exige una necesaria retrospección: algo así como mirar para atrás, en actitud de recogimiento, para entender mejor lo que nos pasó, para revolver en el arcón del "quieto panorama de leyendas convencionales" de Ingenieros. Han sido tantas las falsedades, tanta alquimia inútil la que vivió mi generación, y tan sin anestesia el derrumbe de las utopías, que se impone esa actitud humilde y silenciosa, como es la del escritor, para revisar nuestra historia y la de nuestros padres y abuelos, los inmigrantes.

En la literatura argentina es cada vez más visible ese vínculo entre historia y novela. Trabajando temas paradigmáticos como la violencia, el deterioro económico o el rebaje ético, sólo en los últimos años se publicaron decenas de novelas que avalan esta idea: *El arrabal del mundo, Hacer la América* y *Pura memoria*, de Pedro Orgambide; *En estado de memoria*, de Tununa Mercado; *El frutero de los ojos radiantes*, de Nicolás Casullo; *La memoria en donde ardía*, de Miguel Bonasso; *Fuegia*, de Eduardo Belgrano Rawson; *Oscuramente fuerte es la vida*, de Antonio Dal Massetto; *Crónica de un iniciado*, de Abelardo Castillo; *Lorenza Reynafé*, de Mabel Pagano; *Soy Roca*, de Félix Luna y su más reciente *Sarmiento y sus fantasmas*; *Historia Argentina*, de Rodrigo Fresán; *La gesta del marrano* y *La matriz del infierno*, de Marcos Aguinis; *La patria equivocada*, de Dalmiro Sáenz; *La amante del Restaurador, Las batallas secretas de Belgrano* y *El general, el pintor y la dama,* de María Esther de Miguel; *La revolución es un sueño eterno* y *El farmer,* de Andrés Rivera; *Buenos augurios* y *Señales del cielo*, ambas novelas de María Angélica Scotti; *Mar de olvido*, de Rubén Tizziani; *La pasión de los nómades*, de María Rosa Lojo; *Villa*, de Luis Gusmán; *El libro de los recuerdos*, de Ana María Shúa; *La novela de Perón* y *Santa Evita*, de Tomás Eloy Martínez; *Freddi*, de Héctor Lastra, y mi propio *Santo Oficio de la Memoria*. En todos esos libros, y en muchos más, el estatuto es el de la narración y no el de la historiación. Lo que es decir narratividad, no historicidad. Pero todos historian.

Desde luego, no se trata de un fenómeno autoral coordinado. Es como si se tratara de un brote de memoria, a mi juicio surgido de la necesidad profunda de encontrar explicación. Es una nueva forma de testimonio, ya no de lo que está pasando, que es angustiante, sino de lo que nos pasó. Elsa Osorio ha escrito, con razón, que "el olvido impuesto por el poder actuó como una incitación a la recuperación de la memoria. Es la sociedad la que está diciendo: no queremos olvidar".[13]

Son los mismos argentinos que suelen acusarse entre sí de que "no tienen memoria" los que confían en que alguien, en algún lugar, la guarde y la preserve. Lo que sucede es simplemente que el público tiene interés en que la estética de la narrativa le recree su propia historia, pero también sabe que la memoria, de tan dolorosa que es, resulta insoportable como práctica cotidiana. Y como a la vez el inconsciente colectivo necesita que la memoria permanezca y sea muro de contención frente a la propuesta de olvido constante que le viene desde el poder, entonces delega en sus artistas, en este caso en sus escritores, el guardar la memoria. La gente sabe y sabrá siempre que allí está ella, en sus libros. Y necesita creer que en ellos encontrará respuestas o por lo menos alivio. Como dijo el gran poeta irlandés T. S. Eliot:

Por lo que se ha hecho, para que no se vuelva a hacer.
Ojalá el juicio sobre nosotros no sea demasiado gravoso.

Ha de ser por eso que el argentino parece delegar en víctimas y deudos, y en sus escritores, el guardar la memoria. Y allí está ella, militante y despierta, activa y en los libros. ¿Acaso no es la memoria de la humanidad una memoria escrita, narrada por locos llenos de sonido y de furia?

Los argentinos y las Malvinas: La muerte de la ilusión

Uno de los más impresionantes casos de desmemoria forzada, yo diría, es el de la Guerra de las Islas Malvinas. Si pueden ser insoportables los recuerdos, pocos ejemplos tan representativos como el de esta guerra que muy pocos argentinos quieren recordar. Pero no, como pudiera pensarse a primera vista (y muchos extranjeros tienden a simplificarlo así) por el hecho de haber sido derrotados. De ninguna manera es la derrota la razón del trauma ni del fenomenal borrón que ha aplicado a este episodio la sociedad argentina; la razón de la falta de síntesis, de la imposibilidad de síntesis, hay que buscarla, me parece, en un sentimiento de vergüenza muy sutil. No de frustración o desengaño, que obviamente está implícito, sino de vergüenza: la que produce haber aceptado un engaño.

Por geografía, por historia y por derecho, las Islas Malvinas son argentinas, y esto fue reconocido por todas las clases sociales en la Argentina, en todas las épocas. Si hubo una causa unificadora y un sentimiento unánime en nuestro país, durante un siglo y medio, fue la convicción de que esas islas son parte de nuestro territorio nacional. Por lo tanto, si había una causa legítima capaz de unir a los argentinos era ésta, y eso fue lo que explotaron Galtieri y su pandilla. Esa causa no podía sino ser bienvenida por el conjunto de la población, y recibió la solidaridad continental porque tenía un claro contenido antiimperialista y a comienzos de los '80, conviene recordarlo, toda reivindicación territorial antiimperialista era fusionante en la América Latina.

Pero al mismo tiempo, de lo que se trataba era de entender que semejante acción militar, llevada adelante por la para entonces ya desprestigiadísima dictadura argentina, no tenía nada que ver con la libre decisión del pueblo argentino sobre su propio territorio. El politólogo Adolfo Gilly, en el diario mexicano *unomásuno* del 10 de abril de ese 1982, comparó la ocupación militar de las Malvinas con la invasión norteamericana a México en abril de 1914, cuando en plena revolución mexicana tropas yanquis ocuparon el puerto de Veracruz. En aquel momento el dictador Victoriano Huerta llamó a toda la nación a unirse para la defensa. Pero tanto el líder revolucionario Venustiano Carranza, como el conjunto de las fuerzas insurgentes, respondieron condenando sin reservas la invasión estadounidense pero negándose a la vez a suspender la lucha contra el dictador, y de ninguna manera aceptaron la unión nacional propuesta por Huerta.

Escribió Gilly con lucidez: "Que los partidos Justicialista, Radical, Conservador, Comunista y Montonero, además de la CGT... hayan resuelto apoyar la concentración convocada por el gobierno militar en Plaza de Mayo, nada tiene que ver con los reales intereses" de los argentinos. Y el 26 de mayo concluyó: "Con la ineptitud propia de militares que han dedicado su vida a la represión de su pueblo y no a la defensa de su país, la Junta se metió, con medios ilimitados, en una guerra estúpida. Esos medios correspondían a sus fines: tapar con un golpe de fortuna en las Malvinas los crímenes cometidos durante sus seis años en el poder y salvar así la existencia de un ejército cubierto de sangre argentina de la cabeza a los pies y por ello mismo odiado por su pueblo, y desmoralizado interiormente. Nada mejor que una pequeña guerra exterior, pensó la Junta, para borrar el pasado y preparar la transición sin que nadie nos pida cuentas".[14]

Muchos intelectuales en el exilio compartimos, con matices y desde diferentes posiciones, esta visión que condenaba la histórica usurpación británica y reivindicaba las islas como territorio nacional argentino, pero condenando al mismo tiempo a la dictadura sin prestarnos a una unión nacional a todas luces espuria. Esa guerra no tenía coherencia ni relación alguna con los verdaderos intereses argentinos, y todavía llama la atención que en el propio territorio nacional hayan sido tan pocos los que advirtieron el engaño, la trampa. Casi no hubo quienes dijeran que *después de la ocupación y antes de la recuperación británica había que retirarse unilateralmente*, dejando la marca del hecho recuperatorio pero salvando las preciosas vidas de nuestros soldados, los cuales, de lo contrario y como en efecto sucedió, quedarían entrampados y serían víctimas de una carnicería. Había que retirarse y aplicar medidas antiimperialistas de peso real y efectivo, y no sangrientas, como por ejemplo la expropiación de todos los bienes, propiedades y capitales ingleses como medida compensatoria de guerra y hasta tanto la Corona británica aceptase devolvernos las islas, o al menos discutir seriamente la cuestión de la soberanía y el traspaso.

No se hizo y así nos costó. Y desde luego que tampoco se trata de acusar ni señalar con el dedo a nadie, hoy, años después. Cada argentino ha pensado, ha sufrido, ha hecho su examen posterior a aquella guerra, y cada uno ha sentido lo que tuvo que sentir. De lo que sí se trata ahora, sin embargo, es de volver sobre el tema porque *Malvinas es y sigue siendo un trauma nacional*. Es algo *de lo que no se habla*, es una guerra que aún hoy no se sabe si recordar con fastos o con dolor; es una culpa lacerante que asoma en el rostro de cada ex combatiente mutilado y resentido; una cuestión política no saldada y sobre la que no hay debate; un grave asunto diplomático que se viene manejando del modo más errático y frívolo. Malvinas también semeja una trenza eterna como la del teorema de Gödel, una espiral hacia el infinito como las que imaginaba Escher. Malvinas es un hiato enorme, un despeñadero muy profundo, otro *desaparecido* lacerante.

La guerra, hoy se sabe, fue una manipulación del poder político militar, que se lanzó a una aventura irresponsable sin medir consecuencias, con un infantilismo asombroso y una desaprensión que, luego se vio, arrojarían un resultado horroroso: la pérdida de centenares de jóvenes muchachos, soldados inexpertos, mal alimentados y peor vestidos, dirigidos por una oficialidad envanecida, soberbia, y esencialmente cobarde. El hundimiento del crucero *General Belgrano*, que provocó casi 400 muertos, no funcionó como aviso de que los ingleses se tomaban las cosas en serio y no permitirían el dislate de los militares argentinos: al contrario, Galtieri y sus socios redoblaron la apuesta fortificando las islas e instalando allí varios miles de soldados mientras confiaban (vaya ejemplo de pensamiento mágico) que los Estados Unidos traicionarían a su principal aliado de la OTAN.

Al mismo tiempo se desplegó una acción diplomática notable y activa como nunca, en busca de un apoyo internacional que estaba bien abonado: los países del Tercer Mundo en general (los entonces llamados No Alineados) y sobre todo las naciones latinoamericanas, respondieron con una solidaridad y una consistencia conmovedoras, que parecía mancomunarse con las manifestaciones populares que se reproducían en toda la Argentina. "El pueblo unido jamás será vencido", "Mueran los piratas ingleses", "Haga patria, mate un inglés" y sobre todo el siempre deportivo "¡Ar-gen-ti-na, Ar-gen-ti-na!" eran los cánticos que se repetían hasta el cansancio, rodeando las colectas de fondos, de joyas, de dinero en efectivo, mientras madres, novias y abuelas cosían banderas y tejían abrigos y mantas en plazas y parques. Todo el pueblo estaba movilizado, repitiendo inconscientemente las gestas que habíamos aprendido de niños, en la escuela, cuando en los libros de texto se nos educaba en la veneración al heroísmo de criollos y mulatos durante las invasiones inglesas de 1806 y 1807. Todos éramos un poco Liniers; todos los anglosajones eran un poco Beresford.

Esta actitud no era nueva. De hecho remite a ese clásico latinoamericano que consiste en denunciar en los argentinos una megalomanía que en el continente americano sólo es comparable con la de los brasileños. Y que aparte de clásico muchas veces gracioso, no deja de ser una marca diferenciadora, de sutil contenido racista. Esa actitud, por otra parte, estaba profundamente arraigada por lo menos desde el primer peronismo, cuando el posicionamiento argentino en la escena internacional se dificultó, como señalan con acierto Puiggrós y Bernetti, "entre otras razones, por una exageración de las posibilidades argentinas, una inflación de la capacidad nacional de pesar en la escena mundial. Esa mensura exagerada de las propias posibilidades constituye una concepción común al mundo argentino pre-43 y post-43. Quizás allí estén algunas de las raíces de la decisión Malvinas del '82".[15]

El caso es que mientras una formidable, abrumadora iconografía bélica inundaba el país, y repiqueteaba en la televisión la marcha "¡Argentinos, a vencer!", la solidaridad continental era impresionante: sin condiciones, los gobiernos, y, lo que es mejor, los pueblos de toda la América Latina respaldaban el reclamo argentino. "Las Islas Malvinas fueron y son parte de la República Argentina", decía el mensaje, y las movilizaciones y pronunciamientos en toda nuestra América casi no tuvieron fisuras. Esto mismo insufló el ánimo de los argentinos, reforzó la esperanza, nos hizo sentir acompañados, cálidamente hermanados más allá de las palabras. Y por todo eso, también, la caída de la ilusión fue tan brutal, tan sin anestesia, tan definitiva.

No es misión de estas líneas historiar esa guerra, sino reflexionar acerca de un dolor puntual, para desde ahí procurar una explicación a la desesperanza argentina del fin del milenio. Porque lo que sucedió fue que, precisamente por tanta manipulación interna y tanta generosa solidaridad externa, los argentinos no alcanzaron a ver la falsificación. Era muy difícil advertirla, es verdad y hay que reconocerlo; sólo unos pocos muy sensatos llegaron a sospecharla e incluso a desnudarla, pero no tenían voces sonoras en aquel momento, y la vocinglería del régimen y la urgencia de los acontecimientos impidieron que se corrieran los velos. Al contrario, la misma actitud infantil del poder se extendió a la sociedad, a la gran mayoría de la sociedad argentina, que *creía*, verdadera y honradamente *creía* que la guerra era justa y que solamente por eso, como si fuera una cuestión de fe, se podía vencer a una potencia imperial secular como Inglaterra, aliada principal de la principal potencia planetaria, los Estados Unidos.

Cuando el velo cayó, cuando se firmó la rendición y se supo de la ineptitud de muchos oficiales del Ejército, de la inacción cobarde de la Armada, del aislado heroísmo de algunos aviadores, de la imprevisión generalizada en los altos mandos y sobre todo cuando se tuvieron constancias y pruebas del horror que padecieron los soldados, esos muchachitos de 18 años que habían sido enviados a una tierra desconocida y helada sin siquiera calcetines adecuados, cuando muchos de ellos empezaron a suicidarse porque no podían soportar su propia memoria de lo que habían pasado (hubo incluso denuncias de chicos que habían sido violados por los gurkas británicos), y cuando fue evidente que había sido una guerra criminal no por el *casus belli* en sí mismo sino porque esos chicos fueron llevados a un matadero y sacrificados del modo más inútil, entonces el terremoto político arrasó con la dictadura y permitió el retorno de la democracia en sólo un año y medio.[16]

Pero hubo algo que no se reconstruyó, que no se reconstruye todavía: la ilusión del paraíso que era la Argentina, ese granero del mundo, tierra de paz, promisión y futuro inmensurable, moderna Arcadia de inocencia y felicidad.

Los gritos de los argentinos, la rabia y el llanto que se pueden ver y apreciar en las fotografías de la época, en los videotapes, en las poquísimas conversaciones y relatos que recuerdan aquella épica de hace sólo una década y media pero que parece tan lejana como una guerra del Peloponeso, son un testimonio de la desilusión. Las acusaciones a los militares argentinos por su imprevisión, por la mentira sostenida y sobre todo por su evidente cobardía, fueron una explosión momentánea, un grito de dolor y el acuñamiento de un rencor que tardará mucho tiempo en disiparse. Pero lo que no fue momentáneo fue la sensación de engaño, la certeza de que todos los argentinos, en una forma o en otra, *todos*, habíamos sido engañados.

Esa suprema desilusión, ese desengaño tan tremendo, e incluso la vergüenza tan honda (no vergüenza por la derrota, una vez más, sino por haber creído y apoyado que una causa históricamente justa estuviese en manos bastardas e irresponsables), provocaron el silencio. Ese silencio pertinaz que se mantiene en el cierre del siglo, que entrará seguramente en el tercer milenio, y que hace que los argentinos *no quieran hablar* de la Guerra de Malvinas.[17]

Por supuesto, ese silencio no necesariamente debe ser leído como desmemoria, sino quizá como algo más grave: es negación. A la desmemoria, al olvido, los tiñe el transcurso del tiempo; a la negación la gobierna la voluntad. Este tipo de negación es una decisión, consciente o inconsciente, pero decisión vital. Para seguir adelante se decide no mirar atrás, no detenerse en la vergüenza del pasado, no recordar nuestro propio papel durante el horror, el incendio, el naufragio.

Aunque hoy resulte doloroso, y dicho sea desde mi propio dolor, pienso que no importa si fuimos más activos o más pasivos en la negación; no importa si no tuvimos individualmente culpa alguna en aquellos días; no importa si acertamos o erramos en el diagnóstico; no importa si nos arrepentimos rápido o tarde; pienso que igual, en general y como conjunto humano, como nación, los argentinos tuvimos responsabilidad en tanto miembros de una sociedad que se portó de modo tan irresponsable. Fuimos, en general, una sociedad infantil cuyos cobardes gobernantes militares nos empujaron al abismo. No hay empate admisible con ellos, desde luego, pero también la sociedad los empujó, e incluso les dio fuerzas y respaldo para que ellos traicionaran la maravillosa solidaridad continental. Cometimos la mayor estupidez que una nación puede cometer: no perdimos un paraíso –después de todo una fantasía casi literaria– sino que perdimos la ilusión del paraíso, ese motor de la vida.

Ideología y Literatura a cien años del Facundo

En septiembre de 1995 me invitaron a pronunciar una conferencia en el marco de la Feria del Libro de Córdoba, en el Teatro Real y con motivo del centenario del *Facundo* de Sarmiento. Así estaba anunciada y enseguida advertí que algo andaba mal en las cronologías: esa conferencia debía haber sido pronunciada en 1945, que fue el año del centenario del *Facundo*, pero para entonces yo aún no había nacido. De todos modos no era cuestión de escabullir el bulto, como se dice, y era todo un desafío reflexionar esa obra fundacional, inaugural de la literatura argentina. Era un detalle interesante y sabroso que en el programa figuraran 100 años, en los diarios se había publicado 100 años, y todo el mundo hablaba de 100 años. Evidentemente eso también tenía que ver con lo que nos pasa a los argentinos con Sarmiento, y con el *Facundo* en particular, dados el autor de que se trata y la circunstancia que vive su país, que es nuestro mismo país.

Fue un trabajo literario el que me acercó a él. Hasta hace unos 15 o 20 años mi visión del sanjuanino era tan cortita y poco elaborada como la que cualquier argentino podría tener: padre del aula, maestro de América, ícono escolar, efeméride. Pero lo tenía mal y poco leído, y no estaba exento de prejuicios y desconfianzas, pues no en vano somos un país de suspicaces donde es un entretenimiento nacional sacarle el cuero a los demás, sobre todo si se destacan en algo. Y vaya que se destacó Don Domingo Faustino.

Desde luego que también había –y hay– mucho para cuestionarle a este hombre que se empeñó con pasión en desbordarse, en irse de boca. Sarmiento dijo barbaridades, fue provocativo como pocos, fue injusto y arbitrario y tuvo algunas ideas tan geniales como otras disparatadas. Fue incoherente a veces y probablemente por todo eso lo llamaban "El loco Sarmiento".

Pero como no padezco, por suerte, de necedad, durante la escritura de mi novela *Santo Oficio de la Memoria* advertí que Sarmiento era también el personaje más fascinante de la historia argentina, figura clave prácticamente en todos los campos: política, educación, literatura, relaciones exteriores, economía, administración, guerra, paz... No hubo área en la que no descollara por original, lúcido, vibrante y polémico. Necesité leerlo y analizarlo a fin de entender la inmigración y la formación de la Argentina moderna, asuntos de los que parcialmente trata mi novela. Y así, leyéndolo, descubrí varias cosas: que más allá del ícono escolar este hombre impar había escrito la saga literario-social más importante y fundacional de la Argentina; que no tiene sentido idealizar a los próceres porque no sólo se los maltrata sino que hasta es una manera de matarlos porque se acaba neutralizándolos; que es posible, inevitable, y hasta necesario admirar desmayadamente y sin condiciones a este intelectual extraordinario; y que leerlo sirve no sólo para desasnarnos sino también para entender mejor nuestro presente.

Lo que me acerca a Sarmiento es la literatura, no la ideología. Pero lo que sobre todo me fascina en él es su totalidad intelectual, que en *Facundo* tiene su expresión más acabada, y a la vez perfecta en tanto narración que compone a un personaje tan atractivo como aborrecible para el propio autor. Sarmiento se irrita, en su tiempo, frente a lo que para él es barbarie como estilo y permanencia. Por eso fustiga no tanto a su personaje (del cual, aborreciéndolo, termina enamorado) sino más bien "al heredero, al complemento" de Facundo Quiroga, que para él es Juan Manuel de Rosas. Es la literatura la que me lleva a quien no vacilo en considerar el más grande prosista argentino del XIX, casi insuperado en el XX. Y sin embargo, si la literatura me lleva a él, lo que me rinde es su complejidad y su ética.

En Sarmiento todo es pasión, ironía, erudición, una inteligencia luminosa que es mucho más que brillo o ingenio, esas cualidades que abundan hoy en la literatura banalizada y en la televisión, pero que no dejan de ser vuelos bajitos. Cuando se conoce a Sarmiento se aprecia que el prestigio que hoy tienen los ingeniosos es cualidad liviana. Un peso completo de la inteligencia como él, un talentoso siempre original e inesperado pero sobre todo siempre consistente, sólido, de bases firmes, no es mensurable desde el brillo fugaz o la frase impactante. Lo que asombra y maravilla en Sarmiento, en sus obras y su conducta, es la luminosidad constante y pareja de su inteligencia.

Su prosa siempre militante, incisiva y polémica, su disconformismo ejemplar, no conocieron tregua. Sarmiento sentía una loca pasión por ese país que nacía, pero al que aún había que soñar; primero había que inventarlo y él lo inventaba en cada oración que escribía. Inventaba un país textual y a medida que lo imaginaba y desarrollaba lo iba criticando, lo perfeccionaba. Y encima, como fue presidente y ministro y maestro y periodista y militar, se equivocaba y corregía todo el tiempo. Y con otros argentinos singulares como Juan Bautista Alberdi, como los mismísimos Mitre o Pellegrini (me resisto a incluir a Roca aunque lo sé inevitable) para bien y también para mal entre todos organizaron una nación en un territorio despoblado e inventaron el país que hoy tenemos y que somos. Sarmiento fue el primero de ellos y, creo, también el mejor.

Sarmiento pertenece a una generación, y a una época, de estadistas cultos, escritores-estadistas. Los hombres del poder tenían formación clásica; no leían la revista *Caras* de la época; quizá eran demasiado solemnes y es seguro que tenían sus deslices, pero no eran frívolos. Estaban demasiado ocupados en crear una nación y eran bien conscientes de la importancia de esa tarea. El valor del brillo intelectual, por otra parte, en aquellos tiempos era determinante para el prestigio de un hombre público. A la función pública podían llegar los oportunistas, como siempre ha sido y será, pero no los mediocres ni los ignorantes. Los estadistas de entonces podían ser cretinos y deshonestos, humanos eran, pero leían a Platón y a Virgilio, conocían bien a Cervantes, se codeaban con Voltaire y Montesquieu, y todos, absolutamente todos, escribían: sus memorias, sus testimonios, sus epistolarios, conscientes de que estaban haciendo historia.

La ética, para ellos, era la medida de todas las cosas, públicas y privadas. La honradez era el factor fundante del honor personal y la base de todo prestigio, vigencia y respeto. Las ideas también tenían prestigio: se pensaba mucho y se trabajaba para gestarlas; no se copiaban ni plagiaban como ahora es moda y práctica. El coraje cívico y la honestidad eran más importantes que los peluqueros, el golf o la televisión de hoy. Y existían los suicidios por dignidad, cuando se había metido la pata o el honor personal o familiar quedaba en entredicho. Ningún estadista ni dirigente argentino del siglo XX ha tenido su estatura, aquella pasión, esa perseverancia, y sobre todo esa ética a prueba de balas que lo llevó a morir pobre como pocos hombres públicos de la Argentina, y eso que había sido Presidente de la República.

¿Dónde está aquella pasión, esa vocación patriótica y fundadora, hoy, a fines del segundo milenio? ¿Dónde encontrarla en la literatura argentina posterior, en qué libros, dónde todo eso junto, en una sola persona? ¿Qué autores se asemejan a él; quiénes fueron herederos de semejante incendio de alma? ¿Qué caminos recorrió el *Facundo*, revisitado por –diría yo– todos los escritores argentinos de este siglo y medio, y hoy casi olvidado, semiignorado por las nuevas generaciones que entrarán al tercer milenio sin conocer de él más que un himno escolar y en el mejor de las casos, quizá, las versiones del *Billiken*? ¿Y sobre todo, en la literatura argentina actual, qué queda de Sarmiento?

Mera hipótesis: estas preguntas explicarían, por sí mismas, su vigencia y actualidad. Su ausencia es presencia implícita y no en vano la llamada "Carpa de la Dignidad" de los maestros argentinos que signó todo el año 1997 fue, en los hechos y entre muchas otras significaciones, una recuperación y revalorización del Maestro de América. Así es la labor de los clásicos.

Hoy tiene tanta vigencia todo aquello que hería a Sarmiento, que revisitar el *Facundo* 150 años después francamente impresiona. Hoy también el podér es bárbaro, aunque ande en limusina y cambie de corbata y de peinado todos los días. Y lo es porque –cito el *Facundo*– se trata de un poder "falso, helado, espíritu calculador que hace el mal sin pasión y organiza el despotismo con la inteligencia de Maquiavelo".

¿Dónde está el Sarmiento escritor, entonces, después de Sarmiento? Quizá solamente en Ingenieros, que es el continuador de su línea y estilo de pensamiento echeverriano; y en Lugones, que es otro polígrafo gigantesco, aunque muchísimo más controvertido. Y en menor medida creo que también en Borges (y digo menor porque Borges me parece el más individuo de los tres, el menos pasional y sanguíneo, y en quien importa menos lo ideológico; o acaso fue que a Borges le tocó vivir el devalúo de las ideologías, que es otro tema). Y el otro que me recuerda a Sarmiento no es argentino, es un mexicano: Alfonso Reyes, de quien dice Octavio Paz que "al enseñarnos a decir, nos enseña a pensar". Como el escritor no tiene más instrumento que el lenguaje, su primer deber "estriba en su fidelidad al lenguaje". Todo estilo "es algo más que una manera de hablar: es una manera de pensar y, por lo tanto, un juicio implícito o explícito sobre la realidad que nos circunda". Para Reyes, dice Paz, era un deber "buscar el alma nacional" y por eso "se enfrenta al lenguaje como problema artístico y ético".[18]

Pero de los argentinos, me parece que en quienes más está presente Sarmiento es en Ingenieros, en Lugones y en Borges, y esto se nota. Sobre todo se nota la ausencia, digo, porque: ¿dónde está Sarmiento *ahora*, en la literatura argentina de hoy? Creo que en ninguno de nosotros. Y aunque podríamos repetir la remanida frase elegante de que está en todos y en ninguno, me inclino más por lo último. Porque Sarmiento es hoy una ausencia intelectual mayúscula en la Argentina, y veamos por qué:

1) En el *campo político* se lo ignora, se lo ninguea prolija y puntualmente como se ninguea todo lo que hoy se llama Nación, Patria, Soberanía, términos en desuso en el fin del milenio.

2) En el *campo educativo y social* también está como neutralizado, lo han inoculado. Lo han pasado por lavandina, lo destiñeron, posiblemente por la incomodidad que produce. Porque Sarmiento es la figura más inclasificable de entre todos nuestros próceres: es el más incómodo hombre público que ha dado la Argentina. Por eso hoy es sólo un dato escolar: devino calendario, efeméride. "Gloria y loor, honra sin par" y se acabó Sarmiento.

3) En el *campo ético* su ausencia es absoluta. La dimensión ética de Sarmiento, que está señalada en el *Facundo*, es hoy una fantasmagoría. Y éste es el plano más grave de la Argentina de hoy, debido a la suprema estupidez del clientelismo político y el electorerismo municipal. La clase política no parece advertir que tan importante como discutir políticas económicas es acabar con la corrupción, que es el cáncer que ha convertido a esta nación en la desesperada narcorrepública que hoy parecemos ser.

4) Y en el *campo de la literatura* Sarmiento es también ausencia, aunque es alentador apreciar que en el cierre del milenio hay toda una generación de escritores que indaga en la historia colectiva y aunque se ha decretado la muerte de las utopías, sostiene que la literatura es *la* utopía en sí misma. En Sarmiento la Patria es ideología y la utopía Literatura. Pasión por la nación; pasión por la literatura. Pero a la hora de escribir lo gobernaba más Cervantes que Montesquieu. Parafraseando a Paz: Sarmiento hacía la crítica de las armas con las armas de la crítica.

Su ausencia se nota sobre todo en la nostalgia que tenemos de su furor y su rigor intelectual. Es tan patética su falta que hace sólo unos años, en 1988, se cumplieron cien años de la muerte de Sarmiento, y he preguntado a docenas de personas cómo lo habían recordado entonces, y casi nadie se había dado cuenta, siquiera, del centenario. Por eso da tanta pena ver cómo hoy, en cambio, se pueden comprar intelectuales con cocteles, vino fino y saladitos. Y cómo con viajes y fotos, palmadas y tarjetas, empanaditas y guiños, hay intelectuales que terminan funcionarios de regímenes corruptos. Esa es y así es la *intelligentzia* que tenemos, así es el *establishment* de estos tiempos de marketing, pensamiento tilingo y escritura *light*.

De igual modo pasma, angustia ver hoy tanto tema banal con buena prensa, tanta tontería con oropeles, tanta pavada con cartel. Impacta la búsqueda indiscriminada del éxito a codazos; horroriza a la inteligencia la tiranía del marketing; fastidian las biografías de la intrascendencia y los cripticismos infatuados, los experimentalismos sin ton ni son para espantar burgueses aburridos y las borracheras semióticas.

En la literatura, como dice Antonio Skármeta, "todos buscamos el océano en un pez". Y en la literatura argentina, como en la universal, hay que seguir buscando la conjunción que mandó Cervantes y que en estas tierras supo Sarmiento mejor que nadie: escribir con gracia para el entretenimiento, y a la vez con profundidad para la reflexión. Escribir, pues, como se respira, y para la significación y para el goce. Escribir, para decirlo al modo de Octavio Paz, deshaciendo la lengua para recrearla y reinventarla, para que el español se vuelva argentino sin dejar de ser español.

Hoy que en la Argentina se desacreditaron las propuestas ideologistas que forzaban supuestos "compromisos" y que no hicieron otra cosa que bastardear la literatura, también sería bueno desacreditar la indecencia de escribir tan de espaldas a lo que sucede. Parece incluso feo, estéticamente desagradable, desechar por completo los contextos, despojarse de todo entorno en la creación literaria. Es en este punto en el que tanto se echa de menos a Sarmiento, maestro en el arte de escribir con pies y manos puestos en la literatura y en la realidad.

Cabe recordar aquí que casi toda la literatura argentina del siglo XIX fue testimonial, épica, propagandística y polémica. Mariano Moreno, Bernardo de Monteagudo, Echeverría y luego todos los antirrosistas, en sus obras contenían un trasfondo idealista y combativo. Pero ahora puede verse que aquella militancia furibunda los llevó a satanizar la figura de Rosas, a quien redujeron a la categoría de vulgar "tirano" cuando en realidad fue un personaje por lo menos complejo, y lo sigue siendo, tanto que es imposible e injusto –todavía– exonerarlo o condenarlo definitivamente. Sin dudas, para muchos de los intelectuales que lo combatieron ha de haber sido muy difícil enfrentarlo coincidiendo con la oligarquía naciente y con los acomodados españolistas que perduraban. Otros, los más furiosos enemigos de Rosas, no fueron los mejores escritores y no casualmente algunos de ellos fueron rescatados por dictaduras recientes, como lo hizo el videlato en algunos de sus textos de enseñanza.[19]

La literatura argentina del siglo XIX tuvo ese inocultable, marcado tinte oligárquico y elitista. La cultura era considerada sólo como expresión de las bellas artes, y a ellas solamente podían acceder unos pocos. Pastor S. Obligado cuenta, por ejemplo, que mientras se festejaba el triunfo sobre los invasores ingleses en la mansión de Mariquita Sánchez de Thompson, ahí mismo y al mismo tiempo se agasajaba al general inglés Beresford.[20] Quizá fue allí que empezó la Biblia junto al calefón.

Ese elitismo respondía a la idea de que el arte mismo era cenacular y destinado a ser goce y privilegio de sectores sociales acomodados. No cabía entonces la concepción de arte popular que, un siglo después, se expresaría de maneras tan diversas y plurales (aunque también con tantas obviedades, kitsch y demagogia). La difusión del buen gusto y la capacidad de expresión y aprecio extendida a todos los sectores sociales es una tarea muy ardua y constante, que no siempre ha encontrado las vías adecuadas; es un objetivo a alcanzar, todavía, y es un camino de ripio lograr un arte que sea máxima expresión de la cultura de un pueblo, entendida la cultura como comportamiento, muestra de originalidad, buen estilo y mejores costumbres, y todo ello elevar la calidad de vida de los habitantes de un país, sin elitismos, sin restringir el acceso a ninguna clase social y garantizándoselo a todas.

Finalmente, nuestra literatura del XIX fue también de exilio: como Sarmiento, también Echeverría y Alberdi fueron proscriptos; Juan María Gutiérrez, a quien algunos consideraban el más completo hombre de letras de su tiempo, vivió casi toda su vida en el Uruguay, Europa, Perú y Chile; Vicente Fidel López, quien según Ingenieros empezó a confundir nuestra historia escribiéndola sin comprobaciones instrumentales y tomando partido antirrosista y antipopular, también estuvo desterrado en Chile; e Hilario Ascasubi, padre literario de Aniceto el Gallo y de Santos Vega (ese gaucho que sólo puede ser vencido por el diablo en una payada) vivió desterrado en Montevideo antes de volver para hacerse mitrista. Y desde luego José Hernández, también vivió en exilio. Por haber sido un niño muy enfermo, lo enviaron al campo, donde se formó. Autodidacta (sólo tenía educación primaria) fue federal, antimitrista y antisarmientista. Lo llamaban "El Matraca Hernández" por lo gritón y estentóreo, por corpulencia y exuberancia. Fue militar y periodista, como tantos intelectuales de su época, y siendo un gran conocedor del gaucho parió su monumental drama de persecución y desamparo, el *Martín Fierro* (1874), e instaló para siempre el motivo de la injusticia en la literatura argentina. Pero no sólo fue el iniciador de la literatura gauchesca y de un aspecto social; Hernández fue en realidad un teórico de esa escritura, como lo prueba su memorable prólogo a *La vuelta de Martín Fierro* (Librería del Plata, Buenos Aires, 1879), en el que explica las razones de la oralidad, del uso de los proverbios y el refranero, del tipo de personajes, de la escena y aun "la elección del prisma", que equivale a lo que hoy llamamos punto de vista. Consciente de lo que hacía, allí Hernández adelanta incluso una concepción de la literatura popular, y una idealización del valor del libro y la lectura, que no me resisto a reproducir:

"Un libro destinado a despertar la inteligencia y el amor a la lectura en una población casi primitiva, a servir de provechoso recreo, después de las fatigosas tareas, a millares de personas que jamás han leído, debe ajustarse estrictamente a los usos y costumbres de esos mismos lectores, rendir sus ideas e interpretar sus sentimientos en su mismo lenguaje, en sus frases más usuales, en su forma general, aunque sea incorrecta; con sus imágenes de mayor relieve, y con sus giros más característicos, a fin de que el libro se identifique con ellos de una manera tan estrecha e íntima, que su lectura no sea sino una continuación natural de su existencia. Sólo así pasan sin violencia del trabajo al libro; y sólo así esa lectura puede serles amena, interesante y útil".

202

El motivo de la injusticia, que recorrió gran parte de la literatura del fin del siglo pasado, hoy en el fin del milenio parece un motivo ausente. El gaucho, es obvio, ha desaparecido de la faz de la literatura, y lo que queda de él se escribe en portugués y radica en el sur del Brasil, en Rio Grande do Sul. Hoy Ascasubi y su continuador, Estanislao del Campo (padre de Anastasio el Pollo y de un popularísimo *Fausto* criollo de 1866, basado en la ópera de Gounod) son impensables. En el XIX Eduardo Gutiérrez escribió muchísimos textos de tradición gauchesca, algunos de los cuales llegaron al teatro con enorme éxito, como su legendario *Juan Moreira*. En los años '80 del XIX los hermanos Podestá inauguran el moderno teatro argentino con obras de Gutiérrez, con quien se asocian. Luego en el teatro popular destacarían Martín Coronado, Martiniano Leguizamón, Florencio Sánchez y el todavía hoy ninguneado Alberto Vaccarezza.

El poeta nacional de fines del XIX era Rafael Obligado, aquel que parió esos versos de tan dolorosa vigencia:

Cuando la tarde se inclina
sollozando al Occidente
corre una sombra doliente
sobre la pampa argentina...

Esa sombra es Facundo pero también puede pensarse, hoy, que es cada uno de los desaparecidos durante la última dictadura del siglo XX.

La vieja, antiquísima pregunta "¿qué hacer?" sigue siendo la mejor para formularnos los argentinos. Por lo que toca al intelectual que se desnuda y exhibe sus miedos y su desesperación, no hace otra cosa que pensar, escribir y participar incesantemente. Anda por ahí, todo disconformidad, todo rabia y rebeldía, y vuelve a escribir. Esa es la resistencia cultural en la que estamos inmersos, de cara a un tercer milenio que es obviamente más desafío que promesa. No hay otro camino: resistir frente al embrutecimiento, la corrupción, la mentira, la estupidez que Borges juzgaba popular. Recuperar a Sarmiento de modo militante, para luchar cuerpo a cuerpo en el campo de las ideas y de la ética. Y lucha pacífica, gandhiana, por la democracia y por la vida, contra el olvido y la comodidad. Mediante el texto y el plantón, la sentada y el decir *no*. Protestar, reclamar, rebelarse con inteligencia, con escritura y con las armas de la crítica. Para no caer en el palo, el tiro o la bomba, que es adonde muchos quieren llevar a los intelectuales. Y para mejor honrar la memoria de muchos de nuestros mejores escritores y poetas desaparecidos.[21]

Con palabras de Sarmiento en el *Facundo*: "¿Acaso porque la empresa es ardua, es por eso absurda? ¿Acaso porque el mal principio triunfa, se le ha de abandonar resignadamente el terreno? ¿Acaso no estamos vivos los que después de tantos desastres sobrevivimos aún; o hemos perdido nuestra conciencia de lo justo y del porvenir de la patria, porque hemos perdido algunas batallas? ¡Qué!, ¿se quedan también las ideas entre los despojos de los combates? No se renuncia porque todas las brutales e ignorantes tradiciones coloniales hayan podido más, en un momento de extravío, en el ánimo de masas inexpertas. ¡Las dificultades se vencen, las contradicciones se acaban a fuerza de contradecirlas!".

La literatura argentina: Una escritura de la resistencia

Desde que se restableció la democracia en 1983, la literatura argentina ha evolucionado mucho y los argentinos de este fin de milenio están mucho más marcados por la literatura que lo que comúnmente se cree. Consecuentemente, el Discurso Literario ha cambiado muchísimo y se ha vinculado con todos los códigos sociales que expresan a los argentinos de este tiempo. No podía ser de otra manera: así lo imponen nuestra zarandeada vida cotidiana y el ritmo vertiginoso de la llamada posmodernidad.

Pero reflexionar sobre el Discurso Literario no implica solamente pensar qué literatura hacemos, sino qué significa hacer literatura en una sociedad todavía autoritaria y tan degradada social y culturalmente. La crisis que vivimos es colosal y desestabilizadora, pero lo abrumador de nuestro tiempo no es que estemos en crisis, porque en América Latina siempre hemos estado en crisis, por lo menos desde hace 505 años. Lo que es nuevo es el tamaño. Nunca el mundo ha vivido crisis como la actual, ni la Argentina democrática situación parecida de injusticia, mala educación y violencia.

En el campo de la literatura, del libro y de la lectura el panorama es en un sentido desolador: más allá de la fama de pueblo culto de que gozamos los argentinos, décadas de autoritarismo, intolerancia y oscurantismo dejan huellas profundas: éramos un país casi sin analfabetos; a finales del milenio ni siquiera hay cifras oficiales confiables. Y sin embargo todos sabemos –sentimos– que el analfabetismo ha crecido dramáticamente entre nosotros.[22] La producción de libros ha sufrido tremendos altibajos en el último medio siglo y de tener la más fuerte industria editorial en lengua castellana y de toda Latinoamérica, y de ser el principal país exportador de libros, ahora estamos detrás de varios países (España, Brasil, México y Colombia, por lo menos). La lectura se deslizó por la misma pendiente: en los años '50 se calculaban 2,8 libros por habitante/año; a mediados de los '90 bajamos a sólo 1,2 libros por habitante/año.[23] Una encuesta de 1997 realizada por el Centro de Estudios para la Nueva Mayoría, determinó que el 16% de la población nunca lee libros; el 46% lee de uno a tres por año, y el 38% lee cuatro o más.[24] Y la educación pública argentina, de tradición integradora de inmigrantes y cultivadora de un sentimiento nacional progresista, ha sido desplazada por un economicismo suicida que nos ha convertido en una especie de narcocalifato donde sólo importan los negocios y la impunidad.

Todo esto es decir lo menos. Cualquier argentino puede añadirle sal y pimienta, o edulcorar un poco la cosa, pero casi todos tenemos esta sensación: estamos culturalmente en retroceso. Es por ello que al cierre de este libro, a fines de 1997, frente al Congreso Nacional se levanta todavía, y desde hace meses, la llamada Carpa de la Dignidad donde los maestros argentinos ayunan en defensa de la escuela pública y en reclamo de un fondo educativo permanente. Resisten también el constante atentado a la autonomía universitaria y el recorte de recursos para la investigación. El magisterio en la Argentina es hoy la reserva moral más grande que tiene el país, herederos del mandato de Sarmiento, padre fundador de la educación pública obligatoria, laica y gratuita.

El estado de la educación y de la cultura en la Argentina que va a iniciar el tercer milenio es bastante escandaloso, preocupante. Más allá de las infinitas manifestaciones culturales y expresiones artísticas que hablan de la sostenida creatividad de los argentinos, la política educativa y cultural oficial no ha sabido revertir el atropello ni el oscurantismo de las dictaduras. Los civiles no tuvieron suficiente conciencia –por ignorancia, corrupción o desidia– de que las semillas horribles de la última dictadura iban a germinar algún día. Por eso la reconstrucción democrática, que en el año 2000 cumplirá 17 años, terminó concentrándose en establecer nuevos modelos políticos y económicos, importantes y necesarios, sin duda, pero también insuficientes porque descuidaron la cultura. Y el resultado es que las nuevas generaciones surgieron y surgen insufladas de politiquería y economicismo, pero tan incultas.

La literatura argentina, es obvio, acompaña el proceso colectivo. Desde luego que la literatura no está para hacer política, se sabe y se dice, y suena muy bien, pero la hace todo el tiempo. Del mismo modo, su misión tampoco es escribir la Historia de una sociedad, pero la escribe y la reescribe todo el tiempo. Por eso, aunque el mundo cambia y la literatura y nosotros también, los escritores argentinos (y los latinoamericanos) seguimos teniendo mucho más que ver con Sartre que con Fukuyama.[25] Y así seguirá siendo mientras tengamos memoria y honestidad intelectual y aunque muchas veces nos sintamos confundidos porque la barbarie del sistema económico imperante (se diga lo que se diga, el así llamado "modelo" es salvaje) hace que las lecciones de la Historia sean molestas, del mismo modo que dificulta pensar la cultura, a veces ridiculiza propósitos, y casi siempre nos llena de desasosiego.

La democracia y su hija dilecta la libertad de expresión, que alientan el proceso de pérdida del miedo y de recuperación del rol de los intelectuales, dan sentido a la producción intelectual de los argentinos en el fin del milenio. Si la tendencia contemporánea es el pragmatismo, y pragmatismo suele equivaler a olvidos éticos, nuestra mejor opción sigue siendo resistir con ideales y principios. Por eso en un país como la Argentina hacer cultura es resistir. Y resistir es tener memoria. Somos platónicos, en este sentido: "Aprender es recordar". Y es que frente a la mentira y la inseguridad jurídica, la frivolidad y la vocación autoritaria que padecemos los argentinos, la resistencia cultural y la apelación a la Historia y sus enseñanzas son a la vez un imperativo ético y un trabajar contra la violencia de la vida cotidiana. Por eso no nos olvidamos de José Luis Cabezas ni dejamos de reclamar el esclarecimiento y castigo a los que pusieron bombas en la Embajada de Israel y en la AMIA.

No hay peor violencia cultural que el proceso de embrutecimiento que se produce cuando no se lee y se pierde la memoria. Una sociedad que no cuida a sus lectores, que no cuida sus libros y sus medios, que no guarda su memoria impresa, que no alienta el desarrollo del pensamiento y cuyos artistas se desentienden de su Historia, es una sociedad culturalmente suicida. No sabrá jamás ejercer el control social que requiere la democracia. Que una persona no lea es una estupidez, un crimen que pagará el resto de su vida con su propia historia personal. Pero cuando es un país el que no lee, ese crimen lo pagará con su historia, máxime si lo poco que lee es insustancial. Del mismo modo, que alguna persona se distraiga y olvide es una estupidez que acaso pagará el resto de su vida. Pero cuando es un país el que oculta y silencia su pasado, ese crimen lo paga también con su historia, máxime si su flaca memoria es basura envasada por los grandes sistemas de difusión masivos.

¿No lo estamos viendo en la orgullosa Europa? ¿Cómo explicar, si no, que gigantescas guerras que cuentan sus muertos por millones y que fueron los más atroces genocidios de la Historia se olviden cada dos generaciones de modo que resurgen sus frutos más horribles, como sucede ahora mismo con los *skinheads* alemanes y los neonazis que pululan en casi todos los países?

En el mundo en que vivimos se dice –y lo que es peor, se acepta– que las ideologías han muerto, y que las utopías han perdido sentido. Hoy se acusa a los románticos, se desdeña a los idealistas y se mira con desconfianza a los memoriosos. En semejante mundo los escritores seguimos siendo –para el proyecto de globalización– garantías de nada: sujetos poco confiables, inasibles y hasta peligrosos. Y tienen razón.

En la Argentina la crisis cultural, y específicamente la literaria, se juzga sólo en términos de mercado. La creación viene atravesando un período muy rico, yo diría un renacimiento. Por eso cuando se habla de crisis literaria, en mi opinión se falta a la verdad: lo que está en crisis es el mercado, la industria editorial. Pero no nuestra literatura, que goza de muy buena salud. Además hoy los argentinos sabemos que, aun con sus carencias e insatisfacciones, la democracia es el mejor ámbito para la creación artística; y que son precisamente las formas las que hacen a la esencia, tanto de la vida democrática como de la creación estética. Es el cuidado de las formas lo que abre y ensancha espacios en la vida republicana, para que se expresen todos los discursos pero sobre todo para que ya no se mate a la gente, no haya censura y el disenso sea estímulo y no represión.

Y aún nos sobrevuela una pregunta: ¿qué obra produce el artista que es capaz de ignorar las miserias que definen el curso de la sociedad en que vive? Porque, digámoslo, no hay obra moral de autores inmorales, como no hay estética valiosa si proviene de la carencia de rigor creativo. No hay belleza en la ignorancia, y por eso la cultura popular debe tener un altísimo sentido estético para que su ética sea valiosa.

En los últimos años, por lo menos el tiempo que va desde la recuperación democrática, muchas cosas han cambiado para bien en la Argentina, y entre ellas la narrativa, que ha sabido encontrar caminos nuevos aunque no ha dejado de ser en cierto modo una épica constante. Y es que hablar de la narrativa argentina es hablar de su lucha por la libertad. Con variaciones de temperatura muy bruscas, pues todavía es muy joven y pertenece a una sociedad y una cultura que se han debatido históricamente entre la censura y la libertad, la narrativa argentina del fin del milenio es el producto de la dramática alternancia entre dictaduras y democracias. Y la transición iniciada en el '83 significó una revolución de nuevas reglas jurídicas, reconstitución de normas de convivencia, y cambio en las conductas individuales y sociales que todavía no ha terminado.

Como se sabe, las transformaciones sociales se producen de un modo tan vertiginoso que hace imposible valorar los cambios mientras ocurren. Por eso es casi imposible definir qué literatura se escribe ahora en la Argentina, cómo es la literatura de la democracia. Todavía es imposible saberlo a cabalidad. No hay perspectiva suficiente, porque la destrucción social, política, económica, moral y cultural fue tremenda y todavía estamos contemplando los restos del naufragio. No hemos terminado de juntarlos. Más aún: en 1997, y a catorce años de democracia, no estoy seguro de que el naufragio haya concluido. Pero sí pueden señalarse algunos rasgos comunes de la narrativa argentina que se escribe en democracia. Y en plan de señalar los ejes temáticos y formales que se advierten en la generación de escritores que cierra el siglo XX, cabría subrayar algunas características:

La primera es –como anticipamos páginas más atrás– la presencia de la mujer, que es determinante en el fin del milenio. El papel predominante que tienen hoy en nuestra escritura es algo que hubiese parecido inimaginable hace sólo veinte años. Ahora ha cambiado todo: la mujer como protagonista de la escritura y como sujeto literario; las mujeres que escriben y lo que escriben las mujeres; y también las mujeres que leen lo que escriben otras mujeres y cómo las mujeres son escritas. Este es un punto esencial del fin de las dictaduras en la Argentina, pues con la democracia hemos recuperado la palabra. Y quien más la había perdido, como ha sucedido siempre, era justamente la mujer, ya que si toda dictadura esclaviza y censura, la mujer históricamente ha venido siendo la compañera del esclavo y, por ende, muchas veces doblemente censurada. Hoy la mujer es parte central del proceso democratizador y esto, qué duda cabe, es el cambio más revolucionario de la democracia argentina.[26]

La otra –como también hemos visto– es la obsesión por afirmar la memoria, que se expresa en el retorno de los narradores a la Historia y la necesidad que manifiestan de recuperar episodios y personajes históricos, no tanto para encontrar enseñanzas respecto del futuro como para leer mejor las claves del presente. En este sentido se explica la corriente contemporánea de recuperar una vasta gama de hechos, conflictos, costumbres, mitos y personajes, argentinos y de casi todos los países latinoamericanos.

Quizá una tercera característica para anotar se refiere a la escritura de los más jóvenes, los chicos y las chicas que en estos años se asoman a sus veinte años y que ingresarán al siglo XXI en su plenitud, y cuya cultura literaria es completamente distinta de la que tuvieron –tuvimos– las generaciones anteriores. Tampoco hago aquí valoración moral alguna. Hablo de hechos, de lo que estoy advirtiendo. Y lo que advierto es que ellos escriben con una libertad que nosotros no tuvimos. Digo libertad formal, pero también, claro, libertad política. ¿Y qué se manifiesta en su escritura? Entre otras cosas, que la cultura de estos chicos que escriben ahora en escuelas y talleres, participan de concursos y acaso publican sus balbuceos literarios en revistas marginales, tiene una impactante influencia audiovisual. En sus textos se notan el inevitable sello de los videoclips y videogames, una asombrosa tendencia al facilismo y a la insolidaridad, y un alarmante desconocimiento de la lengua y la literatura. Es obvia su falta de lecturas. Escribir, se sabe, escribe cualquiera. Con papel, lápiz y una fuerte decisión, todos podemos ser escribidores. Pero sin una cultura acumulada, sin una biblioteca leída, sin conocimiento de las fuentes ni vínculos de amistad y familiaridad con los maestros de la literatura universal, se escribirá lo que escriben estos chicos. Ahí aparecen los verdaderos valores que ellos, desdichadamente, tienen, porque son, aunque duela decirlo, hijos producto –por ende víctimas– de la dictadura.

Y me parece que lo son, porque no cabe la ilusión de que en una década y media de democracia se hayan erradicado totalmente ni el pensamiento autoritario ni el miedo que se inculcó en esta sociedad durante tantos años sin democracia.[27] Desde luego que esto no es un juicio a ellos, los muchachos y chicas que hoy escriben tan mal como escriben. Quede claro que para mí ellos son casi inocentes, aunque lo que se lee en sus textos no deja de sorprenderme: relaciones de violencia, exculpaciones de la corrupción, viajes por galaxias inalcanzables, más violencia, misticismos pueriles, y todo en un contexto de descuartizamiento de la sintaxis, genocidio de la ortografía y hasta asesinato de las más elementales normas básicas del contar con una mínima secuencialidad cronológica que permita al menos la exposición clara de lo que se quiso expresar.[28]

Otro cambio que me parece interesante apuntar se refiere al universo temático de los narradores argentinos. En los años '70 y en los '80, cuando se leía la narrativa publicada, de autores reconocidos, uno se encontraba naturalmente con temas vinculados a la violencia política. Todavía hoy leemos memorias de la represión y testimonios del exilio (y cuando digo exilio me refiero no sólo a los argentinos que tuvimos que emigrar; también incluyo a los que se quedaron en el país y vivieron un verdadero exilio interior). Pero he aquí lo asombroso: muchos nuevos escritores no consagrados, que están escribiendo hoy en día, en su gran mayoría se apartan de esa temática para incursionar en otras preocupaciones. En la revista *Puro Cuento*, que dirigí entre 1986 y 1992, nos llamaba muchísimo la atención que nueve de cada diez textos que nos llegaban no se referían a la violencia ni tenían vínculo alguno con la política. Eso nos parecía asombroso porque hubiera cabido esperar que después del carnaval de horror que sufrimos, después de la destrucción, la literatura argentina surgiera panfletaria, realista a ultranza. Y no era así. Esa nueva narrativa era sobre todo fantástica, con mucho menor vocación por la realidad de lo que hubiera sido lógico esperar. Esto no quería decir que no importara la memoria, sino que lo central seguía siendo la preocupación formal, el experimento o en todo caso la imitación (siempre desdichada, claro está) a maestros como Borges o Cortázar. La pregunta que nos hacíamos era: ¿Será que acaso este retorno a lo fantástico –es decir a la más pura literatura– es lo que producen la democracia y la libertad?

En un panorama provisorio de la literatura argentina que tracé en una conferencia pronunciada en Cincinnati y en varias otras universidades norteamericanas, entre 1985 y 1989, escribí que en el fin del milenio íbamos a terminar discutiendo también la actitud de los lectores. En ellos reside siempre el verdadero destino de toda literatura. Sin lectores que lo descubrieran no hubiese existido Kafka. Sin lectores no se hubiera recuperado

Stendhal. Sin lectores la literatura argentina de estos años hubiera sido otra, mucho más sometida al sectarismo y a la vocación ninguneadora de cierto academicismo poderoso. Los lectores son siempre esperanza, defensa y futuro. Pero el optimismo, de todos modos, en este país y en estos tiempos nunca puede ser inmenso y en aquel 1989 me parecía que muchos argentinos a la larga iban a quedar afuera del llamado *Modelo*. "Diez millones, por lo menos, que perderán el tren de la vida y marcharán, desacomodados y apretujados, en el furgón de cola de la supervivencia. Cada argentino apelará, entonces, a su tolerancia, su cretinismo, su negación o su insensibilidad para poder soportarlo."

Lo anterior no se cita por hacer alarde de predictibilidad, sino para decir que ya entonces pensaba que "es muy posible que estemos mucho mejor en la literatura, y hasta creo probable que se reflote la industria editorial argentina, que es posible que vuelva a exportar libros por valor de 10 o 12 millones de dólares por mes como lo hizo hasta 1974. Se recuperarán mercados, lectores, habrá fomento de la actividad y de la exportación, y los bajísimos costos de la industria editora argentina acaso serán parte de la demostración de que 'se puede' o de una prometida 'revolución productiva'. Dicho todo esto con más esperanza que ironía".

Pero si ello ocurría (y a pesar de la crisis en cierto modo está ocurriendo al cierre de este libro) "se habrá confirmado una vez más aquello de que, de haber nacido Franz Kafka en la Argentina, hubiera sido un escritor costumbrista. Si ocurre, digo, volveremos a los libros y a los lectores. Y habrá concursos y premios, y pulularán talleres, y padeceremos toda esa insoportable inflación editorial y literaria que ahora vive, por ejemplo, España, donde se premian y 'descubren' centenares de poemas, cuentos y novelas por año. Parafraseando a Borges, uno debería extrañarse ante una nación que tarda tres siglos, desde Cervantes, para que se escriba una novela como *La regenta*, pero luego en una década produce una hojarasca de novelas premiadas que sin el menor atisbo de hispanofobia debería calificarse como excesivamente pretenciosa".

La literatura es un oficio demasiado solitario y atormentador. El escritor contemporáneo ya no vive encerrado en una campana de cristal, como pretenden el lugar común y algunos despistados de buena fe, sino que vive y escribe inmerso en dramas y metáforas absolutamente prescindibles pero de los que sólo uno no puede prescindir. Uno vive preguntándose qué es esa manía de imaginar ficciones cuando la realidad es tan contundente, y además uno pierde un tiempo precioso escribiendo, tiempo que bien podría aplicarse a la televisión, el chisme, la especulación, la bolsa, el cafecito, la incultura y otras gimnasias tan de moda en la Argentina. Uno se pregunta si a alguien le interesará lo que uno escribe, para qué sirve la literatura, por qué y para qué se escribe y todo eso que siempre alguien pregunta en los diálogos abiertos de la Feria del Libro.[29]

Si bien cambió el país y ahora vivimos en democracia, las conductas no se mutan en pocos años. Los cambios sociales y el comportamiento de las sociedades, sólo pueden advertirse en perspectivas seculares, o casi. Las civilizaciones no saben de la humana ansiedad que nosotros, los individuos, sentimos. Esto es parte de un riesgo inherente a toda literatura. Inherente al Arte. Y ese mismo riesgo nos fuerza a seguir conviviendo con viejas actitudes que caracterizan también a la literatura argentina actual desde, por lo menos, Esteban Echeverría: por un lado la Capital y por el otro el interior, escisión abarcadora de toda nuestra historia, fenómeno que nos signó, que hizo de lo porteño sinónimo de lo nacional (no sólo en lo literario) y que ahora, me parece, está apenas revirtiéndose.

Y no sólo eso: en este país que se come a sí mismo, como lúcidamente ha escrito Norma Morandini[30], siempre empeñado en repetir sus peores rasgos y en mostrar sus costados más oscuros, es duro aceptar que sus intelectuales se hayan quedado al margen de algunas importantes preocupaciones universales, o al menos continentales. La intelectualidad argentina, por ejemplo, casi no participó de un debate universal interesantísimo que se produjo en 1992, cuando el mundo celebró (es un decir) los 500 años del descubrimiento de América (verbo también dudoso –descubrir– porque América ya estaba allí). Si para muchos se trataba de festejar un aniversario, para muchos otros se trató de lamentar la Conquista, y fue un asunto de apasionante discusión entre intelectuales de América y de España. De la cual, que yo sepa, los argentinos casi no participamos. ¿Resistió el mundo indígena al conquistador y por eso todavía tenemos arte indoamericano? ¿O esa cultura fue aplastada y lo que queda de Indoamérica son sólo muestras exóticas de una cultura que ya no es? Un asunto apasionante, claro, del que nos quedamos afuera. ¿Se dirá, como una vez escuché, que porque nosotros estábamos "más allá de semejante estupidez"? Obviamente no; yo diría que fue por nuestra poca significación.[31]

Propongo, por lo tanto, admitir que en el mundo se mira muy poco y con poco interés a la Literatura Argentina, pero ello no impide que nuestros escritores se sigan ocupando de todos los asuntos humanos, mediante formas y estrategias diversas: alusivas, indirectas, experimentales y de variada sutileza. La narrativa no deja ni dejará de abordar ninguna cuestión crucial y hay que celebrarlo: a las puertas mismas del tercer milenio hemos recuperado el uso pleno e irrestricto de la palabra; sabemos que hay que compartirla con los depredadores del lenguaje, con los distorsionadores de todo verbo, y con los ignorantes masificadores que embrutecen para manejar a las masas. Pero no bajamos la guardia y en nuestras narraciones –en casi todas las narraciones argentinas de este tiempo– están presentes estas preocupaciones: la historia como manantial de alusiones al presente; la ética como bandera para el fin del milenio; la memoria como necesaria actitud dignificadora; la democratización y el sinceramiento de la tragedia argentina. Y siempre, como enseña Fracchia, su manifestación extrema que es la belleza: "Lo bello por inútil, mas no sin sentido. Lo bello por necesario como anticuerpo contra la muerte. Es que lo bello es la vida desplegada en toda su potencia".[32]

Una última cuestión para mencionar: la vigencia de la actitud de ninguneo de las mafias literarias, fenómeno que no se da sólo en Buenos Aires sino que es universal, y por supuesto también ocurre en las provincias. Probable, seguramente, esto corresponde a la Naturaleza Humana, pero informa siempre sobre las literaturas. Los narradores y poetas argentinos lo sabemos, en este contexto convivimos y creamos, y –más allá de las infinitas diferencias que a veces desatan apasionadas polémicas– junto con críticos, periodistas e investigadores vamos tejiendo la trama múltiple y compleja del discurso literario argentino de este tiempo. Un tiempo en el que impera la llamada estética de la posmodernidad, estética de vértigo y desencanto en la que la violencia es parte de un paisaje en general desalentador e insolidario.

Aunque los argentinos, a fuerza de fracasos, parece que nos hemos vuelto indiferentes ante las emociones y nietzscheanamente escépticos y algo cínicos ante los cambios, hay otro camino posible. Por lo menos mi generación ha asistido a la debacle del sueño de la revolución social latinoamericana y a la extinción de los bienes sociales del peronismo, y es cierto que no es la actual –la de 1997– la cultura de la democracia que queríamos hace 14 años, después de tantos y tan crueles años de autoritarismo. La otrora orgullosa cultura argentina de la que se ufanaron dos o tres generaciones de intelectuales, desde Ingenieros y Lugones hasta Borges, por lo menos, y aún más acá, hoy está en emergencia como en toda la América Latina. No en retroceso. Digo en emergencia, que es decir en plena batalla. Lejos de toda comodidad agraria, hoy está con los pies metidos hasta el fondo en el barro de su propio pasado, de su sexismo, de su autoritarismo y de sus mitos.

Cuando la realidad de una sociedad es sombría es improbable que su literatura no lo sea. Y sin embargo, en el caso argentino es precisamente en la literatura donde cabe el optimismo. Al mío lo sustento en el simple hecho de que están vivos y escribiendo más de un centenar de narradores y poetas cuyas obras obligan a pensar que nuestro Discurso Literario es en cierto modo un lujo a contrapelo del mercado. Y lo es porque sigue proponiendo una indeclinable batalla por la restauración de la Etica y por los valores que conlleva: honradez, trabajo, solidaridad, rectitud. Y es que imperiosa, urgentemente, no tenemos alternativa: la Etica es, hoy en día y de cara al Tercer Milenio, realmente lo único que nos queda y lo único que dignificará nuestra literatura. Y ése es el sentido mayor de nuestra resistencia.

NOTAS

[1] Tusquets Editores, Barcelona, 1995, pág. 108.

[2] Por cierto, cabe señalar que en estas meditaciones compartimos la lectura e interpretación de la historia argentina que han hecho, entre otros, Tulio Halperín Donghi (*Historia Argentina, Tomo 3, De la revolución de independencia a la confederación rosista*, Editorial Paidós, Buenos Aires, 1980, 409 págs.) y José Luis Busaniche (*Historia Argentina*, Solar/Hachette Editores, Buenos Aires, 1979, 783 págs.). También Ricardo Levene (*Historia de América*, Editorial Jackson, Buenos Aires, 1944, 14 tomos) y, en fin, múltiples autores como Félix Luna, Gregorio Weinberg, José Luis y Luis Alberto Romero.

[3] José Ingenieros: *Evolución de las ideas argentinas*. En *Ensayos escogidos*, CEDAL, Capítulo, Buenos Aires, 1980, pág. 99.

[4] Adriana Puiggrós y Jorge Luis Bernetti: *Peronismo: cultura política y educación (1945-1955)*, Editorial Galerna, Buenos Aires, 1993, págs. 12 y ss.

[5] Elías Canetti: *El suplicio de las moscas*, Anaya & Mario Muchnik, Madrid, 1994, págs. 23 y 71.

[6] Elías Canetti: *La conciencia de las palabras*, Fondo de Cultura Económica, México, 1976, pág. 15.

[7] Entre 1949 y 1955 el Chaco se llamó Provincia Presidente Perón.

[8] Esta historia fue narrada por Bernardo González Arrili en el diario *La Prensa* del 7 de febrero de 1965.

[9] Digo Patria en el sentido que le da Ingenieros en *El hombre mediocre*: como sentimiento colectivo de nacionalidad que es distinto de "la mentira patriótica explotada en todos los países por los mercaderes y los militaristas" (*op. cit.*, pág. 174).

[10] José Ingenieros: *Las fuerzas morales*, Editorial Losada, Buenos Aires, 1974, pág. 102.

[11] Utilizo el vocablo en el sentido en que lo define David Viñas: "Digo política como teoría de la ciudad. Es decir: lo referencial, lo contextual, la coyuntura, el espacio donde se produce determinado texto, determinado libro". Según Viñas, "la eliminación de la política desdramatiza la literatura... Al recuperar la política se intenta redramatizar la literatura". En diario *Clarín*, suplemento "Cultura y Nación", 24 de julio de 1997.

[12] Juan Manuel Marcos: *Roa Bastos, precursor del post-boom*, Editorial Katún, México, 1983, 94 págs. Y *De García Márquez al postboom*, Editorial Orígenes, Madrid, 1986, 113 págs.

[13] "La historia está de moda", en diario *Clarín* del 24 de enero de 1992.

[14] Adolfo Gilly: *Por todos los caminos/1*, Escritos sobre América Latina 1956-1982, Editorial Nueva Imagen, México, 1983, págs. 72-96.

[15] Adriana Puiggrós y Jorge Luis Bernetti, *op. cit.*, pág. 12.

[16] Paradoja de la historia de nuestros pueblos: se podría decir que Galtieri fue nuestro Santa Anna. Me refiero al general y dictador mexicano Antonio López de Santa Anna (1795-1876), cuyas excentricidades y dislates le ocasionaron a México la pérdida de la mitad de su territorio (Texas, Arizona, Nuevo México y California) en la guerra de 1847-1848 contra los Estados Unidos. Aquella derrota produjo un trauma tan grande que acabó con el caudillismo militar en México.

[17] Incluso, casi no hay literatura sobre la guerra: las novelas *Los pichiciegos*, de Rodolfo E. Fogwill (1983); *Arde aún sobre los años*, de Fernando López (1985), y algunos cuentos. También algún filme como *Los chicos de la guerra*. Poquísimo para semejante trauma.

[18] Octavio Paz, *op. cit.*, págs. 177 y 178.

[19] Para ver a Rosas en varias dimensiones, habría que consultar por los menos las obras de Manuel Gálvez, Félix Luna, José Luis Busaniche, Tulio Halperín Donghi, Esteban Buch, e incluso el poco conocido libro *Civilización y barbarie en la literatura argentina del siglo XIX. El tirano Rosas*, de Fernando Operé (Editorial Conorg, Madrid, 1985, 280 págs.).

[20] Pastor S. Obligado y Víctor Gálvez: *Tradiciones de Buenos Aires*, Eudeba, Buenos Aires, 1964, págs. 57 y ss.

[21] Pienso por lo menos en Francisco Urondo, Rodolfo Walsh, Raymundo Gleizer, Haroldo Conti, Miguel Angel Bustos y Roberto Santoro.

[22] Datos extraoficiales publicados en varios diarios, en 1989, indicaban que el 22% de la población argentina podía ser considerada analfabeta funcional.

[23] Diario *La Nación*, 15 de junio de 1997. En 1996 salieron de imprentas argentinas 42,3 millones de ejemplares. Con esa cantidad ocupamos el tercer lugar en America Latina luego de Brasil (330 millones) y México (93 millones) según declaraciones de la presidenta de la Cámara Argentina del Libro, Dra. Ana María Cabanellas.

[24] Diario *La Nación*, 15 de junio de 1997. Pero cabe aclarar que estos datos corresponden sólo a la Capital Federal y al Gran Buenos Aires.

[25] Hay una vieja paradoja en la literatura latinoamericana: es imposible evadirse de la política sin que se identifique al evadido como un canalla, pero si la mirada literaria de un autor aparece fundada sólo en lo político-social, y/o si tiene relaciones demasiado íntimas con el poder, es insoslayable la impresión de que ese autor es más un político que un escritor y se descuenta, por lo tanto, que su obra se ubica en un plano estéticamente inferior. Ambos extremos son ya lugares comunes pero no es sencillo evitarlos. Uno quisiera, desde luego, dedicarse entera y solamente a la literatura, pero no deja de ser bastante obscena la pretensión de negarle permiso a la literatura para vincularse con lo que ocurre en el mundo real. Al mismo tiempo subsiste esa resistencia enorme que muchos autores tienen –tenemos– a que el discurso ideológico, político o social de coyuntura inficione nuestro discurso literario. Pero resistencia que es tan grande como el temor a la asepsia total. Entre los que sostienen la absoluta asepsia literaria, el joven narrador mexicano Pedro de Isla planteó en un Encuentro Internacional de Escritores (Monterrey, septiembre de 1997) la idea más contundente que escuché al respecto: "La literatura debe siempre ser asexual, apolítica y amoral". Idea que por supuesto no se puede discutir, porque deviene cuestión de fe. Y a quienes tienen una fe religiosa tan firme, sólo queda aceptarlos, respetarlos y pensar que están completamente equivocados.

[26] He aquí una seguramente incompleta lista de escritoras para subrayar la importancia que tienen en la literatura del fin del milenio: Angélica Gorodischer, Tunu-

na Mercado, Marta Nos, Reina Roffé, Ana María Shúa, María Elena Walsh, Vlady Kociancich, María Esther Vázquez, Liliana Heker, Hebe Uhart, Noemí Ulla, Marta Mercader, María Esther De Miguel, Elvira Orphée, Griselda Gambaro, Ana Basualdo, Inés Fernández Moreno, María Angélica Bosco, Alicia Steimberg, María Rosa Lojo, Graciela Cabal, María Angélica Scotti, Cecilia Absatz, Luisa Valenzuela, Silvia Plager, Libertad Demitrópulos, Amalia Jamilis, Matilde Sánchez, Cristina Civale, Esther Cross, Viviana Lysyj, Perla Suez, Ema Wolf, Estela Smania, Liliana Heer, Graciela Montes, Gloria Pampillo, Manuela Fingueret, Laura Devetach, Graciela Falbo, Elsa Osorio, Diana Bellesi, Paula Pérez Alonso, Sylvia Iparraguirre, Mirta Rosemberg, Irene Gruss, María Teresa Andruetto, Olga Orozco, Laura Moyano, Olga Zamboni, Luisa Peluffo, Reyna Carranza, Graciela Geller, Patricia Severín, Elsa Borneman, Alina Diaconú, Griselda Gambaro y muchas, muchísimas más. Esto es algo extraordinario para una literatura tan machista como fue siempre la argentina (y la latinoamericana).

[27] Me refiero, por lo menos, al período que se inicia con el primer golpe de estado, el 6 de septiembre de 1930. Pero también sería oportuno, acaso, considerar los casi 190 años que pasaron desde la colonia; y si me apuraran, hasta diría que todo empezó con Pedro de Mendoza en 1536 y con Juan de Garay en 1580.

[28] Claro que cabe una pregunta obvia: ¿Y los hijos de la democracia, son, serán, mejores? Respondo que no lo sé, espero que sí, pero confieso que no es una expectativa demasiado confiada. No soy tan iluso como para pensar que van a escribir mejor. Pero lo que sí creo, y no dudo, es que la democracia siempre es capaz de parir mejores personas, lo cual no es poca cosa.

[29] Desde principios de los '90, en varios encuentros de intelectuales celebrados fuera de la Argentina, me referí a las vanguardias, que naturalmente tenemos. Aunque probablemente había y debe haber mucho experimentalismo que ignoro, en mi opinión es poco el que se practica en la Argentina. Conozco obras "vanguardistas" que son, en rigor, medio antiguas, novelas que pueden parecer muy modernas, o posmodernas, pero que ya se escribieron en Francia, por ejemplo, en los años '50, y me refiero a escrituras a la manera de Claude Simon o de Raymond Queneau. También hay un exceso de obras vanamente densas y oscuras, de un cripticismo agobiador que puede ser resultado de cierto caos autoral interno, o productos no intencionales de influencias mal digeridas y carencia de autocrítica. Se escriben demasiadas oscuridades sin sentido que, posteriormente, se defienden con calor arguyendo que no han sido entendidas, como si la desinteligencia estuviera en el lector y no en los textos. Y también hay demasiados textos "como si", de autores que de tanto admirar los usos borgeanos o cortazarianos terminan por creer que escriben como esos maestros, sin advertir que el estilo de los maestros, tomado acríticamente y sin digestión lenta, es el cementerio de infinidad de escritores.

[30] Norma Morandini: *Catamarca*, Editorial Planeta, Buenos Aires, 1990, 158 páginas.

[31] Algunos intelectuales muy reconocidos internacionalmente propusieron hablar de "Encuentro de dos Culturas", lo que para mí no dejó de ser una frase piadosa e inexacta porque la gesta de Colón y de quienes lo siguieron fue una conquista lisa y llana, sanguinaria y genocida. Por eso en algunos textos publicados durante 1992 preferí hablar de "encontrón" o "encontronazo". En Buenos Aires publiqué una contratapa con ese título en el diario *Página/12*.

[32] Eduardo Fracchia, *op. cit.*, pág. 55.

NUEVE

LOS ARGENTINOS Y SUS INTELECTUALES

"El desprecio por el trabajo intelectual es la preocupación que en este siglo degrada más a una sociedad; porque es una señal infalible de su ignorancia y de su atraso. La nuestra merece a este respecto una crítica severa, porque es justa. Los trabajos intelectuales están generalmente considerados como inferiores a las profesiones inmediatamente lucrativas... [Pero] no se entienda que queremos que todo el mundo se dedique a las letras o a las ciencias... Lo que queremos, porque debemos querer, es que todos preparen su inteligencia, que todos ilustren su razón, cualquiera que sea la profesión que hubieren de abrazar."

VICENTE LÓPEZ Y PLANES
(*La Moda,* número 16, Buenos Aires, marzo de 1838)

El pensamiento del poder y el poder del pensamiento

La Argentina es un país que se fue pariendo como nación antes que como estado. Desde los tiempos de la colonia, en el siglo XIX, como territorio casi despoblado y con un único centro comercial exportador (el puerto de Buenos Aires) fue más bien un país imaginado por una clase dirigente bien nutrida de intelectuales brillantes y apasionados, un proyecto cultural y un desafío: inventar una república en el extremo sur del mundo y hacerla libre, grande y vivible.

Era un sueño compartido por Mariano Moreno y por Manuel Belgrano, y también por Castelli, López, Rivadavia, Echeverría, Sarmiento, Alberdi y tantos otros escritores, poetas, ensayistas, filósofos. Ellos, los fundadores de la literatura argentina, además fueron todos estadistas. Aun con enormes contradicciones, hicieron de la nación argentina un sueño intelectual colectivo. Para ellos, los intelectuales que soñaron esta nación, la madre de todas las concepciones políticas, económicas y sociales era la cultura, ese vocablo que según Beatriz Sarlo, citando a Raymond Williams, es "una de las dos o tres palabras más complicadas de la lengua".[1]

Los argentinos de las últimas décadas parecen haberlo olvidado, o no lo tienen en cuenta, o no parece que les importe demasiado. Les cuesta definir el rol de los intelectuales, y raramente expresan orgullo por tenerlos de compatriotas. Acaso valoran a la gente que piensa, que trabaja y se destaca en la cultura, y cuya materia prima son los libros y las ideas que están en los libros, pero es una valoración distante: el argentino no deja de considerarlos, en el mejor de los casos, como a "locos lindos", sujetos extravagantes, estrafalarios o no, pero "otra cosa". Esto es particularmente constatable en los '90, verdadera década infame por su carga de frivolidad y de pensamiento liviano. Es en el final del milenio cuando más se nota la contrafuerza al aporte de los intelectuales en el desenvolvimiento de la sociedad. Hoy las clases dirigentes argentinas sienten una desconfianza esencial (incertidumbre en el mejor de los casos) hacia los intelectuales: no saben en qué casillero colocarlos, y es obvio que casi ningún intelectual contemporáneo acepta ser incluido entre los "locos bohemios", "esos tipos medio raros" y demás simplificaciones.

En un proceso de integración como el que atraviesan hoy los países latinoamericanos, y particularmente nosotros, en el Mercosur, y en el que los gobiernos sólo se preocupan por los resultados económicos, el papel de los intelectuales es importantísimo. Refiriéndose a "la inteligencia" mexicana, Octavio Paz dice que es "ese sector que ha hecho del pensamiento crítico su actividad vital. Su obra, por lo demás, no está tanto en libros y escritos como en su influencia pública y en su acción política".[2] De acuerdo con esta definición, que en su último postulado no parece aplicable a la inteligencia argentina del fin del milenio, hay que ser sinceros y decirlo: hoy y aquí los intelectuales distan de tener "influencia pública" y en general están alejados de la acción política, mientras casi todos los gobernantes sólo quieren seguir quedando bien con el Fondo Monetario Internacional y con los virreyes, para así poder dedicarse con toda tranquilidad a los negocios. En mi opinión esto es bastante repugnante, una verdadera indecencia, un enorme festival de hipocresía y de cinismo, pero... es el mundo en el que vivimos: un mundo en el que los artistas, las personas que tienen sensibilidad social, los que todavía se dan cuenta de que el horror es horroroso para todos y no una oportunidad para obtener ventajas, los que aún sienten que no todo está perdido, y en general los que sueñan con la suprema utopía de que es posible un mundo mejor, viven –vivimos– a contramano.

Pero este andar en sentido contrario a lo que es moda –este chocar contra las tendencias de la posmodernidad– no tiene por qué vencernos. Al contrario, compromete a la lucha y da sentido a lo que se hace. Porque, a no engañarse: aunque las autoridades y los empresarios, los millonarios y los pragmáticos no lo sepan o no quieran saberlo, es tarea de los intelectuales darles dimensión humana a nuestras sociedades. A ellos sólo les importa lo concreto; nosotros sabemos de abstracciones. De ellos se esperan los hechos que prometen y no siempre producen; de nosotros sólo hay que esperar palabras que detonen ideas, torrentes de palabras que son tan necesarias para designar la vida, para celebrar lo que aparenta ser impráctico pero es vital. Como las mariposas, que sólo tienen peso y trascendencia como celebración de lo casi inútil, pero cuya existencia es fundamental porque le ponen contrahorror a la vida.

Lo cierto es que al igual que en muchos países latinoamericanos el intelectual argentino suele tener que vérselas con el poder, y muchas veces su vinculación es inevitable. Paz sostiene que esa relación, o mejor, el tipo de relación con el poder, es una de las tantas diferencias que tenemos con europeos y norteamericanos: "En Europa y los Estados Unidos el intelectual ha sido desplazado del poder, vive en exilio y su influencia se ejerce fuera del ámbito del Estado. Su misión principal es la crítica; en México, la acción política", dice.[3] Sin embargo, nosotros podríamos afirmar que, al contrario del intelectual mexicano, el intelectual argentino también ha sido desplazado del poder, sobre todo en el siglo XX, y también vive en exilio y su influencia, que es escasa, se ejerce no sólo fuera sino lejos del ámbito del Estado. Esta sería, por lo tanto, una inesperada pero bastante precisa posibilidad de explicar el famoso supuesto "europeísmo" de los argentinos.

En la Argentina del fin del milenio es un orgullo poder decir que hay muchísimos intelectuales en todo el territorio nacional, la mayoría silenciosos y desconocidos, artistas muchos y docentes casi todos, que trabajan como abejas para sostener el edificio, o lo que queda de él, y que leen y hacen leer, producen obras, reflexiones e ideas todo el tiempo, y no bajan los brazos y siguen pensando a marcha forzada, siempre cuesta arriba, contra el silencio, contra el olvido y contra las modas.

Claro que el edificio está lleno de hormigas abajo, también hay que decirlo. Tenaces, silenciosas y corrosivas, son las termitas del pensamiento argentino que han logrado desvencijar el edificio.

A finales de 1999 se estará cumpliendo también el ciclo del tango *Cambalache*, de Discépolo, aquel que dice:

Siglo Veinte cambalache, problemático y febril,
el que no llora no mama y el que no afana es un gil.
El mismo que señala que:
igual que en la vidriera irrespetuosa
de los cambalaches se ha mezclado la vida.

Este tango considera al Siglo XX una mezcolanza de corrupción y decencia, como en efecto fue. Pero la historia sigue, y creo conveniente decirlo de una buena vez: con el final del siglo XX y el inicio del Tercer Milenio no termina nada ni empieza nada; la vida continúa.

...en el 506, y en el 2000 también...

Sólo desde perspectivas como la de Francis Fukuyama, ya lo hemos visto, la sociedad posmoderna pretende dar por terminada la Historia consagrando como insuperable a una ideología, la liberal. Pero el pasado siempre reaparece "porque es un presente oculto" como dice Paz, otro liberal pero no necio, quien se anticipó a Fukuyama, o mejor, lo refutó cuando Fukuyama apenas había nacido y estaba todavía en pañales: "La historia de cada pueblo contiene ciertos elementos invariantes o cuyas variaciones, de tan lentas, resultan imperceptibles... Nadie conoce el desenlace final de la historia porque su fin es también el fin del hombre".[4]

Y no sólo es falso el discurso del Fin de la Historia sino también el que da por terminada toda posibilidad de utopía. Y es falso por más que haya tenido entre nosotros exégetas notables en cada uno de los gobiernos democráticos posteriores a la dictadura videlista. Fueron muchos los conversos por obsecuencia, conveniencia o inescrupulosidad, muchos los que se pasaron al liberalismo más fanático y de pronto descubrieron que la economía de mercado era el moderno non-plus-ultra sencillamente porque les convenía. Había que verlos decir que era la única salida posible para la crisis. Había que verlos darse vuelta como guantes, apasionados y brillantes como casi todos los conversos de este tipo.[5] Conocían perfectamente lo que ahora criticaban, y por eso supieron destrozar las ideas que durante años defendieron con pasión. La justicia social –aseguraban; aseguran todavía– hoy es un sueño imposible. También ellos aceptaron la muerte de las ideologías y nos dijeron que sólo quedaba ser pragmáticos. Anunciaron entonces que el futuro –el único futuro posible– era el liberalismo y en todo caso se trataba de humanizarlo y darle "contenidos sociales". Muchos se pasaron de la fe en un socialismo salvaje a la fe en un capitalismo salvaje, en el Dios Mercado, verdadera causa de que el otrora llamado "mundo libre" esté como está: destrozado ecológicamente, sumido en la injusticia social, dividido en ricos riquísimos y pobres pobrísimos. Nuestros conversos se abrazaron al liberalismo que el Sr. Fukuyama, al anunciarnos gentilmente que llegábamos al fin de la historia, consideraba que era "el gran triunfo de Occidente", y acaso lo hicieron creyendo que era otra cosa. Pero en esencia se trataba del mismo viejo liberalismo económico que instauró y protegió dictaduras salvajes, fomentó y fomenta la vulgaridad en el arte y en las ideas, convirtió y convierte sociedades enteras en redes de consumo, y continúa arruinando tierras, ríos y mares, manipulando los medios de comunicación y embruteciendo gente por doquier.

Frente a todo eso, ¿qué podemos hacer nosotros para enfrentarlos? ¿Qué nos cabe hacer a los que sólo pensamos y reflexionamos pero no tenemos soluciones en nuestras manos ni posibilidad de modificar rumbos, puesto que no tenemos poder político? Se me ocurre una única respuesta: seguir soñando y contagiar el sueño. Cultura y libertad son una maravillosa conjunción que da sentido a nuestro trabajo. El destino y el drama de los intelectuales es soñar con imposibles. Imaginar un mundo mejor. Crearlo en esa otra realidad que es el arte. Debemos por lo tanto resistirnos a la idea de que los intelectuales no podemos hacer nada. Puede ser que no sirvamos para algo materialmente visible, pero nadie, ningún Fukuyama, nos impedirá seguir imaginando un mundo mejor, más justo y equilibrado, y sobre todo más bello. Cada obra de arte que siga surgiendo, en este sentido, constituirá un hermoso desmentido al señor Fukuyama. Cada obra de arte significará, ahora y siempre, que la historia sigue su curso, siempre en movimiento. Y será la demostración de que las utopías son irrealizables en su totalidad, sí, pero el camino hacia ellas hace más digna la vida y por eso es tan hermoso y vale la pena seguir soñándolas. Y además la humanidad las necesita –aunque no siempre lo sepa– para soportar mejor sus propias tragedias, sus propios desatino y misterio.

En este mundo de posmodernidad, neoexistencialismo, desaliento y desdén por los llamados "valores morales", ya se sabe que nada es suficientemente asombroso. Si los argentinos nos hemos vuelto un poco cínicos por la decepción, eso se debe a que, entre otras cosas, nos fuimos quedando sin horizontes ni utopías. Como si en efecto aquí se hubiera acabado la historia. Quizá por eso durante casi toda la última década del siglo XX la ciudadanía votó mayoritariamente por el puro miedo a cualquier cambio económico, de modo que el plan que estabilizó la economía y que parece tener bajo control a la inflación fue sostenido a rajatabla en favor de una dirigencia corrupta mediante el voto de sus prebendarios y de sus víctimas. El menemismo ha sabido dar vuelta el miedo que inculcaron los militares y dictadores; ahora es un miedo a participar. De ahí surgen el desaliento y la desesperanza, porque además muchos argentinos suelen sentirse acorralados por sus carencias y por la falta de oportunidades. A la vez desilusionados por sus propios votos a opciones que los perjudican, no encuentran salida de la trampa clientelista y electorera de los partidos.[6]

Un país así, desdichadamente, podría estar caminando, sin saberlo, hacia su propio funeral como nación.

La desconfianza hacia los intelectuales tiene un impacto mucho mayor que el que se advierte superficialmente, y consecuencias muy desafortunadas. Hay un absurdo divorcio entre "los que piensan" y "los que hacen", y entre el pensar y lo pensado. Esto produce, por un lado, que los intelectuales devuelvan la misma desconfianza hacia la clase política y en general hacia todas las clases dirigentes. Ya Freud ha explicado el proceso de la evolución cultural, diciendo que le debemos lo mejor que hemos alcanzado pero también buena parte de lo que ocasiona nuestro sufrimiento. Aquel divorcio es un fenómeno de este tiempo y no sólo de nuestro país, pero entre los argentinos asume características dramáticas porque ya son varias las generaciones que sufren, sin saberlo, la ausencia de pensamiento para la acción, y padecen los excesos de la acción sin pensamiento, irreflexiva, oportunista e improvisada.

Sin ánimo de herir la susceptibilidad de nadie, hay que decir que en la Argentina del fin del milenio, en casi todas las áreas (la política, la economía, el empresariado, los sindicatos, los militares, la iglesia) los dirigentes en general son bastante ignorantes, y algunos parecen incluso analfabetos funcionales. Sobrados de audacia y de astucia, sin embargo, primitivos en su formación intelectual, inescrupulosos y de ética precaria, muchos de ellos suelen tener una ilimitada vocación de poder y, cuando lo alcanzan, es la sociedad en su conjunto, total o sectorialmente, la que paga las consecuencias. Esa clase de personas suele desarrollar velozmente un espíritu corporativo típico de burócratas: carentes de ideas y apegados a las ordenanzas, y con una impresionante mentalidad conspirativa, son herencia segura de tantos procesos militares vividos.

La duda de los intelectuales (lo más seguro es la duda, dice Brecht) suele consistir entonces en decidir qué hacer frente a esos personajes encaramados en el poder y frente a las seducciones del poder. ¿Mantenerse al margen para no contaminarse? Hay muchos que adoptan esa actitud y prefieren vivir alejados del mundanal ruido, en rigurosas asepsias. En el otro extremo están los que se acomodan con el poder y optan por sacarle el jugo a determinadas posiciones, muchas veces justificándose con discursos progresistas acerca de la necesidad de dar batallas "desde adentro", de "poner el cuerpo" y no desaprovechar las oportunidades de incidir en los cambios que la sociedad necesita, etc., etc. Es sabido que existe también, en gran parte de los gobernantes, de los funcionarios y de los dirigentes, la convicción de que todas las personas tienen precio, y consecuentemente a los intelectuales, aunque puedan ser un poco más difíciles, también se los puede comprar. Los intentos de supeditación pueden ser tan sutiles como variados y suelen consistir en condicionarlos o neutralizarlos a través de seducciones o privilegios, o simplemente asalariándolos. Y cuando están en la función pública y manejan porciones del poder cultural, estos intelectuales no sólo favorecen a sus amigos; penoso ha sido –y es– verlos súbitamente incapaces de admitir la contradicción que supone estar del lado de la cultura, la creatividad y el idealismo, y sin embargo consentir, de hecho y con su sola presencia, los indultos a los genocidas, el remate del Estado y la corrupción generalizada.

La cuestión de la lucha entre la resistencia y la cooptación de los intelectuales es vieja como la historia misma del pensamiento. En la historia argentina hay casos paradigmáticos de una y de otra. Echeverría fue acaso el primer gran resistente y por eso murió como murió: abandonado y solo en el exilio montevideano, casi sin amigos, escarnecido por la sospecha y las burlas de los viejos unitarios. José Ingenieros, casi devotamente, traza la pintura patética de este intelectual de excepción que todavía revisaba y acentuaba "en la edad madura las ideas revolucionarias que había entrevisto en su juventud" y que, como decía Sarmiento, estaba "enfermo de espíritu y de cuerpo, trabajado por una imaginación de fuego, prófugo, sin asilo, y pensando donde nadie piensa, donde se obedece o se subleva, únicas manifestaciones posibles de la voluntad". Echeverría debió ser rescatado muchos años después, y acaso Ingenieros fue quien más y mejor lo comprendió y revalorizó.[7]

Después está el caso de Leopoldo Lugones, acaso el cooptado más dramático, y en menor medida el mismo Ingenieros. Lugones se entregó a Roca y prácticamente abandonó todo su pensamiento original hasta el punto de que renegó de él. Hay dos Lugones, evidentemente, y el segundo borró prolijamente con el codo lo que el primero había escrito con la mano. Talento superior, su obra poética y narrativa quedará siempre fuera de discusión en la literatura argentina; pero su labor intelectual como pensador de su tiempo estará siempre en entredicho porque fue seducido y violado por el poder político, al que de hecho perteneció y sirvió por lo menos entre 1905 y 1932.[8]

José Ingenieros: El intelectual perdido de la Argentina

El caso de José Ingenieros (1877-1925) es mucho más complejo, como bien han señalado Sergio Bagú y José Vazeilles.[9] Proveniente de un hogar muy politizado cuyo padre era un convencido marxista, de muchacho fue cofundador del Partido Socialista y se destacó como un brillante orador de barricadas, de ideas y posiciones radicalizadas y extremas. Su trayectoria "está íntimamente ligada al proceso de ascenso de las capas medias que se verificó entre 1880 y 1928 y más específicamente de sus sectores universitarios y profesionales", dice Vazeilles.

Junto con Lugones y alentado por Rubén Darío (quien vivió en Buenos Aires entre 1897 y 1899), el joven Ingenieros funda la revista *La montaña* y se constituye en implícito líder de la juventud rebelde de la Argentina de fines del XIX. Recibido de médico a los 23 años, lo protege su profesor de medicina legal, Francisco de Veyga, y más adelante se relaciona con José María Ramos Mejía, quien lo incorpora como jefe de clínica de su cátedra sobre enfermedades nerviosas en la UBA. Prohombre del roquismo, diputado nacional, presidente del Consejo Nacional de Educación y notable influyente de comienzos del siglo XX, Ramos Mejía lo rodea, lo incluye en su círculo y lo estimula y alaba. Curiosamente, según apunta Vazeilles, "junto con estas cooptaciones para cargos que debió a estos protectores, (Ingenieros) comenzó su más intensa producción escrita".

Llegó a ser uno de los intelectuales argentinos más conocidos en el extranjero, donde se lo leía, consultaba y respetaba muchísimo; su consagración en círculos europeos era indiscutible y se manifestaba a través de publicaciones y de la asidua participación en congresos. Sin embargo, en la Argentina siempre fue resistido y no se le perdonaron jamás las contradicciones que tuvo: un cambio empezó a operarse en Ingenieros hacia 1900-1903: abandonó el marxismo por el positivismo; entre 1904 y 1911 fue director de observación psiquiátrica en el Departamento de Policía; y parte de su obra lo muestra irritantemente elitista, como en un discurso pronunciado durante un banquete ofrecido al entonces joven escritor José León Pagano (1875-1964), cuando habló de las multitudes en términos no peyorativos (no a la manera despectiva de su maestro Ramos Mejía) pero sí tomando distancia de la idealización que él mismo había sentido hacia las masas.

Al contrario de lo que piensa Vazeilles, a mí me parece injusto calificar a Ingenieros de haber cedido a la cooptación. Se apartó de Lugones cuando éste se abrazó al régimen roquista. Se aplicó sólo a ser un riguroso sociólogo y, en todo caso, su pecado consistió en haber cedido momentáneamente a la protección del poder (Ramos Mejía era un hombre muy poderoso e influyente, cercano a Roca) para escribir obras fundamentales para el pensamiento argentino. Pero jamás fue un prohombre de la oligarquía. Fue sí el máximo positivista, y aunque en una etapa compartió una visión elitista y cierto progresismo conservador, nunca fue reaccionario. Antes al contrario, su pensamiento y su obra encarnan un progresismo riguroso y constante.[10]

Como a Echeverría en su tiempo, lo desesperaba la falta de repercusión política de sus ideas, de su labor educativa y de su creación intelectual. Lo desesperaba lo que hoy llamaríamos el *ninguneo* (para usar esa feliz expresión mexicana). Y cuando en 1911 el presidente Roque Sáenz Peña vetó su nombramiento al frente de la cátedra de Medicina Legal en la Facultad de Medicina, le dio un portazo en la cara al poder que lo había protegido: renunció a la dirección del Instituto de Criminología y a su cátedra de Psicología en la UBA, cerró su consultorio privado y se marchó a Europa, enojado y prometiendo que "le haría una autopsia moral" al país. Allá escribió *El hombre mediocre*, producto evidente de su desilusión y que rápidamente se convirtió "en una especie de evangelio de muchos jóvenes universitarios". De regreso al país, en plena euforia yrigoyenista, volvió a abrazar las viejas causas revolucionarias, encandilado por la Revolución Rusa de 1917, y participó activamente de las luchas por la Reforma Universitaria (1918) de la que fue un símbolo.

Compartió la idealización del mundo sajón que había subyugado a Sarmiento medio siglo antes: "La zona templada del Norte se llenó de laboriosos y esforzados colonos que deseaban formarse una patria nueva, mientras toda la tropical fue invadida por aventureros, frailes y funcionarios que venían a hacer fortuna para volver con ella a su país. Esta diferencia en el origen de la colonización, como lo entrevió Sarmiento, determinó el diverso desarrollo de los países del Norte y los del Sur". Fue muy duro, consecuentemente, con la conquista española, a la que juzgó "generalmente expoliadora y rapaz; no se propuso difundir una cultura superior, sino lucrar con las minas y con el trabajo de los indígenas sometidos" y para esos análisis su bibliografía fueron las obras de Echeverría, López, Mitre, Sarmiento y Alberdi.[11]

Ingenieros es el padre de la Sociología en la Argentina y quizá también en Latinoamérica. Desde una concepción positivista, adhirió tempranamente a las teorías de Charles Darwin: "El principio darwiniano se repite, bajo mil formas, en el mundo social".[12] Doctorado en Medicina, primero se interesó por la psiquiatría y la neurología. Fue profesor de Psicología Experimental en la Facultad de Filosofía de la UBA, pero sobre todo fue un estudioso de las ciencias sociales y nos legó trabajos que abordan con solvencia la economía, la psicología social, la etnografía, las leyes biológicas (hablaba de métodos genéticos ya en 1910) y se dedicó al estudio de las sociedades coloniales, la lucha de razas y la lucha de clases, y la formación de las nacionalidades.

Escribió análisis muy audaces sobre las condiciones económicas del descubrimiento de América, desarrolló la idea de que "sin Colón, América hubiera sido descubierta en esa época" y analizó las primeras corrientes emigratorias europeas desde una perspectiva de oposición al eurocentrismo imperante: sobre todo "nos interesan las intuiciones antropogénicas de nuestro eminente Ameghino, sobre el posible origen americano de la especie humana y sus emigraciones a otros continentes".[13]

Destacó también que la importancia del estudio del mundo aborigen "estriba en la influencia por ellos ejercida sobre la raza conquistadora" y no al revés; y declaró que "la formación de las nacionalidades hispano-americanas no es una evolución de la raza española en suelo americano, sino su combinación con elementos indígenas... El problema inicial de la colonización americana consistió en el desalojo o avasallamiento de razas indígenas de color por razas blancas europeas".[14]

Condenó la conquista, además, porque fue sólo "determinada por la situación económica de España" y por "su avidez insaciable y su humor sanguinario", que arrojaron "resultados desastrosos para el porvenir de la América del Sur; el sistema dejó hondos rastros en la mentalidad de la clase gobernante que heredó sus funciones, continuándose hasta nuestros días y revistiendo la forma de caciquismos o caudillaje –régimen semejante al feudalismo medieval europeo– que aún persiste en varios países sudamericanos... España poco pudo dar a su América. Durante el período colonial no la civilizó, ni siquiera acertó a administrar mediocremente el venero que explotaba, limitándose a perfeccionar sobre el papel la legislación colonial, siempre cuidada en la forma y nunca practicada en lo sustancial".[15]

En obras como *Sociología Argentina* y *Evolución de las ideas argentinas*, Ingenieros revisa la historia de nuestro país y redescubre el relato a la luz de las ideas de progreso y razón que gobiernan la transición del siglo XIX al XX. Hace hincapié en las causas económicas de la emancipación y la formación de la nacionalidad, critica duramente a los cabildos ("tan alabados como cunas de las democracias municipales, eran instituciones oligárquicas y de casta, constituidas por las exiguas minorías blancas o casi blancas de cada vecindario. Entre éstas y los mestizos no hubo nunca comunidad de intereses y de ideales") y entrevió que la Revolución de Mayo de 1810 fue una revolución de clases.[16] Analizó también el período de Rosas con enorme lucidez, distanciándose de los fanatismos en pro o en contra que tan en boga estuvieron durante toda la segunda mitad del XIX, y explicó el sentido de restauración colonial que "tuvo su personaje representativo en el progresista estanciero Juan Manuel de Rosas", cuyo gobierno "fue la vuelta al orden de cosas vigentes en la sociedad colonial y la derrota de todos los principios e ideales que habían inspirado la Revolución; el partido conservador y el partido católico fueron sus puntales, encubriéndose con la bandera federal de Dorrego, que había sido tan revolucionario como Moreno y Rivadavia" y reprochó que "sus enemigos políticos han desfigurado su rol histórico, presentándolo simplemente como un tirano implacable".[17]

Para Ingenieros "la lucha civil, disfrazada con los nombres de Unitarismo y Federalismo" y el conflicto social entre Barbarie y Civilización (al que juzga un "equívoco fomentado por Sarmiento con su *Facundo*, concurriendo a cimentar la teoría del federalismo bárbaro y el unitarismo civilizador") exigían una reinterpretación, y la suya fue brillante: "Esas luchas no fueron entre la burguesía naciente, deseosa de afirmar su poderío de clase, y las multitudes desheredadas que defendían la barbarie agonizante; fueron luchas entre dos facciones oligárquicas que se disputaban el poder en el nuevo estado político".[18] De hecho, para él toda la política argentina del siglo XIX ha sido "el monopolio de una clase social, propietaria de la tierra, a cuyo lado vivían turbas de mestizos que nunca fueron una clase media ni un proletariado. Todas las luchas civiles y las variaciones políticas se han efectuado entre oligarquías pertenecientes a la misma clase privilegiada".[19]

En su *Evolución de las ideas argentinas* Ingenieros relee y reexplica a los que llama "los sansimonianos argentinos" y dedica páginas memorables al análisis de las ideas de Alberdi y de Echeverría. De éste dice que "hizo literatura con la política romántica"; de Alberdi, que "hizo política con la literatura romántica".

Merece recordarse también que Ingenieros era un hombre tremendamente vigoroso, original, vehemente y de un optimismo casi blindado: en *Las direcciones filosóficas de la cultura argentina*, que es uno de sus libros menos conocido, llegó a augurar una "raza naciente en esta parte del mundo" y, con una fe y un voluntarismo impresionantes, creyó que "nuestra exigua tradición es de óptimo presagio para un mañana inminente... Nuestra nacionalidad tendrá un pensamiento propio e inconfundible... (y) de la experiencia argentina, matiz diferenciado dentro de la común experiencia humana, saldrán ideas e ideales que constituirán una filosofía argentina". Agrandado, llegó a afirmar: "Hay también una raza en formación... en esta América; su más robusto núcleo cultural es la Argentina".[20]

Este es un libro curioso, que al parecer Ingenieros consideraba parte de *La evolución de las ideas argentinas*, de la que se publicaron dos tomos; el tercero estaba en preparación cuando él murió. En *Las direcciones* (que acaso hubiera integrado el tercer tomo) Ingenieros historia las dos Españas: la dogmática y la del libre pensamiento, de donde señala que nos vienen muchas características que aún hoy (en 1914 y también ahora mismo, a fines del milenio) tienen vigencia: "En esos siglos (del XVI al XVIII) el alma castellana aprende a repeler la cultura europea, enemiga de la suya medieval. Sobre las ruinas del gran imperio se consolida el llamado espíritu tradicionalista, admirativo de la ignorancia autóctona y de la pobreza gloriosa, contra el cual librarán sus batallas culturales todos los renacentistas y europeístas que se suceden desde tiempos de Carlos III hasta la hora reciente". Estudia y condena la teocracia política y el dogmatismo teológico, que fue lo que verdaderamente trajo España a América: "Los colonizadores españoles no trajeron a nuestra América el pensamiento renacentista, sino la escolástica permitida en los claustros peninsulares" y es brillante su estudio histórico de la fundación de la primera universidad argentina, la de Córdoba, entre 1613 y 1623, y sobre todo qué se estudiaba allí, qué estaba prohibido y quiénes eran ideológicamente los padres fundadores de esa universidad, que no tuvo otra función, dice Ingenieros, que "el cultivo de las ciencias sagradas y la formación de ministros idóneos para el servicio de la iglesia", sobre todo después de la expulsión de los jesuitas en 1767.[21]

Revisa los estudios de otros historiadores y, con Mitre, Ramos Mejía, Vicente Fidel López, el deán Funes y Sarmiento, comparte la dura conclusión de López sobre la mala calidad de aquella universidad: "En dos siglos que los jesuitas dirigieron la enseñanza en Córdoba, no produjeron sus aulas un solo literato de nota, un solo escritor clásico: ni más que algunos teólogos, es decir, razonadores de lo que nadie sabe ni entiende, y ellos menos que cualquier otro". Para Ingenieros ello se debía a que "el interés de España era contrario a la difusión de la alta cultura en el virreinato y de toda enseñanza que se apartara de la corriente en las universidades peninsulares". Para la Corona la educación era, por lo menos, peligrosa, y había que desalentarla. Hacia fines del siglo XVIII se consentía un mínimo de instrucción; las pocas escuelas (seis en Córdoba; cuatro en Buenos Aires) estaban limitadas a las primeras letras y algún estudio de contabilidad; y las mujeres, aún las de clase alta, no recibían ninguna instrucción. "Se consideraba como una inmoralidad que supiesen leer, y mucho mayor escándalo escribir", dice Ingenieros citando a López. Sólo entendiendo lo anterior, juzga, se puede "comprender el carácter antiespañol y antiescolástico de la 'argentinidad' naciente, en cuanto lo político y lo dogmático se le presentaron refundidos por la combinación del emperador Carlos V y del papa Alejandro VI para dominar el nuevo continente. Ese fue el sentimiento que más tarde tradujo Echeverría en una fórmula concreta que, en su opinión, caracterizaba el absolutismo anticultural de la metrópoli: 'Los tiranos han fraguado de la religión cadenas para el hombre, y de ahí ha surgido la liga impura del poder y del altar' (*Dogma socialista*, IV)".[22]

Ingenieros historia los virreinatos uno por uno a todo lo largo del siglo XVIII y analiza el crecimiento, difícil, catacúmbico, de las ideas progresistas siempre reprimidas y censuradas. Con López, explica que hacia el 1800 la minoría ilustrada de Buenos Aires ya formaba una masa más o menos uniforme que se denominaba a sí misma "hijos del país" o "criollos" para distanciarse de los españoles. "Y en cuanto España representaba la opresión y el dogmatismo teológico –dice Ingenieros–, la emancipación era concebida como democracia y como liberalismo, en todos los sentidos." Considera que Moreno y Belgrano, traduciendo a los enciclopedistas y a los fisiócratas (Moreno fue el primer traductor del *Contrato social* de Rousseau; Belgrano tradujo las máximas fisiocráticas del enciclopedista Quesnay), "simbolizan la fórmula intelectual de la revolución argentina". Asegura que esa corriente de intereses e ideas que determinan la emancipación nace ya en tiempos de Carlos III y de Vértiz, y dice que eso "empequeñece el sentido de nuestra revolución, limitando ese nombre al modesto desorden municipal ocurrido en aquella fecha (el 25 de mayo de 1810) en la recova del Cabildo; la revolución que da origen a nuestra nacionalidad no la realiza una masa popular, que 'en aquel momento, a causa de la lluvia y de lo avanzado de la hora –dice B. Mitre–, solamente constaba de un centenar de hombres', cifra que Groussac se inclina a reducir prudencialmente". Sostiene en cambio que "la revolución argentina nace de causas económicas, transmuta radicalmente el régimen *lítico* y da rumbos nuevos a las ideas cardinales del grupo ilustrado que la ejecuta, de Vértiz a Rivadavia".[23]

Con firmeza y rigor, Ingenieros analiza el período revolucionario, admite que "en la hora inicial de la revolución nadie se atrevió a formular las conclusiones antirreligiosas del enciclopedismo", recuerda que "Belgrano consagró su espada a una virgen; Moreno suprimió un capítulo imprudente del *Contrato social*", y concluye que "las primeras fuentes ideológicas de la argentinidad están completas: Rousseau, Quesnay, la revolución norteamericana y la francesa". Se aplica entonces a estudiar a Moreno, a quien estima "de ingenio más agudo y de acción más eficaz" y por quien toma partido abiertamente en la disputa con Saavedra, disputa que para él era fundacional (y lo sigue siendo para nuestra historia, digamos, puesto que se ha reiterado durante los últimos 190 años).

En palabras de Ingenieros: "Conviene no olvidar que desde el 25 de mayo se dibujaron dos tendencias en el movimiento argentinista, representadas respectivamente por Moreno y Saavedra. La primera, francamente democrática y liberal, tenía una conciencia neta de la emancipación; la segunda, continuadora de la mentalidad colonial, sólo acertaba a ver en el movimiento una substitución de los funcionarios peninsulares por otros americanos. En las filas morenistas se contaban los jóvenes espíritus revolucionarios; en los saavedristas cabían todos los prudentes que, con mucho gusto, se disponían a reemplazar a los españoles en los altos cargos y dignidades que hasta entonces les estaban reservados. Estos últimos eran, en todo sentido, conservadores y no sentían la 'argentinidad' de la revolución".[24]

Estas dos tendencias se repiten luego en la historia argentina, la cual, bajo este prisma, bien pudiera pensarse como una perenne lucha entre el conservadurismo y el progresismo. Aún en nuestros días. E incluso la visión de este libro fundamental de Ingenieros nos ofrece puntos de vista bien originales, como que el progresismo estaba acotado casi solamente a la ciudad de Buenos Aires, que entonces empieza su cosmopolitismo y su distanciamiento de las provincias del interior, claramente más conservadoras. Según Ingenieros el que planteó con exactitud el problema fue Sarmiento, quien advirtió que "Buenos Aires se cree una continuación de la Europa" llevada por un sentimiento de autosuficiencia con el que "inicia una revolución con una audacia sin ejemplo". En cambio en el interior del país, "el espíritu provinciano representado por Córdoba, sigue siendo español y conservador", dice Ingenieros. Y vuelve a citar a Sarmiento para definir esa diferencia: según dice el sanjuanino en el *Facundo*: "Córdoba, española por educación literaria y religiosa, estacionaria y hostil a las innovaciones revolucionarias; y Buenos Aires, todo novedad, todo revolución y movimiento, son las dos fases prominentes de los partidos que dividían las ciudades todas, en cada una de las cuales estaban luchando estos dos elementos diversos".

Para Ingenieros el triunfo saavedrista del 6 de abril de 1811 significó la "derrota de la argentinidad". Y aunque la Asamblea general constituyente de 1813 devolvió cierto poder al morenismo y a las ideas liberales (filiación, por otra parte, de la Logia Lautaro que se nuclea alrededor de San Martín y de Alvear), de todos modos en vísperas del Congreso de Tucumán el conflicto entre ambas tendencias se acentuó. El 9 de julio de 1816 la independencia fue jurada en medio de esta pugna: "Los jóvenes revolucionarios seguían la tradición morenista; los viejos, formados en el ambiente colonial, se inclinaban hacia las soluciones teocráticas y conservadoras", dice Ingenieros. El portavoz de los primeros era el indígena Vicente Pazos Kanki (1779-1853) mientras el sacerdote cordobés Pedro Ignacio de Castro Barros (1778-1849) encabezaba el monarquismo y el espíritu religioso provincial.[25]

Estudiando seguidamente "el sentido de la enseñanza filosófica argentina, iniciada por el año 1820", Ingenieros historia la fundación de la Universidad de Buenos Aires "por decreto que lleva las firmas de Martín Rodríguez y Bernardino Rivadavia" y enseña que aquella lucha de facciones nunca disminuyó. La política argentina, desde Moreno hasta Rosas, tuvo ese mismo sentido. Quizá no fue, como quería Ingenieros, sólo una cuestión generacional; no se trataba de pasiones juveniles enfrentadas con el resentimiento de los gerontes, ni eran sólo entusiasmos porteños contra la atmósfera colonial de las provincias. Quizá era más que eso, pero lo cierto es que las ideas reaccionarias fueron representadas por el partido saavedrista y luego por quienes apoyaron a Rosas.

"Esas dos mentalidades se chocaron muchas veces en la prensa, en la cátedra y en el aula", dice Ingenieros, quien rescata también a Rivadavia como "un gran innovador, acaso prematuro", y de quien dice que fue resistido por su plan de reformas, sobre todo la eclesiástica, que le valió ganarse muchos rencores. Elogia a Rivadavia porque "fundó la libertad de imprenta sobre bases más amplias que las de Moreno; abrió escuelas en la ciudad y la campaña; reglamentó los estudios de la universidad y trajo profesores europeos" y por su prédica de que los pueblos cultos son más poderosos que los ignorantes. Lo considera, con Sarmiento, continuador de Moreno y en constante batalla "contra los resabios del espíritu colonial".

También en *Las direcciones filosóficas* dedica un capítulo a Rosas, a quien sin satanizar como lo hicieron sus antagonistas, en todo momento procura medir con justa vara. De todos modos lo considera representante del "predominio de los intereses feudales contra los de la minoría liberal que había efectuado la revolución". Es oportuno recordar cómo ve Ingenieros ese período: "Rozas fue el señor feudal que acomunó a los caudillos de las provincias en su lucha contra la burguesía porteña; su gobierno representa los más cuantiosos intereses materiales del país. Con ese predominio del país feudal se restauraron las tendencias hispanocoloniales en el orden cultural".

Para Ingenieros "la mentalidad medieval de los caudillos, que nada sabían de fisiócratas ni de enciclopedistas", hizo que todo se redujera a luchar contra el unitarismo liberal y así "la causa del federalismo tendió a identificarse con la restauración del dogmatismo intolerante". Nada más lógico, dice nuestro autor; y nada más tremendo, cabría agregar ahora. De hecho lo que él hace es analizar, con Sarmiento y su *Facundo*, y con López, Alberdi y otros historiadores, el sentido mismo del verbo *restaurar* como vocablo profundamente reaccionario, antónimo del vocablo *revolucionar*. Con López, recuerda que Facundo Quiroga encabezó en 1826 su primer alzamiento "en defensa de la religión" y quien se supone que lo orientó fue su maestro, "un clérigo de provincial fanatismo" que no era otro que Castro Barros. Del otro lado, por la misma época, el cuestionado Rivadavia, siendo presidente, planteaba la cuestión de la libertad de cultos.

Simpatizante, como Alberdi y tantos más, de la causa federal, sin embargo Ingenieros no dejaba de reconocer que similares características a las de Rosas y Quiroga "reaparecen en Bustos, López, Aldao, etc.... No sorprende, pues, que Rozas demoliera la obra de la revolución liberal, procurando devolver las cosas intelectuales al mismo estado en que se encontraban antes de Carlos III y del virrey Vértiz". De hecho, recuerda que "el pensamiento enciclopedista de la revolución tuvo que expatriarse" y al período rosista lo ve como "un interregno conservador" en el que se sustituyó la educación liberal por la religiosa, y se restauraron "los intereses y las ideas coloniales representados por la burguesía feudal cuya representación asumió". El espíritu morenista fue execrado por el federalismo triunfante;

la mentalidad hispanocolonial fue restaurada y "el clero premió esta regresión de ideales, poniendo el retrato de Rozas en los altares de sus iglesias".

Sin dudas, estas interpretaciones pueden provocar reacciones. No es idea ni misión de este libro execrar a Rosas ni a nadie, sino intentar una mirada menos apasionada, capaz de ver las enormes, multitudinarias contradicciones que anidan en nuestra historia. Se trata de entender de una vez por todas que Rosas fue un defensor de la nacionalidad capaz de oponerse a las intervenciones extranjeras, pero también alentó el fanatismo y el culto a la personalidad. Bien puede ser recordado como uno de los padres de la soberanía nacional por la gesta del 20 de noviembre de 1845, pero a la vez debe ser recordado como un restaurador de muchas de las ideas más conservadoras de los hispanocolonialistas y los clérigos retrógrados. Del mismo modo Sarmiento –su antítesis– bien puede ser criticado y condenado por su pasión y sus barbaridades orales, que las tuvo y de tono racista y muchas veces obtusas, pero eso no le resta mérito al hecho de que fue el mayor estadista que tuvo la Argentina en el siglo XIX, si por estadista entendemos al intelectual de la política, al político de la historia, al historiador de la revolución, al revolucionario de la educación y al educador que pensó un país junto con Echeverría, Alberdi y el mismo Ingenieros, y entre todos nos legaron, entre muchas cualidades, una moral y una ética pública ejemplares.

Sarmiento es uno de los paradigmas de la argentinidad, al decir de Ingenieros. Fue de hecho el continuador –después de la batalla de Caseros (1852) y la organización constitucional de 1853– del pensamiento progresista de la Revolución de Mayo de 1810. Con Echeverría y Alberdi representan el pensamiento saintsimoniano, y su vastísima obra abarca casi todo el siglo XIX. Fue, dice Ingenieros, "un verdadero filósofo de la historia, desde *Facundo* (1840) hasta *Conflicto y armonías de las razas de América* (1882)".[26]

La preocupación más constante de Sarmiento, su pasión fundamental, fue reemplazar la herencia teológica española por un cultivo de las ciencias de la naturaleza y de los frutos del pensamiento. No sólo merece veneración por haber fundado la instrucción pública argentina (merecimiento desde luego principal y que nada puede disminuir) sino también porque a todo lo que pensó, lo que escribió y lo que hizo le imprimió un claro y fuerte sentido de *fundación*, de cimentación para el futuro. Fue un hombre que vivió su siglo con los ojos puestos en el próximo. "En cuanto puso la mano dejó un rastro imborrable, sin medir resistencias ni detenerse ante obstáculos."[27]

En los años '80 del siglo XIX, hay que recordarlo, continuaban las polémicas centrales: ciencia y democracia por un lado; dogma y catolicismo por el otro. No es provocación sino señalamiento recordar que esta divergencia, profunda y apasionada, ha sido, y es hoy todavía, el rayo que no cesa en la tragedia argentina. Sarmiento fue uno de los principales protagonistas de esta lucha, y de ahí su tono violento, sus exageraciones, sus improperios incluso. El tono desaforado en Sarmiento no debería ser visto como error sino como estilo.

Se trata de crecer, de alcanzar alguna vez una madurez que a los argentinos todavía parece que nos cuesta tanto que es como si fuésemos incapaces de superar las dicotomías. Y digo superar, no digo ignorarlas, ni taparlas, ni disimularlas, ni mentirlas. Superar es pasar por encima, bien mirado el abajo, digerido el dolor, para ser otros, mejores, sin dejar de ser los mismos. Superar es contener todas las partes para formar un todo que sea cada parte y a la vez el todo, y de manera que el todo nunca deje de ser visión de parte pero en función del conjunto. Encontrar el ayer en el ahora, ver el mañana en el ayer y en el hoy, sin que nada nos impida discrepar, mover los prismas, reposicionarnos y alabar o desdeñar, pero siempre con el espíritu de que el todo es superior a cualquiera de las partes. Como que se forma de ellas, de todas ellas. Y *es* todas ellas.

Me he detenido en esta historiación de Ingenieros, que acaso deba disculpar el lector, porque me parece que dirigir una somera mirada a nuestra propia historia es algo que los argentinos hoy no suelen hacer, distraídos como están por los furores del presente. Estoy convencido de que si recordáramos esta dicotomía esencial de lo que tan apasionadamente Ingenieros llamaba "la argentinidad" entenderíamos mucho mejor el presente del fin del milenio, porque de hecho estas dos fuerzas en pugna, esto que Sarmiento llamaba "las dos fases prominentes" que dividían al país, no han cesado de luchar, de combatirse y sobre todo de anularse mutuamente.

Pero esa anulación no desata acciones sino que es freno, contrapeso. Cada fuerza, al fagocitar la fuerza adversaria, se fagocita ella misma. Esa es, todavía, nuestra tragedia. Acaso nuestra puerta de salida, nuestro rayo de sol, consista en terminar con las satanizaciones, en "perdonar" a Saavedra y a Moreno, a Lavalle y a Dorrego, a Quiroga y a Rivadavia, a Rosas y a Sarmiento, y en superar el viejo, eterno desencuentro que como otra trenza interminable nos maniata. Escogí seguir a Ingenieros en esta visión de la historia argentina del siglo XIX por la sencilla razón de que la suya me parece la revisión histórica menos revanchista, la más equilibrada. Y equilibrio dicho no en el sentido de empate, sino como cualidad de mensura y de mesura, de juicio justo y elevado, todas ellas cualidades que hoy tanto nos faltan a los argentinos.

Cambios, Libertad y Cultura: La alternativa de la razón

Ser intelectual es simplemente estar del lado de los que trabajan con la razón, es ser militante de esta alternativa. Y el intelectual argentino, por sobre todas las cosas, debe reconocer también que vive en un país en el que hoy tener trabajo, un techo y comida diaria son casi privilegios. El intelectual argentino lucha contra la realidad que avanza sobre él, como lucha cualquier ciudadano, y está destinado, si no se deja cooptar y no se acomoda, a terminar siendo un marginal. Y precisamente la marginalidad es la otra actitud posible, y frecuente, de muchos intelectuales.

Por un lado están los que resisten asumiendo poses nihilistas, o iconoclastas, que muchas veces son oportunas y brillantes para la crítica pero que casi siempre acaban por mostrar una raíz quejosa o resentida. Esta es la actitud de muchos jóvenes que desdeñan a todos los que tienen cierto reconocimiento y muchas veces se burlan de ellos, con ferocidad variable. Es una actitud que en sí misma no está ni bien ni mal y que muchas veces es sana y hasta esperanzadora: el parricidio es inevitable y necesario en el arte y el pensamiento. El problema es cuando esos chicos y chicas no son capaces de leer y evaluar sin prejuicios la obra de sus criticados, y sobre todo cuando no se dan cuenta de la inutilidad de cierta iconoclasia sin contexto.

Por el otro lado están los que luchan de diversas maneras, conscientemente enfrentados al poder, exigiendo que se modifiquen rumbos y se restablezcan principios y valores. Son los que no callan por conveniencia, no caretean ni admiten hipocresías, no esperan ni aceptan ventajas ni privilegios, y piensan, escriben y publican sus ideas con total independencia de criterio y con la certeza de que no es indispensable formar parte de un partido político para influir sobre los cambios sociales, pero tampoco es necesariamente desdoroso integrarse a uno.

Muchos de esos intelectuales, por cierto, como en toda la América Latina han sacrificado lo más precioso que podían tener: su obra personal. Pueden ser más o menos conscientes de ello, pero lo importante es que lo hacen. Algunos por el puro y loable deseo de servir y acaso por necesidad de influir y trascender (como en los casos de Echeverría, Sarmiento, Andrés Bello, Alfonso Reyes y tantos más, casos en los que vida y obra acaban fundiéndose en una especie de ingrávida materialidad). Otros lo hacen más allá de sus voluntades, por los insondables mecanismos del juego del momento histórico que les toca vivir (son los casos de Rómulo Gallegos y de Vaclav Havel, y entre nosotros el de Lugones y, más recientemente, quizá haya sido el caso de Ernesto Sabato). Y hay quienes lo hacen por pura y simple decisión personal, acaso por secretas ambiciones que ni ellos mismos conocen.

Esta es, en cierto modo, la concepción canettiana de los intelectuales, según la cual conviene oponerse al difundido error que pretende que los grandes escritores se hallan por encima de su tiempo. "Nadie se halla espontáneamente por encima de su tiempo", clama Elías Canetti, para quien el verdadero escritor (él dice escritor pero se refiere a todos los intelectuales) "tal como nosotros lo entendemos vive entregado a su tiempo, es su vasallo y su esclavo, su siervo más humilde. Se halla atado a él con una cadena corta e irrompible, adherido a él en cuerpo y alma".[28] Otra exigencia que habría que plantearle al intelectual "es la de estar en contra de su época. Y en contra de *toda* su época, no simplemente contra esto o aquello; contra la imagen general y equívoca que de ella tiene, contra su olor específico, contra su rostro, contra sus leyes. Su oposición habrá de manifestarse en voz alta y cobrar forma, nunca anquilosarse o resignarse en silencio".[29]

Cuando se recuperó la democracia en la Argentina, muchísima gente sintió que recuperaba el uso de la palabra y se lanzó a escribir. Se escribió de todo, y eso significó romper el silencio. Es verdad que se rebajó la calidad estética y que afloró un espíritu competitivo de bajo nivel. Pero eso no dejaba de ser comprensible, porque en esos días nuestra democracia era todavía más imperfecta que ahora, y era mucho más frágil, con libres que tenían mucho miedo y asesinos que se paseaban en libertad. Era una democracia demasiado joven, todavía, y muchos de sus intelectuales no se atrevían a pronunciarse. Ahora que han pasado los años el diagnóstico no es mucho mejor, pero tampoco es tan desolador. Sigue habiendo intelectuales con miedo, hay los que están a sueldo del poder, y muchos continúan teniendo grandes ideas pero de entrecasa. Somos un país que está en muchos sentidos en decadencia, y por lo tanto produce también intelectuales decadentes, frívolos, genuflexos o embrutecidos. Somos un país en el que la crítica, salvo excepciones, se reduce a elogiar a amigos o directamente cobra dinero para cantar loas. Un país en el que la memoria y el olvido todavía se disputan la cabeza de la gente.

Somos una democracia periférica del *capitalismo real*, un suburbio de la globalización, y lamentablemente hay que admitir que no se ve a muchos intelectuales enfrentando semejante desmesura. El oficio del pensamiento y la razón, hoy, en esta Argentina degradada que se debate en medio de la impunidad y el desaliento, es por lo menos un oficio complejo. Sobre todo porque el resentimiento es muy grande y anula las posibilidades de análisis, a la vez que obnubila la objetividad de la crítica. No deja de ser paradójico que ahora que la sociedad ha recuperado su libertad de palabra y funcionan las instituciones republicanas bajo el imperio de la Constitución, mucha gente se siente desesperanzada ante tanta destrucción circundante. Y es que las crisis políticas y sociales manejadas y resueltas por dictadores, y sobre todo la depresión económica, son letales para la cultura: sus frutos son la corrupción y el embrutecimiento. Pero esos frutos no se observan durante su gestación en la dictadura, sino que se aprecian cuando su floración, en la democracia. De ahí resulta la perversa paradoja de que corrupción y embrutecimiento son vistos como mal de la democracia, cuando es exactamente al revés.

Venimos de, y estamos inmersos en, el más perverso proceso jamás vivido por la Argentina. Por eso lo que sobre todo impresiona –y duele– es la, en cierto modo, anodina respuesta de los intelectuales. Desde luego que tanto la comprensión del fenómeno como la razonabilidad de muchas críticas que se hacen a los intelectuales sólo se perfeccionarán haciendo algunas precisiones necesarias porque toda generalización sobre "los intelectuales" –incluso la de estas páginas, desde ya– es injusta. Lo que aquí se quiere significar, por lo tanto, es que aunque hay una notoria mayoría de intelectuales que suele hacer silencio, y especialmente muchos que hasta ayer nomás cacarearon posiciones principistas, también es verdad que hay muchos intelectuales argentinos a los que de ninguna manera les cabe el riguroso sayo generalizador del *todos*. Porque hay muchos que no dudan éticamente ni suelen hablar bajito y esos intelectuales son un lujo para la diezmada cultura argentina. Y todavía podemos evocar nombres de muchos que jamás se han silenciado y que constantemente, y en cuanto medio tienen a mano, se pronuncian sobre todos los asuntos que importan a nuestra sociedad. Naturalmente, entonces, que en la Argentina tenemos intelectuales irreprochables en su moralidad y en su originalidad. Pero también es verdad que son muy pocos. Lo que sostengo es exactamente eso: no que no los haya sino que son pocos y están demasiado desunidos. La mayoría está en silencio, lo que es preocupante porque ahora en la Argentina no hay censura. De modo que si entre los intelectuales argentinos hay gente lúcida y comprometida, y este texto no va a negarlo, ello no quita validez al hecho de que la falta de horizontes laborales y el deterioro económico suelen envilecer posiciones así como relajan las posibilidades creativas. Y ocasiones hay en las que los intelectuales se dejan vencer por el desaliento, el cinismo, el resentimiento o la falsificación. Por supuesto que las conductas no se cambian en pocos años, pero ya es tiempo –al filo del año 2000– de que ciertas actitudes silenciosas y sobre todo ciertas preservaciones individuales cambien de una vez.

Es sabido que la Argentina fue un polo cultural muy influyente en toda Latinoamérica. Pero desde hace años, décadas ya, hemos asistido al ascenso y caída de su cultura. El ascenso no fue sino la coronación del proverbial europeísmo argentino. Hubo dos o tres generaciones muy brillantes, de gente exquisitamente formada, con una interesante cosmovisión, que supo vincular a la Argentina y a gran parte de la literatura latinoamericana con el pensamiento europeo. Ese ascenso alcanzó su cúspide en los años '60, cuando el mundo, quiero decir la sociedad literaria universal, reconoció a algunos grandes escritores argentinos: Borges, Cortázar, Sabato, Bioy Casares. Pero en los '70 se agudizó el drama social y político argentino, la represión alcanzó niveles de locura, la desaparición de personas y el asesinato en masa fueron normalidad, y se produjo una gran diáspora intelectual. Que aunque se había iniciado con la llamada "Noche de los bastones largos" de julio de 1966, cuando el dictador Juan Carlos Onganía avasalló con tanques y soldados la autonomía universitaria y desató una feroz persecución, cárcel y posterior exilio de centenares de profesores e investigadores de todas las disciplinas, se masificó tras el golpe militar del 24 de marzo de 1976.

A partir de 1983, terminado ese negro proceso con el retorno de la democracia, hubo cambios sustanciales en la vida argentina, pero nuestra cultura quedó maltrecha, muy malherida. Centenares, miles de intelectuales, artistas, científicos y profesionales de todas las disciplinas murieron o se exiliaron, y muchos para nunca más volver. Eso demostró, entonces, que es muy relativo que la libertad signifique por sí sola recuperar la cultura. Emergimos muy golpeados y el hecho de haber recuperado la libertad no significó una alborada de sol. Las auroras culturales siempre son muy lentas, porque la democracia es una construcción morosa. Casi medio siglo de autoritarismo no se supera rápidamente. Y además el triunfo ideológico de la dictadura fue tan grande que aún estamos pagando las consecuencias.

También habría que decir que los argentinos recibimos una formidable lección de humildad, porque los dictadores y los autoritarios no fueron marcianos sino argentinos, es decir productos de nuestra propia cultura. E incluso es inevitable hablar todavía del exilio. Porque la cultura argentina –como la de todo el Cono Sur– ha sido una cultura forjada en gran medida en los exilios. Todavía está muy presente en la vida de los argentinos, y ha llegado a ser uno de los temas dominantes de nuestra literatura. Pero no es un fenómeno nuevo: gran parte de nuestra literatura se escribió en el exilio, desde que nacimos como nación. Es parte insoslayable de nuestra cultura.

Pero lo original del fin del milenio fue que hubo una generación a la que le tocó exiliarse de un modo mucho más traumático y doloroso que nunca antes. Como se sabe, grandes obras se han escrito en el exilio, pero a veces me pregunto si en ellas se siente tanta rabia y tanto dolor como en el caso de la reciente literatura argentina. Nuestro exilio fue infinitamente más mutilador. Porque fue colectivo, y generalizado, y de una perversidad inigualable. Lo que le pasó a mi generación ha sido tan brutal que a veces creo que no se puede ni narrar: con los 30.000 desaparecidos perdimos un país, una cultura. Y se perdió una utopía.

Ha sido la argentina, en mi opinión, una sociedad bastante irresponsable que en cierto modo se suicidó culturalmente. Y cuando hablo de suicidio no me refiero solamente a que la gente lea menos o a una inexistente pauperización del talento nacional, sino que hablo de la crisis de valores generalizada y de cómo esta sociedad se degradó tanto y en tan corto tiempo. Dolorosamente, con lo dicho antes me refiero tanto al cierre de fábricas y empresas y a los índices de desocupación asombrosos como al desaliento de las clases medias, el miedo que las vence y las vuelve fascistas por desesperación al creer que la miseria de los desposeídos es la causa de la inseguridad urbana que ahora sienten, y también a una actitud muchas veces demasiado pasiva que es fácil advertir en muchísimos intelectuales. Hablo de una sociedad éticamente relajada, socio-económicamente degradada y políticamente derechizada, que quiere al comisario Patti y al carapintada Rico como intendentes en el conurbano bonaerense, y al ex dictador Bussi como gobernador de Tucumán, mientras la criminalidad y el autoritarismo se convierten en una forma de cultura, pero ahora cultura en libertad y en democracia. Con lo cual la paradoja es mayor. Y mucho mayor aún cuando no se escuchan ni se ven movimientos de intelectuales enfrentando semejante estado de cosas.

No sonará agradable, pero me parece que hay demasiada gente irresponsable entre nosotros y no es la primera vez que debemos admitirlo: aunque es odioso e injusto generalizar, permítaseme decir que los argentinos, en general, apoyan los procesos democráticos irresponsablemente de modo que después, cuando se producen los golpes de estado, les dan un apoyo que es también irresponsable a los militares. Cuando hay elecciones la gente vota en masa y se pone contenta, pero después irresponsablemente reclama orden y trabajo a los autoritarios. Cuando hay censura exige libertades, pero cuando hay libertades el comportamiento social es irresponsable. Una gran porción de la sociedad aprobó los golpes de estado en el '55, en el '66 y en el '76. Muchos argentinos, pero *muchos*, todavía consideran que la tortura y el asesinato fueron sólo "excesos". En fin, somos un pueblo bastante inmaduro: agnósticos pero católicos marianos, librepensadores pero autocensurados, los argentinos aman la libertad pero muchos admiten que se censure la ajena. Nos creemos un pueblo de paz pero nuestra historia está demasiado ensangrentada y cualquiera, en cualquier momento, reclama que "hay que matarlos a todos". En la Argentina hay demócratas que son autoritarios, los liberales son más bien conservadores, los radicales son moderados, los revolucionarios suelen ser delirantes. Aquí hay socialistas de izquierda y socialistas de derecha, los comunistas apoyaron a Videla, muchos partidos populares estuvieron en contra del peronismo, y los fascistas son los únicos coherentes: racistas, asesinos, pero siempre iguales, sin fisuras. Quizá suene exagerado, pero qué trabajo da ser argentino.

Y si el resentimiento es el problema mayor de nuestros intelectuales, y de la sociedad en general, acaso de ahí mismo surja esa especie de resentimiento prematuro que hace que tantos chicos se quieran ir de la Argentina, y me refiero a las legiones de muchachos y muchachas que piensan y escupen esa frase tan hiriente: "¡Este país de mierda!", que es tan frecuentemente escuchada y que (des) califica escatológicamente al propio terruño y a todos sus habitantes. La exclamación no es nueva: ya en *Política nacional y revisionismo histórico* (1959), Arturo Jauretche se refiere a esta expresión y dice que "lo típico de la mentalidad de la *intelligentzia* es su disconformidad con el país concreto, antes por nativo, después por gringo, ahora otra vez por nativo. '¡Este país de...!' ¿Quién no lo ha oído?".[30]

Cierto: no es una expresión nueva, pero lo que asombra no es que no sea original sino que mantenga vigencia. Es evidente que se trata de un lamento derivado de la suma de frustraciones acumuladas por generaciones enteras. Se dice "¡Qué país!" y se borran de un plumazo las raíces, la historia, la pertenencia. Se pronuncia "¡país de mierda!" y parece que se tomara distancia, que se pudiera cambiar de tema. Y es sintomático que en general la frase inmoviliza a quienes la escuchan. No necesariamente por asentimiento, sino más bien por pura parálisis. Resulta inapelable, tan fuerte es su intención descalificatoria, el odio que contiene. Son muy pocos los que cuestionan al dicente, los que lo corrigen: oiga, el país no tiene la culpa. Son poquísimos los que se preguntan si un país puede tener la culpa de las andanzas de algunos pillos y aprovechadores, de muchos de sus intendentes o ministros, de los uniformados con capuchas o con rostros embetunados, de los dislates de ciertos revolucionarios, de que sus intelectuales estén al margen de la política y de la vida social, y de que ahora éstas estén en las exclusivas manos de ignorantes profesionales, pertinaces y buenos discípulos de sus maestros, aquellos dictadores engominados y soberbios que mataron, robaron y depredaron sin pronunciar, después, ni una sola palabra de autocrítica. ¿Tiene la culpa el país de que la Patria Financiera creada por un ministro de orejas grandes, a la que se prometió combatir, haya sido en cambio engordada con amor rural por otro ministro calvo que luego se arrepintió y acabó diputado de la nación? ¿O de que el autoritarismo que se prometió que *nunca más* iba a estar en esta tierra haya vuelto, santificado, exigiendo reivindicaciones? Es obvio: la culpa no es del país sino de muchos de sus habitantes, que siempre fueron así; por generaciones lo fueron.

Cultura, democracia y libertad son términos inseparables. Por eso, en tanto intelectual, no se puede dejar de meditar sobre lo que pasa. Ser un intelectual en el mundo de hoy significa ocuparse de problemas no sólo desde un punto de vista filosófico o estético, sino también del descalabro económico, del sistema político y –en Latinoamérica– del nunca fallecido fantasma del golpe de estado. En el capitalismo real periférico de la globalización mucha gente considera que todo está perdido y acumula resentimiento mientras espera soluciones que, supone, llegarán por arte de magia. Y en tren de paradojas, hoy la cultura de la libertad, en la Argentina, permite que niños de cuatro años pidan limosna en las esquinas. Y no hablo de un niño; hablo de parvadas como los que recorren las calles de Resistencia, Santiago o Córdoba. Todos los días de mi vida me encuentro en las calles con adolescentes que jamás han ido a escuela alguna. Veo diariamente prostitutas de 14 o 15 años, y aún menos. Advierto cómo avanza la drogadicción y cómo el embrutecimiento corroe a millones de argentinos. El milenio se cerrará con alrededor de un 20 % de la población económicamente activa desocupada.

Los argentinos vivimos en un país cuyos poderes políticos democráticos no conciben a la cultura como prioridad para la Nación. Definitivamente no, aquí las clases dirigentes se dan el penoso lujo de menospreciar la cultura porque consideran artistas sólo a las celebridades del mundo del espectáculo y la televisión. Y no es un fenómeno nuevo: ya en 1838 Juan Bautista Alberdi escribía en la revista *La Moda*: "Aquí es un deshonor trabajar con la cabeza, es decir, como hombre; mientras que es una honra trabajar con los brazos y los pies, es decir, como bestia. Galopar, sudar, asolearse, mojarse, estropearse... mentir a todo trapo para ganar un real en ventas de trapos, de cuernos, de cerdas, esto sí es de la gran gente, altamente honrosa y brillante: constituye entre nosotros la brillante profesión mercantil. Pero vivir de hacer libros, versos, periódicos, sólo puede ser de los pobres diablos como Chateaubriand, Lamartine, Hugo, Dumas, Janin, George Sand, Lerminier". Nada ha cambiado: los argentinos siguen siendo una sociedad que sospecha de sus intelectuales: los mira de soslayo y todavía cree que ser intelectual es peligroso, cuando no los juzga –como la oligarquía juzgó al gaucho en el siglo XIX– vagos y mal entretenidos. Vamos, si todavía entre los argentinos es una descalificación eficaz decirle a otro que es un intelectual, de izquierda o de café o de lo que fuere. "No intelectualicemos", dicen, para aludir a la simpleza. Y en realidad, sin darse cuenta, lo que están diciendo es: "Hablemos estupideces, que es más fácil".[31]

En un país así es muy difícil ser un intelectual verdaderamente independiente, como también lo es convivir con tanto intelectual desinteresado. Pero, sin dudas, esto es parte del único destino de los intelectuales: la resistencia cultural. En todo momento la resistencia, verdadera razón de ser, *pathos*, del intelectual. Disidencia, desacomodamiento, imposibilidad de encorsetamientos. No queda otra más que luchar, y con optimismo aunque todas las indicaciones, como diría Ezra Pound, nos aconsejen imaginar infiernos en lugar de paraísos. Hay que tener imaginación e insolencia, para esto. Y audacia y rebeldía. Por eso lo más meritorio y original de la conducta y el trabajo del intelectual argentino se aprecia cuando anda a contramano y metiendo el dedo en las llagas ocultas de la sociedad, cuando se muestra disconforme y busca lo inesperado, lo insólito, lo que fastidia a los poderosos, no porque ser poderoso sea malo en sí mismo sino por todo lo malo que suelen hacer los poderosos en la Argentina.

Con motivo del décimo aniversario del diario *Página/12*, en mayo de 1997, publiqué un artículo en el que sostenía que ser un intelectual que escribe en un diario intelectual, es decir, de disidentes, cuestionadores, inconformes y propulsores de alternativas para la sociedad, obliga a una actitud alerta, responsable y consecuente. Se trata de apartarse de actitudes iconoclastas por pose o por moda, descartando el oportunismo o la conveniencia empresarial o política. Se trata de un inconformismo ontológico, básico, ideológico, genético si se quiere, o sea constitucional. Dicho con el gran poeta alemán Friedrich Hölderlin: "La vida es la tarea del hombre en este mundo".

"El arte y las letras, la ciencia y la filosofía, la moral y la política –decía Ingenieros– deben todos sus progresos al espíritu de rebeldía. Los domesticados gastan su vida en recorrer las sendas trilladas del pensamiento y de la acción, venerando ídolos y apuntalando ruinas; los rebeldes hacen obra fecunda y creadora, encendiendo sin cesar luces nuevas en los senderos que más tarde recorre la humanidad."[32] Esa es la actitud más favorecedora del pensamiento propio, del entrenamiento al intelecto, de la gestación de ideas originales, de la búsqueda de alternativas. Quiero decir: la crítica en sentido griego, o sea análisis y disección, es siempre el camino más difícil pero a la vez el único que nos diferencia de los demás animales y el único que sirve a los propósitos más honorables que puede y debe tener una persona: probidad y responsabilidad. En sentido canettiano, ese afán de andar a contramano, despreciando toda transgresión *light* (esa tontería nacional promotora de ridículos exhibicionismos), conlleva la convicción de que la democracia se construye y perfecciona sobre todo desde el cuestionamiento, la ética y la responsabilidad.

Nada de lo dicho anteriormente niega que entre los argentinos impere hoy el desaliento: se dice que estamos colonizados, que estamos desvalorizados, que nos achicamos, que hacemos menos cine, que leemos menos libros. Cierto. Pero igual hay muchísimo por hacer y hay que hacerlo: reconstruir y organizar la resistencia cultural mediante la producción de obras sin derrota ni melancolía. Claro que el espectáculo del derrumbe es doloroso, pero nuestra misión no es el lamento sino resistir a pesar del quebranto, la pobreza y la apatía. A pesar de la ausencia del Estado y de la mezquindad de los poderosos. Además, si frente a la devastación cultural de todos modos seguimos creando, ¿por qué no pensar que el fin del milenio nos ofrece una riquísima alternativa: la del empecinamiento? Dante nos enseñó que hay que caminar por las cornisas del Infierno si se quiere llegar al Paraíso.

El buen intelectual, el riguroso intelectual de fuste es siempre optimista porque nunca admite la derrota. Podrá ser escéptico, cáustico, irónico, pero mientras luche tendrá fe en sus posibles logros.

Ni es lo mejor ni tiene por qué ser lo más noble, y no hay razones para endiosar el trabajo intelectual, pero tampoco hay ninguna para rebajar su importancia. Los problemas y desafíos culturales son lo mejor que nos puede pasar: son la carne de nuestros huesos y los retos al pensamiento. Pero imponen vivir alertas y conscientes de que estamos en emergencia y de que la palabra *crisis* quizás ya no sea suficiente en el fin del milenio; los intelectuales argentinos acaso deberíamos usar la palabra *destrucción*, que es exactamente lo que nos ha pasado. De ahí que nuestras obras, más allá de los problemas de mercado que se nos plantean, son reivindicación militante del pensamiento, y por eso mismo los intelectuales argentinos estamos obligados no sólo a seguir pensando y escribiendo sino sobre todo a leer y a estudiar mucho, y a sobreponernos a todos los prejuicios.[33]

El intelectual argentino no tiene ante sí senderos despejados, porque hace cultura en un país en el que la cultura nunca es prioritaria, y desdichadamente la improvisación, lo errático, la circunstancia electoral o periodística, son la norma de los '90. Peor aún: todo eso *es también nuestra cultura* y por eso la política cultural del Estado argentino es tan variable como que depende siempre de quién sea el secretario de Cultura. Por cierto el papel del Estado como enemigo del pensamiento y de la labor intelectual casi no tiene parangón, al menos en América Latina. En países como Venezuela o Brasil, Colombia o especialmente México, el Estado tiene políticas culturales consistentes y perdurables. Que pueden ser cuestionables (eso no es motivo de análisis ahora) pero que *existen y funcionan*. Con programas que van más allá de la voluntad de tal o cual régimen o funcionario; con presupuesto anual suficiente y atribuciones específicas; con sistemas de subsidios y planes federales, etc. En cambio en la Argentina, que se pretende a sí misma como una nación muy culta y que goza de prestigio en tal sentido, no hay nada de eso. El Estado es casi un ausente en materia cultural, y cuando no lo es ésta resulta ser un apéndice electorero del régimen de turno.

No hay mejor ejemplo de la actitud cultural suicida del Estado en la Argentina, y de la necedad de la clase política, que el furor impositivo que ataca cada tanto a economistas y contables gubernamentales. Los constantes intentos de gravar impositivamente el trabajo intelectual afectan gravemente la cultura de los argentinos, pero ellos ni se dan cuenta. Durante toda la década de los '90 los impuestos han significado una amenaza concreta: los tecnócratas del menemismo pueden ser, en general, muy buenos contadores pero también son gente de bajo nivel cultural, y por eso, emborrachados de números y cuentas, parecen incapaces de comprender las características y sobre todo la importancia del trabajo intelectual. Entre los legisladores (sobre todo los afines al gobierno) y también en el Ministerio de Economía y en la DGI hemos padecido gente desorbitada, para decirlo suavemente: de lo contrario no se explica que estén tan convencidos de que gravando el trabajo intelectual mejorará alguna cuenta pública. No han leído a Vicente López y Planes, ni a Echeverría, ni a Alberdi, ni a Sarmiento, ni a Mitre, ni a Palacios, ni a Rojas, ni a ninguno de los muchos que en el último siglo y medio han explicado la importancia social de la creatividad intelectual, la que por su índole libertaria no debe ser gravable.

Pero no estamos vencidos, ni tan indefensos. Parece mentira, increíble, pero a cada rato hay que recordarlo. Es claro que muchas veces nos sentimos confundidos porque la perversidad de la economía argentina hace casi imposible pensar en términos culturales, hace que las propuestas culturales circulantes sean en general culposas e insalvablemente frívolas, y tanto ridiculiza los mejores propósitos como nos llena de desasosiego. Cuando un país parece haber decidido suicidarse culturalmente y se entrega al frenesí del macaneo, la corrupción, la magia, la simulación, la mentira y la ignorancia disfrazada de cultura, es muy difícil inventariar la razón. Pero no es imposible. Y en la enumeración de la esperanza también hay que anotar la celebración de esa locura creadora que caracteriza a tanto intelectual argentino. Hay que cultivar la locura –recomendaba Henry Miller en una carta a su amada amiga Anäis Nin– porque ese cultivo es condición necesaria para los artistas. Pero no se trata de cultivarla, entre nosotros, por la pura alegría del jolgorio sino para ser intelectuales preocupados y conscientes, capaces de pensar y aportar en democracia y con pluralismo, con participación y disenso estimulante, esas fiestas del espíritu.

Me parece –y me seduce, convence y compromete– que en la Argentina todavía es posible encontrar cuestionamientos inteligentes a las versiones oficiales, giros diferentes de los que las modas imponen, dudas que nos van a enriquecer. El argentino sabe que en sus intelectuales es posible encontrar posiciones alineadas con las mejores causas de la democracia: la libertad de expresión ilimitada; el respeto a los derechos humanos y la memoria como militancia de vida y debida; la lucha contra la impunidad en todas sus formas; la pasión por restaurar el imperio de la Justicia; la resistencia a toda forma de autoritarismo y represión, y el apoyo a toda rebeldía popular contra la mentira y la entrega. El argentino sabe que todo eso está en el aire, en los medios, y sabe que está en sus intelectuales como sabe ir a su encuentro. Esas certezas, esa confianza, son las mayores garantías de supervivencia que todavía tenemos los argentinos. Llámese Verbitsky o Sabato; llámese Viñas o María Elena Walsh, llámese Gorodischer o Denevi, hay en la sociedad una esperanza que se traduce en el apretón de manos, en el aliento, en la ansiedad por escuchar un discurso diferente y no adocenado, en el aplauso a la disconformidad y al entusiasmo de la rebeldía. El trabajo intelectual, por eso, es como una relación amorosa: un único árbol de múltiple ramaje, compuesto de pasión, ternura, amistad, confianza, conflictos, alegría, rigor, blandura, sed, entrega, dudas, respuestas y tanto más. Y árbol que, cuando crece, uno quiere que jamás sea talado.

Estoy seguro: aunque echemos de menos a Sarmiento y a otros grandes, hoy tenemos muchos intelectuales que son una reserva formidable, y los argentinos así lo saben y quieren. La intelectualidad argentina del fin del milenio, más allá de los nubarrones que se ciernen sobre el ingreso al Tercer Milenio, hace honor a lo mejor de un país que hoy se define por la desesperada, definitiva y total batalla cotidiana por sobrevivir y ser dignos, por ser modernos y no salirse jamás del siempre trabajoso camino de que sus habitantes sean mejores personas.

Lo reitero: ser intelectual es simplemente estar del lado de los que trabajan con la razón, es ser militante de esta alternativa.

Idealismo puro, desde ya. Pero..., ¿alguien tiene algo mejor para ofrecer?

Apuntes sobre el resentimiento y la deshonestidad intelectual

Los intelectuales en todo el mundo padecen la descalificación de sus propios colegas. Ya sabemos que ser intelectual conlleva siempre, al menos en algunos países latinoamericanos, como la Argentina, una especie de estigma, una suerte de sospecha o condena esencial. Es lo que expone al intelectual, y es la razón de que él se exponga: la imposibilidad de callar ante determinadas circunstancias, privadas y sobre todo colectivas, la incapacidad de hacer silencio que es básica, constitucional, suele llevarlo a enfrentamientos en los que sólo puede blandir ideas, palabras, actitudes. Muy probablemente ésta sea una visión un tanto idealizada del intelectual. Pero no ha de ser menos verdadera que la visión que habitualmente lo condena, lo zahiere, lo descalifica.

En la Argentina esa descalificación es cosa vieja, pero también es cada vez más frecuente. Una constante, pues, que depende de las diferentes gradaciones que el resentimiento nacional adquiere en cada época. Y que indudablemente se ha extendido a partir de la sensación de frustración que parió este país en las últimas décadas. El de los intelectuales es hoy un mundillo plagado de ejemplos de ello. No sólo se sufre la descalificación exterior, digamos, sino también la endógena, la del propio gremio, que es mucho más feroz porque suele ser más aguda, más inteligente y peor intencionada. Lo cierto es que el resentimiento produce un doble efecto negativo en los intelectuales: impide pensar al resentido y perturba al que piensa.

Es un clásico que los intelectuales que se exponen y participan, los que crean y trabajan consistentemente sus obras, los que promueven acciones y parece que nunca desfallecen, terminan siempre por ser sospechosos, o lisa y llanamente son peligrosos. Y esto porque con su sola actividad, con la pura "prepotencia del trabajo" (esa cualidad y frase que los argentinos suelen atribuir caprichosa e indistintamente a Roberto Arlt o a Rodolfo Walsh) obligan a los mediocres a enfrentarse con sus propias limitaciones e incapacidades. La pregunta "quién lo banca a éste" delata perfectamente esa sospecha. Es un modo bastante eficaz de desdeñar a los que piensan y de descalificarlos porque, supuestamente, están al servicio o bajo la protección de alguien: el poderoso que "los banca". Es un modo de colocarlos a un costado, en los márgenes, porque con sus acciones estorban. Y delata una mentalidad conspirativa que es mucho más frecuente que lo que suele admitirse. Intelectuales o no, muchos argentinos parece que no pudieran escapar a cierta mentalidad policial y de espionaje, que desde luego es una herencia del militarismo que padecimos.

En la Argentina es usual ver cómo se descalifica con liviandad y cómo se descree fácilmente del talento ajeno. Un intelectual ataca a otro con agresiones verbales y prosa confusa, y aunque no exponga ninguna idea propia sobre lo que el atacado planteó no pasa nada. Los que critican al escritor que abre un taller literario y lo desprecian como si fuera un comerciante no necesitan fundamentar su crítica. Los que desvalorizan a quienes fundan revistas literarias con la típica pregunta "¿y a estos quién los banca?" no tienen sanción alguna. Otros se quejan de la impunidad, pero muchas veces la disfrutan y hasta abusan de ella en el intangible terreno de las ideas. Se prejuzga, claro, desde la ignorancia. Es como si el desconocimiento de lo que algunos hacen autorizara a criticarlos livianamente. Se cree tener un permiso implícito, digamos, para desvalorizar a priori lo que otros están creando o pensando. Y como, en efecto, objetivamente la crisis económica ha envilecido el pensamiento y la capacidad de crear e investigar, la desvalorización viene resultando una perversa consecuencia adicional. Además, como hoy todo es vertiginoso y la sociedad consagra el exitismo fácil, no se respeta el esfuerzo ni se valora la actitud del que busca caminos originales. La búsqueda es vivida como pérdida de tiempo, deviene inutilidad, y no hay afán informativo ni mucho menos espíritu formativo. A las ideas no se responde con ideas sino con descalificación. La mentalidad conspirativa promueve el gesto canchero de desdén, el no respeto al trabajo ajeno, el ninguneo. Y el plagio ya no tiene condena social. La impunidad también ha hecho estragos en el mundillo intelectual.

Por cierto, el intelectual argentino siempre está expuesto al robo de las ideas. Lee, piensa, escribe, estudia, investiga, reflexiona. Es mucho trabajo, a partir de todo eso, elaborar alguna idea o una frase feliz que acaso surgirá al transcurrir de la escritura. Cuando después otros la utilizan y se apropian de ella, porque la escucharon o leyeron, y empieza a circular sin el necesario crédito, uno se siente legítimamente mal si no es citado. Y el colmo es escuchar que se le atribuye a otro la idea que se le ocurrió a uno. Es una de las formas más crueles del ninguneo. Ni se diga de los casos en que las elaboraciones son más complejas, más ambiciosas. Y hay que subrayar, además, que aunque el robo de ideas pueda ser involuntario, no por ello el plagio deja de ser indignante.

Es casi imposible conformar a los intelectuales que movilizan sus neuronas sólo desde el resentimiento, y acaso por eso es tan difícil la coexistencia. Para ellos, cuando los otros hacen cosas, si las dan a conocer son fanfarrones; y si publicitan lo que hacen se los descalifica porque "quieren figurar" o "andan detrás de la fama". Si callan, se los acusa de falsa modestia y muchos hasta se preguntan en qué andarán los que hacen, previendo que pueden estar tramando algo peligroso como una nueva obra. Si apoyan lo que otros hacen, se dice que son demagogos. Si estimulan a terceros o discípulos, se los acusa de mafiosos o de constituir capillas. Si promueven acciones colectivas, otra vez son demagogos, integrantes de "patotas culturales" y además oportunistas. Si permanecen al margen, están solos y se manejan con independencia, son inevitablemente mirados con suspicacia y se los considera francotiradores o despreciables marginales a los que conviene ningunear porque cada vez que se pronuncian públicamente resultan inclasificables. No hay salida.

El comentario, siempre, destacará lo negativo. Lo que es admirable o digno de respeto casi nunca se menciona. El reconocimiento a lo sumo pasará por la mera aceptación silenciosa, y es por eso que a los mediocres y resentidos les resulta estupendo el ninguneo. El poco o nulo reconocimiento a los intelectuales es un fenómeno universal: un ejemplo extraordinario de esta conducta es una pieza teatral del chileno Ariel Dorfman: *La muerte y la doncella*, que se representó en todo el mundo y luego se filmó en Hollywood. La obra tuvo un aceptable éxito mundial y su único fracaso fue en Chile, que es donde transcurre. Lo mismo sucede con tantos artistas argentinos que son reconocidos fuera pero no en su propio país. O sólo se los reconoce cabalmente cuando mueren, como sucedió con Antonio Di Benedetto, Manuel Puig o Daniel Moyano, y más recientemente con Osvaldo Soriano.[34]

Hay muchas maneras de desvalorizar el trabajo intelectual, pero pocas son tan mezquinas como las que provienen de los mismos intelectuales. "No te leí porque todavía no me regalaste tu librito", dicen por ejemplo. O dicen a terceros: "Ese, con los derechos de autor que ha de cobrar estará forrado en guita". Y están, y acaso sean mayoría, los que *no* dicen lo que piensan y simplemente "roen el mérito ajeno", como describe Ingenieros en el capítulo "La maledicencia" de *El hombre mediocre*. Esos tipos son "peligrosos y nocivos. Detestan a los que no pueden igualar como si con sólo existir los ofendieran" pero sobre todo son específicamente despreciables aquellos que, "más inclinados a la hipocresía que al odio, prefieren la maledicencia sorda a la calumnia violenta. Sabiendo que ésta es criminal y arriesgada, optan por la primera cuya infamia es subrepticia y sutil. La una es audaz; la otra cobarde. El calumniador desafía el castigo, se expone; el maldiciente lo esquiva".[35]

Esas páginas de Ingenieros, casi noventa años después, son de una actualidad asombrosa porque describen una parte siempre vigente de la naturaleza humana: la de los intelectuales mediocres, esos hombrecitos sin ideales (ni ideas) que pululan en las ciudades argentinas, en Buenos Aires son legión, y en cierto modo conforman el *establishment* cultural, o sea esa cultura oficial de aplaudidores compuesta por críticos a sueldo, amiguistas inclaudicables, canonizadores de semanarios y suplementos, e incluso por muchos bienpensantes desprevenidos. "Los maldicientes florecen doquiera –sigue Ingenieros–: en los cenáculos, en los clubes, en las academias, en las familias, en las profesiones, acosando a todos los que perfilan alguna originalidad. Hablan a media voz, con recato, constantes en su afán de taladrar la dicha ajena." Con la agudeza de su estilo belicoso, Ingenieros apostrofa que "si estos basiliscos parlantes poseen algún barniz de cultura, pretenden encubrir su infamia con el pabellón de la espiritualidad. Vana esperanza; están condenados a perseguir la gracia y torpeza con la perfidia. Su burla no es sonrisa; es mueca".

Claro que el intelectual siempre tiene, dicho sea parafraseando a Ernest Hemingway, un detector de malas ondas en la nuca. Es como un sexto sentido, si se quiere, que le permite *sentir* el resentimiento, la mala leche de sus colegas, no sólo cuando tiene alguna idea y la publica, sino también cuando disfruta algún logro personal, cuando cambia de casa, de pareja o de coche, cuando viaja al exterior o simplemente cuando su trabajo alcanza alguna repercusión y obtiene reconocimiento por ello. Pero muchas veces el detector no funciona y entonces es la inocencia la burlada. Una conocida poeta y novelista judía me contaba que cada vez que la visitaban críticos norteamericanos interesados en investigar la escritura femenina argentina o la literatura de autores judíos, ella les hacía exhaustivas listas de poetas y narradoras que valía la pena considerar y enumeraba prolijamente a todos los escritores judíos de la Argentina; hasta que un crítico de la Universidad de Columbia le manifestó su extrañeza porque la mayoría de sus colegas, en cambio, jamás la mencionaba a ella como integrante de 'a literatura femenina ni como escritora judía.

La mala leche es proverbial en el mundo intelectual argentino. Hay categorizaciones que se hacen sólo para fastidiar, para entorpecer. Se atribuyen a otros actitudes inadecuadas o falsas con el solo afán de descalificarlos y de restringir su acceso a los podios del poder. Por eso es tan importante ser independiente. No digo marginal, digo independiente en el sentido del que hace su propio camino. Seguramente es un sendero pequeño y muy modesto pero es el propio. Esto lamentablemente también genera resentimiento y resistencia en los mediocres, y una envidia feroz, ese ácido implacable. "No basta ser inferior para envidiar, pues todo hombre lo es de alguien en algún sentido; es necesario sufrir del bien ajeno, de la dicha ajena, de cualquier culminación ajena. En ese sufrimiento está el núcleo moral de la envidia: muerde el corazón como un ácido, lo carcome como una polilla, lo corroe como la herrumbre al metal", enseña Ingenieros, para quien la envidia es "la más innoble de las torpes lacras que afean a los caracteres vulgares... Entre las malas pasiones ninguna la aventaja".[36]

Y no me resisto a reproducir íntegro el siguiente párrafo, cuyo contenido calzaría a la perfección a más de un connotado contemporáneo nuestro: "El escritor mediocre es peor por su estilo que por su moral. Rasguña tímidamente a los que envidia; en sus collonadas se nota la temperancia del miedo, como si le erizaran los peligros de la responsabilidad. Abunda entre los malos escritores, aunque no todos los mediocres consiguen serlo; muchos se limitan a ser terriblemente aburridos, acosándonos con volúmenes que podrían terminar en el primer párrafo. Sus páginas están embalumadas de lugares comunes, como los ejercicios de las guías polígotas. Describen dando tropiezos contra la realidad; son objetivos que operan y no retortas que destilen; se desesperan pensando que la calcomanía no figura entre las bellas artes". Y luego remata: "Esos fieles de la rapsodia y la paráfrasis... se admiran entre sí, con solidaridad de logia, execrando cualquier soplo de ciclón o revoloteo de águila. Palidecen ante el orgullo desdeñoso de los hombres cuyos ideales no sufren inflexiones; fingen no comprender esa virtud de santos y de sabios, supremo desprecio de todas las mentiras por ellos veneradas. El escritor mediocre, tímido y prudente, resulta inofensivo. Solamente la envidia puede encelarle; entonces prefiere hacerse crítico".

Ahora pienso, al transcribirlo, que quizá el ninguneo al que se condenó a Ingenieros durante décadas pudo tener que ver con estas ideas subversivas, provocadoras que a él se le ocurrió escribir.

Otra manifestación usual del resentimiento de los intelectuales es la práctica de la exclusión, actitud típicamente argentina. Es una de las manías que más me impresiona de la cultura argentina, y particularmente en el quehacer literario: aquí los listados siempre son incompletos, siempre se recortan y ofrecen visiones tan parciales como intencionadas. En la academia y en el pensamiento (en la literatura, la historia, la sociología) siempre nos topamos con alguien que trata de recortar. Su ideología es: si estamos nosotros, que no estén los demás; si alguien se llevará el mérito y lo inscribirá en su currículum, seremos nosotros, seré yo. Los que pertenecemos somos éstos, los nuestros, los amigos; a los otros, a los de afuera, a los demás, ignorémoslos, hagamos como que no existen.[37]

El ninguneo existe en todo el mundo, desde ya. Pero al contrario de lo que sucede en otros países (México, Chile, Brasil, Venezuela y también los del llamado Primer Mundo, donde los ninguneos tienen dedicatoria, digamos, y se refieren a personas concretas) el intelectual argentino, y específicamente el porteño cuando está resentido, ningunea al bulto. La suya es una negación al boleo, es pura mala leche (es decir, resentimiento) o pura y simple ignorancia, lo que no es atenuante. En otras culturas, en cambio, aunque existe el ninguneo concreto y dirigido a un supuesto enemigo o adversario ideológico, hay una preocupación básica bastante consciente por la inclusión en vez de la exclusión. Se diría que la furia contra alguno está tolerada, pero la mezquindad general no. He aquí un ejemplo: en la Argentina los que hacen antologías y listados de escritores *siempre* recortan del mismo modo y mencionan sólo a los inevitables, es decir los que están consagrados y no se puede dejar de nombrar porque *son* el canon. Acaso incluyen también a los que son sus amigos, y algunos, por cierto, sucumben a su vanidad y se autoincluyen. De donde todos los listados y antologías en la Argentina resultan demasiado mezquinos, recortados, parciales, sectarios.

Desde luego que toda antología es una selección, pero la actitud de cualquier académico o antologador mexicano o chileno, al contrario, procurará *incluir a todos* porque la totalidad le hace sentir orgullo por la potencia de su literatura nacional. Incluirá a los menos reconocidos y a los más jóvenes, y se preocupará por no olvidar a alguien que pudiera molestarse. Incluirá, por supuesto, a los que aún no conoce o no ha leído. Y probablemente hasta se preocupará porque no falten especialmente aquellos a los que no quiere, sus detractores o adversarios. La inclusión no sólo será acto de justicia y acaso reparador, sino que hablará de su grandeza como antologador y encima su antología contendrá el orgullo de mostrarle al mundo una tan nutrida literatura nacional.

En la Argentina basta ver nuestras antologías y observar los listados que se enseñan a los estudiantes y también los que se publican en los suplementos culturales, que se ocupan casi exclusivamente de extranjeros, muertos y amigos, como es común que suceda en casi todos.[38] Es penoso, pero donde precisamente cabría el orgullo de abarcar a todos, el crítico argentino, el antologador porteño, funciona como un perfecto jíbaro: reduce, achica, minimiza. La jibarización es una actitud muy común en algunos críticos, periodistas, académicos o escritores. No sólo recortan, mezquinan y ningunean, sino que también promueven a veces griteríos de conventillo, inventan falsas enemistades o fogonean inexistentes polémicas. Todo lo cual, por supuesto, será negado con la típica gestualidad del sobrador porteño que describió Mastronardi: con un gesto despectivo de la mano, un chasquido de lengua y acaso una frase ingeniosa para fascinar a su mínimo auditorio ocasional.

También hay que decir aquí que fuera de las grandes capitales es siempre mucho más difícil vencer las barreras de los prejuicios y las exclusiones, y tolerar los estragos del ninguneo. Escucho la misma queja de boca de mexicanos que no son del Distrito Federal, de colombianos que viven lejos de Bogotá, de venezolanos no caraqueños, de chilenos del norte o del sur de Santiago. Y como residente en una provincia distante más de mil kilómetros de Buenos Aires, lo advierto en muchos colegas del interior. De hecho la pregunta más frecuente, la más repetida que me hacen en los congresos en que participo, y en charlas, conferencias o ferias de libros del interior, es siempre la misma: si es necesario o no irse a vivir a la Capital, para poder publicar y trascender. Esta preocupación, que observo en autores de todas las provincias, busca el intercambio de experiencias y estrategias para vencer al monstruo que siempre excluye. Jamás tengo respuesta para esas preocupaciones, puesto que empecé a publicar en España y en México mientras estaba en el exilio, pero observo que es lo que más parece interesar a los provincianos. Como si "bajar" o "subir" a Buenos Aires fuera una especie de ser o no ser.

La burla tenida por humor es otra lacra del mundillo intelectual argentino. La ironía de poca gracia y mucha malevolencia, la mordacidad corrosiva y el hablar pestes a espaldas de los demás son otra especialidad nacional. Conozco el caso de dos escritores que en una conocida revista se burlaron de manera vulgar de varios colegas y después, ante el pedido de explicaciones, sostuvieron que el problema era que los atacados carecían de sentido del humor. Un conocidísimo crítico literario y editor me pidió ayuda, cuando yo estaba en México, para ir allá huyendo de la pobreza en que aquí vivía. Respondí en el acto, pero por razones que desconozco él jamás decidió emigrar. Cuando regresé al país fui a saludarlo;

para entonces él había alcanzado un cierto poder en una casa editorial y me di cuenta de que temía que le pidiera trabajo. Ahora, cuando lo veo, se muestra simpáticamente sarcástico y elusivo.

Como en cualquier otra actividad, en el periodismo es común que uno pida ayuda a un colega a fin de conseguir trabajo. Lo impresionante es que muchos, cuando lo consiguen, enjuician u olvidan al que antes lo ayudó. Y son casi proverbiales los que teniendo cargos directivos en el periodismo se preocupan porque la mención de un amigo o colega no vaya a "parecer chivo", pero no tienen ningún problema de conciencia cuando se trata de chivos concretos y malolientes. El ambiente literario está plagado de gente así.[39]

También habría que mencionar entre las deshonestidades intelectuales, aunque es un pecado menor, el temor reverencial a las grandes figuras. Es una de las formas de la frivolidad, una especie de cholulismo intelectual, que también lo hay. Consiste en mencionar o citar a famosos (sobre todo si son extranjeros). Esto es típico de cierto izquierdismo detenido en los mismos autores (García Márquez, Cortázar, Galeano, Benedetti) y también de las derechas ancladas en Borges, por ejemplo. Flaco favor les hacen a sus admirados, porque jamás aparecen nuevas interpretaciones y todo queda en citar y citar.

Y dentro de los asuntos menores, otra línea para pensar es la de los intelectuales que a veces –tantas veces– se ocupan de cosas chiquitas. Inexplicablemente, muchos intelectuales argentinos parecen tener pasión por lo minúsculo (y no por vocación estética minimalista). Ahí está el caso del joven de livianita novela que acertó un exitazo y se constituyó en el autor más vendido del año. Venderá muchísimo pero eso no garantiza nada; no abre puertas ni marca rumbos nuevos en la Literatura. Tendrá que demostrar, con su obra futura, cuáles son los verdaderos peso y volumen de su escritura, como nos pasa a todos. La literatura es un oficio en el que nos pasamos la vida rindiendo examen, con cada libro, con cada texto. Pero da gracia verlos discutiendo: los que envidian el éxito del joven, los que lo aplauden, los que se agazapan y esperan ver pasar su cadáver (literario) por la puerta de sus casas. Todos a una, dando palos, arrojando mandobles, escribiendo notas y comentarios que sólo sirven para llenar vacíos en los suplementos y para deleitar a los editores. Ahí están, también, las falsas polémicas que generalmente siguen los minúsculos, no los protagonistas. Por ejemplo el escándalo Piglia-Planeta, frutilla del postre del '97 que en mi opinión fue un despropósito, quizá una sucesión de venganzas personales, en todo caso una serie de cuestionamientos y exageraciones que construyeron algo fundamental donde sólo hubo, acaso, una evidente y desafortunada desprolijidad. Algunos decían que se les caía un ídolo y entonces se ocupaban de despedazarlo. Y habiendo tantos sujetos deleznables a los que nadie toca, todos disparaban contra un buen escritor que es, además, el más competente crítico literario de la Argentina. Algo similar sucedió cuando gané el Premio Rómulo Gallegos en 1993: el resentimiento, la envidia y la mala leche fueron tan feroces que acabé sintiendo que más que otorgarme un premio me habían aplicado un castigo. Anduve un tiempo molesto hasta que advertí que sólo era mi vanidad herida momentáneamente la que sangraba. Todo eso no era sino gracioso: flores naturales del jardín de la *intelligentzia* porteña, siempre tan cortita, municipal.

Por eso entre los intelectuales porteños, y en la literatura en particular, en los cócteles y presentaciones de libros parece ser que lo que importa es sobre todo el aspecto social, el costado frívolo: quién estuvo y quién no; qué famoso dijo qué cosa; y especialmente si hay polémica, si hay pelea entre dos que se odian o se miran feo. Me sucedió con la polémica que sostuve con Osvaldo Bayer en el verano de 1993 sobre el derecho a matar al tirano. No interesa aquí reabrirla (de hecho me refiero a esa cuestión más adelante, en el capítulo "Los argentinos y la violencia") sino recordar cómo terminó aquella polémica: era apasionante y necesaria, concordaban decenas de intelectuales, pero nadie la continuó. Sería una desmesura acusar a alguno, pero si el tema era tan fundamental, ¿por qué nadie se metió a terciar? ¿Por qué *ningún intelectual* se decidió a participar, a opinar, a profundizar el debate de semejante cuestión? Lo que quedó fue una frivolidad: todavía muchos creen que aquella polémica fue una cuestión personal entre Bayer y yo.

Y sin embargo, a pesar de todo lo dicho anteriormente, el prestigio de los intelectuales no se ha perdido del todo. No diría que está intacto pero sí que sobrevive, por ejemplo, en algunos aspectos. El prestigio del libro, por ejemplo, sí está intacto. Y de él deriva, incluso, la ilusión de facilismo que conlleva el trabajo de la escritura. Cualquiera que sabe enhebrar sujeto-verbo-predicado y cree que tiene algo interesante para contar puede largarse a intentar su narrativa, su poética. Y está bien que así sea. La literatura no le hace mal a nadie. Y afortunadamente, de la intención de los escribidores a la permanencia de las obras hay un largo trecho.[40]

Por todo eso tenemos que defender la literatura y el trabajo intelectual. No desde perspectivas solemnes, propongo, ni desde posiciones elitistas de juegos florales. No se trata de decretar quién puede escribir, desde luego, sino de defender el oficio de pensar y de escribir desde la preocupación fundamental por la calidad de los textos, o sea desde la lectura inacabable y eterna y desde la escritura sensata, profunda, concisa, impecable, rigurosamente vigilada y corregida, meditada y con encanto, entretenida y con profundidad, significante y verosímil, capaz de toda la gracia y de ser el estilete más agudo, llena de ironía y de alusión, y también de elusión y por supuesto de ilusión. Todo eso, sí. Escribir como se vive, como se navega, como se sueña, como se respira. Y con una ética blindada, a la hora de la hora. Sin concesiones, sin amagues, sin falsas escuadras. Sin dobleces y con coherencia absoluta, con dolorosa coherencia para que sean todo uno lo que se piensa y lo que se dice, lo que se escribe y lo que se vive y cómo se vive.

No de otro modo vivieron los grandes. Los verdaderamente grandes escritores de la Historia, de Virgilio a Cervantes, de Dostoievsky a Rulfo o Borges fueron así y me parece que en estos tiempos de liviandad y oportunismo conviene, de vez en cuando, recordárselo a tanto frívolo que anda suelto.[41]

Un escritor de los más talentosos y escépticos que hay en el país me planteó un día, con alguna copa de más, desafiantemente: "¿Y cuál es el rol de los intelectuales argentinos? ¿Hacer buenos diagnósticos y nada más?". La inquisición me pareció, y sigue siendo, excelente, pero no deja de ser un sofisma. Porque para un intelectual riguroso la única respuesta es construir la propia obra como respuesta. Cuestionar no es solamente hacer diagnósticos; se puede y debería también ser propositivo, y se pueden y se deben imaginar salidas existenciales, individuales y colectivas. Pero ésas son las obras más difíciles, las más inmensurables, porque son la obra de toda la vida de cada uno. Son la vida misma, la vida toda de cada uno.

Siempre será un clásico, y lo seguirá siendo, la pregunta: ¿Para qué sirven los intelectuales? Y el intelectual argentino tendrá que hacer malabarismos verbales, variopintas piruetas de lenguaje hasta que alcance la única respuesta posible: Los intelectuales sirven para que se les pregunte para qué sirven y ellos sigan intentando respuestas.

Por supuesto que las reflexiones de los intelectuales no ofrecen solución. Es una de las enseñanzas más difíciles de inculcar en la sociedad, que casi siempre está desesperada por sus urgencias, por la necesidad casi violenta que tiene de respuestas rápidas, inmediatas y concretas. Pero el mundo de las ideas no tiene por misión fundamental dar soluciones veloces ni mucho menos responder a lo inmediato. Al contrario, por definición su misión es desencadenar procesos, individuales y también colectivos, que requieren reflexión, maduración a mediano o a largo plazo, y que sólo entonces, quizá, terminarán produciendo soluciones, mejoramientos, mutaciones en las conductas sociales.

Esa es la alternativa de la razón. La única que tiene por delante el intelectual argentino para entrar en el Tercer Milenio y seguir intentando respuestas que muy probablemente la sociedad juzgará casi siempre insuficientes.

NOTAS

¹ Suplemento Cultura y Nación del diario *Clarín*, 24 de julio de 1997.
² Octavio Paz, *op. cit.*, pág. 163.
³ Octavio Paz, *op. cit.*, pág. 171.
⁴ Octavio Paz, *op. cit.*, págs. 290-292.
⁵ Me parece importante diferenciar a estos conversos por conveniencia de aquellos otros que pueden cambiar ideológicamente porque maduran ideas, comprenden otras y reformulan las suyas, y lo hacen honestamente.
⁶ Esto, es obvio, parece haber cambiado en las elecciones parlamentarias de octubre de 1997, pero al redactarse este libro es prematuro dar tal cambio por confirmado.
⁷ José Ingenieros: *Ensayos escogidos*, Centro Editor de América Latina, Capítulo, Buenos Aires, 1980, págs. 67 y ss.
⁸ Félix Luna: *Soy Roca*, Editorial Planeta, Buenos Aires, 1989, 497 págs. Asimismo, se pueden consultar: Leopoldo Lugones (hijo), *Mi padre*, Ediciones Centurión, Buenos Aires, 1949, 367 págs.; Guillermo Ara, *Leopoldo Lugones uno y múltiple*, Ediciones Maru, Buenos Aires, 1967, 78 págs.; Allan Metz, *Leopoldo Lugones y los judíos*, Ediciones Milá, Buenos Aires, 1992, 144 págs.; Pedro Luis Barcia, Introducción biográfica y crítica a *Leopoldo Lugones. Cuentos fantásticos*, Ediciones Castalia, Madrid, 1987, págs. 9-54.
⁹ José Vazeilles, en José Ingenieros: *Ensayos escogidos*, págs. I-IX.
¹⁰ Prueba de que se mantuvo siempre a prudente distancia de Roca es que en su libro *Las direcciones filosóficas de la cultura argentina*, de 1914, destaca que el espíritu liberal en la cultura argentina se desenvolvió con tres presidentes: Mitre, Sarmiento y Avellaneda. O sea, entre 1862 y 1880. "En dos décadas –escribe– las provincias se poblaron de colegios nacionales y escuelas normales; físicos, astrónomos y naturalistas extranjeros siguieron llegando al país, surgiendo en todas partes gabinetes y laboratorios." La Universidad de Buenos Aires tomó el mismo camino a partir del rectorado de Juan María Gutiérrez. Ingenieros no menciona a Roca en todo ese proceso. Véase: *Las direcciones filosóficas de la cultura argentina* (Primera edición: 1914, en Revista de la Universidad de Buenos Aires, Tomo XXVII). Reproducido por Eudeba, Buenos Aires, 1963, pág. 82.
¹¹ José Ingenieros: *Ensayos escogidos*, págs. 27 a 30.
¹² *Idem*, pág. 13.
¹³ *Idem*, pág. 27.
¹⁴ *Idem*, págs. 28-29.
¹⁵ *Idem*, págs. 32-34. Fácil es observar que conductas no demasiado diferentes tienen vigencia en la actualidad. Como si las carabelas hubiesen sido cambiadas por aviones, existe hoy un sentimiento generalizado de rencor hacia los modernos conquistadores españoles ahora propietarios de empresas como Aerolíneas Argentinas, las principales carreteras del país y la mayoría de la industria editorial. Rencor que indudablemente es injusto hacia los habitantes de la España moderna, pero que revive ante ciertas actitudes de "avidez insaciable" en desmedro de la difusión de lo mejor de la cultura hispánica.
¹⁶ José Ingenieros: *Ensayos escogidos*, págs. 38-39.
¹⁷ *Idem*, pág. 46.

18 *Idem,* pág. 50.

19 *Idem,* págs. 61-62.

20 José Ingenieros: *Las direcciones filosóficas,* págs. 7-10.

21 *Idem,* págs. 13 y ss.

22 *Idem,* pág. 19.

23 *Idem,* págs. 29-30.

24 *Idem,* pág. 34.

25 Pazos Kanki fue un sacerdote y periodista que trabajó con Mariano Moreno y fue editor de *La Gaceta.* Ultraliberal y uno de los más tenaces opositores a toda idea de instaurar una monarquía inca en el Río de la Plata, se exilió en Inglaterra en 1817, donde se convirtió al protestantismo. Tradujo el *Evangelio de San Marcos* al aymará. Murió en Buenos Aires. (Véase: Ione S. Wright y Lisa P. Nekhom, *Diccionario Histórico Argentino,* Emecé Editores, Buenos Aires, 1990, págs. 596-597.) Por su parte, Castro Barros fue rector de la Universidad de Córdoba, adversario del moderadamente progresista deán Funes, y según Ingenieros "se atenía a la ortodoxia más rigurosa. Enemigo de toda reforma liberal, representó en la asamblea del año 13 y en el Congreso de Tucumán la derecha conservadora, empeñada en la tarea de infiltrar el alma española y colonial en el movimiento argentino y emancipador". Mitre dijo de él que era hombre de "doble fanatismo, político y religioso".

26 José Ingenieros: *Las direcciones filosóficas,* pág. 75.

27 *Idem,* pág. 76.

28 Elías Canetti: *La conciencia de las palabras,* Fondo de Cultura Económica, México, 1976. pág. 18.

29 *Idem,* pág. 22.

30 *El ensayo actual,* Eudeba, Capítulo, Buenos Aires, 1968, pág. 77.

31 Congruente con esos prejuicios, el militar carapintada Aldo Rico, cuando se sublevó contra las instituciones de la democracia en la Semana Santa de 1987, sentenció ensoberbecido que la duda era "la jactancia de los intelectuales". Aquel comentario del Sr. Rico recuerda el viejo chiste que dice que hoy, en este mundo y con las cosas como están, lo que verdaderamente conviene es ser tonto, mediocre, egoísta y tener buena salud. Pero eso sí, sobre todo hace falta lo primero, sin lo cual todo lo demás está perdido.

32 José Ingenieros: *Las fuerzas morales,* pág. 47.

33 Cualquier intelectual argentino inicia sus mañanas bajo similares presiones: desespera por acabar la obra en que trabaja y por el retraso de los proyectos artísticos que lo desvelan; siente que todo está supeditado a la urgencia de tareas que son o le parecen intrascendentes; quizá debe preparar clases o conferencias que no le interesan tanto como crear; acaso debe responder requisitorias periodísticas inesperadas; y sobre todo debe atender a su difícil subsistencia, al oficio paralelo que le da de comer, a las expectativas familiares, en fin, está sometido a la misma tiranía de las reglas de supervivencia que padece cualquier argentino. Un escritor, por ejemplo, para seguir creciendo y no embrutecerse debe leer la mejor literatura universal, los clásicos, pero también a sus contemporáneos, y aun los textos de los jurados que integra. Y además está la lectura de los diarios, que demanda alguna hora de cada día. La vida del escritor, del intelectual en general, no es nada del otro mundo ni algo envidiable como suele creerse: siempre está bajo sospecha porque se espera de él que sea más o menos ingenioso, simpático, progresista, buena persona, gran compañero, excelente padre, amigo irreprochable, y debe ser capaz tan-

to de darle de comer al perro como de responder a todas las preguntas con amabilidad y con dulzura y –si es posible– con frases brillantes. La presión social exige además que esté capacitado para disertar sobre Literatura, Filosofía, Medios de Comunicación y Docencia, por lo menos, y para defender a rajatabla las mejores causas de la Humanidad con pensamientos e ideas propios que seguramente otros repetirán sin darle crédito. Para eso es un intelectual, parece pensar el argentino medio.

[34] Que yo sepa, Soriano no había siquiera pisado la Universidad de Buenos Aires, y alguna vez lo escuché ironizar sobre lo que llamaba "esa fábrica de literatura de bronce y mármol". Su obra no era estudiada por casi ninguna cátedra en toda la Argentina. Pero en cuanto murió le organizaron homenajes, le pusieron su nombre a más de un salón y ahora estudiar a Soriano es casi un tópico académico. Lo cual es irreprochable, desde ya; lo canalla es lo otro.

[35] José Ingenieros: *El hombre mediocre*, Talleres Gráficos Argentinos L. J. Rosso y Cía., Buenos Aires, 1923, págs. 74 y ss.

[36] *Idem*, págs. 139 y ss. La idea fue retomada por Marcos Aguinis en *El valor de escribir* (Sudamericana-Planeta, Buenos Aires, 1984): "Si otros obtienen lo que a mí me es negado, entonces empieza a roer un ácido llamado envidia". Con el mismo título publiqué un artículo en el diario *Clarín*, el 8 de noviembre de 1985.

[37] "Los modelos y los cánones sólo enseñan a expresarse correctamente, sin que la corrección sea estilo. Las academias son almácigos de mediocridades distinguidas y oponen firmes obstáculos al florecer de los temperamentos innovadores", dice Ingenieros en *Las fuerzas morales*, pág. 67.

[38] Provocativa y, seguro, injustamente, más de una vez he declarado que los suplementos literarios porteños sólo se ocupan de EMA (Extranjeros-Muertos-Amigos).

[39] Correspondería definir al "chivo" como favor comunicacional o publicidad encubierta. Debe el nombre a una de las acepciones del verbo corromper: oler mal. Se llama chivo porque, obviamente, este tipo de favores siempre huele como ese animal.

[40] Aguinis y muchos otros han señalado que, históricamente, no hay justicia en el arte, y sin embargo ésa me parece una idea por lo menos discutible, porque algo de justicia sí hay: la literatura que vale, como las ideas valiosas, resisten el paso del tiempo. La bazofia literaria, por más *best-seller* que sea, desaparecerá en el nebuloso campo del olvido. Ese es el único reaseguro de la literatura, por otra parte, que no de la vanidad de los escritores. Y es un reaseguro porque las listas de *best-sellers* son de *libros más vendidos*. Nunca son listas de *libros más leídos*. Sólo cuantifican lo que se compra. Son una parte informativa del trabajo cultural, un aspecto superficial, una elipsis entre lo momentáneo y el olvido. El afán por el bestsellerato es solamente, quizá, otra forma de frivolidad importada.

Como si fuera verdad aquella adolescencia mental de que habla Marco Denevi en su novela *Manuel de Historia*, hay una cierta esquizofrenia que consiste en que todo escritor quiere ser best-seller y le encanta verse en la famosa listita; pero, a la vez, todo escritor debe decir que no le interesa porque eso no es importante. Aguinis también se ha referido a esto en *El valor de escribir*: "Hipócrita y vergonzantemente, algunos llegan a negar el anhelo de ser leídos masivamente". En cierto modo tiene razón, porque nadie escribe para sí mismo sino para ser leído, pero tampoco se escribe necesariamente para ser primero en ventas. Se escribe y se piensa porque se supone que se tiene algo para decir. Nadie escribe ni piensa para el anonimato, pero tampoco es válido hacerlo sólo para el Mercado.

[41] Acerca de la importancia de sostener las ideas y ser coherente, nunca sobra re-

flexionar alrededor de la lógica abstrusa del menemismo que también ha infestado el campo intelectual con su banalización y con corruptelas de poca monta. Y en este punto una vez más la literatura trae analogías: Milan Kundera acierta cuando se pregunta, en *La insoportable levedad del ser*, acerca del significado del verbo "renegar". Dice allí que en esta época ya no se puede renegar de las ideas: se puede –y se debe– refutarlas, pero es imposible *renegar* de ellas. La sentencia me quedó rondando por mucho tiempo y ahora advierto que no sólo porque de hecho es imposible dar marcha atrás en el tiempo, sino porque, además, éticamente es horrible y estéticamente también.

Diez

LOS ARGENTINOS Y EL DINERO

Acá por guita matan a la madre

La relación del argentino con el dinero no deja de ser extraña. Por generaciones ha escuchado hablar de dinero, de problemas económicos, de dramas financieros, de sueños incumplidos, y ha sabido de tantos éxitos ajenos como tantos han sido los fracasos que ha sufrido y visto a su alrededor. Se ha criado en una sociedad en la que cualquier ciudadano más o menos impreparado y rústico, que aunque suene elitista no tiene la menor idea de lo que es un concepto platónico o desconoce una metáfora virgiliana del Infierno, en cambio puede tener ideas bastante sofisticadas sobre costumbres y conveniencias financieras. Vive en un país, se diría, que sabe tanto de finanzas como de deportes, un país en el que los diarios anuncian las cotizaciones de las monedas extranjeras en primera plana; en el que la vida de sus habitantes parece estar dominada por créditos y plazos fijos, inversiones financieras y, claro, la estabilidad de la moneda. Un país en el que casi todos están convencidos de que los demás son capaces de cualquier cosa por dinero y donde suele decirse (de los demás, claro) que "por guita matan a la madre".

Este es un mito bastante instalado. Es uno de los más constantes *leitmotivs* de la vida diaria argentina e implica desconfianza hacia el prójimo, porque es obvio que si de alguien pensamos que "es capaz de cualquier cosa" lo que pensamos es que entre esas cosas figura en primerísimo plano el engañarnos y perjudicarnos.

Y es que la relación de los argentinos con el dinero es asombrosamente original. Si hay muchos mitos que uno sabe que pueden tener validez en otras sociedades, como es lógico, probablemente éste sea uno de los más genuinamente argentinos. Y desde luego que tiene que ver con la perversa relación que hemos entablado con la Economía a lo largo de por lo menos el último medio siglo; deriva de la pesadilla que hemos venido padeciendo los argentinos de por lo menos tres o cuatro generaciones: el proceso de constante empobrecimiento, lo que se llama la pauperización de la sociedad (y no sólo de las clases medias) llevó a esta especie de oficio paralelo que todos los argentinos tienen: ser un poco economistas aficionados por imperio de las circunstancias.

Lo cual modifica, claro está, las relaciones personales: si dos amigos se encuentran, casi invariablemente habrá un momento en el que uno, o los dos, hablará de dinero. La "guita" estará en el medio de las relaciones y será un tema de conversación ineludible. De ahí que el lenguaje de los argentinos, el vulgar, el literario y sobre todo el del tango (poesía urbana por antonomasia) incluye siempre expresiones o metáforas que se refieren a la situación económica de cada uno: "Me quedé en Pampa y la vía"; "Me tenés seco y enfermo"; "La bolsa o la vida"; "Dónde hay un mango, viejo Gómez"; "Más pobre que una laucha".

Por supuesto que la pasión por el dinero no es exclusiva de ningún pueblo. En todo caso la relación que se tiene con el dinero es una declaración de la cultura de cada sujeto. Confesión de valores, si se quiere, subraya grandezas y limitaciones muchas veces inesperadas. Pero si nuestra capacidad de sorpresa es puesta a prueba cada vez que asistimos al espectáculo del manejo dinerario de amigos y parientes, lo que jamás sorprende es la actitud de los ricos, cuya humillación más profunda consiste, como apunta Canetti, en que pueden comprarlo todo. "Entonces se creen que eso es realmente todo."[1]

Pero si la pasión no es exclusiva, sí debemos ser uno de los pocos pueblos del mundo que ha desarrollado un sexto sentido especial para resolver cuestiones financieras. Todos tenemos un amigo cerca, a la mano, que sabe dar consejos de inversión, o sobre impuestos, uno que sabe posta cómo eludir esta traba o cómo arreglar aquel asunto difícil. Puede ser el vecino, el peluquero, un amigo bancario o la chica de la farmacia. Todos en algún momento han sabido entender de cotizaciones, tablitas, tasas de interés y buenas o malas oportunidades para invertir. Es impresionante pensar las cosas que los argentinos han hecho y hacen por dinero. Es como si en algún momento de nuestras vidas (en muchos momentos) todos tuviéramos que tomar decisiones fundamentales acerca de dónde poner los ahorros, cuando hay ahorros; dónde guardar la guita para que se evapore menos velozmente, para que rinda más. Y así, decidir si es mejor el colchón, el plazo fijo, el ladrillo como metáfora de inversión inmobiliaria, el bono o el oro, se ha convertido en una preocupación netamente argentina.

Debemos ser el único país del mundo en el que la gente, cualquier persona, por generaciones y a toda edad, ha sabido cada día de su vida cuál es la cotización del dólar. En otros países saben el valor de las cosas pero no del dólar. Y quizá también somos el único donde la gente ha desarrollado un ingenio extraordinario para dos fenómenos que habría que juzgar tremendos. Uno es *el mangazo*: la imaginación y la astucia de los mangueros argentinos es todo un arte. Y el otro, claro, es su contracara: atajarse de los mangueros también se ha convertido en un arte.

Por supuesto que es una exageración obvia afirmar que, como quiere el mito, los argentinos son capaces de matar a la madre por dinero. Pero lo que parece cierto es que, en la medida en que la ética se ha debilitado tanto en este país, los límites de la decencia y la discreción también se han ablandado. El envilecimiento de las relaciones, entonces, es por desdicha un resultado insoslayable. Para comprobarlo, basta detenerse un segundo en el formidable efecto disgregador que ha tenido. Casi no hay familia argentina que no haya sufrido, en los últimos treinta años del siglo XX, la emigración por razones económicas, el llamado "exilio económico", que es constante y bastante masivo. Reconoce una causa netamente vinculada al dinero en tanto proveedor de bienes esenciales y de otras cosas materiales que la mayoría de la gente cree que hacen a la felicidad. El sueño de encontrar fortuna en otro lugar, otro país, es, ciertamente, una especie de nuevo sueño de Eldorado de nuestros días.

Y esto tiene que ver con la poca capacidad de lograr satisfactores que ofrece nuestra sociedad, a pesar de que su potencialidad es infinita. Y es que por inextricables cuestiones ideológicas, por la inestabilidad institucional y por las vicisitudes de las políticas económicas mundiales y nacionales, para las últimas generaciones del siglo XX la Argentina dejó de ser un país de promisión para ser visto y sentido por sus naturales como un país de frustraciones y de expulsión. Y es que el dinero se ha devaluado de manera tan escandalosa a lo largo de varias generaciones, que se ha quebrado toda noción de acumulación de esfuerzos paulatinos, de esperanza basada en el trabajo y el ahorro. Pertenezco a una generación de argentinos a los que, cuando éramos niños, se nos inculcaba el valor del dinero a la vez que se desarrollaba en nosotros el sentido del ahorro: con cualquier monedita podíamos comprar estampillas –en la escuela o en el correo– y así cada chico o chica tenía una libretita de la Caja de Ahorros en la que se pegaban estampillas que valían centavos. Eso era parte de nuestra educación y se suponía que era una garantía de solvencia para el futuro. La otra enseñanza era la del Chanchito: la alcancía simbolizada generalmente en un simpático porcino que tenía una ranura en el lomo y en cuyo interior se guardaban monedas y billetitos enrollados, y que era un infaltable regalo de cumpleaños.

En los cuarenta años transcurridos desde que yo era un niño, la moneda argentina ha sufrido no sólo un número infinito de cambios en la paridad con otras monedas del mundo sino que también ha cambiado muchísimas veces nuestro propio signo monetario: peso moneda nacional, peso ley, peso argentino, austral, nuevamente peso. A las sucesivas monedas, y con cada cambio, se les fue quitando ceros (una docena, o sea millones de millones reducidos jíbaramente a la nueva unidad), y con la mutación de nombres se han sustituido los íconos de generales por generales y en los últimos años por economistas o políticos.

Esto, por supuesto, destruyó el sentido mismo del ahorro, que no es otra cosa que previsión, acumulación lenta, sabiduría para ejercer el derecho a la tranquilidad en la vejez. Aquella filosofía ahorrativa, ese espíritu previsor que desarrolló la educación sarmientina y que se sembraba en un país que todos sabíamos esencialmente rico, se fue perdiendo en la medida en que el disparate político, el autoritarismo militar y la corrupción generalizada fueron venciendo el ánimo de los argentinos y convirtiéndolos, como se dice, en seres metafóricamente capaces de matar a la madre por dinero.

Claro que entre todos los que tenemos que conseguir dinero para vivir hay una gama de pretensiones y otra de métodos para concretarlas, y esto finalmente remite y tiene que ver mucho más con la base ética que con las necesidades verdaderas o supuestas que nos muevan. El reblandecimiento ético, que es evidente, trajo aparejadas por lo menos dos cosas, ambas encadenadas: frustración y resentimiento. Hoy somos una nación repleta de gentes resentidas, que hacen cosas de resentidos. Son muchísimos los argentinos que en lugar de crecer y madurar se aferran al convencimiento de que son acreedores de una vida mejor que la que llevan. Quizá la merezcan –seguramente, quién podría establecerlo– pero es un hecho que la dura realidad termina siendo insoportable para ellos, y es así como algunos desarrollan esa locura de creer que la vida les debe algo y ese absurdo sentimiento de superioridad argentino que contrasta con la constatación de su propia realidad económica.

Todo esto no es necesariamente nuevo. Se expresó en todas las épocas, y de eso ya dieron cuenta los primeros textos literarios, como las novelas *Sin rumbo*, de Eugenio Cambaceres (1885), y *La Bolsa*, de Julián Martel (1890), gran parte de la obra de Roberto Arlt y casi toda la generación de narradores y poetas realistas y del costumbrismo social como Elías Castelnuovo, Roberto Mariani, Alvaro Yunque, los hermanos González Tuñón, Bernardo Kordon (su proverbial *Alias Gardelito* es de 1956), Germán Rozanmacher y muchísimos más. Más recientemente el dinero es protagonista en novelas como *El cerco*, de Juan Martini (1977); *La mala guita*, de Pablo Leonardo (1976); *Ni un dólar partido por la mitad*, de Sergio Sinay (1972), y en tantas más que expresan la vileza del dinero y se ocupan de las relaciones (malas relaciones) de los argentinos con el dinero. También la dramaturgia y el cine se han ocupado de esta relación: con piezas clásicas del teatro nacional como *M'ijo el dotor*, de Florencio Sánchez (1902), o el *Jettatore*, de Gregorio de Laferrere (1904), y con las posteriores obras de Samuel Eichelbaum, Agustín Cuzzani, Osvaldo Dragún, Roberto Cossa y varios más. Y también con películas como *Plata dulce*, filme paradigmático rodado hacia el final de la última dictadura (1980).

Lo cierto es que los argentinos vivimos en una sociedad en la que el dinero manda y pervierte. Dinero y ética no suelen ser socios, del mismo modo que de entre todas las llamadas "profesiones liberales", la de economista no suele ser la que más hincapié haga –como debiera ser– en el estudio de la Etica. Basta este dato: *en casi ningún programa de estudios de ciencias económicas de la Argentina hay una cátedra al respecto.* Filosóficamente hay un divorcio, casi una enemistad constante y manifiesta ya que la Etica es una parte de la filosofía que trata acerca de la moral, el equilibrio y la justicia, mientras que el uso del Dinero se basa en la oportunidad, la acumulación y la ventaja.

Se podrá decir que esto es así universalmente, y es verdad. Pero no lo es menos que el dinero y no la ética ha pasado a ser materia fundamental de la vida nacional de los argentinos. El lenguaje lo expresa de modo inmejorable: los lugares comunes que a la relación del argentino con el dinero se refieren son infinitos. Por la guita cualquier cosa. Poniendo estaba la gansa. Con una cometa el asunto se arregla. El Diego. Son infinitas las variantes y –seguro– resultan odiosas como generalización de las características de los argentinos, pero tan así es que hoy cualquier programa de radio o de televisión, cualquier noticiero, es sencillamente inconcebible si no trae los datos económico-financieros del día y el así llamado "movimiento de los mercados", que son asuntos que debieran interesar sólo a unos pocos inversores y timberos pero que se han vuelto parte de nuestro paisaje informativo diario. "La Bolsa o la vida", realmente.

Y eso que en la década de los '90, con la estabilidad monetaria, los argentinos nos hemos calmado un poco. Pero hasta no hace mucho todos estábamos alterados y había muchísimos que se pasaban horas enteras haciendo cálculos y pendientes del dólar, del plazo fijo, de la mesa de dinero o de las disposiciones que diariamente dictaba el Banco Central. Fuimos también el único país latinoamericano con esta desesperación durante décadas, pioneros de la hiperinflación continental, e incluso llegamos a exportar el síndrome, que se aprecia en aterrorizados venezolanos, desconcertados brasileños, desesperados mexicanos y atónitos colombianos o ecuatorianos.

Verdaderos campeones mundiales de inflación durante décadas, ahora lo somos de deflación, recesión, desindustrialización y desempleo. Y cuando las políticas económicas no son impuestas por vía del golpe de estado, lo son con la anuencia de los votos. Con botas o con votos en este punto no hay demasiadas diferencias y para comprobarlo basta repasar el listado de nombres y teorías económicas que nos aplicaron los últimos veinte o treinta ministros de Economía, en las últimas tres décadas del milenio. Todo lo cual ha envilecido las relaciones humanas, ha coartado la educación y el desarrollo, la dignidad y la solidaridad, y ha convertido a los argentinos en seres que siempre tienen un motivo de queja, una justificada desazón y una calculadora lista para ver de qué manera (los demás, claro) "por guita matan a la madre".

Y entonces si hay inflación nos quejamos, y si no la hay también. Y la alternativa siempre parece ser el sueño de abandonar el barco (o sea: irse del país) o el resentimiento en sus más variadas formas. Aprovechando esto se agitan fantasmas como los asaltos a supermercados de hace unos años; el retorno del horror que significaría otra inflación del 5.000 %; o nos elogian esa incógnita indeterminada que todos llaman "El Modelo", ignorantes de lo que significa el vocablo y sobre todo de las responsabilidades que impone. Los argentinos, entonces, desesperados y nerviosos, van y votan pensando en el dinero, esperando soluciones mágicas, con esperanzas también mágicas, y casi inevitablemente después reniegan de lo que votaron. Y claro, hay que decirlo, no faltan los argentinos que esperan la aparición de "Alguien que venga a poner orden" mientras hacen cálculos cada vez más forzados para que les dure su platita.

Suelen ser los mismos que por supuesto no matarían una mosca pero que, por guita y por ser argentinos, quizá serían capaces de matar a la madre. Y si no se llega a tanto, lo que es seguro es que, calculadora en mano, en las colas de los Bancos, en la miseria de la pieza y el colchón, en la asquerosa codicia del usurero, en la sordidez del avaro que guarda billetes y valores en su caja fuerte, en la Argentina se han desprestigiado el simple y honrado trabajo, el ahorro, el esfuerzo, la seguridad social, la solidaridad y hasta la confianza en el género humano.

Por supuesto que lo anterior suena amargo. Lo es. Pero no se escribe este texto para pintar la vida de color de rosa ni para jugar a las visitas. Y además, si se trata de amargura, no debe de haber una mayor que la de vivir para y por el dinero. Cada cual atiende su juego, del mismo modo que cada uno sabe dónde y cómo le aprieta el zapato. Pero queda flotando una duda obligada: la de que algo nos pasó a los argentinos, algo pasa y nos seguirá pasando en tanto no nos demos cuenta del costo de esta conducta nacional. Algunos replicarán que lo que pasa es que el dinero no hace a la felicidad pero ayuda a conseguirla, mantenerla y disfrutarla. Y le responderé que sí, puede ser, pero no a cualquier precio. Porque la relación de cada uno con el dinero es como una relación entre amo y esclavo. Y en ese tipo de relaciones los roles siempre se confunden y finalmente nunca se sabe, bien a bien, quién es el amo y quién el esclavo.

Los argentinos y el azar: Me juego un numerito

Si la relación de los argentinos con el dinero pasa por una dependencia demasiado vinculada a deseos y ambiciones, es evidente que el auge del pensamiento mágico abona precisamente ese terreno. Somos un país en el que de las palabras se ha pasado, lentamente y cada vez de modo más notorio, a los números. El argentino de la década de los '90 es un ser que sin llegar a taciturno es bastante menos expresivo que el de generaciones anteriores. Mira mucha televisión, piensa poco, conversa cada vez menos, y en general parece inclinarse hacia formas sustitutivas de la razón por el azar, y del análisis por el simple cálculo. La vocación del argentino por el azar es prima hermana de la de los personajes de Erskine Caldwell y Paul Auster, y no tiene nada que ver con las de Einstein, Kac o Prigogine.[2] La obsesión por el dinero y cierto frenesí por mantenerse o trepar en la escala social hacen que la mayoría de los habitantes de nuestro País de las Maravillas se lance a vivir apostando hasta lo que no tienen. Como si se tratara de algo irresistible, impulsivamente parecen decirse: "Me juego un numerito" y se largan a apostar.

En la Argentina la cantidad de loterías, quinielas, casinos y salas de bingo son alucinantes a fines de los '90. Sólo donde vivo, en un área que abarca dos capitales de provincia (Resistencia y Corrientes) habitadas por poco más de medio millón de personas, la gran mayoría de las cuales viven en horrorosas condiciones de pobreza y marginalidad, víctimas del desempleo masivo porque en los últimos veinte años se han cerrado más de 200 industrias, hay tres casinos, dos bingos y más de una docena de salas de máquinas tragamonedas de apostar llamadas "video-póker" o, en la jerga popular, "timbas electrónicas", las cuales están abiertas las 24 horas. Esa pasión por el juego es un fenómeno preñado de pensamiento mágico, pero es también una manifestación de la urgencia neurótica que parecen sentir tantos argentinos de que la Diosa Fortuna llegue a ellos. Pasión que, además, parece ocultar otra cuestión gravísima: el negocio del juego.[3] "Me juego un numerito" es, entonces, tanto un mito como una pasión que en cierto modo hace a la naturaleza humana, por supuesto, pero que es una característica impactante de esta asombrosa Argentina posmoderna que iniciará el tercer milenio.

La Diosa Fortuna –conviene recordarlo– es una figura de la mitología romana, diosa de la suerte, del acaso, de lo imprevisto, del capricho de las cosas. Se le erigieron templos en Roma, Corinto, Esmirna y en otras ciudades, y se la representa con los ojos vendados, una rueda al lado y vaciando una cornucopia (que es un enorme vaso con forma de cuerno y lleno de frutas y flores, que representa la abundancia, el famoso cuerno de la abundancia). Su visita, su ansiada mirada sobre nosotros, constituye una esperanza generalmente descartada por el yo racional que todos tenemos, pero fervientemente alentada por el otro yo, el irracional, que también tenemos y que desdichadamente en la Argentina finimilenarista es estimulado constantemente. Y esperanza que, todos lo sabemos, otro mito universal asegura que es lo último que se pierde.

De hecho, por pensar de esta manera es que muchos se lanzan a ver si les toca en suerte un golpe –como se dice– de la Diosa Fortuna. Decir "me juego un numerito", además, implica esconder o disimular en el monto modesto el pecado de jugar los pocos pesos de la casa, los últimos magros ahorros. El diminutivo, en cierto modo, pretende atenuar o lisa y llanamente encubre la culpa del jugador.

Son infinitas las formas de la timba, como lo son las de la culpa. Aparte del tute y el truco, aparentemente inocentes, en la Argentina se practicaron los más diversos juegos de azar en todas las épocas, como los que se jugaban a caballo (el llamado "juego del pato" se tiene por deporte nacional) o la popularísima *taba*, que debe su nombre al astrágalo o hueso del pie y que consiste en arrojar una taba de carnero al aire.[4] Algunos de esos juegos criollos se mezclaron con los que practicaban los inmigrantes y muchos terminaron siendo deportes, como las populares bochas o la pelota a paleta (el Jai Alai que todavía se juega por dinero en otros países y que en la Argentina fue tan popular a fines del siglo XIX, cuando empezó a ser sustituido por el fútbol).

Precisamente la taba, ese viejo juego de los gauchos que consiste en arrojar el hueso al aire, es una simbolización perfecta de la idea de tentar a la Diosa Fortuna. Es como mover la rueda que acompaña a la diosa. Según el número que nos toque, o de qué lado caiga ese hueso semicuadrado, ganaremos o perderemos. El argentino ha acuñado una frase que alude perfectamente a eso: se juega esperando "dar vuelta la taba". Darla vuelta es cambiar el destino. Es siempre sinónimo de triunfo: ganarle la partida a la Fortuna. Que es como ganarle a la muerte, en cierto modo.

Incluso la música popular porteña, el tango, ensalza y consagra a los juegos de azar. La timba, el escolaso, aparece nombrado en muchos tangos que cantan loas a las carreras de caballos (los burros, en la jerga hípica), a los naipes y, en general, a la esquiva fortuna. Las letras siempre tienen un doble mensaje, contradictorio. Por un lado critican las consecuencias nefastas del azar, pero a la vez destacan las supuestas "cualidades" del golpe de suerte, con lo que desdeñan el progreso lento, producto del trabajo y del ahorro.

Esa idea de golpe, de repentismo revanchista que encierra la pasión timbera, hace que el jugador viva preso de las infinitas, oscuras y rebuscadas cábalas de las que inexorablemente es capaz. Esto es para decir que hay un vastísimo, imaginativo mundo de pensamiento mágico que rodea al juego, a las apuestas. Todo un mundo sofisticado y enigmático el de las cábalas, que cada uno tiene y respeta a su manera. Evidentemente, con los años y sobre todo recientemente, los juegos (dicho en sentido lúdico: de divertimento y competición) dieron paso a formas más desesperadas. Y digo desesperadas en el sentido de que son formas producto de una esperanza neurótica, irracional, mágica. Porque la apuesta sistemática y obsesiva es siempre una neurosis. Y esa esperanza de ganar es una expresión de la desesperación. La cual se ha ido generalizando en la medida en que la situación económica argentina se fue deteriorando más y más, la dependencia del dinero fue aumentando y la insatisfacción creciente generó decepción y desasosiego. Paulatinamente se multiplicó la oferta de juegos (aparecieron Lotos, Quinis, Destapes y toda una gama de remotos premios súbitos) y los juegos que se fueron ofreciendo incentivaron la pasión de la gente por el azar. A la vez esa pasión desesperada alimentó la imaginación y surgieron más juegos, conformándose un perfecto círculo perfectamente vicioso.[5]

El furor, por cierto, se explica por la situación socio-económica imperante, pero también porque, de hecho, la pasión indetenible por jugar y apostar, desafiando así a la Diosa Fortuna, es una adicción. Una más de la patología social de este fin de milenio, donde la pasión por los números y el azar degenera casi en locura por apostar hasta lo que no se tiene. Cuando ya se ha perdido todo (obviamente el juego de apuestas está organizado para que el jugador pierda, y es su fundamento y razón que gane sólo excepcionalmente), el último escalón es la dignidad. Que también se pierde, y compulsivamente como sucede con todas las adicciones.

En la memorable novela de Fedor Dostoievsky, *El jugador*, una de las obras cumbres de la literatura del siglo XIX, se narra la compulsión de un jugador de ruleta que se destruye a sí mismo en unas pocas noches de casino. Y entre nosotros Juan José Saer ha creado un jugador compulsivo único, inolvidable, en su novela *Cicatrices*. Hay también bastante cine sobre este asunto que –sin dudas– se ha ocupado de los aspectos más sórdidos de la siempre en apariencia inocente pasión por el juego, que puede llegar a ser una grave enfermedad y ha dado nacimiento a organizaciones como "Jugadores Anónimos".

El espíritu lúdico, el sano entretenimiento como actividad para el rato de ocio, se ha ido perdiendo, bastardeado, a medida que iba cambiando el humor de los argentinos. El humor, digo, entendido como fundamento de la risa pero también como espíritu activo, ánimo con el que encarar la vida. A la vez que los argentinos nos volvimos más duros, más solemnes y recelosos; algunos, resentidos y muchos tan envidiosos, también el espíritu lúdico cambió. Suficiente prueba es comprobar el descrédito de los juegos familiares de antaño y ni se diga de los juegos que apelan a la inteligencia, frente al auge indetenible de los supuestos "sorteos", "premios" o "aciertos" televisivos que no son otra cosa que recursos para mantener audiencia constante y que tanto embrutecen a los argentinos. Prácticamente no hay programa de televisión, en horarios centrales, sean humorísticos o los llamados "espectaculares", que no incluyan la posibilidad de que el telespectador "gane" una pequeña fortuna o algún llamado "premio consuelo". Mala copia del negocio del entretenimiento que es tan común en una sociedad bastante satisfecha de sí misma como es la norteamericana, en la Argentina este tipo de televisión desanda los límites entre lo ofensivo, el pésimo gusto y la debilidad mental. Como sea, es obvio que del espíritu lúdico los argentinos se pasaron, se diría que masivamente, al puro azar y la timba enfermiza, la esperanza mágica o el escolaso vicioso. De la apuesta eventual, a la desesperación sistemática.

En otras sociedades se cultiva el viejo sueño –también un juego, finalmente– de amasar un millón de dólares. Se supone que se llega a redondear esa fortuna guardando una moneda cada día, para lo cual hay que trabajar duro y ahorrar parejo. En los Estados Unidos se cuentan y circulan miles de casos, y el sistema mismo se encarga de propagandizarlos, encomiásticamente, como ejemplos de las fabulosas oportunidades que el sistema ofrece. Pero en la Argentina no hay tiempo para eso: aquí se espera el llamado "golpe de furca", el pase mágico, el "pegarla de una buena vez", para lo cual, cada día, uno se "juega un numerito". Lo cual entraña, como es obvio, el sueño de salvarse, verbo que deviene palabra clave. "Salvarse", igual que el vocablo "zafar", implican romper incluso con las reglas de oro del sistema capitalista: ni trabajo ni ahorro, salvarse o zafar significa salir de pobres de una vez por todas; de una y para siempre; correrse del lugar en el que se está tan a disgusto. Y también cambiar la mirada sobre el mundo y, acaso, ser mirado por el mundo de otro modo, que se imagina mejor.

Pero sobre todo conlleva otra idea, la más nefasta de la pasión por el azar: la idea de que no se hace fortuna trabajando. Idea, la de apostarlo todo al azar y al golpe de suerte, que está sólo un pasito antes de la corrupción. Porque si no se hace fortuna trabajando, el argentino ha recibido el mensaje clarísimo de que entonces o se hace mediante la suerte o mediante la coima. Como al inicio de los '90 lo admitió –pública, enfática, irresponsablemente– un prócer contemporáneo del menemismo, mientras otro prócer postulaba que no era condenable "robar para la corona" y el país se sumía en los más numerosos y groseros escándalos de corrupción del siglo. No trabajar era la clave. Irónica anticipación del desempleo generalizado que se generó durante el cierre del siglo XX, y que es fácil vislumbrar como el más grave problema social de la Argentina en el inicio del siglo XXI.

Finalmente hay que decir que la pasión por los juegos de azar, así como el desenfrenado fomento reciente, también han respondido a una verdadera Política de Estado. Porque por supuesto que es verdad que siempre hubo juego, pero es muy fácil comprobar que en los últimos treinta años han sido los sucesivos gobiernos los que lo han fomentado. Desde los tiempos en que el entonces ministro de Bienestar Social Francisco Manrique creó los Pronósticos Deportivos, el popular Prode que hizo furor hace un cuarto de siglo, el crecimiento fue incesante. No hubo un solo gobierno –civil o militar– que no fomentara los juegos de azar.

La pregunta es: ¿Por qué lo hicieron? Podría pensarse que lo hicieron con propósitos inconfesados: primero se dijo que era una manera de controlar el juego clandestino (lo cual era falso porque la quiniela extraoficial jamás desapareció y aún hoy la quiniela barrial clandestina es una institución nacional y es fama que suele estar amparada por funcionarios policiales de menor cuantía). También se dijo que era una manera de recaudar dineros mediante los elevados impuestos a los juegos de azar. Pero todo eso, sin ser falso, no responde cabalmente la pregunta. Lo que los gobiernos han impulsado e impulsan fomentando el juego –es mi hipótesis– no es otra cosa que una forma eficiente de control social. Y es que cuando la desesperanza gana a la gente, la gente se inventa esperanzas mágicas. El juego, la timba, es siempre una esperanza. Irracional y azarosa, pura tómbola lúdica, pero esperanza al fin. Por eso los gobiernos, cuando no pueden dar respuesta a las buenas y naturales expectativas de la sociedad, fomentan este tipo de ilusiones que anestesian a la gente, la mantienen ocupada y distraída, y de hecho hacen que esa gente no cuestione nada.

Como si la antítesis fuera trabajo versus juego, esfuerzo versus timba, en la Argentina de las últimas décadas hasta las finanzas, las públicas y las privadas, se volvieron y se llamaron timba. La timba financiera de la llamada "plata dulce", las mesas de dinero, el mercado negro, los endeudamientos sin respaldos se volvieron filosofía, estilo de vida, y se infiltraron en todos los estamentos de la sociedad argentina. Incluso la corrupción puede ser también vista como un "juego" de poder. La timba financiera dio paso al remate de los bienes públicos. La liquidación de las llamadas "joyas de la abuela", que nos dejó sin patrimonio y con la vieja deuda ahora multiplicada, no ha sido otra cosa que un juego perverso, nefasto, con alevosía y ventaja, del que la mayoría de los argentinos todavía no termina de darse cuenta.

Los argentinos y el pensamiento mágico: Creer o reventar

La relación de los argentinos con el dinero y con el azar contiene una fuerte presencia de deseos mal encauzados, ambiciones desmedidas, y, por supuesto, mucho de pensamiento mágico. Señal también de los tiempos que se viven, muchos argentinos vamos a iniciar el tercer milenio rodeados de una sensación generalizada de estupor frente al desprestigio de la razón. El descrédito en que están sumidos (masivamente, se entiende) el análisis y la investigación, la lógica y el pensamiento crítico, el estudio y el desarrollo progresivo de las ideas y la correcta conceptualización, da paso a una penosa constatación: el pensamiento mágico (entendido como sistema de creencias sustentadas en la sola voluntad o el deseo, en operaciones extraordinarias y ocultas, carente de rigor analítico y de comprobaciones) se ha venido convirtiendo, más y más, en un sustituto de la razón.

Los argentinos creen en cosas cada vez más raras y sofisticadas. Muchos dicen que ya no se puede creer en nada. Muchos otros que es cuestión de creer o reventar. Y otros juzgan evidente –y peligroso– que el fenómeno de las creencias va de la mano de la distorsión de la religiosidad y/o de las falencias de las viejas religiones. Como sea, el animismo parece instalado entre nosotros como una forma de engaño social, y el curanderismo y el auge de las sectas como una vía de escape a la que se abrazan muchos desesperados.[6]

La reflexión sobre esta característica contemporánea de tantos argentinos no puede comenzar, sin embargo, si no se subraya previamente la diferencia entre lo que es *CREER* (que es tener por cierto algo que no está comprobado) y lo que es *PENSAR* (que es formarse ideas, considerar, razonar, deliberar, imaginar, descubrir, reflexionar, meditar).

Por lo tanto, a priori es fácil advertir que lo que habitualmente se llama pensamiento mágico es un conjunto de creencias que, por diferentes motivos, muchísima gente tiene por verdaderas. Se trata de ideas basadas antes en el voluntarismo que en la razón, ilusiones cimentadas en la necesidad o el deseo, que se apoderan –parafraseando a León Gieco– de la pobre inocencia de la gente. Y afecta a millones de argentinos que tienen una enorme, desesperada necesidad de creer en algo superior que pueda ser rector y tutor de sus vidas. Lo cual, a priori, no estaría ni bien ni mal; es cosa de cada uno. Pero cuando lo que se llama pensamiento mágico sustituye al pensamiento crítico razonado, pueden apreciarse consecuencias sociales graves.

El pensamiento no es otra cosa que la potencia o facultad de pensar. Es el conjunto de ideas propias que uno puede elaborar sobre algo. Las religiones tradicionales, por ejemplo, como los sistemas ideológicos, fueron históricamente eso: sistemas de pensamiento, conjuntos de ideas organizadas. Pues ahora en la Argentina del fin de milenio lo que parece crecer más es lo contrario: lo no razonado. O sea, creencias, que pueden ser animistas, paganas, sincréticas y que por originarse en formas casi siempre caprichosas, retorcidas y arbitrarias de pensamiento mágico ponen en crisis a la razón e incluso al espíritu religioso tradicional establecido en la sociedad.

Toda convicción basada en los puros deseos o en la sola voluntad, es causa y a la vez consecuencia de la crisis contemporánea de la razón. El asunto es tan grave como sutil y hace dudar de que sea tan simple e inocente aquello de "creer o reventar".

Ante todo, hay que entender cómo se combinan e interactúan el alternativismo sincrético y la desesperación social. Me explico: el *sincretismo* es el sistema filosófico que procura conciliar doctrinas diferentes. Por ejemplo: un judío que cree en la Virgen María. O los católicos que creen en la capacidad milagrosa del correntinísimo Gauchito Gil. El sincretismo se expresa modernamente en formas diversas y tan sofisticadas como abstrusas de *animismo*, entendido como la doctrina o ideario que considera que toda materia, orgánica o inorgánica, tiene alma. En otras palabras, es la creencia en la existencia de espíritus que animan a todas las cosas.[7]

Desde ya que el pensamiento mágico siempre simplifica, y por eso mismo es tan grande y difundida su incidencia sobre la vida de los sectores sociales más simples, es decir menos desarrollados culturalmente. De ahí mismo que, en relación con el dinero y el azar, sea tan notable y creciente su popularidad entre los argentinos. Que no somos un pueblo tan culto y preparado como suele pretenderse, tanto dentro como fuera de nuestras fronteras, ni tampoco somos tan "europeos" como se repite, entendiéndose la categoría "europeo" como un adjetivo de fuerte contenido racista pues se lo pronuncia como sinónimo de superioridad cultural frente a la categoría "indígena", que vendría a ser, según esa concepción, sinónimo de ignorancia, animismo y sincretismo.

Esas simplificaciones corrientes, que es el modo como se establecen los mitos, llevan a que los más simples insistan en que en definitiva es cuestión de "creer o reventar", y desde esa opción más de uno puede caer, y cae, en la burla, o directamente puede ser presa del miedo. Y ahí está la explicación al enorme proselitismo del pensamiento mágico contemporáneo, porque así como la burla impide una aproximación al saber y suele anular el análisis de la información, el miedo paraliza y embrutece. Y ambas causas llevan a aceptar cosas impulsivamente.

En la antigüedad el mundo era politeísta, y lo que las doctrinas judeo-cristianas revolucionaron fue la creencia de que había muchos dioses. Consolidaron la concepción de un Dios único y universal, idea que comparte el islamismo. Como contrapartida quedó lo que se llamó *paganismo* (del latín *paganus*: campesino), que era como los primeros cristianos llamaban al politeísmo. Es decir que se consideraban paganos los pueblos no evangelizados que depositaban su fe en múltiples deidades, y se extendió el vocablo a los infieles no bautizados.

La cuestión no es sencilla y es obvio que estamos resumiendo en renglones lo que a la Humanidad le llevó milenios organizar. Pero por eso mismo es que llama tanto la atención que justo ahora, en estos tiempos de formidables avances científicos y tecnológicos, en la plenitud de la cibernética y la informática, y cuando el mundo está más intercomunicado que nunca y el fenómeno mass-mediático es universal e imparable, justo ahora exista un tan marcado retorno al sincretismo, al animismo, al paganismo y a las demás infinitas variantes del pensamiento mágico.

Es casi imposible establecer cómo se gesta un proceso de fe en lo sobrenatural, cómo se desarrolla el pensamiento mágico, cómo se forma una creencia. Puede ser producto de un proceso de leve análisis de conveniencias, desconfiado, en el que la razón todavía permite la resistencia del sujeto, como puede ser un impulso por desesperación ante una situación determinada. Me parece que esto es hoy lo más frecuente, porque la posmodernidad conlleva una tremenda crisis de valores, y los valores que se desmoronan son el trabajo, la honradez, el sacrificio, la paciencia, la solidaridad. La razón aparece obviamente debilitada. La fe resultante, la creencia así formada, es, de hecho, un tipo de fe acrítica e irreflexiva. Dicho más claramente: es *irracional*. Y cuando la razón se pierde, cuando no hay pensamiento ni análisis lógico, y no hay conclusión, entonces sí, sólo queda "creer o reventar".

Estas creencias, además, ni siquiera tienen el prestigio del tiempo. Porque en materia de fe, cualquiera de las religiones tradicionales tiene por lo menos la solidez de los siglos; son construcciones milenarias. De ahí que casi no hay santo que no tenga sus virtudes ya consagradas y en las que la gente cree de modo por lo menos inocuo. San Antonio para conseguir novio. San Cayetano para conseguir trabajo. San Francisco para cuidar los animales. A cada santo una vela, como quien dice.

En cambio las creencias modernas –de algún modo hay que llamarlas– son efímeras. Se rigen por modas, explotan la superstición popular y generalmente dependen de sospechosos profetas, esos energúmenos que prometen soluciones mágicas para los problemas cotidianos de la gente y se presentan como enviados de Dios, semidueños de la salud, la gloria eterna y la paz espiritual. Esto conlleva, desde luego, un problema moral que ya fue bien señalado por Ingenieros: "La moralidad está en razón inversa de la superstición. Las religiones más supersticiosas son las menos morales, pues más atienden a la materialidad de las ceremonias que al contenido ético de la conducta". De ahí que en todas las religiones "la abundancia de las ofrendas y la crueldad de los sacrificios es signo de superstición, no de moralidad".[8]

Sanadores o charlatanes, lo cierto es que son un verdadero fenómeno de la comunicación radial y televisiva: es asombroso cómo han logrado convertir en colectivo, masivo, un asunto tan privado como la fe. Porque aunque fuese todo cierto lo que prometen, y esas creencias mágicas fueran comprobables, aun en supuesto tan extremo, ¿cada caso tiene validez social? Obviamente no: estas seudorreligiones son fuertemente individualistas y además siempre prometen soluciones particulares de espaldas al deficiente estado de la sociedad. De donde se puede razonar que, quizá, estos fenómenos masivos son en rigor una forma de reafirmar el individualismo a ultranza que está tan en boga. Y a la vez, ese fomento del individualismo no deja de ser la mejor manera de controlar socialmente a las masas, quebrando, de paso, una de las mejores virtudes de los seres humanos: la solidaridad. "La fe de los místicos –dice Ingenieros– es una fuerza para la acción, pero no es un método para llegar al conocimiento de la verdad."[9]

La religiosidad argentina es casi siempre expresión de mansedumbre y de confianza ciega en lo sobrenatural. Los promeseros que van todos los septiembres a Itatí, los caminantes que anualmente se dirigen a Luján, los seguidores de tantos mitos populares como hay en nuestras provincias, los devotos de San Cayetano, de los curas sanadores, los que buscan sosiego y amparo espiritual, en fin, están todos unidos por una sensación común, un clima espiritual, digamos, de absoluta paz, serenidad, esperanza en que mágicamente sus vidas cambiarán para mejor. Pero no me parece que se trate de pensamiento mágico: ellos están convencidos plenamente de que sus vidas cambiarán, no tienen dudas; y no tienen dudas porque ellos no piensan; ellos creen. Tienen *fe*, que aparte de ser la primera de las virtudes teologales "es una luz y conocimiento sobrenatural con que sin ver creemos lo que Dios dice y la Iglesia nos propone", como reza el Diccionario de la Lengua Española en la primera de muchísimas acepciones del vocablo. Por lo tanto se acerca más bien a ser un sentimiento mágico, antes que pensamiento. "Quien ha visto la Esperanza, no la olvida –dice Octavio Paz–. La busca bajo todos los cielos y entre todos los hombres. Y sueña que un día va a encontrarla de nuevo, no sabe dónde, acaso entre los suyos. En cada hombre late la posibilidad de ser, o, más exactamente, *de volver a ser*, otro hombre."[10]

Y ese sentimiento, como el ser mansos, funciona como alivio al resentimiento. Lo contiene, lo aminora, y así la esperanza misma resulta un bálsamo que serena y calma. Acaso muchos promeseros busquen paz y alivio, por ejemplo, antes que trabajo o curación. Ellos buscan y *se* buscan. Son cofradías de gentes que cantan y rezan, que confían y esperan, y que implícitamente están convencidas de que es cierta aquella vieja idea: la unión hace la fuerza. Y para ellos eso es verdad: unidos y rezando en multitudes se sienten fuertes, *son* fuertes en la fe que comparten. Se recuperan, se unen y rompen el aislamiento, alivian el dolor del resentimiento, cantan y ríen confiados en que algo cambiará. No importa si después nada cambia; lo que importa es la confianza que compartieron, que comparten. Juntos y en paz, creen que todo es posible, aunque sea por poco tiempo, el tiempo que están juntos, abigarrados y en marcha, plenos de esperanza y confianza, aunque mañana, el inevitable día siguiente, vuelva a enrostrarles los fantasmas más horribles: desocupación, inseguridad, violencia; la malaria urbana posmoderna.

Otro fenómeno, y éste sí bien moderno, es el de la excesiva *idolización*. O sea, convertir en ídolo prácticamente a cualquiera que se destaca y es, como se dice ahora, "rico y famoso". Esta creencia, generalmente admirativa y envidiosa, tiene que ver, sin duda, con el poder comunicacional que es capaz de idolizar a Los Beatles y a Gardel, a Bob Marley y a Luca Prodan, a Diego Maradona y a María Soledad. Es un fenómeno tan actual y posmoderno como el surgimiento y la popularidad reciente de la angelofilia que trajina, por ejemplo, Víctor Sueiro. Fenómeno sorprendente y original, desde ya, es distinto de otros "estudios" como el de los Ovnis, que le cambió la vida al actor Fabio Zerpa. También pululan ahora los horoscoperos, los tarotistas, los mentalistas y, en fin, todas esas seudoprofesiones que, discepoliana, cáusticamente diríamos que son un "atropello a la razón".

¿De dónde surge todo esto, en los últimos tiempos, y por qué es tan común ahora entre los argentinos, que eran tan mayoritariamente católicos? ¿Por qué hace apenas veinte o treinta años estas nuevas creencias eran cosa tan rara, y ahora están tan difundidas?

Me parece que todo es producto del descreimiento. Aunque resulte dolorosa la sola enunciación, a fuer de sinceros hay que reconocer que el argentino medio muchas veces, demasiadas, se enamoró de lo increíble: la sociedad argentina creyó e hizo propias, con extrema inocencia y en múltiples ocasiones, las propuestas más absurdas. Y siempre, claro está, acto seguido se sintió engañada y emergió lastimada de la estafa.

Las creencias colectivas argentinas, todas, ¡cómo han sido estafadas! Imposible hacer una lista completa, pero es innegable que los argentinos, por generaciones, admitieron y sostuvieron bipolaridades extremas, maniqueas y hasta sangrientas: Rosas o Sarmiento, Perón o Muerte, Liberación o Dependencia. Y sólo últimamente muchos creyeron en la "Argentina Potencia", y la feroz dictadura llamada "Proceso" en algún momento tuvo crédito popular. Muchísimos argentinos creyeron y medraron durante la llamada "Patria Financiera"; muchísimos se sometieron al poder del miedo y descreyeron, negadores, del horror que muchos otros vivían en sótanos y campos de concentración, encapuchados y violados. Muchísimos creyeron que "El silencio es salud" y durante la Guerra de Malvinas se tragaron el cuento de que "íbamos ganando". Después fueron millones los que creyeron que con la democracia se comería y sanaría casi sin esfuerzo, y también fueron millones los que creyeron y apostaron al "salariazo" y "la revolución productiva", la reforma del Estado y las relaciones carnales, la entrada al Primer Mundo y "el modelo no se toca".

La cifra de admisiones acríticas, votos inútiles, apuestas insensatas y aceptaciones mansas de camelos monumentales por parte de los argentinos, es infinita. La sola enumeración podría ser graciosísima, si no fuera que es tan trágica y dolorosa. Es una cuenta pendiente que los argentinos, nosotros mismos, alguna vez tendremos que analizar y reconocer colectivamente, para exorcizarla y aprender de una vez, y para no seguir pagando cuentas sin entenderlas.

Para muchos argentinos que la van de descreídos, por resentimiento después de tantas estafas o por simple ignorancia, el desprestigio de la inteligencia les hace creer que la sensatez y la razón son verdaderas giladas, como se dice vulgarmente. Y que la credulidad de los demás es sólo una oportunidad para embromarlos. "El ignorante vive tranquilo en un mundo supersticioso –dice Ingenieros– poblándolo de absurdos temores y de vanas esperanzas; es crédulo como el salvaje o el niño."[11] Para el argentino descreído la gente equilibrada, con sentido común, en el mejor de los casos es "idealista", adjetivo utilizado con sentido peyorativo, como corresponde a una sociedad envilecida que prefiere creer en el curro, el pase corto y el corte de manga, el esquinazo y el "yo no fui", la insolidaridad y el macaneo. La pura magia.

Si bien las encuestas dicen que el 87% de los argentinos cree en la democracia, y eso demuestra que la sociedad no es tonta y tiene carácter para unirse en pos de un futuro mejor, de todos modos después de tanto fiasco es inevitable que prosperen la magia, la predicción, la futurología y los manosantas. Por ejemplo, "Sonríe: Dios te ama", "Cristo sana y salva", y ese tipo de eslógans religiosos, hace años no se veían pero hoy no hay barrio que no los tenga. Por supuesto, prometen un horizonte hermoso, una posibilidad improbable. No hay modo de certificar nada de eso, más que por vía de la fe. Pasa por creer y no por pensar.[12]

Es, en esencia, la misma lógica de los milagros. Que son sucesos sobrenaturales debidos a la intervención divina. Son, como se diría vulgarmente, para creer o reventar. Pero todos tienen un componente de seducción, un atractivo intrínseco en la inexplicabilidad lógica racional. Los argentinos, como casi todos los pueblos latinoamericanos, en todos los tiempos han sido afectos a este tipo de sucesos inexplicables. Ahí está el caso de la famosa Difunta Correa, esa joven madre que en el siglo pasado muere en la soledad del desierto y las montañas sanjuaninas con su bebé en brazos, y cuyo cuerpo muerto sigue amamantando al niño y le salva la vida. Hoy es un culto pagano popularísimo que está tolerado, aunque no admitido como parte del ritual del catolicismo.[13] En la misma línea, un siglo después y en la década final del milenio, el caso tremendo de la familia de María Soledad Morales, que sigue sin saber quién mató a su hija mientras todo un sistema parece organizado para que nunca se haga justicia, da lugar a que alguna gente vaya creando, sin saberlo, otro flamante culto pagano: el monolito en las afueras de Catamarca que recuerda el asesinato de María Soledad es testigo de expresiones solidarias pero también de pensamiento mágico.

En mi tierra, en el Nordeste argentino, hay varios de estos cultos paganos completamente vivos: uno es el popularísimo mito mesopotámico del ya mencionado Gauchito Gil, un gaucho matrero que fue perseguido y acribillado y al que por supuestas virtudes *robinjudescas* se lo acabó endiosando. Otro es el de Tatá Jehasá, que se celebra en todo el Nordeste la noche de San Juan, la que va del 23 al 24 de junio, y que consiste en caminar sobre brasas encendidas con los zapatos en la mano. Dependiendo de la fe, se dice, no se quemarán las plantas de los pies. Y está también el culto a San La Muerte, que es un supuesto santito representado por una calavera que sostiene una azada en la mano, y que se dice debe ser tallado en hueso, y si es hueso humano mejor. Dicen allá que es "defensor ante la Muerte" y hay quienes aseguran que si se lleva una imagen del santito tallada en hueso humano y metida bajo la piel, "al cristiano no le entra ninguna bala".

Estos mitos populares son incontables, sus cultos vigorosos, y no hay provincia argentina que no los tenga. Los hay por regiones y hasta por clases sociales, como la Virgen de los Empresarios, de San Nicolás de los Arroyos, adonde se dice que van los ricos y los empresarios a rezar y a cumplir promesas. Todavía se rinde culto a Pancho Sierra o la Madre María, en la provincia de Buenos Aires. Y está el caso de curas sanadores como el famoso Padre Mario del conurbano bonaerense, y uno que hay ahora en Las Palmas, en el Chaco, donde es extraordinario el respeto (no sé si llamarlo fanatismo) de que goza entre la gente que acude a verlo en constantes, nutridas peregrinaciones.

Algunos pueden suponer que es sólo ignorancia, primitivismo de las gentes rústicas, una cuestión de clase. Sin embargo el paganismo de clase alta no es demasiado diferente. También se fanatizan aristócratas y actrices, empresarios y deportistas famosos, modelitos y esniferos: vayan en limusina o en el colectivo 60, no dejan de ser igual de irracionales. De modo que podrá una creencia tener sede en una villa miseria o en Punta del Este, que la irracionalidad será la misma y el pensamiento mágico apenas más sofisticado y ornamental.

Porque para el campesino de Formosa que sobrevive con lo que le da su tierra feroz, para el olivarero de los Andes, el chacarero de la pampa húmeda, la muchachita jujeña cuyo mejor horizonte es viajar a Buenos Aires para ser sirvienta de ricos o prostituta, o el marginal patagónico que en Santa Cruz cuida ovejas hasta que engrosa una villa miseria de Comodoro Rivadavia; para todos ellos es más o menos igual que para los ricos. Todos creen en algo y todos descreen cuando son castigados por colas, macaneo, ineficiencia, burocracia, corrupción y desempleo. Pero al descreer, no revientan; muchos, muchísimos argentinos son capaces de creer en cualquier mito nuevo.

Es claro que hay otras explicaciones posibles para entender el auge inaudito del pensamiento mágico en los últimos tiempos. La popularidad actual de la irracionalidad también tiene que ver con que se rompió la hegemonía férrea que entre nosotros ejerció el catolicismo durante cinco siglos. A lo largo de ese larguísimo, contradictorio magisterio, los argentinos se mantuvieron dentro de la cuestionable racionalidad de un dogma; no dejaba de ser una forma esquematizada de racionalidad, desde luego, pero estaba social y mayoritariamente aceptada. En el último medio siglo, en cambio, y sobre todo desde mediados de los '80, entró por la ventana de la televisión el espíritu supuestamente más liberal del puritanismo anglosajón, esa nueva comparsa colonialista pero fascinante que sólo promete vértigo, colores, farándula y dólares, y los promete en esta tierra y en esta vida.

Por la desesperación que se siente cuando ya no se tiene nada que perder, como por ejemplo cuando se padecen enfermedades terminales, es comprensible que no haya quien detenga a una persona desahuciada, para quien creer en alguna solución mágica, sobrenatural, milagrosa, es seguramente la última esperanza que le queda. La razón ya hizo lo suyo y fracasó. Por lo tanto, más que nunca se trata de "creer o reventar". Literalmente. Claro que lo irritante en tales casos son los curros de los que medran con el dolor y la inocencia ajenas. Los abusos no dejan de ser intentonas azarosas de inescrupulosos movidos por el desenfreno que producen la ambición y la mala relación con el dinero. El entrañable Alberto Olmedo, en su papel del Manosanta, no hacía otra cosa que burlarse de la estupidez de los crédulos. Lo mismo hacía el desopilante Jorge Ginzburg cuando imitaba al conductor negro del inaudito "Club 700". En esos casos la burla se dirigía a ridiculizar la religiosidad sincrética, el paganismo animista.

Desde luego que con estas ideas no se avala ninguna forma de sincretismo, pero no se puede dejar de reconocer que, igual que el animismo y las nuevas formas paganas, es lo que más abunda hoy en día. Por eso la labor pastoral del catolicismo choca contra ese muro, como lo reconoce la propia Iglesia Católica en la Argentina. Y es que es el descreimiento –en tanto frustración de la fe– lo que lleva a mucha gente a re-creer en cualquier cosa. Es un hecho que el paganismo ha crecido en la Argentina y los ministros de las religiones más serias y respetables pueden confirmar que ese crecimiento es alarmante. Pero la cuestión es explicar las causas y aunque carezco de respuesta tengo, eso sí, un par de preguntas: ¿Y si el paganismo estuviera creciendo por la inflexibilidad de algunas religiones? ¿Es necesario modernizar las religiones, o mejor, las prácticas religiosas? Y aun cuando eso se hiciera, ¿qué garantizaría un retorno a la racionalidad si las concepciones religiosas suelen ser dogmáticas?

Muchos creen en el descreer y otros en el descrédito, sobre todo el ajeno. Hay los que creen que creer es una estupidez y los que creen que el que cree en algunos valores (éticos, morales) en esencia es un gil. Y es que es díficil *pensar* cuando se está sobreviviendo. En el fin del milenio, la absurda pobreza material y anímica imperante en este País de las Maravillas hace que sean muchos, demasiados, los argentinos que no pueden ni pensar. Entonces creen. Y aunque casi todo lo que se ve y se sufre en la realidad debiera conducir al des-creimiento, sin embargo cada vez se cree más. En cualquier cosa. Lo que crece más es el creer, no el pensar.[14]

Pero, ¿es esto inamovible, definitivo? No necesariamente. Así como el Fin de la Historia es imposible y siempre se pueden alumbrar nuevas Utopías, del mismo modo son muchos, otros, los argentinos que no son frívolos ni irracionales y todavía creen en la razón. Esos argentinos trabajan, se esfuerzan, crean riqueza honradamente y no bajan los brazos a pesar de que fueron reiteradamente estafados. Rechazan el pensamiento mágico, aunque no sin contradicciones, y saben que Sarmiento acertaba cuando decía: "El que solamente cree, no piensa".

NOTAS

[1] Elías Canetti: *El suplicio de las moscas*, pág. 49.
[2] Los personajes de Caldwell generalmente se ponen en manos del azar de las maneras más irresponsables, como en *El camino del tabaco*. Un poco más conscientemente los de Auster en *La música del azar*. En cuanto a la afirmación de Albert Einstein ("Dios no juega a los dados") y la pregunta del matemático Marc Kac ("¿Cuán aleatorio es el azar?"), vale la pena detenerse en la idea de la relatividad

restringida y "el azar intrínseco de los sistemas dinámicos" de Ylia Prigogine, en *¿Tan sólo una ilusión?*, Tusquets Editores, Barcelona, 1993, págs. 147 y ss.

[3] Quien firma estas páginas no podría probarlo pero tampoco tiene dudas de que la proliferación de casinos en todo el país, esa locura timbera que no perdona a ninguna provincia y es especialmente nutrida en las áreas fronterizas, muy posiblemente tiene que ver con el lavado de dinero del narcotráfico.

[4] Se gana si al caer queda hacia arriba el lado llamado "carne"; se pierde si queda el reverso, llamado "culo"; y no hay juego si sale "chuca" (que es el lado cóncavo) o si sale taba, que es el cuarto lado.

[5] Las técnicas modernas de comercialización –el llamado *marketing*– han desarrollado sistemas para ilusionar a los clientes con que han "ganado un premio" cuando en realidad sólo se les quiere imponer un producto. La competencia comercial publicitaria, por otra parte, ya no se basa en anunciar la calidad de los productos sino en los "premios" (cupones mediante) que se prometen.

[6] Alfredo Silleta y Héctor Ruiz Núñez, por lo menos, tienen trabajos muy serios sobre el auge, las actividades y los peligros de las sectas en la Argentina, a los cuales nos remitimos.

[7] Puede citarse el caso del famoso "gualicho", que se tiene por un embrujamiento o maleficio causante de calamidades, enfermedades y muerte. En realidad el "gualicho" lo que ha tenido es mala prensa, porque no es más que un árbol, una especie de algarrobo de la Patagonia de cuyas ramas los indios solían colgar ataditos de trapos con piedritas adentro, o simplemente hilos con cosas colgando. Eran ofrendas a los dioses para conseguir sus favores. Nada de maleficios.

[8] José Ingenieros: *Las fuerzas morales*, pág. 77.

[9] *Idem*, pág. 78.

[10] Octavio Paz, *op. cit.*, pág. 31.

[11] José Ingenieros: *Las fuerzas morales*, pág. 80.

[12] En este punto cabe recordar una anécdota maravillosa, de un filósofo francés al que le preguntaron si acaso dudaba de la existencia de Dios. Su respuesta fue: "No, yo creo que Dios sí existe; lo que pasa es que no creo en él".

[13] El escritor norteamericano John Steinbeck, Premio Nobel de Literatura 1962, narra una historia parecida pero que se inscribe en el realismo social: ésta es una joven madre a la que en plena Gran Depresión de los años '30, cuando el desempleo es una plaga como ahora, se le muere su bebé en una estación de ferrocarril y entonces ella termina amamantando a un hombre hambriento que la ha estado observando.

[14] Se dice que la política es lo peor pero vivimos pendientes de la política, votamos, hacemos política todo el tiempo. Odiamos la Coca-Cola pero la tomamos. Muchos detestan los hipermercados pero van a comprar allí porque les resulta conveniente. Los argentinos se quejan de los teléfonos celulares pero todos los burgueses en las ciudades tienen celular. Y así siguiendo.

ONCE

LOS ARGENTINOS Y LA JUSTICIA

Hacéte amigo del juez

Ya el *Martín Fierro*, el poema nacional escrito en 1874, contiene una recomendación entre simpática y socialmente peligrosa, que pretende, puesto que la verdadera Justicia no existe, que lo mejor y más conveniente es estar siempre en buena relación con quienes la impartirán en esta imperfecta Tierra. En lugar de consejos morales de difícil y acaso dudosa concreción, el argentino aprende desde niño que es mejor seguir el taimado, ladino consejo del Viejo Vizcacha, ese astuto zorro humano:

Hacete amigo del Juez,
no le des de qué quejarse.
Y cuando quiera enojarse
vos te debés encoger,
pues siempre es güeno tener
palenque ande ir a rascarse.

Por supuesto que más allá de la picardía criolla que se expresa en tal recomendación, la frase entraña por lo menos dos cosas más: sabiduría popular, por un lado; pero también una peligrosa desconfianza en la Justicia como la principal de las instituciones de la democracia. Desde luego que toda sabiduría popular se origina en la experiencia de las sucesivas generaciones, y es evidente que, en este País de las Maravillas, a lo largo de toda nuestra Historia la injusticia ha sido, por lo menos, un clásico. De ahí, naturalmente, debe haber surgido la idea, insolidaria e injusta, de que más importante que asegurar una Justicia ecuánime, imparcial y equilibrada, es desarrollar las astucias individuales necesarias para acomodarse cerca de un representante de ella. Esta idea, que se ha ido esculpiendo en el espíritu de los argentinos, ha sido aceptada y repetida, pensada y sentida, infinidad de veces. A lo largo de varias generaciones, de un modo o de otro, los argentinos han pensado, y muchos piensan todavía, que la cercanía y amistad con un juez brinda excelentes posibilidades de obtener ventajas.

Hablar de la Justicia impone, desde el vamos, recordar que el significado de esta palabra no es otro que el de "virtud que inclina a dar a cada uno lo que le pertenece". Por eso los griegos representaron a la Diosa Justicia, hija de Temis y de Zeus, con una venda en los ojos (para que no pudiera ver y así ser imparcial), una balanza de precisión en una mano (para ser equilibrada), y una espada en la otra (para hacer cumplir sus decisiones). "La justicia es el equilibrio entre la moral y el derecho", sentencia José Ingenieros, y con razón dice que tiene un valor superior al de la ley: "Lo justo es siempre moral; las leyes pueden ser injustas". De ahí que acatar la ley indica disciplina, pero puede ser una inmoralidad. En cambio "respetar la justicia es un deber del hombre digno, aunque para ello tenga que elevarse sobre las imperfecciones de la ley".[1]

Esta concepción supedita las leyes al progreso de los pueblos, e impone la necesidad de esa *movilidad* que es una constante en el pensamiento de Ingenieros: "La justicia no es inmanente ni absoluta; está en devenir incesante, en función de moralidad social". De ahí que "los intereses creados obstruyen la justicia" y todo privilegio injusto subvierte los valores sociales. "En las sociedades carcomidas por la injusticia los hombres pierden el sentimiento del deber y se apartan de la virtud... y la honra mayor recae en los sujetos de menores méritos." Cuando en la conciencia social se deteriora el sentido mismo de la justicia,"los hombres niéganse a trabajar y a estudiar al ver que la sociedad cubre de privilegios a los holgazanes y a los ignorantes. Y es por falta de justicia que los Estados se convierten en confabulaciones de favoritos y de charlatanes, dispuestos a lucrar de la patria".

"Hacéte amigo del juez" es una formulación moralmente reprochable que sintetiza un modo de abordaje a uno de los complejos más tremendos y constantes de los argentinos: su mala relación con la Justicia. Y digo complejo porque en nuestra vida cotidiana, en todas las generaciones, los imponderables de la vida estuvieron y están siempre condicionados por lo que a finales del milenio se ha empezado a llamar "inseguridad jurídica", que no es sino una de las tantas formas eufemísticas que son caras a los argentinos. Y que tiene algunas expresiones concomitantes, formulaciones paralelas como, por ejemplo: "Tiene razón pero marche preso", que es otra forma de manifestar que la Justicia no tiene demasiada importancia y que no es su imperio lo que determinará la libertad del individuo. O la expresión quejosa: "Ya no hay Justicia", tan repetida por los argentinos de la década de los '90.

Es el funcionamiento del Poder Judicial lo que está en duda. Y en todos los planos. Por un lado como poder constitucional que a lo largo de nuestra historia sólo por excepción, y en muy pocos y breves períodos, fue realmente independiente. Sometido por todos los regímenes militares que padecimos desde 1930, la verdad es que antes y después del primer golpe de estado hubo también condicionamientos al funcionar de la Justicia en la Argentina: por razones políticas, religiosas o de clase, lo cierto es que incluso durante muchos gobiernos democráticos el Poder Judicial estuvo condicionado, o directamente supeditado al poder político. De esta certeza, que seguramente comparte cualquier argentino, salieron otros mitos: "La justicia nunca alcanza a los ricos", "La justicia sólo se aplica a los pobres", "Los únicos que van presos son los ladrones de gallinas", "Los militares tienen su propia justicia", "La justicia es el negocio de los abogados".

Por otra parte, además del condicionamiento político-ideológico, la Justicia en la Argentina está cuestionada, en términos históricos, desde varios otros aspectos. Por ejemplo, su extremada y no siempre inocente lentitud, que hace sentir a la ciudadanía que la demora en la impartición de justicia es en sí misma una grave injusticia. Hay innumerables casos extremos: demoras tan groseras que provocan que algunos procesados pasen años de cárcel sin merecerlo, del mismo modo que muchas veces se dejan prescribir las causas. Las demoras siempre garantizan el triunfo de la impunidad. Todo lo cual –sumado a la crisis económica, el embrutecimiento de la sociedad derivado de la destrucción de la educación pública, la desindustrialización y el desempleo, por lo menos– afecta gravemente al pilar fundamental de la convivencia democrática, que es la confianza en el sistema y en sus capacidades correctoras y regenerativas.

La poca o nula confianza en la Justicia que sienten los argentinos tiene que ver con que a los simples ciudadanos nos parece obvio que hoy en nuestro país muchos jueces reciben sobornos, muchos tribunales tienen precio o están al servicio del poder político por la sencilla razón de que han sido colocados allí por el poder político, y muchas veces las sentencias se dictan de forma nada transparente. Esto sucede en el orden federal y en todas las provincias. Desde luego que no quiere significarse con esto que la totalidad del sistema judicial argentino deba estar bajo sospecha, pero sí que en los últimos años han sobrado, a diario, ejemplos de descomposición.

La afirmación acerca de esta insatisfacción tiene fundamentos: sucesivas encuestas delatan que apenas el 10% de los argentinos confía a finales de 1997 en la Justicia, cuya imagen positiva es inferior incluso a la de los militares (16%), mientras que entre las instituciones más confiables destacan los periodistas (59%), la escuela pública (54%) y la Iglesia (49%). La misma encuesta –realizada por la consultora Graciela Romer y reproducida por casi todos los periódicos y también por la prensa internacional– destaca que entre los mismos abogados y estudiantes de Derecho el 77% considera que el funcionamiento de la Justicia argentina es insatisfactorio. Y respecto de la Corte Suprema, el 93% la juzga poco o nada independiente.[2]

Lo terrible, entonces, y más allá de la picardía de la frase, está en el significado profundo que encierra el consejo: "Hacéte amigo del juez". Genera desconfianza, miedo, inseguridad. Y también produce rabia, porque los ciudadanos ven cómo se consagra y protege el polo opuesto de la seguridad. El contrapilar, digamos, que es la impunidad. Ese cáncer que tanto alarma a los argentinos y que tiene gruesos lazos con el auge de la delincuencia y lo que se llama "el gatillo fácil" de las policías bravas de estos tiempos violentos. Aunque no me parece que la desconfianza en la Justicia y la impunidad sean novedades exclusivas de estos tiempos; tienen que ver también con nuestra historia reciente.

Sin ir muy lejos, una de las bases del quiebre de la confianza empezó hace muy pocos años, cuando los indultos que concedió el presidente Menem en diciembre de 1990. Aunque fuese cierta (que no lo es) la idea de que se indultaba a comandantes y asesinos por un afán de pacificación nacional, lo que se ignoró fue que se estaba hiriendo lo más profundo de la recuperación democrática: la confianza en la Justicia. Porque si los juicios a las Juntas Militares en 1985 fueron lo mejor que le pudo pasar a la democracia argentina –porque reinstalaron el sentido de la Justicia en la sociedad y restablecieron la confianza en ella– los indultos fueron su peor contrapartida. Es oportuno recordar el rechazo de la ciudadanía: todas las encuestas coincidieron en que alrededor de un 90 a 92% de la población estaba en contra de los indultos, que acaso será el acto de gobierno más imperdonable con el que cargará históricamente Carlos Menem. Fundamentalmente, y precisamente, porque los indultos demostraron quiénes eran los amigos del juez.

Esa relación conflictiva que tienen los argentinos con la policía y los organismos de "seguridad" tiene su historia, desde luego, y es indudable que se trata de una relación hecha de constantes pero que a la vez ha cambiado mucho. Aunque siempre se los llamó "agentes" por el viejo lugar común del lenguaje burocrático (los policías son "los agentes del orden") en tiempos hoy lejanos los policías eran bautizados de modo simpático: se los llamaba "varitas" por el palito con que dirigían el tránsito desde simpáticas casetas (que todavía existen en algunos países latinoamericanos); también se los llamaba "vigilantes", porque funcionaban como guardias diurnos o nocturnos que cuidaban la seguridad de personas, bienes y calles. E incluso en una época, cuando los jóvenes podían hacer el servicio militar trabajando en la Policía Federal, se los llamaba "coreanos" e inspiraban una cierta simpatía y confianza porque eran vistos como lo que eran: simples ciudadanos bajo bandera.[3]

Botón, cana, yuta, taquero, guanaco, tira, han sido algunas de las tantas maneras de llamar al policía. El lenguaje expresa lo que siente la gente y durante mucho tiempo los códigos estuvieron claros: de un lado estaba la Ley y del otro lado los chorros, la delincuencia. En los ambientes del delito se compartía un lenguaje, una jerga: el *lunfardo*; y existía un trato peculiar entre ellos, un trato, diríamos, casi igualitario en sus códigos de honor, y al que la literatura argentina le rindió culto. Ahí están las obras de, por lo menos, Fray Mocho, Roberto Arlt, Jorge Luis Borges, Adolfo Bioy Casares, María Angélica Bosco, Rodolfo J. Walsh, Adolfo Pérez Zelaschi, Marco Denevi y muchos más que nutren la hoy riquísima literatura policial argentina.[4] Los ciudadanos comunes podían simpatizar poco más o poco menos con la autoridad, pero el "agente" no era visto, a priori, como un enemigo. Hoy sí. En la Argentina finimilenarista el policía, federal o de provincia, puede ser *tan enemigo* como el delincuente y así es como es visualizado por la ciudadanía. Hoy muchísima gente, frente a un policía, siente miedo o, por lo menos, desconfianza. Y al mismo tiempo, y por eso, para muchos tener un amigo policía es un modo de "hacerse amigo del juez".

Aquí hay que decir que esto es muy grave, no sólo porque esas relaciones individuales apuntalan y fortalecen un sistema cada vez más injusto, sino porque –lo que es peor– últimamente la relación de la sociedad con las policías se parece demasiado a como fue durante la dictadura que todavía muchos llaman "Proceso": una relación de miedo, en la que todos éramos sospechosos. Hoy se reedita aquel tipo de vínculo, y con las mismas taras: la policía es especialmente arbitraria y violenta sobre todo con los jóvenes, los pobres y los desocupados.

Pero si la cuestión de la Justicia en la Argentina tiene una de sus patas en la cuestión policial (la instrucción sumarial todavía está en manos de las policías), otra pata es lo que se podría llamar, argentinamente, la "Patria Abogada", o sea la corporación de profesionales del Derecho, muchos de los cuales han contribuido a desprestigiar la Ley mediante la popularmente llamada "industria de los juicios". De hecho la de abogado es la profesión que más egresados universitarios produce en la Argentina, quizá porque accionar judicialmente es –y sobran pruebas de ello– una actividad en general muy remunerativa, relativamente prestigiosa y no siempre exigente de una ética rigurosa sino, y especialmente en las últimas décadas, más bien todo lo contrario. Lo cierto es que accionar contra el Estado, asesorar grandes corporaciones empresariales para ayudarlas a eludir responsabilidades, y querellar ciudadanos por todo tipo de supuestos agravios, se ha convertido en parte medular de esta profesión, hasta hace unos años todavía sujeta a códigos de ética bastante exigentes y constreñida mayoritariamente a asuntos civiles y de familia.

Penosa tarea la que hoy desempeñan muchísimos jóvenes abogados, devenidos verdaderos buitres modernos que recorren hospitales, cementerios y comisarías, buscando roña, viendo a quién convencen para asistirlo en demandas contra choferes, médicos, vecinos y aun amigos o parientes, organizando transas leguleyas en connivencia con funcionarios policiales para estafar a compañías de seguros, y un sinnúmero de etcéteras. No menos penoso es que el sistema judicial argentino esté correlativamente poblado de jueces, secretarios y oficiales que suelen aceptar casi todo lo que le ponen enfrente, sean demandas, dinero, presiones e incluso las más ridículas cuestiones.

Desde luego que es injusto generalizar, y debo aceptar *ad-límine* la reconvención de que no todos los abogados ni todos los jueces son iguales. Cierto. Sin duda existen abogados y jueces intachables y, como se decía antes, "de moral acrisolada". Pero tan cierto como eso es que han sido malos abogados y peores jueces los que alentaron este mito que hoy es parte importantísima del ideario y el modo de ser de los argentinos.

En este mito, que es versión de una añeja enfermedad social que padecemos los argentinos (y que es también una dolorosa verdad de la sabiduría popular y una bomba de tiempo para la democracia), las apariencias juegan una vez más un rol fundamental. La Argentina es un país en el que todas las *formas* judiciales se respetan a rajatabla. Más aún: puede afirmarse que *la forma es todo lo que importa*. Cualquier asesino puede salir en libertad por "vicios formales". Los más abusivos delitos económicos suelen quedar impunes por "cuestiones de forma". Y son legión los jueces, y son verdad cotidiana sus sentencias, que se sienten maniatados (o se maniatan solos, interesadamente) por un mundo de formalismos que están en la letra de las leyes y en los códigos procesales, más para garantizar impunidades que para hacer justicia. O sea que *aparentemente* se respetan las leyes, al cumplirse todas las formas necesarias para alcanzar una justicia independiente y eficaz, pero *en los hechos* los resultados son exactamente inversos. Los entramados jurídicos (las llamadas chicanas) son permitidos hasta el absurdo: de hecho el sistema judicial en la Argentina puede ser visto como un gran disparate, por los ridículos recursos procesales tantas veces autorizados y también por el cada vez más desenfadado condicionamiento político.

Dicho sea fácil y pronto: para la Justicia argentina es posible que uno presencie, por ejemplo, un asesinato, y sin embargo luego, en el juicio, resulte que uno no vio nada. O peor: es posible que a usted lo ataquen, pero luego, en el juicio, usted que fue la víctima acaso termine siendo el culpable. También puede suceder que usted que era culpable después resulte inocente, por supuesto. Ahí está el caso de esas chicas de Chubut que hicieron meter preso a un chico por dos años, y luego se arrepintieron y confesaron haber mentido por venganza. En cuanto a la presunción de presión política, ahí está el famoso caso de los contratos IBM-Banco Nación, por ejemplo: en segunda instancia se declaró nulo todo el proceso, justo cuando estaban por llegar informes de la Justicia suiza sobre cuentas secretas de los implicados. Se anuló todo, los presos salieron libres, los que estaban prófugos reaparecieron, y los 37 millones de dólares de coimas se esfumaron en el aire.

Y hay más: los jueces argentinos tienen el derecho de mantener sus cargos de por vida; sus haberes son relativamente altos; el presupuesto judicial es autárquico y suficiente (la Argentina destina a su sistema judicial, como porcentaje del PIB, el doble que los Estados Unidos o España), y el sistema constitucional para nombrar y remover jueces es más o menos similar en la forma al de los países desarrollados, pero bastante menos exigente.[5] ¿Y entonces, qué es lo que no funciona? Como en tantas otras cosas, lo que no funciona son *los controles*.

Por un lado, los mecanismos de nombramiento y control de los jueces son más blandos que en otros países: Artana explica que en Alemania los jueces son propuestos por el Ministerio de Justicia, deben rendir un examen especial, luego trabajan a prueba durante tres años, y entonces son evaluados por los jueces más viejos. En España los candidatos participan de un exigente concurso de antecedentes y oposición, bajo la supervisión del Consejo General del Poder Judicial, y el cuerpo de magistrados se integra con dos terceras partes de funcionarios de carrera y un tercio de concursados. En Francia y Alemania todos los jueces son evaluados cada año, y la opinión pública puede acceder a esos procesos. En los Estados Unidos hay todo tipo de controles, los jueces federales son investigados por el FBI y por la Asociación de Abogados, y la totalidad de los jueces del país (federales o no) están obligados a hacer pública su manifestación de bienes y situación financiera, además de que todos los ingresos que pudieran tener por fuera de la Justicia (docencia, conferencias, herencias, donaciones, etc.) están sometidos a la regulación de rigurosos códigos de ética. "En cambio –dice Artana– en la Argentina existe una carrera judicial informal; los requisitos de acceso son prácticamente administrativos y no hay una rutina de evaluación de jueces, ni siquiera en forma confidencial dentro del Poder Judicial."

Por su parte Melchor Miralles, en su libro sobre la corrupción en España, dedica un capítulo a la Justicia en varios países de Europa, que, si se leyera en la Argentina, pondría rojo de vergüenza a más de uno.[6]

Me interesa detenerme en este punto de nuestras diferencias con otras naciones, y particularmente con el pueblo norteamericano, sobre todo porque en párrafos anteriores me he referido al quiebre de la confianza en la Justicia. Es sabido que el norteamericano, el gringo contemporáneo, tiene una medida de las cosas completamente diferente de la nuestra: "El mundo ha sido construido por él y está hecho a su imagen: es su espejo", como dice Paz. En cambio nosotros tenemos que andar forjando imágenes del mundo que no siempre son acertadas ni mucho menos coinciden con nuestros deseos. Nuestras diferencias con los norteamericanos no son, como se pretende, sólo de tipo económico porque ellos son ricos y nosotros pobres, ni de índole política estructural porque ellos "nacieron en la Democracia, el Capitalismo y la Revolución industrial y nosotros en la Contrarreforma, el Monopolio y el Feudalismo"[7] ni mucho menos porque ellos son un pueblo frío y nosotros calientes, subtropicales. Nada de eso. No tengo una respuesta exacta ni capaz de conformar a todos, pero me parece que la gran diferencia está en la confianza esencial en el sistema, que ellos tienen, y que a nosotros nos falta. Y sobre todo en su relación con la Ley y la Justicia.

Desde hace años sostengo esta hipótesis: "Las bases filosóficas y morales que aportó la literatura del Oeste a la novela negra, y a la literatura norteamericana en general del Siglo XX son: individualismo, nacionalismo, puritanismo religioso, romanticismo, confianza en La Ley y cierto maniqueísmo que se expresa en la peculiar visión que los estadounidenses tienen de la lucha del bien contra el mal".[8]

Por su parte, el crítico y escritor chileno Jaime Valdivieso sostiene que si el deslinde es el río Bravo, al norte hay puritanismo y empresa mientras que al sur hay catolicismo y feudalismo: "Son los factores que nos separan de cuajo a latinoamericanos de norteamericanos, así como nuestra narrativa: personajes impulsados, desde adentro, por una conciencia moral bíblica y una voluntad de acción demoníaca, por un lado; personajes apáticos, fatalistas, alienados por fuerzas externas: la sociedad, la naturaleza, el Estado, por el otro. En nuestra narrativa, más que actuar los hombres sobre los hechos, éstos actúan sobre ellos".[9] También Carlos Fuentes se ha referido a esas diferencias, cuando habla del papel preponderante que ha jugado en los latinoamericanos la naturaleza "devoradora", "impenetrable".[10]

Y es que la relación de un norteamericano con el poder, la ley y la Justicia, es bien distinta de la de un latinoamericano: ambos se resisten, pero el primero está convencido de que puede "hacer algo" para cambiar las cosas, aunque dentro de los márgenes del propio sistema, porque en su conciencia confía en las virtudes del mismo. El norteamericano está educado en la convicción de que el sistema es flexible y amplio, es mutable, se adapta a los tiempos modernos, y si uno se esfuerza y protesta logrará modificarlo.[11] Por esa confianza esencial en el sistema político-social y en su capacidad correctiva, hay la convicción de que las posibilidades son infinitas y están al alcance del esfuerzo y el valor personal, y por eso se valoran tanto la audacia y el individualismo. La rebeldía es individual y puede ser una heroica, fascinante aventura. Pero individual. El norteamericano en última instancia siempre se somete al poder, y lo acepta porque así fue educado: "La ley", en abstracto, es sinónimo de referente de conducta. Un policía es "la ley"; y la gente vive "dentro de la ley" o "al margen de la ley". Una visión maniqueísta, desde ya, pero que se corresponde con el maniqueísmo norteamericano. Son un pueblo trabajador, lleno de buenas intenciones y nobles sentimientos, y quizá desde ahí sienten que aun todo lo malo que sucede puede cambiarse y mejorarse. Jaime Valdivieso lo ha dicho muy bien: para ellos "no existe el inmenso hueco entre la realidad político-social presente y la posible, causa constante de frustración para el latinoamericano".

Casi todos los escritores norteamericanos, aun los más críticos, en el fondo siempre han confiado en las virtudes profundas del sistema y en su capacidad regenerativa, acaso con las únicas excepciones de Horace McCoy, Jim Thompson y sobre todo Chester Himes. En los Estados Unidos los artistas en general, y los escritores de este siglo en particular, denunciaron la contrastante realidad del "sueño americano" de manera muy cruda. Conocieron y describieron inmejorablemente las miserias humanas que afloraban en una sociedad carnívora, competitiva y salvaje, en la que el progreso científico y tecnológico no necesariamente mejoraba las relaciones humanas. Por supuesto que no se puede decir que todos esos escritores hayan tenido ideologías revolucionarias. Salvo unos pocos (Hammett, McCoy, Thompson) que fueron en algún momento militantes del Partido Comunista, los demás han sido típicos liberales norteamericanos, gente progresista y crítica, capaz de descubrir las contradicciones de su país, de describirlas y hasta de condenarlas, pero sin por ello proponer cambios radicales. Casi todos confiaban, en el fondo de sus conciencias, en el orden y optimismo de que habla Carlos Fuentes. Por más que lo criticasen, casi todos creían en el sistema norteamericano y en su capacidad correctiva. Y hay muchas evidencias de que, mayoritariamente, lo siguen pensando. Lo cual no deja de ser una manera, diríamos, posmoderna de su autoestima: mientras el mundo a su alrededor se destruye irremisiblemente, ellos, que no son en absoluto ajenos a lo que pasa, siguen sintiéndose gendarmes autorizados de un imposible mundo feliz.

En América Latina, en cambio, es muy difícil encontrar un escritor que confíe en el sistema de su país. Casi nadie confía en el poder establecido, más bien se vive en constante sublevación frente a él y aunque se quisiera modificarlo es un hecho que se ha ido perdiendo la fe. También estamos llenos de buenas intenciones y nobles sentimientos, claro está, pero para muchos de nosotros la vida consiste en una constante rebelión. Vivimos en disidencia eterna y además debemos hacer enormes esfuerzos para mantener nuestra fuerza, nuestros ideales y nuestro espíritu de lucha. También por eso hacer cultura, en América Latina, es resistir, resistir todo el tiempo.

Así como no todas las diferencias son políticas o económicas, hay algunas que acaso tienen que ver con diferentes actitudes, por ejemplo, en el trato que se le ha dado a la naturaleza. Hay una comparación que es impresionante: entre los paralelos 40 y 50 de latitud Norte el clima ha sido, siempre, exactamente igual que entre los paralelos 40 y 50 de latitud Sur: muchísimo frío, nieve durante la mitad del año, grandes lagos, costas marinas bravías y sobre todo tremendos y constantes vientos. Pues bien: la comparación respecto de lo que ha hecho la mano humana en ambos hemisferios es hoy sencillamente imposible: el norte de los Estados Unidos y sur de Canadá es una de las regiones más pobladas e industrializadas del planeta, e incluso una de las zonas más y mejor forestadas del mundo. Nuestra Patagonia es un desierto.

Se me dirá que tampoco es sólo una cuestión de actitudes, y que sí importa lo político y económico, y aun lo religioso. Y es posible que así sea, e incluso habría que añadir que el diferente, lamentable desarrollo de esa franja en nuestro hemisferio se debió sin duda al miserable estilo de colonización del roquismo; y bien sé que el calificativo es durísimo, pero ¿es posible ser blando a la luz de la realidad contemporánea? Según Paz, "los Estados Unidos son una sociedad que quiere realizar sus ideales, que no desea cambiarlos por otros y que, por más amenazador que le parezca el futuro, tiene confianza en su supervivencia". Nosotros, por el contrario, hemos perdido, si es que alguna vez realmente tuvimos, esa confianza. Lo amenazador del futuro siempre nos doblega, nos vuelve fatalistas, nos negativiza, y entonces los cambios que se prohijan aquí no son de tipo reformista sino que suelen ser (¿acaso deben ser?) revolucionarios, con todas las consecuencias y riesgos que ello implica.

La lección de Sófocles, o la impunidad
en un país que se come a sí mismo

La cuestión de la impunidad se ha convertido en uno de los problemas más graves de la sociedad argentina del fin del milenio. Desde por lo menos el asesinato de María Soledad Morales en Catamarca, en septiembre de

1990 (dos meses antes de los indultos a Videla, Massera, *et-al*), la impunidad empezó a ser una generalizada práctica de encubrimiento con matiz político, económico y/o de carácter mafioso o corporativo. Impune, cabe recordarlo, es "el que no recibe castigo". María Moliner completa la idea refiriéndose al "castigo que merece", el que correspondería.

Eva Giberti dice que los impunes "por extensión, se burlan de la comunidad. Al clasificar a alguien en esa categoría, el acento recae sobre esa persona o grupo; entonces, mediante el lenguaje se lo consagra como triunfante sobre la ley. Nombrarlo impune verifica su éxito, puesto que ésa es la condición que buscó". De ahí que la palabra impunidad "permite identificar a quien delinque y permanece a salvo del castigo, pero al mismo tiempo se constata el fracaso de los procedimientos que regulan la aplicación de la ley".[12]

El de la desdichada muchachita catamarqueña que en vida se llamó María Soledad Morales, no fue necesariamente el primer caso flagrante de impunidad de la Argentina, pero sí puede considerárselo como un hito a partir del cual se sucedieron no sólo los indultos sino también los casos Carrasco, Cabezas, Pochat, Lanusse y varios más. La impunidad se generalizó en infinitas prácticas judiciales turbias, por lo menos sospechosas, y el de María Soledad fue sí el primer caso que conmovió a la opinión pública, movilizó primero a los catamarqueños y luego al país, produjo cambios políticos de importancia y llamó a la reflexión a la sociedad toda: no hay sector social de la Argentina finimilenarista que no se haya sentido involucrado en él de algún modo.

La clase política, los dirigentes en todos los estamentos sociales, los intelectuales y hasta los ciudadanos habitualmente más distraídos se sintieron tocados por este crimen, porque lo que sucedió en Catamarca no es algo que pasó en una provincia argentina detenida en el medioevo, ni es la mera historia de la inmolación de una chiquilina deslumbrada por la fama y la televisión. Como en la mejor literatura, aquí la realidad no es lo que parece, y el caso desencadenó una reflexión múltiple y variada acerca de por lo menos estos temas: las conductas mafiosas del poder en la Argentina; la corrupción generada por un estilo político paternalista y el nepotismo provinciano; el poder del narcotráfico en sociedades todavía feudales; el machismo, la hipocresía, el pensamiento mágico y otras formas del atraso; las consecuencias de la degradación ética; el implacable rigor del miedo; las modalidades, aciertos y desconciertos del periodismo nacional, y el hartazgo frente a la impunidad. Nada menos.

Quizá uno de los estudios más serios sobre este caso haya sido el libro de Norma Morandini, *Catamarca*, en el que apenas un año después del crimen ya establecía muchas de las claves de este caso, las cuales insólitamente han recorrido, todavía sin culpables ni condenas, casi toda la década. Ese libro desnuda cómo la cultura y la comunicación social en la Argentina suelen consistir en burdos estereotipos, farandulización de la política, apología de la ignorancia y culto de lo superficial. Para Morandini, ya en 1991 ese crimen era "otro caso de desaparecidos" y sugería: "Quizá nunca sepamos realmente quiénes mataron a María Soledad", porque "en la Argentina la falta de pruebas es ya una evidencia de encubrimiento político".[13]

Aunque de todos modos las marchas del silencio quedarán como admirable testimonio de protesta colectiva frente al poder político y sus prácticas de arribismo, oportunismo, corrupción e impunidad, lo cierto es que el caso no dejó de enturbiarse y, al cierre de este libro, a finales de 1997, por la causa ya han pasado decenas de jueces, investigadores y abogados; han declarado centenares de testigos; los expedientes ocupan toda una habitación; y el segundo tribunal colegiado a cargo del juicio no permite despejar las serias dudas de que vaya a haber una condena. Catamarca, "como un gran espejo, refleja los aspectos más dañinos legados por el autoritarismo: la impunidad, la intolerancia y el miedo... Como una metáfora odiosa, esa provincia del ignorado Noroeste argentino refleja la cara escondida del país: los residuos autoritarios y feudales que aún sobreviven en la política nacional, y explican en gran medida el enigma de la decadencia argentina", escribió Morandini en 1991. Y hacia el final del libro concluía: "Sin control social, la corrupción creció al amparo de la impunidad, y eso explica, en parte, la recurrente crisis de un país que se comió a sí mismo".

¿No es esta falta de control social un problema cultural de los argentinos? ¿Y no es uno de los problemas que no termina de resolver la democracia? La respuesta es doblemente sí.

La contradicción de la democracia argentina en los '90 se expresaría básicamente en esta cuestión: por un lado tenemos una Constitución vigente en todos sus términos, y los argentinos votamos, ejercemos una libertad de expresión como nunca antes, inédita en el siglo, y todo se puede discutir en los medios. La opinión pública presiona a través de las encuestas, la participación ciudadana, las manifestaciones callejeras y demás iniciativas. Pero en ese mismo país se amenaza y asesina a periodistas, las policías inspiran más temor que seguridad, la Justicia es un sistema no confiable inmerso en un desprestigio mayúsculo, los escándalos gubernamentales son cosa cotidiana y la mentira es el discurso oficial. El parlamento está sumido en similar desprestigio; el sistema económico imperante es esencialmente injusto y condena al desempleo, provoca dependencia, desindustrialización y desnacionalización; la ciencia y la tecnología son obstaculizadas y ahogadas presupuestariamente; la educación pública ha sido vaciada no sólo de financiamiento sino también de contenidos, y las reglas de juego de la democracia misma son constantemente burladas y sometidas a los intereses coyunturales de los políticos y los poderosos.

Lo ha señalado bien Natalio Botana al enfatizar que "no hay desarrollo humano ni, al cabo, de civilización política sin control institucional".[14] He ahí la clave: el tema del control institucional que consiste en los modos que una sociedad se da a sí misma para que se cumplan efectivamente las normas y disposiciones escritas. Es decir: el control que se necesita para que las leyes se cumplan. Y que, por ejemplo, es lo que haría que las policías, que deben garantizar la seguridad de los ciudadanos, efectivamente la garanticen. Por eso no dudo en afirmar que el control organizado es la única manera de detener el crimen organizado. Y control, digo, capaz de conciliar las actividades de las policías, los investigadores, los instructores, los fiscales, los jueces y, obviamente, de los propios organismos de control. Todo esto constituye un *sistema de control ciudadano*, único modo de garantizar la sabia y prudente impartición de justicia, y de combatir eficazmente la corrupción, el corporativismo y todos los excesos y ventajas de la vida política, económica y social. El control es una forma suprema de educación cívica, un rasgo cultural indispensable sin el cual no podemos llamarnos civilizados.

Evidentemente, la historia argentina es casi una constante prueba de no control. La caducidad de estos sistemas, en cualquier sociedad, permite aflorar las formas más variadas de la impunidad, y su generalización lleva a la disolución social mediante el descreimiento, la desconfianza, el desaliento y el sentimiento de inutilidad que, a su vez, suele parir las formas más sutiles de la complicidad, aun la no deseada. La inversa del control no es otra cosa que la impunidad. Cuando no hay sanción, el que va a cometer un crimen, un acto ilícito de cualquier índole o un simple abuso, advierte y sabe que esa sociedad no castiga a los demás y, por lo tanto, presume que no va a castigarlo a él. Luego delinque, y se diría que hasta con cierto aliento. El delincuente común, el asesino más violento, el corrupto (el más elemental o el más sofisticado) coinciden en que todo lo que deben hacer, y hacen, es negociar con su propia culpa y eso no les cuesta demasiado porque se justifican psicopáticamente: no sienten culpa alguna. Y cuando sienten algo parecido a ella, rápidamente invierten los términos y se autojustifican. Son capaces de amenguar cualquier posible mortificación y en cierto sentido, paulatinamente, hasta se van sintiendo orgullosos, omnipotentes. El resentimiento que arrastran y que les crece como un potus bien regado, los ayuda en esa autodisculpa. Es la moralidad lo que está en emergencia, lo quebrado; y el deterioro social resultante es tremendo. Esta es la realidad argentina del fin del milenio.

Conviene detenerse un segundo en la malignidad intrínseca de la impunidad, que como ha señalado Miguel Gaya cuando se cumplieron los primeros cinco meses del asesinato de José Luis Cabezas, "no es una flor maligna encarnada en una o más personas. Es un sistema que se construye en sociedades e instituciones con características que la hacen posible, y es funcional al poder mafioso". Y se sostiene, según este abogado, como si fuera "una araña monstruosa", sobre seis patas: corrupción y violencia; ineptitud y connivencia; indiferencia y olvido.[15]

Los argentinos hoy saben que hay bandas criminales que son herederas, hijas y/o continuadoras de los grupos parapoliciales y paramilitares que operaban durante la última dictadura. Son hombres que en el fin del siglo bordean los 50 años y cuyos identikits los muestran mal parecidos, de bigotes y contextura robusta, y devotos de los anteojos oscuros. Son ahora guardaespaldas (custodios, se les dice) de gobernantes, funcionarios, políticos y empresarios, ocupación con la que desmienten aquel mito fugaz de mediados de los '80, cuando en el amanecer de la democracia se los llamaba "mano de obra desocupada". Estos sujetos saben y pueden "armar" delitos e inculpaciones a inocentes, "apretar" a jueces y abogados, "amenazar" y castigar a quienes los investigan (casos Etchegoyen, Cabezas, Pochat, Lanusse, Fernández Llorente). Son los sicarios de la Argentina menemista.[16]

La impunidad funciona a partir del ocultamiento, práctica que, entre los argentinos, no sólo es una marca cultural (ya hemos visto la importancia de las apariencias), sino que actúa como garantía de supervivencia del poder político. La práctica de encubrir en lugar de investigar y esclarecer es un *modus operandi* característico de casi todos los gobiernos en la Argentina, y delata no sólo una conducta sino un estilo de gobernar que responde a cierta desesperación por mantenerse a cualquier precio en la cima del poder, acaso porque el abandono de tal posición seguramente significará una ola de juicios y cárceles cuando entre en funciones el gobierno siguiente. Así el Juicio a los Comandantes, en 1985, quebró la complicidad encubridora de la autoamnistía que se había decretado la corporación militar poco antes de entregar el gobierno. Igual proceder corporativo se evidencia en el régimen menemista frente a la posibilidad de una CONADEP moral como la ya anunciada por parte de la oposición. Acaso eso explique que la creación del Consejo de la Magistratura, ordenado por la Constitución de 1994, fue boicoteado sistemáticamente durante tres años, por el afán oficialista de garantizarse una futura protección judicial.

Las modalidades del ocultamiento y la impunidad son infinitas, y entre las verificadas en los años '90 en relación directa con la Justicia, por lo menos figuran:

–La Corte Suprema de Justicia, durante cinco años, no sólo no avanza en la investigación del bombazo a la Embajada de Israel, sino que insiste en una hipótesis ridícula y ofensiva como que los israelíes se pusieron la bomba ellos mismos.

–Esa misma Corte decide aliviar la pena del comisario Samuel Miara, apropiador de dos menores durante la dictadura, con el ridículo argumento de que Miara había perdido un hijo poco antes. Moraleja de la Corte: si a usted se le muere un hijo, aprópiese de dos.

–El bombazo a la AMIA es, durante tres años, un verdadero festival de ocultaciones: al juez Galeano le presentaron más de 50 pruebas falsas para distraerlo.

–En el Caso Cabezas, las indagatorias al empresario Alfredo Yabrán y a su jefe de custodios se anuncian siempre con meses de anticipación, como para facilitarles la preparación de su defensa. Se da el caso, además, y no me parece un dato superfluo de cara a la sociedad, que el principal abogado de Yabrán es uno de los ex jueces que, como integrante de la Cámara Federal, en 1985 prestigió a la Justicia condenando a las Juntas de Comandantes y llevando a prisión a los dictadores. Ese hombre hoy es el abogado de la persona más sospechada del país, lo cual no tiene nada de malo porque el Sr. Yabrán es inocente mientras no se pruebe lo contrario, pero sí resulta chocante porque este empresario ostensiblemente da empleo y está relacionado con muchos ex represores y torturadores.

–La mencionada dilación para constituir el Consejo de la Magistratura.

–El hecho de que sea el ministro de Justicia, Dr. Granillo Ocampo, uno de los principales impulsores de la reinstauración de la pena de muerte, que es absolutamente inconstitucional.

Sin embargo estas cosas no suceden por casualidad. Suceden porque, como todo en política, hay responsabilidades y sobre todo un máximo responsable, que como en las viejas monarquías absolutas es, inevitablemente, el soberano. El Régimen Menemista (designación que irrita a algunos adictos al gobierno pero que es históricamente adecuada) ha devenido paradigma de impunidad y denegación de justicia, a la manera de Creonte en la tragedia griega.

Hace por lo menos 25 siglos que la literatura comenzó a ocuparse de situaciones similares, cuyas enseñanzas ejemplares los políticos argentinos se empeñan en ignorar por la sencilla razón de que la gran mayoría ya no lee. Si lo hicieran recordarían que cinco siglos antes de nuestra era, Sófocles, en su obra dramática, pintó dos personajes prototípicos en la línea del mal: Creonte y Clitemnestra. En una de sus siete tragedias, *Antígona*, describió admirablemente los resultados de la injusticia ejercida como sistema desde el Poder. El Creonte descrito por Sófocles fue un hombre oportunista, ambicioso y vulgar, frívolo y arbitrario, que por un golpe de fortuna llegó a ser

Rey de Tebas. Gobernó autoritariamente y por decreto, y se encaprichó en aplicar un castigo injusto y desmedido a Antígona. Tanta necedad y arbitrariedad acabaron por provocar la muerte de su propio hijo, Hemon, que era novio de Antígona. Luego murió ella misma, y la sucesión de muertes desatada por tanta injusticia alcanzó incluso a su propia esposa, Eurídice... El final de esa tragedia, que hizo tan infelices a los tebanos, encuentra a Creonte, solo, lloroso y lamentando sus culpas, sin que nadie, pero nadie, le crea.

A fines de 1997, cuando se cierra este libro, serían deseables algunos anuncios que la clase política dirigente parece no atreverse a pronunciar. Le haría bien a la salud de la República que se planteara una *Reserva de Desconocimiento* de muchas de las decisiones que ha tomado por decreto el gobierno nacional. Por ejemplo, algunas privatizaciones como las del correo, los aeropuertos, Yaciretá, el Banco de la Nación y otras sospechosas (por lo apresuradas y por el descontrol) ya debería anunciarse que un día serán, forzosamente, revisadas. Antes del inicio del tercer milenio va a ser indispensable y urgente revertir leyes vergonzosas y antinacionales que hasta hoy la mayoría parlamentaria ha venido sancionando por necedad, seguidismo o simple corrupción.

Pero *el problema de la Justicia y la impunidad no es una cuestión de solución imposible*, y a esto es imprescindible decirlo y repetirlo. El control social, cualquiera sea su índole o dirección, depende siempre de una decisión política que, obviamente, ahora falta en la Argentina, pero es muy importante subrayar que *sí es posible hacerlo, y que un día habrá que hacerlo y se hará*. Todo consistirá en depurar el sistema judicial, en limpiar las corporaciones policiales a fondo y sin contemplaciones, y en cambiar radicalmente y reorganizar todos los servicios de Inteligencia del Estado, las agencias de seguridad y los sistemas de custodia. Pero entendiendo que *a fondo* significa *desmantelamiento total* para una nueva organización. No la cosmética que se viene aplicando y que sólo sirve para acentuar el problema.

Hay que depurar expulsando, juzgando, condenando, y a la vez educando a los que en el futuro desempeñarán esos servicios, profesionalizados e instruidos para la defensa de los intereses colectivos y la democracia. Habrá que darles nuevos cauces y orientaciones, una nueva filosofía democrática basada en el interés de la sociedad y en el interés nacional entendido como garantía de supervivencia en paz. Pero sobre todo habrá que instaurar *formas de control ciudadano* en todos los organismos de seguridad, transparentando su operación y enmarcando legalmente su funcionamiento. Se trata de que en la lucha contra la impunidad sea fundamental restablecer el viejo principio de que quien la hace la paga, pero a la vez anteponiendo el absoluto respeto a los derechos humanos de los delincuentes. Es una enorme tarea, para nada imposible. Sólo así se terminarán las redes de corrupción mafiosa y la impunidad, y se aplacará el miedo que hoy siente la ciudadanía.

Y habrá que restaurar una Justicia confiable, desde luego, a través de una depuración que acaso tiene un único camino: replantear el funcionamiento de toda la Justicia argentina, en todos los fueros, y empezar de nuevo las designaciones en todo el sistema, con bases nuevas, claras y limpias, y tribunales examinadores irreprochables. Un sueño, claro, que no sería imposible si hubiera una verdadera voluntad política de limpiar realmente el sistema, lo que cualquiera puede comprobar que hoy no existe. Quizá, incluso, esa depuración requiera una medida extrema, casi quirúrgica: desde 1995 he propuesto pública y reiteradamente declarar en comisión a todo el sistema (medida ciertamente riesgosa, y que ya en 1949 se practicó con resultados discutibles). Quizá esa vía parezca un tanto excesiva, pero algo hay que hacer respecto de la tan desprestigiada Justicia. No significa esto que la totalidad de la Justicia argentina se haya echado a perder (es obvio que aún hay honrosos tribunales, jueces y fiscales en esta República) pero sí que la esencia del sistema judicial argentino se ha deteriorado de manera insalvable debido a la corrupción, la impunidad, el influyentismo, el amiguismo y el nepotismo.

Libertad de expresión: Lo que se ve no es lo que pasa

Hablar de los medios en la cultura argentina actual, y de la relación que los argentinos tienen con ellos en el fabuloso mundo contemporáneo (en el País de las Maravillas se calcula que hay un promedio de ocho millones de televisores encendidos a toda hora), impone previamente reflexionar sobre la libertad de expresión. Y lo primero que hay que decir es simple, magníficamente simple: a pesar de que hemos perdido muchas cosas, en la Argentina del fin del milenio impera una todavía irrestricta libertad de expresión. La cual, como señaló hace 200 años Thomas Jefferson, es la madre de todas las libertades y por eso es aún más importante que la democracia misma: la libertad de prensa es su "eterna vigilancia".

Por supuesto, y como es sabido, se trata de un asunto tan viejo y universal como que el animal humano piensa, y porque piensa y habla y encima escribe, siempre hay más arriba algunos que quieren que no piense, ni diga, ni mucho menos escriba. En la Argentina sabemos mucho de esto: los intentos de control de la prensa, así como las más variadas formas de censura, han sido una desdichada parte de la vida diaria de la sociedad desde que empezamos a ser una nación, y eso que la imprenta llegó tarde a la Argentina: apenas durante la progresista administración de un virrey americano, Juan José de Vértiz, se instaló la primera imprenta porteña, en 1780, más de dos siglos después del invento de Gutenberg en Maguncia. Y enseguida nomás comenzó la censura entre nosotros: hacia 1788, con el virrey Loreto arreció el control sobre los impresos y también creció el contrabando de libros prohibidos. Relata Ingenieros que junto a algunas bibliotecas considerables y prestigiosas "contábanse varias colecciones particulares, pequeñas en número, pero peligrosas por su calidad, disimuladas bajo los falsos rótulos de la literatura consentida por las autoridades".[17]

Las luchas por la libertad de imprenta fueron parte fundamental del proceso de emancipación, y Mariano Moreno, Bernardino Rivadavia, Juan Bautista Alberdi y Domingo F. Sarmiento fueron algunos de los que escribieron páginas brillantes contra la censura y por la libertad de pensar y publicar. Ya en el siglo XX, durante más de media centuria (entre 1930 y 1983) nuestro país vivió una sucesión de dictaduras alternadas con gobiernos elegidos con diferentes grados de libertad, y una de las constantes de esas cinco décadas fue, qué duda cabe, el intento (tantas veces concretado) de control sobre los medios gráficos y audiovisuales.

Verdadero clásico del oficio de informar, las diferentes formas de censura, las imposiciones autoritarias y el deseo de silenciar a los voceros sociales, han sido permanentes. Las formas fueron casi siempre groseras, torpes, aunque también fueron brutales o sutiles. En todos los procesos dictatoriales siempre las restricciones y represiones a la libertad de expresión produjeron exilios, persecuciones, cárcel y muerte. El gremio periodístico argentino, sin ir muy lejos, entre 1974 y 1982 sufrió más de 80 colegas muertos o desaparecidos. Y tenemos por lo menos media docena de escritores asesinados o "desaparecidos".

Ahora, en democracia, las formas se cuidan un poco más y las reglas de convivencia que ha ido aprendiendo nuestra ciudadanía permiten una armonía más civilizada en muchos aspectos. Afortunadamente, vivimos en un mundo y un país en donde ya no son posibles las cadenas nacionales de radio y televisión, los silencios forzosos con marchas militares de fondo, ni los recortes informativos engañadores. Los sistemas de televisión por cable y la proliferación de emisoras de radio en frecuencia modulada y de baja frecuencia han contribuido a democratizar el éter y la información. Es algo que los autoritarios hoy deploran y por eso recurren a figuras jurídicas amenazantes, juicios por calumnias e injurias, y demás intentos de silenciar a los medios y a los comunicadores.

Y no sólo los autoritarios, para decir la verdad. De hecho muchos políticos y dirigentes argentinos, de reconocida fe democrática y pluralista, suelen caer en formas de intolerancia frente a la prensa. A propósito de esto, hay una anécdota preciosa de este tipo de conducta: fue un episodio muy comentado en Washington durante la visita de Fernando de la Rúa a los Estados Unidos, después de ganar la jefatura de gobierno de la ciudad de Buenos Aires, en 1996. Durante una conferencia de prensa con medios norteamericanos, el hasta entonces senador radical se molestó en un momento dado por la impertinencia y agresividad de un periodista. Su reacción fue típicamente argentina: "Momentito, no le permito que diga eso", dijo, severo, De la Rúa. Y ha de haberse sorprendido mucho cuando vio que casi todos los hombres y mujeres de la prensa se reían y quien lo interrogaba le replicaba con cierta dureza que no se olvidara de que no estaba en la Argentina sino en los Estados Unidos, y en los Estados Unidos él no era nadie para "no permitir" una pregunta o una afirmación, porque allí tenían por permitido todo lo que no estaba expresamente prohibido y eso incluía las preguntas que ellos quisiesen hacerle, y las cuales él, De la Rúa, tenía que limitarse a responder y no a permitir o no permitir.

Claro que este ejemplo civilizado de reconvención a una personalidad política insospechable de autoritarismo no avala ninguna generalización. No es el caso de De la Rúa, pero en una enorme porción de los políticos argentinos subsisten los intentos de represión. Es un hecho que cierto espíritu autoritario y censor sobrevive a casi catorce años de vida democrática. No faltan Torquemadas ni Savonarolas entre los argentinos, ni carecemos de dinosaurios. Y no hay ninguna buena razón a la vista como para desmentir la impresión de que gran parte de nuestra clase dirigente le tiene especial fobia a la libertad de expresión. Herencia acaso del lopezreguismo y el videlato, esto es aplicable a muchísimos políticos, sindicalistas, empresarios, funcionarios de toda laya y nivel, y desde luego a los máximos representantes de la cruz y de la espada que durante décadas auspiciaron y/o toleraron todos los golpes de estado que los argentinos padecimos.

Por supuesto, los dinosaurios siempre le tienen miedo a la libertad de expresión. De ahí que muchos dirigentes sean tan ambiguos frente a la prensa: la necesitan, la desean, están dispuestos a corromper por sus favores y buscan afanosamente la promoción a través de los medios. Pero a la vez desconfían, rehúyen, mienten. En el fondo detestan esta libertad.

Entre los modos de censurar que en democracia siguen vigentes, lamentablemente hay que anotar algunos "tradicionales": la selectividad con que se maneja la publicidad oficial; las órdenes de funcionarios para que se compren y/o lean determinados medios; el boicot de o a los distribuidores. Son viejos métodos que en todas las épocas se han usado para acallar las voces de la prensa, tanto como las persecuciones personales, las espías telefónicas, el rumoreo y las usinas de mentiras. Nada de eso es nuevo y hasta se diría que son prácticas coherentes con estos años de frivolidad, eufemismo y falsificación.

Más reciente es el fenómeno de los "operadores", esos sujetos de poco vuelo, especie de moscas del periodismo que venden supuestas influencias en las redacciones. Y también es novedad de la democracia el pago de salarios encubiertos a periodistas de poca ética, práctica que en México se llama "iguala" y hace unos años nos sorprendía, pero que ahora aquí se llama "sobre" y no sorprende a nadie.

Y a todo esto ahora se ha sumado la ya apuntada desconfianza en la Justicia. En algunas provincias es un hecho que muchos jueces y tribunales resultan nada o muy poco confiables para el periodismo independiente, porque los querellantes contra los medios suelen ser los mismos políticos que designaron a esos jueces o tribunales. En otros casos lo que hay son resabios autoritarios, en querellantes o magistrados, o lisa y llana falta de sentido común, como cuando se ordena no publicar algo (un nombre, por ejemplo), con lo cual no sólo se hace censura sino censura a futuro, lo que es el colmo. Aunque pudiera sonar paradójico, en los últimos años han proliferado las acciones penales contra diarios, revistas, autores y editores. En un país en retroceso industrial como el nuestro, lo que más crece es la llamada "patria pleitera" o "industria de los juicios" que, en nuestros días, suele estar al servicio de disparatadas demandas que, como ya apuntamos, algunos magistrados –disparatadamente– suelen admitir. Por ejemplo, demandas de millones de dólares para lavar supuestos honores de sujetos delezables, que terminan no siendo otra cosa que lances para negociar unos pesos, cobrar honorarios y, de paso, entorpecer y atemorizar. Porque, digámoslo con la mano en el corazón, cuando se tienen encima una o más demandas millonarias que están en manos de jueces de dudosa imparcialidad, el ejercicio de la profesión escritural dista de ser un asunto placentero.[18]

Por supuesto que esto solamente cambiará el día en que se resuelva el problema global de la Justicia en la Argentina. Por ahora vivimos en un país en el que el ejemplo del soberano, en muchos sentidos y específicamente respecto de la libertad de expresión, es peligroso y temible. Fue el mismo Presidente de la República quien inventó la categoría "delincuentes periodísticos" para todos los informadores que cuestionan acciones de su gobierno, su estilo y costumbres, y los negocios y privilegios de sus amigos y parientes. Esto es gravísimo y no hay modo de disimularlo. Toda retórica que niegue el afán de avanzar en el recorte del poder de los medios, hoy en día, es muestra de esa hipocresía política nacional que consiste en negar la realidad, decir que lo que es no es, y tratar de que parezca que sí es lo que no es.

Un breve repaso de los intentos más recientes de limitar el libre ejercicio de la libertad de expresión, muestra lo siguiente:

–A comienzos de 1995 el entonces ministro de Justicia Rodolfo Barra propuso aumentar las penas para los delitos de calumnias e injurias, y obligar a las empresas periodísticas y editoriales a contratar seguros millonarios para reparar eventuales daños.

–El 15 de mayo de 1995, celebrando su reelección, el presidente Menem dijo públicamente que había "derrotado no sólo a los opositores sino también a la prensa".

–Hacia la primavera de ese 1995 el senador justicialista Eduardo Vaca presentó un proyecto de bloqueo de la difusión de información clasificada por el Estado, y que obligaba a los periodistas a revelar sus fuentes.

–Los proyectos de *Ley Mordaza* son incesantes y asumen las formas más curiosas. El ministro del Interior Carlos Corach reclamó el 19 de mayo la creación de un "Tribunal de Etica" para "castigar" a los periodistas, a la vez que el secretario presidencial Alberto Kohan volvía a acusar genéricamente al periodismo de "delincuentes", y el jefe de Gabinete Jorge Rodríguez reclamaba la necesidad de crear "un organismo con capacidad de sanción contra periodistas". Lo que los había irritado tanto era la información difundida por los diarios *Clarín*, *Página/12* y *La Nación* acerca de las reuniones que ellos habían mantenido con Alfredo Yabrán en la casa de Emir Yoma.

–Mientras Menem y sus funcionarios alardean de que "nunca en la Argentina hubo tanta libertad de prensa", lo cual es cierto pero no es mérito de su gobierno, el propio Presidente y sus funcionarios baten todos los récords de demandas contra periodistas, medios, autores y editoriales por calumnias e injurias: hay alrededor de un centenar de causas iniciadas y en diferentes estados judiciales.

–La UTPBA, la FATPREN, la ADEPA[19] y la Asociación para la Defensa del Periodismo Independiente, coinciden en contabilizar más de 800 casos de agresiones, intimidaciones y/o juicios contra periodistas entre 1989 y 1997. Y por lo menos dos asesinatos: el de Mario Bonino y el de José Luis Cabezas.

–A fines de 1997 el presidente Menem elogió la "Ley del Palo" citando fuera de contexto a Benjamin Franklin. El escándalo fue tal que una semana después debió disculparse ante los empresarios de ADEPA.

Por supuesto, así como los argentinos sienten esa desconfianza ante la Justicia, también hay que repetir que todavía quedan jueces y tribunales que la honran, y acaso por eso son muy pocas las demandas emprendidas contra la libertad de expresión que han prosperado. La jurisprudencia, afortunadamente, todavía es abrumadora en favor de la irrestricta libertad de expresión. Y además es fundamental recordar que las condiciones de ejercicio del periodismo son hoy infinitamente superiores a las de, por ejemplo, quince o veinte años atrás, y éste es un enorme mérito de la sociedad argentina. En los medios y en los libros, en la narrativa y en la crónica periodística, en el ejercicio escritural del lenguaje y en el uso de la palabra, en todo el *cor-*

pus textual argentino del fin del milenio, la libertad de expresión es marca característica de este tiempo, es decisión de lucha, es símbolo de defensa de las libertades y de la Democracia. Con credibilidad, con coraje, con vocación, con nuevas tecnologías, me parece que ésta es la mejor contracara del duro presente cotidiano.

Una de las cuestiones que también hace a la libertad de expresión, y que cada tanto genera encendidas polémicas entre los argentinos, ya no es tanto la cuestión de su significado político, sino la referida a la moralidad: una o dos veces al año, casi rutinariamente, en la televisión argentina se producen escándalos, irritaciones y reclamos de censura cada vez que se exacerba el lenguaje vulgar, se muestran escenas de sexo demasiado explícito, o se abusa de la violencia en las pantallas.

Cada vez que la sociedad asiste a esos escandalosos programas de televisión y se montan peleas conventilleras entre damiselas de la farándula y la noche, devenidas protagonistas, los que las dejan hacer son productores y conductores permisivos e inescrupulosos que seguramente se deleitan por el rating que garantiza tanta chabacanería. En esos espectáculos de baja estofa se gritan vulgaridades, se habla de sexo y de drogas en cualquier horario (incumpliendo los de protección que están reglamentados) y hasta se tiran de los pelos. No es nuevo. Ya en otras ocasiones esta misma sociedad se ha escandalizado por similares ajetreos. Sobre todo desde que el recordado "Caso Cóppola" puso de moda esa rara forma de "justicia popular" consistente en multitudinarias y desordenadas asambleas televisivas en las que abogados, familiares, testigos y "panelistas" inventados se dedican a gritar y armar escándalos en el piso de cada canal. Desde entonces la tele se llenó de Samanthas, jueces faranduleros, recusaciones, un lenguaje juridicoide, y, en fin, todo se convirtió en patético sainete.

Por supuesto, frente a eso las gentes bien se declaran espantadas y no faltan los que reclaman sanciones y prohibiciones. El viejo país de sancionadores y prohibidores sigue vivo. En las sombras, pero vivo, y no faltan los que exigen "parar la mano" a cualquier costo. Como en tantas otras cuestiones de los argentinos, lo que no hay es equilibrio ni debida reflexión. El reclamo de límites suele estar a cargo de ultramontanos que pontifican que "una cosa es libertad y otra libertinaje". Desde el gobierno y a través del COMFER parten "apercibimientos", y entonces suena el alerta: quieren volver a formas de censura. Y como hay todavía muchos Torquemadas agazapados, hay que ser muy firme en la respuesta: *nada de prohibiciones*. Y es que, además de las razones históricas, es evidente que quienes hacen estos programas se manejan con una lógica sui generis: tensan la cuerda de la democracia y expanden los límites pensando más o menos así: "Si no nos prohíben seguimos y tenemos un rating fenomenal porque a la gente le encantan el morbo y el mal gusto; y si nos prohíben quedamos como víctimas y acusamos a la democracia de ser autoritaria".

Lo que está cuestionado en esos excesos televisivos (también en los cinematográficos) no son el sexo ni la violencia. Precisamente lo que se debiera cuestionar es que en la televisión argentina de la democracia se llegue a excesos, nunca inocentemente provocados. Lo que choca es la desmesura, la exageración. Que son madres de la chabacanería y el pésimo gusto. Se ha llegado a límites repugnantes de "verismo", esa especie de realismo a ultranza que bajo la pretensión de mostrar "la verdad de lo que pasa" derrapa hacia la vulgaridad y la ordinariez.

No me gusta esa televisión, ni me agrada el cine que trazó las líneas directrices de sexo y violencia como fórmulas de éxito. Me parecen recursos despreciables, pero no por mojigatería ni por razones morales o religiosas; el desagrado deriva de razones de buen gusto y educación. El recato, la discreción, la sobriedad, la delicadeza, la elegancia en el decir y la sutileza son valores estéticos que hacen al arte, y todo eso falta en la televisión actual.

Pero no se trata de hacerle un juicio a la televisión. Rechazar la vulgaridad, el mal gusto y la violencia no significa negar que en el mundo mediático en que vivimos, irreversible y maravilloso, la estética de la posmodernidad se ha impuesto y es la dominante, guste o no. El problema entonces *no es lo que se ve* en la pantalla; el problema *es lo que pasa* en la sociedad posmoderna (y que la televisión muestra). Así como el presidente Menem se enoja con los periodistas que denuncian la corrupción y en lugar de ocuparse de ella y de los corruptos denunciados, se enfurece con los denunciantes; así los que critican lo que muestra la televisión de hecho no cuestionan lo que sucede en la realidad (que en nuestro país es más brutal, obscena, pornográfica y violenta que todo lo que pueda mostrar la televisión más cruda).

Y si el dilema está en qué hacer, el más saludable recurso frente a lo desagradable siempre será el *zapping*. Pero *de ninguna manera la censura*. Y también hay otra respuesta posible: exigirnos imaginación. Porque si la Justicia no ofrece garantías y si el COMFER como entidad gubernamental es una entidad sospechosa (basta comprobar qué programas "apercibe" mientras jamás "apercibe" la basura cotidiana que la tele arroja a toda hora), entonces no queda otro camino que proponer formas diferentes, alternativas y audaces. Por ejemplo, podría pensarse en un encuentro de personajes notables de los medios para que discutan qué hacer con esos programas, cómo consensuar límites, cómo establecer reglas de juego que contemplen los diferentes intereses: de los canales y los productores, de los animadores y los periodistas, de los avisadores y sobre todo del público, para que discutan y establezcan las reglas de juego a seguir, alcancen acuerdos que acaso contemplen autolimitaciones responsables, y así los argentinos podremos tener una televisión realmente democrática.[20]

Porque lo importante no es la diferencia de concepciones; lo importante es qué hacer con esas diferencias y cómo convivir con los diferentes. Se trata, desde luego, de una discusión fundamental porque la televisión argentina viene, como la sociedad toda, de años de silencio y de censura. Y la respuesta debe ser muy clara: si se trata de resolver el conflicto entre los excesos de la libertad absoluta y los límites a esa libertad, *el primer valor por defender siempre debe ser la libertad, y ésta es irrestricta o no es.* Así como la democracia se fortalece sólo con más democracia, cuando hay excesos en la libertad lo que hay que proponer es más libertad y con mayor responsabilidad. Esto es esencial para la vida democrática. La televisión, hoy más que nunca, es un asunto de todos y la sagrada libertad de expresión conlleva la necesidad de establecer límites consensuados. La verdadera libertad y la verdadera paz, como quería el gran Benito Juárez, empiezan por el respeto al derecho ajeno. Y esto tiene que ver con la necesidad de continuar haciendo docencia. Porque hay un gran atraso en el pensamiento de la gente común, víctima de una enorme y no casual ignorancia y de una pésima información. Aunque nunca la población mundial recibió *tanta* información como al filo del siglo XXI, sin embargo esa cantidad de ningún modo garantiza que las sociedades estén mejor informadas. Del mismo modo, y como ya lo han señalado Nicolás Casullo y otros especialistas en comunicación, la fórmula de tratarlo todo superficialmente y a los gritos crea *la ilusión* de estar informados. Pero sólo la ilusión. Todo es sensación, suceso, velocidad, polémica frívola y por arriba, y todo está preparado para que se olvide enseguida y fácilmente. Sucede algo y allá van a sacar fotos y a cubrirlo todo (obsérvese el verbo periodístico: *cubrir*, o sea tapar, disimular) como si fuese lo más importante, sin jerarquizar. Lo mismo da la visita del Papa que un crimen; la visita de Clinton o la pelea eterna entre Menotti y Bilardo; el último amor de la estrellita de moda o la enésima declaración contradictoria de Maradona. Para ciertos medios, todo es igual en importancia y todo se bastardea, se encapsula para volverlo inocuo, se amasa, se tritura y enseguida se olvida, se cambia de tema y que pase el que sigue, el espectáculo debe continuar. El periodismo argentino es de los pocos en el mundo en que el asesinato de un modisto en Miami, o un desfile de modas en Roma, pueden ser tapa de diarios de circulación nacional.

Acierta Jean Baudrillard en este punto, cuando se refiere a los medios de comunicación y señala que la banalización contemporánea "conduce la forma social a la indiferencia. Por ello no existe una utopía de la comunicación. La utopía de una sociedad comunicacional carece de sentido, ya que la comunicación resulta precisamente de la incapacidad de una sociedad de superarse hacia otros fines. Lo mismo ocurre con la información: el exceso de conocimientos se dispersa indiferentemente por la superficie en todas direcciones". Y como eso se produce a una velocidad inaprehensible, "no hay tiempo para el silencio. El silencio está expulsado de las pantallas, expulsado de la comunicación. Las imágenes mediáticas (y los textos mediáticos son como las imágenes) no callan jamás".[21]

Hay además una innegable cobardía en la mayoría de los medios argentinos, una especie de débil compromiso o lisa y llana ausencia. Norma Morandini hace una observación muy atinada al respecto: "Los diarios llenaron sus páginas con los relatos desgarradores de los desaparecidos, de sus familiares, amigos, vecinos, de militares arrepentidos o generales convencidos; pero *nunca* escribieron un editorial sobre el tema, *eludieron* la forma periodística de la reflexión". Esta es una acusación tan dura como veraz. Y es que "en la Argentina aún se carece de las páginas editoriales donde se confrontan opiniones e interpretaciones, sustento obvio de las democracias".[22]

Y otra cosa que hay que apuntar es que la conducta de la sociedad frente a los medios ha cambiado muchísimo. La gente revalorizó en estos años al periodismo como vocero de la sociedad. El prestigio y la credibilidad se han desplazado de diversos protagonistas sociales al periodismo. Por eso hoy es tan común que en los conflictos sociales, grandes o pequeños, y dondequiera se produzcan, inmediatamente sea convocada la presencia de los medios de comunicación. Muchos argentinos suelen agradecer las notas de color que hacen los periodistas, en parte porque muestran lo que de otro modo no podría verse, y en parte porque permiten reflexiones que renuevan la rabia y el dolor pero también fortalecen la decisión de resistir. Claro que también debe decirse, en este punto, que con esta actitud la sociedad está corriendo un serio riesgo: el de creer que los medios, y los periodistas en particular, pueden reemplazar a la Justicia. Eso *no es así*, y hay que subrayar que es una idea peligrosa que se ha instalado en los argentinos de casi todas las clases sociales. Es una idea cholula, además, pero lo fundamentalmente grave es que puede desviar los puntos de vista: *no hay que esperar justicia de los periodistas; hay que exigir que la Justicia funcione*. Afortunadamente no son pocos los periodistas argentinos que apuntalan todavía la ética, la memoria y la sensatez. Aun en las sociedades más enfermas siempre hay alguien capaz de denunciar la injusticia.

Para ser un país serio y con cabal vocación democrática, sugiere Morandini, habrá que cambiar todavía muchas cosas en nuestro periodismo. No es serio un país que prohija dirigentes como "Vicente Leonides Saadi, quien cayó en la tentación de tener un diario como instrumento de poder político: *La Voz*". Morandini reflexiona sobre este fenómeno peculiarmente argentino que es la obsesión por editar diarios y revistas, pero sin el respaldo de un *proyecto* periodístico. Salvo una media docena de medios tradicionales y respetables (más allá de sus peculiares visiones de la realidad) la Argentina es un país de diarios y revistas efímeros, que nacen al servicio de intereses políticos y desaparecen muy pronto porque carecen del elemental respeto a *los únicos verdaderos sustentos de todo proyecto periodístico: la información y el lector.*

Suelen ser medios electoreros o propagandísticos, al servicio de intereses sectoriales o personales, como fue paradigmáticamente el diario *Convicción* del indultado criminal, almirante Emilio Massera, durante la pasada dictadura. Según Morandini estos medios "han tergiversado profundamente el concepto de periodismo en la Argentina". Y razona: "A ocho años de democracia (1991) aún se confunde el periodismo con la propaganda política". Esto siguió siendo cierto a todo lo largo de la década final del siglo XX, debido a esa confusión que tienen tantos argentinos que suponen que los medios han venido a sustituir a la Justicia, y del propio máximo poder político: el presidente Menem trata de delincuentes a los periodistas y medios que dicen lo que no le gusta; del mismo modo hace unos años el entonces presidente Alfonsín culpó de la derrota electoral de 1987 a "los problemas de comunicación que tuvimos" y no a sus vacilaciones políticas y al baldazo de agua helada que fue decir primero que "la democracia no se negocia" y tres días después declarar que la casa estaba en orden y los carapintadas no eran golpistas sino héroes.

"En la Argentina, más que en ningún otro lado, el ejercicio del periodismo se interpreta como propaganda o campaña, importa más el mensajero que el mensaje, y se equipara la verdad a la delación", afirma Morandini. Para ella "la errónea interpretación de la libertad de prensa como una concesión paternalista del poder político y no como un derecho constitucional ha generado equívocos". Los cuales explica al historiar el diario *La Voz*, engendro autoritario de un Nepote inescrupuloso y de arrogantes oportunistas como los cuatro dirigentes montoneros que por entonces aún vivían en Cuba o en París, desde donde habían ordenado el suicidio de una generación de jóvenes idealistas.

Sin la pretensión de hacer un tratado sobre periodismo, Morandini nos da una verdadera clase de ética periodística cuando se refiere al espíritu de cuerpo que inficiona a las corporaciones protofascistas que abundan en la Argentina: ese *esprit de corp* malévolo que "tergiversó los valores democráticos y donde la verdad, para muchos, se igualaba a la delación". Es el mismo espíritu corporativo que vemos constantemente en diputados, senadores, militares, policías, jueces, profesionales, la jerarquía eclesiástica, los sindicalistas y los empresarios, *esprit de corp* según el cual los trapos sucios se lavan en casa y las miserias no es grave que existan sino que se difundan.

Falsificación pura; de ahí el ya infatigable desprestigio de las corporaciones en la Argentina, hoy equiparadas a mafias más o menos elegantes.

Hoy las conductas de la clase dirigente suelen orientarse a fomentar el amafiamiento: es patético ver cómo los dirigentes y líderes sociales se empeñan en cooptar a los periodistas, a los que tutean y suelen adornar con sobres o prebendas como darles de comer en los banquetes, llevarlos en sus comitivas en los aviones, tratarlos como amigos íntimos, compartir mujeres, etc. Todo lo cual explica, a su vez, que en la dirigencia argentina nadie se preocupa *verdaderamente* por tener los trapos limpios sino que se la pasan malgastando energías para que no trascienda la mugre. Es el constante jugar a las mentiritas y al "yonofui"; es el culto al eufemismo, la vocación por la cosmética y la pasión por el "desmentido", esa manera argentina de mentir en política.

Finalmente, hay que señalar que la nueva Constitución Nacional (que a mi juicio es mejor que la anterior en muchos sentidos y representa a la Argentina de este tiempo) contiene un grueso error, que acaso haya sido producto de cierto inconsciente corporativo de la mayoría de los convencionales. Y es que *el derecho a réplica* previsto en el Pacto de San José de Costa Rica, ahora con rango constitucional, más allá de sus buenas intenciones *puede ser un arma letal para la prensa de países como el nuestro*. Todavía no asistimos al torneo de réplicas y contrarréplicas en que se podrían convertir nuestros medios si cualquier pelafustán saliera a exigir este derecho, con la Justicia que hoy tenemos.

En un país en el que toda corruptela es justificada en aras del realismo, del pragmatismo o del mercado, no queda otra que resistir siendo probo y exigente. Por eso entre las propuestas para salir de la corrupción destaca el sostenimiento de una prensa absolutamente libre, investigativa, tenaz, agresiva y soportada por las autoridades. El reclamo "No se olviden de Cabezas" o la exigencia de castigo a los asesinos de la AMIA implican que la sociedad argentina está madura a este respecto. En esa madurez y en su memoria es donde anida la esperanza. Para que no nos dé lo mismo ser derecho que traidor.

Los argentinos y la culpa: ¿Dónde está la Madre del Borrego?

Somos un país en el que cada vez que pasa algo que puede ser peligroso o comprometedor, o simplemente cuando en una discusión hay que atribuir responsabilidades y los responsables se esconden, siempre hay alguien que pregunta o *se* pregunta: "¿Y dónde está la Madre del Borrego?". Con lo cual parecen cancelarse las posibilidades de esclarecimiento, porque la verdad es que nadie, nunca, sabe dónde está ni, exactamente, qué es.

Como es obvio, en los Diccionarios ambos sustantivos están separados: la palabra "borrego" tiene dos acepciones: es el cordero pequeño, de uno o dos años de edad; y es la persona sencilla, ignorante, que se somete dócilmente a la voluntad ajena. La única referencia combinatoria que es posible encontrar se refiere a "la Madre del *Cordero*". Que es, para el *Diccionario de Uso del Español* de María Moliner: "la causa, quid, o dificultad de la cosa de que se trata". O sea, la explicación, la razón de ser, la culpa o responsabilidad de que pase lo que pasa. Y ésta es la acepción que el argentino le da a la pregunta: procura establecer quién tiene la culpa, pero no tanto por un afán de atribución de responsabilidades a fin de impartir justicia, sino para zafar, para establecer que la culpa es de los otros.

Esto suele servir, desde luego, para muchas cosas: para encubrir, para disculpar, para eludir responsabilidades, para atribuírselas a otros, para señalar a los demás. Y para el alivio, desde ya, porque encontrar un culpable siempre produce alivio: significa que no seremos imputados ni acusados nosotros. Quedamos libres de toda sospecha, y encima tenemos la ilusión de que se hará justicia.

Viene a cuento recordar que el lenguaje latinoamericano tiene al vocablo "madre" como simbolización tanto de lo santo como de lo profano. Así, la madre (entendida como el ser que nos da vida) es intocable, seguramente la institución más venerada de toda la América Latina. Y que es, además, el más importante sujeto religioso de todos nuestros pueblos, blancos o negros, indios o mestizos, hispanoparlantes o portugueses y aun francófonos: nuestra América tiene como máxima imagen de virtud y pureza a la Virgen Madre, a la que en cada país o comunidad se podrá llamar con diferentes nombres pero a la que, igual que a Dios, se considera una y múltiple y se cree que está en todas partes. Es la misma Virgen Madre Protectora de Todos y, por supuesto, en la Argentina también cambia de nombre aunque jamás disminuyan sus virtudes. La tenemos por regiones: de Luján, del Valle, del Carmen, de Itatí, de la Candelaria, lo cual habla de nuestra no integridad, que no necesariamente es desintegración. Ser no integrados es ser incompletos, inacabados, y a la vez múltiples y complejos. El desintegrado, en cambio, está roto: explotó y se partió en pedazos; voló por el aire o se esfumó. Los argentinos estamos al cuidado, por lo tanto, de múltiples madres, todas vírgenes y en el fondo una misma aunque la designemos con diferentes apelativos. Y no tenemos madres indias, salvo la Pachamama, que es la diosa incaica de la Tierra. El argentino urbano no tiene más madre que las vírgenes de origen español. La virgen es hoy sobre todo consuelo, protección y madre sanadora que ampara.

A la vez, y acaso por eso mismo, "salirse de madre" significa caer en el caos; es sinónimo de lo que llamamos vulgarmente "despelote" o "quilombo".[23] Lo que se ha salido de madre, lo que "no tiene madre" es lo que se desborda, y es también lo incalificable y por lo tanto condenable. En México, por ejemplo, es paradójico que la palabra "madre" suele tener un contenido peyorativo (alude a lo desordenado) mientras "padre" indica lo positivo: "Darse en la madre" es golpearse, chocar, incluso matarse; "Ese tipo no tiene madre" se refiere a un canalla, una mala persona. Y en cambio cuando algo es "muy padre" es que está muy bien, y el superlativo "padrísimo" es sinónimo de excelencia.[24]

Pero en la Argentina la pregunta "¿Dónde está la Madre del Borrego?" no necesariamente se refiere a cualidades estéticas o morales, sino que interroga acerca de la culpa; busca establecer quién es el causante de lo sucedido, sin prejuzgar. Incluso cuestiona la dudosa justicia de toda acusación, y tanto puede aludir a un simple enigma cotidiano como a un complejísimo misterio religioso, porque la institución "Madre" refiere también a la Virgen María, que es la madre de Dios según el culto católico. Sin embargo el mito, entre nosotros, tiene mucho más que ver con la idea implícita en la definición de los diccionarios: los borregos, entendidos como gentes sencillas, ignorantes, que se dejan influir y manipular dócilmente por otros, son verdaderos inimputables. Y cuando no hay imputabilidad, cuando nadie se hace responsable de las cosas que pasan, entramos en un terreno caótico y difícil: el de la culpa.

La culpa, como se sabe, no distingue religiones; forma parte de todas. El gran escritor norteamericano John Updike es autor de un cuento sobre la culpa inculcada en él por la educación puritana. Philip Roth escribió una novela memorable sobre la culpa inculcada en él por la educación judía. Salman Rushdie es un exponente de la culpa inculcada por la educación islámica. Y muchos de nosotros podríamos pensar en la culpa inculcada por la educación católica. En la literatura argentina esto está, por lo menos, en algunos textos de Enrique Molina (*Camila*) y de Rodolfo J. Walsh (*Cuentos con irlandeses*).

El mito popular que interroga "¿Dónde está la Madre del Borrego"? tiene relación con la culpa más allá de lo religioso. Por un lado tiende a deslindar nuestra posible propia culpa frente a cualquier hecho o discusión. Por el otro abre la posibilidad de un rápido señalamiento: la culpa es siempre de otros. Porque el mito quiere que siempre haya un culpable, y los argentinos también: pasa algo y enseguida lo primero que se dice es: "Yo no fui". Y lo segundo que se dice es: "La culpa es de Fulano". Y cuando se trata de hechos de interés colectivo y no se sabe con exactitud por qué pasan las cosas que pasan, pero todos sabemos que de alguien fue la responsabilidad, la pregunta adquiere sentido. Porque en realidad lo que está sucediendo es que la Madre del Borrego ha desaparecido y quedan los borregos... desorientados.

En cierto modo esto de buscar a la Madre del Borrego es una manera de esconder la mano. Cuando los argentinos buscamos quién tiene la culpa de lo que pasa y descargamos en los otros la responsabilidad, el señalamiento implícito de nuestra propia exculpación es también una manera de esquivar el bulto, como se dice vulgarmente. Y así funciona, de hecho, como un auxiliar de la impunidad y hasta se podría pensar que es una de las típicas picardías criollas. Algo así como si preguntar "¿Dónde está la Madre del Borrego?" fuera también un modo de exculpar. Porque la respuesta es, siempre, una sola: que no se sabe, que nadie sabe. Y cuando no se sabe quién fue, pues entonces fue nadie.

La culpa en la llamada Civilización Occidental de fuerte tradición judeo-cristiana, que es la nuestra, es un verdadero clásico. Y es una costumbre muy argentina, infantilmente nacional, se diría, esa manía de buscar inmediatamente a los culpables mirando a los costados, incluso zafando gestualmente. Para explicar cualquier cosa que pasa, los argentinos sentimos la compulsión de buscar culpables. Y siempre los buscamos hacia atrás, a nuestras espaldas. O si no, le echamos la culpa a los otros, actitud que es igualmente típica y que tiene que ver, una vez más, con la incapacidad de asumir responsabilidades.

Desde ya que en ocasiones el tema de la culpa puede dar lugar a situaciones graciosas, y el humor argentino, como se sabe, ha convertido en dos clásicos a la *Idische Mame* y a la *Mamma* italiana, y en ambos modos de la risa la culpa juega un papel: "Mi hijo no me come" es una típica expresión que produce culpa, y "Dale, nene, comé, comé" también.

Y ahí está el famoso cuento de la madre judía que le regala a su hijo dos corbatas para su cumpleaños, una roja y una azul, y cuando a la noche van a cenar y él eligió la roja, la buena señora se larga a llorar desconsolada. Cuando él le pregunta qué le sucede, ella clama: "La otra no te gustó".

La relación que tenemos con la culpa es toda una peculiaridad entre los argentinos, sobre todo los porteños y en general los urbanos, porque son ya varias las generaciones de ciudadanos y ciudadanas que se han psicoanalizado. Somos una de las tres sociedades más psicoanalizadas del mundo, junto con la norteamericana y la francesa, y en mi opinión no está nada mal que el diván se haya convertido en uno de los pocos sitios donde uno puede revisar sus propias culpas. Porque la culpa genera disturbios emocionales muy diversos, y dificulta la satisfacción de nuestros deseos. Nada menos. Por eso Marcos Aguinis la compara acertadamente con el hambre y con el dolor.

En términos psicoanalíticos, y dicho muy esquemáticamente, hay dos grandes tipos de culpa. Una es la culpa persecutoria, que es infinita y es irreparable. De hecho estos individuos no sienten culpa. Y cuando hay ausencia de culpa, cuando una persona no es capaz de sentirla, clínicamente se está ante una patología. Estas personas suelen querer que los demás paguen su culpa con la misma moneda y los mismos sufrimientos que padecen ellos. Algo así como un deseo de venganza, un anhelo atávico y primitivo: ojo por ojo y diente por diente. En otros casos, el culposo se castiga a sí mismo de modo que la culpa puede resultar paralizante. Por ejemplo, si un artista crea para matar al padre acabará por no poder crear, sumido en la autodestrucción.

Dicho sea también esquemáticamente, la otra es la culpa reparatoria o que puede llegar a ser reparatoria. Esta es, digamos, la buena culpa. En estos casos no hay satanización interior, no hay sadismo para castigar en los demás la propia culpa, y no hay deseo de venganza sino más bien un sentimiento de vergüenza, un espíritu de solidaridad, y necesidad de reparar. Para decirlo poéticamente, con Jorge Luis Borges:

Voy devolviéndole a Dios el tesoro infinito
que me puso en las manos.

La poesía como modo de pagar, pues; el arte como devolución de dones. Y esto, que tiene un nivel individual, también lo tiene en el plano colectivo. Contra lo que muchos podrían creer, y algunas veces he escuchado, los argentinos somos un pueblo que hoy siente mucha culpa, y eso me parece muy sano. Estoy seguro de que muchos, muchísimos de nosotros, somos capaces de sentir culpa y también vergüenza por todo lo que nos pasó y todo lo que sufrimos. Pero creo, también, que tenemos un serio conflicto con las reparaciones.

En efecto, como sociedad nos cuesta mucho responder "¿Dónde está la Madre del Borrego?". Y nos cuesta tanto porque no sabemos reparar. En los grandes temas, a los argentinos nos cuesta muchísimo la reparación. Como en el caso del atentado a la AMIA, por ejemplo, en el que nunca aparecen los culpables. Se dice que fueron los iraníes, que fue la policía, que la conexión local. Pero siempre nos quedamos en los culpables nominales, genéricos. Igual en el caso María Soledad, o el de José Luis Cabezas. Nunca aparece el culpable real. Casi no tenemos dudas de lo que sucedió, podemos ubicar fácilmente a los culpables, y podemos odiarlos y condenarlos íntimamente, pero como sociedad no sabemos reparar. Y también sentimos esa culpa de la culpa, digamos, y contemplamos, llenos de resentimiento, cómo la culpa funciona como auxiliar encubridor de la impunidad.

Todo esto tiene que ver una vez más con ese hecho gravísimo que traumó a los argentinos mucho más que lo que habitualmente se reconoce: la única vez que en este País de las Maravillas hubo un proceso colectivo reparador y se encontraron culpables, y los culpables fueron a la cárcel a pagar sus crímenes... al cabo se aplicó el indulto. Que fue resistido, pero no demasiado: cien mil personas nos expresamos contra los indultos en diciembre de 1990. Pero, y confesémoslo con vergüenza, la inmensa mayoría de la población miró hacia los costados como buscando dónde estaría la Madre del Borrego. Hoy somos una sociedad que tiene necesidad pero a la vez quizá también tiene miedo de que se sepa la verdad, la absoluta verdad de cada caso, y miedo de que se encuentren los culpables.

No siempre la culpa funciona reparatoriamente, aunque en algunos casos la explosión dentro de uno puede significar el inicio del camino hacia la recuperación de la propia dignidad. Pienso en la culpa de un asesino como el capitán Adolfo Scilingo, por ejemplo. Era alcohólico y vivía a puro Lexotanyl, atormentado por el horror del que había sido parte, hasta que un día no pudo más con su propia culpa y empezó a hablar. No se exoneró a sí mismo ni a la fuerza armada a la que pertenecía, pero su testimonio esclareció una porción del misterio de los desaparecidos.

Por cierto, el mismo Borges, que se había reunido con Videla y Massera en 1976 y a quienes trató de "caballeros" igual que a Pinochet (lo cual –se dice– le costó no ganar el Premio Nobel), años después reconoció el error, admitió su culpa y se redimió. La redención funcionó como perdón, como dis-culpa, como recuperación de la dignidad. Porque reconocer, admitir una culpa, siempre es un acto noble.

Claro que el sentimiento de culpa es natural a los humanos, y ahí está nuevamente la Literatura para demostrarnos que es un tema universal y eterno. Y no me refiero sólo a los griegos o los latinos, que en sus respectivas mitologías desarrollaron este sentimiento dramáticamente (me refiero al drama como teatralización), sino también a los nuestros. Ya en el poema *La Cautiva* de Esteban Echeverría la culpa aparece como ausencia, de igual modo que en la novela *Amalia* de José Mármol es acusación feroz, y en la *Juvenilia* de Miguel Cané es casi una exculpación de los juegos de adolescencia. La culpa está en la obra de Arlt y en la de Sabato; en la de Borges y en la de Cortázar. Está en la obra de muchos de nuestros contemporáneos, de muy diversos modos: está en Abelardo Castillo, Juan Filloy, Reina Roffé, Osvaldo Soriano, Ana María Shúa y Santiago Kovadloff, por citar algunos, y hasta ha permitido ensayos memorables como el *Elogio de la culpa* de Marcos Aguinis. Y digo estos nombres y se me aparecen al galope un montón más: Orgambide, Costantini, Nos, Lamborghini, Piglia, Lastra y tantos más. Como si el vínculo de los argentinos con la culpa fuera una característica, un sello propio. Toda una paradoja, porque lo es y no lo es.

Siempre la respuesta a la pregunta "¿Dónde está la Madre del Borrego?" implica una culpa que creemos y sentimos que no es nuestra, y en nuestro deseo de liberarnos de ella requerimos siempre de un "otro": alguien a quien endilgarle la responsabilidad que nosotros no asumimos. Se trata de atribuirla a un tercero. De "echar" la culpa, o sea, sacarla para afuera, dirigirla hacia otro lado. Al mismo tiempo, la exculpación es acusación.

Hay casos alucinantes, condimentados políticamente o no: ¿Quién se robó el gigantesco puente colgante de Santa Fe? ¿Y la escultura del Paseo de la Infanta, que se cayó y mató a una niñita? ¿Y las manos de Perón? ¿Dónde está la Madre del Borrego en esos casos? Y ahí está el caso tremendo de ese hombre en Tucumán que pasó 25 años con arresto domiciliario hasta que se dieron cuenta del absurdo jurídico. Pero nadie asume las culpas. Ni los jueces, ni los fiscales, ni los sucesivos abogados, todos se tiran la pelota y, en última instancia, todos coinciden en que la culpa "es del sistema". Ese fabuloso inimputable. O sea, nadie.

Ahora bien: ¿cuáles son, dónde están, los orígenes del argentino culposo? ¿En nuestra historia? ¿Sintió culpa San Martín por abandonar la América que liberó y amó, luego de la entrevista en Guayaquil con Bolívar? ¿Lavalle se arrepintió, sintió culpa, después de fusilar a Dorrego? ¿Y alguno de los hermanos Reynafé luego de asesinar a Facundo? El mismo Sarmiento, que odiaba a Quiroga, ¿no terminó escribiendo una semblanza admirativa, culposa en cierto sentido? ¿Cómo manejaron sus culpas nuestros próceres? Se sabe que San Martín tuvo una amante en Lima: Rosita Campuzano. Que Roca era amante de la mujer de Wilde, su ministro. Que Hipólito Yrigoyen, solterón empedernido, era frecuente visitador de lupanares. En fin, más allá de las habladurías de la Historia y de la Literatura, es interesante preguntarse: ¿Cómo negociaron sus culpas los Padres de la Patria?

Y la culpa de cómo estamos, ¿de quién es? La insatisfacción que anida en el rostro de tantos argentinos, ¿es responsabilidad de quién? La respuesta, lo sabemos, es que durante décadas ha sido alternadamente culpa de otros. Los culpables *siempre son los otros*: el Estado, los yanquis, los marxistas, la subversión, los anarquistas, los ingleses, los judíos, Perón, los militares, Alfonsín, Menem, Cavallo, Castrilli... Es fantástico, pero pareciera que estamos llenos de grandes culpables en nuestra historia nacional y por eso casi nunca la gente va a decir: "La culpa es mía por haberlo votado" o "Es mi culpa porque yo lo consentí".

Seguramente el drama presente de los argentinos se resolverá cuando sepamos devolverle la plena vigencia a la Ley y acabemos con la impunidad. Para ello, determinar dónde está la Madre del Borrego es una cuestión de responsabilidad. La culpa y la responsabilidad son dos polos que se rechazan. Aguinis sostiene que la responsabilidad es el freno a los excesos de la culpa, y dice que la pregunta que sobreviene es si la responsabilidad es hija de la culpa.

En la Argentina, la culpa y la responsabilidad siempre están vinculadas con la moral y con la hipocresía. Por la ya remanida cuestión del doble discurso, que hace que todo ejemplo acabe en burla. Y como la Ley no se cumple, resulta que lo que nos enseñaron que está mal (robar, mentir, currar, engañar, truchar) no está tan mal. Y hasta son cualidades festejables, dignas de la "viveza criolla". La falsificación alcanza cimas incluso filosóficas. Basta detenerse en este ejemplo: la mayoría de los argentinos no siente culpa por cometer una infracción de tránsito, sino por haberse dejado pescar por el policía; y luego es probable que muchos ciudadanos y muchos policías "negocien" una salida. Hasta la coima tendrá allí un nombre falso. He ahí el doble discurso operando a la perfección: se predican y enseñan virtudes, pero se practica lo contrario y sin sentimiento de culpa aparente.

Da lo mismo el que labura
noche y día como un buey,
que el que vive de las minas,
el que roba o el que mata
o está fuera de la Ley.

El tango "Cambalache" indica, casi como himno nacional alternativo, una absoluta ausencia de culpa. Igualación hacia lo ilegal, hacia la viveza a la que cantó Discépolo, no produce culpa. No produce culpa alguna y por eso mismo es gravísima socialmente. En mi opinión ésta es, quizá, la más grave enfermedad social de los argentinos.

Los argentinos y el abuso: Hay que pagar derecho de piso

Desde la cuna, se diría, el argentino empieza a saber que para casi todo tendrá que pagar lo que se llama "un derecho de piso". Para comprar o alquilar una casa, para conseguir trabajo, para instalar un negocio, para mandar los chicos a determinadas escuelas, para sobrevivir en el barrio, para un acomodo político, para obtener una ventaja, para acelerar un trámite, y ya sea en la administración pública, la empresa privada, los Bancos o dondequiera, desde chicos los habitantes de este País de las Maravillas tenemos incorporada la certeza de que siempre, siempre y para casi todo, habrá que pagar algún derecho de piso.

Es uno de los mitos nacionales más arraigados, y acaso uno de los más unánimes, compartido por muchísima gente de todas las clases sociales y en todas las provincias y municipios. Francamente, y puestos a responder con la mano en el corazón, han de ser muy pocos los argentinos que no estén convencidos de que siempre hay que pagar algún derecho de piso, un clásico de entre los que llamaríamos "Mitos de la Oficina". Es como si todos supieran (o creyeran, que no es lo mismo pero en este caso parece lo mismo) que en todas las oficinas siempre hay alguien que verduguea a los demás y es el encargado de que se cumpla la regla del derecho de piso.[25]

También conocida como "Ley del Gallinero", la expresión ha sido repetida por muchas generaciones, porque deriva de lo que antiguamente se conocía como "derecho de pernada". Este supuesto derecho viene del Medioevo: la pernada era la ceremonia en la que el Señor Feudal ponía una de sus piernas sobre el lecho de los vasallos el día en que éstos se casaban, acto con el cual significaba que él era el amo y por lo tanto así subrayaba su poder. El derecho de pernada era una humillación, por supuesto. Porque el Señor Feudal, metiendo su pierna en la propia cama matrimonial del súbdito, se arrogaba el derecho de hacer cualquier cosa, una especie de poder absoluto incluso sobre lo más preciado e íntimo del súbdito. Más o menos como pasa ahora con el derecho de piso. La idea de que siempre y en todo lugar hay que pagarlo es muy antigua porque hace a la naturaleza humana. Hace a las burocracias, a los pequeños poderes anquilosados, a la venganza, la mezquindad, la envidia.

Algunas enciclopedias señalan además que el derecho de piso era el convite que, en algunos pueblos de España, debía pagar el forastero a los varones cuando quería cortejar a una muchacha de esa localidad. Y en Cuba era el tributo que se pagaba al dueño de un potrero por cada res que se metía a pastar. En otras acepciones figura, como argentinismo, el impuesto municipal aplicado a la entrada y salida de carros cargados de frutos, algo así como un impuesto por utilizar el suelo del municipio. Por extensión, se considera derecho de piso toda tasa municipal de estadía.

Evidentemente el derecho de piso es una institución basada en el temor. A la autoridad, en un sentido, pero sobre todo temor a la pérdida de una posición, en el trabajo, en la escuela, en la vida. El derecho de piso sería, entonces, un perfecto desestabilizador. Se sabe: el que tiene la capacidad de desestabilizar a otro es el que tiene poder. Por eso este mito suele combinarse con otro muy divulgado en todas las oficinas del país, tanto en el ámbito público como en el privado: "El que sabe sabe y el que no sabe es jefe". Hace pagar el derecho de piso el que tiene una posición superior, no importan sus conocimientos o méritos. De ahí surge ese verbo bastardo y tan popular: "verduguear". Que define esa perversa práctica común a tantos jefes en todos los sistemas verticales, en todas las burocracias, la de esos jefes que se deleitan controlando horarios y planillas, que están pendientes de quien va mucho o poco al baño, cuánto papel higiénico se usa, o crean expedientes y amenazan con sumarios a sus subordinados. Los burócratas y sus abusos, o sea el Poder de la Mediocridad, ése es otro precio a pagar y los argentinos, por generaciones, lo vienen pagando mansamente.

Estos que ahora llamamos "mitos de oficina" son realmente muchos. "Si la envidia fuera tiña" es uno de ellos y suele ser un recurso oficinesco para tapar la capacidad del que está en un escalón inferior. O para impedir ascensos. O para nivelar hacia abajo. O para robarse el mérito ajeno. O para aprovecharse de las iniciativas de otros. Son infinitas las canalladas que se hacen por envidia en cualquier oficina. El tener que pagar derecho de piso es, hoy en día, una regla implícita que se da prácticamente en todos los órdenes y niveles sociales. Poder, Envidia y Competencia, en este tema están íntimamente vinculados. Y hay códigos propios según el lugar donde haya que pagarlo, y en cada lugar se van estableciendo las particulares modalidades del pago. Esas modalidades llegan a ser tan humillantes y groseras, como pueden ser sutiles o sofisticadas. En cada caso depende, desde luego, de los protagonistas. Y acaso es por eso que aunque casi todos alguna vez han tenido que pagar derecho de piso, pocos hablan de esto. O sea: cualquiera reconoce que se paga, y conoce el precio que pagó Fulano, e incluso se lo ha hecho pagar a alguien alguna vez. Pero de eso no se habla, quizá porque el derecho de piso desencadena siempre absurdas rivalidades. El miedo y la inseguridad que provocan las llegadas de otros, nuevos, que pueden desestabilizar y hasta quitar el puesto, provocan que salgan las gentes pequeñitas a inventar obstáculos, poner trabas, decir que no. Empieza a funcionar lo que algunos han llamado "la máquina de impedir".

Llegan a ser asombrosos, por lo sutiles, los obstáculos que se pueden poner. Y asombran la imaginación y la inteligencia que se aplican para hacerle pagar derechos de piso a los demás. En las burocracias públicas, en el ámbito achicado y desprestigiado de los sindicatos, en las mañas de los empleadores, en todo ese mundo que es el mundo nuestro de cada día, está lleno de fantasías e inteligencias desperdiciadas.

El derecho de piso se paga, por supuesto, en los más diferentes ámbitos. Es un clásico el de los cadetes que ingresan al Liceo Militar, y en general pasa lo mismo en todos los internados, religiosos o laicos, de varones o de niñas. El derecho de piso está asociado a la noción de grupo cerrado, de claustro, de ambiente o núcleo endogámico, metido hacia el interior. Todo pasa entre cuatro paredes. Todo queda en casa, que es el único sitio donde se lavarán los trapos sucios, se purgarán los pecados y se castigarán las culpas. Desde la broma más liviana hasta el crimen más espantoso.

Sobre esta mentalidad hay un cuento memorable de Rodolfo Walsh, "Irlandeses detrás de un gato", y hay bastante literatura al respecto, desde los cuentos de la oficina de Roberto Mariani, tan famosos en los años '30 y '40. Y ahí está *La tregua*, la novela de Mario Benedetti que filmó

Sergio Renán. Y sobre todo la filosofía de los peronistas de *No habrá más penas ni olvido*, de Osvaldo Soriano.

En la última década del siglo y del milenio, la sociedad argentina se vio conmovida por un caso que desnudó las nefastas consecuencias del derecho de piso. El del soldado Omar Carrasco sin duda es un ejemplo extremo: tan brutal fue el derecho de piso que le hicieron pagar a ese pobre chico, que sólo su sacrificio pudo acabar con el servicio militar en la Argentina. Las modalidades y los sitios en que se expresa este mito canalla, y se desarrollan sus variantes, que son las variantes del abuso, son infinitas, tanto como lo son las necesidades humanas. Por eso mismo, porque el derecho de piso se asienta sobre las penurias de los seres humanos, y sus necesidades, y sus indefensiones, es sólo *un supuesto derecho*, porque en realidad es un acto abusivo por antonomasia.

Es una canallada universal, que no reconoce fronteras y no tiene más límites que la capacidad de crueldad de cada uno, capacidad que se pone a prueba cuando se alcanza alguna cima de poder, por pequeña que sea. Si no, no se explica que hasta en las llamadas bolsas de trabajo haya que pagar derecho de piso. Se paga en los sindicatos y en los empleos públicos, y se paga en las oficinas más sofisticadas de las principales empresas del mundo. Lo pagan los suplentes en el fútbol, los bailarines en el Teatro Colón, los actores de reparto, los estudiantes de secundaria y los universitarios. En los trabajos rudos (camioneros, colectiveros, estibadores del puerto) se paga. Y en los trabajos blandos (costureras, domésticas, cobradores) también se paga.

Tantas veces asociado a cosas horribles como el acoso sexual, la discriminación y los prejuicios, lo pagan todos, o *casi* todos, de un modo o de otro. Hasta las más exitosas personalidades de la sociedad argentina quizá alguna vez han tenido que pagar un derecho de piso. Políticos, artistas, deportistas, casi todas las figuras de relieve y salvo excepciones seguramente improbables, es casi seguro que alguna vez han debido pagar un derecho de piso.

Y en la contracara del éxito y la figuración, por supuesto que también se paga: los policías corruptos, los criminales que están presos y los que se fugan, todos lo pagan. Lo pagan los coimeros de cualquier pelaje, como esos policías muchachos que se ven forzados a corromperse porque tienen que pasarle una cuota diaria a sus superiores. Si hasta para ser ladrón o jefe de mafia hay que pagar un precio, y ahí está el ejemplo atroz de Sopapita. Y es que donde hay una necesidad y hay alguien que tiene una pizca de poder, y abusa de él, allí hay que pagar derecho de piso.

Claro que esto podría autorizar a algunos a creer que después de todo es justo pagar algún derecho de piso. No faltará quien le conceda razón a esta lógica, y más de uno, cínicamente, en mi opinión, ha de considerar que todo depende de la honorabilidad del pago. Dicho de otro modo: que el tamaño de la humillación dependerá del precio a pagar. Lo que a su vez dependerá del tamaño de la necesidad de cada uno. Con lo que entramos en un terreno más que escabroso. Porque la pregunta sería, entonces, de qué modo cada argentino ha tenido que bajarse los calzones alguna vez, y hasta qué altura. La respuesta es muy difícil, y es propia de cada uno, y es intransferible, porque cada persona es lo que es su historia, lo que ha hecho de su vida.

Y todavía hay que agregar otras variantes que complejizan aún más este mito. Por ejemplo, el tema de la edad laboral. Es sabido que hoy, para trabajar, a los 40 años se es viejo, y a los 50 anciano. No importa cuán grande sea la experiencia o la capacidad, incluso hay gente que no es tomada en un trabajo por exceso de calificación. Este disparate de la posmodernidad nos plantea otra paradoja: si a mayor edad, mayor humillación porque hay más temor a perder un empleo y mayores dificultades para conseguir otro, la paradoja consiste en que a los de menos edad les pasa lo mismo porque, a menor experiencia, *también* mayor humillación, porque el mercado de trabajo es feroz para los jóvenes. De donde la humillación no reconoce edades, y todos deben pagar un derecho de piso que no distingue razas ni religiones. Es tan igualitaria la humillación que da grima: una de las pocas cosas en las que los seres humanos nos igualamos, aunque duela decirlo, es en nuestra capacidad de egoísmo y en lo inútilmente talentoso que puede ser el resentimiento. Sobre todo eso –egoísmo, humillación– pivotea el derecho de piso que todos, o casi todos, alguna vez tenemos que pagar.

Claro que dentro del igualitarismo, en materia de sexo sí hay algunas diferencias entre hombres y mujeres. Porque ellas, las mujeres, suelen pagar precios distintos. Más caros, peores, más humillantes. Quizá por eso una militante feminista del siglo pasado, Flora Tristán, le retrucó nada menos que a Carlos Marx con una frase tan brillante como tremenda: "Siempre hay alguien que está peor que el peor de los explotados: la mujer del explotado". Antes la mujer que trabajaba era mal vista, pero hoy son quizá la mayoría y paran la olla cuando el desempleo masculino es tan grande. Me parece indudable que, más allá de cómo cada una consiguió trabajo y cómo lo conserva, casi todas, alguna vez, seguro, tuvieron que pagar un derecho de piso por el solo hecho de ser mujeres.

Pero no solamente la competencia con los varones es injusta. La crisis contemporánea es despiadada y no da tregua, y muchas veces varones y mujeres tienen que pagar precios demasiado altos. Sólo hay que mirar alrededor para calcular los precios que pagan hoy miles de personas, millones de hombres y mujeres que habitan nuestro país, nuestras mismas ciudades: gente que trabaja hacinada, cada vez con menos prestaciones sociales, doce o quince horas en condiciones de esclavitud y por pagas miserables. Ahí está el trabajo inhumano que es fama entre coreanos, chinos, bolivianos y otras comunidades de inmigrantes. Y que se está volviendo modalidad argentina en la medida en que ya hay tantas denuncias desatendidas sobre explotación de niños. Cual grosera mancha de tuco sobre el tejido social, el trabajo de los niños, que es ilegal y que significa un precio –demasiado prematuro– a pagar, es un verdadero derecho de piso para vivir. Los pibes de la calle que lavan los vidrios de los automóviles, que abren puertas o venden chicles, que duermen en plazas y estaciones, seguramente encima deben pagar el sobreprecio de la paliza que les darán los grandes que los explotan si no llevan dinero. Las niñitas prostituidas apenas púberes, que en la Argentina del fin del milenio se cuentan por miles, también.

Hay demasiada gente que gana poco y casi no le alcanza para viajar y comer; lo mal que viajan y lo mal que comen es también un precio por pagar. Como caminar inútilmente, hacer colas en exceso, soportar el mal humor ajeno, tragarse sapos y humillarse a diario: todas son formas de pagar derecho de piso. Te lo hacen pagar los que frenan tus aspiraciones, los mediocres que te obstaculizan, los jefes que te verduguean, los que tienen poder y curran y encima quieren tu voto, y cuando no es el voto es una bota, pero curran siempre. Sonará amargo, pero ser pobres también tiene su precio y son millones los que tienen que pagarlo.

Sí, claro que esto del derecho de piso no sucede sólo en la Argentina. En el País de las Maravillas somos originales en muchas cosas, pero en cuestiones de la naturaleza humana nunca somos ni los primeros ni los únicos. En México, en Brasil o en Chile, también se paga. Y en la civilizada Europa y en los luminosos Estados Unidos, también se pagan unos precios por el derecho de piso que son escalofriantes. Y es que dondequiera que esté en juego un pedacito de poder, allí alguien tendrá que pagar derecho de piso. Por eso la pregunta esencial es: ¿cuál es el límite del derecho de piso que *siempre* hay que pagar? La única respuesta, me parece, es que es el mismo que hay que ponerle a todos los abusos de autoridad.

NOTAS

[1] José Ingenieros: *Las fuerzas morales*, Editorial Losada, Buenos Aires, 1974, págs. 35 y ss.
[2] Diario *The Miami Herald*, Edición Internacional, Miami, USA, 6 de diciembre de 1997.
[3] El narrador del tango "Chorra", de Enrique Santos Discépolo, dice incluso que "cuando una mina me afila, me pongo al lao del botón", lo que implica una confianza hoy impensable en el policía de esquina.

[4] Sobre la cual remito al lector, por lo menos, a dos libros: *Asesinos de papel*, de Jorge Lafforgue y Jorge B. Rivera, Ediciones Colihue, Buenos Aires, 1996, 295 págs.; y mi propio *El género negro*, OpOloop Ediciones, Córdoba, 1997, 304 páginas.

[5] Daniel Artana: "Una Justicia con más controles", en diario *Clarín*, 20 de agosto de 1997.

[6] Melchor Miralles: *Dinero sucio. Diccionario de la corrupción en España*, Ediciones Temas de Hoy, Madrid, 1992.

[7] Octavio Paz: *El laberinto de la soledad*, pág. 23.

[8] MG: *El género negro*, Primera edición: Universidad Autónoma Metropolitana, México, 1984, Vols. I y II.

[9] Jaime Valdivieso: *Realidad y ficción en Latinoamérica*, Editorial Joaquín Mortiz, México, 1975, 186 páginas.

[10] Carlos Fuentes: *La nueva novela hispanoamericana*, Editorial Joaquín Mortiz, México, 1976, 190 págs.

[11] La televisión por cable muestra hora a hora filmes de clase B basados en "hechos reales", que refuerzan esta ideología y casi siempre terminan con carteles que informan cómo al final "se hizo justicia".

[12] "Las violentas marcas de la impunidad", en diario *Clarín* del 25 de junio de 1997.

[13] Norma Morandini: *Catamarca*, Editorial Planeta, Buenos Aires, 1991, 157 págs.

[14] "La democracia en los tiempos de tormenta", en diario *Clarín*, 22 de mayo de 1997.

[15] "La gente pelea contra el crimen y la corrupción", en diario *Clarín*, 25 de junio de 1997. Gaya es abogado de la ARGRA (Asociación de Reporteros Gráficos de la República Argentina).

[16] En 1990 asistí a la Feria del Libro de Bogotá: pronuncié una conferencia en la que, entre otras cosas, hablé de resistir a la violencia y de la necesidad de que los intelectuales se pronunciaran frente a ella. Al salir, algunos amigos me dijeron que yo podía decir eso porque era extranjero, y hablaron del temor que ellos sentían ante el auge de los sicarios. "En Colombia por cien dólares cualquiera puede hacer matar a cualquiera", me dijeron. Volví espantado pero pensando, con cierto alivio, que esas cosas no sucedían en la Argentina. Seis años después empezaron a suceder.

[17] José Ingenieros: *Las direcciones filosóficas de la cultura argentina*, primera edición: 1914, en Revista de la Universidad de Buenos Aires-Tomo XXVII, Eudeba, Buenos Aires, 1963, pág. 26

[18] A ello concurren, además, otras razones: el periodismo es la *actividad más riesgosa del planeta* según estudios de la Organización Mundial de la Salud y de la Organización Internacional del Trabajo. Es una profesión en la que se alcanzan los más altos índices de mortalidad laboral, los de mayor deterioro psico-físico prematuro y los mayores índices de alcoholismo y de estrés de origen laboral.

[19] Unión de Trabajadores de Prensa de Buenos Aires; Federación Argentina de Trabajadores de Prensa, y Asociación de Entidades Periodísticas Argentinas, respectivamente.

[20] En esa mesa deberían estar comunicadores tan variados como Magdalena Ruiz Guiñazú, Mariano Grondona, Santo Biasatti, Jorge Lanata, Marcelo Tinelli, Mauro Viale, Chiche Gelblung y tantos otros que tienen propuestas obviamente distintas, y gente de todos los medios: radios, televisión abierta, sistemas de cable e incluso diarios y revistas. Indiscutiblemente, allí deben sentarse también los

propietarios y directivos de la televisión argentina, críticos y guionistas, y por supuesto representantes del COMFER. Hasta debieran incluirse las agencias de publicidad pues resulta increíble que algunos avisadores patrocinen programas de tanto mal gusto.

[21] Jean Baudrillard: *La transparencia del mal*, Editorial Anagrama, Barcelona, 1991, pág. 19.

[22] Norma Morandini, *op. cit.* Puedo añadir que, cuando vivía en México, me impresionaba que todos los días uno podía encontrarse con media docena de notas editoriales, algunas de calificados columnistas, en cada uno de los 17 diarios capitalinos. Esta práctica, que continúa en la actualidad, constituye un conjunto de un centenar de opiniones cada día, de todo color y espíritu. Algo impensable en el periodismo argentino.

[23] Curiosamente, el vocablo "quilombo" originalmente significaba organización y no desorden. Es una palabra que sufrió una curiosa transformación al pasar del portugués al castellano rioplatense. Originalmente, en los ingenios del Brasil, el lugar donde se hacinaban hombres y mujeres esclavos se llamaba "cinzala". Cuando lograban huir, esos mismos hombres y mujeres creaban en el interior de la selva los "quilombos": *comunidades organizadas* según jerarquías semejantes a las de Africa.

[24] La Madre del Borrego remite en cierto modo a la clásica figura de la Chingada en México, la que según Octavio Paz *(Laberinto*, 83) es "ante todo, la Madre. No una Madre de carne y hueso, sino una figura mítica". Es "la madre que ha sufrido, metafórica o realmente, la acción corrosiva e infamante implícita en el verbo que le da nombre".

[25] En el Diccionario de la Lengua Española, de las 27 acepciones que da de la palabra *Derecho*, hay una, la 14, que es perfecta para afianzar este mito: "Facultad de hacer o exigir todo aquello que la ley o la autoridad establece en nuestro favor". Y dice que "Derecho" es "la acción que se tiene sobre una persona o cosa".

Doce

LOS ARGENTINOS, LA ETICA Y LA CORRUPCION

Somos pobres pero honrados

Desde que se restableció la democracia en 1983 las preocupaciones fundamentales de los argentinos fueron cambiando. De manera muy esquemática podría decirse que durante el gobierno de Raúl Alfonsín (1983-1989) la preocupación básica fue la de consolidar el sistema democrático y el funcionamiento de las instituciones bajo el imperio de la Constitución. Durante el primer gobierno de Carlos Menem (1989-1995) la preocupación fundamental fue la consolidación de la economía una vez abatida la altísima inflación crónica que durante décadas había alterado la conducta de los argentinos. Y en el segundo gobierno de Menem (1995-1999) evidentemente la atención inmediata de los argentinos se concentró en el auge del desempleo, aunque la preocupación fundamental estuvo y sigue estando en el cada vez más escandaloso desarrollo de la corrupción y de la inseguridad.

La Argentina es un país que tiene concepciones sumamente contradictorias respecto de la ética. Contradictorias, asombrosas, inesperadas, paradójicas incluso. Y esas concepciones no pueden ser analizadas globalmente ni a la ligera. Sobre todo porque son el pilar fundamental sobre el que se asienta no sólo la democracia, sino incluso las posibilidades de supervivencia como Nación de este país. Nada menos que eso.

En este País de las Maravillas, digamos ante todo, se estima la ética, pero *sobre todo se la estima en los demás*. De hecho, prácticamente nadie se considera corrupto en la Argentina, pero casi todos, a la vez que se espantan por el auge de la corrupción, muchas veces parecen consentirla. Muchos se muestran resignados a convivir con ella; muchos elaboran discursos retóricos para justificar esa convivencia y encontrar consuelos. Verbigracia: son versiones contemporáneas de un viejísimo mito: el de ser "pobres pero honrados". ¿No será que muchos argentinos aman la ética como un valor en los demás porque sienten que ellos mismos la han perdido dentro de sí? ¿Por qué –si no– son tan tolerantes respecto de este asunto capital?

Distorsión contemporánea del viejo mito de que está bien ser pobres pero honrados, hoy los argentinos rechazan y odian la corrupción, pero a la vez la toleran y conviven con ella con mucha más comodidad que la que suelen admitir. Por supuesto que se aplaude a los éticos y se admira a personajes cuya eticidad y conducta públicas están fuera de discusión. Son los paradigmas de la sociedad de los '90, siempre mencionados como ejemplos de probidad, pero al mismo tiempo siempre mirados con cierta piedad displicente, como bichos raros y, desde luego, marginales. Queridos y admirados, pero marginales.

La sociedad los reconoce como modelos éticos, pero, claro, siempre es mejor que sean ellos, otros, los morales; que sean otros los custodios de la probidad argentina. A los cuales, por supuesto, estarán apuntando todos los ojos, atentos para denunciar cualquier agachada que tengan y despedazarlos en caso de que aflojen. Porque, señoras y señores, los argentinos son implacables para vigilar la ética... ajena.

Más allá de la ironía, la relación de los argentinos con la corrupción es uno de los tópicos más complejos de abordar en la vida democrática de este país en el fin de milenio, una de las pautas culturales más contradictorias, y a la vez uno de los traumas más consolidados. Es curioso el hecho de que aunque mucha gente no conoce con precisión lo que significa el vocablo, sin embargo, puesto que el argentino tiende a generalizar, en este caso suele acertar, pero no por conocimiento de la definición sino por la amplitud del concepto. Dice el Diccionario de la Lengua Española: "Corromper: alterar y trastocar la forma de alguna cosa. / Echar a perder, depravar, dañar, pudrir. / Sobornar o cohechar al juez o cualquier persona con dádivas u otras maneras. / Pervertir o seducir a una mujer. / Incomodar, fastidiar, irritar. / Oler mal". Por su parte, María Moliner incluye el soborno y dice que corromper es "alterar, descomponer. Cambiar la naturaleza de una cosa volviéndola mala" y más adelante añade: "Pervertir. Hacer moralmente malas a las personas o las cosas o estropear cosas no materiales. Quebrantar la moral de la administración pública o de los funcionarios. En especial, hacer con dádivas que un juez o un empleado obren en cierto sentido que no es el debido. Cohecho, concusión, corruptela, inmoralidad".

Claro que para analizar la corrupción, primero hacen falta algunas otras definiciones, y describirla y reconocerla. Es una cuestión moral, desde luego, pero moral en el estricto sentido de la lengua castellana: ciencia que trata el bien en general y las acciones humanas en orden a su bondad o malicia, que no concierne al campo jurídico sino al fuero interno y que es apreciación del entendimiento y la conciencia; y no en el sentido que se le dio en la sociedad argentina durante siglos: moral entendida como dogma o freno, atadura y prohibición, y siempre permiso para las más gruesas hipocresías.[1]

Con la definición de la ética sucede algo parecido: el Diccionario de la Lengua Española define una única acepción del término: "Parte de la filosofía, que trata de la moral y de las obligaciones del hombre". María Moliner en su Diccionario de Uso del Español se extiende apenas un poco más: "Conjunto de principios y reglas morales que regulan el comportamiento y las relaciones humanas". Por lo tanto, y del modo más sencillo, la ética consiste sencillamente en saber diferenciar lo que está bien de lo que está mal. ¿Los parámetros? La educación, la cultura universal considerada en función de cada sociedad, la existencia y conocimiento de un sistema de valores imperante en ella, la estima hacia las virtudes, la capacidad de juicio y de sanción, el sentido común, y, en fin, los usos y costumbres de cada pueblo.

El argentino del fin del milenio parece tener, evidentemente, una grave confusión respecto de lo que son ética y moral. Se maneja con idealizaciones muchas veces ingenuas y maniqueas respecto de estos valores, y en cuanto a la honradez (entendida como probidad, como estima y respeto de la propia dignidad producto de una conducta moral y de buenas acciones) suele hacer una traslación extraña, porque ser honrado es algo que el argentino valora muchísimo y siempre lo espera de los demás aunque no siempre lo practica para sí. Y digo honrado como vocablo aplicable al ser virtuoso y no al simplemente honesto (decente, decoroso, recatado, pudoroso, razonable), distinción y precisión que fue tan bien subrayada por Ingenieros: "Las mediocracias de todos los tiempos son enemigas del hombre virtuoso: prefieren al honesto y lo encumbran como ejemplo. Hay en ello implícito un error, o mentira, que conviene disipar. Honestidad no es virtud, aunque tampoco sea vicio. Se puede ser honesto sin sentir un afán de perfección; sobra para ello con no ostentar el mal, lo que no basta para ser virtuoso. Entre el vicio, que es una lacra, y la virtud que es una excelencia, fluctúa la honestidad".[2]

¿Cómo juzga un argentino todos estos valores? ¿Cuánto y cómo se ocupa el argentino de mantenerse en el campo de la ética, la moral, la honradez, la honestidad y la decencia, sea en el fuero personal o en el republicano? No me parece que las respuestas se encuentren –como suelen creer los políticos y los gobiernos– en los discursos ni en organismos burocráticos o comisiones parlamentarias. Cuando se escribe este capítulo, en el duro invierno de 1997 (duro no por el rigor del frío sino por la caliente situación social argentina, con ocupaciones de rutas, docentes ayunando en las plazas públicas y la amenaza gubernamental de reprimir) los diarios muestran la manera como el sistema político argentino enfrenta las cosas: el gobierno nacional anuncia la creación de una Oficina de Etica que se dice controlará la transparencia de los bienes y las acciones de los funcionarios, *pero* no podrá indagar acerca de sus patrimonios.[3] El aborto de semejante cualidad, básica para el ejercicio de una "Oficina de Etica", fue enseguida desmentido a la vez que se intentaba justificar los cambios con el argumento de que el control patrimonial "ya se hace" (sic) y que son "otras dependencias oficiales" las encargadas de tales controles. Casi paralelamente, en el gobierno de la ciudad de Buenos Aires se anunció la creación de un "Comisionado de Etica", el cual deberá velar por el correcto comportamiento de los funcionarios: la idea es que todos deberán declarar sus patrimonios al entrar y al salir de sus cargos, *pero* el contenido de esas declaraciones juradas será secreto y no podrá ser utilizado como prueba en causas judiciales.

¿Por qué esos *peros*? Por la falsificación; por la media tinta. Porque no se quiere aceptar la raíz moral de la ética: *si realmente se quiere ser transparentes, simplemente hay que serlo.* Hay que desnudarse, mostrarlo todo, no ocultar nada por razón alguna. Un funcionario ético, una persona ética, es la que está por encima de cualquier investigación o sospecha; es quien puede ser dado vuelta como un bolsillo o un guante, analizado con un microscopio, y su probidad siempre resplandecerá y no por ello debiera ser digno de aplauso ni de reconocimiento especial. (Conviene recordar en este punto que el vocablo *probidad* es el que mejor define a una persona ética; según el Diccionario de la Lengua viene del latín *probitas* y significa: "Bondad, rectitud de ánimo, hombría de bien, integridad y honradez en el obrar").

La sociedad argentina sabe perfectamente (o debiera saberlo) que no hay ni habrá programa eficaz contra la corrupción si no se hace docencia y se cuestiona (primero) y se corrige (después) la propia actitud de los argentinos frente a la ética y la corrupción. ¿Cuánto y cómo se ocupa cada argentino de su propia honradez? ¿Usted, lector de este libro, con la mano en el corazón, qué siente frente a la corrupción? ¿Cree que todas las personas tienen un precio y sólo se trata de alcanzar el de cada uno? ¿Piensa que es posible que existan personas incorruptibles pero que son excepciones a una regla y que la regla es que la especie humana es más proclive a la corrupción que a la probidad? ¿Le parece que éste es un problema teórico interesante, pero "sabe" que en la práctica es imposible la incorruptibilidad absoluta? ¿Cree tolerable "un poquito de corrupción" pero siempre y cuando no se note y no sea escandalosa ni desmedida? ¿Soporta a los políticos corruptos cuando "roban pero hacen"? ¿Sostiene que corrupción siempre hubo y va a haber, y que no hay sociedad ni país que se salve del "flagelo", y entonces lo deseable sería que "roben pero menos"? ¿Es de los que se molestan especialmente porque la corrupción se generalizó demasiado, pero estaría dispuesto a tolerarla en pequeñas dosis y en algunas áreas acotadas, como ocurre en muchos países, o en todos? ¿Será que ahora la corrupción nos importa más que antes sólo porque es demasiado evidente? ¿O será que nos importa menos porque sabemos y sentimos que se ha generalizado y que no hay nada que hacer? ¿Qué siente el lector cuando escucha a personajes públicos, políticos, legisladores y comunicadores, en televisión y ante millones de personas, decir que "*todos* somos corruptos" o que "en *todo* el mundo hay corrupción" o que "la corrupción es *natural* y es parte de la naturaleza humana"? ¿Es que, por el desencanto, los argentinos nos hemos vuelto más permisivos, nos hemos relajado éticamente? Y en tal caso, ¿por qué somos tan tolerantes y tan blandos los argentinos respecto de este asunto capital? ¿Por qué no castigamos a los corruptos y, en cambio, nos mostramos cada vez más resignados y muchas veces somos tan tolerantes que hasta parecería que estamos de acuerdo con la corrupción y la consentimos? ¿Cree el lector que las pequeñas avivadas, las coimas poco significativas o la corrupción hormiga no son "tan" condenables? ¿Es capaz de jurar, con la mano en el corazón, que jamás cometió un mínimo acto de corrupción?

Son preguntas duras, difíciles de responder. Aunque suene o parezca sentencioso, exigen una sinceridad absoluta. Y hay una más: ¿Acaso los argentinos aman la ética como un valor en los demás, porque es algo que sienten que han perdido? Responda el lector por sí o por no; tache lo que no corresponda.

Son muchos los argentinos que frente a estas preguntas tienen una actitud gestual desdeñosa porque se sienten frustrados pues han sido estafados una y mil veces. Son los argentinos que "ya no creen en nada", los escépticos profesionales de los '90: andan por la calle con un malhumor y un resentimiento evidentes, preocupados nada más que por sobrevivir. Hay mucha gente, cada vez más, que se ha vuelto mezquina como producto del resentimiento. Son esos argentinos que alguna vez estuvieron mejor (o creen que estuvieron mejor, y están convencidos de que ahora deberían estar mucho mejor) y que acaso perdieron su trabajo, o disminuyeron la calidad del que tienen, o les rebajaron el salario y/o las condiciones laborales. Gentes que integraban o soñaban integrar la llamada clase media, y que, o se desmoronaron o están en la pendiente. Gentes a las que los ajustes de los últimos años les han producido un disgusto tras otro; gentes que votaron con esperanzas y luego se sintieron traicionados; gentes que después votaron con rabia y también se sintieron frustrados. En fin, argentinos que ya casi no van al teatro, muy poco al cine, y no cambian de auto hace años; argentinos que siempre son capaces de remendar lo viejo, que siguen inventando su llegada a fin de mes y a los que no siempre les preocupa tanto la pobreza como que se note demasiado; argentinos que viajan en micro o en subte y sólo comen un pancho con una gaseosa al mediodía; argentinos que en el interior del país sobreviven con 200 pesos mensuales cuando una pizza les cuesta cinco; argentinos que jamás imaginaron que deberían mendigar y que ahora piden monedas para comer algo o para viajar en colectivo. Este argentino resentido también incluye a miles de personas de buen nivel educacional, intelectuales que hace años compraban libros y tenían ideales que se deshilacharon como ropa vieja. Todos ellos, y muchos más, son ciudadanos venidos a menos. No son el argentino triste de que habló Keyserling en los años 30. Tampoco el exquisito y autoritario argentino lugoniano. Tampoco el orteguiano (el de Palito, digo) que creía pavotamente que la felicidájájájá.

Estos argentinos que se consideran a sí mismos pobres pero honrados, y que son capaces de discurrir sobre la ética y el deber (sobre todo ajenos) están tan acostumbrados a los dobles mensajes que han terminado por asumirlos. Detestan a los corruptos, pero pagan unos pesitos por una buena ubicación en el cine. Odian a los ventajeros, pero pagan un sobreprecio en la reventa de entradas afuera de la cancha. Protestan contra los policías corruptos, pero les dan la pizza o les tiran un billetito para zafar de una multa o para que los dejen hacer la calle tranquilos. Esos argentinos han hecho del cinismo una estrategia de supervivencia. Han retornado a un individualismo a ultranza. Para ellos la solidaridad ha muerto.[4]

La corrupción también desata imposiciones malévolas. La perversidad de algunos que tienen poder es ilimitada, e irrefrenable. Muerta la solidaridad, impera el egoísmo. El que tiene poder, lo ejerce de manera repulsiva. Y el que no lo tiene, se resigna, deja hacer. Dejar hacer: he ahí una de las claves de esta cuestión. El mito de que somos pobres pero honrados y la tolerancia frente a la corrupción, conlleva, para mí inexplicablemente, una actitud de pasividad, de triste aceptación resignada, de no saber qué hacer ni ser capaces de reclamar, de miedo. Claro que es una resignación muy puntual, específica, porque el argentino no es un tipo humano que se resigne fácilmente. Octavio Paz habla de la resignación del mexicano: "La resignación es una de nuestras virtudes populares –dice–. Más que el brillo de la victoria nos conmueve la entereza ante la adversidad".[5] En cambio, a mí me parece que una de las virtudes populares del argentino es exactamente lo contrario de la resignación: la resistencia. De ahí la frase tan común y hasta prestigiosa de los '90: "¡Aguante, Fulano!". Mezcla de incitación a la resistencia, aviso de solidaridad, exigencia y admiración, es como decir: "¡Aguante, Argentino!". Y es que, al contrario del mexicano, el argentino no admira tanto la entereza ante la adversidad como la mucha capacidad de resistencia ante ella. Incluso es capaz de volverse cínico frente a la corrupción, pero no porque se resigne sino porque –al menos así lo cree– está resistiendo.

Pero nada de esto da carnet de posmodernos, sino de resentidos a los que les duele aceptar que la Argentina de las vacas gordas, el granero del mundo, es hoy un páramo habitado por una pequeñísima clase muy acomodada, unos pocos millones de enervados pequeñoburgueses, y de muchos millones de pobres, miserables y verdaderos *outsiders*. Son los que cortan rutas. Los desesperanzados de Sierra Grande y Cutralcó; los de Ledesma y Cruz del Eje; los de Rosario y Tucumán y Salta y Jujuy y dondequiera. Los que creyeron y votaron eso mismo que los arruinó, y ahora están enfurecidos, sin trabajo ni esperanza, y sobre todo con hambre. Ellos están por encima de la discusión sobre si las ideologías han muerto y realmente no les preocupa el Fin de la Historia; simplemente están furiosos por el estado en que se encuentran y culpan de ello a los políticos, a la pésima administración de justicia y, sobre todo, a la corrupción generalizada que, muchas veces, los incluye y de la cual llegan a formar parte.

Los argentinos en general se dan cuenta de que el desarrollo tecnológico, el científico, y aun el intelectual, no van de la mano del desarrollo de un sentimiento ético colectivo. Al contrario, hay como un azoramiento general porque pareciera que precisamente la ética es la que no da respuestas. Lo que pasa, desde luego, es que la ética no es un sistema que deba dar respuestas ni soluciones. La filosofía no está para eso, así que de la ética lo que hay que esperar, lo único y nada menos que hay que esperar, es un sistema de pensamiento y de valores, una ideología de probidad desarrollada a partir de la experiencia individual y la republicana, y a partir de la sensibilidad, la práctica cotidiana de la virtud, la decencia, el esfuerzo y el trabajo. Esos son los modelos, ésa es la cantera donde se forma, se labra, se esculpe, la eticidad de cada uno. La ética no es otra cosa que un sistema de valores en pleno funcionamiento. Y los modos de expresión que se eligen también tienen que ver con la eticidad del contenido de lo dicho. Por eso ahora también cabría esperarla de lo que nos dan los medios: la imagen, la palabra oral y la de los textos, los íconos, la llamada realidad audiovisual que debería funcionar como un gran educador de la sociedad pero, obviamente, no funciona así.

Además, todo el sistema de palabras, textos, íconos, imágenes, sonidos e intercambios que hacen a cualquier colectividad, y en general la vertiginosidad de la vida moderna, siempre tienen una base ética con diferentes grados. Hay una eticidad intrínseca en todo lo que uno hace, ve, siente, percibe, rechaza o acepta. Como ha dicho el reconocido lingüista holandés Teun van Dijk: "La ética es un sistema como la filosofía, o una parte de la filosofía".[6] En tanto, Paz nos recuerda que "cuando una sociedad se corrompe lo primero que se gangrena es el lenguaje. La crítica de la sociedad, en consecuencia, comienza con la gramática y con el restablecimiento de los significados". Y es que las palabras, el lenguaje, también pueden ser sometidos a formas de corrupción, verbal o lingüística. A las palabras también se las corrompe; del mismo modo que se corrompe con las palabras. Por eso mismo, "la crítica del estado de cosas reinante no la iniciaron ni los moralistas ni los revolucionarios radicales, sino los escritores... Su crítica no ha sido directamente política –aunque no hayan rehuido tratar temas políticos en sus obras– sino verbal: el ejercicio de la crítica como exploración del lenguaje y el ejercicio del lenguaje como crítica de la realidad". Una de las primeras medidas consiste en forzar, reflexionando sobre el lenguaje, "un sistema de transparencias para provocar la aparición de la realidad. Limpiar el idioma y extirpar la ponzoña de la retórica oficial".[7]

Por lo tanto, si en los últimos tiempos se nos ha gangrenado el lenguaje a los argentinos, entonces, es tiempo de restablecer los significados de palabras como ética, moral, probidad, honradez. Incluso desde lo estético, en un mundo *mass-mediático* como el del fin del milenio, mundo que le escamotea tiempo y satisfactores a la gente y en el que hay tanta urgencia competitiva, convendría ser más rigurosos y perfeccionar la propia capacidad crítica pero también la poética aun para decir las cosas más crudas que se puedan narrar e imaginar. Se trata de recuperar la sublime sencillez del buen gusto, el entendimiento y la accesibilidad comunicativa. No es nada fácil, pero algunos argentinos lo logran: por ejemplo en la literatura, donde lo verdaderamente difícil es alcanzar la sencillez, la diafanidad, volver sencillo y comprensible lo complejo. Porque escribir críptico y "difícil" –se sabe– es lo más fácil y simple, y de ese modo escribe cualquiera.

La rigidez inevitable o la ética de plastilina

En un mundo en el que la ética se ha ablandado y parece ser de plastilina y en el que cualquier indecencia o corruptela puede ser justificada en aras del realismo, el pragmatismo o el mercado, se diría que es de caballeros resistir. Si ser ético es tener un comportamiento basado en la probidad, y la suma de comportamientos conforma la ética colectiva, eso se desarrolla a partir de convicciones, decisiones y prácticas cotidianas de probidad, esfuerzo y trabajo. No cuesta demasiado hacerlo, y para muchos argentinos se trata simplemente de cumplir con un mandato que nos dieron nuestros padres, si ellos fueron probos, trabajadores y esforzados.

No se trata de hacer ninguna moralina de esto; sí de constituirlo en práctica cotidiana, en estilo de vida.

Sin embargo, no sólo es dolorosa la realidad sino que cuesta interpretarla con sinceridad, y entenderla y aceptarla, porque los argentinos casi siempre parecen convencidos de que no tuvieron nada que ver con lo que les pasa. Como hemos visto, siempre se ocupan de buscar quién tuvo la culpa y obviamente la buscan afuera, en otros, y sobre todo en el poder, al que generalmente ellos mismos consagraron. La culpa nunca la tuvo –para ellos– su propio voto, su propia aceptación. He ahí la pendularidad de tantos argentinos que abuchean al que hasta ayer nomás aplaudían a rabiar.

La frase anterior no intenta ser provocativa, aunque pueda levantar polvareda. Enseguida han de salir los ofendidos: "El pueblo nunca se equivoca", dirán. "Los que piensan así son los que se creen iluminados: por ejemplo ustedes los intelectuales", dirán. Y acaso habrá otros que exijan: "Si usted que habla tanto de corrupción y cree saber que la hay, entonces vaya a la Justicia y presente pruebas". Sofisma. La respuesta es: "Vea, no tengo ningún modo de probar que éste es el gobierno más corrupto de nuestra historia, y sin embargo sé que lo es. No tengo pruebas, pero tampoco tengo dudas al respecto". Y no importa si corrupción hubo siempre, ni si la hay en todos los países. La que repugna es ésta: la nuestra, la argentina, la de hoy, la que venimos tolerando de manera tan irresponsable.

Claro que para todos los pueblos es difícil llegar a adultos, sobre todo cuando imperan la frivolidad y es notoria la ausencia de modelos. La crisis de valores hace que los modelos se trastoquen. Por eso en la Argentina cuando un ingeniero persigue a dos ladrones que le robaron el pasacassette del auto y los mata a balazos, termina siendo un héroe nacional y anda suelto porque la Justicia dice que actuó "bajo fuerte emoción". La Corte Suprema, máxima garantía jurídica de una nación, en la Argentina se duplica de un día para el otro y la componen amigos y ex empleados del Poder Ejecutivo. Uno de los viceministros de Economía en plena década de los '90 tenía más de cuarenta procesos judiciales en su contra. Un comisario con prontuario de torturador terminó aclamado en la televisión, alcanzó un altísimo índice de popularidad y fue elegido intendente de su pueblo. El carapintada que resquebrajó las bases de la democracia en 1987, diez años después también fue elegido intendente, en alianza con el justicialismo. Y en general los jueces se inclinan ante el poder de la familia gobernante, familia que nadie tiene pruebas de que sea mafiosa pero todo el mundo piensa que lo es. En la Argentina finimilenarista es *vox pópuli* y casi obvio que un empresario postal poderosísimo mandó matar al periodista José Luis Cabezas, pero su amistad con el Presidente y su cuñado es la mejor garantía de que no le pasará nada. La lista de la corrupción en la Argentina es interminable.

De las infinitas actitudes insólitas de los argentinos, entre las más irritantes debería figurar la admiración que han provocado los boqueteros de Barrio Norte que en 1996, con singular audacia y precisión, llegaron hasta la bóveda de un Banco, seis metros por debajo de la avenida Callao, y robaron –se dice– unos 25 millones de dólares de cajas de seguridad de gente obviamente muy rica, algunos de los cuales eran, además, muy famosos. Esta versión criolla de *Rififí*, que fue aplaudida por muchos, delata que los valores de la sociedad argentina han cambiado de manera mucho más dramática de lo que se podría pensar a primera vista. Lo cual, en sí, no tendría nada de malo si no fuera que en este caso lo que se transparenta es que el valor más afectado es la *probidad* entendida como hombría de bien, integridad y honradez. Con su caída se derrumban otros valores consecutivos: honestidad, trabajo, esfuerzo, equidad, justicia, decencia, todos esos valores que la escuela pública y tantas familias argentinas enseñaron durante décadas, y que ahora sólo parecen "grandes palabras" que se disuelven como ilusión de niño.

Es inaudito pero cierto: la sociedad argentina todavía discute si el señor Fendrich –aquel tesorero del Banco Nación santafesino que luego de veinte años de labor irreprochable un día desapareció con tres millones de dólares– fue un piola o un tonto. Los argentinos discuten si está bien que algunos tipos hagan justicia por mano propia. Debaten si conviene andar armados por si acaso y se preguntan si los boqueteros no serán unos genios de la ingeniería. Pero lo más grave, lo increíble, no es sólo que estos temas sean materia opinable, temas de discusión, sino que en todos estos casos hay –y así se siente en mucha gente incauta– un inocultable sentimiento de admiración. La hicieron bien, se dice, se salvaron para toda la cosecha; total, acá nadie va en cana ni la plata se hace trabajando...

Es el resentimiento el que los aplaude. Es la ironía feroz de esta sociedad embrutecida en la que se perdona cualquier cosa. Y es –hay que decirlo de una vez– la consecuencia del pésimo ejemplo del soberano. Porque todo *este cambio conceptual de los valores es derivación directa de los indultos de 1990*. Fue a partir de aquella decisión que se consolidó el resquebrajamiento de toda idea de probidad, ética y justicia.

En aquel entonces muchos argentinos anticipamos que se estaban criando cuervos. Hoy hay que interpretar que vienen a quitarnos los ojos, figuradamente, en esta inaudita degradación ética que significa aplaudir a los chorros, consentir a los mafiosos, justificar el robo y la deshonestidad, admirar la ventaja del que planeó en las sombras una apropiación indebida. Estos subrayados son, de hecho, menemismo puro. En 1995 el pueblo argentino lo ratificó. Apenas en 1997 hubo una leve sanción electoral. Y a la hora de escribirse estas páginas el cierre del menemismo en 1999 y del milenio en el 2000 son, todavía, bastante impredecibles, probablemente mucho más de lo que creen y prometen algunos políticos optimistas. Pero en cualquier caso, y más allá de resultados electorales, es la ética colectiva lo que está herido en este país. *Es la ética de la ciudadanía lo que dinamitaron el presidente Menem y sus amigos con indultos y frivolidad, con conductas sospechables, con dobles discursos y tanta mentira.*

Y es que la ética es siempre rígida, implacable. Es una convicción profunda, secreta, elaborada lentamente en base a educación, ejemplos, modelos. Y así como no da tregua, no admite dobleces. No se puede ser medio ético, ni un poco ético; ni ético para algunas cosas y para otras no. La ética es como el embarazo: se está o no se está. Se es ético o no se es. Por eso mismo es trabajosa, por eso mismo es odiosa, y es temida, y provoca tantas resistencias y acomodamientos verbales. Por eso es tan importante para la convivencia democrática y por eso es tan difícil que toda una sociedad la sostenga cuando los ejemplos a la vista son tan groseramente contrarios.

Hace más de cien años decía, brillantemente, Leandro N. Alem: "Que se rompa, pero que no se doble". Y lo decía como dogma para el partido que estaba fundando. Idea ética por excelencia, que desdichadamente muchos dirigentes y militantes radicales olvidaron luego, y tantos desconocen actualmente. Pero idea ejemplar que modeló una de las conductas más límpidas de la historia argentina, y que llevó a Alem al suicidio hace casi un siglo, el 1° de julio de 1896. Fue la suya la misma convicción que antes llevó a José de San Martín, otro ético, al ostracismo. Y la misma que desesperó después el alma caliente de otro ético: Lisandro de la Torre.

A propósito de la rigidez, hay que aclarar que ello implica la exigencia de firmeza en las convicciones, pero no dogmatismo. Y sobre todo, ni la ética ni la moral se componen de esa inmutabilidad que siempre pretenden dogmáticos e inquisidores. En *Las fuerzas morales* José Ingenieros destaca que una ética nueva no consiste en una serie de normas originales, sino en una nueva actitud frente a los problemas de la vida humana, y enseña que la ética es un proceso activo que crea valores adecuados a cada ambiente. Los dogmas son obstáculos para el perfeccionamiento moral y "no es admisible que fórmulas legítimas para algún momento del pasado puedan considerarse intransmutables en todo el infinito porvenir". Por eso enseguida aclara que "no se piense, por esto, que renovar los valores morales implica arrevesarlos". No, se trata de entender que "cada revisión de valores equivale a una poda del árbol de la experiencia moral, duradero como la humanidad pero cambiante como las sociedades humanas". De hecho "los que afirman la perennidad del orden moral presente conspiran contra su posible perfeccionamiento futuro".[8]

En la misma línea de pensamiento un autor contemporáneo, Juan José Sebreli, en *El asedio a la modernidad* sostiene: "La ética objetiva y universal ha sido una aspiración permanente de los hombres... *Si bien algunas normas morales desaparecen en las transformaciones sociales, otras se mantienen parcialmente o son corregidas*, y algunas, en fin, constituyen un acercamiento a una moral universal que se va realizando a medida que se dan las condiciones. La moral kantiana que propone tratar al hombre como un fin y nunca como un medio es por cierto irrealizable en una sociedad de clases y de opresión, pero no significa una falsedad, sino el *prenuncio de una moral posible y necesaria en el futuro. Tal vez sea un ideal lejano e inaccesible pero es el que guía el proceso por el cual intentamos llegar a una vida mejor*".[9]

Siempre, en todo tiempo y lugar, hay responsables de la corrupción y de lo que pasa en una sociedad. Y en toda democracia el principal responsable de la moralidad republicana debe ser el Presidente de la República. Porque el ejemplo ético se proyecta de arriba hacia abajo, desde el poder hacia la gente común. Por eso el modelo de país que los argentinos vieron dibujar en los años '90 es imperdonable. Por eso hoy duele tanto ser argentino y por eso a muchos les cuesta seguir amando a su patria. Y también ha de ser por eso que es imprescindible amarlo más que nunca y obrar en consecuencia. Con pura y simple probidad.

El problema que se viene planteando, en función de la blandura en la condena, la impunidad y el relajamiento de los valores, es que finalmente todo eso debilita a la democracia misma y ensombrece, obviamente, el futuro. El ex presidente de Costa Rica y luego Premio Nobel de la Paz, Oscar Arias Sánchez, ha escrito que "es en democracia donde la corrupción está mejor expuesta y puede ser mejor combatida. La corrupción sólo puede ser examinada y erradicada en un marco de pluralismo, tolerancia, libertad de expresión y seguridad individual, todo lo cual sólo puede ser garantizado por la democracia".[10] Cuando esto no sucede, la democracia no sólo es incapaz de satisfacer las demandas sociales sino que incluso es ineficaz en el combate de la corrupción.

El peligro de esta actitud, que es en cierto sentido una actitud suicida para la democracia, es abordado por Arias Sánchez en el apuntado trabajo de *Transparency International*, del siguiente modo: "La expectativa de alzamientos populares o golpes de estado están resurgiendo en algunos países. Los partidos políticos, tradicionales sostenes del sistema democrático, están siendo destrozados por la mala reputación y son crecientemente condenados por los ciudadanos, que se distancian cada vez más de la toma de decisiones políticas. Y en la medida en que los partidos políticos son abandonados, las democracias corren el riesgo de convertirse en ambiguos e impotentes formalismos".[11]

La Argentina parece ser el país de lo improbable. Pero no improbable porque las cosas no vayan a suceder, sino porque suceden pero no se pueden probar. Si no se dejan huellas (y la corrupción no las deja, o las llama "desprolijidades") entonces parece que no hay corrupción. Lo que hay, desde el Poder, es enjuague, cosmética, verso. El cambalache menemista de los '90 tiene de todo: Ferrari, guardapolvos, leche podrida, robo para la Corona, peluqueros, parientes, amigos, venta de armas, comitivas, mamarracho estético generalizado, pizza con champán, negocios en la política y la política como negocio. País Jardín de Infantes, nos definió María Elena Walsh hace años. Pasó el tiempo y es obvio que ya empezamos la primaria pero el problema es que, a este paso, vayamos a terminar repitiendo el primer grado, porque son increíbles las cosas que pasan y quedan impunes, y sobre todo asombra cierta impavidez de la gente.

Me cuentan el caso de una mujer que es médica, su marido policía, y tienen dos hijos. Trabajan pero tienen dificultades económicas. De pronto un día él llega a la casa con un centro musical, otro día trae un televisor, una grabadora, y en las vacaciones se van al Caribe. Es evidente el cambio de vida. Todos saben que ella sigue siendo médica de guardia en un hospital público y que él es subinspector de la policía provincial. Algo no cierra. Entonces los familiares dicen cosas como: "Bueno, todos roban, ¿no?". O dicen: "Bueno, con lo que cobra un policía. Después de todo hay que entenderlo". O dicen: "Bueno, por lo menos es bastante discreto. Se han enriquecido pero no de manera escandalosa".

Otro caso: un hombre de 50 años, en la plenitud de sus capacidades, trabaja en una droguería desde hace veinte años y su salario es de 800 pesos. Un día le informan que van a rebajarle el sueldo a 500 pesos. El hombre sabe dos cosas: que hay un montón de gente que aceptaría esos 500 pesos, y que muy difícilmente encontrará otro trabajo. Por lo tanto, acepta y se ajusta. Pasan dos años más, la empresa quiebra y él descubre que sus patrones nunca pagaron sus aportes jubilatorios.

Alguien dirá que quizá estos nuevos sistemas de explotación del trabajo humano que se llaman liberalismo, globalización o como se quiera, son formas de castigar —y sincerar, y era hora, dirán— la irresponsabilidad y la indolencia del trabajador argentino, la vagancia y la comodidad sindical. Pero aunque todo eso fuera cierto, nada autoriza a la corrupción de la solidaridad. Porque no hay dudas: de todas las formas de corrupción que imperan hoy en nuestro país, la que corrompió la solidaridad de los argentinos es la más terrible por ser la menos reconocida y a la vez la más dañina, porque es madre de todas las demás. Y para colmo, es la que permite y alienta tolerancias absurdas.

La tolerancia frente a la corrupción en la Argentina es alarmante. Cada vez más es posible escuchar justificativos, permisos, disculpas, "comprensiones" a la pequeña corrupción nuestra de cada día. E incluso hay que reconocer que es en este punto donde se nota una debilidad manifiesta en la resistencia; en este punto sí empieza a haber resignación, y eso es gravísimo. Como lo expresa esa frase tan común: "Roba pero hace", con la que se exculpa a ciertos gobernantes corruptos pero buenos demagogos. Casi se diría que se ha convertido en una verdadera ideología argentina, y hasta tiene ya su contrapartida: cuando aparece un gobernante al que se tiene por decente y honrado, o al menos no se le puede acusar de enriquecimiento personal, el humor popular se burla de tal paradoja: así sucedió en el Chaco hace unos pocos años con un gobernador justicialista al que primero llamaban "Salamín fresco" porque no se le podía sacar el cuero, y luego lo llamaron "Camión regador": porque en la cabina va el que maneja, mirando hacia adelante, y atrás van todos los chorros.

Esto demuestra que la ética pública está tan devaluada que ni siquiera los moralmente virtuosos, cuando aparecen, son apreciados. Y eso es letal para la democracia y para la convivencia, porque cada justificación debilita la firmeza ética. Cada permiso o vista gorda ablanda la honradez. Cada broma sobre la ética pública la degrada. Cada aceptación pasiva rebaja éticamente a una persona. Por eso el único camino que queda es la rigidez. Lo que es lamentable, porque ser rígido nunca es bueno. Pero no hay otra: el camino pasa por no aceptar, por resistir, por ser implacable.

El hombre justo, enseñaba Ingenieros, "necesita una inquebrantable firmeza. Los débiles pueden ser caritativos, pero no saben ser justos. La caridad es el reverso de la justicia. El acto caritativo, el favor, es una complicidad en el mal. Detrás de toda caridad existe una injusticia". La respuesta del hombre justo a los que predican la caridad "debe estar en su conducta, juzgando sus propios actos como si fueran ajenos, midiéndolos con la misma vara, severamente, inflexiblemente. La complacencia con las propias debilidades constituye la más inmoral de las injusticias". Por eso el hombre justo, para Ingenieros, "es, por fuerza, estoico".[12]

Esta rigidez, precisamente, exactamente, es lo que hace que la ética sea un trabajo tan difícil, una virtud tan escasa. Y por eso mismo la ética es el único absoluto y el único campo en el que nadie nos vencerá jamás. Es el único terreno en el que el sistema nunca lleva ventaja; no puede con la gente honrada. Nos busca, nos tienta, nos amenaza, nos provoca (en todos los sentidos de la palabra) pero si somos éticos *no puede con nosotros*. La ética es el único terreno en el cual uno siempre será mejor, será imbatible, y podrá vencer al sistema imperante, a la posmodernidad, la globalización, el fin de la historia y lo que sea. Se trata, pues, de reforzar la ética colectiva mediante actitudes éticas individuales. El viejo e insuperado "predicar con el ejemplo": la probidad, la decencia, el estudio, el trabajo, el esfuerzo, la seriedad, todo eso hace a la ética; ayuda a distinguir lo bueno de lo malo, y a separar lo que está bien de lo que está mal. Tan sencillo como eso. Y porque es tan sencillo es que da tanto trabajo. Exige ser implacable, riguroso, demanda una concentración constante, no permite distracciones, y obliga a ser muchas veces duro y hasta desagradable. La ética a ultranza, como debe ser, impone asumir una actitud generalmente inflexible e irreverente. Siempre resulta irritante para los corruptos y los dubitativos, que suelen mascullar acusaciones de soberbia mientras se preguntan "pero qué se habrá creído éste".

Quizá por toda esta larga, trabajosa dificultad conceptual, es que tantos argentinos hoy creen más en el aplauso que en la honradez. Valoran más la figuración que la trascendencia. Consideran que ser famoso es más importante que ser honrado, inteligente, buena persona. Adhieren acríticamente a ideas no evaluadas, se rinden ante cualquiera que alcanza fama efímera. Lloran la muerte de Diana Spencer, a la que amorosamente llaman "Lady Di", pero no lloran la muerte de Juan González, wichi salteño de ocho meses, muerto por desnutrición. Es doloroso reconocerlo, pero no podría ser de otro modo en un país en el que importa más hacer régimen para adelgazar que tener talento.

Pobres, sí, seguro, pero... ¿honrados?

La respuesta es dura, y cuesta mucho inventar una esperanza. Pero quizá, como dice ese filósofo popular rosarino llamado Fito Páez, no todo está perdido y por eso venimos a ofrecer el corazón. Y es que, en ciertas circunstancias, el corazón es lo único que se tiene para volver a empezar.

Todos somos corruptos: Totalización y doble discurso

En su estupendo libro sobre la corrupción en España, el gran periodista español Melchor Miralles dedica un capítulo a la existencia real o inventada de Sócrates. Y en la leyenda de este griego que todo lo sometía a discusión, crítica y diálogo, ejemplifica el papel del intelectual perseguido por su libertad de pensamiento y su concepción irrenunciable de la ética.[13]

Personaje polémico y contradictorio, que criticó a los políticos y para quien la democracia no era sólo una cuestión de mayorías sino de capacidad intelectual y comprensión de problemas, Sócrates (quien como se sabe no dejó textos escritos aunque Carlos Menem lo haya citado entre sus autores de cabecera) fue juzgado y condenado a beber la cicuta por corrupción. Se le acusó de corromper a la juventud, y en cierto sentido la Historia ha recogido ese juicio como un proceso a la pederastia. Pero en rigor de verdad ése es un contrasentido: aquel proceso fue una venganza, pues Sócrates había sido el más implacable cuestionador de la corrupción política ateniense. El norteamericano I. F. Stone en su ensayo *The Trial of Socrates* (1988), citado por Miralles, dice: "El juicio a Sócrates fue un proceso a las ideas. Sócrates fue el primer mártir de la libertad de expresión y de la libertad de pensamiento".

Recordar en este punto a Sócrates es un modo de evocar al primer campeón de la insatisfacción moral frente a los usos y costumbres de la realidad política de su tiempo. Su oposición fue absoluta, constructiva y sobre todo inteligente y lúcida. Precisamente porque, como destaca Miralles, "son muy sutiles los procedimientos de los corruptos. Desde la justificación política que apela a grandes valores, hasta la indiferencia administrativa, judicial y política; desde la calumnia dirigida contra el inconformista hasta la eliminación física; desde el espionaje, el acoso o la marginación hasta la tortura".

Octavio Paz, en su *Postdata* de 1969, dice que en América Latina "todavía no aprendemos a pensar con verdadera libertad. No es una falla intelectual sino moral".[14] De ahí que en cierto modo todo lo colectivo, o sea el comportamiento en libertad que interacciona con la libertad de los demás, sea siempre tan complejo. "Las crisis políticas son crisis morales", dice también,[15] y de hecho es así, y no sólo toda crisis política sino también (y yo diría que sobre todo) las crisis económicas son crisis morales. En rigor, la base de toda crisis es siempre moral aunque en la superficie no lo parezca.

Por eso la corrupción es un vocablo que irrita y desata pasiones que pueden ser incontrolables: porque alude a un aspecto fundacional: hace a la esencia de la democracia y de la justicia. En palabras de Miralles: "No puede actuarse en política sin conocimiento y sin obedecer a una premisa ética". Sin embargo, en la Argentina la política es campo fértil para oportunistas y aventureros que lo que menos hacen es aumentar sus conocimientos y apuntalar su moral. Por eso *la corrupción no es sólo un asunto económico sino también toda esa filosofía que rodea al abuso de poder, la mentira, el acomodo, la prebenda, el amiguismo*. La corrupción asume las más diversas formas, y la sociedad argentina ya sabe que no es solamente el gran negociado, el ilícito monumental, la "diferencia" que lleva a un enriquecimiento económico injusto, veloz, abusivo e irritante, sino también la pequeña "cometa", la concesión de puestos de trabajo, el acomodo y la atención preferencial a amigos o parientes. Ni se diga del problema irresuelto de la financiación de los partidos políticos. Y tampoco de los que se justifican por "robar para la Corona" o en el hecho de que se apropiaron de "montos mínimos", o ejercieron privilegios de poca importancia.

En la Argentina suele escucharse, y repetirse, que "la corrupción está en todas partes". Es una idea bastante generalizada y aceptada, y la repiten precisamente muchos dirigentes políticos, sindicales, empresariales y hasta eclesiásticos: "Somos todos responsables de lo que pasa", dicen, y subrayan el *todos*. El presidente Menem suele afirmar, cuando se cuestiona la ética de su gobierno, que "la corrupción es un flagelo universal, la hubo siempre y la hay en *todo* el mundo". Hace unos años, el indultado Mario Firmenich salió de la cárcel proclamando que "*todos* somos buenos y *todos* somos malos". Los dictadores, hace una década, querían convencer de lo mismo a toda la sociedad.

Resultado: "todos" termina por equivaler a "nadie". *Si todos somos malos, en realidad nadie lo es.* En todas las generalizaciones se ocultan las diferencias, y ésa es una de las formas más eficaces de la mentira en la Argentina. En términos vulgares, es disfrazar el "macaneo para la gilada", cosmética para "la popular". Así se confunde, se mezcla, se oculta. La generalización iguala hacia abajo, porque iguala en lo peor. Es una actitud que ha dado pie a notables discusiones. A la idea de Bertrand Russell de que "no hay argumentos válidos para determinar que una sociedad es corrompida o inmoral; lo único que podemos decir es que tiene costumbres distintas de las nuestras", pues "no existen argumentos para probar que eso o aquello tiene valor intrínseco", Meeroff & Candiotti contraponen la idea de Risieri Frondizi según la cual con el criterio de Russell "se renuncia definitivamente a todo criterio de moralidad" pues entonces se podrían admitir la esclavitud en Grecia y los crímenes del nazismo, así como los fundamentalismos teológicos y las persecuciones y eliminaciones de personas.[16]

Precisamente, sobre este punto es interesante recordar la crítica que hicimos en páginas anteriores a ciertas ideas de Jean Baudrillard, de quien, sin desmedro del prestigio de que goza en la Argentina, hay que decir que no sólo es afecto a escribir generalizando con el *todos* sino que también parece compartir el criterio de Bertrand Russell cuando admite la duda sobre la existencia de las cámaras de gas en la Alemania nazi. De igual modo en la Argentina hay personajes como el abogado Aberg Cobo, amigo del asesino Alfredo Astiz, quien suele sostener por televisión que las denuncias de las atrocidades cometidas en la Escuela de Mecánica de la Armada son "exageraciones". Y en general pasó lo mismo apenas se recuperó la democracia en la Argentina: en 1984 se puso de moda aquella torcida frase: "Todos los argentinos tenemos adentro un enano fascista", que tanto popularizó el periodista Bernardo Neustadt. Torcida, porque los que repetían esa idea no se hacían cargo de su propio enano fascista y al generalizar les resultaba cómodo y liberador de culpas hablar del enano ajeno. Alegremente se lo atribuían a *todos*, con lo que ellos parecían exculparse. Como es sabido, en las generalizaciones se ocultan las diferencias, y esa estrategia es una de las formas más eficaces de la mentira. Por lo tanto, generalizando que *todos* somos corruptos, que en *todas* partes es igual y que *siempre* hubo corrupción, se corrompen el lenguaje y las convicciones ciudadanas, porque se "altera y trastoca".

Igual pasa con *los dobles mensajes*. Renuncia un funcionario y enseguida salen a desmentir. Estalla una crisis y ya corren a negarla. Hay un escándalo y se le echa la culpa al periodismo. Hay una interna feroz en el gabinete y dicen que no pasa nada. Cuando más se evidencia la corrupción es cuando más se habla de cruzadas morales. El Presidente dice que nadie tiene coronita pero es evidente que cuñados y amigos sí la tienen. Se anula la independencia del Poder Judicial mientras más se pontifica sobre la seguridad jurídica. Al tiempo que se destruye la escuela pública se lanza con toda la pompa el Programa Federal Educativo. Tenemos nueva Constitución Nacional pero al día siguiente se pierde un artículo y el ministro de Justicia inventa una teoría que la contradice, con tal de favorecer el ansia reeleccionista de algunos gobernadores. E incluso algunos opositores prometen nuevas formas de hacer política pero hacen exactamente la misma de siempre.[17]

El doble discurso es una forma perfecta de corrupción lingüística e ideológica. Se falsean la idea, el sentido, la propiedad de las palabras. Las contradicciones, el oportunismo verbal, los dobles mensajes y hasta el eufemismo resultan modos ejemplares de corrupción. Sin duda, no es novedad que ahora se distorsionen las palabras. Los dictadores fueron expertos en hacerlo. En parte porque eran muy brutos, pero también porque no tenían más remedio: el basamento de su accionar era la mentira. Corruptos de origen; su existencia misma y su escalamiento al poder eran actos de corrupción constitucional. Pero lo grave, ahora, es que la distorsión de las palabras se haya vuelto costumbre nacional.

La política argentina está infestada de corrupción, más allá de la decencia y probidad de muchos políticos argentinos. Porque no es cierto, indudablemente no lo es, que *todos* los políticos sean corruptos en el sentido de que *todos* medren con el interés colectivo y/o se enriquezcan desde la función pública.[18] Pero lo que sí está corrompido en casi todos ellos es el lenguaje, esa indeclinable y absurda afición por el lugar común y sobre todo por el eufemismo. El eufemismo no es sino la utilización de palabras que no se corresponden con los hechos, para hacer que lo que es no sea, y que lo que sí es parezca que no es. "Con suavidad y decoro", recomienda el diccionario. O sea: rodeo, paliativo, perífrasis, ambage, circunloquio, disimulo, capa, velo, giro, ambigüedad, alusión, indirecta, tapujo, embozo, disfraz, verso, macaneo, sanata. Es obvio que el discurso del poder en la Argentina es corruptor en sí mismo. Porque altera la forma de las cosas. Echa a perder. Incomoda, fastidia, irrita. Huele mal. *Y el problema de los políticos ar-*

gentinos es que no dicen lo que piensan. Casi nunca. Desde luego que esta es una característica universal de la política, pero en todo caso es irritante la exageración del capítulo argentino, donde el eufemismo es una verdadera enfermedad nacional que se nos inculca desde que somos niños: calláte, no mires, no te metas, vos no viste nada, mejor quedáte piola, muzzarella, no te comprometas, eso se piensa pero no se dice, hablemos de otra cosa, de eso no se habla. Es decir: no dar la cara, aunque sí sacar el cuero, después, en casa. Otra vez falsificación, ocultamiento.

Si aceptamos que *todos* equivalga a *nadie*, la mentira y la corrupción habrán triunfado definitivamente en este país. También por eso en la Argentina, hoy, hacer cultura es resistir. Simplemente diciendo lo que verdaderamente se piensa, con palabras claras y directas, y pronunciándose con sinceridad y sin cobardías. Se trata sencillamente de volver al genuino sentido de las palabras. Que no son armas, como piensan algunos, sino herramientas para el buen decir, para el entendimiento. Y también para luchar contra la corrupción. Porque si hay un terreno en el que *se nota cuando alguien no dice lo que piensa*, ese terreno es la Política.

La corrupción tiene patas muy largas: alcanza todos los estratos y contamina todos los comportamientos de la sociedad. De ahí que merezca ser considerado el problema fundamental de los argentinos del fin del milenio; hace a la existencia misma y al futuro de su joven democracia.

Los controles en el paraíso de lo incontrolable

Es evidente que en la mayoría de los países los ciudadanos parten de la premisa de que la corrupción existe y es inevitable. En la Argentina es casi un lugar común, una frase cliché: "Corrupción siempre hubo y va a haber. En todo el mundo hay corrupción". Así se tranquilizan algunas (malas) conciencias. Pero la cuestión va mucho más allá. Porque como bien señala Miralles: "Hay países en los que funcionan más que aceptablemente los mecanismos de control de la sociedad con respecto a sus gobernantes, los resortes que permiten investigar y sancionar con severidad los excesos".[19]

De eso se trata: de ver cómo funcionan los controles, de que los mecanismos de freno a la corrupción funcionen adecuadamente, y sobre todo de que gobiernos y oposición se controlen mutuamente. Arias Sánchez sostiene, por eso, que: "La falta de transparencia en los regímenes antidemocráticos han dado a los ciudadanos la impresión errónea de que la democracia es básicamente vulnerable a la corrupción. Los líderes democráticos se enfrentan entonces con la responsabilidad de atender y corregir esa falsa percepción. La democracia debe caracterizarse por la transparencia, y por la dedicación a la transparencia".[20]

En el caso argentino, juega un papel importantísimo la inexistencia de un sistema político que funcione no sólo desde el reparto del poder, sino también, y sobre todo, que incluya el reparto de las responsabilidades y en el que sean específicamente sólidos y eficientes los controles. Esto es: se habla mucho del bipartidismo argentino, pero eso no significa que tengamos un sistema en el que exista una fuerte y verdadera oposición controladora. O en todo caso el problema es la errática función de los opositores. En realidad, si nos apartamos de las odiosas comparaciones acerca de cuál gobierno pudo ser el más corrupto, se puede advertir que la diferencia no radica tanto en la meritología de los gobernantes sino en la eficacia de los opositores. Por eso puede afirmarse, por ejemplo, que la administración alfonsinista (1983-1989) fue mucho menos corrupta que la menemista (1989-1995).

Y es que el alfonsinismo gobernó con una muy fuerte oposición: activa y rencorosa si se quiere, pero que se supo reorganizar después de la derrota de 1983 y que no sólo tuvo pareja representación en el Congreso, sino que también administró muchas provincias y municipios, y de hecho sus miembros estaban en casi todos los puestos públicos. En cambio el menemismo prácticamente logró acostar, como se dice, a la oposición: la noqueó, la dejó aturdida, y rápidamente acomodó todo el sistema burocrático a su medida y a la medida de sus negocios, porque al no haber controles pudieron imponer la concepción de la política como un negocio. Así, en la medida en que la oposición al menemismo funcionó de manera atarantada, ocasional y poco vigilante, el régimen iniciado en julio de 1989 ha podido hacer prácticamente todo lo que quiso. Y vaya que tuvo voluntad de hacer.[21]

En el menemismo la corrupción abarca prácticamente todo: desde las privatizaciones de las grandes empresas del Estado, hasta las concesiones de permisos para vender panchos en la calle; desde los permisos de habilitación para poner un kiosco en una ventana, hasta el manejo de todo el sistema bancario. En todos los órdenes (municipal, provincial o federal) han generado o alentado la creación de verdaderas organizaciones delictivas, que funcionan como sindicatos mafiosos que llevan a cabo todo lo que avergüenza al individuo probo y conspira contra la democracia: estafas, coimas, prebendas, información selectiva y/o mentirosa, no rendición de cuentas, concesión arbitraria de subvenciones, contrataciones directas, licitaciones "hechas a medida", recomendaciones y tráfico de influencias, mantenimiento de empleados ñoquis, fomento del temor reverencial y del silencio cómplice, falsificación de documentos, prepotencia del superior, amenaza física, fraude electoral, descontrol aduanero y un sistema impositivo ofensivamente injusto, que grava y ejecuta a los que menos tienen y protege a los más poderosos. También forma parte de este sistema corruptor la hipocresía de llevar adelante estrategias políticas consistentes, una, en discutir en cada caso el problema de las carencias legales, y la otra en incentivar polémicas que lleven a la generalización, la confusión y el ocultamiento. Resulta agotadora la sola enumeración del universo de ilegalidades y trapisondas que han hecho y hacen, y que vacían de contenido a la democracia y la convierten en objeto de condena por parte de una sociedad que asiste, impotente, a semejante festival.

Párrafo aparte merecen el arriba mencionado sistema impositivo y la evasión fiscal, que está alcanzando niveles alarmantes y, para muchos economistas, es el gran Talón de Aquiles de la economía argentina en el fin del milenio. Muchos economistas y cientistas políticos vienen señalando que el mayor problema de la economía argentina es que los ricos no pagan impuestos. No sólo es un tema que habla de la desigualdad social agravada en el final del siglo XX, sino que se ha convertido en zona de privilegios y a la vez en contrapeso brutal de las posibilidades económicas del país. No se sabe con certeza cuánto dinero se evade en la Argentina, pero en 1997 el propio presidente Menem habló de unos 25.000 millones de dólares anuales. Luego la Administración Federal de Ingresos Públicos (AFIP) declaró que sólo por evasión del IVA se evadían unos 17.000 millones anuales. Diversos economistas manejan cálculos de entre 20.000 y 40.000 millones. Lo impresionante es que, en cualquier caso, la evasión de *cada año* sería de entre el 25 y el 40% del *total* de nuestra deuda externa. Conseguir que paguen impuestos quienes deben hacerlo, como se aprecia, es uno de los grandes retos para el tercer milenio.[22]

Hay que distinguir, también, la engañosa hipocresía que consiste en comparar la corrupción actual, la que padecemos en el sistema democrático, con la que los argentinos padecimos durante la pasada dictadura, cuando en opinión de muchos había "menos" corrupción. En primer lugar, el argumento es falaz porque hoy es incomprobable la cuantía de aquélla y eso hace imposible su comparación con la de ahora. La hipocresía consiste también en ocultar que la corrupción en democracia se puede sospechar, investigar y ver, y a la postre resulta evidenciable, mientras que en las dictaduras es mucho más difícil de investigar y de probar, no sólo porque se oculta sino porque se reprime y cuando la arbitrariedad *es el sistema* no hay la menor posibilidad de control. Pero sobre todo la comparación es falsa porque no hay mayor corrupción que una dictadura, la cual es corrupta *per se*, corrupta *ab-origine*: desde su instauración misma todo es corrupto. Dictadura significa "gobierno que, invocando el interés público, se ejerce fuera de las leyes constitutivas de un país" (Diccionario de la Lengua Española); y dictador es el "gobernante que asume todo el poder, sin ser él mismo responsable ante nadie", completa María Moliner. Por su parte Miralles, refiriéndose al régimen franquista, dice que dictadura equivale a "corrupción del sistema y corrupción de las conciencias". En la misma línea, y sobre las dictaduras latinoamericanas, Arias Sánchez explica que "muchas se debieron en gran parte a la furia popular frente a la corrupción, y fueron instaladas como resultado de golpes palaciegos o rebeliones militares que condenaban hipócritamente la corrupción de los regímenes democráticos".

Como todo régimen corrupto, el menemismo apela a todas las estrategias imaginables de distracción, confusión y ocultamiento. Hay que reconocer que son verdaderos maestros en ese arte, y como además Menem y sus parientes y amigos no se caracterizan por ser escrupulosos en el manejo de los asuntos del poder, recurren frecuentemente a artimañas que debieran ser risibles si no fueran tan graves para el patrimonio colectivo argentino, y las cuales ellos implementan con rostros pétreos, imperturbables. Uno de sus más frecuentes recursos marrulleros consiste en intentar la cooptación del denunciante; si no lo consiguen, se lanzan a exigir a viva voz, histriónicamente ofendidos, que "si alguien sabe de un acto de corrupción debe denunciarlo ante los tribunales, porque es corrupto solamente el que ha sido condenado por sentencia judicial y no es justo que se acuse sin pruebas a personas honorables".

Con argumentos de este tipo pretenden erigirse, tan luego ellos, en campeones de la legalidad, exigiendo responsabilidad a los denunciantes, a los que intentan aplastar y desmoralizar contraatacando judicialmente. El menemismo se ha convertido, de hecho, en *el más masivo sistema querellador de la Argentina*: sólo a periodistas que denunciaron actos de corrupción les han iniciado centenares de querellas, para lo cual, ya se sabe, cuentan con una Justicia complaciente. El principio de la inocencia anterior a una sentencia juega así de modo tramposo, y por esta vía lo que hace este gobierno es eludir toda la responsabilidad política que le cabe en cada caso. El argumento del propio Menem no deja de ser brillante: ante cada denuncia, él mismo reivindica la necesidad de que "quien la hace, la pague" y amenaza con aplicarle "todo el peso de la ley" porque "en la Argentina –dice y repite– nadie tiene coronita". Con esta verborrea lo que hace es frenar escándalos, ocultar y confundir responsabilidades y dar tiempo a que sus protegidos preparen su propio sistema de protección. Sólo en casos extremos acepta el corrimiento de sus protegidos, los que casi siempre vuelven al gobierno, tiempo después, en otras funciones (Bauzá, Kohan, Dromi, Emir Yoma, Barra, Erman González) o desaparecen de la política (Grosso, Manzano, Adelina Dalesio) o para siempre (Ibrahim al Ibrahim).

Inexorablemente, cuando las aguas se calmen y los vientos de cada escándalo amainen, la venganza será terrible: iniciarán demandas por injurias contra los denunciantes, y/o les harán llegar inspecciones de la DGI, y/o recibirán castigos peores: amenazas telefónicas, persecuciones y espías, accidentes, quizá algo peor...

Como se sabe, la responsabilidad siempre es diferente en lo penal, lo civil o lo administrativo, pero en política toda verdadera responsabilidad cuestionada exige por lo menos la renuncia del funcionario, sea por propia dignidad o por exigencia del superior jerárquico. "No reconocer que este principio se encuentra siempre sobre la cabeza de los políticos –dice Miralles– supone judicializar la vida política y politizar la actuación de los jueces." Pues esto es exactamente lo que ha hecho el menemismo, instalando como estilo un argumento que más o menos razona así: "Muchachos, aquí nadie renuncia a nada, nadie da un paso atrás; aguantamos los chubascos y que los denunciantes prueben lo que dicen que después nosotros veremos. Y vayamos haciéndoles saber que nosotros devolvemos golpe por golpe".

Todo esto es lo que hace que exigir sentencias judiciales como único medidor de la corrupción sea suicida en un país en el que tenemos la Justicia que tenemos. A la vez, el deterioro de la confianza en la Justicia por vía de la impunidad constante y convertida en estilo de gobierno ha sido, de hecho, una suprema forma de preparar el campo para la corrupción y el descontrol. Desde Miguel Juárez Celman, que presidió la Argentina entre 1886 y 1890 y tuvo que dejar el gobierno abrumado por innumerables escándalos de corrupción, no ha habido gobierno más corrupto que el menemismo en toda la historia de los gobiernos elegidos democráticamente.

Desde luego que así como es verdad que no todos los políticos argentinos son corruptos, y de igual modo que es probable que la mayoría de ellos sean gente decente y honrada, también lo es que no por ello están exentos de responsabilidades. Y es que, por lo menos, pueden ser acusados de complacencia o debilidad frente a la minoría corrompida y corruptora que está gobernando la Argentina en la última década del milenio. Por más que haya muchos casos ejemplares de probidad, y evidentes esfuerzos en muchos dirigentes y militantes políticos, no es menos cierto que esos esfuerzos resultan casi siempre inútiles por pequeños, aislados y sobre todo porque no provienen de un sistema de control institucional instrumentado y conducido por la oposición política.

No es agradable escribir lo anterior, y seguramente me granjeará el resentimiento de muchos, pero estoy convencido de que es la verdad.

Hacia la recuperación moral: Qué hacer y cómo hacerlo

No es éste un libro que deba dar respuestas a la cuestión de la recuperación moral. Sin embargo, me parece ineludible, luego de los señalamientos anteriores, hacer por lo menos un listado de medidas urgentes y necesarias, que, más tarde o más temprano, habrá que implementar en la Argentina. Confío en que todavía mi generación esté a tiempo de darle al país lo que hasta ahora no le dio; confío –necesito confiar– que el siglo XXI no será demasiado tarde para nosotros.

Para luchar eficientemente y con esperanzas de éxito contra la corrupción, hacen falta por lo menos cuatro elementos fundamentales:

1°) un marco legal basado en los principios de la desconfianza y no del idealismo: un conjunto de leyes que reconozcan y admitan las contradicciones de la naturaleza humana y sus debilidades, y que dificulten sobremanera las posibilidades de que lo corruptible en efecto se corrompa;

2°) un sistema judicial realmente independiente, orgulloso de su independencia pero sabiamente controlado por el Poder Legislativo y absolutamente alejado de todo vínculo con el Ejecutivo;

3°) una opinión pública atenta, vigilante y desconfiada;

4°) una oposición activa que legítimamente aspire a llegar al poder; entrenada para el control y la fiscalización; y con espíritu patriótico.

La democracia argentina está en perfectas condiciones para alcanzar los anteriores presupuestos. La pregunta es, entonces: ¿Y por qué no lo hace? ¿Por qué no tenemos ese marco legal ni ese sistema judicial ni esa oposición, y sólo nos apoyamos en una opinión pública que además de atenta, vigilante y desconfiada está siendo ganada por el escepticismo?

La respuesta es demasiado compleja para sintetizarla en pocas páginas, y este libro no es más que un intento –también un intento y desde luego incompleto, insuficiente, imperfecto– en esa dirección.

En el mundo existen muchos antecedentes de sociedades que supieron, pudieron limpiar la corrupción de su seno. No es imposible hacerlo y a esto hay que subrayarlo: *no es imposible abatir la corrupción*. Depende solamente del tamaño de la voluntad política y de la decisión y coherencia que se tenga en la lucha.

En todas las experiencias y en todas las propuestas se destaca el sostenimiento de una prensa absolutamente libre, tenaz, investigativa, profunda y agresiva, que debe ser soportada por las autoridades precisamente para preservar el mayor bien que es la democracia. De hecho en los Estados Unidos –y fue uno de los mejores ejemplos que dio al mundo ese país de tan cuestionada ejemplaridad– el caso Watergate dejó una formidable moraleja: la corrupción finalmente se destapa; por grande que sea el poder empeñado en la mentira, a la larga la verdad se sabe. Sólo hace falta que los periodistas sean tenaces y honrados, y que busquen la verdad por sobre todas las cosas y sepan vencer los esfuerzos para el ocultamiento.

En la Argentina del fin del milenio esa enseñanza está presente, mal que les pese a los poderosos encaramados en el poder político. De hecho consignas ya instaladas en el sentir colectivo, como "No se olviden de Cabezas" o "Memoria activa" (para esclarecer los atentados antisemitas) implican que la sociedad argentina está hoy bien madura al respecto y ha aprendido esas lecciones: las de Watergate pero sobre todo las propias, como las que enseñaron y enseñan las Madres y Abuelas de Plaza de Mayo desde 1977.

Generalmente las denuncias periodísticas se originan en la turbiedad de los múltiples negocios incompatibles con la función pública y en la voracidad pecuniaria de los funcionarios corruptos, lo que da una dimensión a veces gigantesca a la corrupción, que no es sólo política sino económica. La última asamblea anual del Banco Mundial, celebrada en Hong Kong a mediados de 1997, se manifestó "preocupada por el impacto negativo que tiene la corrupción en los esfuerzos de desarrollo de nuestros deudores". Por ello decidió condicionar la entrega de sus préstamos a aquellos países en los que hay sospechas de sobornos y prácticas corruptas. Y en un memorándum interno, que reprodujo la prensa argentina, se recomendaron acciones concretas para combatir la corrupción, entre ellas: a) "una reforma judicial que permita tener un Poder Judicial eficiente, predecible y confiable; b) no emprender privatizaciones de servicios sin establecer previamente sistemas regulatorios de control; c) el mantenimiento de "medios de comunicación independientes, considerados esenciales para la lucha anticorrupción".[23]

Como se ve, la generalización de la corrupción es un fenómeno universal, es cierto, más allá de que esa universalidad no debe ser admitida como argumento exculpador de la propia. Pero es indudable que hoy se puede hablar también de globalización de la corrupción. Ya sabemos que en todos los países existe, como se dice subrayando el *todos* para autojustificarse, pero la cuestión importante radica en determinar si funcionan o no, y cómo funcionan, los controles en otras naciones. En países como Alemania, Francia, Italia, España o los Estados Unidos, por ejemplo, los mecanismos de control político y legal sí están funcionando. Allí hay controles muy eficaces y sofisticados, hay investigaciones y depuraciones, responsabilidades asumidas y compartidas, y sobre todo existen penalidades legales y administrativas que sí se cumplen.

Particularmente en los Estados Unidos –para citar un caso que bien harían en observar los admiradores incondicionales de ese país, aunque precisamente suele ser el aspecto acerca del cual están siempre distraídos– la cuestión de los controles es complejísima. Más allá de las imperfecciones del sistema imperial, de la injusticia capitalista y de la soberbia y agresividad de esa nación que funciona como gendarme mundial, es evidente que *allí la corrupción es controlada y atacada constantemente*. Lo cual no quiere decir que la hayan erradicado, desde luego, pero sí indica que hay un alto grado de control de los posibles excesos de políticos, funcionarios y empresas. Las leyes anticorrupción norteamericanas son muy eficientes y el Departamento de Justicia tiene una Sección de Integridad Pública que supervisa el comportamiento de funcionarios y políticos. Según datos aportados por Melchor Miralles sólo en el año 1989, por ejemplo, se procesó a 1.149 funcionarios. El Congreso de los Estados Unidos controla directa y eficazmente el funcionamiento de más de 7.000 lobbies reconocidos y organizados (hay una ley que los regula, que es de 1946) y que dan empleo a más de 20.000 personas. Así se vigila y penaliza el tráfico de influencias, y se limitan los excesos de los lobbies. Es sabido que ellos tienen incluso una legislación que vigila el comportamiento de sus grandes empresas y de las multinacionales en el exterior, sobre todo después del escandaloso rol corruptor de empresas como la ITT en Chile en los '70, y de la Lockheed en Europa. Al menos hay que reconocerles que aprenden las lecciones y se autocorrigen.[24]

Y hay más: por ejemplo las reglas del Centro de Despachantes de Aduana de los Estados Unidos son muy interesantes. Allí tienen programas permanentes de lucha anticorrupción, y, por caso, antes de tomar a cada empleado se investiga severamente su conducta y cada cinco años lo vuelven a investigar para asegurarse de que no se enriqueció. Existen agentes encubiertos que ofrecen coimas a los agentes aduanales para ver si las aceptan. Y en los casos en que éstos reciben ofrecimientos, deben reportarlos a sus superiores aunque no los acepten.

Respecto de la globalización, algunas personalidades como Arias Sánchez sostienen que "por mucho que hablemos de globalización de la corrupción, *también debemos dar la bienvenida a la ola de globalización de las demandas públicas de buen gobierno*", lo que ha forzado cambios importantes en los países del llamado Primer Mundo porque "desde que terminó la Guerra Fría la ayuda humanitaria se entiende como *ayuda efectiva* a la gente, y ya no como un modo de ganar amigos, aun corrompiéndolos, en el Tercer Mundo". Pero si esto es verdad, el problema mayor que subsiste con la globalización consiste en que no hay oposición. Ni Arias Sánchez ni ninguno de los mejor intencionados promotores de la globalización responden a esto: *el problema es que parece que no hay oposición a la idea misma de globalización*. Y la Aldea Global es una idea que viene a romper el darwinismo social (que bien o mal ha sido una garantía de supervivencia de la humanidad, en la medida en que la lucha de clases y de intereses, y, en general, toda lucha por la vida, tiende a forzar los equilibrios). Lo que la globalización viene a quebrar es, precisamente, toda idea de resistencia: pretende una unidad basada en el sometimiento y la verticalidad, e incluso en cuestiones como la del necesario combate contra la corrupción pretende que es decisión y función imperial el reglarlo todo y controlarlo, definirlo, decidirlo, dirigirlo y eventualmente aprobarlo. Es un riesgo cierto el de la desnacionalización *también* de las luchas anticorrupción.

Lo anterior no es un asunto teórico ni puramente declamativo. Tiene que ver con el problema del doble discurso, que no sólo es característica nuestra sino también una vieja práctica imperialista. Los gobiernos de las naciones ricas, como los Estados Unidos y algunas potencias europeas, son rigurosamente éticos en el orden interno, pero suelen ser muy blandos y fáciles de coludir en actos de corrupción fuera de su territorio. No sólo son paradigmáticos los casos de la ITT y la Lockheed, sino los multidenunciados casos de multinacionales químico-farmacéuticas francesas y alemanas, o la hipocresía constante del discurso ecologista en Europa mientras permanentemente envían basura y desechos nucleares hacia el llamado Tercer Mundo. Incluso en los últimos años, en la Argentina, tuvo resonancia el caso IBM-Banco Nación y se ha visto a ex embajadores norteamericanos como los señores Todman y Cheek convertidos en mercaderes de influencias. O sea que al aparecer envueltas en casos de corrupción, estas multinacionales –y sus funcionarios– acaban involucrando a esas naciones serias y honorables que tanto las protegen. Esto es muy grave, además, porque suele darle argumento a los que pretenden que *todos* somos corruptos y que en *todo* el mundo hay corrupción.[25]

Más recientemente, la organización no gubernamental *Transparency International* se ha ocupado de divulgar propuestas, posibles medidas y análisis que procuran restablecer la ética en el mundo de la política mundial y de los negocios. Instrumentos de la globalización, sin dudas, y que se apoyan en la aceptación del fenómeno, resultan interesantes muchos de sus lineamientos prácticos.

En síntesis, y para cerrar este capítulo con un listado de ideas útiles para el desarrollo de acciones concretas en el combate anticorrupción, resta sólo aclarar que se trata de múltiples medidas que *son posibles y, muchas de ellas, de aplicación relativamente sencilla.* Perfectamente pueden contribuir a limpiar el sistema de injusticia e impunidad imperante, y digamos que son, finalmente, medidas que tarde o temprano los argentinos tendremos que adoptar para la recuperación ética de nuestra sociedad.[26]

En lo filosófico:

–La corrupción tiene infinitos rostros: no es solamente el uso del poder político para obtener ventajas personales. Es mucho más: por ejemplo la coincidencia de intereses entre funcionarios públicos y hombres de negocios, cuando se unen para obtener ventajas. Es también todo aquello que no tiene sanción, por pequeños que sean la falta o el aprovechamiento. Es también el doble discurso que habla de legalidad mientras se infringe la ley, o habla de moral mientras se burla la confianza pública. Y corrupción son también los privilegios.

–La sociedad *debe* ser parte de la lucha anticorrupción. Hay que involucrar a la ciudadanía, darle espacios, aceptarle sus reclamos, invitarla a participar, demostrarle que no es inútil que reclamen y participen de las decisiones y sobre todo de las penalidades. No hay mejor control, en ninguna sociedad, que el de la propia ciudadanía. (Y los políticos harían bien en entender que no hay mejor propaganda de una acción de gobierno, que el buen gobierno bajo la lupa de la ciudadanía.) Las campañas anticorrupción no pueden tener éxito si los ciudadanos no participan libre, abierta e incondicionalmente de los controles. Permitirlo y fomentarlo no sólo es de buen gobierno sino que es también la mejor educación pública: si la gente ve y valora la seriedad, consistencia y efectividad de la campaña, eso fortalece y vigoriza las acciones, y estimula el sentimiento democrático ciudadano.

–Cada medida que se demora hoy, mañana significará un mayor costo. La lucha anticorrupción exige siempre decisiones urgentes y acciones concretas, enérgicas y rigurosas.

–En todo acto de corrupción siempre hay dos partes: el corrupto y el que corrompe. Parafraseando a Sor Juana Inés de la Cruz, la asombrosa poeta mexicana del siglo XVII, el dilema mantiene vigencia: ¿Quién es más culpable?: ¿quien peca por dinero, o quien paga por pecar?

–Hay que hacer docencia contra la indiferencia o el miedo frente a quienes cometen actos ilícitos, por pequeños que sean.

–Se debe dificultar por todos los medios que los delincuentes evadan la acción de la Justicia y disponerse a la mayor dureza en los juicios a los corruptos. No hay que permitir la menor tolerancia, ni ser generosos en los atenuantes. Y la civilidad debe ser consciente de que el poder político está obrando así.

–Hay que combatir el mito de que la corrupción es "una cultura", o parte de nuestra cultura, y desterrar la frase "cultura de la corrupción" en tanto corruptora del lenguaje mismo.

–Hay que desterrar la idea de que nunca podremos acabar totalmente con la corrupción, y de que inevitablemente tendremos que tolerar aunque sea "un poco de corrupción".

–Se debe rechazar la idea de que la pequeña corrupción es menos condenable que la gran corrupción. Es cierto que hay dos tamaños (el agente público que obtiene una pequeña ventaja, y el alto funcionario coludido con empresas y bancos para obtener diferencias enormes), pero eso no significa que la corrupción sea mensurable de acuerdo con el monto de lo obtenido ilegalmente. *Las penas deben ser diferenciadas*, desde luego, pero *no la condena moral*.

En lo político:

La ONG *Transparency International* propone los siguientes ocho elementos para una seria y concertada reforma anticorrupción:

1) Alcanzar un claro acuerdo entre los líderes políticos para combatir la corrupción donde ocurra, sometiéndose ellos mismos a cualquier investigación.

2) Poner el énfasis primario en la prevención de la corrupción futura y en los cambios de sistemas.

3) Adoptar una amplia legislación anticorrupción, implementada por agencias de manifiesta integridad (incluyendo investigadores y fiscales).

4) Identificar aquellas actividades gubernamentales más propicias para la corrupción, y modificar tanto las leyes aplicables como los procedimientos administrativos.

5) Desarrollar programas para que los salarios de los servidores públicos sean adecuados para garantizarles una vida digna y acorde a sus puestos, y que en lo posible sean iguales a los del sector privado.

6) Estudiar todos los remedios legales y administrativos a fin de asegurar que provean adecuados frenos a las tentaciones.

7) Generar un espíritu de asociación entre el gobierno y la sociedad civil, incluyendo en el esfuerzo al sector privado, los profesionales y las organizaciones religiosas. (*T.I.* no menciona a la oposición, los sindicatos ni los empresarios, que, por supuesto, también deberían ser incluidos.)

8) Hacer comprender a toda la sociedad que la corrupción implica muy "altos riesgos" y muy "bajos beneficios".

Aparte de esas ocho estrategias de *Transparency International*, un listado general de ideas y propuestas podría perfectamente completarse con otras medidas de acción política. Por ejemplo, y entre muchísimas otras, las siguientes:

–Establecer mecanismos para que la sociedad civil pueda ejercer funciones de control de la acción gubernamental y en los tres poderes. Por ejemplo fortaleciendo y horizontalizando cada vez más las defensorías del pueblo (ombudsman).

–Implementar revisiones periódicas en las oficinas públicas mediante auditorías sorpresa ejecutadas por parte de la Justicia. Idem en la Justicia por parte del Poder Legislativo; idem en el Legislativo por comisiones conjuntas del Ejecutivo y el Poder Judicial y en todos los casos con la asistencia de comisiones de ciudadanos libremente elegidos.

–Fortalecer los controles al Ejecutivo por parte del Legislativo y el Judicial para que efectivamente funcionen como organismos de control, y a la vez mejorar todas las garantías de independencia de los tres poderes constitucionales.

–Organizar sistemas de concursos abiertos y de competencia genuina para acceder a los puestos públicos. A la función pública debe accederse mediante concursos de antecedentes y oposición, completamente abiertos y expuestos ante la ciudadanía, para todos los cargos, incluyendo los universitarios y educativos en general de todo el país.

–Organizar sistemas de participación de "extraños" en todas las investigaciones de denuncias y análisis de situaciones dudosas. Se trata de que individuos independientes y de intachable conducta pública (debe tratarse de personas obviamente ajenas al sistema) puedan acompañar los procesos investigativos.

–Acelerar todos los procesos de toma de decisiones. Eliminar dilaciones y cajoneadas, imponiendo plazos perentorios para cada decisión y penalidades severas para quienes las demoren u obstaculicen, de modo de ir eliminando áreas y posibilidades de corrupción.

–También reducir las áreas de toma de decisión para que los pasos burocráticos sean pocos y menos trabados. Hay que horizontalizar y democratizar la toma de decisiones y multiplicar los controles. Y quebrar el monopolio del poder cuando está concentrado en las cabezas de instituciones u oficinas del Estado.

–Disponer la rotación de los directivos, jefes de sección y hasta empleados en las oficinas públicas, a fin de desarmar cada cierto tiempo las mafias que se pudieran haber organizado.

–Endurecer las sanciones por irregularidades administrativas de todo tipo y especialmente en la adjudicación de contratos.

–Modificar los sistemas de estabilidad laboral en los empleos públicos, que al permitir la burocratización *ad-eternum* de algunos agentes les permite organizar mafias internas. Es necesario disponer de poder para mover agentes, de modo de impedir o dificultar las mafias.

–Desarrollar sistemas de gerenciamiento financiero interno que aseguren el adecuado y seguro control en el uso de los recursos del Estado.

–Aumentar las sanciones a los directores y jefes, de modo que sean mucho mayores sus responsabilidades.

–Armonizar sistemas de participación de los colegios profesionales de todas las actividades; ayudarlos a que tengan tribunales de honor más severos y que decidan la desafiliación y prohibición de ejercicio profesional *per vitam* de aquellos de sus miembros que hayan participado en actos de corrupción; y asociarlos como entidades de control de la corrupción en áreas ajenas a la específica de cada profesión.

–Organizar y publicitar Registros Públicos de todos los regalos, privilegios y donaciones que reciban los agentes públicos. Conviene instalar registros en cada organismo o institución, y que estén a la vista del público: allí los funcionarios deberán declarar los regalos que reciben, por nimios que sean, y quiénes se los han enviado.

–Organizar un sistema computarizado y transparente de consulta pública de todas las acciones, programas, actividades, compromisos, decisiones y asuntos en carpeta de todos los organismos públicos, de manera que cualquier ciudadano pueda saber en cualquier momento, en el acto y mediante una sencilla consulta, qué se hace en cada oficina y cuál es el estado de los trámites.

–Promover la mejor preparación de los dirigentes políticos de todos los signos, y sobre todo alentar la capacitación de quienes estén en la oposición. No es una tarea imposible y sólo dependería de que los partidos organizaran cursos de ética y los sostuvieran como forma de educación para sus militantes.

–Devolver la credibilidad a instituciones que la han perdido, para lo cual urge despolitizar, por lo menos, la Corte Suprema y la Fiscalía de Estado.

–Todo funcionario gubernamental cuestionado por corrupción debe ser separado temporariamente de su cargo; y las investigaciones deben ser sumarias y ventiladas públicamente, a fin de alcanzar su restauración honorable o su desplazamiento inmediato.

–Deben organizarse dobles y aun triples sistemas de contabilidad y control de las cuentas públicas, de todos los gastos e ingresos oficiales.

–Deben eliminarse absolutamente todos los gastos reservados, en todas las reparticiones oficiales. Los llamados gastos de representación deben ser limitados al máximo, y autorizados y controlados por organismos de otros poderes del Estado.

–Debe venderse el avión presidencial, y disponer que los viajes del Jefe del Estado se realicen en aerolíneas privadas y con comitivas mínimas y viáticos modestos. Debe regularse todo el sistema de viáticos en todas las oficinas públicas.

–Fortalecer las Oficinas de Ética, pero eliminando la dependencia del Poder Ejecutivo, y en lo posible de ningún poder ni gobierno, municipal o provincial. Las Oficinas de Etica deben ser organismos absolutamente autónomos, incluidos en el presupuesto nacional, y deben ser fiscalizados, a la vez, por ellos mismos, por los tres poderes y por asociaciones de ciudadanos, circularmente, de modo que todos controlen a todos.

–Hay que exigir que las declaraciones juradas de todos los funcionarios, de cualquier nivel y categoría, sean públicos y abiertos, y cualquier ciudadano pueda conocerlos en cualquier momento. Incluso se debe exigir que esos mismos funcionarios adjunten las declaraciones juradas de los bienes de sus parientes de primer grado, ascendentes y descendentes. Deben desterrarse el cínico argumento de la privacidad de los parientes y todas las formas de desvirtuar la transparencia y de favorecer ocultamientos y simulaciones.

–Redoblar los esfuerzos y mecanismos de control en las áreas más sensibles del gobierno, tales como aduanas, fiscalías, procuración de justicia, áreas contables y de contrataciones, gerencias comerciales en general y particularmente las de compras y suministros.

–Todas las áreas de intendencia, compras y suministros, en todos los organismos públicos, deben tener direcciones y jefaturas rotativas, cada uno o dos años, y cada responsable que se va debe dejar una auditoría en marcha, la que debe ser supervisada por los sucesores.

–Fomentar la educación ética en las escuelas, públicas y privadas, desde la primaria y haciendo que la instrucción pública básica se relacione con la ética entendida como una forma superior del amor a la patria.

–Convocar a los organismos defensores de los derechos humanos, a los medios de comunicación, a la mayor variedad de organizaciones sociales y comunitarias, y darles espacios y oportunidades de participación. Hacerlo sin miedo al desorden, que será en todo caso un desorden creativo. Hacerlo sin prejuicios y de la manera más abierta y democrática, confiando en que esas mismas instituciones serán excelentes custodios porque estarán custodiando su propia existencia y la de cada uno de sus miembros.

En lo legislativo:

–Promover la discusión pública de una nueva ley electoral nacional que sintetice todas las legislaciones anteriores, y concretar la depuración definitiva y computarizada de todos los padrones nacionales, mejorando las formas democráticas de participación ciudadana obligatoria y alternada en el sistema electoral. Ninguno de los pasos del sistema electoral debe ser privatizado.

–Idem de los sistemas de documentación personal nacional, depurándolos y desprivatizándolos.

–Idem de todo el sistema aduanero nacional, el cual debe ser reorganizado desde base cero, nacionalizado y tecnificado, e imponiéndole sistemas de controles externos y por parte de colegios de profesionales de diferentes áreas. Este sistema tampoco debe ser privatizado.

–Modificar los reglamentos de ambas Cámaras del Congreso Nacional, eliminando la actual división en comisiones que resultan cotos políticos. Abrir una discusión pública a fin de que la sociedad aporte ideas útiles para que los legisladores se ocupen más de la mejor sanción de las leyes y menos de chicanas de partido y del juego del poder.

–Implementar severas y austeras leyes de financiamiento de los partidos políticos, volviendo absolutamente transparente el sistema y haciéndolo más económico.

–Promover un sistema legal consensuado de campañas electorales para acabar con el clientelismo político.

–Sancionar una nueva ley general de contrataciones del Estado, capaz de crear un sistema de licitaciones que garantice la ecuanimidad y la participación horizontal, a la vez que destierre viejos vicios y sobre todo que sea durísima en sus penalidades.

–Establecer normas que aseguren la eliminación de la discrecionalidad en las decisiones ejecutivas, en todos los niveles, y que en cambio garanticen sistemas de arbitraje irreprochables.

–Sancionar una ley de reparto de las publicidades oficiales en todo el país.

–Establecer una legislación que permita la participación ciudadana en el control del gasto público.

–En materia de seguridad, delincuencia y criminalidad urbana, haría falta un serio y organizado debate nacional conducido por el Congreso, a fin de lograr: a) ágiles, modernas y muy rigurosas leyes capaces de aplicar castigos efectivos, y que desalienten por completo las reincidencias; b) la capacitación de los encargados de la persecución del delito, y de investigar, instruir sumarios y custodiar a los procesados; c) concientizar y movilizar a la sociedad para ir creando una cultura de apego al derecho y de confianza en la Justicia; d) concientizar y movilizar a la sociedad para que no se consientan, toleren ni disculpen las violaciones a la ley, por pequeñas que éstas sean.

–Reorganizar totalmente el sistema carcelario argentino, creando un sistema federal con presupuesto suficiente, y educando ante todo a los guardiacárceles en el sentido de que el delincuente es un ciudadano equivocado que es importante y urgente recuperar.

–Reorganizar y modernizar todo el sistema del Patronato de Liberados.

–Legislar un sistema de castigos a quienes afecten de cualquier modo el erario público, que incluya inhabilitaciones perpetuas a fin de que las personas y empresas que hayan cometido actos irregulares no puedan volver a contratar con el Estado ni participar en futuras licitaciones o actos públicos.

–Endurecer las disposiciones del Código Penal en el capítulo referido a los delitos contra el patrimonio colectivo, defraudaciones y estafas, y abusos de poder, eliminando excarcelaciones, imponiendo penas de cumplimiento efectivo, y sancionando inhabilitaciones perpetuas a futuro.

–Disminuir los atajos legales y sancionar a los abogados excesivamente chicaneros que anteponen sus intereses al cumplimiento de la ley, para lo cual habrá que exhortar a los tribunales de ética de los propios colegios de abogados a que sean mucho más exigentes y rigurosos.

–Impedir que cuando los presuntos responsables huyan o se mantengan prófugos, esa circunstancia demore los procesos. Al contrario, la no comparecencia debe ser castigada con la automática conversión en sumarísimo del proceso en ausencia.

–Crear un régimen transparente para el manejo por parte del Estado de los bienes incautados a delincuentes, entre otras cosas impidiendo que esos bienes incautados puedan ser transferidos a familiares o a terceros relacionados con los delincuentes.

–Replantear el Registro Nacional Unico de Vehículos Automotores, convirtiéndolo en un organismo insospechable de traficar con vehículos robados, para lo cual debe haber muy severos controles de este registro, el cual no debe ser manejado con exclusividad por la policía.

–Revisar todo el andamiaje jurídico respecto de las policías, para verdaderamente reestructurarlas en lugar de emparcharlas. Hay que poner coto a los infinitos vericuetos legales que permiten reinstalar policías deshonestos. Hay que cortarles todos los recursos económicos, políticos y legales a los policías corruptos.

–Crear la policía judicial que sea auxiliar de los jueces y encargada de investigaciones y sumarios pero sin ningún otro poder, supeditada a los jueces y fiscales, y con severísimos controles externos sobre ella.

–Recuperar a los policías de facción, el vigilante callejero, el ordenador de tránsito.

–Estudiar la conveniencia, y eventualmente sancionar, de un sistema por el cual las distintas policías puedan controlarse unas a otras, y que todas reporten a un sistema judicial saneado. Se trata de reconvertir a las policías en verdaderos auxiliares de la Justicia y en custodios de las libertades públicas.

–Cambiar la legislación de modo que todo "exceso", todo menoscabo a la dignidad humana, toda acción de gatillo fácil, toda tortura o apremio ilegal, sea inexcusablemente castigado con cárcel de cumplimiento efectivo. Sólo desde esta premisa se podrá ser implacable y riguroso en la persecución de la delincuencia y de todo delito, y se podrán aplicar castigos más veloces, más duros y verdaderamente acordes con la gravedad de cada ilícito.

–Deben modificarse las leyes impositivas, de modo que las escalas de imposición se orienten a que se paguen más impuestos cuando se tengan mayores ingresos y no al revés.

–Eliminar todos los reintegros por exportación o importación, y todos los sistemas de excepción. Cuando se trate de políticas globales de protección industrial o a la producción nacional, han de ser políticas globales y no sectoriales.

–Sancionar una ley que ordene y limite el accionar de los lobbies y castigue el influyentismo.

–Sancionar una ley que castigue a los funcionarios o políticos que reciban regalos de valor desmesurado, y castigue igualmente a las personas o empresas que hagan esos regalos.

–También hay que garantizar la libertad de información en todas sus formas. Mantener la Libertad de Expresión irrestricta, y además *eliminar todas las leyes o partes de leyes (y códigos) que refiriéndose a difamaciones, calumnias o injurias puedan ser usadas para amenazar a la prensa, o para amordazarla.* La experiencia argentina reciente debe ser aprovechada, y nunca más las disposiciones legales deben estar al servicio del contraataque de los corruptos.

Para terminar: hay en nuestro país especialistas en el tema corrupción, juristas y dirigentes políticos intachables, que sostienen que hay países que no están en condiciones de atacar a la corrupción en todos los frentes y que por lo tanto hay que ir avanzando lentamente. En mi opinión, no es el caso de la Argentina, donde ya tenemos una notable libertad de prensa y lo que más falta es voluntad y decisión política para luchar de veras. En todos los frentes a la vez, y cuanto antes.

Notas

[1] José Ingenieros llamó "idealismo moral" al *anhelo de perfección fundada en la experiencia social, y evolutivo como ella misma.* En *El hombre mediocre* (Talleres Gráficos Argentinos L. J. Rosso y Cía., Buenos Aires, 1923, págs.12 y ss.) enseñó a varias generaciones latinoamericanas que sin ideales no hay progreso y que los ideales son el antídoto más eficaz contra la mediocridad. Predicó contra aquellos que "pueden apreciar el más y el menos, pero nunca distinguen lo mejor de

lo peor", razón por la cual "la excesiva prudencia de los mediocres ha paralizado siempre las iniciativas más fecundas".

[2] José Ingenieros: *El hombre mediocre*, págs. 96 y ss.

[3] El propio presidente Menem eliminó por decreto la cláusula que iba a permitir al organismo la investigación del patrimonio de todos los funcionarios y que decía así: "Crear y desarrollar un Programa de Control y Seguimiento de la situación patrimonial y financiera de todos los agentes de la Administración Pública Nacional, a partir de declaraciones juradas de los mismos, renovadas anualmente" (Decreto número 152 del 20 de febrero de 1997).

[4] Entiendo el vocablo *solidaridad* en el sentido que le da Ingenieros: equilibrio y armonía que emerge de la justicia. La definió además como "la más sencilla fórmula de moral social: ningún deber sin derechos; ningún derecho sin deberes". De ahí razonó que el quiebre de esta fórmula encierra un grave riesgo: "El desequilibrio social engendra la violencia", escribió. Debe reconocerse que Ingenieros fue un adelantado de esta idea que circuló tanto en los años '60 y '70: la idea de que la violencia de arriba engendraba la violencia de abajo no era sino una lectura demasiado apasionada de Ingenieros en *Las fuerzas morales*. "Toda violencia es un efecto de causas; sólo puede suprimirse reparando el desequilibrio que la engendra. Oponer la violencia a la violencia puede ser un mal necesario, pero es transitoriamente una agravación del mal: sólo es un bien si ella surge de un nuevo estado de equilibrio fundado en mayor justicia" (*Las fuerzas morales*, Editorial Losada, Buenos Aires, 1974, págs. 38 a 41).

[5] Octavio Paz: *Laberinto*, pág. 34.

[6] Teun van Dijk, entrevistado por María Azucena Villoldo, diario *Norte*, Resistencia, 19 de enero de 1997.

[7] Octavio Paz: *Laberinto*, pág. 274.

[8] José Ingenieros: *Las fuerzas morales*, págs. 73 y ss.

[9] Juan José Sebreli: *El asedio a la modernidad*, Editorial Sudamericana, Buenos Aires, 1991, pág. 67. Los subrayados son míos: MG.

[10] Oscar Arias Sánchez. Prólogo al *Libro de las Fuentes* de la organización *Transparency International*, octubre de 1995, tomado de Internet.

[11] La organización no gubernamental *Transparency International* se ocupa de juntar información sobre la ética pública en todo el mundo, y muchos de sus integrantes son personas de reconocidos prestigio e integridad. Claro que no carece de contradicciones, como el hecho de que su Congreso Anual de 1997, en Lima, Perú, fue inaugurado por el cuestionadísimo presidente Alberto Fujimori.

[12] José Ingenieros: *Las fuerzas morales*, págs. 35 y ss.

[13] Melchor Miralles: *Dinero sucio. Diccionario de la corrupción en España*, Ediciones Temas de Hoy, Madrid, 1992, págs. 21 y ss.

[14] Octavio Paz, *Laberinto*, pág. 239.

[15] Octavio Paz, *Laberinto*, pág. 273.

[16] Marcos Meeroff & Agustín Candiotti: *Ciencia, Técnica y Humanismo*, Editorial Biblos, Buenos Aires, 1996, pág. 55.

[17] Es patético el caso del ex senador José Octavio Bordón, que obtuvo cinco millones de votos en 1995 prometiendo "una nueva forma de hacer política" y por hacer lo de siempre y apostar a la desmemoria colectiva, sólo dos años después no llegó ni a cien mil votos.

[18] Han habido y hay infinidad de casos ejemplares de decencia pública en la Ar-

gentina. Por citar sólo tres, uno es el de Manuel Antonio Acevedo, narrado en el capítulo "Los argentinos y la memoria". Otro es el de José de San Martín, quien se pasó la vida rechazando honores y prebendas; y más recientemente el presidente Arturo Illia, quien vivió y murió en la mayor austeridad.

[19] Melchor Miralles: *Dinero sucio*, págs. 147 y ss.

[20] Oscar Arias Sánchez, *op. cit.*, Internet.

[21] Incluso, como es sabido, consiguieron disolver la importancia de la Fiscalía de Estado con la salida del Dr. Ricardo Molinas; el presidente Menem sancionó más decretos de necesidad y urgencia que todos los presidentes de la historia argentina juntos; y entre 1994 y 1997 frenaron con más astucia que razones la constitución del Consejo de la Magistratura.

[22] Diario *Clarín*, Suplemento Económico del domingo 5 de octubre de 1997.

[23] Diario *Clarín* del 22 de septiembre de 1997, nota firmada por Marcelo Bonelli.

[24] Melchor Miralles: *Dinero sucio*, págs. 147 y ss.

[25] Respecto del cinismo y el doble discurso de la globalización, a comienzos de los '90 tuve ocasión de leer en un diario, en los Estados Unidos, las declaraciones del presidente de una de las más grandes corporaciones tabacaleras del mundo. Interrogado por un reportero de un diario del Estado de Kentucky acerca del desempleo creciente y la contradicción que significaban las campañas contra los fumadores en ese Estado productor de tabaco, este hombre respondió que nadie en Kentucky debía preocuparse por el futuro de la industria tabacalera, porque aunque en los Estados Unidos ya casi nadie fuma "tenemos muchos millones de tercermundistas a los que hacemos fumar".

[26] Este conjunto de medidas y propuestas recoge experiencias narradas por casi todos los autores consultados para este libro, particularmente Ingenieros, Miralles, Arias Sánchez y en el *Libro de las Fuentes* de *Transparency International*, así como denuncias periodísticas recogidas en la Argentina y en el extranjero durante los últimos veinte años.

TRECE

LOS ARGENTINOS, LA VIOLENCIA Y LA MUERTE

El mundo en que vivimos

¿Puede afirmarse que la Argentina es un país violento, de gente violenta? La respuesta que se escucha si se formula esta pregunta es que no, de ninguna manera; los argentinos somos un pueblo pacífico y tranquilo que todo lo que quiere es vivir en paz. Esta es una convicción muy arraigada. Y sin embargo, muchos indicadores de nuestra historia y de nuestro presente hacen pensar que sí somos un país violento, e incluso un pueblo mucho más violento que lo que quisiéramos admitir.

Desde luego, la afirmación anterior no significa que cada argentino sea una persona violenta, ni que cualquiera lo sea, ni que la violencia constituya nuestro rasgo más sobresaliente. Pero sí que es uno de los rasgos más desagradables que la sociedad argentina encierra y que, por supuesto, niega.

A mí me parece que frente a este tipo de cosas, a estas ideas que pueden ser desagradables y duras de soportar, corresponde la siguiente actitud: ni elogio ni condena pero tampoco el silencio.

Lo cierto es que en la última década del siglo XX, el argentino se siente perplejo ante los cambios del mundo y una de las evidencias del cambio –quizá la que menos le gusta– es el auge de la violencia, sobre todo la urbana, y la modificación en los modos de relacionarse con los demás. "Ya no se puede caminar por las calles –dice el argentino medio–. La inseguridad es total y no se respeta nada ni a nadie. Hoy te asaltan en cualquier lado y encima te matan. Los jóvenes están todos drogados o borrachos, y violan y asesinan a cualquiera".

La inseguridad es uno de los temas predilectos para la queja. Sobre todo en los centros urbanos, en las grandes ciudades, el mensaje que se emite (coherente con el que se recibe, tanto desde los medios audiovisuales como desde los semejantes, lo que alimenta la paranoia colectiva) se sintetiza en media docena de palabras: "Así ya no se puede vivir". Y cuyo metamensaje es: por lo tanto, tenemos que vivir encerrados, mirar mucha tele, pensar poco, votar como ovejas y esperar (desear) que "alguien" venga a poner orden en este caos. Idea tenebrosa, si las hay, que los argentinos de varias generaciones hemos padecido y que asombrosamente aún anida bajo la piel de muchos compatriotas.

Como sucede con tantas otras ideas, se dice todo eso sin reparar en las posibilidades manipulatorias de la exageración ni, mucho menos, en el peligro que entraña para la convivencia. Ese *así* implica una desvalorización general de todo lo que nos rodea, mucho de lo cual no es necesariamente insatisfactorio. Y por otra parte, es temible el hecho de que todo reclamo de seguridad y de orden, para el argentino, está desde hace décadas vinculado al autoritarismo, conducta inoculada de modo extraordinariamente fuerte en el tejido social argentino.

Eso explica que frente a todo crimen de gran repercusión social, de inmediato resuenen las voces de los que reclaman instaurar la pena de muerte. Y también explica que los llamados "justicieros de barrio" sean bien vistos y justificados, incluso por policías y jueces. Ahí está, como dato inexcusable, el aumento de la venta de armas para uso privado y de los permisos de portación. Cada vez son más los argentinos que tienen una pistola o un revólver en su casa y *están dispuestos a usar esas armas* y acaso a matar, aunque en la mayoría de los casos sean ciudadanos perfectamente pacíficos y trabajadores que jamás pensaron matar "ni a una mosca", como suele decirse. Una encuesta de la revista *Viva* demostró que el 15% de los hombres en el Gran Buenos Aires admitió tener un arma, aunque la mitad de ellos dijo no saber cómo usarla.[1]

Esa misma encuesta demostró datos impresionantes sobre la sensación de inseguridad en las calles, tema que viene siendo el tópico burgués más repetido de fines de los '90. El mayor miedo de los porteños (no de los argentinos, y acá hay que precisarlo muy claramente, porque éste es un fenómeno citadino y particularmente de las grandes ciudades, acaso también de Córdoba y Rosario) es a ser víctimas de delitos violentos. El 62,5% siente miedo al salir a la calle; el 25% a estar solo dentro de su propia casa; y sólo el 11% aseguró no sentir miedo. El 46,3% de los encuestados del Gran Buenos Aires fue asaltado alguna vez, la inmensa mayoría de ellos (68,5%) en la calle. Claro que el 51,4% dijo no haber tomado ninguna medida para sentirse seguro. En cuanto a las causas del aumento de la violencia, el 55,9%

considera que el principal motivo es el extremo empobrecimiento, y el 29,5% a la falta de confianza en la Justicia; el 27% a la sensación de impunidad para los grandes criminales; el 16,5% culpa a la policía de "gatillo fácil"; el 15,2% a la falta de perspectiva de futuro.

Es muy interesante apreciar que los argentinos, en este sentido, no parecen haber perdido ni las esperanzas ni la sensatez. Entre las medidas preventivas, la muestra de respuestas jerarquizó las propuestas de manera muy interesante: aplicar programas de rehabilitación de chicos de la calle (55,9%); cambiar los planes educativos para reforzar la enseñanza de los valores (52,7%); aumentar la vigilancia en las calles (39,4%); crear clubes deportivos y jardines (39,1%); aplicar programas de resocialización carcelaria (30,1%); iluminar mejor las calles (15,8%).

En cuanto a las medidas represivas, el 53,9% pidió penas más severas; el 51,8% más policías en las calles; el 40,8% se pronunció por bajar la edad de imputación de delitos para que alcance a los chicos de 16 años, y el 26,2% se manifestó en favor de reinstaurar la pena de muerte.

Es seguro que muchos de esos argentinos son personas que van regularmente a misa, y lo más probable es que estén en contra de toda forma de aborto (salvo el aborto clandestino al que se someterán sus hijas, si les toca la desgracia, claro está). Esos buenos ciudadanos jamás se sentirán culpables; en realidad se sienten víctimas. Y en cierto modo es verdad que lo son: han llegado al colmo de la desconfianza en las instituciones. "¿Y qué otra cosa quiere que hagamos?" –se escucha su réplica–. "¿Usted mismo, qué haría si lo asaltan una y otra vez y los chorros siempre salen en libertad? ¿Qué haría usted si entran a su casa y matan o violan a uno de los suyos? Acá la impunidad es la regla; en este país no se castiga a nadie, y los que van presos enseguida salen libres. Así que mejor matarlos en defensa propia."

Es cierto: el argentino medio siente que está viviendo en un clima cada vez más inficionado de inseguridad. Desconfía –con razón– de la Justicia y de la Policía, dos instituciones que en el final del milenio parecen insalvablemente enfermas de corrupción y convertidas en instrumentos al servicio de los poderosos.

La vieja disyuntiva sarmientina –civilización o barbarie– continúa siendo el signo de nuestro desarrollo y se manifiesta en plenitud en nuestra vida cotidiana. Esta es una de las tantas paradojas a que nos enfrentamos en este fin de milenio de civilizada barbarie. Y es que resultaría un absurdo considerar el triunfo de la civilización cuando todos los indicios cotidianos tienden a hacernos pensar que todo está perdido, del mismo modo que sería absurdo admitir el triunfo de la barbarie y bajar los brazos cuando tenemos tantos indicios de resistencia, y cuando nosotros mismos estamos en plena acción y resistiendo.

Desde luego, una vez más alguien replicará diciendo que crisis hubo siempre. Y es cierto, crisis hubo siempre, pero las crisis anteriores de la humanidad jamás alcanzaron dimensión como la actual. Hoy este planeta tiene ya casi 6.000 millones de habitantes y todas las miserias humanas (el hambre, la necedad, la estupidez, la injusticia) han alcanzado grados superlativos. Siempre el lobo del hombre fue el hombre, pero nunca el hombre fue tan lobo como en este fin de milenio.

Y encima ahora con la posibilidad –maravillosa pero terrorífica– de que se puede ver todo lo que pasa en el mundo casi al mismo tiempo en que sucede, gracias a ese Aleph que cada uno tiene en la pantalla de su televisor.

Con los años los seres humanos solemos ir consolidando más los defectos que las virtudes. Y uno de los defectos más generalizado, más grave y menos admitido es *la necedad del miedo*. Es decir, la no admisión y la resistencia a uno de los sentimientos más naturales e incontrolables de los seres vivos. El miedo suele aparecer combinado con *la autocompasión*. Y en general (al menos en la sociedad argentina) aun hay que sumarle otro ingrediente: *el resentimiento*. Con lo que el cóctel resulta bastante explosivo. En mi opinión, es sobre todo este último componente el que se expande más peligrosamente en la Argentina. Y no pienso sólo en la gente más pobre, en los condenados económicamente a la miseria. En todas las clases sociales, y acaso particularmente en las llamadas media y media alta, hay muchísimos que, desde chicos y durante años, se soñaron destinados a un mejor presente, y entonces cuando la realidad les muestra sus rostros más crueles, resultan adultos insatisfechos, quejosos o frívolos, y en la mayoría de los casos manipulables, proclives involuntarios a variadas formas de corrupción y violencia.

Una de ellas es la violencia callejera, pero no la de la inseguridad por el crimen sino la derivada de esa otra afición de los argentinos: la muerte en accidentes de tránsito. Es evidente, y ya tiene reconocimiento universal, que los argentinos, contra lo que ellos mismos creen, están entre los peores conductores del mundo. Según datos de las Naciones Unidas, entre 1980 y 1993 las muertes por accidentes de tránsito crecieron en un récord absoluto: el 125%. Y las estadísticas nacionales de 1995 y 1996 muestran que todo sigue empeorando. Pero esta es una violencia callejera que no sólo no es reconocida por los argentinos, sino que incluso es negada. Casi ningún ciudadano, casi ningún conductor de automóvil de este país admitiría, si se le pregunta hoy mismo, que carece de educación vial. Casi ninguno admitiría que realmente no está preparado para salir a la calle a manejar un automóvil. Por esa negación es que sólo en 1995 murieron 10.029 personas en las calles argentinas: o sea 27 personas por día. Y en 1996 el promedio ascendió a 31 muertos diarios. Y quedaron más de 120.000 personas heridas: 329 por cada día. Eduardo Bertotti, director del Instituto de Seguridad y Educación Vial (ISEV), que es un organismo privado, sostiene: "El argentino empieza a manejar en infracción: acompañado del padre que hace de instructor, y sin registro... El argentino tiene una cultura de la fatalidad: si está escrito que me voy a matar, me voy a matar, dice". Por esa razón, el 87% de los conductores admite que suele manejar aunque haya tomado algo de alcohol. Por esa razón el 85% de los accidentes de tránsito se deben exclusivamente a fallas humanas, o sea impericia e imprudencia. Por esa razón, la organización Luchemos por la Vida calcula que la pérdida económica anual por estos accidentes bordea los 10.000 millones de dólares.[2]

Hace poco, mientras escribía este libro, me tocó viajar por la ruta 9 entre las ciudades de Córdoba y Rosario. En terreno plano y recto, donde sería imposible hacer más fácilmente una autopista, hace décadas se discute hacerla (décadas, escribí: desde los años '50) pero esa obra jamás se realiza. Es la ruta que une a las dos provincias más pobladas e industrializadas del interior de la Argentina, y el tráfico es incesante. Ignoro el saldo en muertos, en términos estadísticos, pero no hay familia de Bell Ville, Armstrong o Cañada de Gómez, por caso, que no conozca o haya sufrido varias muertes.

Cuando una sociedad es tan irresponsable y juega así con la muerte, y cuando muchos de sus miembros claudican y se sienten vencidos por la pasiva tolerancia, la sensación de impotencia y el egoísmo individualista, esa sociedad inconscientemente está cultivando la violencia cotidiana.

Desde luego que la decadencia general de nuestra sociedad; el deterioro de la calidad de vida; la violencia urbana; el desastre ecológico; el desprecio por la vida (sobre todo la ajena); el resentimiento social agudizado; la dictadura de los sistemas audiovisuales; la declinación de la capacidad lectora de la gente y la sustitución de la razón por el simplismo, el pensamiento mágico y la futilidad son un fenómeno universal: por lo menos desde la Segunda Guerra Mundial el mundo se empeña en celebrar la hipocresía y la ignorancia, el facilismo y la falsificación, y desencadena violencia y más violencia mientras declama por la paz y la no violencia. Es un mundo curioso, por cierto, con un escenario esquizofrénico en el que coexisten bonitos discursos con una actitud generalizada de corrupción y simplificaciones. En la Argentina tenemos peculiaridades: aquí se santificó la abundancia mal repartida; se predicó la paz haciendo guerras; se propusieron dioses a los que temer antes que amar; los que mandan golpear y amenazar se declaran pacifistas; los ladrones discursean sobre moral; los traficantes de drogas tienen acceso o están en el poder político; nadie se arrepiente de nada, y ni siquiera tenemos un suicidio digno para mostrarle al mundo.

No sonará agradable, pero –parafraseando a Raymond Chandler– éste es el mundo y el país en el que usted y yo vivimos.

Claro que quizá no sea justo hablar de una cultura de la fatalidad. En realidad no existe la llamada "Cultura de la Muerte" en un sentido sustancial que vaya más allá de lo inmediato, lo circunstancial o lo anecdótico. Como acertadamente señala Fernando Cruz Kronfly "toda cultura es por definición una historia de las fugas y aproximaciones respecto de la muerte. Dicho de otro modo, toda cultura es en últimas el resultado de la relación ambivalente –o plurivalente– que el hombre sostiene con la muerte". Lo que hay entonces es negación, olvido, silencio, superación, creencia en la inmortalidad y la transmigración de las almas, en fin, todos los recursos que el hombre ha venido procurando para no mirar, o mejor, para poder convivir, con el milenario pavor que le produce la idea de la muerte. En tal sentido, la idea de Cruz Kronfly es que, de hecho, "toda cultura lo es de la muerte y para la muerte", pero la gran diferencia estriba en que nada de eso es lo mismo que lo que realmente estamos viviendo en el fin del milenio: *una cultura de los procedimientos violentos como procedimientos triunfantes*.[3]

Esos procedimientos son típicos de la posmodernidad y tienen que ver con cambios profundos en conceptos clásicos como historia, progreso, civilización, razón. Toda la filosofía, desde los griegos, no ha hecho otra cosa que reflexionar estos conceptos, y en los últimos dos siglos del segundo milenio la modernidad pareció consagrarlos como en un proceso global, una especie de concentración semántica que incluiría la naturaleza filosófica, política, económica, científica y artística, que desarrolló un relato, digamos, más o menos homogéneo. Por lo menos desde la Revolución Francesa de 1789 y hasta la mundialización de la televisión (*circa* 1960) ese Relato de la Historia, el Progreso y la Razón tuvo variaciones pero una cierta consistencia. Bueno, la posmodernidad ha roto todo eso; ha hecho pedazos, trizas, las promesas y los discursos.

Puede resultar doloroso admitirlo, pero el sinceramiento es un valor inocultable de nuestro tiempo: hoy el horror es indisimulable, las contradicciones más brutales están ante nuestros ojos, la dimensión de la maldad humana deja de ser literatura. Y a esto sin duda ha contribuido el cinismo contemporáneo, el carnaval de sangre y muerte que ha sido este siglo XX tan racional y tecnológico pero que ha masacrado a millones de personas, ha sumido en la explotación y la miseria a muchos más, y encima nos está dejando sin agua potable, sin aire puro, sin bosques, sin fauna, sin capa de ozono. Y para colmo, a los argentinos y a los latinoamericanos nos ha inculcado la ilusión de que la civilización (occidental y cristiana, como gustaban cacarear los militares hace pocos años) estaba en otra parte y nosotros éramos la barbarie. Y así se idealizó –se idealiza todavía– una Europa y un Primer Mundo (el mismo que ahora nos "globaliza" a su conveniencia pero a nuestro costo) cuya historia, progreso y razón han sido, por lo menos y para decirlo suavecito, una enorme espiral de contradicciones.

Convendría en este punto recordar, por ejemplo, que las dos guerras mundiales que mataron a millones de personas no empezaron ni se desarrollaron entre latinoamericanos y africanos. Que Hitler no era nicaragüense, ni Stalin uruguayo, ni Franco kenyano. Que Pearl Harbour no fue atacada por chilenos ni egipcios. Y que Auschwitz o Dachau no estaban en la Amazonia o en el Congo. Fue la patria de Hegel, Kant y Goethe la que luchó contra la de Voltaire y la de Darwin; fue la hoy admirada patria de los Toyota y los Panasonic la que luchó a muerte contra la patria de Jefferson y Whitman. "Y entonces, ante la contundencia de los hechos se derrumban los relatos a partir de los cuales la humanidad construyó sus esperanzas durante estos cinco siglos en que creímos con fe ciega en el progreso, la razón inteligente, la historia, el sujeto racional centrado sobre sí mismo."[4]

Se trata, entonces, de pensar de qué manera podemos reencontrar un relato, o un nuevo estilo de relatos, que nos permitan volver a los caminos de la convivencia. Porque es un hecho que el argentino vive envuelto en sentimientos horribles: miedo; desasosiego; desesperación; compulsión a la violencia (aunque sea una de las conductas que sin embargo más odia). No existe todavía un estudio serio que mida el grado y los modos del enojo nacional generalizado, pero parece evidente que es una de las más graves enfermedades colectivas que padece nuestro país. Es obvio que no es fácil demostrarlo, pero también es imposible desmentirlo, ocultarlo, negar ese sentimiento. Porque es imposible desautorizar la rabia que siente la gente.

Los sentimientos no se gobiernan, no se planifican ni se organizan. Lo que sí puede hacerse –y conviene hacerlo– es razonarlos, reconocerlos y meditarlos. Pero el razonamiento y la meditación –se sabe– no es el entrenamiento argentino predilecto. Razonar es algo que le cuesta muchísimo al argentino. El tan mentado "ser nacional", el nunca explicado "espíritu de la argentinidad" o lo que sea que se exprese en el argentino medio finimilenarista, no está entrenado para el razonamiento sino para el impulso. Sabe más de viveza que de inteligencia. Por eso aplaude y festeja los rudimentarios y no siempre éticos conocimientos de la llamada "Universidad de la Calle" mientras contempla impasible la destrucción del sistema educativo argentino, desdeña a los intelectuales y sospecha de los universitarios. Y por eso mantiene vivos y actuantes tres mitos fuertemente arraigados: "el fútbol es nuestra pasión nacional"; "porque te quiero te aporreo"; "hay que matarlos a todos". Son los relatos de la posmodernidad que han venido a suplantar los del progreso y la razón.

La violencia en el fútbol: Ya no se puede ir a la cancha

Es obvio que en la Argentina el deporte nacional es el fútbol. La gente se vuelve loca por este juego, y es un dato objetivo que aquí surgen muy buenos jugadores, apreciados en todo el mundo. También lo es que prácticamente todos los varones argentinos se sienten un poco directores técnicos. La pasión futbolera envuelve a casi todos, incluidos mujeres y niños, y aunque todavía es vista como fiesta deportiva –y cuando juega la selección nacional es casi un asunto patriótico– la relación del argentino con el fútbol no deja de plantear problemas y contradicciones. Y seguramente los más graves se refieren a la violencia en el fútbol, dentro pero sobre todo fuera de la cancha.

Por miedo a esos forajidos llamados "barras bravas", es evidente que los campeonatos se siguen más por radio y televisión, y diarios y revistas, que desde los míticos tablones, y hoy es común escuchar en tono de queja: "Ya no se puede ir a la cancha".

Pero las canchas están casi siempre llenas, y en muchos partidos es imposible conseguir boletos. ¿Es cierto, entonces, que "ya no se puede ir a la cancha"? Este nuevo mito argentino sugiere que siendo nuestro deporte más popular –se lo llama "pasión de multitudes"– el fútbol de hoy no siempre puede garantizar el placer de ir a un estadio. Por razones económicas, desde luego, porque la crisis aprieta fuerte y las entradas son caras. Pero también por el temor que se ha instalado: ir a la cancha implica saber que uno va, pero no sabe si vuelve.

¿La culpa de que mucha gente haya dejado de ir a las canchas, es de la violencia que impera en la sociedad moderna? ¿Es de las policías, de la televisión, de la brutalidad de semianalfabetos pauperizados, de lo mal que se juega, de la falta de ídolos? En los programas deportivos, que abundan en radio y televisión, suele analizarse el asunto. Todos conocen el tema, todos se espantan y dicen temer por el futuro del deporte, y todos acaban cayendo en un casi inevitable reparto de culpas. Actitud típica argentina: culpar un poquito a cada uno atribuyéndole una parte de la culpa a los dirigentes, otra a los jugadores, otra a los directores técnicos, por supuesto a los barrabravas (a quienes todos los dirigentes conocen), otra parte a los árbitros y a los empresarios, y claro, hasta el periodismo es muchas veces acusado. Seguramente se arriba a la conclusión de que "ya no importa el juego porque ahora todo es negocio", y se cambia de tema velozmente porque se viene la próxima fecha del campeonato...

El reparto presuntamente ecuánime de culpas, en cualquier aspecto de la vida, nunca hace justicia. Más bien al contrario: suele ser una sutil forma de encubrimiento. Casi un asistente necesario de la impunidad. Que siempre tiene que ver con el miedo. Y en la Argentina de este fin de milenio, lo sabemos, está instalada la sensación de que no hay justicia, y si la hay jamás alcanza a ricos y poderosos. Y como el fútbol es una fiesta popular, al no haber justicia esa pasión popular genera temor. Y es lógico: nadie quiere verse envuelto en un episodio de violencia en tribunas que son tierra de nadie, ni ligarse un arresto o una condena por un lío en una cancha. Eso es lo que paraliza a muchos aficionados que prefieren quedarse en casa y afirman que "ya no se puede ir a la cancha": la impunidad de los desaforados que pegan y matan, la protección de que gozan por parte de los dirigentes, que cada vez más suelen ser empresarios atildados y con buena labia.

El fútbol que tanto apasiona a los argentinos desde hace varias generaciones, comenzó siendo deporte exclusivo de los marineros e inmigrantes ingleses y sus descendientes. Llegado a estas tierras hacia 1867, las primeras ligas las organizaron los colegios británicos (*circa* 1890). Con el siglo XX se popularizó de manera asombrosa y se difundió entre los hijos de italianos y españoles, y de todas las nacionalidades que venían a estas tierras. Alrededor del fútbol (y de otros deportes menos populares) se fundaron casi todos los clubes del país, concebidos como sociedades atléticas y de actividades sociales, y en muchos casos organizaciones de fomento comunitario, cultural e integrador. Puede afirmarse que en toda la Argentina cada club, cada equipo, fue un maravilloso organismo integrador de criollos e inmigrantes.

En la primera década del siglo XX ya se habían fundado casi todos los clubes que hoy existen, y también había nacido el estilo futbolístico argentino: cachafaz, pícaro; de gambeta, caño y sombrerito; de habilidad y fantasía. Aquí no corresponde hacer la historia del fútbol, pero cabe subrayar el largo trecho que va de Juan Libonatti, que fue el primer jugador argentino que triunfó en Europa en los años '20, hasta Maradona, Ortega y Batistuta. En estos casi ochenta años la galería de equipos exitosos y de grandes jugadores es infinita, y el fútbol argentino que ha dado paradigmas como Alfredo Distéfano o Maradona, y ha obtenido varios títulos mundiales, este indiscutido "deporte nacional" hoy se encuentra devaluado por la violencia, y la inmensa mayoría de los argentinos lo mira por tevé... Que no es lo mismo.

Desde mi propia experiencia tablonera, confieso que muchas veces siento temor antes de asistir a un estadio. Finalmente voy, pero con muchas precauciones: casi solamente cuando mi equipo, que es de los considerados "chico", juega de local (hay estadios a los que jamás iría); con sólo la cédula y unos pocos pesos doblados en el bolsillo; y si puedo pago una platea. Cualquier aficionado argentino va hoy a la cancha tomando similares medidas de seguridad y rodeado de múltiples recomendaciones familiares. Y juzgo necesario detenerme en estos detalles porque la pasión futbolera tiene que ver con el contacto con los otros y el olor del fútbol vivo. Cualquier hincha sabe que la tele es muy linda y muy cómoda, pero que no es lo mismo. Porque nada, pero *nada*, se compara con la emoción de ver un partido desde la tribuna.

Quizá por eso resulta toda una paradoja el hecho de que muchos aficionados dejaron de ir a los estadios, pero el crecimiento de la venta de entradas, desde 1990, repuntó casi en un 100% en las primeras fechas del torneo de 1996, según el diario *Clarín*. ¿De dónde viene el temor, entonces? Claramente y sin dudas, de la violencia que vemos en el televisor y en la vida diaria. Viene de todo el horror que también rodea al fútbol. Porque la violencia futbolera no es chiste ni es metáfora, y aunque nunca faltan los que dicen que violencia hay en todo el mundo, la violencia futbolera argentina tiene nombres como el del chico Scasserra, de 14 años, asesinado en la cancha en el '85. Y del pibe Basile o del señor Cabrera, 37 años, tres hijos, al que en la cancha de Boca le tiraron un caño de seis metros que le partió la cabeza. O el caso de Osvaldo Bértolo, 39 años, atacado por una patota al salir de la cancha de Independiente en noviembre del '95... Un solo dato resume todo: entre 1958 y 1996 hubo 71 personas muertas en las canchas de fútbol argentinas. O sea: más de dos muertos al año por violencia futbolera, el 56% de los cuales fueron abatidos por disparos de armas de fuego.

De hecho todos acabamos siendo víctimas de la impunidad que suele rodear a estos casos. Porque de esas 71 muertes violentas cometidas en las canchas (sería imposible el recuento de heridos, lesionados y detenidos) sólo en 12 casos se condenó a los culpables. O sea que 59 de 71 crímenes quedaron impunes. Ha de ser por eso que tantos argentinos sostienen que "ya no se puede ir a la cancha": porque el fútbol es un deporte que en la Argentina tiene tantas o más víctimas que el box o el automovilismo.

El argentino frente a la violencia futbolera enfrenta otra gran contradicción: pretende y exige seguridad, pero también se fastidia por la presencia amenazante de los policías que atemorizan con sus perros, bastones, carros hidrantes, caballería y toda la parafernalia represiva que cada tanto alguien convoca para mostrar que sí hay garantías... Esa vieja idea autoritaria instalada en los dirigentes argentinos, según la cual seguridad es igual a control y represión.

El fenómeno de la violencia futbolera no es, como suele creerse, algo que pasa solamente en la Capital Federal. En el interior del país las canchas no siempre son más seguras. Desde luego que en muchos pueblos y ciudades sí, por una cuestión de tamaño. Pero también la falta de seguridad depende de ciertas "tradiciones": en algunas provincias las rivalidades son tan fuertes y violentas como en Buenos Aires. El irracional odio entre los aficionados de Salta y de Jujuy, o entre los platenses de Gimnasia y Estudiantes, los rosarinos de Central y Newells (quienes se llaman "canallas" y "leprosos" respectivamente), los tucumanos o los varios clubes cordobeses, está plagado de hechos violentos, de heridos y muertos.

Cabe reflexionar también acerca de lo que se entiende por pasión futbolera, pues ésta suele considerarse como un sentimiento positivo y hasta noble y con base en ello suelen disculparse muchos actos violentos. Pero los buenos diccionarios definen a la pasión de manera menos complaciente. "Pasión: acción de padecer. Doler el cuerpo. /Lo contrario de la acción, es un estado pasivo en el sujeto. /Sentimiento, estado de ánimo o inclinación muy violentos, que perturban el ánimo. /Cualquier perturbación o afecto desordenado. /Hiperbólicamente, afición exagerada por una cosa. /Y también tristeza, depresión, abatimiento, desconsuelo."

La pasión futbolera deviene entonces paradoja, porque en nuestro país se ha montado un sistema muy eficaz para sostenerla. No sólo porque es un negocio que mueve millones de pesos, sino porque está relacionada con sentimientos nacionales profundos (ahí están la protesta y la blasfemia contra el país que son tan caras a los mismos sujetos que, cuando juega la selección, se envuelven en la bandera nacional) y porque al convertirla en moda constantemente alimentada por los aparatos mediáticos, se la mezcla con otros componentes peligrosos y muy argentinos: el exhibicionismo, por ejemplo. O el exitismo que promueve ir a la cancha a ver a los consagrados y no por amor al deporte.

Un país, un pueblo, es también su cultura, es lo que hace y cómo lo hace, cómo se comporta. Y es evidente que en el fútbol se han envilecido los comportamientos. Ahí están el desborde en el gritar, en la burla, en el saltar como monos y en la violencia expansiva que la falta de educación, y la mala educación, tornan incontrolable. Y en un contexto de espectacularidad, impunidad y amenaza represiva, todo desborde es un peligro latente. La pasión bien puede devenir desafuero, pérdida de medidas y autocontroles.

Lo que se ha perdido, en el fútbol, es la pasión entendida como la emocionada contemplación de las acciones virtuosas de otros, los deportistas que están en el campo de juego. No está de más recordar nuevamente que el vocablo *cancha* es de origen quechua y significa precisamente eso: campo para jugar, para el ejercicio de la libertad y para el entretenimiento. Esa es una pasión legítima: es preciosa, es hija del amor y hasta puede ser muestra de educación, como suele serlo en deportes como el tenis o el béisbol. La otra pasión no, la otra es locura, desenfreno, y por eso sería conveniente tener mucho cuidado con las idealizaciones de la pasión. Porque la idealización de la pasión futbolera que suelen propagandizar el periodismo y tantos dirigentes suele prohijar una violencia que muchas veces se pretende justificable. Y eso es tan hipócrita como la violencia en el amor, que sólo manifiesta un amor sin ternura, un mal amor. Esto suele evidenciarse en lo cotidiano: en el miedo a las policías, en la desconfianza ante el sistema judicial, en la calle y en el comportamiento diario, en el lenguaje y en la iconografía que nos rodea. En la Argentina del fin del milenio la ecuación sarmientina no se ha resuelto: los argentinos vivimos en una *civilización cada vez más bárbara*.

La violencia familiar: Porque te quiero te aporreo

Otra de las formas paradigmáticas de la violencia negada, ocultada o disimulada, es la violencia familiar. El argentino parece estar convencido, y habla en consecuencia, de que el amor es el mayor ideal por alcanzar. Puede sostener firmemente la idea de que la familia es lo más importante, y considera a la amistad como uno de los valores más arraigados y defendibles. Es un país donde se idealiza el amor, sin dudas, porque los índices de violencia familiar (los pocos que se conocen y de los que hay estadísticas confiables) son impresionantes.

Mucha gente está convencida de que el amor, por ser tan grande y tan fuerte, lo permite todo, cualquier cosa, incluso la violencia. La frase "Porque te quiero te aporreo" significa, para muchos, que el amor autoriza a ejercer malos tratos. La violencia parece estar permitida como manifestación amorosa, se cree que un poco de violencia no es violencia sino amor, y, con la excusa del amor, se maltrata a quien se dice amar. El asunto, es obvio, es muy discutible. Pero la verdad es que el argentino medio, mayoritariamente, no lo discute.

Se impone preguntar: ¿Qué pasa con ese tipo de manifestaciones que se pretenden amorosas, pero que en el fondo no hacen más que encubrir la bestialidad humana? ¿A qué se debe que ese tipo de ideas, creencias y manifestaciones, como tantos otros mitos argentinos, sean aceptados popularmente sin reflexión ni autocrítica?

Por supuesto, ya se sabe que las conductas humanas, individuales y familiares, siempre están vinculadas a las normas sociales. Y las conductas sociales, lo que se acepta o se rechaza en una sociedad, es la suma de las conductas de sus individuos, y a la vez esa suma determina el comportamiento colectivo. Un perfecto ida y vuelta. Esto es evidente con las conductas exteriores, visibles, pero también con las privadas, que son invisibles y muchas veces secretas, como las familiares.

Y acá aparece uno de los elementos claves de la violencia familiar: *el secreto*, el pensar que en la intimidad del hogar y de la familia vale todo y nada debe trascender. El sentir que lo que yo hago en mi casa no tiene por qué importarle a nadie conduce a formas de impunidad, y además fomenta la pretensión de que el maltrato está justificado por el amor. Pero todo lo que rodea a la frase "porque te quiero te aporreo" no es amor. Es un atropello liso y llano, es un abuso, es una enfermedad. Que proviene del hecho de que somos una sociedad violenta, que resolvió casi todos sus conflictos –históricamente– por vía de la violencia. Somos una sociedad llena de próceres que hoy sólo son fríos monumentos e inocuos nombres de calles, plazas y avenidas, pero que parece haber olvidado las pasiones que ellos sintieron cuando hicieron –en lo bueno y en lo malo– la Argentina que hoy tenemos. Quiero decir: somos una sociedad que se hizo a sangre y fuego y en la que sobraron matanzas, traiciones, ataques, contraataques, genocidios, malones y crímenes. Una sociedad que fue parida mediante la desdichada, ominosa violencia. Y el no reconocerlo, el negarlo, hace aparecer otro aspecto que también es necesario reflexionar: el doble discurso. Vieja manía argentina que se vincula a todo lo anterior: en la Argentina siempre se predicó la paz, se buscó la pacificación como síntesis superadora, y se alardeó de los buenos modales, pero al mismo tiempo que el comportamiento colectivo era más bien brutal.

En el entorno familiar el doble discurso es más comprobable, aunque no siempre evidente. Precisamente porque se trata de *ocultar*, de *esconder*. Y es que la violencia familiar produce *una enorme vergüenza*, tanto en el que la ejerce como en el que la padece. Y sobre todo en este último, que hasta llega a sentir absurdas culpas y, por esa razón, muchas veces acaba siendo la misma víctima la que oculta sus padecimientos y hasta justifica a quien la humilla y somete. Conducta que a su vez aumenta el sentimiento de *impunidad* del violentador.

Aunque es muy difícil contar con estadísticas confiables, algunas investigaciones de organizaciones como "Lugar de Mujer" señalan que de entre 5.000 casos de mujeres maltratadas que fueron estudiados entre 1988 y 1995, *las más golpeadas eran las amas de casa*. El 60% de esas mujeres tenían entre 30 y 44 años y estaban casadas o vivían en concubinato. Y los golpeadores fueron, en un 85% de los casos, sus propios maridos, concubinos o parejas.

Informaciones periodísticas recientes calculan que el 25% de las mujeres argentinas es víctima de violencia, y que la mitad de ellas en algún momento de su vida pasó o pasará por una situación de violencia. De cada 100 mujeres agredidas por sus maridos, el 37% fue maltratada durante los últimos veinte años. Se calculan unos 60.000 delitos sexuales por año.[5]

También resultan impactantes las estadísticas sobre el tiempo promedio que han sufrido maltratos esas mujeres. Nada menos que entre 8 y 11 años de padecimiento continuo. Lo que demuestra que el mito de que "porque te quiero te aporreo" casi nunca es producto de una furia momentánea, como suele argumentarse. La psicología del golpeador habla de una enfermedad, de una patología. La violencia casera, el pegar a la mujer o a los hijos, así como el maltrato a los viejos o incluso a los maridos, a quien sea, siempre es una enfermedad.

Que suele ser una enfermedad en cierto modo a dúo, porque muchas veces hay un consentimiento tácito de la víctima, *consentimiento paradójicamente involuntario* pero que ha sido impuesto por el dolor o la vergüenza. Y que por eso mismo *ambos tratan de ocultar o de justificar* creyéndose el cuento de que "porque te quiero te aporreo". Que es un argumento cínico porque en realidad lo que está diciendo es que te pego todo lo que se me da la gana y te castigo como se me antoja porque sos mío, o mía, y el amor a mí me permite hacerte cualquier cosa... De acuerdo con esa lógica cínica y perversa, te produzco dolor pero vos sabés que yo te quiero y así como te castigo y te hago daño, también te puedo hacer muy feliz. De modo que mejor no te quejes y sobre todo no se lo digas a nadie porque si hablás te mato. O algo así...

La lógica de "porque te quiero te aporreo" se combina perfectamente con la de ese otro mito argentino que proclama que "los trapos sucios se lavan en casa". Ambos abonan la cuestión del ejercicio del poder. Por un lado en quien lo ejerce, quien somete a otro, la sensación de omnipotencia del amo que cree tener poder absoluto, y que suele abrir la puerta a sofisticaciones y perversidades insólitas. Por el otro, en el esclavo, la confirmación de su humillación e impotencia.

Además, en las mujeres violadas o maltratadas siempre están presentes dos traumas adicionales: la desconfianza en la policía y la vergüenza. Se sabe que a veces en las comisarías no se les toma la denuncia. O se minimizan las lesiones, o se les exigen pruebas imposibles. Y eso, cuando no se burlan directamente los mismos policías diciendo, por ejemplo, que "algo habrá hecho". Son pocos los jueces que están realmente concientizados respecto de este tipo de canalladas y de hecho la inmensa mayoría de los procesos penales terminan con sobreseimientos a los golpeadores por falta de pruebas. Y también es cierto que muchas veces son las mismas mujeres las que detienen los procesos porque no siempre han buscado el castigo para el golpeador, sino sólo una corrección.

Suena tremendo, pero es muy común esta expectativa, esta ilusión de las víctimas de malos tratos que, en el fondo, esperan que el castigador se corrija. Pero el golpeador consuetudinario casi nunca se corrige. En todo caso es una enfermedad de muy difícil tratamiento, como el alcoholismo o la drogadicción, y por eso mismo es que suelen estar vinculadas. Pero tampoco hay que pensar, por ello, que la violencia sólo se expresa cuando median el alcohol o las drogas. No, la violencia familiar suele manifestarse sin que medien el alcohol ni la droga, del mismo modo que no es, como muchos piensan, un problema de las clases social, económica o culturalmente más bajas.

De ningún modo: es una cuestión que hace a la naturaleza humana y a las conductas (malas conductas) familiares y sociales, y no reconoce distingos de clase. Aunque muchos tienden a pensar que la brutalidad familiar es más común en las clases sociales más postergadas, no es así. Uno se entera más de la violencia en las villas miseria y en las zonas miserables del interior del país. Pero las estadísticas conocidas indican que entre el campo y las ciudades casi no hay variaciones. En todo caso podría decirse que en los ambientes cultos, con mejores oportunidades educativas y alto nivel económico, sus manifestaciones muchas veces resultan incluso más perversas. Pero nunca es menos habitual. Lo que pasa es que de la violencia en las clases altas es más raro enterarse. Esa parece ser toda la diferencia.

Sobre 5.000 casos estudiados, hay algunos datos que desmienten el distingo de clases:

• Por nivel de educación, el sector de mujeres maltratadas más grande es el de las que tienen secundaria completa.

• Es exactamente igual la proporción de mujeres maltratadas que sólo tienen educación primaria y las que tienen nivel universitario.

• El 63% de los casos comprobados se produjeron en la Capital Federal. El 50% de esas mujeres trabajaban fuera de la casa y aportaban económicamente al hogar. Y el 15% eran profesionales.

De manera que cuando hablamos de violencia familiar nos referimos a la violencia dentro de la casa, que no es solamente una violencia física sino muchas veces verbal. Lo que se llama "tortura psicológica" también es una forma –sutil y muy frecuente– de violencia familiar. Es ese tipo de maltrato que opera sobre la inseguridad afectiva, y/o la económica, y que consiste en desvalorizar al otro, en rebajar, censurar, criticar, menospreciar constantemente a quien se dice amar.

¿Quién no conoce casos a montones? ¿Quién no los ha visto o padecido en su familia, en el vecindario, entre los amigos? Los daños de este tipo de maltrato son terribles y pueden llevar a la locura o desembocar en crímenes de ésos que las crónicas llaman "pasionales".

Por supuesto, la violencia familiar incluye también la violencia en el trato con los chicos. El lenguaje que se usa con ellos, el grito y la intolerancia, el autoritarismo educativo y el zamarrearlos porque son más débiles también son violencia. El tema fundamental es el abuso de la fuerza física, el abuso del poder. Porque el niño, después de todo, puede llegar a justificar la violencia del padre o de la madre asumiendo que el castigo que le aplican es merecido porque él algo hizo mal.

Los lectores recordarán seguramente el llamado "Caso Daniela", y desde luego las denuncias de las madres y de las abuelas de Plaza de Mayo contra los apropiadores de niños, que son otras formas de violencia contra los chicos. Por un lado, la lucha de los padres divorciados casi inexorablemente tiene como objeto de disputa, como botín de guerra, a los hijos. Ambas partes dicen siempre que quieren lo mejor para los hijos, pero siempre esos chicos son las víctimas... de la lucha de sus propios padres. Y por el otro, en el caso de los apropiadores de menores, los casos "Juliana" y el de los mellizos secuestrados por el comisario Miara, demuestran que el apropiador siempre creyó y declaró estar haciendo "lo mejor" para los niños. Y hasta pretendieron justificar que lo que hacían lo hacían por amor, cuando lo que hacían no era otra cosa que una violación de los derechos de los menores. Y ni se diga de los casos de incesto, un delito brutal que en la Argentina es mucho más común que lo que habitualmente se piensa. La confusión de muchos padres y padrastros que se sienten atraídos ante el crecimiento y la adolescencia de sus hijas. La desviación de algunas madres que no resisten la atracción sexual hacia sus hijos. Los vínculos tantas veces enfermos entre hermanos. La literatura está llena de estos casos. La vida también.

Siempre hay uno que es más fuerte, física y/o psíquicamente. Y siempre hay uno que castiga al que es más débil. Especie de darwinismo casero, digamos, porque así como en el siglo pasado Charles Darwin explicó al mundo su teoría de la selección natural de las especies, que sintéticamente decía que sólo las especies más fuertes sobreviven y siempre a expensas de las más débiles, así por analogía en toda familia hay los más fuertes y hay los más débiles. Y cuando los primeros se abusan de los segundos, por más que juren amarlos el hecho concreto es que los están maltratando.

Lo psicológico y lo sociológico, en su combinación, ayudan a pensar todo esto en términos pedagógicos. Quiero decir: es también una *cuestión educativa*. A veces el maltrato se aprende en las escuelas. Y no sólo por el miedo, como informan la televisión y los diarios que ocurre en los Estados Unidos y entre nosotros en Chubut, donde hubo chicos que iban armados a clase y hubo que implementar sistemas de detección de armas. No, lo que está en cuestión es todo el sistema educativo argentino, que no parece tener previsiones al respecto. No hay maestro o maestra que alguna vez no haya tenido que enfrentar casos atroces, y sin embargo, lejos de disminuir, es un problema que aumenta día a día y que mañana puede afectar a su propio hijo. Porque no vaya a creer el lector que este tipo de violencia sólo se ve en películas como *Kramer vs. Kramer* o *La guerra de los Roses*. No, esto está pasando en la calle, en la vida diaria de miles, millones de argentinos. Un poco porque somos una sociedad violenta desde nuestros orígenes, pero también porque la posmodernidad viene imponiendo sus propios códigos de violencia: ahí está la violencia futbolera semanal. Ahí está el abuso contra los viejos, que en la Argentina finimilenarista son el sector de la sociedad seguramente más cínicamente maltratado. Y ahí están la pelea en el Parque Lezica entre *punkies* y *skinheads*, en 1995, con saldo de un chico muerto a patadas, y la creciente delincuencia juvenil, y casos como el del tristemente famoso "Sopapita".

La pregunta es: ¿qué padres tuvieron estos chicos? Y la pregunta es también: ¿qué tipo de padres van a resultar ellos? Porque, la verdad sea dicha, no todos los que llegan a ser condenados son capaces de una recuperación social como la que parece haber tenido, por ejemplo, Sergio Schoklender.

Por supuesto, en términos científicos la violencia familiar tiene otras explicaciones. Hay diferentes teorías sobre si la violencia es innata, o sea genética, o si es un producto social. La vieja cuestión acerca de si el hombre *nace* violento o si *se hace* violento no la vamos a dilucidar aquí, porque es un tema casi eterno, pero tampoco se trata de considerarlo una simple materia opinable.

En general, la gente que ha sido golpeada, maltratada por quienes más decían quererlos, lo que más siente es *culpa y vergüenza*. Y eso es terrible, primero porque es una culpa infundada. Y segundo porque esa vergüenza es el germen de la potenciación de la brutalidad del sometedor. Y ya se sabe que las posibilidades de la bestialidad humana son prácticamente infinitas: desde las tragedias griegas hasta Dostoievsky, desde los cuentos de Boccaccio hasta los de Bernardo Kordon, desde Shakespeare hasta Roberto Arlt, la literatura siempre se ocupó de esto. Sin duda que Hamlet y Edipo han estado sobrevolando estas reflexiones. Y en la literatura argentina, de hecho, es posible establecer el vínculo entre historia y novela (del que nos ocupamos en otro capítulo) mirando precisamente este tema paradigmático. La violencia jamás constituyó una propuesta literaria ni es la vocación de los escritores argentinos, pero está en casi todas nuestras grandes obras: en el *Facundo*, en el *Martín Fierro*, en la literatura gauchesca y en la narrativa urbana porteña. Y es que la violencia atraviesa nuestra literatura porque atraviesa nuestra historia. La historia argentina es de una violencia y una crueldad extremas: está plagada de crímenes, traiciones, atropellos, desaparecidos.[6]

Sostener que "porque te quiero te aporreo" y obrar en consecuencia nunca deja de ser una expresión completamente hipócrita. Porque cuando se ama no se pega; se mima y se es delicado en el trato. Cuando se quiere no se lastima al ser amado; se lo cuida. No es cierto que el amor permite incluir formas de castigo, ni siquiera supuestamente suaves. Es cínico sostener que el que hiere, golpea, lastima o castiga lo hace por amor.

En mi opinión éste es uno de los mitos más cretinos de los muchos que hay en este País de las Maravillas. Y acaso sea también la forma más tremenda, por oculta y negada, de la violencia que anida en muchos argentinos.

Los argentinos y la muerte: Hay que matarlos a todos

En la Argentina son muchos los que parecen creer que la muerte es un juego, que se puede invocarla impunemente y que desafiarla no produce consecuencias. Somos un país en el que la muerte es tremendamente familiar, mucho más de lo que suele admitirse. Es cierto que el argentino no tiene la relación desenfadada y hasta graciosa que tienen los habitantes de otras culturas, como en México, donde hay una notable desacralización de la muerte. "Nuestras vidas son un diario aprendizaje de la muerte. Más que a vivir se nos enseña a morir. Y se nos enseña mal", dice Paz.[7] Pero la familiaridad es la misma, y aun mayor porque la nuestra es subterránea, negada.

Por eso es tan común que los argentinos piensen y pronuncien frases que consideran a la fatalidad como algo absolutamente normal: "Hay que matarlos a todos", dice, amenazante, cualquier autoritario. "Si no venís, te mato", exclama cualquier novio o novia. "Te voy a matar por lo que hiciste", grita una madre a su hijo. "Me quiero morir", proclama el argentino ante cualquier circunstancia desfavorable. "A éstos los matamos", se entusiasman los hinchas futboleros. "¡Matálo, matálo!", exigen los espectadores en el box. Y así: "Nos dejaron muertos"; "Esos tipos son la muerte"; "Por mí que se muera"; "Por qué no se morirá de una vez". Etcétera. Son las infinitas variantes orales de la invocación argentina a la dizque temida muerte.

Y es que la argentina parece, en muchas de sus expresiones populares, una sociedad enamorada de la muerte. O en todo caso, tan adolorida e inficionada de muerte que no puede dejar de invocarla. "La muerte es el hecho primero y más antiguo –dice Canetti– y casi me atrevería a decir: el único hecho. Tiene una edad monstruosa y es sempiternamente nueva. Su grado de dureza es diez y corta también como un diamante... Es el superlativo absoluto de todo... Mientras exista la muerte, toda opinión será una protesta contra ella. Mientras exista la muerte, toda luz será un fuego fatuo, pues a ella nos conduce. Mientras exista la muerte, nada hermoso será hermoso y nada bueno, bueno".[8]

Pero, ¿qué significa la frase "Hay que matarlos a todos"? ¿Qué significa esa recurrencia, esa manía de nombrar a la muerte? Si uno se detiene a pensarlo, enseguida se advierte que esta filiación tanática argentina es un asunto escalofriante que encierra un montón de traumas. Frase hecha, lugar común, mito o condena histórica, es ese tipo de expresiones que los argentinos repiten tanto y tan irreflexivamente que ya forman parte de nuestra cultura. Pertenece al acervo nacional y nadie se escandaliza cuando alguien propone con toda naturalidad que "hay que matar" a alguien o a todos. Y no importa si luego se explica que en realidad no se desea conscientemente la muerte sino que sólo fue "una manera de decir". Precisamente, lo terrible es que se trata de un deseo *inconsciente* que asoma a la superficie. Evidente, desdichadamente, es una manifestación del inconsciente colectivo argentino.

El argentino tiene con la muerte una relación que aparenta no ser conflictiva, pero que encierra toda una historia pletórica de dolor e incomprensión, de desencuentros e irresponsabilidades. Porque la muerte es una cosa muy seria y sin embargo en la Argentina se la invoca o promete con una liviandad extraordinaria.

La amenaza que significa pensar y decir: "te voy a matar", "a éste yo lo mato", "me dan ganas de matar a Fulano" y fórmulas por el estilo, son síntomas de esa enfermedad que nos quedó a los argentinos luego de tantos años de dictaduras, represión y atropellos a la democracia: son secuelas indudables del autoritarismo, del cual deriva la necesidad enfermiza de aplastar al adversario. Esto tiene una explicación en aquella idea de Michel Foucault de que el poder no es temido por miedo a la muerte, sino que más bien tememos el poder sobre la vida, la capacidad para controlar la vida de alguien, de los demás. Así, aniquilar, aplastar, liquidar, eliminar y otros verbos por el estilo tan comunes en el habla de los argentinos, son producto de una concepción filosófica que impera entre nosotros y que no es sólo evidente en períodos de golpes de estado y falta de democracia. Lo impactante es comprobar que esos verbos de la muerte sobreviven aun en los períodos en que las instituciones funcionan (aunque ese funcionamiento sea cuestionable). Esa filosofía que propugna matar, eliminar al contrario, no soportar al que disiente y no aceptar las diferencias, está más instalada entre nosotros que lo que suele admitirse.

Y no es que seamos un pueblo preparado para la muerte. Creo que es en sus "Consideraciones sobre la guerra y la muerte" donde Freud parafrasea aquello de que "si quieres la paz, prepárate para la guerra" de von Clausewitz, y dice: "Si quieres la vida, prepárate para la muerte". O sea, vivir la vida pero incluyendo la muerte como posibilidad cierta; no inminente pero sí inevitable. No somos un pueblo preparado para enfrentarla, más allá de que algunas concepciones religiosas se reivindican a sí mismas como promesas de bien morir. Los argentinos en general sienten una clara repulsión, un fuerte rechazo a la muerte. Y por ende, una pertinaz y casi absoluta negación. El psicoanalista Marcelo Barros sostiene que "la vida debe tener en cuenta a la muerte como horizonte posible, y el razonamiento de esto es muy sencillo: si en un sistema se admiten los elementos negativos, ese sistema tiene una mayor capacidad para enfrentar las crisis. En cambio, si en ese sistema no se da lugar a los elementos negativos, ese sistema en el momento de la crisis no va a poder enfrentarlos".[9]

La relación de los argentinos con la muerte es un tema que permite reflexionar, también, acerca del vínculo patético que tenemos con nuestros muertos. A Juan Manuel de Rosas se le impidió por más de un siglo que sus restos descansaran en suelo patrio, como cumpliendo la profecía de los versos de José Mármol: "Ni el polvo de tus huesos / la América tendrá".[10] El cadáver de Eva Perón deambuló casi dos décadas de la manera más sórdida. Al general Perón lo atacaron ya cadáver y le cortaron las manos. Y las mayores concentraciones populares de la historia argentina, las nunca igualadas, fueron todas convocadas por la muerte y nunca por la vida: los entierros de Leandro N. Alem en 1896, de Hipólito Yrigoyen en 1933, de Eva Perón en 1952 y del mismo Perón en 1974 fueron las más multitudinarias reuniones de la Argentina. Nunca tantos argentinos estuvieron tan juntos, nunca tantos tan unidos ni tan conmovidos, como en esas cuatro nefastas ocasiones. Como si la muerte, en verdad, tuviera más poder de convocatoria que la vida.

La sublimación de la muerte es impactante entre los argentinos. Va más allá de una simple y tremenda tanatofilia. Incluso ha llegado a consagrar entre nosotros una idea que siempre me pareció espeluznante, sobre todo por el prestigio incólume de que gozó y goza todavía: la de que es heroico morir por un ideal. Y sobre todo me espanta la idea de que los argentinos suelen tener por comprensible, y hasta prestigioso también, el matar por ideales. El metalenguaje de esta ideología nacional tan arraigada y popular pretende más o menos lo siguiente: en efecto está mal matar al prójimo, y está mal por un montón de razones, pero si se mata por ideales, ah, entonces la cosa cambia...

Lo impresionante de esta sublimación es que casi nunca se cuestiona lo heroico de matar o morir por las ideas, ni mucho menos se elogia ni aplaude el *vivir* por esas mismas ideas. Ahí está el caso emblemático del Che Guevara, que es ejemplar en este sentido. Nadie discute ni cuestiona hoy, más de treinta años después de su inmolación en Bolivia, las ideas que tuvo el Che. Nadie analiza lo insensato o lo inútil de su odisea: el Che fue heroico porque supo morir por sus ideas. Y si mató, mató por ellas. Y pareciera que eso es toda su grandeza, con lo que irónica, e involuntariamente, en realidad se lo empequeñece. Guevara fue un grande de este siglo, un prócer de la humanidad, por la correspondencia entre lo que pensó y lo que hizo; entre su pensamiento y su vida. Eso es lo que lo enaltece. No su sacrificio.

La pregunta inevitable que surge es por qué razón los argentinos, arrobados por un falso romanticismo, se enamoran de este tipo de ideas luctuosas pero no se enamoran de la idea, mucho mejor, de que lo noble no es morir sino vivir por las ideas, y sobre todo de que ningún ideal, *ninguno* por excelente que sea, autoriza a matar a nadie. En la ya citada conferencia, Marcelo Barros se lo ha preguntado brillantemente: "¿Por qué las ideas escritas con sangre tendrían que valer más que las que están escritas con tinta? No sé por qué matar o morir por una idea habría de ser más valioso, más fuerte que vivir por una idea".

Otra perspectiva necesaria para esta meditación sobre los argentinos y la muerte radica en la mitología filosófica que rodea al suicidio. En la Argentina siempre el acontecimiento del suicidio de un conocido desencadena una discusión, no tanto acerca del desdichado sujeto sino más bien alrededor de la justificación o no de la decisión final de ese sujeto. Dice Foucault que a veces el suicidio es el único derecho que le queda al individuo, único derecho de morir como uno quiere, oponiéndose así al poder omnímodo que pretende gobernarlo todo. Sin embargo, aunque derecho único, y último, el suicidio es en efecto oposición pero es también renuncia. Lo que interesa reflexionar aquí, sin embargo, no es el derecho o la justificación de los suicidas, sino el sentimiento admirativo, esa especie de secreto valor que se le atribuye a quien decidió acabar con su propia vida. Verbigracia: se produce como un encantamiento, acaso un silencio piadoso, y se desencadenan interpretaciones y justificaciones.

Otro mito argentino pretende que somos uno de los países con mayor índice de suicidios en el mundo, a la par de Suecia o de Finlandia. Se dice también que el Chaco es la región de la Argentina donde más suicidios hay. Mitos incomprobados, acaso, pero que no han impedido que en el Chaco se hayan constituido en un clásico conversacional. Y además cualquiera de nosotros conoce por lo menos una docena de casos de gente que se lanzó a las aguas fatales del Paraná desde lo alto del puente que lleva a la ciudad de Corrientes.

Una de las explicaciones posibles a esta tanatofilia es que, para los argentinos, la muerte aparenta una inocencia que no tiene. Y el lenguaje, que está tan distorsionado entre nosotros, ayuda a esa apariencia, que como toda apariencia es sólo cáscara, porque en definitiva la intolerancia y el deseo de aniquilación están en lo cotidiano y en el lenguaje cotidiano: en la familia, en el deporte, en la amistad y hasta en el entusiasmo. ¿Acaso cuando algo está bueno el argentino no festeja, por ejemplo, con la expresión: "Mató, Loco" o "Mató mil"? Matar como superlativo de excelencia.

Así sucede en todos los campos. En la política y la familia; en el trabajo y en el ocio; en la casa y en el barrio; en la economía y en los medios, prácticamente en todos los ámbitos de la vida cotidiana al argentino lo acompañan las múltiples y diferentes conjugaciones de la muerte. Que siempre proponen la eliminación del contrario como manera de buscar lo definitivo. Urgencia neurótica, también, pues siempre contiene la necesidad imperiosa de terminar con lo opuesto. Dar un corte. Acabar. Borrar de la faz de la Tierra al otro, al divergente. Y urgencia que a la vez es señal ejemplar de inmadurez, porque la frenética pretensión de lo definitivo es siempre una manifestación de inmadurez. Ser adulto es también haber aprendido que nada es definitivo.

Todo esto tiene que ver con la educación, desde luego. En las escuelas argentinas el principio de autoridad está hoy en discusión, en entredicho constante. Y en la crisis se confunde autoridad con autoritarismo. Se sabe que es difícil marcar la diferencia, y hacer docencia con ella lo es mucho más. El culto a la muerte, esta pasión tanática que hay en la Argentina, tiene que ver con esa confusión. Se aprovecha de ella. Y también se aprecia en el desastre vial que hay en este país, en el deporte, en el gatillo fácil de las Malditas Policías. Se ve en la violencia y el miedo que en los '90 han ganado las calles de casi todo el país. En los chicos y chicas que no reconocen límites ni autoridad y que también celebran la muerte, por ejemplo rindiendo culto a Luca Prodan y otros rockeros muertos por sobredosis de cocaína. O aplaudiendo a grupos musicales como "Todos tus muertos" o "Actitud María Marta", formado este último por hijos de desaparecidos de la dictadura.

Toda cultura es de la muerte y para la muerte, nos dice Cruz Kronfly con razón. Frente a la nuestra, pues, como en Colombia y Brasil, como en México y Venezuela y en otros países hermanos, habitaciones de una misma casa, sería bueno pensar entonces que si tenemos que hacer algo, quizá lo primero y mejor es empezar a reflexionarla. Porque es una cultura sutil y que no da tregua, y es tan omnicomprensiva como inconsciente. Se manifiesta hasta en el desastre ecológico, en el atropello que hacemos de los bosques, el río, el aire, la Patagonia, los glaciares, las Cataratas del Iguazú y la mayoría de los Parques Nacionales. Es como si el argentino se empeñara, exitosamente, en ser demostración cabal de la vieja idea de que no hay animal más dañino que el Humano.

Es curioso, por otra parte, comprobar que muchas veces los argentinos que aseguran tan campantes que habría que matar a éste o aquél; los que sienten deseos de matar a alguien pero no se animan; los que llegarían a la justificación de un asesinato sobre todo si es por mano de otro, y sin dudas los que preconizan la pena de muerte, suelen ser todos personas que se dirían incapaces de dañar a nadie. Sin embargo, esas mismas personas pueden ser implacables y frías ante la muerte de un prójimo, y en determinadas circunstancias son perfectamente capaces de participar de un linchamiento o de aprobar ejecuciones sumarias. Y en el caso más leve, pueden ser testigos impertérritos de una muerte sin advertir que si es deleznable que cualquier hombre planifique una muerte y luego la ejecute, también es horrible que cualquier muerte nos deje indiferentes. Parafraseando a Bertoldt Brecht, podríamos decir que una sola muerte es todas las muertes. No sé exactamente a qué obedece esta conducta humana, pero en la Argentina es evidente que tiene que ver con esta tan acendrada cultura de la eliminación física.

Incluso la posición de las iglesias está en entredicho. El mandamiento cristiano que ordena "No matarás" está resultando cada vez más sólo eso: un mandamiento. Porque el mensaje religioso –el de casi todas las creencias y formas de la Fe– procura enseñar a "amar al prójimo" pero en un contexto cultural en el que la muerte es el ícono principal. La muerte es –casi seguro– lo que más se ve en la cultura audiovisual de nuestro tiempo. Cualquier ciudadano de este país, que se pasa un promedio de tres o cuatro horas diarias mirando televisión, o que va al cine y/o lee los diarios, presencia fácilmente unas cuarenta o cincuenta muertes por semana. O por día. Y casi todas, violentísimas.

Llegó a haber, en la Argentina, todo un sistema aplicado a la explicación de la lógica perversa del matar, y se llegó al uso y abuso de los verbos de la muerte para justificarla. Así lo hicieron tanto los dictadores que reprimían, como muchos revolucionarios que pensaron que matar era un camino hacia la liberación. Y hasta hubo algunos representantes de la jerarquía católica que llegaron a buscar y hasta pretendieron encontrar modos de justificar la muerte, cuando no acabaron directamente apañando a represores y asesinos. Esa locura colectiva que padecimos todos los argentinos (y tengo para mí que nunca una generalización es tan justificada como en este caso) la hemos sufrido de manera tan profunda y traumática que nos ha quedado una sensación como de impavidez ante la muerte. Quiero decir: es desde esa impavidez que para mucha gente está bien matar al adversario. Se hace difícil convencerlos de que *matar siempre está mal*. Así sea el represor más horrible, el tirano más sanguinario, el peor asesino o incluso el tipo que me torturó o mató a mi propia madre. Por cierto, entre enero y marzo de 1993, en las contratapas del diario *Página/12* sostuve una polémica pública sobre este derecho con el escritor e historiador Osvaldo Bayer, el reconocido autor de *La Patagonia rebelde* y otros textos que indagan y cuestionan el pasado argentino. El título de aquel intercambio de artículos fue: "Matar al tirano" y "No matar al tirano" respectivamente.

Desde luego que "no matar" es un principio fundamental de casi todas las religiones. Es la base y fundamento de la vida en democracia (por más imperfecta que ésta sea). De hecho, no hay ética posible mientras se contemple la posibilidad de eliminar al adversario, así sea el más odiado enemigo, y por muchas y muy nobles que sean las razones que se esgriman para la eliminación. Pero esto es muy difícil de instalar en una sociedad como la nuestra, tan habituada a la muerte.

Ahí está el tema de la implantación de la *pena de muerte*, que ni siquiera se puede decir que sea un asunto controvertido. Porque en realidad no hay una discusión seria al respecto: la sociedad argentina se mantiene como en hibernación respecto de este tema y en todo caso lo que hay son sonoros reclamos cada vez que se difunde algún crimen especialmente impresionante. El tema aparece y reaparece, como la muerte misma, pero pareciera que se elude debatir medida tan grave y extrema, y quizá eso es lo que explica que la pena de muerte en la Argentina haya tenido tan errática vigencia: de hecho, en los últimos treinta años del milenio fue implantada dos veces, ambas por regímenes militares, y desactivada dos veces por gobiernos democráticamente elegidos.[11] Nunca se la llegó a aplicar y en las dos ocasiones en que los jueces la impusieron, esas condenas fueron revocadas por cámaras de instancia superior.

La falta de debate lleva a que mucha gente reclame la reinstauración de la pena de muerte en nuestra legislación. Pero ésta también es una conducta errática: muchas veces los argentinos se silencian ante el reclamo de implantarla, del mismo modo que lo hicieron ante tantas ejecuciones ilegales, sumarias, que ha habido. Muchas otras veces se producen movimientos espontáneos que exigen su reimplantación, debido al clima de indefensión que suele sentirse ante la levedad de las penas que se aplican, el abuso de las excarcelaciones, el caos que impera en el absurdo sistema carcelario argentino, o sencillamente la impunidad. Lo errático también se debe a que la legislación pasa de sistemas durísimos a extremas blanduras, y viceversa, y probablemente también al hecho de que no deja de ser paradójico que quien más la impulsó en los últimos años fue el propio presidente Menem, montado en diversas oportunidades sobre la sensación de espantamiento que gana a la sociedad después de crímenes especialmente horribles. La pena de muerte es una cuestión que divide al país: algunas encuestas dicen que una mitad de los argentinos está a favor y la otra mitad en contra. Pero las discusiones son solamente televisivas.

Por mi parte, estoy en contra de la pena de muerte porque estoy en contra de *toda* muerte. No pretendo convencer al lector, ni escribo esto para hacer prédica de nada. Pero sí necesito pronunciarme, porque no quiero que se mate a nadie, por muy espantosos que sean sus crímenes. Pienso además que no hay pena de muerte buena y pena de muerte mala. *Siempre* es mala, y por eso la memoria de la humanidad condena todas las inquisiciones y ejecuciones como atentados a la especie. Es peligrosa la diferenciación que hacen los que piensan que la pena de muerte es condenable solamente cuando se va a aplicar a los correligionarios, los que comparten nuestras ideas, los afines, pero es justificable cuando se aplica a los enemigos. Ese tipo de pensamiento es producto del oportunismo y del sectarismo. En épocas recientes los argentinos ya padecimos esa lógica que pretendía justificar los asesinatos, tanto por parte de terroristas mesiánicos como de los militares que usurpaban el poder. La lógica de que "está bien" matar al tirano es la misma lógica con que los tiranos consideran que "está bien" matar a subversivos y contestatarios. Y cabe aclarar que al decir "misma lógica" no estoy diciendo que los contendientes de la reciente tragedia argentina hayan sido iguales ni que tuvieron idéntica responsabilidad. De ninguna manera admito la llamada "teoría de los dos demonios" que se intentó popularizar luego de la dictadura videlista.

A lo que me refiero, pues, es a esa lógica desde la que se atormentó a este país. Desde esa misma lógica, y ya en democracia, se baleó a Pino Solanas, se amenazó a Miguel Angel Solá, al fiscal Pablo Lanusse y su familia, a decenas de periodistas y a tantos argentinos más. Desde esa lógica se asesinó a José Luis Cabezas y a Alfredo Pochat y se pretende seguir aterrorizando a los argentinos. Por eso me parece que *hay que oponerse a todo razonamiento de que "hay muertes justificables"*. Porque quien justifica una sola muerte comparte una gradación del odio, del rencor, del anhelo de venganza, y acaso también comparte implícitamente la planificación. Y en el acto de matar, quien mata y quien justifica se arrogan el poder mesiánico de ejercer justicia por propia mano. Por eso, aunque sean productos emergentes de la falta de justicia y la impunidad generalizada, *todos los justicieros son condenables, cualquiera sea su ideología o aparente justificación de causa.*

Es muy peligroso hacer la apología de la eliminación de nadie. Sea matar a un represor, a un vecino, a un patrón, a un enemigo o a quien sea, a la vista de nuestra historia reciente y del estado actual de la democracia argentina toda apología de la muerte puede ser letal para nosotros mismos. En un estado de derecho la vida es el bien principal, y es por eso que los códigos penales reservan siempre las penas máximas para los que matan personas. Y eso es así aun cuando el sistema judicial funciona a favor de los poderosos o no funciona, e incluso cuando no cumple con lo establecido por la Constitución y las Leyes.

Sólo la justicia, la dignidad, la conciencia, la memoria, la búsqueda de la verdad, la persistencia indeclinable, son respuestas civilizadas a los actos de los que nos hieren. Con esas armas las Madres y las Abuelas de Plaza de Mayo encabezaron las luchas de la democracia: exigiendo juicio y castigo a los culpables. Jurando no olvidar ni perdonar. *Pero matando, jamás.*

Por formación cultural, ideológica, teológica, histórica y filosófica, jamás dejaré de insistir en que *matar siempre está mal, sin excepciones.* Y no solamente porque como pacifista desprecio las armas. Sino porque pienso que matar está mal más allá de cualquier circunstancia en que yo me encuentre.

Claro que todo esto no significa negar el derecho a la resistencia y a la rebeldía contra el poder basado en la injusticia y el crimen. Sea el derecho de un pueblo ante sus tiranos o invasores, sea el de un hijo ante su padre violento, sea el de una mujer golpeada por su marido. En el terreno de la lógica de la resistencia frente al que nos somete, es posible encontrar razonables justificativos. Por ejemplo, es legítimo resistir por cualquier medio contra un invasor extranjero (las invasiones inglesas de 1806 y 1807, por caso). Es legítimo resistir una dictadura (de hecho la historia argentina entre 1930 y 1983 es una historia de la resistencia a la represión dictatorial). Y es legítimo oponerse a todos los malos tratos. Pero aun en el desarrollo de esas luchas, *hay límites.* Y matar es el límite supremo. Si yo soy mujer y mi marido me pega, lo denuncio pero no lo mato. Si soy croata y lucho contra los serbios, puedo matar en la guerra pero no tengo ninguna razón para violar mujeres serbias, porque eso enloda mi resistencia. Si soy soldado en las Malvinas puedo matar un soldado inglés, pero terminada la guerra no voy a poner una bomba bajo el automóvil del cónsul inglés. Y así siguiendo, los límites precisamente recortan el espacio ético de las acciones, incluso de las más heroicas. Y en democracia, con mucha más razón. Aunque la democracia sea débil, injusta, decepcionante, jamás sus imperfecciones autorizan a salir a matar. De hecho la democracia del fin del milenio está debilitada y funciona mal, y muchos pensamos que en la Argentina menemista de fines de los '90 no hay Justicia. Pero eso no nos autoriza a hacer justicia por mano propia.

Es evidente que estas reflexiones están atravesadas por el cuestionamiento del papel actual de la Justicia en la Argentina. Cómo se administra. Quién la administra. Qué pasa cuando la democracia está debilitada y su sistema judicial es injusto. Qué salidas, qué opciones tiene la ciudadanía. Estas son algunas de las preguntas fundamentales que sobrevuelan la relación de los argentinos con la violencia y con la muerte.

Pero la respuesta más correcta a ellas –sí que también imperfecta– es que ante todo y sobre todo, por más mal que funcione la democracia y por muy injusta que sea la Administración de Justicia, debemos oponernos a toda forma de venganza y de ejecución por mano propia. Nada de ojo por ojo y diente por diente, porque la Ley del Talión, hoy, aceptada en la Argentina representaría un anacronismo retrogradante. Sería una derrota más frente a la barbarización de la llamada Aldea Global. Mostraría que los argentinos no hemos aprendido de nuestra historia reciente. Y además de todo, lo más cierto es que no resolvería nada y complicaría mucho más la ya difícil convivencia colectiva del fin del milenio.

En el año 2000 los argentinos vamos a cumplir 17 años de vivir en un estado de derecho. Esto significa que a pesar de todas las dificultades, las ofensas, las promesas incumplidas, los daños recibidos, la degradación de la calidad de vida, y el desaliento y la desilusión generalizados, los argentinos seguiremos viviendo en una democracia que es la misma que cauterizó las tremendas heridas de medio siglo de autoritarismo, represión y muerte. No es poca cosa ni pretende ser consuelo, y bien debiera servirnos para renovar la esperanza.

Las teorías del mal y la globalización: Ese otro cuento

La idea de la esperanza, de la necesidad de ella, me parece importante en este punto sobre todo a la luz de ciertas teorías que en estos tiempos finimilenaristas de globalización parecen apuntar precisamente a lo contrario. Y teorías que gozan, además, de una notable popularidad en el campo intelectual. Ya hemos señalado que es notable cómo incluso entre muchos intelectuales latinoamericanos se ha difundido la aceptación del discurso globalizador. Pero no sólo eso: como suele suceder con las modas intelectuales, hay autores y libros que se convierten en objetos de adoración y culto. Y uno de ellos es el pensador francés Jean Baudrillard, un intelectual sin dudas brillante y audaz que se ha difundido mucho entre nosotros, pero algunas de cuyas teorías encuentro irritantes no por su desenfado y audacia sino por el exceso de etnocentrismo que las gobierna y porque nos considera ya globalizados sin apelación ni esperanzas.

Desde una perspectiva acríticamente eurocentrista, casi ingenua de tan obvia, y profundamente reaccionaria, Baudrillard parece considerar que la porción planetaria que abarcan sus ojos, acaso la que queda cerca de su casa o de la Universidad de París, es *todo el mundo*. Ha de ser por eso que generaliza constantemente, nos apostrofa un discurso totalizador y nos da una visión completamente pesimista sobre la vida, los medios, la estética, el sexo, el arte y la política. Su idea de que vivimos el momento posterior a "la orgía" y que "la orgía es todo el momento explosivo de la modernidad" me parece un disparate inaplicable a por lo menos tres cuartas partes de la humanidad. Sostiene que "ha habido una orgía total, de lo real, de lo racional, de lo sexual, de la crítica y de la anticrítica, del crecimiento y de la crisis del crecimiento. Hemos recorrido todos los caminos de la producción y de la superproducción virtual de objetos, de signos, de mensajes, de ideologías, de placeres. Hoy todo está liberado, las cartas están echadas y nos reencontramos colectivamente ante la pregunta: ¿Qué hacer después de la orgía?".[12]

Una vez más nos topamos con el discurso mentiroso del Fin de la Historia y la globalización. Baudrillard nos está diciendo, contemporáneamente con Fukuyama: Señores, no hay nada que hacer, de modo que ahora sólo queda simular y fingir. Curiosa coincidencia: en el impecable análisis que hace Eduardo Fracchia de esa ideología, sostiene que con el Fin de la Historia se pretendía convencernos de que "la democracia liberal constituye en realidad la mejor solución posible al problema humano" y nos impulsaba a elegir entre la civilización (los pueblos "post-históricos" que abracen el nuevo credo) y la barbarie (los pueblos "pre-históricos" o nuevos bárbaros que serán los que no acepten el nuevo orden mundial). Sin matices y dando por descontado que la elección corre por cuenta de cada nación, como si nada tuvieran que ver en ello las grandes potencias (para Fukuyama completamente inocentes y meras espectadoras planetarias), esta nueva ideología pretendió decretar una especie de Estado Unico Universal.[13]

Esas son, precisamente, las ideas que desarrolla Baudrillard en este libro para mí inexplicablemente adorado. Desde luego, para Baudrillard y para los que piensan como él no sería nada difícil comprender que, por ejemplo, no se ha vivido ninguna orgía en la selva lacandona ni entre los indios wichis del Chaco; ninguna orgía en Ruanda ni en la Camboya de Pol Pot. El problema no es entenderlo; el problema es que ellos no miran más *todo el mundo* que el que tienen delante. Este etnocentrismo que para Fracchia es "uno de los dogmas más crueles de nuestro tiempo", siempre discrimina, excluye, somete y margina todo lo que es diferente.[14]

Como consecuencia de ello, esa "liberación en todos los campos" que para Baudrillard ha desencadenado la pregunta "¿Qué hacer después de la orgía?", es sólo una ilusión, un juego de y para europeos satisfechos. Sólo así se entiende que nos diga: "Es el estado de simulación, aquel en que sólo podemos reestrenar todos los libretos porque ya han sido representados –real o virtualmente–. Es el estado de la utopía realizada, de todas las utopías realizadas, en el que paradójicamente hay que seguir viviendo como si no lo hubieran sido... Sólo nos resta hiperrealizarlas en una simulación indefinida. Vivimos en la reproducción indefinida de ideales, de fantasías, de imágenes, de sueños".[15]

Claro que hay un contenido de ironía y –acaso– de dolor en el discurso de Baudrillard, pero eso no disminuye su convencimiento de que la Historia se ha acabado: "En el fondo, la revolución se ha producido en todas partes, aunque de ninguna forma como se esperaba", nos dice de un modo en el que lo importante no son las formas inesperadas sino que *todas las revoluciones ya se produjeron*, y siendo así, muchachos, sólo queda resignarse y adaptarse... O sea fingir, simular. La *melange* que organiza para convencernos es notable: "Contaminación respectiva de todas las categorías, sustitución de una esfera por otra, confusión de los géneros. Así el sexo ya no está en el sexo, sino en cualquier parte fuera de él. La política ya no está en la política, infecta todos los campos: la economía, la ciencia, el arte, el deporte... El deporte, a su vez, ya no está en el deporte, está en los negocios, en el sexo, en la política, en el estilo general de la *performance*. Todo se ve afectado".[16] Un verdadero cambalache discepoliano, como se ve, lleno de verdades pero amontonadas como para ocultar el sentido último, profundo de su ideología. Y con la diferencia de que Discépolo describía una realidad sin augurar el final de nada, y además era argentino.

Existe, según Baudrillard, un "destino problemático" en toda revolución. La sexual, la cibernética, la genética y desde luego la política y social tienen un "problema insoluble. Ahí está el resultado paradójico de cualquier revolución: con ella comienzan la indeterminación, la angustia y la confusión". La liberación deja "a todo el mundo" (una vez más generaliza) "cada vez con menos respuestas posibles". En fin, es fácil apreciar cómo nos enjareta el viejo discurso conservador que señala los riesgos de toda revolución y cuyo objetivo es amenazar con advertencias apocalípticas y totalizantes (globalizadoras, pues) para aplacar toda resistencia y frenar toda rebeldía, aun las mejores rebeldías del espíritu y el arte. Baudrillard, de este modo, nos propone la inmovilidad, la resignación, la pasividad y el adocenamiento. No hay futuro porque no hay rebeldía posible. No hay rebeldía porque "todos nos hemos convertido en transpolíticos, es decir, seres políticamente indiferentes e indiferenciados".[17] Y tampoco hay esperanzas, pues.

Su discurso resulta, por decir lo menos, abrumador y en cierto modo angustiante. Es el discurso de un seductor, se diría, porque sin dudas su prosa es encantadora y por momentos luminosa: el texto está lleno de hallazgos ("Se nos ha impuesto la ley de la confusión de los géneros. Todo es sexual. Todo es político. Todo es estético") y hasta logra cierto vuelo ("Ya no existe vanguardia política, ni sexual ni artística que responda a una capacidad de anticipación y, por consiguiente, a una posibilidad de crítica radical en nombre del deseo, en nombre de la revolución, en nombre de la liberación de las formas"), pero la gran falla de su discurso es que no deja opciones. Sobre todo, para él no existimos los de aquí abajo, los del Sur, digamos, que somos por lo menos la mitad del mundo. Baudrillard generaliza desde una visión europea (lo cual no tiene nada de malo; él es europeo) que es excluyente y taimada, diría, porque aunque no nos incluye –en el sentido de darnos participación– da por sentado que nosotros aceptamos incondicionalmente la globalización. Es decir, nos excluye como sujetos activos, individuos, personas; nos incluye como masa incorporada.[18]

De ahí que liquida, entre otras cosas, la lucha de clases de un plumazo, y por si fuera poco el arte mismo. Declara la derrota del proletariado con una liviandad asombrosa diciendo que en un siglo y medio de Historia desde Marx, no ha conseguido nada, ni mucho menos "negarse como clase y con ello abolir la sociedad de clases". Y eso, dice, "tal vez se debe a que no era una clase, como se ha dicho, a que sólo la burguesía era una auténtica clase". Entonces, para él, el proletariado "se ha limitado a desaparecer. Se ha desvanecido al mismo tiempo que la lucha de clases".[19] Lo cual es otro absurdo eurocentrista, porque si bien con el muro de Berlín cayó lo que pretendía ser –y para muchos fue– una utopía que a la postre resultó un fiasco, la lucha de clases jamás desapareció, ni desaparecerá, por la sencilla razón de que mientras haya desigualdades evidentes, mientras haya algunos tan ricos y tantos tan pobres, y mientras haya opresores y oprimidos, habrá conflictos. Que vaya el Sr. Baudrillard a decirles que ha terminado la lucha de clases a los piqueteros de Jujuy o de Cutralcó; o, si le queda demasiado lejos, que les explique su teoría a los camioneros franceses que a cada rato bloquean las rutas para frenar a los camioneros españoles y portugueses. Confundir la derrota del socialismo real frente al capitalismo real con el cese de la lucha de clases, o con el final de la Historia, es, en el mejor de los casos, un reduccionismo y una falsificación, otra más.

Decir esto, quede claro, no es necesariamente expresión de un discurso ideológico alternativo sino del más puro sentido común que parte de la certeza de que la condición humana, en el devenir de la Historia, no ha hecho otra cosa que dividirse por lo menos en dos grandes campos cuyos roces son inevitables y cuya fricción es perenne. Como la eterna trenza dorada del teorema de Gödel[20], como un tirabuzón hacia el infinito, ni la historia ni la lucha de clases se detienen jamás porque no tienen fin; y lo que no tiene fin no tiene por qué detenerse, como el mismo Baudrillard admite en un momento.[21]

En cuanto al arte, lo liquida sentenciando que "ha desaparecido como pacto simbólico por el cual se diferencia de la pura y simple producción de valores estéticos que conocemos bajo el nombre de cultura... Ya no existe regla fundamental, criterio de juicio ni de placer... ya no existe un patrón-oro del juicio y el placer estéticos".[22] Pero no sólo no nos explica cómo ni por qué ni cuándo se habrían borrado de la faz de la tierra esas reglas y criterios, sino que incluso da por supuesto que alguna vez esos patrones únicos y universales existieron (y seguramente fueron europeos, desde ya). El despropósito es grave, sobre todo porque precisamente la grandeza de la historia de la cultura universal ha sido la multiplicidad, la variedad. No existen culturas superiores, no las hay mejores o peores; lo que hay son diferencias. Ser uno y ser múltiple en el arte y la cultura es, precisamente, lo que ha hecho y hace fascinantes el vivir y el crear. No existe, no existió un "patrón-oro" del juicio y el placer estéticos. Y cuando se quiso establecerlo, como lo pretendieron Stalin, Hitler o Videla, ese patrón se llamó autoritarismo.

Acaso lo que suceda, y por qué no pensarlo, es que estemos frente a un nuevo galicismo: y es que cada tanto a los franceses, yo no sé por qué, se les ocurre matar alguna de las bellas artes o al arte mismo. Lo hicieron con la poesía, con el naturalismo, con el realismo, con la pintura impresionista, con la música clásica, y con la novela hace cincuenta años. Qué extraña manía tiene ese pueblo admirable: pareciera que se aburren cuando empiezan a repetirse, y entonces, como si necesitaran llamar la atención, deciden que algo debe morir: lo que no entienden, lo que consideran agotado o ya no los sorprende, agarran y lo declaran muerto. Y como lo declaran en voz alta nadie deja de escucharlos porque además, claro, todo el mundo mira a Francia con el respeto que Francia se merece: tienen un enorme, sólido y bien ganado prestigio y han dado al mundo incomparables artistas. Y además París es, como cualquiera sabe, la otra capital del mundo (la otra, digo, la que no es Nueva York). Pero realmente no me explico por qué hacen eso, siendo como son un pueblo tan culto y siendo su cultura y su estilo, hoy en día, como me parece, la mejor defensa que tiene la humanidad frente a la superficialidad y frivolización del modelo norteamericano disney-burguer-cocacolesco. No sé qué les da cada una o dos generaciones, que necesitan matar alguna manifestación artística, declaran solemnemente su fallecimiento y enseguida todos se ponen a discutir seriamente el asunto. Son muy graciosos, los franceses, cuando hacen estas cosas. Igual que cuando nos miran y juzgan, exagerando esa superioridad que desde luego en muchos sentidos tienen y es innegable.

Ahora bien, en el discurso globalizador me parece que hay otro aspecto oculto muy interesante de reflexionar y es el desarrollo del sugestivo "Teorema de la Parte Maldita" a partir de la pregunta: "¿Dónde se ha metido el Mal?". Baudrillard responde que en todas partes y su explicación es que la sociedad contemporánea, "a fuerza de profilaxis, de eliminación de sus referencias naturales, de blanqueamiento de la violencia, de exterminio de sus gérmenes y de todas las partes malditas, de cirugía estética de lo negativo, sólo quiere vérselas con la gestión calculada y con el discurso del Bien". Por lo tanto, si en la sociedad ya no existe "ninguna posibilidad de nombrar el Mal, éste se ha metamorfoseado en todas las formas virales y terroristas que nos obsesionan". De ahí que la sociedad contemporánea, para él, se haya vuelto tan débil e indefensa: "A fuerza de expulsar de nosotros la parte maldita... nos hemos vuelto dramáticamente vulnerables al menor ataque viral".[23]

Lleno de ironía y con un discurso por momentos brillantemente provocador –aunque también bastante racista– Baudrillard sostiene que el terrorismo generalizado, el fanatismo de los ayatolas, desastres como el de Chernobyl y el trasvestismo generalizado, hacen que hoy ya no sepamos "nombrar al Mal. Sólo sabemos entonar el discurso de los derechos del hombre: valor piadoso, débil, inútil, hipócrita, que se sustenta en una creencia iluminista en la atracción natural del Bien, en una idealidad de las relaciones humanas". En contraposición, sostiene que también tenemos "derecho a la catástrofe", el cual le parece "esencial, fundamental: derecho al accidente, derecho al crimen, derecho al error, derecho al mal, derecho a lo peor y no únicamente a lo mejor; eso es lo que nos convierte en hombres dignos de tal nombre, mucho más que el derecho a la felicidad". En síntesis, "todo lo que expurga su parte maldita firma su propia muerte. Así reza el teorema de la parte maldita. La energía de la parte maldita, la violencia de la parte maldita, es la del principio del Mal".[24]

Como se advierte, es un discurso provocador y apocalíptico, como corresponde a quien debe de haber sido *un enfant terrible*, pero además es simplificador: en esencia el teorema no es otra cosa que una versión actualizada de la viejísima, nunca resuelta, eterna discusión teológica: si para que exista Dios debe existir el Diablo y viceversa. O lo que es lo mismo: si para que exista el Bien debe existir el Mal. Y teoría, además, que acaso vale para europeos que están de regreso del hiperdesarrollo, pero que ignora o pretende ignorar, evidentemente, que el mundo, la enorme mayoría del mundo, todavía está de ida.

NOTAS

[1] Revista *Viva*, 23 de noviembre de 1997.
[2] Revista *Viva*, 19 de octubre de 1997, págs. 40-48.
[3] Fernando Cruz Kronfly: *La sombrilla planetaria*, Editorial Planeta, Bogotá, 1994, págs. 55 y 56. El subrayado es del propio autor: FCK.
[4] *Idem*, pág. 29.
[5] Diario *Página/12*, 25 de noviembre de 1997.
[6] En la segunda mitad del siglo XIX el entonces diputado José Hernández defendía el derecho a llevar civilización, legislación, prácticas humanitarias y progreso "allí donde no existe", pero no dejaba de preguntarse: "Pero ¿qué civilización es esa que se anuncia con el ruido de los combates y viene precedida del estruendo de las matanzas?". En *El Río de la Plata* del 22 de agosto de 1869. La cita está tomada de Pedro Orgambide: *Ser argentino*, Editorial Temas, Buenos Aires, 1996.
[7] Octavio Paz: *El laberinto de la soledad*, pág. 212.
[8] Elías Canetti: *La conciencia de las palabras*, pág. 23.
[9] Marcelo Barros: *La pulsión de muerte en el discurso social*, Jornadas Académi-

cas "La clínica a fin de siglo", Sociedad de Psicología y Psicopedagogía Clínica de la República Argentina. Agosto-octubre de 1994. Versión grabada.

[10] Del poema "A Rosas", 25 de mayo de 1843.

[11] En 1970, durante la dictadura de Onganía y tras el secuestro del general Pedro Eugenio Aramburu (luego asesinado), la ley N° 18.701 impuso la pena de muerte para delitos aberrantes, homicidios agravados y atentados "con finalidad subversiva". Se disponía la ejecución "por fusilamiento" y dentro de las 48 horas siguientes a la sentencia. En 1973 el gobierno de Héctor J. Cámpora derogó esa pena mediante la ley N° 20.509. En 1976 la dictadura de Videla volvió a implantarla (ley N° 21.338) para homicidios agravados, secuestro seguido de muerte y atentado terrorista seguido de muerte. Fue nuevamente derogada en 1984 y durante el gobierno de Raúl Alfonsín mediante la llamada Ley de Defensa de la Democracia (N° 23.077).

[12] Jean Baudrillard: *La transparencia del mal*, Editorial Anagrama, Barcelona, 1991, pág. 9.

[13] Eduardo Fracchia, *op.cit.*, págs. 114 y ss.

[14] Eduardo Fracchia, *op. cit.*, págs. 56 y ss.

[15] Jean Baudrillard: *La transparencia...*, pág.10.

[16] *Idem*, pág. 14.

[17] *Idem*, pág. 32.

[18] Por cierto, el discurso es falsamente igualador: las masas –dice– "han comprendido que la política está virtualmente muerta... Se las ha desmoralizado y desideologizado conscientemente para convertirlas en presa viviendo del cálculo de probabilidades; hoy son ellas las que desestabilizan todas las imágenes y se ríen de la verdad política. Juegan a lo que se les ha enseñado a jugar, a la Bolsa de las cifras y de las imágenes, a la especulación total, con la misma inmoralidad que los especuladores" (*Transparencia*, 48).

[19] Jean Baudrillard: *La transparencia...*, pág. 17.

[20] El teorema de Gödel es uno de los más complejos desafíos a la inteligencia. Véase: Douglas R. Hofstadter, *Gödel, Escher, Bach. Una eterna trenza dorada*, Consejo Nacional de Ciencia y Tecnología, México, 1982, 912 páginas.

[21] Jean Baudrillard: *La transparencia...*, pág. 55.

[22] *Idem*, págs. 20 y ss.

[23] *Idem*, págs. 90 y ss.

[24] *Idem*, págs. 115 y ss.

CATORCE

LOS ARGENTINOS Y EL FUTURO

"Cada generación renueva sus ideales. Si este libro pudiera estimular
a los jóvenes a descubrir los propios, quedarían satisfechos los
anhelos del autor, que siempre estuvo en la vanguardia de la suya
y espera tener la dicha de morir antes de envejecer".

JOSÉ INGENIEROS (1925)

Todo por los viejos

La cuestión de la violencia tiene una fuerte, lógica relación con la inseguridad que siente el argentino medio en estos años finiseculares. Una cierta paranoia ha venido creciendo en los hogares argentinos en los '90. Asaltos; crímenes absurdos o por centavos; una violencia que hasta ahora era sólo excepcional; niños criminales; asesinatos evidentemente por encargo; la asquerosa impunidad de los poderosos; la ostensible actividad de los viejos represores que se llaman "mano de obra desocupada" y que no son otra cosa que ex militares y ex policías ocupados ahora en "tareas de seguridad" o "de custodia".

En fin, hay un sinnúmero de expresiones de este sentimiento: los diferentes modos de la inseguridad hacen parte del paisaje sensitivo de los argentinos del fin del milenio, que se sienten desprotegidos jurídicamente frente a las sorpresas callejeras que azotan la vida cotidiana en algunos barrios urbanos de la Argentina y ante la desmesura de la violencia policial.

Todo esto tiene que ver no sólo con la multiplicidad de formas que tiene la violencia; también se vincula con las diferentes manifestaciones del maltrato que son comunes entre los argentinos. El maltrato, a su vez, es causa y es efecto de la insatisfacción general frente al deterioro de la calidad de vida. Y en general, aunque a veces el tema es tratado con grandilocuencia y oportunismo, esto no es otra cosa que una parte del problema global de la incertidumbre ante el futuro.

El futuro es una oscuridad para los argentinos. Contrariamente a lo que sucede en otras sociedades, la sensación creciente en la Argentina es la de que el futuro siempre es, para cada uno, por lo menos una incógnita en cuanto a dónde y cómo se pasarán los últimos años de la vida. Y para colmo, una sucesión de escándalos y de cambios en las políticas previsionales han hecho que, para millones de argentinos, el futuro hoy sea una nebulosa de inseguridad, mucho miedo y mitos profundamente arraigados.

Una de las declaraciones más afectuosas repetidas por los argentinos suele ser la de que son capaces de hacer "todo por los viejos". Esa frase pretende significar que el argentino es capaz de cualquier sacrificio con tal de que sus mayores estén bien y disfruten de una buena calidad de vida: con atención, techo, comida, salud y –sobre todo– la garantía de una vejez digna. Pero la realidad muestra que los ancianos en la Argentina están muy lejos de esas seguridades.

Si hay una conducta paradigmáticamente hipócrita en la Argentina, sin duda es el comportamiento social con los ancianos. La primera hipótesis de este texto, por lo tanto, es que el tema de la vejez está cargado de hipocresía, sin dudas, y hay que decir que esa hipocresía es una práctica demasiado frecuente en este tema. Basta mirar alrededor para apreciar el sinsentido: sobran los ejemplos, familiares, comunitarios, de que en este país casi toda la gente dice amar a los ancianos y cree ser capaz de hacer "todo por los viejos", pero la dura verdad es que la vejez es vivida en la Argentina como un castigo final. Maltratados, abusados y sometidos a las humillaciones más groseras o sutiles, el abandono físico, espiritual y psíquico en que se encuentran los ancianos argentinos es brutal y paradójico, porque se produce justo cuando la medicina y la ciencia están en condiciones de prolongar más que nunca antes la vida humana. Ser viejo y ser pobre en la Argentina del fin del milenio es lo peor que puede sucederle a una persona.

En la Antigüedad –y todavía hoy en algunas culturas– la vejez era y sigue siendo un signo de sabiduría. Muchos pueblos orientales inculcan todavía, en sus hijos, la veneración hacia los mayores. En las civilizaciones primitivas el viejo de la tribu era "el que sabía", el que guardaba el conocimiento y tenía la capacidad de transmitirlo. El mundo se hizo así;

no matando a los viejos ni condenándolos a una vida infame. Es cierto que algunas otras culturas echaban a sus ancianos y los mandaban a morir en el destierro. Y es claro también que en la antigüedad eran pocos los que llegaban a viejos, precisamente porque la expectativa de vida era muchísimo menor que en la actualidad. Es sabido que el problema de la vejez digna es viejo como el mundo, pero lo novedoso es la cantidad de viejos que hay ahora en el mundo.

En la Argentina la población de viejos crece más que la de los jóvenes. Se dice que eso también pasa en los países del Primer Mundo y que nosotros tenemos una similar expectativa de vida que los europeos: superior a la edad de 70 años. Pero no se dice que la diferencia radica sencillamente en que nosotros no somos del Primer Mundo.

Aunque la Argentina fue uno de los primeros países en tener una legislación previsional humanista y en una época no demasiado lejana se sancionaron como garantía constitucional los "Derechos de la Ancianidad", la realidad ha desmentido esos avances que hoy sólo son teóricos e históricos. Porque en la actualidad los ancianos argentinos están muy lejos de gozar de esos derechos ya que el sistema de seguridad y solidaridad social está completamente en crisis, y para colmo subsiste una tremenda contradicción en la sociedad, que por décadas se acostumbró a que el Estado se hiciera cargo de los ancianos. En la última década del milenio, rota aquella red que era imperfecta pero que funcionaba, la sociedad parece no darse cuenta –o no quiere darse cuenta– de que ahora, por más que mucha gente crea ser capaz de hacer "todo por los viejos", si en cada familia no se adoptan las medidas necesarias que dictan el amor y las posibilidades económicas, los ancianos se constituyen en una carga que los tiene a ellos mismos como las más castigadas víctimas.

Es cierto que reflexionar sobre esto tiene un dejo patético, y puede significar –como se dice vulgarmente– tirar una pálida porque el tema es desagradable incluso filosóficamente, pues cada anciano es, de hecho, un espejo en el que todos habremos de mirarnos alguna vez. Quizá algunos piensen que ya saben todo sobre el tema; que sus experiencias son más tremendas que cualquier teoría; o que directamente no se interesen porque son jóvenes o simplemente desaprensivos. Bueno, los viejos también fueron jóvenes alguna vez, y tuvieron fuerza, energía, sueños y trabajaron muy duro. Los jóvenes de hoy también van a ser viejos algún día: es la ley de la vida, claro, y no es que uno diga obviedades sino que desde el vamos conviene recordar *esta* obviedad, para decir que *la vejez no es solamente lo que les pasa a los viejos*.

La vejez es el único horizonte cierto, verdaderamente cierto, que tenemos antes de la muerte. Es un destino, decía Simone de Beauvoir, y es un asunto de todos: guste o no es el más común y compartido asunto que tenemos todos los seres humanos. Y es también una responsabilidad que debiera ser maravillosa y solidaria, y no causa de vergüenza. El mito de que somos capaces de hacer "todo por los viejos", por lo tanto, está cargado de la misma irreflexión que tienen casi todos los mitos, en la Argentina y dondequiera. Está asociado a aquel otro que sentencia que "todo tiempo pasado fue mejor". El tema de la vejez, entonces, está cargado de irreflexión pero también de hipocresía y de esa cosa medio loca que es querer y cuidar a los viejos propios, a los nuestros, a los que tenemos en la familia, mientras socialmente se detesta a los demás. En los hechos concretos, digo, más allá de las declaraciones retóricamente piadosas.

Una segunda hipótesis que me parece que suele dificultar todo análisis, es que la vejez produce una curiosa mezcla de ansia y de miedo. Es una aspiración natural de todo ser humano llegar a viejo, pero a la vez nos da miedo la vejez. Es un terreno misterioso, una habitación que siempre imaginamos cerrada y oscura, pero en la cual inexorablemente sabemos que vamos a entrar algún día. Queremos llegar a viejos en el sentido de vivir muchos años, pero ese anhelo de inmortalidad incluye siempre, y sobre todo, el anhelo de llegar a viejos pero sin parecerlo demasiado. Que no es sino otra manifestación de esa obsesión de los argentinos por darle más importancia al parecer que al ser.

El miedo a la vejez se expresa generalmente en el rechazo, sutil o evidente, pero también en la negación. Pregúntesele a los chicos qué sienten ante los viejos, ante la vejez. Seguramente la ven lejos, todavía. Es algo que no les importa ni les interesa. Y si tienen un anciano en la casa, a lo sumo devolverán una frase piadosa, acaso cariñosa y matizada con algún diminutivo. Quizá no serán tan ignorantes y negadores como para no darse cuenta de cómo su país trata a los viejos, pero en lo que seguramente no repararán es en que la manera de tratar a los viejos que tiene este país es el trato que ellos mismos les darán y el mismo que van a recibir.

La vejez enfrenta a cada uno con un futuro que se visualiza como inimaginable. Es a la vez algo que va a llegar, pero que siempre le está llegando a otros. Es el modo de zafar, digamos, de la angustia que produce. Y eso, sumado a la declinación del cuerpo, hace que cueste tanto admitir el rechazo que produce la vejez... de los otros. Es en ese rechazo donde suele nacer la crueldad en el trato que se dispensa a los ancianos. Mientras se dice que se es capaz de "todo por los viejos", la vejez siempre es algo que le está pasando a otro, siempre parece estar diez años más allá. Así como un chico ve viejo a alguien de 40, y para un cuarentón es viejo el de 60, así el de 70 años considera que viejos son los que tienen 80. O sea: el sueño de que la vejez nunca nos tocará a nosotros.

Y eso tiene un correlato en la vida política y social. Los argentinos lo hemos visto reiteradamente: ayer militares, hoy políticos, sean ministros, filántropos, legisladores o buscavotos, son legiones los argentinos que se rasgan las vestiduras por los viejos. Y allí están ellos, tantas veces en condiciones humillantes. A tal punto que hoy los viejos han quedado reducidos a la categoría de "pobres jubilados". Uno hasta se pregunta incluso si no será que de alguna manera las nuevas generaciones están castigando a las anteriores por el país que les dejaron. Algo así como si dijeran, implícitamente: "Bueno, viejos, no se quejen después de lo que hicieron".

Hasta el lenguaje proscribe y margina a los viejos. Cuando se dice o se lee en los periódicos la palabra "sexagenario", ¿qué cree el lector que siente una persona de 60 años que, digamos, está en la plenitud de sus facultades y capacidades? Y cuando una persona, de 60 o aun de 70 o más años, todavía trabaja y está íntegra, creativa y sana, sea intelectual o carpintero, ¿cómo le parece que se siente cuando se lo discrimina con eufemismos y falsas, piadosas verbalizaciones?

Por ejemplo cuando se habla de la Tercera Edad. ¿Qué es eso? Si hasta se habla de Cuarta Edad para los que ya pasaron los 80. ¿No es como decir Ultima Edad? ¿Y cuando se habla de algo tan ridículo como Segunda Juventud? E incluso cuando se usa el diminutivo: "Viejitos", ¿acaso implica cariño hacia el sujeto? ¿No será que quien usa el diminutivo y dice "viejito" quizá lo que está haciendo es disimular su prejuicio? ¿Hay mayor hipocresía del lenguaje que llamarlos "abuelo" o "abuela"? Esos apelativos también son prejuiciosos; y en el mejor de los casos son formas piadosas del prejuicio o de la agresión. Pero por mucha piedad que se crea tener, la verdad es que a los viejos, con ese trato, muchas veces se los engaña. Por eso muchos de ellos odian que les encajen semejantes abuelazgos.

Pero digamos también que no sólo importa lo que opinan los viejos sobre cómo los tratan los jóvenes, y cómo se sienten tratados por la sociedad. La distancia generacional hace necesario reflexionar asimismo sobre lo que piensan y dicen los jóvenes de los viejos. Porque pareciera que hay un doble prejuicio, ya que los viejos también suelen ser intolerantes con los jóvenes. Con razón o sin ella, viejo chinchudo o viejo bueno, ¿cuántas veces los hemos escuchado protestar porque, como dicen ellos, "ya no hay respeto"?

Es indudable que cada generación cambia de hábitos, y que para los mayores siempre es difícil, gravoso, acomodarse. Cada generación tiene la sensación de haber sido la única y la última en garantizar determinados comportamientos. Es lo que llamaríamos una autoestima generacional que entra en crisis y se manifiesta, inexorablemente, cuando se enfrenta con otras. Pensar o decir que hacemos "todo por los viejos", creer que somos capaces de cualquier gesto amoroso hacia ellos, y aun la declaración tan común –"gracias a los viejos"– muchas veces son sólo verdades de entrecasa. Pero socialmente son afirmaciones insostenibles. De hecho lo que se ve en la vida cotidiana es crueldad, burla, humillación y casi siempre desprecio o rechazo hacia los viejos.

Las formas de la humillación a los ancianos son tremendas y no siempre sutiles: ahí están esas colas de viejos expuestos al sol del verano, esperando horas y horas para entrar en un Banco a cobrar sus magros haberes jubilatorios. O aguantando el frío del amanecer y permaneciendo de pie toda una mañana en pleno invierno. ¿Es posible imaginar muestras de una crueldad mayor?

Es usual, un clásico, que uno siempre se propone y promete a sí mismo, para cuando sea viejo, ser un viejo digno. Y ser digno, para cada uno, es una medida de correspondencia con la vida que se ha llevado. En su *Elogio de la vejez* Elías Canetti sostiene que "es preciso desechar la idea de que hay una edad preferible para todos... Puede que ser viejo tenga muchos inconvenientes. Pero tiene ventajas incomparablemente mayores. Ahí está, por ejemplo, la osadía del recuerdo". Claro que esto no deja de ser un poco idealizador: quizá Canetti, con su enorme sabiduría, escribió ese elogio gobernado por un indudable aire voluntarista, acaso para recargar su propia esperanza. De todos modos, acierta cuando señala que la vejez "le brinda a uno la oportunidad de reparar ciertas cosas" y que "en favor de la vejez podría decirse que incrementa el valor de la vida". Claro que también admite que "el principal inconveniente de la vejez, y tan importante que casi superaría todas las ventajas, es que uno apenas piensa ya en los demás. Pero contra eso hay una medicina: ser imprescindible. Lo que uno sabe que nadie sabe, lo que uno dice y nadie más puede decir... Por ello es recomendable no dejar en paz a los viejos, de un modo sabio y que resulte eficaz, pero sin descanso".[1]

Seguramente lo que nos es común a todos (y entre los argentinos es una clave para ese futuro difuso que todos tememos) es el deseo de que se llame a las cosas por su nombre. Pensamos, sabemos, que podremos llegar a viejos, si es que llegamos y ojalá lleguemos, pero lo que jamás vamos a soportar es que nos engañen. Lo más repugnante de la vejez ha de ser que te mientan. Ni piadosamente lo admitirías.

Por supuesto que el País de las Maravillas está lleno de viejos dignos. Desde luego. Como el mundo mismo. Admiramos y queremos a Ernesto Sabato y a Adolfo Bioy Casares. A Tania y a Tita Merello y a Enrique Cadícamo. A tantos viejos brillantes, enteros, sabios. Todos andan en los 80, algunos en los 90. Y ahí está esa gloria literaria cordobesa, Juan

Filloy, que en agosto de 1997, mientras se escribía este libro, cumplió 103 años, los festejó bebiendo una botella de vino tinto y sigue escribiendo. Un poco sordo y con bastón, pero con una sabiduría, una memoria y una cabeza tan lúcida que asombran.

La inseguridad frente al futuro, entre los argentinos, es un asunto de cada vez mayor importancia, entre otras razones porque las estadísticas delatan el marcado envejecimiento de la población argentina. Sólo un par de datos: los demógrafos consideran que un país envejece cuando hay un 7% de habitantes mayores de 65 años. Pues en la Argentina ya estamos en el 9%, y específicamente en la Capital Federal, en el 16%.

Lo asombroso es que, mencionados los datos anteriores, probablemente muchos lectores se sienten impresionados. Sin embargo, el dato no tiene por qué ser ni bueno ni malo. Si la población de viejos crece, ¿y, qué hay con ello?

La Organización Panamericana de la Salud ya anda advirtiendo que con las actuales políticas sanitarias, que no tienen en cuenta el envejecimiento poblacional, en el primer siglo del milenio que viene casi todos los recursos se van a destinar a los viejos solamente. Y dos datos más: las personas mayores de 80 años ya son más de medio millón en la Argentina. Y esto va a crecer mucho más porque hoy la esperanza de vida argentina es bastante alta: 77 años para las mujeres y 70 años para los varones.

He ahí otra típica paradoja argentina: vivimos una tremenda crisis de salud, pero en promedio este país tiene una muy alta expectativa de vida. Basta pensar por un momento en una probable y próxima Argentina, iniciado el tercer milenio: un país cuya población joven tendrá altísimos índices de desocupación y donde habrá cada vez más ancianos demandantes de atención de todo tipo (alimentaria, residencial, médica, hospitalaria, de expansión y ocio) recostados sobre cada vez menos aportantes a los sistemas de previsión social. Como además estos sistemas han sido privatizados, en el caso –perfectamente posible– de que se tornen inviables económicamente y/o quiebren, el Estado no asumirá ninguna responsabilidad.

Posiblemente el lector se estará preguntando: ¿y alguien es responsable de todo esto, alguien debería hacerse cargo de este atropello que lleva décadas en este país y del que un día yo mismo puedo ser víctima? La respuesta es que sí, claro, siempre hay alguien que *no ha hecho ni hace* lo que debiera hacerse para evitar un atropello. Y el que se ejerce contra los viejos se ha convertido ya casi en un estilo, uno de los estilos de avasallamiento más miserables del País de las Maravillas, precisamente porque hay muchísima gente que se llena la boca –y los bolsillos– con la desdicha de los viejos. Cualquiera puede verlo diariamente, en las calles, y además lo muestra la tele: esas patéticas marchas de los jubilados porteños, protestas que a veces sobrecogen por lo pobrecitas, tornan inevitable mencionar por lo menos el listado de las humillaciones que padecen: el Pami, los hospitales públicos, las magras jubilaciones que cobran, el vaciamiento infame durante décadas de las cajas de jubilaciones, los gestores que los engañan, el oportunismo de algunos que no son tan viejos, la caterva de falsos jubilados (truchos, se les llama), el cretinismo de los jubilados de privilegio de que está lleno el país y que, la verdad, casi ningún gobernante ni legislador ha hecho esfuerzos concretos para suprimir. Y encima a veces la represión policial también se ensaña con esos ancianos amargados, justificadamente resentidos.

Pero lo más terrible es que muchos argentinos llegan a pensar que la canallada no es que pasen estas cosas, sino que la canallada es ser viejo. Pensamiento canalla, si lo hay.

Por supuesto que el problema de la vejez no es un asunto nuevo ni simple. Ya en la literatura argentina, Adolfo Bioy Casares lo planteó con una novela que hoy llamaríamos de anticipación: *Diario de la guerra del cerdo*. En esa obra, escrita a finales de los años '60, Bioy imaginaba una sociedad en la que los viejos eran perseguidos y exterminados por bandas de jóvenes. Y los perseguían por "desagradables", casi como una persecución estética, una forma de fascismo visual. Del otro lado, Bertoldt Brecht creó en los años '30 una contracara bastante más optimista con aquel memorable cuento breve: *La vieja dama indigna*, que es la historia, digamos, de la liberación de una anciana harta de haber vivido reprimida toda la vida. Y también aborda esta cuestión la pieza de Jacobo Langner, *Esperando la carroza*, que en la Argentina de la última década fue un éxito cinematográfico.

Pero eso es literatura, dirán algunos que quizá rechacen estas reflexiones y acaso seguirán pensando que ellos sí aman a los ancianos, "los abuelitos", los de la Primavera otoñal y demás estupideces. Quizá seguirán lo más campantes pensando que ellos sí hacen "todo por los viejos" y que a *sus* viejos no les irá tan mal. Habrá que verlo. Ahí está el horror de los geriátricos, por cierto. ¿Qué familia argentina no se enfrentó, alguna vez, a la decisión o la duda de enviar a un anciano a un geriátrico? ¿Y qué pasa ahí adentro, cómo se vive? Se sabe que en la Argentina los informes e investigaciones sobre la vida en las residencias geriátricas, arrojan resultados espantosos. Nadie que esté en condiciones de resistirse aceptaría estar en uno de ellos. Dudosamente algunos viejos quisieran ir allí, si tuvieran otra opción. No es sólo una cuestión de mala prensa.

Y precisamente esa posible otra opción es una característica argentina que todavía puede considerarse esperanzadora. Y es que en este País de las

Maravillas, la familia todavía cumple un enorme papel de sostén de sus viejos, como no ocurre en otras sociedades. No los viejos de todos, pero sí por lo menos los propios. Y esta otra enorme paradoja: aquí el sistema descuida, pero la familia todavía cuida. En cambio en los países desarrollados, los viejos a veces viven como bacanes, pero la familia se borra. Y todo se reduce a una cuestión de negociación con la propia culpa, obviamente.

Por supuesto que –familia o no familia– tenemos que diferenciar a unos viejos de otros viejos. Quiero decir que si un viejo es rico y famoso la humillación no existe, y tampoco genera una carga para la familia. Si digo Amalita Fortabat, por caso, digo una señora de edad avanzada que probablemente al momento del cierre de este libro tendrá unos 80 años. Pero sucede que como se trata de una de las personas más ricas de la Argentina, si digo que es una vieja puede resultar ofensivo. Y la vejez, en rigor, y según el Diccionario de la Lengua, no es otra cosa que "Persona de mucha edad" en su primera acepción, y "persona que ya no es joven" en la segunda. Con lo que sería la carga de connotaciones y prejuicios lo que pudiera resultar ofensivo. No la palabra.

Lo mismo sucede si uno pronuncia otros nombres: Mariano Grondona, Mirtha Legrand, Bernardo Neustadt o Magdalena Ruiz Guiñazú son gente que tiene más de 60 años y trabaja diariamente. Gusten o no, trabajan y están en plenitud. Igual que Ana María Campoy, el general Martín Balza o incluso Roberto Galán, que en sus programas de televisión trata a sus invitados de "viejos". A nadie se le ocurriría descalificar a ninguno de ellos diciendo que son "sexagenarios". Ronald Reagan y François Mitterrand presidieron dos de las naciones más poderosas de la tierra cuando tenían más de 70 años. Y Bob Dole en los Estados Unidos fue candidato en el '96 habiendo cumplido los 74. Nuestros presidentes Raúl Alfonsín y Carlos Menem, ambos están en sus 70 años y mantienen aspiraciones de repetir mandatos. ¿Serán acaso descartados por "septuagenarios"?

La vejez no tiene por qué ser solamente ese paisaje de gerontes, personas desvencijadas que vegetan calmosamente en plazas y parques, a veces quejosos, a veces jugando al ajedrez o a las bochas. La vejez entre los argentinos merece no sólo otro trato, sino otra consideración. Y sobre todo merecería acabar con esa mentirosa tranquilidad casera de los que se autoconvencen de que son capaces de hacer cualquier sacrificio por los viejos. Que no necesariamente esperan sacrificios, sino respeto. Para que el futuro, del tamaño que les quede por delante, tenga sentido y valga la pena vivirlo hasta el último minuto.

Los argentinos y la desconfianza: A Seguro se lo llevaron preso

Si la vejez maltratada es una de las manifestaciones más crueles de la inseguridad en que viven los argentinos, y si el futuro es, por eso mismo, una zona oscura y temible, la otra incógnita del porvenir es la desconfianza de los argentinos.

Somos un país en el que la gente anda por la calle malhumorada, nerviosa, y a cada rato desdeña el optimismo de cualquier desprevenido que se muestra contento con su vida. Basta observar que cuando alguien afirma algo con autoridad y seguridad, o elabora con gran confianza un proyecto, más de uno piensa o dice, dudando: "Mirá que a Seguro se lo llevaron preso".

Otro mito arraigado entre los argentinos: la desconfianza que impera entre nosotros, la sospecha frente a la afirmación del otro, la duda maliciosa. No es fácil explicar las razones por las que hoy somos un país en el que la seguridad y la confianza parecen valores perdidos. Habría que recurrir a la sociología, a la psicología social, para explicarlo científicamente. Pero una hipótesis sería que los argentinos hoy son tan pesimistas porque, a fuerza de rifarlas, se han ido quedando sin esperanzas. Otra sería que han visto y vivido tantas traiciones que, muy probablemente, sienten que ellos mismos serán traicionados. El futuro, así, es un entredicho constante, tan fuerte que es como una negación: no hay futuro porque todo es inseguridad.

Pero esta inseguridad no es la que muchos sienten en las calles y que los lleva a demandar mayor protección física, concreta, de los cuerpos institucionales armados. Esta es esa otra clase de inseguridad, de tipo intelectual, digamos, o filosófico, que delata que en la Argentina nos hemos vuelto casi irremediablemente escépticos y pesimistas. Y como el pesimismo siempre tiene que ver con la debilidad de las esperanzas, es inversamente proporcional a las expectativas que uno se ha forjado, a los propósitos que razonablemente cualquiera tiene. Cuando paulatina pero incesantemente las esperanzas se deterioran, pierden energía y entran en zonas de sombras, entonces, inconscientemente, se empieza a dudar, y a dudar de casi todo.

La frase-mito "A Seguro se lo llevaron preso" es curiosa, muy generalizada y de usos múltiples. De origen imprecisable, el sustantivo propio "Seguro" deviene personificación que no compromete pero sirve como ejemplo. "Seguro" puede ser el amigo, el familiar, el ser más querido que se tiene cerca. O bien puede representar un nombre cualquiera que sólo es útil en dado caso para ejemplificar lo contrario de lo que indica el nombre: o sea la inseguridad. El vocablo "Seguro" es muy interesante porque la primera acepción del Diccionario de la Lengua dice que significa: "Libre, y exento de todo peligro, daño o riesgo". Casi todas las acepciones siguientes, de las muchas que tiene, son similares: Seguro es lo cierto, lo infalible, lo firme, lo constante, lo protector.

Por lo tanto la idea, tan argentina, de que "se lo llevaron preso" es metafóricamente preciosa. Alguien, que no se sabe quién es, ni de qué manera, ni cuándo, ni de dónde vive, ni por qué, encarceló a "Seguro" y por lo tanto nos dejó solos, desprotegidos, expuestos a todo tipo de peligros y riesgos. De paso ha servido de ejemplo de que nadie puede confiarse totalmente acerca de nada ni con nadie. Es, de hecho, la contrapartida perfecta de otro mito nacional, de linaje campero: "Tener la vaca atada", que es sinónimo de la seguridad de que a quien la tiene así, naturalmente, jamás le faltará leche ni sustento, y por extensión tampoco le faltará mujer, cobijo, dinero. De donde "tener la vaca atada" es sinónimo de fortuna.

Es interesante detenerse a pensar en el carácter innominado, en ese evidente anonimato del que metió preso a "Seguro". En cierto modo es caer una vez más en el pensamiento mágico, esta vez implícito. Porque a "Seguro" alguien *se* lo ha llevado preso. ¿Quién? ¿Dios? ¿El destino? De hecho estamos en presencia de una afirmación amenazante, generadora de inseguridad ella misma y cargada de malos presagios, de agorería. Es una expresión ejemplarmente pesimista, incluso alarmista. De un pesimismo que hace juego, digamos, que embona perfectamente con el presente argentino y con el desaliento generalizado.

Se podría pensar que esta conducta, esta vocación de desvalorizar y descalificar todo, es un producto nacional acuñado en años de crisis. Y en cierto modo es así: en efecto, siempre hay gente a la mano pensando que todo va a salir mal. El argentino finimilenarista es proclive a dejarse ganar por el desaliento y la mufa. Mufa, por cierto, es otra palabra preciosa, verdadera joya de nuestro lunfardo. Deriva del italiano *muffa*, que significa moho. Y dice José Gobello[2] que, a su vez, deviene del véneto *stare muffo* que es estar triste, melancólico, enmohecido. Es decir, el vocablo define un estado carente de entusiasmo, un estado de negatividad, lo contrario de la confianza en un futuro más o menos seguro. Hay otras palabras, en el vocabulario popular argentino más reciente, que concurren a fortalecer las mismas ideas: la expresión "tirar pálidas", por ejemplo. El adjetivo "trucho" y todas sus derivaciones (truchado, truchar, etc.). Y hasta hay formas de la oralidad como el despectivo y sobrador "¿A papá...?" que denota una autoconfianza absoluta y, contrario sensu, desconfianza igualmente absoluta en los demás.

El mito de que "A Seguro se lo llevaron preso", como todo mito, ofrece costados fascinantes para la reflexión. Por un lado, elude la diferencia neurótica y tan de moda entre el ser o estar positivo y el negativo. Por el otro, no impone analizar la pérdida de la seguridad como fenómeno de la violencia posmoderna. No tiene nada que ver con la inseguridad urbana que amenaza la integridad física, sino que expresa algo mucho más sutil y difícil de explicar: una especie de inseguridad moral, virtual, ontológica. La prisión de "Seguro" es la constatación de la necesaria e inevitable duda, la constante y sistemática duda acerca de casi todo. Verbigracia: la pérdida más absoluta de la confianza.

Y aquí está, en mi opinión, el verdadero quid de la cuestión: los argentinos de fines del siglo XX ya no tienen confianza prácticamente en nada. El *Cambalache* discepoliano ha declarado que en este siglo "problemático y febril" que ahora termina "el que no llora no mama y el que no afana es un gil". La realidad de la Argentina de los últimos treinta años –por colocar un hito en el final de los hoy idealizados años '60– se ha encargado de confirmar que "da lo mismo el que labura noche y día como un buey, que el que roba, o el que mata, o está fuera de la ley". Por lo tanto, no hay esperanza. Por eso la expresión "A Seguro se lo llevaron preso" resulta tan contundente, mucho más de lo que su aparente inocencia sugiere.

Desde ya que buena parte de la explicación, e incluso la justificación de este mito, tienen que ver con las circunstancias políticas, económicas y sociales que venimos viviendo los argentinos de las últimas generaciones. Sin duda tienen que ver con el empobrecimiento, la degradación de la calidad de vida, la des-educación y el fraude constante de los ciclos políticos. Todo eso ha producido una notable baja en la autoestima, tanto la individual como la colectiva. De ahí la desvalorización general hacia todo y hacia todos. De ahí la desconfianza.

Y tan así es que gran parte de la publicidad en la Argentina finisecular apela a la recuperación de la seguridad. En los últimos años se empezaron a cambiar las ideas y los conceptos de la propaganda comercial en función, precisamente, de prometer (vender) lo que más está faltando en la realidad social, o al menos en el imaginario colectivo. Así, lo que antes era simple solidaridad se empezó a llamar "seguridad social". Lo que antes era "salud pública" se pasó a llamar "bienestar social" o "seguridad social". Basta pensar en el nombre de las cajas de previsión e institutos de jubilados. Hoy todos incluyen el tan ansiado concepto "seguridad social". Por supuesto que en el País de las Maravillas cuando se habla mucho de algo es porque sucede exactamente lo contrario. Así que cuanto más se habla de seguridad social y más grandes se pintan los carteles, es cuando menos seguridad sentimos. Basta ver cómo el Estado se ha ido borrando de la prestación hospitalaria y el auge de las "medicinas prepagas".

Y ni se diga de la inseguridad que significa, en general, el Sistema de Seguros en la Argentina. Las compañías de seguros, casi sin excepciones, son verdaderos organismos de sospecha generalizada, maquinarias organizadas para ponerle trabas al cliente, crearle problemas y sumirlo en la inseguridad. Es alucinante por lo absurdo, pero todo deriva de lo mismo: la desconfianza está globalizada, para utilizar el término de moda: el cliente puede estar engañando a la compañía aseguradora; las compañías pueden ser insolventes; muchas optan por quebrar para no pagar, o desvían el dinero a quién sabe qué fines; o directamente prefieren ir a juicio, con lo cual ganarán tiempo y hasta es posible que tengan arreglos con algunos jueces. ¿Quién se siente realmente *seguro* con las compañías de seguro? Nadie, ¿acaso no sabemos, los argentinos, que "A Seguro se lo llevaron preso"?

Esta cuestión es tan fuerte, hoy, tan simbólica del estado de temor que se ha expandido en la sociedad contemporánea, que cosas tan diferentes como los pañales para bebés, los servicios bancarios o las campañas que promueven el uso de preservativos como medida de prevención del Sida recurren a la misma idea: todos hablan de "seguridad". Es inevitable advertir, entonces, que si es tan importante el concepto es porque se trata de un valor que se ha perdido. Si tanto se habla de Seguro es porque Seguro está preso, claro está. Por eso la publicidad, que no da puntada sin hilo, nos dice que entonces, quizá, podemos comprarlo.

¿Cuál es la "seguridad" que se ha perdido, entonces? No sólo la de las relaciones sexuales. También se confía menos en las posibilidades de la medicina a pesar de los avances científicos y tecnológicos. No hay garantías de una vejez digna y tranquila. La desconfianza que sentimos frente a las instituciones del Estado que deberían ocuparse de la seguridad social es total. Y en general los argentinos descreen de casi todo: de los cheques que quizá no tienen fondos, de las tarjetas de crédito que pueden ser robadas y hasta de los billetes, que obviamente cualquiera desconfía de que pueden ser falsos. Ni se diga de la desconfianza en el amor, en las relaciones de amistad o, de algunos desdichados, en el Racing Club.

Este mito argentino, esta frase cargada de escepticismo y alertas, está expresando nuestro descreimiento y nuestro complejo de desamparo. Al contrario de muchas otras naciones de la Tierra con las que habitualmente nos comparamos y a las que querríamos emular, aquí hemos perdido dramáticamente la confianza. En los demás, en los que más queremos, incluso en nosotros mismos. Y nos sentimos solos, desamparados. Porque "Seguro" ya no está.

Cuando nos sentimos así, descreídos y desconfiados como nos hemos vuelto en general los argentinos, quedan dos caminos: o caemos en la autocompasión, la queja, el lamento inútil; o empezamos a cambiar. Pero para cambiar, que siempre es el mejor camino, el más riesgoso y también el más apasionante, lo primero que hay que hacer es darse cuenta.

Los argentinos y el desarrollo humano: Cinco tesis

A mediados de 1997, cuando trabajaba en este libro, me invitaron a participar de una reunión multidisciplinaria sobre Desarrollo Humano, celebrada en mi tierra y organizada por el gobierno del Chaco. Mientras escuchaba los trabajos de otros expositores me impresionaban las estadísticas que se analizaban: números y datos que hablaban del enorme problema de este tiempo que es la coexistencia pacífica en sociedades tan disímiles. Podía ver que este mundo de fin de milenio es un escenario que suele ser descrito por los organismos oficiales, nacionales e internacionales, sólo a través de frías estadísticas que permiten formarse ideas fragmentarias de la realidad, desde luego, pero que no aseguran el entendimiento cabal de los problemas ni mucho menos que las propuestas elaboradas en oficinas y gabinetes a partir de esos datos sean las mejores ni las suficientes.

De todos modos, los datos que definen la posición de la Argentina en el concierto de las naciones son impresionantes, tanto como la realidad visible. Según el Informe de 1997 sobre Desarrollo Humano del PNUD (Programa de las Naciones Unidas para el Desarrollo), en 1995 ocupábamos el puesto número 30 en el ranking mundial del grado de desarrollo de los países del mundo, y en sólo dos años descendimos al puesto 36. Considerando sólo el desarrollo humano de las mujeres, descendemos aún más: estamos en el puesto 47. Y si sólo se trata de considerar el grado de desarrollo de la infancia, caemos al puesto 61. Si las contradicciones de la Argentina pudieran sintetizarse en un solo ejemplo, yo elegiría el siguiente: mientras en el Chaco se realiza una interesante inversión pública para terminar de computarizar toda la administración provincial, ahora para obtener un "certificado de pobreza" necesario para determinadas gestiones, los pobres tienen que pagar siete pesos o dólares en los Registros Civiles.

El desarrollo humano en la Argentina se enfrenta, por lo menos, a cinco problemas fundamentales.

En primer lugar tenemos un *Problema Político*, que consiste en el clientelismo instalado casi como modelo único de acción. Esto equivale a decir que la actividad política se hace más para conseguir votos que para responder a las verdaderas necesidades de la gente. Me podrán decir que en tal o cual provincia esto cambia; que aquí o allá tiene ésta o aquella característica y que la generalización es peligrosa. Muy bien, lo admito: es peligrosa, pero también creo que, dialécticamente, el clientelismo es el signo preponderante del quehacer político, y ésta es una de las más graves enfermedades de la Argentina de los '90.

El segundo es el *Problema Económico*, y en mi opinión se expresa en que la Argentina hoy está signada por el exceso de economicismo que hay en la sociedad. Esto nos viene de los tiempos en que la inflación volvía locos a los argentinos. Hay un exceso de economicismo en el sentido de que la sociedad piensa demasiado en términos económicos. Y aunque no quiero ofender a ningún economista, la verdad es que la económica es una ciencia que no siempre va de la mano de la ética, y en líneas generales muchas veces la contradice flagrantemente. Este divorcio entre economía y ética me parece que es otro de los problemas graves de nuestro país, hoy.

El tercero yo diría que es un *Problema Cultural*. A grandes rasgos se expresa claramente en la idea de la globalización, tan aceptada hoy en día y que tanto sometimiento manso produce. La idea de la Globalización entendida como madre del presente y del futuro es, por lo menos, discutible. Sobre eso abundamos en el inicio de este libro, pero recordemos que es una de las grandes mentiras que está aceptando la humanidad. Cabe mencionar aquí solamente dos aspectos de la globalización que nos están resultando tremendamente perjudiciales: por un lado la cuestión educacional, encarnada en el proceso de destrucción de la escuela pública (todo el país es testigo en estos días de la llamada "Carpa de la Dignidad" frente al Congreso de la Nación); y por el otro la cuestión de la desnacionalización acelerada en que estamos, y vaya como simple ejemplo el cambio en las fiestas patrias: ya los 20 de junio no son el Día de la Bandera, porque, inescrupulosamente, las fechas patrias han sido convertidas en días redituables en lo económico. Mientras que en el corazón del imperio jamás a nadie se le ocurriría festejar otro día que el 4 de julio, caiga miércoles o domingo. Hoy en día, con el cuento de la globalización se menosprecian los sentimientos nacionales y es evidente que hay un altísimo grado de vaciamiento de la cultura patriótica de los países periféricos.

Por supuesto que se puede coincidir –y propongo que coincidamos– en que la destrucción y el vaciamiento comenzaron con el autoritarismo de la última dictadura militar, que, de alguna manera, gastó el contenido de nuestros símbolos nacionales de manera tan burda que echó a perder su sentido. Razón por la cual hoy, en una actitud maníaca, la sociedad argentina se resiste a respetar y a venerar esos símbolos como debería ser.

Y conste que no estoy haciendo de esto ninguna cuestión de nacionalismo ramplón, pero el sentimiento de pertenencia y de Patria es un sentimiento necesario para el desarrollo humano y siempre se inculca en la escuela primaria. Esto es algo que desgraciadamente se está perdiendo en haras de una dudosa globalización que no es otra cosa que una forma sofisticada de neocolonialismo.

El cuarto problema es el *Problema de la Justicia*. Creo que estamos atravesando el momento más peligroso, el de mayor deterioro de la Justicia en la Argentina. La impunidad generalizada a partir de los indultos otorgados por el presidente Menem en 1990, es en mi opinión el crimen más grosero que debería pagar el menemismo alguna vez. Pero entretanto se ha convertido en una miserable conducta del poder, a la vez que en un padecimiento de la sociedad. Esto conlleva otro problema: el constante ataque a la libertad de expresión.

Y finalmente el quinto es un *Problema Burocrático*. Es decir: el que deriva de la falta de participación real y de las trabas a la participación de los protagonistas, los verdaderos actores sociales. Es el problema de cómo lograr que el diseño de las posibles soluciones concretas para las demandas concretas de los marginados, así como la toma de decisiones, la ejecución y el control de gestión estén en manos de esa misma gente y no de organismos superestructurales con sede en las Naciones Unidas, en Europa o en Buenos Aires, y ni siquiera en aquellas oficinas donde se supone que existe la mejor buena voluntad.

Esto sería desarrollo humano puro: el despeje de la burocratización pasaría por garantizar que el problema de la canilla del Barrio Tal sea diseñado, programado, decidido, ejecutado y controlado por los habitantes del Barrio Tal. En este mismo momento en las afueras de Resistencia, en el Chaco, se desarrollan programas de letrinización que resultan ejemplares. El problema de los inodoros viene a ser paradigmático, porque la gente que carece de trabajo y tiene hambre, y se ha pasado haciendo sus necesidades en los yuyos, no sabe ocupar los inodoros. El problema se complejiza cuando se convierte en un problema sanitario y de salubridad, pero también educativo, y hay que hacer docencia al respecto.

No puedo dejar de señalar, también, un asunto casi risible pero que también es demostrativo de lo importante que es, de cara al futuro, la problemática educativa y política: en junio pasado los diarios chaqueños informaron de la alarma producida por la aparición de yacarés en algunas de las muchas lagunas que rodean la ciudad de Resistencia. Se hablaba del miedo generalizado a que entraran en las casas y atacaran a los niños, se destacaba el peligro que implicaba la existencia de esos reptiles en aguas en las que suelen bañarse los muchachos, y se informaba la solución que habían encontrado los lugareños: llamar a la Policía para que los matara. Nadie era capaz de imaginar siquiera que estos animales no atacan si no se los molesta; que las infectas aguas de las lagunas no son recomendables para juegos ni baños de los chicos, y que hay un sinfín de posibilidades de la ecología moderna que deberían consultarse antes de dudar siquiera sobre la "solución" consistente en matar yacarés. En este punto conviene recordar, sintéticamente, que en algunos otros países también se han enfrentado con este problema. Por ejemplo en los Estados Unidos, en la península de Florida, lo que han hecho es encontrar una resolución educativa, económica, turística, ecologista y hasta deportiva, de modo que en pocos años lograron convertir a los yacarés en mascotas del Estado y hoy por ejemplo cualquiera que vaya a la Universidad de Florida en Gainesville encontrará que hay cuatro lagunas dentro del campus y todas llenas de yacarés, con puentes para que los turistas les tomen fotos; los yacarés, además, son el símbolo de los equipos deportivos, etcétera. En los últimos diez años han habido sólo dos accidentes mortales, y ambos por imprudencia humana.

En fin, las únicas salidas para el desarrollo humano de nuestra sociedad y para que el futuro sea atractivo y merezca ser vivido dependerán de que en todo momento los argentinos tengamos *memoria, el cerebro entrenado y audacia*. La seguridad social –jurídica, jubilatoria, policial, política, económica y educativa por lo menos– depende exactamente de eso mismo: de la memoria, la inteligencia y la audacia que tantas resistencias provocan en tantos argentinos. No hay otra vía para tener futuro.

Ser joven en la Argentina: Juventud, divino tesoro

En agosto de 1997, cuando se escribía este libro, hubo dos acontecimientos tremendos que, en paralelo, ilustran de modo ejemplar el desamparo en que está gran parte de la juventud argentina: en Olavarría, en la rica pampa bonaerense, un intendente que parece que todavía no comprende las reglas de la democracia prohibió un recital de *Los Redonditos de Ricota*. Con argumentos absurdos, como el peligro de desmanes y violencia, se vuelve a prohibir una actividad juvenil, como en tiempos de la dictadura. Ante la apelación de los organizadores del concierto, un juez le da la razón al intendente y el recital se suspende. Las autoridades fingen ignorar que en cualquier cancha de fútbol, barrial o profesional, se juntan centenares de jóvenes que gritan, festejan y alborotan. Y cuyas alegrías y manifestaciones muchas veces grotescas derivan de la notable carencia educativa –familiar, escolar– que padecen, y que no provocan peores resultados casi de milagro. Estas autoridades, en el peor estilo dictatorial, vuelven a prohibir y con ello generan resentimiento y un enfrentamiento generacional absurdo.

A la vez, en mi pueblo, Paso de la Patria, se celebró la Fiesta Nacional del Dorado. Un sinsentido ridículo, claro, porque precisamente para los dorados no es ninguna fiesta sino más bien una carnicería. El pueblecito, donde viven unas tres mil personas, de pronto se desquició con la presencia de casi ciento cincuenta mil, en su inmensa mayoría adolescentes. Durante tres días las empresas cerveceras radicadas en la región reparten tragos a precios casi ridículos (un litro y medio de cerveza por un peso) y –no podría ser de otra manera– los chicos arrasan con el río, las playas, los jardines, y las calles se convierten en mingitorios y dormitorios públicos. Nunca había visto personas orinando a la vista de todos, ni mucho menos bajándose los pantalones para defecar en público, hasta esa vez. Como perritos, con las mismas miradas distraídas. Nada estuvo legislado, nada fue juzgado como atentatorio. No se prohibió nada y el descontrol, obviamente, fue absoluto. Las peleas entre bandas de adolescentes arrojaron unos quinientos detenidos. Y varios acabaron en el hospital por exceso alcohólico o consumo de drogas.

Olavarría muestra que este tipo de "prevenciones", que pretenden esconder la realidad bajo la alfombra, son resabios autoritarios, núcleos arcaicos que persisten en la democracia argentina. Paso de la Patria muestra que la excesiva liberalidad y la falta de docencia cívica no son otra cosa que una antipedagogía con indudable valor comercial, toda vez que hay empresas que medran con el amuchamiento juvenil y autoridades que también se favorecen y con un discurso hipócrita.

La represión (Olavarría) como la desidia (Paso de la Patria) denuncian la no admisión de la diferencia, son formas discriminatorias y sus consecuencias resultan gravísimas: los jóvenes se sienten incomprendidos e incontenidos y reaccionan mal; los adultos se sienten impotentes frente a los jóvenes.

Y es que ese amor –esa locura– por las bandas musicales, por amucharse y patotear, esa necesidad de juntarse para autoprotegerse, esos alardes de rebeldía y los desafíos a lo establecido, todo eso que tanto asusta a las "buenas conciencias" y a las autoridades, debería ser comprendido, acompañado y a lo sumo encarrilado antes que reprimido (sea mediante prohibición o abandono). En definitiva, la mala educación o la ausencia de ella, y el resentimiento contra los viejos y contra la sociedad a la que ahora muchos llaman "este país de mierda", son productos del cóctel resultante de varias décadas de autoritarismo y censura, de tanta hipocresía y miedo en los períodos democráticos, más el ostensible abandono actual de todo tipo de reglas educativas consensuadas. Ha pasado apenas un siglo, pero hoy la escatológica frase puede leerse como el anverso de la clásica, célebre y hoy candorosa quintilla de Carlos Guido y Spano (1827-1918) que fue sentida y repetida por varias generaciones:

> He nacido en Buenos Aires
> ¡qué me importan los desaires
> con que me trata la suerte!
> He nacido en Buenos Aires
> ¡Argentino hasta la muerte!

Por todo esto se entiende que en otros tiempos hayan sido tan importantes las reglas de urbanidad o morales, que desde el catolicismo (Esteban Carreño y su *Manual de Urbanidad*, el *Libro de Moral Práctica* de Th. Barrau en traducción del colombiano César Guzmán) o desde el positivismo (José Ingenieros en *Las fuerzas morales* y en *El hombre mediocre*) siempre propusieron reglas de conducta y de convivencia. Con las que se podía estar de acuerdo o no, pero eran reglas que en cierto modo se aceptaron y rigieron durante décadas, y que provenían de la experiencia de próceres americanos como San Martín y Sarmiento, Franklin y Emerson, Juárez y Bolívar.

No se sugiere con esto que aquellos tiempos fueron mejores, no hay en estas palabras el menor ánimo retrógrado ni nostálgico. No fueron tiempos mejores en todos los sentidos, pero al menos tenían reglas claras y un cierto autocontrol porque en esos tiempos tenían prestigio la educación y la decencia. Lo que aquí se sostiene es que cuando ese prestigio empezó a decaer, por obra y gracia de dictadores necios y corruptos, se sembraron las semillas del presente. Ahí está, como patético y monumental ejemplo, la suprema distorsión que fue aquella propaganda bélica que exhortaba: "¡Joven argentino...!", pero al que cotidianamente se reprimía y luego se mandó a morir vilmente a las Islas Malvinas o se condenó a esa diáspora moderna que es el exilio económico.

Ahora hay descontrol (Paso de la Patria) o continuidad represiva (Olavarría) porque no hay modelos. Y no los hay porque los modelos éticos vigentes hasta hace una generación fueron horribles, y la actual generación de jóvenes, la del fin del milenio, es hija de padres que –para decirlo de la manera más suave– todavía no se recuperan de su estupor y están con las cabezas demasiado llenas de televisión y Lady Di, de Maradona y "te-lo-digo-yo". Pertenecen a esa generación de argentinos llenos de malhumor, resentimiento y desesperanza que, ensimismados y como con bronca y junando, ni entienden ni miran a los jóvenes. Quizá por

413

eso, como padres, son permisivos hasta la exasperación: no han sabido poner límites, ni enseñar esfuerzo ni trabajo, porque se pasaron la vida lamentándose de lo que la Argentina no les brindó.

Y es claro que el resultado son chicos y chicas que tampoco parecen esperanzados. Los chicos se hartan enseguida, y quizás tengan razón. "¿En qué vamos a creer –nos dirán– si ustedes mismos nos enseñaron que acá el que no afana es un gil? ¿O se creen que nosotros no vemos cómo está el país y cómo están nuestros viejos? ¿De qué valores nos van a hablar si los gobiernos nos rifaron la patria y el futuro, para los funcionarios la cometa manda, cualquier gato con tarjeta es autoritario, y públicos y privados se prenden a la coima mientras la corrupción todo lo corroe? Mejor déjennos en paz. Yo hago la mía." Así también se impone el individualismo. Y la solidaridad, para ellos, suele ser apenas una cuestión interna de un grupo de amigos.

Es duro reconocerlo, pero somos un país en el que todo lo que tiene que ver con los jóvenes se idealiza de modo más bien hipócrita, cuando la realidad es sencillamente espeluznante. Al cierre de este libro, informes oficiales dan cuenta de que en la Argentina del fin del milenio existen alrededor de cuatro millones de muchachos y muchachas (menores de 18 años) que caben en ese moderno eufemismo sociológico llamado "necesidades básicas insatisfechas" (antes se los llamaba como lo que son: pobres). Y de ese total, 150.000 chicos de menos de 14 años son forzados a trabajar, hay unos 30.000 chicos de la calle y otros 26.300 están "internados" en institutos (o sea, para seguir eludiendo eufemismos: son chicos que están presos).[3]

Durante generaciones se supuso que los jóvenes eran la esperanza de la Patria. Se sostuvo que la juventud era la mejor etapa de la vida, una supuesta edad de oro en la que se tiene toda la vida por delante. Y se aceptaba implícitamente el mito metaforizado en el poema de Rubén Darío: "Juventud, divino tesoro". La misma concepción idealista de la juventud que tenía, por ejemplo, José Ingenieros, y que marcó a fuego a varias generaciones de argentinos. Por lo menos desde mediados de la segunda década del siglo XX la concepción canonizada de la juventud estaba teñida de retórica y grandilocuencia: "Toda juventud es inquieta. El impulso hacia lo mejor sólo puede esperarse de ella: jamás de los enmohecidos y de los seniles". Era un mandato granítico el que se le encajó a millones que fueron jóvenes a partir de entonces. Casi un dogma, la concepción del idealismo moral de Ingenieros resultó implacable: "No se nace joven: hay que adquirir la juventud. Y sin un ideal no se adquiere".[4]

En *Las fuerzas morales* Ingenieros evoca las cuatro virtudes cardinales: Prudencia, Templanza, Coraje y Justicia, que ya para los socráticos eran formas de una misma virtud: la Sabiduría. Y desde su "idealismo ético en función de la experiencia social" dice que los jóvenes están llamados a descubrir en sí mismos "las fuerzas morales necesarias para la Magna Obra: desenvolver la justicia social en la nacionalidad continental". Para ellos son sus "sermones laicos", como llamaba a los valores y conceptos que desarrollaba, los que impactaron a varias generaciones, y de hecho no han sido superados. Entre ellos figuran: "Jóvenes son los que no tienen complicidad con el pasado"; "La juventud es levadura moral de los pueblos"; "Los jóvenes tocan a rebato en cada generación. No necesitan programas que marquen un término, sino ideales que señalen el camino"; "Entusiasta y osada ha de ser la juventud"; "Los ideales dan confianza en las propias fuerzas"; "El pensamiento vale por la acción que permite desarrollar"; "La energía juvenil crea la grandeza moral de los pueblos"; "El que duda de sus fuerzas morales está vencido"; "Los jóvenes sin derrotero moral son nocivos para la sociedad", etcétera.[5]

Este es un mito tan viejo como el mundo, y viene de la diosa griega Hebe, hija de Zeus y Hera, quien estaba encargada de servir el néctar y la ambrosía a los dioses del Olimpo. Los romanos, después, la llamaron Juventa, porque era la diosa de los "júvenes", que eran los hombres en edad militar. Cuenta la fábula que Júpiter (Zeus para los griegos), que era el dios supremo de todos los dioses y que al mismo tiempo era el padre de la bella Juventa, la transformó en una fuente maravillosa a cuyas aguas les concedió la virtud de rejuvenecer a quien se bañara allí. De ahí proviene el ya milenario sueño fantástico de encontrar la fuente de la eterna juventud. Que en la Argentina tiene miles de soñadores y soñadoras que pueden pagarse una cirugía estética.

Y mito, también, que ha desatado infinitas teorizaciones sobre la juventud, una materia sobre la cual nadie sabe ni puede saber, con exactitud, absolutamente nada con certeza. Y cuya única regla debiera ser (así lo mandaría el simple sentido común) tener buena memoria de la propia juventud.

Y es que cuando no se es joven no se puede saber exactamente qué sienten ellos, los jóvenes, en cada generación y en cada tiempo histórico de cualquier sociedad. Ser joven es una especie de aventura de descubrimientos constante, y no hay ninguna razón que autorice a pensar –ni a declarar– que los descubrimientos van a ser ni extraordinarios ni agradables. La sensación más fuerte que tengo, y la baso en mi propia memoria de cuando fui adolescente, es la de que en realidad los únicos que conocen la provisoriedad de todo son ellos, los jóvenes. Y son los únicos que saben de su propia desazón, son los dueños de sus miedos y son los protagonistas generalmente inconscientes de sus propias osadías. Por la sencilla razón de que no se hacen tantas preguntas y las que se hacen tienen que ver con descubrir cuál es y cuán ancho es su propio lugar en el mundo. Me parece que es por eso que suelen fastidiarse ante las teorizaciones de los adultos. Y por eso mismo prefiero esta simple meditación en voz alta.

Hace muchos años, en el Chaco, escuché una conferencia de Arturo Jauretche, quien por aquella época estrenaba sus 70 años. Con su conocido gracejo burlón, en un momento declaró: "Yo hace más de 60 años que estoy con la juventud y siempre aprendo algo de ella en lugar de decirle lo que tiene que hacer". Pero como la sabiduría no es tan común como uno desearía, sigue siendo una constante que en cada época los mayores piensen y digan: "Yo a los jóvenes de hoy no los entiendo". O que se escandalicen: "Hay que ver cómo vienen los jóvenes ahora: hacen lo que quieren". Y desde luego postulan: "Hay que ponerles límites" pero no pensando en límites que son necesarios sino en el burdo retorno a la censura y la represión, y por supuesto esperando que censuren y repriman... otros.

Esas expresiones no son otra cosa que juicios de valor generalmente descalificatorios, que es precisamente lo que los jóvenes más rechazan. Por eso, quizá, se trataría de ablandar la dura mirada argentina y en vez de lapidar con un juicio, intentar el esfuerzo de la comprensión. Admito que tampoco entiendo muchísimas actitudes de los jóvenes, pero me parece mucho mejor procurar entenderlos antes que condenarlos. Prefiero apostar a su libertad con responsabilidad en lugar de escandalizarme.

Hace unos años, al iniciarse esta última década del siglo XX, escribí un texto titulado "Lo protagónico es vivir", incluido en un libro que coordinó Manuela Fingueret sobre cómo veíamos a los jóvenes un grupo de intelectuales.[6] Allí sostuve que es imposible reflexionar la idea sin evocarse uno mismo cuando era joven (e interesante, si es que alguna vez uno lo fue). Ahora que uno está más fogueado, la reflexión necesariamente surge impregnada de comprensión, piedad, crítica y asombro, pero también de una rara mezcla de desconcierto y certezas varias.

Hay algo que me parece evidente: hoy los chicos se siguen copando con lo universal de todos los tiempos (el amor y la libertad) pero con sellos peculiares de este tiempo: el fanatismo por la música, por ejemplo, ahora está mucho más generalizado y es un verdadero signo de la época. En esto tiene mucho que ver el avance tecnológico, desde ya: hoy cualquier jovencito tiene una pequeña radio, o un walkman, y hay una extraordinaria y accesible oferta de conciertos y videoclips. Por lo menos desde el nacimiento del rock (Elvis Presley, The Beatles y de ahí en adelante) la música como pasión juvenil generalizada es un fenómeno universal. Y todavía es posible sumar el condicionamiento publicitario que tanto alienta al consumo y que ha creado nuevos fanatismos: zapatillas, jeans, gaseosas y multitud de artículos y marcas que se ponen de moda y son hoy un fenómeno identificatorio. Y además eso estimula los deseos de emulación que son propios de todo ser en formación: los triunfadores, los *yuppies*, las modelos, los deportistas y todo tipo de personajes que se ponen de moda resultan arquetipos a imitar.

El problema, desde luego, está vinculado al flujo propagandístico e hiperconsumista de la sociedad posmoderna, que también en la Argentina es una feria de vanidades e ilusiones inalcanzables pero que se propone como fácil de lograr y al alcance de la mano. Ahí está ese tuteo pertinaz que utiliza la publicidad dirigida a los jóvenes y cuyo metalenguaje es "vos podés lograr lo que quieras", "el mundo es tuyo y sólo se trata de que te atrevas a conquistarlo" o frases por el estilo, que impulsan a una acción irreflexiva (de hecho el consumismo lo es) sin medir consecuencias ni mucho menos moralidad. Eso se ha debido a que en la sociedad posmoderna "hemos sido llenados de ilusiones", como apunta Fernando Cruz Kronfly. "Dichas ilusiones son elevadas a la categoría de derechos legítimos, pero la sociedad no fue modificada ni económica ni políticamente de manera paralela".[7]

El fenómeno de la moralidad de la juventud está vinculado también al hacinamiento y a la propaganda, y es un fenómeno esencialmente urbano. La proporción campo-ciudad se vio afectada tremendamente en las últimas décadas por lo menos debido a dos razones: la crisis económica del ámbito rural, que se va despoblando y expulsa sobre todo jóvenes que se aglutinan en las periferias de las ciudades (en la Argentina no sólo se produjo en Buenos Aires sino en muchas ciudades del interior: Santa Fe, Neuquén, Resistencia, Bahía Blanca, etc., se han convertido en polos de atracción respecto de pobladores de sus zonas rurales y han tenido crecimientos vigorosos), y el influjo de los medios masivos de comunicación.

Cruz Kronfly ha estudiado este problema de la posmodernidad en la cultura del fin de siglo, y lo que él considera válido para Colombia es perfectamente aplicable a la Argentina: "Nuestras ciudades ven crecer generaciones enteras de jóvenes espiritualmente modernizados, que se han tomado en serio el cuento de la igualdad y que se sienten con derecho a participar de los bienes materiales y espirituales que los medios masivos no hacen más que ofrecer a sus consumidores potenciales como objetos capaces de garantizar estatus, confort, distinción e identidad. Bandadas enteras de jóvenes que ya no miran la riqueza ajena con ojos premodernos, es decir con cierto asombro feliz y con inocultable admiración, sino con ojos modernos... Generaciones que lo desean todo, que saben perfectamente que tienen derecho a tenerlo todo ahora mismo, pero que simultáneamente no tienen nada, ni podrán tenerlo nunca. Delante de esta sinsalida, no serán pocos los que jueguen a ganarlo o perderlo todo en un instante de suerte. El delito como proyecto de vida, tan evidente en la denominada Novela Negra". La cuestión de la moralidad se plantea, entonces, porque estos chicos y chicas –muchos ya son adultos– han incorporado como una verdad indiscutible los principios de la igualdad social, y, por lo tanto, "no admiten que su situación de marginalidad sea producto del destino o de la voluntad sobrenatural, y saben perfectamente que, o se vinculan a la actividad laboral, o se lanzan de una vez por todas a la conquista del mundo, sin detenerse a pensar en la moralidad de sus métodos".[8]

Y esto es producto del único mandato que parecen aceptar los jóvenes posmodernos: vivir el instante, el momento, el hoy. Fugacidad e intensidad como mensaje y destino, todo a la vez. Mientras la Historia no es más que lo que sale en la televisión, y el necesario rol orientador y educador del Estado es menos que una nostalgia.

Discurso apocalíptico, desde ya, que sin embargo me parece que describe cierta realidad de los jóvenes argentinos del fin del milenio. Los cuales se enfrentan, por eso mismo, a la tarea de la elaboración de su propia filosofía existencial pues como pareciera que les ha explotado la vida (verbigracia: los valores, los relatos sociales, la mirada colectiva y la esperanza han estallado y siguen estallando diariamente merced al bombardeo televisivo y a las duras reglas de la jungla urbana) no tienen más alternativa que reformularlo todo. Y ésa me parece una perspectiva muy probable para por lo menos el inicio del tercer milenio.

Desde luego que esos arquetipos provienen de esa cultura norteamericana que Michiko Kakutani llama "cultura basura" y que avergüenza a muchos norteamericanos conscientes. Con todo el cuidado de no caer en los viejos brulotes panfletarios del antiimperialismo de los años '60 y '70, hay que reconocer que se trata de una colonización cultural muy grave, que ha penetrado en toda la América Latina a través de la televisión, el cine y la feroz mercadotecnia de los '90. A punto tal que a muchos que hemos vivido en el hemisferio Norte nos agradaba que nuestro país fuera uno de los pocos cuyos niños no celebraban la noche de *Halloween* el 31 de octubre. Pues en 1997 se incorporó la fecha al ideario infantil argentino, y si no fue penoso ver a todo el comercio entusiasmado sí lo fue ver miles de maestras argentinas promoviendo fiesta tan tonta y ajena. Desde luego que esto no es sino el modo como funciona la cultura: también a fines del siglo XIX y principios del XX se debe de haber producido un fenómeno similar de introducción: cuando nuestros abuelos o bisabuelos celebraron la Navidad con simulacros de pinos que aquí no había, nieve que tampoco había, y trineos jalados por renos llevando a Santa Claus por terrenos del Artico... O cuando empezaron a difundir aquí los *panettone*. Así funcionan las colonizaciones culturales, y acaso lo que se está produciendo ahora es sólo una más, diferente.

Lo que sucede es que, una cosa no quita la otra, en las idealizaciones de lo externo suelen ocultarse datos. David Viñas recuerda, con su siempre ácida pero certera precisión, que en los Estados Unidos hay dos millones de personas en las cárceles, población carcelaria que es un 10% mayor que la población universitaria, y el 90% de la cual son negros de entre 19 y 30 años de edad.[9] Podríamos añadir también la paradoja siempre obviada de que la sociedad norteamericana practica un tipo de moralismo por lo menos paradojal: manda a la cárcel a una maestra de 35 años que se enamora y tiene un hijo con un chico de 14, pero no condena a las multinacionales que explotan a millones de seres humanos en todo el planeta.[10]

Por supuesto, si acaso fuera hoy un joven de 18 años creo que no escaparía a este fenómeno contemporáneo, razón por la cual no hay en estas palabras juicio alguno. Simplemente describo lo que veo, del modo más desapasionado posible. Si fuera hoy un adolescente y no tuviera la experiencia que tengo, mi primera regla sería ésta: no quiero que nadie me dé lecciones de vida; la vida de los demás es de los demás y la experiencia de los otros a mí me puede servir si se me da la gana, pero eso no significa que yo deba ser como los otros, y mucho menos como los mayores quieren que yo sea, si los mayores no saben qué hacer con sus propias vidas. Es decir: la primera regla de oro sería defender a rajatabla mi libertad de elección. (Algo que, conviene recordarlo, en la Argentina no fue la característica de las generaciones precedentes.)

La segunda regla sería la siguiente: no permitir que nadie coarte esa libertad ni que cuestione mis decisiones; mis equivocaciones son mías y me las banco solo y como mejor me convenga. Y la tercera: salir a buscar las oportunidades para hacer la vida que quiera y querer la vida que haga.

No pretendo delinear un modelo universal, pero desde mi actual edad pienso que una posible definición para un joven interesante podría ser tan sencilla como ésta: un chico o una chica de menos de 20 años, que sabe lo que quiere y trabaja para conseguirlo.

Jóvenes interesantes serían también, me parece: a) el que todavía no sabe lo que quiere, pero se dedica a buscarlo y lo hace a fondo y con toda su pasión; b) el que no se arredra ante las frustraciones de sus padres; c) el que no acepta la nostalgia ajena; d) el que no está resentido por lo que no tiene y la vida no le dio.

O sea: me parece que lo interesante de ser joven está en la capacidad de avanzar en la arquitectura de la propia vida sin molestar a los demás, y son particularmente admirables los que, teniendo una clara conciencia individual, no se olvidan de la importancia capital de la solidaridad humana. Y sobre todo me parece interesante el joven que estudia, lee, aprende y trabaja sin confiar solamente en la experiencia que va haciendo sino que además sabe escuchar. Y esto lo destaco porque me parece que una de las mayores sabidurías del ser humano –cualquiera sea su edad– es la de saber escuchar y observar, en lugar de hablar todo el tiempo, neurótica e irreflexivamente, como sucede en la sociedad argentina contemporánea.

Naturalmente, a medida que avanzo me pregunto si estos rasgos que subrayo corresponden *realmente* a los jóvenes de ahora en nuestro país. Y la respuesta es que sí y es que no. Dialéctica pura, porque ambas verdades me parecen evidentes cuando se observa sin prejuicios a estos chicos a los que les toca vivir en un mundo tan descalabrado. Claro que alguien podría argumentar que crisis hubo siempre. Y yo le respondería que sí, que es cierto, crisis hubo siempre, pero dudo mucho de que las crisis anteriores de la humanidad hayan tenido semejante calibre.

No se lea en esto, sin embargo, una idea apocalíptica de la vida. Al contrario, optimista incurable, quien escribe no cree en el Fin de la Historia ni en las mieles de la Globalización, y sí cree absolutamente que *la inmovilidad social no existe y que el determinismo histórico tampoco*. La libertad del hombre y la mujer concretos jamás admitirán límites, por más que en muchas ocasiones los cuerpos sociales lleguen a admitirlos, adocenada y borregamente como tantas veces ha pasado en la historia de la humanidad.

Decididamente, por lo tanto, para pensar esto hay que detenerse en los rasgos de la naturaleza humana que se repiten a lo largo de los siglos, pues sólo desde ahí tiene sentido establecer cuáles son las particularidades de este tiempo. Me viene a la memoria aquella frase de Paul Nizan que es centro del juego literario de la novela *Cuando digo Magdalena*, de Alicia Steimberg: "Entonces yo tenía veinte años, y no permitiré que nadie diga que es la edad más hermosa de la vida". Lo cual es una reivindicación de la dignidad de la madurez, pero a la vez reactualiza la idea de confrontación generacional que es tan clásica como inútil.

Y allí se encuentra, creo, la otra posibilidad de consideración para hablar de los jóvenes de este tiempo. Y es que la idea de confrontación, el tan meneado choque generacional, últimamente y cada vez más se está revelando como una preocupación exclusiva de los mayores. Pero *no* de los jóvenes. Creo advertir que para nada es un problema que ocupe ni preocupe a los chicos. Son los grandes los que se alarman, teorizan, buscan el apoyo de psicólogos, yerran, maltratan y pifian. Y acaso esa obsesión se debe a que el crecimiento de los chicos les plantea el conflicto (a los grandes) de la pelea con el chico que ellos mismos han dejado de ser. En cambio los jóvenes, creo, miran esta cuestión con esa frialdad exasperante (para los grandes) y ese desinterés que a veces, es cierto, hasta resulta agresivo. Y es que ellos son y se sienten –de ese conflicto– antes aburridos testigos que apasionados protagonistas (aunque sean ambas cosas).

De hecho, el problema de definir qué es un joven interesante no es, en absoluto, una cuestión que interese a los jóvenes. Interesa y preocupa a los padres. Es asunto de padres, acaso de sociólogos, psicólogos y otros profesionales. Adultos, claro. Es obvio que cuando hay conflictos intergeneracionales, los que los denuncian y padecen son, ante todo, los adultos.

Cuando era chico, en mi casa, solía escuchar una frase que sólo con el tiempo alcancé a comprender: "A todos nos enseñan a ser hijos, pero nunca nadie nos enseña a ser padres". Con el tiempo, cuando fui padre y cambié de rol, me di cuenta de lo cierta que era aquella frase repetida con simple sabiduría de clase media. Y algún buen pediatra, el libro del Dr. Spock y mi propia experiencia en la vida me enseñaron después que el aprendizaje pasaba por un único camino: el sentido común, la sensibilidad, la observación, el espíritu alerta y la cabeza siempre abierta. Es por eso que –sin descartar que hay casos muy complejos, dramas secretos y lo que algún clínico llamaría "casos difíciles"– hoy me parece que la gran mayoría de los "problemas" en las relaciones intergeneracionales son problemas para los generacionalmente mayores, pero no necesariamente para los jóvenes.

Una de las razones de ello estaría en lo que ya hemos venido apuntando: con los años los seres humanos consolidan más los defectos que las virtudes, y entre los argentinos las constantes frustraciones, el miedo al cambio, la necedad del miedo y la autocompasión, entre otras cosas, suelen prohijar ese agudo resentimiento que es casi una marca nacional. Así las cosas, cuando los grandes llegan a grandes pero se soñaron durante años como príncipes azules o princesas rosas, la madurez les resultará inexorablemente tremenda. Serán adultos tilingos, frívolos, superficiales y en todos los casos ignorantes. La Argentina, y sobre todo la televisión argentina, está plagada de ejemplos.

Por supuesto que, cada vez más, la crisis finisecular complica las cosas. Y no sólo la crisis económica sino la crisis de valores, entendidos estos en el sentido del enfoque axiológico que brillantemente desarrollan Meeroff y Candiotti, quienes revisan las teorías de los valores en sus corrientes absolutistas (Hartmann, Scheller) y relativista o subjetivista (Stern) para arribar a la conclusión de que se "tiene contenido moral o inmoral según los objetivos que persigue el accionar de los hombres".[11]

El argentino de la democracia finimilenarista asiste, impertérrito, al derrumbe de todo un sistema de valores. Me parece evidente que de lo que se trata, fundamentalmente, es de que ese derrumbe (que en sí mismo no me parece malo, pues cae también toda una preceptiva hipócrita y autoritaria) no está siendo sustituido por otro sistema. Esta es la clave que explicaría el caos actual. Esta especie de antisistema o caos (pienso en términos de las teorías de Ilya Prigogine[12]) lleva a que en el presente imperen ciertos disvalores. Que es lo que han mamado y maman los chicos y las chicas de hoy. Quienes se manejan, como todos los jóvenes de todas las épocas y todos los lugares, según lo que aprendieron.

Es exactamente así: son los valores aprendidos los que regulan la vida adulta, y de acuerdo con ello se puede arriesgar la siguiente idea: el rebaje ético que es evidente en la sociedad argentina contemporánea (y que también se advierte entre los jóvenes) deriva directamente de que a las últimas generaciones no se les enseñó la importancia de la Etica.

Por lo tanto, encajarles hoy a los jóvenes el sambenito de que son un "tesoro" o que están viviendo una presunta "edad de oro", y aun esa suculenta hipocresía consistente en atribuirles "toda la vida por delante", me parece un disparate y, quizá, una involuntaria cretinada.

Si observamos el aparente auge de la delincuencia juvenil, tan promocionada hoy en día, veremos que hay una cuota de indudable verdad en la acusación implícita que se hace a los jóvenes: el perfil del ladrón ha cambiado, del mismo modo que cambió el perfil típico de todo delincuente. Las estadísticas demuestran que hoy el camino del delito se inicia en la pubertad, e incluso hay casos horrendos de criminales que se inician en el delito en plena niñez.[13]

Pero ésta es sólo una parte de la verdad. La otra parte debe reconocer una raíz social: quién roba y por qué. Es decir, las relaciones inevitables entre hambre y delincuencia que caracterizan a esta Argentina que se pretende del llamado Primer Mundo, idea que debiera ser graciosa si no fuera que es tan idiota y ofensiva. El desaliento prematuro que resulta de la falta de horizontes educativos y laborales se manifiesta en los pibes que hoy ven que no tienen futuro y saben que no van a tenerlo. Y también en la pavorosa, irresponsable ausencia de contención social de ese estilo de gobierno criminal que se llama menemismo. Estilo –imposible no admitirlo– que ha calado hondo en la sociedad y que es lo que explica que el aparato telemediático nacional le esté encajando sutilmente a los argentinos un cada vez más grande miedo a los jóvenes. ¿Acaso alguien puede negar la sensación ya instalada de que una vez más empieza a ser delito ser joven? Igual que durante la última dictadura, cuando era delito serlo y todo joven era sospechoso no sólo si usaba barba y pelo largo. Muchos chicos argentinos pagaron el "crimen" de ser jóvenes con persecución, torturas, desapariciones.

De hecho, ya en el final del milenio es evidente el crecimiento de la persecución a los jóvenes por parte de las policías. A los casos emblemáticos de abuso de autoridad sobre jóvenes (los de María Soledad, Miguel Bru, el soldado Carrasco, Miguel Guardati, Walter Mirabete, Walter Bordón, entre tantos más), informes periodísticos dan cuenta de que los jóvenes en los '90 consideran que uno de los principales peligros a que pueden enfrentarse son, precisamente, los policías. Para ellos "ser llevados a una comisaría" es una de las peores cosas que les puede ocurrir: los ven como sitios de arbitrariedad, oscuros, peligrosos e inseguros. Esta no es una opinión: es el impactante resultado de una consulta que hizo la UNICEF en Buenos Aires entre 150.000 chicos de entre 8 y 17 años, quienes votaron junto a sus padres el 26 de octubre de 1997 sobre diferentes aspectos de la vida en democracia, y el 28,2% de ellos consideró que las comisarías eran los sitios donde se registran las mayores violaciones a sus derechos.[14]

Por supuesto que todas las sociedades esquematizan, dogmatizan y se resisten a admitir la diferencia. Pero esa generalidad cierta no quita que es peligrosísimo que la sociedad argentina en el fin del milenio esté volviendo a discriminar a los jóvenes, quizá sin darse cuenta.

También por supuesto, esta reflexión no tiene por objeto idealizar a los jóvenes. Para nada. Ya quedó expresado en párrafos anteriores que me cuesta entenderlos, y confieso que muchas veces sencillamente los miro como a marcianos, de igual modo que ellos nos ven a los adultos. Pero la reflexión me parece necesaria porque, bien o mal y sin la menor idealización, ellos son, de hecho y les guste o no, el futuro. Cada generación está destinada a renovar el presente que le toca. Y a enfrentarse tanto a la incomprensión conservadora como a todas las formas de la idealización. Seguro: es por eso que la juventud es la etapa más difícil de la vida. Es la etapa de los grandes cambios, la mutación es constante y asombrosa, y nadie nace preparado para ello. Y encima todos te andan diciendo lo que hay que hacer y cómo deberías hacerlo, mientras ves que el mundo y el país están como están porque lo hicieron todo mal... La juventud es descubrimiento, sí, pero tantísimas veces lo que se descubre es horrible. Y me refiero, sí, a todo aquello para lo que hoy son inducidos los jóvenes: el ruido, el aturdimiento, las drogas, llenarse el cerebro de cerveza, no pensar, el consumo como marca social distintiva, la dictadura del marketing, y todo eso en un caos mediático que idealiza la belleza exterior y desprecia la inteligencia.

Admito que quizá hablo –escribo– como un viejo, pero ¿por qué no aceptar que hay un divorcio generacional muy grande, y que los adultos somos los desconcertados culpables del mundo horrible que ven los chicos de hoy? ¿O no es obvio que hoy la violencia individual, y la social, tienen que ver *no tanto* con el hecho de ser jóvenes, ricos o pobres, sino lisa y llanamente con la falta de trabajo, de educación y de esperanzas?

Toda idealización de la juventud es también la muestra de una de las caras más feas del ser humano: la cara de la envidia. Porque se envidia la juventud, al idealizarla; y eso pasa cuando no se llevan bien los años que se tienen. Como las mujeres y los hombres que se quitan años, que mienten la edad: esa envidia es algo con lo que deberían cargar los mayores, no los jóvenes. Que, por cierto, son jóvenes porque no pueden dejar de serlo. Nada más ni nada menos que eso.

Y además, ¿quién garantiza que tener la vida por delante es sinónimo de bienestar y felicidad? ¿Quién estipula cuál es la porción de vida por delante que tiene cada uno? Sea uno joven, o anciano, la vida por delante es simple y sencillamente la próxima hora que vas a vivir. Nadie tiene la eternidad en sus manos. Y además, el ideal de eternidad que tanto se propagandiza en la sociedad moderna y que es tan publicitado por los comerciantes del vivir y otros charlatanes, propone vivir más pero sólo como un asunto cuantitativo, sin importarle la calidad de esas prolongaciones de vida. Y claro, hasta puede implicar pactos indignos como el que propone Juan Sombra, el argentinísimo personaje del *Don Fausto* de Pedro Orgambide.

Así como no creo que el futuro de nadie esté escrito, tampoco el de una generación ni el de una edad determinada. Pienso, en cambio, que los jóvenes son los que heredarán la huella de nuestros pasos y cosecharán los frutos (dulces o amargos) de las semillas que nosotros sembremos. Son ellos y solamente ellos los que pagarán por las culpas de las generaciones anteriores y los que pasarán las facturas por la Argentina que cada generación anterior les vaya dejando, pero la reacción que tengan como adultos será de su exclusiva responsabilidad.

Durante los años en que fui joven (aquellos que pueden llamarse de crecimiento, digamos entre los 12 y los 20 años) jamás se me ocurrió pensar en la juventud y en lo que significaba ser joven. Yo *era* joven, y punto. La juventud era ser, vivir, eran mis amigos. Jamás escuché a nadie de mi generación hablar ni plantearse semejante idea. Y hoy observo lo mismo: *ningún joven se interesa por ser joven*. En todo caso siguen más interesados en ver de qué manera quiebran su soledad. Y es que, de hecho, lo que más padece el argentino contemporáneo es el aislamiento. La vida moderna, alucinante como es, los deja siempre solos, en última instancia abandonados en un inmenso páramo de perplejidades, incertidumbres, incomprensiones y autoritarismo. Y si adultos y jóvenes somos diferentes, el sentimiento de soledad –y el miedo a la soledad– dificultan más y más la admisión de las diferencias. Son diferentes los jóvenes de ahora con respecto a los que fuimos nosotros. Son diferentes los estilos de vida y diferentes los jóvenes entre sí.

Cuando uno mira lo que no es igual, lo que está enfrente, y eso que está enfrente le devuelve una imagen de espejo necesariamente imperfecta y no complaciente, uno adquiere una medida más exacta de lo que uno es. Y a veces duele mucho. De todos modos esa mirada, ese coraje de mirarse, siempre enaltece y esclarece. Saber mirar, siempre es una aventura. Pero hay que tener osadía y rigor intelectual para ir al encuentro de lo desconocido. Del mismo modo que para un varón ir al encuentro de la mujer es también marchar al encuentro de uno mismo como varón, ir al encuentro de los jóvenes, para un adulto, impone la conciencia de que se está marchando no hacia atrás en el tiempo, sino hacia adelante, hacia "el otro" que son los otros, los jóvenes, desconocidos para nosotros y con los cuales *la única llave maestra del encuentro ha de ser la falta de prejuicios.*

Bien recuerda Graham Greene en su ensayo *La infancia perdida*, el poema "Germinal" de A. E. Housman:

En la niñez perdida de Judas,
Cristo fue traicionado.

Entre más converso y me relaciono con chicos y chicas, entre más los observo y más les pregunto, más advierto que ellos no se plantean ser jóvenes ni teorizan sobre la juventud. Y cuando lo hacen, es para ironizar y burlarse de nuestras preocupaciones de adultos. Simplemente ocurre que están ocupadísimos en ser jóvenes. Lo cual les resulta un trabajo de tiempo completo, apasionante, y en el cual lo protagónico es vivir, no reflexionar la vida.

Ni cinismo prescindente, ni falso ilusionismo, pues: este libro no ha sido otra cosa que un intento de revisar el propio dolor, delinear el azoramiento, forzar la comprensión y no perder de vista la posibilidad de redención del ser humano. Escéptico en lo inmediato, pero no apocalíptico e incluso relativamente optimista en lo mediato, pienso que el escepticismo es una actitud tremendamente creativa, incitante para todo intelectual. Lo apocalíptico, en cambio, conduce a un hiperescepticismo negador de toda posible nueva utopía. El escepticismo, la duda militante y segura en sentido brechtiano, y el constante cuestionamiento a la propia obra, a la cultura en general y a la sociedad en la que uno se desempeña no sólo ofrecen la posibilidad de ser creativo sino también la de contribuir a que ética y estéticamente se mejore el mundo. Sea uno joven o viejo, principiante o veterano, la creación es, desde este punto de vista, también y siempre una contribución. Modestísima, pero capaz de realizar el sentido de ese acto de disconformidad que toda creación artística o intelectual es. La creación siempre es resultado de un deseo perfeccionista, de un afán de colocar en el espacio –el real o el ideal, y ahora el virtual– algo que no había antes y que modifica el después.

Quizá esta utopía humanista se refleja en nuestros libros, en los personajes de la literatura argentina: marginales, aventureros, soñadores, ilusos, perdedores, escapados de la realidad o instalados en otras realidades, ficcionales, improbables. Quizá conlleva también la certeza (¿la resignación?) de que en el país real en el que posamos nuestros pies no asistiremos al nacimiento de un mundo mejor ni seremos parteros de alumbramiento histórico alguno, y acaso tampoco participaremos de procesos revolucionarios que busquen mejorar el mundo y la vida. Pero nada de eso autoriza a descartar nuestro derecho a soñar con ello.

Si la actitud ante la construcción es diversa, también lo es, y acaso más, la que se adopta frente a la destrucción. Ante el espectáculo del derrumbe caben tres actitudes: una es contemplar la catástrofe y mirar, azorados, cómo todo se viene abajo. Otra es huir, sacar el cuerpo para no ser aplastado por los escombros. Y la tercera es recuperarse enseguida, evaluar los daños y ponerse de inmediato a reconstruir.

Es imposible, y sería de mal gusto, determinar con cuál de ellas cada uno se siente identificado. Pero cada uno, en su fuero interno, lo sabe.

Notas

[1] Elías Canetti: *El suplicio de las moscas*, Anaya & Mario Muchnik, Madrid, 1994, págs. 111 y ss.

[2] José Gobello: *Diccionario lunfardo*, Peña Lillo Editor, Buenos Aires, 1978.

[3] Datos de la OIT (Organización Internacional del Trabajo) publicados por el diario *Clarín* el 30 de octubre de 1997, págs. 28 y 29.

[4] José Ingenieros: *El hombre mediocre*, pág. 24.

[5] José Ingenieros: *Las fuerzas morales*, varias páginas.

[6] Manuela Fingueret: *¿Qué es un joven interesante para los 90?*, Editorial Almagesto, Buenos Aires, 1993, págs. 147 y ss.

[7] Fernando Cruz Kronfly: *La sombrilla planetaria*, pág. 21.

[8] *Idem*, págs. 11 y ss.

[9] Diario *Clarín* del 24 de julio de 1997.

[10] En este mismo sentido, es recomendable la lectura del excepcional texto de Eduardo Galeano titulado "Mea culpa", discurso pronunciado en la convención anual de la Asociación de Libreros de los Estados Unidos (American Booksellers Association), en Los Angeles en mayo de 1992 (Eduardo Galeano: *Apuntes para el fin de siglo*, Editorial Desde la Gente, Buenos Aires, 1997).

[11] Marcos Meeroff y Agustín Candiotti: *Ciencia, Técnica y Humanismo*, Editorial Biblos, Buenos Aires, 1996, págs. 56 y ss.

[12] Ilya Prigogine: *¿Tan sólo una ilusión?*, Tusquets Editores, Barcelona, 1993, 332 páginas.

[13] El Ministerio de Justicia de la Nación, a través del director de Política Criminal, Mariano Ciafardini, declara que "las encuestas indican un aumento de la participación de menores en casos de robos a mano armada, pero también en delitos de homicidio"; y admite que esa participación de menores en los delitos "es un tema crítico del que mucho se habla y poco se hace", diario *Clarín*, 2 de noviembre de 1997, págs. 40-41.

[14] Diario *Clarín*, nota editorial del 18 de noviembre de 1997.

INDICE

Esta edición
se terminó de imprimir en
Grafinor S.A.
Lamadrid 1576, Villa Ballester
en el mes de mayo de 1998.